契诃夫文集

汝 龙 / 译

人民文学出版社

9

Антон Чехов

契诃夫像

目　次

一八九二年
恐惧 …………………………………………………… 3

一八九三年
匿名氏故事 …………………………………………… 19
大沃洛嘉和小沃洛嘉 ………………………………… 105

一八九四年
黑修士 ………………………………………………… 121
女人的王国 …………………………………………… 157
洛希尔的提琴 ………………………………………… 202
大学生 ………………………………………………… 213
文学教师 ……………………………………………… 218
在庄园里 ……………………………………………… 245
花匠头目的故事 ……………………………………… 254

一八九五年
三年 …………………………………………………… 263
太太 …………………………………………………… 361

挂在脖子上的安娜 …………………………………… *369*

白额头 ………………………………………………… *383*

凶杀 …………………………………………………… *389*

阿莉阿德娜 …………………………………………… *421*

带阁楼的房子 ………………………………………… *449*

题解 …………………………………………………… *469*

一八九二年

恐　惧

我的朋友的故事

　　德米特利·彼得罗维奇·西林大学毕业以后,在彼得堡政府机关里工作,可是到三十岁那年,他辞掉工作,去经营农业了。他经营得不坏,然而我仍旧觉得,他干这种工作不合适,还是回彼得堡的好。每逢他给太阳晒黑,周身扑满灰白的尘土,劳累得筋疲力尽,在大门外或者门道里迎接我,后来在晚饭桌上睡意蒙眬,他妻子把他当作小孩那样领去睡觉的时候,或者每逢他压下睡意,用他那柔和、热诚而且似乎在恳求什么的声调说出他那些优美的思想的时候,我总认为他不能算是个经营农业的人,也不能算是个农学家,只不过是个劳乏的人罢了。我清楚地看出,他并不需要经营什么农业,他所需要的是把日子打发过去,就此而已。

　　我喜欢到他家里去,有时候在他的庄园上盘桓两三天。我喜欢他的房子、花园、大果园、小河,以及他那种有点沉闷,有点浮夸,然而条理清楚的哲学议论。大概我也喜欢他本人,不过在这方面我说不准,因为我至今还不能理清我当时的感情。他是一个头脑聪明、心地善良、不讨人厌,而且态度诚恳的人,可是我记得很清楚,每逢他把藏在心里的秘密告诉我,把我们的关系说成是友谊,那总会惹得我不痛快,使我觉得别扭。他对我的友情有点叫人不舒服,不好受,我倒情愿只跟他维持普通朋友的关系。

问题在于我非常喜欢他的妻子玛丽雅·谢尔盖耶芙娜。我并没爱上她,不过我喜欢她的脸、眼睛、声调、步态,如果很久没有跟她见面,就会惦记她,在那种时候我的想象力最乐于描绘的,就莫过于这个年轻美丽而又优雅的女人了。我对她并没有什么明确的企图,也没想望什么,可是不知什么缘故,每次临到只有我们两个人在一块儿,我想起她的丈夫把我看作朋友,我就觉得不自在了。遇到她在钢琴上弹我喜爱的曲子,或者对我讲起一件什么有趣的事,我总是听得津津有味;不过同时,不知什么缘故,就会有一种想法溜进我的脑子,我想到她爱她的丈夫,他是我的朋友,连她自己也认为我是他的朋友,于是我就败了兴,变得无精打采,不自在,心里烦闷了。她看出这种变化,照例说:

"您的朋友不在,您闷得慌了。我得派人到田里去找他回来。"

等到德米特利·彼得罗维奇回来,她就说:

"喏,现在您的朋友来了。您就高兴起来吧。"

照这样过了一年半光景。

有一回,那是七月里一个星期日,我和德米特利·彼得罗维奇闲得没有事做,就坐着马车到一个大村子克路希诺去买吃晚饭用的凉菜。我们只顾在那些小铺里穿来穿去,太阳却已经下山,黄昏来了,而这个黄昏我大概一辈子也忘不了。我们买了一些像肥皂的干酪和气味像煤焦油而硬得像石头的腊肠以后,就到小饭铺里去问一下有没有啤酒。我们的马车夫到铁匠铺去给马钉马掌,我们就对他说,我们在教堂附近等他。我们一面走路一面谈话,笑我们买下的吃食,这时候却有一个人跟在我们后面,一句话也不说,神情鬼鬼祟祟,就像暗探似的。此人在我们县里有个相当古怪的绰号:四十个殉教徒。这个四十个殉教徒就是加甫利拉·谢威罗夫,或者简单地叫作加甫留希卡,他曾在我家里做过听差,不久就因为酗酒而被我辞掉了。他在德米特利·彼得罗维奇家里也做过事,后来也因为同样的过错给辞掉了。他是个嗜酒如命的酒徒,而且总的说来,他的整个命运就是醉醺醺的,像他本人一样昏天黑地。他父亲是个神甫,他母亲是个贵族,按出身他属于特权阶层,可是不管我怎样细看他那张憔悴的、恭顺的、永远冒汗的脸,他那把已经变白的红胡子,他那件可怜样的破上衣和底襟不塞进裤腰里的红衬衫,我却怎么也找不出一丁点儿在我们社会生活里可以称之为特权阶层的痕迹。他自称是个受过教育的人,在神学校里读过书,可是没有毕业,因为吸烟而被开除了;后来在主教的唱诗班里唱歌,在一个修道院里待过两年左右,又被开除了,然而这回不是由于吸烟,而是由于"嗜好"了。他徒步走遍两个省,不知什么缘故向宗教法庭和各衙门递过状子,受过四次审判。最后他流落到我们县里来,做听差,做守林人,做照料猎犬的人,做教堂的看守人,跟一个寡妇——一个放荡的厨娘结了婚,从此陷入奴仆的生活,习惯于肮脏和下流,结果连他自己讲到自己的特权阶层出身,都不免带点迟疑的口气,仿佛在讲一个什么神话似的。在目前这个时期,他没有工作而在逛荡,自称是个马医和猎人。他的妻子走掉了,下落不明。

我们从小饭铺里出来往教堂走去,在教堂门前的台阶上坐下来,等马车夫。四十个殉教徒站得稍稍远一点,把一只手放到嘴边,为的是到必要的时候可以恭恭敬敬地对着手心咳嗽。天色已经黑下来,空中弥漫着傍晚强烈的潮气,月亮快升上来了。天空明净,布满繁星,只有两朵浮云,正巧悬在我们头顶上方,一朵大一点,一朵小一点,这两朵浮云孤孤单单,好比母亲带着一个孩子在互相追逐,往晚霞正在黯淡的那边奔去。

"今天天气好得很。"德米特利·彼得罗维奇说。

"好到了极点……"四十个殉教徒同意说,恭恭敬敬地对着手

5

心咳嗽一声,"您,德米特利·彼得罗维奇,怎么会想起到这个地方来走一趟?"他用巴结的口气问,显然想搭讪。

德米特利·彼得罗维奇什么话也没回答。四十个殉教徒深深叹一口气,眼睛没看着我们,小声说:

"我受苦纯粹是由于一个原因,我得为这对万能的上帝负责。嗯,当然,我是个堕落的、没出息的人,不过请您相信我的良心话,我目前连一小块面包也没有,比狗都不如。……请您原谅我这么说,德米特利·彼得罗维奇!"

西林没有听他讲话,用拳头支着自己的脑袋,想什么心事。教堂坐落在村街的尽头,高高的河岸上。我们隔着篱笆墙望去,可以看见那条河,看见对岸一片水淹的草地,看见一堆篝火冒出紫红色火光,有些黑色的人和马在篝火旁边活动。在篝火后面,再远一点,还有些灯火,那是个小村子。……那儿有人在唱歌。

河面上升起雾,草地上有些地方也有雾。一缕缕雾又高又细,像牛奶那么浓和白,在河面上徘徊,遮住星光,挂在柳树梢上。这一缕缕雾每分钟都变换花样,看上去好像有的互相拥抱,有的鞠躬,还有的举起胳膊来直对天空,就像教士穿着袖口肥大的法衣在祷告。……这一缕缕雾大概引得德米特利·彼得罗维奇想起鬼魂和已经死亡的人,因为他转过脸来对着我,带着忧郁的笑容问道:

"告诉我,我亲爱的,为什么每逢我们想讲什么可怕的、神秘的、离奇的事,我们不从生活里找素材,却一定要到幽灵和鬼影的世界里去找呢?"

"可怕的东西就是不能理解的东西。"

"那么难道您理解生活?您说说看,莫非您对生活比对坟墓中的世界理解得清楚些?"

德米特利·彼得罗维奇坐得离我十分近,我的脸颊都能感到他在呼吸。在苍茫的暮色中,他那张又白又瘦的脸显得越发苍白,那把黑胡子显得比煤烟还黑。他的眼睛忧郁而坦诚,带点惊恐的神情,仿佛他要跟我讲一件什么可怕的事似的。他瞧着我的眼睛,用他那种照例带着恳求的声调接着说:

"我们的生活和坟墓里的世界同样没法理解,同样可怕。凡是怕鬼魂的人,就一定也怕我,怕那些灯火,怕天空,因为这一切,如果仔细想一下,就都不可理解,离奇,不下于从那个世界里来的阴魂。哈姆雷特王子没有自杀是因为他怕那些在他长眠时可能显现的幽灵。我喜欢他那段著名的独白,不过老实说,它从没触动过我的灵魂。我把您看作朋友,那就要对您老实承认:有的时候,我心里愁闷,幻想我死后的情景,我的幻想描绘过成千种极其阴暗的景象,把我自己弄得又痛苦又兴奋,像是梦魇,不过请您相信,在我看来,就连那情景,也并不比现实可怕。不消说,那些幻象是可怕的,可是生活也可怕。我呢,好朋友,不了解生活,怕生活。我不知道这是为什么,也许我是个病态的、发了疯的人吧。在正常而健康的人看来,凡是他耳闻目睹的事情似乎他都了解,我呢,正好失去了这个'似乎',天天让恐惧毒害我自己。世界上有一种害怕旷野的病,我得的是一种害怕生活的病。每逢我躺在草地上,久久地看着一只昨天才出生、对什么都不了解的小甲虫,我就觉得它的生活充满恐惧,而且在它身上我看见了自己。"

"不过您觉得可怕的究竟是什么呢?"我问。

"我觉得什么都可怕。我天生是个思想不深刻的人,不大关心死后的世界和人类命运之类的问题,向来很少想到那些深奥的事。我觉得可怕的,主要是我们谁也躲不开的日常琐事。我没法分清我的行动当中哪些是真的,哪些是作假,这总使得我心慌。我体会到生活条件和教育把我限制在狭小、虚伪的圈子里,我的全部生活无非是天天费尽心机欺骗自己和别人,而且自己并不觉得。我想到我一直到死都摆脱不了这种虚伪,就心里害怕。今天我做一件什么事,可是到明天,我就会不明白为什么要这样做。我原在彼得堡担任公职,后来害怕了。我到这儿来,为的是经营农业,可又害怕了。……我看出我们了解的事情很少,因此天天犯错误。我们往往不公道,对人造谣中伤,破坏彼此的生活,把我们的全部力量浪费在我们不需要的而且妨碍我们生活的无聊事情上。我觉得这种现象可怕,因为我不明白这是为了什么,有谁需要这样做。我,好朋友,不了解人们,怕他们。我瞧着农民就害怕,我不知道他们究竟为了什么崇高的目标在受苦,为了什么缘故生活下去。如果生活是快乐,那他们就是多余的和不需要的人。如果他们生活的目标和意义就在于贫困,就在于昏天黑地和无可救药的愚昧,那我就不明白这样活受罪有谁需要,为了什么缘故需要。不管什么人,不管什么事,我都不明白。比方说,您就费神了解一下这个人吧!"德米特利·彼得罗维奇指着四十个殉教徒说,"您仔细想想他吧!"

四十个殉教徒发现我们两个人都瞧着他,就恭恭敬敬地对着他的空拳头咳嗽一声,说:

"在好主人家里,我素来是忠心的仆人,而毛病全出在烧酒上。要是现在有人看得起我这个不幸的人,给我找个差事,那我就会吻神像戒酒。我说这话是算数的!"

教堂看守人走过我们旁边,大感不解地瞧了我们一会儿,然后去拉钟绳。钟响了十下,猛地打破了夜晚的沉寂,声音缓慢而悠长。

"想不到已经十点钟了!"德米特利·彼得罗维奇说,"我们也该走了。对了,我的好朋友,"他说,叹口气,"要是您知道我多么害怕我那些平淡的、日常的想法就好了,而这些想法本来似乎不应当有什么可怕的地方。我为了避免思考,就专心劳动来分我的心,干得筋疲力尽,夜里好睡得酣畅。对别人来说,儿女和妻子显得稀松平常,可是他们对我来说却是沉重的压力,好朋友!"

他用手抹一抹脸,干咳一声,笑起来。

"要是我能对您说一说我在生活里扮着一种什么样的傻瓜角色,那才有意思呢!"他说,"大家都对我说:您有可爱的妻子,有可爱的孩子,您自己也是个挺好的家长。他们都以为我十分幸福,羡慕我。既然讲到这里,那我索性私下里对您说了吧:我那幸福的家庭生活纯粹是可悲的误会,我怕它。"

他那张苍白的脸由于苦笑而变得难看了。他搂住我的腰,小声说下去:

"您是我真诚的朋友,我信任您,深深地尊敬您。天赐给我们友谊,是要我们开诚相见,让我们摆脱那些压在我们心头的秘密。请允许我利用您对我的友好感情来把事情的真相统统告诉您。我这种家庭生活依您看来十分美满,其实它却是我主要的不幸,使我恐惧的主要方面。我的婚姻是古怪而愚蠢的。应当告诉您,婚前有两年光景,我一直着魔似的爱着玛霞①,追求她。我向她求过五次婚,她都拒绝了,因为她对我根本就不感兴趣。到第六次,我被爱情折磨得晕头转向,就在她面前跪下,像乞讨似的向她求婚,她就同意了。……她是这样对我说的:'我不爱您,可是我会对您忠实。……'我欢天喜地接受了这样的条件。那时候我懂得这话是什么意思,可是现在,我当着上帝起誓,我不懂了。'我不爱您,可是我会对您忠实',这话是什么意思呢?这是一团雾,一片黑。……我现在仍旧跟婚后第一天那样热烈地爱她,可是我觉得她仍旧对我冷淡,每逢我走出家门,她大概暗暗高兴。她究竟爱不爱我,我拿不准,我不知道,我完全不知道,可是事实上,我们却住在一个房顶底下,彼此用'你'相称,睡在一块儿,有儿有女,我们

---

① 玛丽雅的爱称。

的财产归两个人共有。……那么这是什么意思呢？为什么缘故要这样？您能理解吗，好朋友？残忍的考验啊！我一点也不明白我们之间的关系，因此我时而恨她，时而恨自己，时而恨我们两人，我的脑子里乱七八糟，我折磨自己，弄得自己头昏脑涨，她呢，仿佛故意跟我捣乱似的，反而一天天漂亮起来，变得叫人暗暗称奇。……我觉得她的头发美极了，她那笑靥任什么女人也比不上。我爱她，可又知道这种爱是没有希望的。对一个跟你生过两个孩子的女人，你的爱情居然没有希望！难道这种事可以理解？不可怕？难道这不比幽灵更可怕？"

按他这时候的心境，他会再讲下去，讲上很久，不过，幸好，传来马车夫的说话声。我们的马车来了。我们就坐上马车，四十个殉教徒脱掉帽子，扶着我们两人上车，从他脸上的神情看来，仿佛他早已在等个机会，好接触一下我们尊贵的身体似的。

"德米特利·彼得罗维奇，请您允许我到您那儿去吧，"他说，歪着脑袋，使劲眨巴眼睛，"求您发发上帝那样的慈悲吧！我快要饿死了！"

"哦，行，"西林说，"你来吧，你先干三天活再说。"

"是，老爷！"四十个殉教徒高兴地说，"我今天就去。"

这儿离家有六俄里①远。德米特利·彼得罗维奇心满意足，因为他终于把心里的话都对朋友倾吐了。他一路上始终搂着我的腰，不再伤心，也不再害怕，快活地对我说，如果他的家里平安无事，他就打算回彼得堡，在那儿研究学问。他说，那种把许多有才具的年轻人赶下乡去的潮流是一种可悲的潮流。在俄国，黑麦和小麦有很多，然而文化水平高的人却十分缺乏。应当让有才具的、健康的青年致力于科学、艺术、政治，不这样做而去干别的，那是不

---

① 1俄里等于1.06公里。

合算的。他愉快地大发议论，随后表示惋惜说，明天一清早他就要跟我分手了，因为他得出外去做一笔木材生意。

可是我心里不自在，愁闷，觉得我在欺骗这个人。同时我又暗暗高兴。我瞧着又大又红的月亮升起来，想象那个高高的、苗条的金发女人，白白的脸儿，老是穿得很考究，身上洒一种特别的香水，类似麝香的气味，我想到她不爱她的丈夫，不知什么缘故，心里挺高兴。

我们回到家里，坐下来吃晚饭。玛丽雅·谢尔盖耶芙娜笑着拿我们买来的吃食款待我们。我发现她的头发确实美极了，她的笑靥任何女人也比不上。我留神看她，希望在她的每个动作和眼光里看出她不爱她的丈夫，我觉得真好像看出来了。

德米特利·彼得罗维奇不久就困得要命，努力克制着睡意。晚饭后，他跟我们一块儿坐了十分钟光景，就说：

"你们随便谈谈吧，而我明天得三点钟起床。请允许我向你们告辞。"

他温柔而热烈地吻他的妻子，带着感激的心情握一握我的手，要我答应下个星期一定来。他怕明天睡过头，就到厢房里去过夜。

玛丽雅·谢尔盖耶芙娜保持着彼得堡人的习惯，夜间很晚才上床。不知什么缘故，这使我暗暗高兴。

"怎么样？"我开口说，这时候只剩下我们两人了，"那么，请您费心弹个什么曲子吧。"

我并不想听音乐，可是要谈话，我又不知道该从哪儿谈起。她在钢琴边坐下，弹奏起来，我记不得她弹了个什么曲子。我坐在一旁，瞧着她胖胖的白手，极力想在她冰冷而淡漠的脸上看出一点什么来。可是后来，不知什么缘故，她微微一笑，看了我一眼。

"您的朋友不在，您闷得慌了。"她说。

我笑起来。

11

"要说为了友谊,我一个月到这儿来一次也就够了,可是我一个星期不止来一次呢。"

说完这话我就站起来,兴奋地从这个墙角走到那个墙角。她也站起来,往壁炉那边走去。

"您说这话是什么意思?"她问,抬起她那对又大又亮的眼睛瞧着我。

我一句话也没回答。

"您说的话不实在,"她想一想,接着说,"您纯粹是要看望德米特利·彼得罗维奇才到这儿来的。就是这样,我也很高兴。在我们这个时代像这样的友谊是不多见的。"

"得!"我暗想,不知道该说什么好,就问道,"您想到花园里去走走吗?"

"不想去。"

我走出去,来到露台上。我的脑子里好像有些小蚂蚁在爬来爬去,我兴奋得浑身发冷。我已经相信我们再谈下去也无非是些最平淡无味的话,我们彼此是不会说出什么特别的话的;不过我又相信,有一件我本来都不敢梦想的事,今天晚上却肯定会发生。今天晚上肯定会发生,要不然就永远也不会发生了。

"多么好的天气啊!"我大声说。

"对我来说,天气好不好都一样。"她回答。

我走进客厅。玛丽雅·谢尔盖耶芙娜照原先那样站在壁炉旁边,双手放在背后,眼睛瞧着一旁,在想什么心事。

"为什么天气好不好在您都一样呢?"我问。

"因为我闷得慌。您只有在您朋友不在的时候才闷得慌,我却老是闷得慌。不过……您对这种事是不会发生兴趣的。"

我在钢琴前面坐下,弹响几个音,等着她再说下去。

"劳驾,请您不必拘礼。"她说,生气地瞧着我,仿佛烦恼得要哭出来似的,"要是您想睡觉,那就请便。您不要认为您既然是德米特利·彼得罗维奇的朋友,就不得不陪着他的妻子一起烦闷。我并不要人家为我做出牺牲。请吧,您去睡觉好了。"

当然,我没有走。她走出去,站在露台上,我一个人留在客厅里,把乐谱翻了五分钟光景。后来我也走出去。我们并排站在帘子的阴影里,下面是浸在月光里的台阶。树木的黑影盖住花坛,伸展到林荫路的黄色沙地上。

"明天我也得走了。"我说。

"当然,既是我的丈夫不在家,您就不可能留在此地,"她讥诮地说,"我可以想象,要是您爱上我,您会觉得多么倒霉!您等着就是,早晚有一天我会不管三七二十一扑到您身上,搂住您的脖子。……我倒要看看您会多么恐慌地从我身边跑开。那才有意思呢。"

她的话和她苍白的脸是气愤的,不过她那对眼睛却充满极其温柔而热烈的爱情。我已经把这个美丽的女人看作我自己的人,这时候我才第一次看出她生着金黄色眉毛,我以前从没见过这样秀丽的眉毛。我想到我马上可以把她搂在我怀里,爱抚她,摸她美丽的头发,就忽然觉得这太离奇,不由得闭上眼睛笑了起来。

"不过现在是睡觉的时候了。……晚安。"她说。

"我可不希望过一个安静的夜晚……"我说,一面笑着一面跟她走进客厅。"要是这个夜晚安静,我倒要诅咒它了。"

我握了一会儿她的手,把她送到房门口。我在她脸上看出她明白我的意思,而且因为我也明白她的意思而暗自高兴。

我回到我的房间。德米特利·彼得罗维奇的一顶便帽放在我桌子上一堆书旁边,这使我想起他的友谊。我拿起手杖,走出门外,到花园去。花园里已经升起白雾,不久以前我在河面上见过的那些又高又细的幽灵,如今正在大树和灌木旁边徘徊,拥抱它们。

13

我却不能跟它们谈话,多么可惜!

在异常清澈的空气里,每片树叶和每颗露珠都清楚地现出它们的轮廓,似乎半睡半醒,在沉静中向我微笑。我走过那些绿色长椅,想起莎士比亚的一出戏里的话:月光在这儿的长椅上睡得多么酣畅!

花园里有一座小山。我爬上小山,坐了下来。一种陶醉的感觉煎熬着我。我拿得准,不久我就会搂住她娇美的肉体,贴紧她,吻她的金黄色眉毛。不过我又想不相信这件事,想嘲笑自己。我想到她没让我费多大的力,这么快就委身于我,反而觉得不自在。

可是这时候,出人意外地响起了沉重的脚步声。林荫路上出现一个中等身材的男人,我立刻就认出他是四十个殉教徒。他在一条长椅上坐下,深深地叹了口气,然后在胸前画三次十字,躺下去。过了一分钟,他坐起来,翻个身又躺下去。蚊子和夜晚的潮气不让他睡着。

"哎,生活啊!"他说,"不幸的、辛酸的生活啊!"

我瞧着他消瘦伛偻的身体,听着他沉重沙哑的叹息声,想起今天有人在我面前吐露的另一种不幸而辛酸的生活,我就不由得心惊胆战,为我的欢乐心境感到害怕。我从小山上下来,往正房走去。

"在他看来,生活是可怕的,"我暗想,"那也就不必跟生活讲客气,索性打碎它,趁它还没碾碎你,凡是可以从它那儿捞到手的,你统统拿过来就是。"

露台上站着玛丽雅·谢尔盖耶芙娜。我默默地抱住她,开始贪婪地吻她的眉毛、鬓角、脖子。……

到了我的房间里,她对我说她爱我已经很久,有一年多了。她为她的爱情对我起誓,她哭着要求我带她一块儿走。我不止一次地把她拉到窗前,好在月光下细看她的脸。我觉得她像是一个美丽的梦,我就赶快抱紧她,好让我相信这是实实在在的事。我已经很久没有经历这种狂热的时光了。……可是,在我心底里,在灵魂深处,我仍旧感到有点别扭,我心神不定。她对我的爱情让人不好受,有点沉重,如同德米特利·彼得罗维奇的友谊一样。这是一种强烈而严肃的爱情,带着眼泪,带着海誓山盟,可是我希望不要有什么严肃的东西,不要有眼泪,不要有海誓山盟,不要谈将来才好。让这个月夜像一颗明亮的流星那样在我们的生活里闪过去,就此完事。

三点钟整,她离开我,走了。我站在门口,瞧着她的背影,走廊的尽头却忽然出现了德米特利·彼得罗维奇。她碰见他,打了个哆嗦,给他让路,周身表现出厌恶的样子。他有点古怪地微笑着,噉一下喉咙,走进我的房间。

"昨天我把我的便帽忘在这儿了……"他说,眼睛没有朝我望。

他找到便帽,两只手拿起它戴在头上,然后瞧一下我那慌张的脸色,瞧一下我的拖鞋,用一种不像他嗓音的、古怪而嘶哑的声音说:

"我大概命中注定什么事也不会弄明白。如果您明白了什么,那……我就向您道喜。我的眼睛前面是一团漆黑。"

他咳嗽着,走出去。后来我站在窗前,看见他自己在马棚旁边套车。他的手发抖。他匆匆忙忙地干着,时不时地回头看一眼正房,大概他觉得害怕。后来他坐上马车,带着仿佛怕人追来的古怪神情扬起鞭子抽马。

过了一会儿,我自己也走了。太阳已经升上来,昨天的雾胆怯地退缩到灌木和小山那儿去了。四十个殉教徒坐在车夫座位上,他已经不知在什么地方灌饱了酒,醉醺醺地胡扯起来。

"我是自由人!"他对马叫道,"喂,你们这些枣红马!不瞒你

15

们说,我可是个世袭荣誉公民!"

我的脑子里老是想着德米特利·彼得罗维奇的恐惧,这时候,那种恐惧也传染给我了。我想起刚才发生的事,一点也不明白这是怎么搞的。我瞧着那些白嘴鸦,看见它们在飞,不由得觉着奇怪,害怕。

"我为什么做这件事?"我茫然而绝望地问自己,"为什么这件事要落到这样的结局而不是别样的结局?她严肃地爱我,他到我的房间里来取帽子——这种事符合谁的需要,为什么需要呢?帽子跟这有什么相干?"

就在这一天,我动身到彼得堡去了,从此再也没跟德米特利·彼得罗维奇和他的妻子见过面。据说现在他们仍旧在一起生活。

一八九三年

匿名氏故事

一

由于目前不宜细说的种种原因,我必须到彼得堡一个姓奥尔洛夫的文官家去当一名听差。他年纪在三十五岁左右,名叫盖奥尔季·伊凡内奇。

我到这个奥尔洛夫家去当差,其实是由于他父亲的缘故。他父亲是个声名显赫的政府要员,我认为他是我的事业的大敌。我指望在他儿子那儿住下后,可以从我听到的谈话里,从我在书桌上找到的文件和札记里,详细了解他父亲的计划和意图。

照例,上午十一点钟光景,我下房里的电铃响起来,这是要我知道:老爷醒来了。等到我拿着刷干净的衣服和擦亮的皮靴走进寝室,盖奥尔季·伊凡内奇总是坐在床上,一动也不动,看上去倒没有睡眼惺忪的样子,却像是睡了一觉反而疲乏了似的,呆呆地瞧着一个地方出神,一点也没有因为睡醒而显得愉快。我就帮他穿衣服,他不乐意地听凭我摆布,一句话也不说,根本不觉得我站在他面前。接着,漱洗一番之后,他便头发湿漉漉,带着新洒过的香水气味走进饭厅去喝咖啡。他在饭桌旁边坐下,一面喝咖啡一面翻报纸,我和使女波丽雅恭恭敬敬地站在房门旁边,看着他。一个人在那里喝咖啡,啃面包干,两个成年人却得带着极其严肃的注意神情瞧着他。这种事想必荒唐可笑,可是,我虽然跟奥尔洛夫同样出身于贵族,同样受过良好的教育,如今我不得不在房门旁边站着,我却看不出这有什么使我丢脸的地方。

那时候我刚开始害肺痨病,此外也许还害着一种更严重的病。我不知道究竟是由于疾病的影响,还是由于我当时还没留意到的自己世界观的初步转变,总之,我心里有一种热切恼人的欲望一天天在滋长,我渴求过一种平凡的市民生活。我一心想望心神安宁,身体健康,空气良好,衣食饱暖。我变成了一个梦想家,而且如同梦想家那样,并不知道自己究竟需要什么。有的时候,我想进修道院,在那儿成天价坐在小窗口眺望树木和旷野,有的时候我又幻想买下五俄亩①地,做个地主,有的时候我暗暗对自己许下心愿,要研究科学,一定要到内地一所大学去做教授。我原是我们舰队的一个退伍的海军中尉。我常想念海洋,想念我们的分舰队和轻巡航舰,当初我曾坐着那条军舰作过环球航行呢。我想再体验一下每逢在热带树林里闲步或者在孟加拉湾观赏日落,兴奋得神魂飘荡而同时又怀念故乡的那种难于形容的感情。我梦想山峦、女人、音乐,我像小孩子那样好奇地打量人们的脸,听人们的说话声。每逢我站在房门旁边看奥尔洛夫喝咖啡,我就觉得自己不是听差,而是对人间万物都感兴趣,甚至对奥尔洛夫也感兴趣的人。

奥尔洛夫长着一副彼得堡人常有的相貌:窄肩膀,长腰身,塌陷的两鬓,颜色不分明的眼睛,染得失去光泽的稀疏的头发、胡子、唇髭。他的脸虽然保养得很好,但是面容萎靡不振,不招人喜欢。在他沉思或者睡觉的时候,这张脸尤其不好看。这种平常的外貌恐怕是不必加以描写的,再者,彼得堡不比西班牙,这里男人的相貌就连在情场中也没有多大的意义,只对气度庄严的听差和马车

---

① 1俄亩等于1.09公顷,约合我国16亩。

夫才有用。我所以讲起奥尔洛夫的脸和头发,也只是因为他的相貌有点值得提一下的地方,也就是:每逢他拿起报纸或者书,不管是什么报纸或者什么书,或者,每逢他遇见人,也不管是什么人,他的眼睛总要现出讥诮的笑意,而他的整个脸就露出轻微的、不带恶意的讥诮神情。他读书报或者听人讲话以前,每次都准备好讥诮的表情,就跟野人准备好盾牌一样。这是一种多年养成、习以为常的表情,近来这种表情大概无需按他自己的意愿就会在他脸上出现,如同反射作用一样。不过关于这一点,以后再谈吧。

十二点多钟,他带着讥诮的神情拿起他那装满文件的皮包,出门上班去了。他不在家里吃午饭,直到八点钟以后才回来。我在书房里点上灯和蜡烛,他就在圈椅上坐下来,把两条腿伸到一把椅子上,照这样懒洋洋地坐好,然后开始看书。几乎每天他都要带着新书回来,要不然,由书店给他送来。在我的下房墙角上和我的床底下堆着许多他读完了丢掉的书,其中除俄文书外还有三种外文书。他读得非常快。俗语说:只要告诉我你读什么书,我就能说出你是什么样的人。这话也许是真理,然而要凭奥尔洛夫读过的书来判断他的为人,那却根本办不到。他读的书简直是大杂烩。有哲学,有法国长篇小说,有政治经济学,有财政学,又有新诗人的诗歌,还有"媒介"出版社①的读物,——所有的书他一概读得很快,而且读的时候,眼睛里含着讥诮的神情。

十点钟以后,他仔细地穿戴好,常常穿上燕尾服,很少穿他那身宫中低级侍从的制服,出外去了。要到第二天早晨,他才回来。

我在他那儿生活得安宁而平静,我们从没发生过什么误会。他照例对我这个人视而不见,他跟我讲话的时候,脸上也没有带讥诮的神情,显然他没有把我当人看。

---

① 根据列·托尔斯泰的倡议创办的俄国通俗读物出版社。

我只有一次看见他生气。有一天,那是我到他家当差一个星期以后,大约九点钟光景,他吃罢饭回来,脸容显得不痛快而且疲乏。我跟着他走进书房,去给他点蜡烛,这时候,他对我说:

"我们的房间里有股臭味儿。"

"不,空气挺干净。"我回答说。

"我跟你说有臭味儿。"他生气地又说一遍。

"我每天都把通风小窗打开的。"

"不准强辩,笨蛋!"他嚷道。

我生气了,正打算反驳他,要不是那个比我更了解主人的波丽雅出来讲话,上帝才知道这件事会怎样收场。

"真的,气味多么难闻啊!"她说,扬起眉毛,"这气味从哪儿来的呢?斯捷潘,打开客厅里的通风小窗,生上壁炉。"

她哎呀哎呀地大呼小喊,忙忙碌碌,走遍各个房间,裙子沙沙响,把喷子打得咝咝叫。奥尔洛夫仍旧心情恶劣,显然在克制自己,免得大发脾气。他靠着桌子坐下,很快地写一封信。他写了几行,生气地哼了一声,撕掉信纸,然后又从头写起。

"真见鬼!"他嘟哝说,"他们巴望我有惊人的记性!"

最后,这封信总算写完了。他从桌旁站起来,掉过脸来对我说:

"你到兹纳敏街去一趟,把这封信面交齐娜伊达·费多罗芙娜·克拉斯诺甫斯卡雅本人。不过你要先问一下看门人,她的丈夫,也就是克拉斯诺甫斯基先生,回来没有。要是他回来了,你就不必交这封信,坐车回来就是。等一等!……万一她问起我家里有客没有,你就对她说,从八点钟起我这儿就坐着两位先生,在写什么东西。"

我坐车到兹纳敏街去了。看门人告诉我克拉斯诺甫斯基先生还没回来,我就走上三层楼。给我开门的是一个又高又胖、皮肤棕褐色、留着黑色连鬓胡子的听差。他用只有听差对听差讲话才会用的那种带点睡意、无精打采、随随便便的口气问我有什么事。我还没来得及回答,就有一位穿着黑色连衣裙的太太从大厅里很快地走到前厅来。她眯细眼睛瞧着我。

"齐娜伊达·费多罗芙娜在家吗?"我问。

"我就是。"那位太太说。

"这是盖奥尔季·伊凡内奇写给您的一封信。"

她急忙拆开信,用两只手捧着读了起来,我就此看到了她的钻石戒指。我看清她那白皙的脸上有着柔和的细纹,下巴翘起,睫毛长而且黑。从外貌来看,我估计这位太太不会超过二十五岁。

"替我问他好,谢谢他。"她看完信后说,"盖奥尔季·伊凡内奇那儿有客人吗?"她轻柔而快活地问道,仿佛为自己的怀疑感到害臊似的。

"有两位先生,"我回答说,"他们在写什么东西。"

"替我问他好,谢谢他。"她又说一遍,歪着头,一面看信一面走,没一点响声地走出去了。

那时候我很少遇到女人,这位我偶尔见到的太太在我心上留下了印象。我步行走回去,想起她的脸和清幽的香水气味,想得出了神。等我回到家里,奥尔洛夫已经出去了。

二

就这样,我在主人那儿生活得安宁而平静,然而,当初我来做听差的时候很担心的那种不干不净而且令人感到屈辱的气氛却始终存在,每天都使我感觉到。我跟波丽雅相处得不好。她是一个养得白白胖胖、被惯坏的淫荡女人,由于奥尔洛夫是主人而崇拜他,由于我是听差而看不起我。大概在真正的听差或者厨师看来,她是迷人的,她脸蛋儿红喷喷,鼻子微微翘起,眼睛总是眯细,身材正在从丰满过渡到肥胖。她涂脂抹粉,画眉毛,涂口红,穿着紧身胸衣,裙子里衬着腰垫,手上戴着用钱币串成的镯子。她脚步细碎,有点跳动,走起路来扭扭捏捏,或者照俗话所说的,又扭肩膀又摆屁股。每天早晨我跟她一块儿收拾房间,她那裙子的沙沙声,紧身胸衣的窸窣声,镯子的叮当声,从主人那儿偷来的唇膏、香醋①、香水的粗俗气味,总要在我心里引起一种感觉,仿佛我在跟她一块儿做什么坏事似的。

要么因为我没跟她合伙偷东西,要么因为我没有表示过一点点愿意做她的情人的意思,这大概伤了她的心;也可能因为她觉得我跟她不是一流人,总之,她从头一天起就恨上我了。我做事笨手笨脚,外貌不像听差,又生着病,这都使她觉得可怜又可笑,惹得她满心嫌恶。那时候,我咳嗽得厉害,往往一连几夜吵得她睡不好,因为她的房间和我的房间只隔着一块板壁。每天早晨她都对我说:

"你又没让我睡好。你该到医院里去躺着,不该到主人这儿来干活。"

她从心底里相信,我算不得是个人,而是一件比她价值不知低多少倍的东西;因此,如同罗马贵妇在奴隶面前洗澡不觉得害臊一样,她有时候居然只穿着衬衣在我面前走来走去。

有一回吃午饭的时候(有一家饭铺每天给我们送来菜汤和烤肉),正巧我心绪很好,幻想很多,就问道:

"波丽雅,您相信上帝吗?"

"那还用说!"

"那么,"我接着说,"您相信,将来到了世界末日,人会受到最

---

① 一种放在洗脸水里的化妆品。

后审判,我们要为我们做过的每件坏事得到报应吗?"

她一句话也没回答,光是做出轻蔑的脸相。这一回我瞧着她那对满足而冷酷的眼睛,我才明白,对这个恶劣透顶、坏到骨子里的人来说,既谈不到上帝,也谈不到良心,更谈不到法律,假如我要杀人,放火,或者盗窃,那么我就是花钱也找不到比她更好的同谋犯了。

我在奥尔洛夫家住下的头一个星期,由于新换环境,而且不习惯别人用"你"称呼我,也不习惯经常撒谎(明明主人在家,却要说他"不在家"),我感到很不自在。我穿上听差的燕尾服觉得像是披上了铠甲。不过后来我习惯了。我像真正的听差一样伺候主人,打扫房间,跑路或者坐车去执行主人的种种吩咐。每逢奥尔洛夫不愿意到齐娜伊达·费多罗芙娜家去赴约会,或者他忘了答应过要到她家去,我就得坐车到兹纳敏街,把一封信面交她本人,撒一个谎。结果,事情根本不符合我当初来做听差时所抱的期望,我那新生活的每一天,无论是对我来说或者是对我的事业来说,都虚度了,因为奥尔洛夫从来也不讲起他的父亲,他的客人们也没有提到,关于那位显赫的政府大员的活动我所能知道的仍旧跟从前一样,只是从报纸上和朋友们的来信上得到一点点消息而已。我在书房里找到和读到的几百张字条和文件,跟我所追求的目的连一丁点儿关系也没有。奥尔洛夫对他父亲的耸人听闻的活动完全漠不关心,仿佛根本没有听说过,或者仿佛他父亲早已死了似的。

三

每到星期四,我们这儿总有客人。

我上饭馆去订好一大块烤牛肉,打电话要叶里塞耶夫商店给我们送来鱼子、干酪、牡蛎等。我还买下几副纸牌。波丽雅从早晨起就准备茶具和餐具供晚饭用。说老实话，这种小小的活动多少使我们的闲散生活有点变化，星期四在我们这儿成了最有趣的日子。

常来的客人只有三位。最体面的而且也许最有趣的客人姓彼卡尔斯基，他是一个又高又瘦的人，年纪在四十五岁左右，生着长长的鹰钩鼻，留着黑色的大胡子，头顶光秃。他有一双挺大的凸眼，脸上露出严肃而沉思的神情，像是一个希腊哲学家。他在铁路管理局和一家银行里工作，还在一个重要的政府机关里担任法律顾问，并且跟许多私人有业务关系，例如担任法律监护人、债权人会议主席等。他的官品小得很，他谦卑地自称为律师，然而他的势力很大。您只要有他的一张名片或者一封短信，就足以使得著名的医生、铁路局长或者重要的大官不用您按次序等候，优先接见您。据说由他从中说项，甚至可以谋到四等文官的职位，任什么样的纠纷得以了结。人们认为他是个智力很强的人，不过那是一种特别的、古怪的智力。他能够在转瞬间用心算得出二百一十三乘以三百七十三的积，或者不用铅笔和换算表就把英镑折合成马克。他精通铁路业务和财务管理，凡是有关行政当局的事情在他都不成其为秘密。众口流传，他在民事诉讼方面是最神通广大的律师，要跟他较量可不容易。然而，许多就连笨人都懂得的事，他的非凡的智力却没法理解。例如，他根本不能理解人们为什么会烦闷，哭泣，自杀，甚至杀人，为什么会为跟他们个人毫不相干的东西和事情激动，为什么读果戈理或者谢德林的作品会发笑。……凡是抽象的、属于思想和感情范围的事，在他都是不可理解的，乏味的，就跟没有辨音力的人不懂音乐一样。他对人只从办事的角度来考察，把人分为有本领和没本领的两种。别的分法在他都不存在。诚实和正派无非是有本领的标记。吃喝、打牌、放荡未尝不可，只要不妨碍正事就行。信仰上帝固然不聪明，然而宗教却必须保护，因为对老百姓来说,约束人的原则是不能缺少的,要不然他们就不肯工作。惩罚之所以需要,仅仅是要让人有所畏惧。搬到别墅里去住大可不必,因为待在城里就挺好。诸如此类。他的妻子已经死去,他没有子女,然而他按照阔绰的家庭排场过日子,每年付出房租三千卢布。

第二个客人库库希金是个年轻的四等文官,个子不高,他那矮胖的身材和瘦小的脸不成比例,因此他那模样显得非常不顺眼。他的嘴唇老是缩成心形,他那剪齐的唇髭看上去像是用油漆贴上去的。这个人神态活像壁虎。他不是走进来,却像是爬进来的。他脚步细碎,摇摇晃晃,嘻嘻地笑,而且一笑就露出牙齿来。他是某人手下办理特殊事务的文官,其实什么事也不做,薪俸却很高,特别是在夏天,人家总要为他创造各种各样出差的机会。他是个利欲熏心的人,他的这种欲望不但浸透他的骨髓,而且更进一步,渗进了他的每一滴血;不过同时,他这个利欲熏心的人渺小得很,不相信自己的力量,把自己的事业完全建立在大人物的恩赐上。他为了获得一枚外国的什么十字勋章,或者为了要报纸登载他跟其他地位很高的人物一块儿出席某人的安魂祭或者参加祈祷式,他不惜做出种种低声下气的举动,一味苦求,谄媚,许愿。他由于怯懦而巴结奥尔洛夫和彼卡尔斯基,因为他把他们看成有势力的人。他也讨好波丽雅和我,因为我们在有势力的人家当差。每一次我替他脱掉皮大衣,他总是笑嘻嘻的,问我说:"斯捷潘,你结婚了没有?"随后又说几句猥亵的、俗不可耐的话,算是表示对我特别关心。库库希金迎合奥尔洛夫的弱点,迎合他那堕落和餍足的生活。为了讨奥尔洛夫的欢心,他还假意说些恶毒的讽刺话和不敬上帝的话,跟奥尔洛夫一块儿批评某些人;可是如果换一个场合,他就会在那些人面前低三下四,服服帖帖了。吃晚饭的时候,大家谈起女人和爱情,他就装成风流才子和精通此道的色鬼。总之,必须指出,彼得堡的浪子们喜欢谈他们那些与众不同的口味。一个年轻的四等文官十分满足于他家里的厨娘或者涅瓦大街上不幸的街头女人的爱抚,可是听他讲起来,你却会觉得他好像沾染过东方和西方的一切恶习,他本人是十来个不道德的秘密协会的名誉会员,已经受到警察的注意。库库希金昧着良心给自己编出一套谎话,在座的人倒也不是不相信他的话,只是把他那些假话当作耳旁风罢了。

第三个客人格鲁津是一个可敬的有学问的将军之子,跟奥尔洛夫同岁,生着淡黄色的长发,眼睛近视,戴着金边眼镜。我至今还记得他那些又白又长的手指头,跟钢琴家的手指头一样。他周身也有技艺高超的音乐家的那种气派。这样的人在乐队里往往担任第一提琴手。他咳嗽,患偏头痛,总之显得有病,孱弱。大概他在家里总是由别人给他脱衣服和穿衣服,像小孩子一样。他原在法律专科学校毕业,起初在司法部任职,后来调到枢密院,接着辞了职,经人说项,他又在国有产业部找到工作,不久又辞职了。在我做听差的那段时期,他在奥尔洛夫的部门里担任科长,可是他说不久又要调到司法部去了。他对他的官职,对他从这个机关到那个机关的调动,抱着一种少有的、满不在乎的态度,每逢有人在他面前严肃地谈到官员、勋章、薪俸,他就温和地微笑,背一句普鲁特科夫[①]的箴言:"只有在国家机关里任职,你才会知道真情!"他有一个身材矮小的妻子,脸上已经起了皱纹,醋劲儿却很大。他还有五个瘦弱的孩子。他对妻子不忠实,他只有见到孩子的时候才爱他们,一般说来,他对自己的家庭简直漠不关心,常拿家里的人取笑。他一家人靠借债过活。只要有合适的机会,不管走到哪儿,也不管

[①] 科济马·普鲁特科夫是俄国作家阿列克谢·康斯坦丁诺维奇·托尔斯泰和热姆楚日尼科夫兄弟合署的笔名。——俄文本编者注

遇到什么人,他总要借钱,就连他的上司和那些看门人,他也不放过。他天性懒散,懒到了对自己也不关心的地步,随波逐流,自己也不知道自己会飘到哪儿去,为什么要飘去。人家领他到哪儿,他就到哪儿。要是人家带他去下流的地方,他就去。人家在他面前放一杯啤酒,他就喝,要是不放呢,他就不喝。如果有人在他面前骂自己的妻子,他就也骂自己的妻子,硬说她破坏了他的生活。遇到人家夸自己的妻子好,他就也夸自己的妻子好,诚恳地说:"我十分爱她,这个可怜的女人。"他没有皮大衣,老是披一件冒出儿童室气味的方格呢大衣。在吃晚饭的当儿,他常常在沉思,把面包搓成一个个小圆球,喝很多红葡萄酒,每逢这种时候,说来奇怪,我几乎确信,他有什么心事,他自己大概也隐约感到了,可是由于生活的纷扰和俗事太多,没有工夫去了解它,重视它。他有时候稍微弹一阵钢琴。往往,他靠着钢琴坐下来,弹两三个音,轻声唱道:

　　未来的日子给我准备了什么?①

可是立刻,他好像吓坏了似的,站起来,走到离钢琴远远的地方去了。

　　这些客人照例要到十点钟光景才到齐。他们在奥尔洛夫的书房里打牌,我和波丽雅给他们端茶。只有在这种时候,我才能够深切地领略到做听差的种种苦味。我得一连在房门旁边站上四五个钟头,注意不要有茶杯空着,掉换烟灰缸,跑到桌子跟前去拾起一支掉在地下的粉笔或者一张纸牌,要紧的是我得站着,等着,小心在意,不能说话、咳嗽、微笑。我敢断定,这种工作比最重的农活还要苦。从前我在军舰上,遇到起风暴的冬天夜晚,一连站过四个钟头的岗,可是我认为那种值班要轻松得多了。

---

①　柴可夫斯基的歌剧《叶甫盖尼·奥涅金》中连斯基的咏叹调。——俄文本编者注

他们打牌一直要打到两点钟,有时候打到三点钟,然后伸着懒腰,走进饭厅吃晚饭,或者像奥尔洛夫所说的,垫补一下肚子。吃饭的时候,谈话开始了。领头的照例是奥尔洛夫,他带着嘲笑的眼神谈起一个熟人,谈起不久以前读过的一本书,谈起新的任命或者新的计划。善于逢迎的库库希金就给他帮腔,于是,依我当时的心情听来,一种极可憎的谈话开场了。奥尔洛夫和他的朋友们的讥诮是漫无边际的,他们不放过任何人和任何事情。他们谈到宗教,总讥诮一阵,谈到哲学,谈到生活的意义和目标,又是一阵讥诮。要是有人提起老百姓,也还是讥诮一阵。彼得堡有一批特殊人物,专门嘲笑生活中的每一种现象。他们连挨饿的人或者自杀的人也不肯放过,总要说上几句庸俗的话。可是奥尔洛夫和他的朋友们并不只是说说笑话或者开开玩笑,而是冷嘲热讽。他们说上帝是没有的,人一死就全完了,说不朽的人只有法国科学院里才有①。真正的幸福是没有的,也不可能有,因为它的存在以人的完善为前提,而人的完善乃是逻辑的荒谬。俄国是乏味而贫困的国家,不亚于波斯。知识分子毫无希望,按照彼卡尔斯基的看法,知识分子绝大多数都是没有本领和一无用处的人。老百姓呢,只会灌酒,偷懒,窃盗,一代不如一代。我们没有科学,文学也一塌糊涂,商业立足于欺诈:"不骗人就卖不出货。"诸如此类,不胜枚举。一切都是可笑的。

临到晚饭将近结束,大家喝过酒而兴致好起来,闲谈就转到逗笑的话题上去。他们取笑格鲁津的家庭生活,取笑库库希金的得手,取笑彼卡尔斯基,据说他的支出账簿的某一页上标着"慈善事务",另一页上标着"生理需要"。他们说忠实的妻子是没有的,尽管丈夫正坐在隔壁的书房里,客人也可以想出巧招,不用等走出客

---

① 法国人称法国文学艺术科学院的成员为不朽的人。——俄文本编者注

厅就能得到那人妻子的爱抚。少女们已经有一肚子邪心思,什么事都懂。奥尔洛夫保存着一个十四岁女学生所写的信:她在下学回家的路上,"在涅瓦大街勾搭上一个军官",据说他把她带回自己家里,直到夜深才放她走,她就赶紧写信把这件事告诉她的女朋友,让她的女朋友也分享这种快乐。他们说,纯洁的道德从来就没有过,现在也没有,显然这种东西是不必要的,没有它,人类至今也过得挺好。至于一般所谓的放荡,它的害处无疑被人夸大了。在我们的惩罚条例里所规定的反常行为并没有妨碍第奥根尼①成为哲学家和导师,恺撒②和西塞罗③都是贪淫好色的人,同时又是伟人。加图④老人娶了一个年轻的女人,可是人家仍旧认为他是一个严格持斋和维护道德的人。

到三四点钟,客人们走散,要不然,就一同到城外或者到军官街去找一个名叫瓦尔瓦拉·奥西波芙娜的女人。我就回到我的下房去,由于头痛和咳嗽而很久睡不着觉。

四

我记得,自从我在奥尔洛夫家住了大约三个星期以后,在一个星期日早晨,有人来拉门铃。那是十点多钟,奥尔洛夫还在睡觉。我走出去开门。您可以想象得到我的惊讶,原来在门外的梯台上站着一个罩着面纱的女人。

"盖奥尔季·伊凡内奇起床了吗?"她问。

我从说话声听出她是齐娜伊达·费多罗芙娜,我常到兹纳敏

---

① 第奥根尼(约前404—约前323),古希腊哲学家。
② 恺撒(前100—前44),古罗马统帅和政治家。
③ 西塞罗(前106—前43),古罗马演说家、作家、政治家。
④ 加图(前234—前149),古罗马政治活动家。

街去给她送信。我记不得当时我是否来得及回答她的话,也记不得我能不能定下心来回话,总之,她的来临使得我怔住了。再者她也用不着我答话。转瞬间,她就从我身旁溜进去,前厅里立即弥漫着她身上的香水气味,这我直到现在还记得很清楚。然后她走进房间,脚步声听不见了。至少,这以后有半个钟头,什么声音也听不见。可是又有人来拉铃了。这回是一个打扮得很时髦的姑娘,大概是阔人家的使女,她和我们的看门人喘吁吁地把两只皮箱和一只柳条箱抬进来。

"这是给齐娜伊达·费多罗芙娜送来的。"姑娘说。

她走了,没再说别的话。这一切都很神秘,使波丽雅脸上现出狡黠的微笑,她对老爷们的胡搞一向极感兴趣。她仿佛想说:"瞧,我们这儿出事啦!"从此她一直踮起脚尖走路。最后脚步声响起来了。齐娜伊达·费多罗芙娜很快地走进前厅来,看见我站在我的下房门口,就说:

"斯捷潘,去帮盖奥尔季·伊凡内奇穿衣服。"

我拿着衣服和皮靴走进奥尔洛夫的房间。他正坐在床沿上,耷拉着两条腿,脚碰到熊皮地毯。他现出心慌意乱的样子。他没注意我,也不关心我这个仆人会有什么样的想法。显然他心不定,他在自己面前,在自己的"心眼"面前发窘。他一句话也不说,慢腾腾地穿衣服,洗脸,然后梳头,刷衣服,仿佛容自己有点时间仔细想想自己的处境,考虑一下似的,甚至从他的背部都可以看出他心慌,不满意自己。

他们两人一块儿喝咖啡。齐娜伊达·费多罗芙娜拿起咖啡壶来给自己和奥尔洛夫斟上咖啡,然后把胳膊肘支在桌子上,笑起来。

"我至今还难以相信,"她说,"一个人在外面旅行很久,末了回到旅馆里,他就一时难以相信,自己不必再往前走了。轻松地喘一口气是愉快的。"

她带着很想淘气的小姑娘的神情轻松地喘一口气,又笑起来。

"您得原谅我,"奥尔洛夫说,朝报纸点了一下头,"喝咖啡的时候看报,已经成了我改不掉的习惯。不过我能同时做两件事:一边看报,一边听人说话。"

"看吧,看吧。……您的习惯和您的自由仍旧属于您。不过为什么您拉长了脸?您早晨总是这样吗?还是只有今天才如此呢?您不高兴吗?"

"正好相反。不过,老实说,我有点吃惊。"

"为什么呢?您早就知道我会突然到你这儿来,你该做好准备呀。我天天对您说我要来。"

"不错,可是我没料到您正好今天实现您的话。"

"我自己也没料到,不过这倒更好。这样更好,我的朋友。把病牙一下子拔掉,就完事了。"

"是啊,当然。"

"啊,我亲爱的!"她说,眯细了眼睛,"凡是结局好的,才能算好事。不过,在好结局来临以前,先要受多少苦呀!您别看我在笑。我高兴,我幸福,可是我倒想哭,并不想笑。昨天我经受了一场战斗,"她用法国话接着说,"只有上帝才知道我多么难受。可是我在笑,因为我简直不敢相信。我觉得我跟您一块儿喝咖啡不是真事,而是一场梦。"

随后她用法国话接着讲起昨天她怎样跟她的丈夫决裂,她的眼睛时而满是泪水,时而带着笑意,痴迷地瞧着奥尔洛夫。她说她的丈夫早已怀疑她,可是不肯说穿。他们常常吵架,往往在吵得最激烈的时候,他就突然闭口,走回他的书房,免得气头上一下子说出他的怀疑,也免得她自己公然道破。其实齐娜伊达·费多罗芙娜心里抱愧,觉得自己渺小,不敢跨出大胆而严肃的一步,因此一天天越来越恨自己,恨她的丈夫,像在地狱里那样痛苦。昨天吵架的时候,他用含泪的声调叫道:"这种局面什么时候才能了结啊,我的上帝?"说完,他又走回书房去了,可是她像猫追老鼠似的跟踪跑去,不容他关上房门就对他喊道:她恨透了他。当时他把她放进书房,她就索性把事情讲穿,承认她爱上了另一个人,那个人才是她真正的、最合法的丈夫;她认为她在良心上负有义务,今天无论如何得搬到他那儿去,哪怕有大炮轰她也不管。

"您有一种强烈的浪漫主义气质。"奥尔洛夫打断她的话说,可是他的眼睛没有离开报纸。

她笑起来,接着讲下去,根本没有碰她的咖啡。她的脸烧得绯红,这使她有点心慌,她难为情地看看我和波丽雅。根据她后来的叙述,我知道她的丈夫先是责备她,威胁她,最后淌下了眼泪,这就是他的回答。说得确切点,经受了一场战斗的不是她,而是他。

"是啊,我的朋友,我的神经兴奋的时候,一切倒还顺当,"她说,"不过一到夜里,我就泄气了。您,若尔日①,不相信上帝,可是我有点相信,我怕报应。上帝要求我们隐忍,宽宏大量,自我牺牲,我却不肯隐忍,想按我自己的心意安排生活。这对吗?如果上帝认为这样做不对呢?夜里两点钟,我丈夫走进我的房间,对我说:'我不许您走。我要找警察把您抓回来,闹他个满城风雨。'过一会儿,我一看,他又像个影子似的站在门口了。'您得顾到我。您私奔,可能会损害我的前程。'这些话狠狠地敲打我的心,弄得我仿佛全身生了锈似的。我心想,报应已经开头了,就害怕得发抖,痛哭。我觉得好像天花板朝着我塌下来,我马上就会给押到警察局去,您会不再爱我,一句话,上帝才知道我想了些什么!我暗想,我索性抛开幸福,到修道院去,或者到什么地方去做护士。可是这

---

① 盖奥尔季的小名。

时候,我猛地想起您爱我,我没有权利不告诉您就处置我自己。我的脑子就乱了,我灰心绝望,不知道该怎样想,怎样做才好。可是太阳一升上来,我又高兴起来了。我等到早晨,就坐上车子来找您。啊,我多么痛苦啊,我亲爱的。我一连两夜没有睡觉了!"

她疲乏,兴奋。她恨不能在同一个时间又睡觉,又不住地谈下去,又笑,又哭,还想到饭馆去吃早饭,为的是感到自己自由了。

"你这个住宅挺舒服,不过我担心两个人住会嫌小。"她喝过咖啡后很快地走遍各个房间,说,"你给我哪个房间呢?瞧,我看中了这一间,因为它在你的书房隔壁。"

从此以后她就把这个房间叫作她的房间。一点多钟,她在书房隔壁的这个房间里换了一身衣服,跟奥尔洛夫一块儿出去吃早饭。午饭他们也是在饭馆里吃的。在早饭和午饭之间那段很长的时间里,他们跑商店。我直到夜深还给商店的店员和送货员开门,从他们手里收下各种各样买来的物品。他们送来的东西中有一面上等的穿衣镜、一个梳妆台、一张床、一套我们不需要的豪华茶具。他们还送来一整套铜锅,我们就把它们陈列在我们空荡荡的、阴冷的厨房里的架子上。我们拆开茶具的包装,波丽雅的眼睛就发亮了。她带着憎恨的神情看了我两三次,生怕我抢在她前面,偷走这些漂亮茶杯中的一个。他们还送来一张女用写字台,很贵重,然而用起来不方便。显然,齐娜伊达·费多罗芙娜存心在我们这儿长住下来,做这个宅子的女主人了。

九点多钟,她和奥尔洛夫回来了。她由于做了一件大胆的、不平凡的事而感到十分自豪。她心里充满热爱,同时觉得自己也被人热爱着。她筋疲力尽,指望酣畅、甜蜜地睡一觉,总之,她陶醉在新生活里了。她心里洋溢着幸福,双手紧紧地互握着,反复说,一切都美满,起誓说她会永远爱他。她相信自己也被人深深地爱着,而且会永远爱下去。这种誓言和这种天真的、几乎可以说是幼稚的信心使她年轻了五岁。她说出许多可爱的废话,又嘲笑自己。

"再也没有比自由更高的幸福了!"她说,逼自己讲些严肃而有意义的话,"真的,你想想看,那是多么荒谬啊!哪怕我们自己的意见颇有道理,我们也会觉得没一点价值。我们反而在各式各样糊涂虫的意见面前发抖。这次,我一直到最后关头都在害怕别人的意见,可是等到我听从我自己的意见,决定按自己的心意生活,我的眼睛就睁开了,我才克服了我那种愚蠢的恐惧。现在呢,我幸福了,希望大家都能享受这种幸福才好。"

然而她的思路立刻断了,她讲起新住宅,讲起壁纸和马车,讲起到瑞士和意大利去旅游。可是奥尔洛夫跑饭馆,去商店,已经累得要命。他仍旧像我今天早晨发现的那样心神不定。他微笑着,可是与其说是由于快乐,不如说是出于礼貌。每逢她严肃地讲到什么,他总是讥诮地同意道:"嗯,是啊!"

"斯捷潘,赶快找个好厨师吧。"她转过脸来对我说。

"不应该先张罗厨房的事,"奥尔洛夫说,冷冷地瞧着我,"应当先搬家才对。"

他从来也不用厨房,不养马,因为,照他的话来说,他不喜欢"弄得家里不干不净"。他容许我和波丽雅住在他的住宅里只是出于不得已。所谓家庭以及它那些平凡的欢乐和争吵都败坏他的口味,成了庸俗的事。至于怀孕,生儿养女,谈论子女,那更是低级趣味,小市民习气。现在我不由得生出极其强烈的好奇心,要看一看这两个人怎样在同一所房子里相处下去,她是喜欢家庭生活和操持家务的,买下了铜锅,希望雇个好厨师,养一些马。他呢,常常对朋友们说,一个正派而喜爱洁净的人的家里如同军舰上一样不应当有什么多余的东西,不要有什么女人,子女,抹布,厨房用具。……

五

现在我要讲一讲本星期四所发生的事情。这一天,奥尔洛夫和齐娜伊达·费多罗芙娜是在康坦饭店或者多侬饭店①吃的午饭。饭后,回家来的却只有奥尔洛夫一个人。我后来才知道,齐娜伊达·费多罗芙娜到彼得堡城郊她原先的一个家庭女教师家里去了,以便在她那儿度过我们家里有客人的那段时间。奥尔洛夫不愿意让他的朋友们看见她。这是早晨他们喝咖啡的时候我知道的,当时他一再对她说,为了让她心情平静起见,她不能参加星期四的晚会。

照例,客人们几乎是在同一个时间到来的。

"女主人在家吗?"库库希金小声问我。

"没在家,先生。"我回答说。

他走进去,眼睛里闪出狡猾的、淫荡的目光,他神秘地微笑着,一边搓着冻得冰凉的手。

"恭喜恭喜,"他对奥尔洛夫说,发出谄媚阿谀的笑声,笑得周身发抖,"祝您多子多孙,像黎巴嫩雪松那样繁殖得快。"

客人们朝寝室走去,在那儿瞧见一双女人的便鞋、两张床之间的一块地毯、挂在床框上的一件灰色女上衣,就开了一阵玩笑。他们眉飞色舞,因为这个固执的人平时看不起恋爱中一切平凡的俗套,如今却突然这样简单而平凡地落在女人的罗网里了。

"嘲笑归嘲笑,到服帖的时候还是得服帖。"库库希金反复说了好几次。顺便提一下,他有一种讨厌的习惯,喜欢炫耀教会斯拉

---

① 彼得堡的两家饭店,康坦和多侬是饭店老板的名字。——俄文本编者注

夫语。"轻一点!"他们从寝室出来,走到书房隔壁的房间去的时候,他把一根手指头举到嘴唇边,小声说,"嘘!玛加丽特①在这儿想念浮士德呢!"

他哈哈大笑,仿佛说了什么非常滑稽的话似的。我冷眼看着格鲁津,料想他那音乐的灵魂一定受不了这种笑声,可是我错了。他那一团和气的瘦脸快活得眉开眼笑。他们坐下来打牌的时候,他笑得上气不接下气,吐字不清地说,现在若尔日只差添置一根樱桃木的烟袋杆和一个六弦琴就可以使他的家庭幸福完美无缺了。彼卡尔斯基庄重地笑着,然而从他那聚精会神的脸色看得出来,他感到奥尔洛夫的新恋爱事件不是滋味儿。他不明白这究竟是怎么回事。

"那么她的丈夫怎么样了?"他打过三圈牌后茫然问道。

"我不知道。"奥尔洛夫回答说。

彼卡尔斯基伸出手指头理着他那把大胡子,就此沉思不语,一直到吃晚饭。等到他们坐下来吃晚饭,他才拖长每个字的字音慢腾腾地说道:

"总之,对不起,我不了解你们两个人。你们可以按你们的心意相亲相爱,违犯第七诫②,这我倒能够理解。是啊,这在我是可以理解的。可是何必要让她的丈夫知道你们的秘密呢?难道这有必要吗?"

"可是,知道不知道,还不是一样?"

"嗯……"彼卡尔斯基沉思地说,"那么我要告诉你,我亲爱的朋友,"他接着说,显然在紧张地思考,"要是日后我续弦,而你有心给我戴绿帽子,那么你务必要做得别让我看出来。欺骗一个人,

---

① 德国作家歌德(1749—1832)所著《浮士德》中的女主人公。
② 指《旧约·出埃及记》中所载的十诫之一:不可奸淫。

总比破坏这个人的生活秩序和名誉正直得多。我明白。你们俩以为公开同居是异常正直的、自由派的行为,可是我不能同意这种……怎么说好呢?……这种浪漫主义。"

奥尔洛夫一句话也没回答。他心绪不好,不想说话。彼卡尔斯基仍旧想不通,用手指头敲着桌子,想了一阵,说:

"我仍旧不理解你们两个人。你不是大学生,她也不是女裁缝。你们俩都是有财产的人。我认为你尽可以给她另外安排一个家。"

"不,办不到。你读一读屠格涅夫的作品吧。"

"我何必去读他的作品呢?我已经读过了。"

"屠格涅夫在他的作品里教导我们说,任何一个高尚的、思想正直的姑娘都应当跟着她所爱的男人走遍天涯海角,去为他的思想工作,"奥尔洛夫说,讥诮地眯细眼睛,"天涯海角,这是诗的破格①,所谓天涯海角其实就在她所爱的男人的住宅里。因此,不跟爱你的女人生活在同一个住宅里,这无异于不准她完成她的崇高使命,不赞同她的理想。是啊,老兄,屠格涅夫这样一写不要紧,现在我可得吃苦头了。"

"我不懂这跟屠格涅夫有什么相干。"格鲁津耸耸肩膀,轻声说,"您,若尔日,总还记得《三次相会》里讲到有一天,那个男的很晚在意大利的什么地方走着,忽然听见:你偷偷地想着我,到我这儿来吧!②"格鲁津唱起来,"真好啊!"

"不过,她总不是硬要搬到你这儿来的吧,"彼卡尔斯基说,"是你自己希望这样的。"

"哎,哪儿会呢!我不但没有希望过,甚至不能想象有一天真

---

① 原文为拉丁语,此处有"诗人的高调"之意。
② 原文为意大利语。

会发生这样的事。当初她对我说她要搬到我这儿来,我还以为她是撒娇,说着玩的呢。"

大家都笑起来。

"我绝不会希望有这种事。"奥尔洛夫接着说,从他的口气听来,好像他被迫为自己辩白似的,"我不是屠格涅夫笔下的英雄①,如果哪一天我需要解放保加利亚,我也不会拉一个女人陪着我去。讲到恋爱,我首先把它看作我的卑下的、跟我的精神敌对的肉体的需要。这种肉体的需要必须审慎地加以满足,或者索性不去满足;要不然它就会把一些跟它本身同样肮脏的因素带到你生活里来。为了使这种需要成为快乐而不致成为痛苦,我总是极力把它美化,用许许多多幻象装点它。要是我事先不能肯定那个女人漂亮迷人,我就不到她那儿去。要是我兴致不佳,我也不去找她。只有在这样的条件下我们才能做到互相蒙哄,我们才能觉得我们被人爱着,我们才能幸福。那我怎么会希望买什么铜锅,看见没有梳过的头发,在我没有洗脸、心绪不好的时候被人看见呢?齐娜伊达·费多罗芙娜心地单纯,要我喜欢那些我生平避之惟恐不及的东西。她希望我的住宅里有厨房和抹布的气味。她要热热闹闹地搬到一个新住处去,坐着自己的马车出去兜风。她要照管我的内衣,为我的健康操心。她要每一分钟都干预我的私生活,注意我走的每一步路,同时又向我诚心诚意地担保,我仍然保留着我的习惯和自由。她打定主意,我们应当马上照年轻的新婚夫妇那样出去旅行一趟,那就是说,不管在火车的包房里也好,在旅馆里也好,她都要守着我,寸步不离。可是我却喜欢在旅途上看书,要我谈话我可受不了。"

"那你就对她讲明白好了。"彼卡尔斯基说。

---

① 指屠格涅夫的长篇小说《前夜》中的男主人公英萨罗夫。

"那怎么行？你以为她会明白我的意思？哪能啊，我和她的思想相差太远了！依她的看法，离开父母或者丈夫，投奔她所心爱的男人，那是崇高的勇敢精神的顶峰，可是依我的看法，这却是幼稚。爱上一个男人，跟他同居，这在她就是新生活的开始，可是依我的看法，这毫无意义。爱情和男人是她生活的核心，在这方面也许是下意识哲学在她心里作怪吧。你就是费尽唇舌也没法叫她相信爱情如同食物和衣服一样，无非是一种简单的需要罢了。世界根本不会因为夫妇不和而毁灭。一个好色的人和猎艳家可能同时又是个有天才和高尚的人。另一方面，弃绝爱情乐趣的人同时也可能是头愚蠢而恶毒的畜生。当代的文明人，甚至那些下层人，比方说，法国工人，一天也总是为吃饭花掉十个苏①，为饭前的葡萄酒花掉五个苏，为女人花掉五个到十个苏，而把自己的智慧和精力统统用在工作上。可是齐娜伊达·费多罗芙娜为爱情付出去的却不是几个苏，而是她的整个灵魂。我固然可以讲明白这层道理，可是她的回答就会是真诚的喊叫，说我毁了她，说她的生活里就此空荡荡，什么也没有了。"

"那你就什么也不用说，"彼卡尔斯基说，"光是给她另找一个单独的住宅。那就行了。"

"这办法说说容易。……"

大家沉默了一会儿。

"不过她挺可爱，"库库希金说，"她美极了。这样的女人总以为自己会永远爱下去，热烈地献出自己。"

"可是人的肩膀上总得有个脑袋才成，"奥尔洛夫说，"人得用头脑思考。我们从日常生活以及流传不朽的无数小说和剧本中获得的全部经验都一致肯定，在上流人中间，私通和同居，不管起初

---

① 法国旧辅币名，一个苏等于二十分之一法郎。

的爱情是什么样儿,总不能维持到两年以上,至多不过三年。这一点她应当知道才对。因此,什么搬家啦,锅子啦,希望永久相爱、亲密无间啦,这一切无非是她对自己和对我的愚弄罢了。她又可爱又娇媚,这一点有谁否认?可是她把我的生活秩序打乱了,她硬逼着我把我以前一直认为是琐碎无聊的事提高到严肃问题的水平。我在对偶像顶礼膜拜,可我从来不认为它是神。她又可爱又娇媚,可是不知什么缘故,现在我下班回家,心绪总是不好,仿佛我预料会在家里遇到什么不方便的事,例如砌炉工人拆掉炉子,把砖头堆成了山。一句话,我为爱情付出去的代价不是一个苏,而是我的一部分安宁和平静。这真糟透了。"

"可惜她没听见这个无赖的话!"库库希金叹口气说,"先生,"他像演戏似的说,"我来帮您卸掉爱这个美人儿的沉重义务吧!我要把齐娜伊达·费多罗芙娜从您手里夺过来!"

"您管自夺去好了……"奥尔洛夫满不在乎地说。

库库希金用尖细的嗓音笑了半分钟,周身发抖,然后说:

"当心,我不是开玩笑!事后您可千万别演奥赛罗那个角色!"

大家就谈起库库希金在情场中那种永不衰竭的精力,谈起女人对他怎样倾倒,谈起他对那些做丈夫的来说多么危险,谈起他那么贪色,日后到另一个世界,会被魔鬼放在火上烤。他眯细眼睛,一句话也不说,每逢人家说到他所认识的太太,他就伸出小指来警告——千万不能揭发别人的隐私啊。奥尔洛夫忽然看一下怀表。

客人们明白了,纷纷起身告辞。我还记得格鲁津这一回带着几分醉意,懒洋洋地穿了半天上衣,他那件上衣就像不富裕的家庭里给孩子们做的宽大长衣。他竖起衣领,开始冗长地讲一件什么事,后来看出别人没有听他讲话,就把那件有儿童室气味的方格呢大衣披在肩膀上,带着惭愧和恳求的脸色要我去找他的帽子。

"若尔日,我的天使!"他温柔地说,"好朋友,您听我说,我们现在到城外①去吧!"

"你们去吧!我不行。如今我是处在有妇之夫的地位了。"

"她是个极好的女人,不会生气的。我的好上司,我们一块儿去吧!天气挺好,大风雪,严寒。……说实在的,您得散散心才行。您心绪不好,鬼才知道您是怎么回事。……"

奥尔洛夫伸个懒腰,打个哈欠,瞧着彼卡尔斯基。

"你去吗?"他犹豫地问。

"我不知道。去就去。"

"我会不会喝醉呢,啊?嗯,好吧,我去就是了,"奥尔洛夫迟疑一下,决定下来,"你们等一等,我去取钱。"

他走进书房,格鲁津懒洋洋地跟在他后面,身后拖着那件方格呢大衣。过了一分钟,他们俩回到前厅来。带着醉意、十分满足的格鲁津,手里捏着一张十卢布钞票。

"我们明天再算账吧,"他说,"她呢,心眼好,不会生气的。……她是我的丽左琪卡的教母,我喜欢她,可怜的人。哎,好老兄!"他说,忽然笑起来,把额头抵在彼卡尔斯基的后背上,"哎,彼卡尔斯基,我的亲人,你虽是个大律师,铁面无情,不过想必还是喜欢女人的。……"

"您得补充一句,他喜欢胖女人,"奥尔洛夫说,穿上皮大衣,"不过,我们走吧,要不然,我们说不定就会在门口遇上她。"

"你偷偷地想着我,到我这儿来吧!"格鲁津唱起来。

最后,他们走了。奥尔洛夫没有在家里过夜,第二天将近吃午饭的时候才回来。

---

① 指到游乐园去。

六

齐娜伊达·费多罗芙娜丢失了一个小金表,那是以前她父亲送给她的。这次金表的丢失使她又惊讶又害怕。她花了半天工夫走遍各个房间,心神恍惚地查看所有的桌子和窗台,可是那个表却好比石沉大海,影踪全无了。

这以后不久,过了两三天,齐娜伊达·费多罗芙娜从外面回来,把她的钱包忘在前厅里了。说来也是我的运气好,这一次不是我帮她脱大衣,而是波丽雅。等到她发现钱包不在,寻找起来,前厅里的钱包已经不见了。

"奇怪!"齐娜伊达·费多罗芙娜大感不解地说,"我记得很清楚,当时我把它从衣袋里拿出来,为了付马车钱……后来就把它放在镜子旁边这个地方。怪事!"

我没有偷,可是我却有一种感觉,仿佛我偷了东西被人抓住了似的。我甚至流出眼泪来了。他们坐下来吃午饭的时候,齐娜伊达·费多罗芙娜用法国话对奥尔洛夫说:

"我们这儿闹鬼。今天我把钱包丢在前厅里,可是刚才一看,它却在我的桌子上。不过那些鬼玩这个花招可不是没有私心的。他们取走一个金币和二十卢布作为报酬呢。"

"您一会儿丢表,一会儿又丢钱……"奥尔洛夫说,"为什么我就从来也没有发生过这类事呢?"

过了一会儿,齐娜伊达·费多罗芙娜已经忘记鬼玩的花招,笑着讲起上个星期她订购过一些信纸,可是忘了说明她的新住址,商店就把信纸送到旧住处去交给她的丈夫,她的丈夫不得不照单付了十二卢布。忽然她把眼光停在波丽雅身上,定睛瞧着她。这时候她脸红起来,心慌意乱,赶紧说别的事了。

我把咖啡送到书房里去,奥尔洛夫正站在壁炉旁边,背对着火,她坐在一把圈椅里,脸对着他。

"我根本不是心情恶劣,"她用法国话说,"不过我刚才细细一想,事情就全明白了。我说得出她是在哪天,甚至哪个钟头偷走我的表的。钱包呢?那更是毫无疑义。哦!"她笑着说,从我手里接过咖啡去,"现在我才明白为什么我常常丢掉手绢和手套。不管你怎样想,反正明天我要辞掉这只喜鹊,打发斯捷潘去把我的索菲雅找来。索菲雅不是贼,而且她长得也不是那副……讨厌相。"

"您心绪不好。明天您的心绪就会不同,那就会明白不能仅仅因为怀疑一个人如何如何就把这个人撵走。"

"我不是怀疑,而是确信这是事实,"齐娜伊达·费多罗芙娜说,"先前我怀疑过那个一脸倒霉相的无产者,您的听差,可是我什么话也没说。真糟糕,若尔日,您都不信我的话了。"

"如果我在一件事情上跟您的看法不同,那并不等于说我不信任您。就算您说得对吧,"奥尔洛夫说,回过身去对着炉火,把他的烟头丢进火里,"可是也仍旧不应该这么激动。总之,老实说,我没有料到我这个小小的家会惹得您这么烦恼和激动。您丢了一枚金币,哦,那也没什么,您管自在我这儿拿哪怕一百枚去也成,至于改变生活秩序,从街上另找个使女来,等她习惯这个地方的活儿,那得很长时间,简直太乏味了,我可不喜欢这样。我们现在这个使女虽然长得胖,也许喜欢手绢和手套什么的,不过另一方面,她做事倒很得体,懂规矩,库库希金捏她一下,她也不尖声叫喊。"

"一句话,您舍不得跟她分手。……您就照实说吧。"

"您吃醋了?"

"对,我吃醋了!"齐娜伊达·费多罗芙娜斩钉截铁地说。

"多谢多谢。"

45

"对,我吃醋了!"她又说一遍,她的眼睛里闪着泪花,"不,这不是吃醋,而是比这更糟……我都难于找出一个词儿来称呼这种感觉。"她用两只手按住鬓角,继续激动地说下去,"你们这些男人都这么卑鄙可恶!这真可怕!"

"我看不出这件事有什么可怕的。"

"我没亲眼看见过,我不知道,可是据说你们男人还在小时候就跟使女勾勾搭搭,后来养成习惯,一点也不觉得恶心。我不知道,我不知道,然而我甚至在书上都读到过。……若尔日,当然,你说得对,"她走到奥尔洛夫跟前,转而用亲热和恳求的口气说,"真的,我今天心绪不好。不过你明白,我不可能不生气。我讨厌她,怕她。我一看见她就受不了。"

"难道您就不能站得比这些琐碎的事高一点?"奥尔洛夫说,困惑不解地耸耸肩膀,从壁炉那儿走开,"要知道,再也没有比这更简单的了:您别把她放在眼里,她就不会惹得您讨厌,您也就不用为一点小事演整整一出戏了。"

我走出书房,不知道奥尔洛夫听到了什么样的回答。不管怎样,波丽雅在我们这儿留下来了。这以后齐娜伊达·费多罗芙娜再也不支使她做什么事,显然极力不要她来服侍她。每逢波丽雅给她端来什么东西,或者甚至只是在她身旁走过,镯子玎玲玎玲响,裙子沙沙作声,她就会浑身打战。

我想,如果格鲁津或者彼卡尔斯基要求奥尔洛夫辞退波丽雅,他就会毫不犹豫地照办,不用人家费什么口舌。他为人随和,就跟一切冷漠无情的人一样。然而不知什么缘故,在他跟齐娜伊达·费多罗芙娜的关系中,他哪怕在小事上也寸步不让,有时候竟到了任性的地步。我事先就能知道,如果齐娜伊达·费多罗芙娜喜欢什么,他就一定不会喜欢。她从商店回来,匆匆忙忙把新买的东西摊在他的面前,他总是随便看上一眼,冷淡地说家里多余的东西越多,空地方就越少。有时候他已经穿好燕尾服准备到什么地方去,而且已经跟齐娜伊达·费多罗芙娜告别,却忽然发了犟脾气,偏偏留在家里不走。在这种时候,依我看来,他留在家里纯粹是为了要叫自己感到不幸罢了。

"为什么您又留下来不走了?"齐娜伊达·费多罗芙娜假装烦恼地说,而事实上却高兴得满脸放光,"为什么呢?您习惯了傍晚不待在家里,我可不希望您为我改变您的习惯。要是您不希望叫我心里负疚,您就管自去吧,去吧。"

"难道有谁怪罪您了?"奥尔洛夫说。

他带着受害者的神情在书房里的圈椅上坐下,用手遮住眼睛,拿起一本书来。然而不久这本书就从他手里掉下来,他笨重地在圈椅上扭动身子,又用手遮住眼睛,仿佛要挡住阳光似的。这时候他已经因为没有出去而懊恼了。

"可以进来吗?"齐娜伊达·费多罗芙娜说,迟疑不定地走进书房来,"您在看书?我闷得慌,就来看看您……一会儿就走。"

我记得,有一天傍晚她就是这样迟迟疑疑、不合时宜地走进来,在奥尔洛夫脚旁的地毯上坐下来。从她那种胆怯和轻手轻脚的动作可以看出来,她不了解他的心情,暗自害怕。

"您老是看书……"她讨好地说,显然想博得他的欢心,"若尔日,您知道您的成功秘诀里有一条是什么?那就是您有学问、有头脑。您在看什么书啊?"

奥尔洛夫回答了一句话,接着沉默了几分钟,而这几分钟我觉得很长。我在客厅里站着,在那儿观察他们两个人,生怕自己咳嗽起来。

"我有话想跟您说……"齐娜伊达·费多罗芙娜小声说,笑了起来,"可以说吗?您听了也许会发笑,说这话是自我陶醉。您猜怎么着,我一心想,一心想您今天是为了我才留在家里的……好跟我一块儿消磨这个傍晚。对吗？可以这样想吗？"

"您管自这么想吧，"奥尔洛夫说，用手遮住眼睛，"真正幸福的人不但想实际存在的东西，甚至还想实际不存在的东西。"

"您这句话太长了，我没有完全听明白。那么，您是想说幸福的人生活在幻想中？对，这是实话。我每到傍晚就喜欢坐在您的书房里，让我的思想把我带到远远的，远远的地方去。……幻想往往是愉快的。来，若尔日，我们索性来谈谈我们的幻想吧！"

"我没有读过贵族女子中学，不精通这门学问。"

"您心绪不好？"齐娜伊达·费多罗芙娜问，抓住奥尔洛夫的手，"您说说：这是为什么？每逢您这样，我总是感到害怕。我不明白，这究竟是因为您头痛，还是因为生我的气。……"

又在沉默中过了漫长的几分钟。

"为什么您的态度变了？"她轻声说，"为什么您不像往常在兹纳敏街那么温柔、快活了？我在您这儿住了差不多一个月，可是我觉得我们好像还没有开始生活似的，什么事都还没有好好地谈过。您老是拿玩笑来回答我的话，要不然，就说得又冷淡又长，像是老师在讲课。就连您的玩笑话也有一种冷冰冰的味道。……为什么您不再跟我正正经经地谈话了？"

"我说话素来是正正经经的。"

"好，那我们就来谈谈吧。看在上帝面上，若尔日。……谈谈好吗？"

"谈吧。可是谈什么呢？"

"我们来谈谈我们的生活，我们的未来……"齐娜伊达·费多罗芙娜沉思地说，"我一直在计划我们的生活，一直在计划，我心里愉快极了！若尔日，我从提问题开始吧：您什么时候辞掉您的职务？"

"这是为什么？"奥尔洛夫问，把放在额头上的手放下来。

"有您那种见解的人不能担任公职。这对您不合适。"

"我的见解?"奥尔洛夫问,"我的见解?按信念和性情来说,我是个普通的文官,谢德林笔下的人物。我看,您一定把我错看成另外一种人了。"

"您又在开玩笑,若尔日!"

"一点也没有。这种职务也许并不使我满意,不过,对我来说,它毕竟比别的工作好。我在那儿已经习惯了,那儿的人都跟我一样。无论如何,我在那儿不能算是个多余的人,我觉得在那儿还过得不错。"

"您痛恨官场,您讨厌做官。"

"是吗?要是我递上辞呈,述说我的幻想,飞到另外一个世界去,那您以为,对我来说,那个世界就会比官场少可恨些吗?"

"您为了反驳我,甚至甘愿毁谤自己,"齐娜伊达·费多罗芙娜不痛快地说,站起身来,"我后悔不该开始这场谈话。"

"您何必生气呢?我并没有因为您不做官而生气啊。各人总是按各人的心意生活的。"

"那么,难道您是按您的心意生活?难道您感到自由?您一辈子写那些违背您信念的公文,"齐娜伊达·费多罗芙娜接着说,绝望地把两只手合起来一拍,"在上司面前低声下气,给上司拜年,再就是打牌,打牌,打牌,而且主要的是您得为您所不可能喜爱的那种制度服务。不,若尔日,不!您不该开这种玩笑。这太可怕了。您是个有思想的人,只应当为思想工作。"

"真的,您把我错看成另一种人了。"奥尔洛夫叹口气,说。

"您干脆说您不想跟我谈话好了。您讨厌我,就是这么回事。"齐娜伊达·费多罗芙娜含着眼泪说。

"您听着,我亲爱的,"奥尔洛夫在圈椅上坐正,带着教训的口气说,"刚才承您的情,说我是个有学问、有头脑的人,那么,教导一个有学问的人就只会弄巧成拙。您刚才称呼我是有思想的人,您心目中所指的那些渺小的和伟大的思想,我都知道得很清楚。因此,如果我宁可做官和打牌而不要那些思想,那我总有我的道理。这是一。第二,据我所知,您从来也没有做过官,您对政府官职的判断只可能是从传闻和坏小说里得来的。所以我们不妨就此说定:不谈那些我们早已知道的事情,也不谈那些我们没有资格评论的事情。"

"为什么您对我说这种话?"齐娜伊达·费多罗芙娜说,退后一步,仿佛吓坏了似的,"为什么?若尔日,看在上帝面上,您该清醒一下!"

她的说话声颤动一下,断了。她分明想忍住眼泪,可是忽然大哭起来。

"若尔日,我亲爱的,我完了!"她用法国话说,很快地在奥尔洛夫面前跪下,把头枕在他的膝盖上,"我痛苦极了,我筋疲力尽,我再也受不住了,再也受不住了。……我小时候,折磨我的是我那可恨的、淫荡的后娘,后来是我的丈夫,现在呢,是您,您。……我发疯般地爱您,而您却用讥诮和冷淡来报答我。……还有那个可怕的、老脸皮的使女!"她哭着说下去,"是啊,是啊,我明白,我不是您的妻子,也不是您的朋友,而是一个因为做您的情妇而得不到您尊敬的女人。……那我自杀就是!"

我没有料到这些话和这场痛哭会对奥尔洛夫产生那么强烈的影响。他脸红了,身子不安地在圈椅上扭动,脸上的讥诮神情消失,现出茫然的和孩子般的恐慌模样。

"我亲爱的,我对您赌咒,您没有了解我的意思。"他慌里慌张地嘟哝着,摩挲她的头发和肩膀,"请您原谅我,我求求您。我不对,而且……我恨我自己。"

"我刚才的诉苦和牢骚侮辱了您。……您是个正直的、宽宏大量的……天下少有的人,这一点我随时都能体会到。可是这些天来我苦恼透了。……"

齐娜伊达·费多罗芙娜猛地搂住奥尔洛夫,吻他的脸。

"只是您别哭,千万别哭了。"他说。

"不哭,不哭了。……我已经哭够,心里轻松了。"

"至于那个使女,明天一定不要她再留在这儿。"他说,身子仍旧不安地在圈椅上扭动。

"不,让她留下,若尔日!您听见吗?我再也不怕她了。……小事不应当放在心上,不应当胡思乱想。您说得对。您真是个天下少有的……了不起的人!"

她很快就止住了哭。她在奥尔洛夫的膝盖上坐下,睫毛上闪着还没有干的泪花,低声细语地对他讲了些动人的话,像在回忆童年和青年时代。她伸出手来抚摸他的脸,吻他,细细地看他那只戴着戒指的手和他表链上的表坠。她讲得入了迷,由于挨近她所爱的人而陶醉了。大概刚才的眼泪洗净了她的灵魂,使她的灵魂充满了生气,总之她的说话声显得异常纯洁诚恳。奥尔洛夫抚弄她那栗色的头发,无言地把她的手送到他的唇边吻着。

后来他们在书房里喝茶,齐娜伊达·费多罗芙娜大声念一些信。到十二点多钟,他们就去睡了。

这天晚上我胸口痛得厉害,直到凌晨还没睡暖和,睡不着。我听见奥尔洛夫从寝室里走出来,到他的书房去。他在那儿大约坐了一个钟头之后,摇了摇铃。我身上痛,而且疲乏得很,忘了一切规矩和礼貌,只穿着内衣,光着脚往书房走去。奥尔洛夫穿着睡衣,戴着睡帽,站在门口等我。

"叫你的时候,你得穿整齐了再来,"他厉声说道,"再拿几根蜡烛来。"

我刚要道歉,可是忽然很厉害地咳嗽起来。为了免得跌倒,我就伸出一只手去抓住门框。

"您有病?"奥尔洛夫问。

自从我们相识以来,这好像还是第一次他对我称呼"您"。上帝才知道这是什么缘故。大概我只穿着内衣,咳嗽得脸色大变,因而没有把我的角色演好,不大像听差吧。

"既然您有病,为什么还来干活?"他说。

"免得饿死啊。"我回答说。

"这种事,说真的,糟透了!"他轻声说着,往他的桌子那儿走去。

我穿好衣服,放好新蜡烛,点上,这时候他已经在桌子旁边坐下,把两只脚伸到一把圈椅上,用刀子裁开一本书的书页了。

我走了,留下他一个人在那儿专心看书,那本书不再像平时晚上那样从他手里掉下来了。

七

我写到这里,有一种从小就在我心里养成的恐惧感牵制着我的手:我害怕自己再写下去会显得肉麻可笑。每逢我想对人亲热一下,说几句温柔的话,我总是不善于表现得自然而诚恳。就因为这种恐惧感,再加上缺乏经验,使我说不大清楚究竟那时候在我的灵魂里起了什么样的变化。

我并没有爱上齐娜伊达·费多罗芙娜,不过我对她怀着的那种普普通通的人类感情却比奥尔洛夫的爱情包含着多得多的青春活力、朝气和欢乐。

每天早晨,当我拿着鞋刷或者扫帚干活的当儿,我屏住气息,总是盼着最后听到她的说话声和脚步声。她先是喝咖啡,后来吃早饭,我都站在一旁瞧着她。她走到前厅,我就把皮大衣递给她。

我把套鞋穿到她那双小小的脚上,她就伸出手来扶住我的肩膀。过后,我总是盼着楼下的看门人拉铃叫我,我好跑到门口去迎接她,看见她冻得脸蛋儿发红,身上带着寒气,沾满雪花,听她发出短促的惊叫声,说到天冷,说到马车夫。但愿您能知道这一切在我是多么重要!我一心巴望落入情网,有一个我自己的家庭,一心巴望我未来的妻子正好有这样的脸,这样的说话声。我吃饭也好,受主人差遣在街上走动也好,晚上失眠的时候也好,我总是在幻想。奥尔洛夫厌恶地抛掉女人的衣服、子女、厨房、铜锅,我却拾起这一切,把它们珍藏在幻想里,爱它们,要求命运把它们赐给我。我常常梦想妻子、婴儿室、花园里的小径、小屋。……

我知道,即使我爱上她,我也不敢指望会发生她同样爱我的奇迹;不过这种想法却没有使我感到不安。我那朴实、平和的感情类似普通的好感,其中并不包含对奥尔洛夫的嫉妒,连羡慕都说不上;因为我明白,对我这样病弱的人来说,个人幸福只有在梦中才可能找到。

每逢齐娜伊达·费多罗芙娜夜间等她的若尔日回来,呆望着一本书,书页也不翻;每逢她看见波丽雅穿过房间,不由得全身打战,脸色发白,——每逢这种时候,我总是跟她一块儿痛苦,脑子里生出一个想法:索性快点挑破这个恼人的脓疮,快点让她知道星期四他们在这儿吃晚饭的当儿所说的那些话吧。可是,怎样才能做到这一点呢?我越来越经常地看到她流泪。开头几个星期,即使奥尔洛夫不在家,她也笑嘻嘻的,唱她的曲子,可是到了第二个月,我们这个寓所就充满郁闷、沉静的气氛,只有星期四才热闹一下。

她向奥尔洛夫讨好。为了从他那儿得到假意的一笑和亲吻,她老是跪在他面前,跟他亲热,好比一条可怜的小狗。她走过一面镜子,哪怕心里很难过,也会忍不住照一照,理一下头发。她仍旧关心打扮,仍旧为买回来的东西高兴,我暗暗觉得奇怪。这跟她那真诚的悲伤有点不相称。她注意时髦的衣服式样，定做贵重的衣服。这是为什么，穿给谁看？我特别记得一件新衣服，价值四百卢布。为一件多余的、不必要的衣服竟然肯花四百卢布，而我们那些女工却靠着苦役般的劳动每天只挣到二十戈比，伙食还要自理，至于那些威尼斯的和布鲁塞尔的花边女工，每天也只得到半个法郎，老板们指望她们靠卖笑来补贴家用。齐娜伊达·费多罗芙娜竟没理会这一点，我暗自觉得奇怪，心里很气恼。不过只要她一走出家门，我就又原谅这一切，为这一切找出解释，盼着看门人在楼下拉铃叫我了。

　　她对待我的态度就是对待听差，对待下等人的态度。人可以摩挲一条狗而同时又不觉得有这么一条狗存在。人们差遣我，问我话，可是没理会到有我这样一个人在场。这两个主人都认为，跟我讲话超出通常主人对仆人说话的范围，那就有失体统。如果我伺候他们吃饭，在他们的谈话里插一句嘴，或者笑起来，他们就一定会认为我发了疯，打发我卷铺盖。不过齐娜伊达·费多罗芙娜对我总算另眼相看。每逢她派我到什么地方去，或者对我解释怎样使用新式灯盏这一类的事情，她的脸容总是异常开朗，和善，亲切，她的眼睛直视着我的脸。在这种时候，我每回都觉得她带着感激的心情想起我以前常常送信到兹纳敏街去。她一摇铃，那个认为我是她的亲信，因此恨我的波丽雅就会冷笑说：

　　"去，你的女主人在叫你呢。"

　　齐娜伊达·费多罗芙娜把我看作下等人，却没有料到这所房子里如果有谁处在卑下的地位，那就是她。她不知道我这个听差在为她难过，我一天总要问自己二十次，在前面等待她的是什么，这局面会怎样了结。事情分明一天天坏下去。自从那天傍晚他俩谈论官职以后，不喜欢看到眼泪的奥尔洛夫显然害怕和回避和她谈话了。每逢齐娜伊达·费多罗芙娜开始跟他争执，或者恳求他，或者准备哭出来,他总是找个适当的借口退到书房里去,或者索性走出家门。他越来越少在家里过夜,在家里吃饭的时候就更少了。每到星期四,他总是要求他那些朋友带他到城外去玩。齐娜伊达·费多罗芙娜却照先前那样梦想她的厨房,梦想着新的住宅和国外旅行,然而梦想始终是梦想。她的饭食仍旧由饭馆送来,而搬家问题,奥尔洛夫要求她在国外旅行归来以后再提,至于旅行,他则说要等他的头发留长以后才能动身,因为没有长头发,那可不能从这家旅馆跑到那家旅馆,也不能为理想工作呀。

除此以外,傍晚奥尔洛夫不在家的时候,库库希金倒常来拜访。他的举动并没有什么特别的地方,不过我仍旧怎么也忘不了他在那次谈话中说过要从奥尔洛夫手里把齐娜伊达·费多罗芙娜夺过去的话。她请他喝茶,喝红葡萄酒,他呢,嘻嘻地笑着,想讲点讨好的话,就一再说,自由结合在各方面都比在教堂里结婚强,实际上所有的正派人都应当到齐娜伊达·费多罗芙娜这儿来,拜倒在她的脚跟前才对。

八

圣诞节过得冷冷清清,隐约透露了不祥的兆头。除夕早晨,喝咖啡的时候,奥尔洛夫出人意外地宣布,说上司派他带着特殊的使命去找一位枢密官,那人正在某省视察工作。

"我不愿意去,可是又想不出借口来!"他烦恼地说,"只好去一趟,没法子呀。"

听到这样的消息,齐娜伊达·费多罗芙娜顿时眼圈红了。

"要去很久吗?"她问。

"五天左右。"

"老实说,你出去一趟,我倒为你高兴,"她沉吟一下,说,"你可以散散心。你兴许会在路上爱上什么人,那么事后也不妨对我讲讲。"

她一有机会,总要极力让奥尔洛夫明白,她一点也不会妨碍他,他要怎样就可以怎样。这种并不巧妙、一眼就能给人看穿的手段丝毫也不能欺骗任何人,反而又一次使得奥尔洛夫感到他并不自由。

"我今天傍晚动身。"他说,开始看报。

齐娜伊达·费多罗芙娜打算送他到火车站去,可是他劝住她,说他又不是到美洲去,也不是去五年,总共只出去五天,甚至不到五天也未可知。

七点多钟,他们告别了。他伸出一条胳膊搂住她,吻她的额头和嘴唇。

"你乖乖地待在家里。我不在,你别心烦。"他用亲切热诚的口气说,连我都听得感动了,"求主保佑你。"

她凝神瞧着他的脸,好把他那亲切的脸容更深地印在她的记忆里,然后她优美地伸出两条胳膊搂住他的脖子,把头枕在他的胸前。

"你要为我们那些误会原谅我,"她用法国话说,"夫妇如果相爱,就不可能不拌嘴。我爱你爱得发疯。别忘记我。……常打电报回来,写得详细点。"

奥尔洛夫又吻她一下,然后什么话也没说,慌张地走了出去。等到房门关上,门锁咔嗒响了一声,他就在楼梯半中腰迟疑地站住,往上看一眼。我觉得,这时候楼上如果传来一点响声,他好像就会往回走似的。可是楼上静悄悄。他理一下大衣,犹豫不定地走下楼去。

雇来的雪橇早已在大门口等着了。奥尔洛夫坐上一辆,我带着两口皮箱坐上另一辆。天气严寒,十字路口的火堆正在冒烟。

雪橇跑得快，冷风刺痛我的脸和手，弄得我透不出气来。我闭上眼睛暗想：她是一个多么出色的女人啊！她爱得多么深！现在，就连各个人家的废品都有人来收去，带着行善的目的卖掉，碎玻璃都被认为是好货，可是这样一个年轻、优雅、相当聪明的正派女人的爱情，这么宝贵、这么珍奇的东西，却没有一点用处而被白白丢掉了。一个古代的社会学家认为，各种各样粗俗的激情，只要善于疏导，就可以变为有益的力量；可是在我们这儿，即使有高尚而优美的激情迸发，过后也会变得软弱无力，得不到正确的疏导，不被人们理解，或者给弄成庸俗低级了。这是为什么呢？

雪橇出人意外地停住了。我睁开眼睛，看见我们停在谢尔吉耶夫街上彼卡尔斯基住着的那所大房子旁边。奥尔洛夫下了雪橇，走进大门，不见了。过了五分钟，门口出现彼卡尔斯基的听差，他没戴帽子，因为天冷而生气，对我吆喝道：

"你耳朵聋了还是怎么的？打发车夫走掉，上楼去。老爷叫你！"

我什么也不明白，走上二楼。我从前就来过彼卡尔斯基的这个住宅，站在前厅里，瞧着大厅。每次我从潮湿阴沉的街上走进来，这所房子里擦得雪亮、放光的画片镜框、青铜器、贵重的家具就弄得我眼花缭乱。现在，我在这熠熠生辉的屋子里看见了格鲁津和库库希金，过一会儿又看见了奥尔洛夫。

"你听着，斯捷潘，"他走到我跟前说，"我在这儿住到星期五或者星期六。如果有信和电报，就每天给我送到这儿来。当然，你回到家里，就说我走了，吩咐你问她好。你现在回去吧。"

我回到家里，齐娜伊达·费多罗芙娜正在客厅里一张沙发上躺着吃梨。这儿只点着一支蜡烛，插在枝形烛台里。

"没有误了火车吗？"齐娜伊达·费多罗芙娜问。

"没有，太太。老爷吩咐我问您好。"

我回到下房,也躺了下来。我没有事情可做,也不想看书。我没有感到惊讶,也没有感到愤慨,只是绞着脑汁,暗自思索:何苦要搞这种骗局?只有十几岁的少年才会这样欺骗情人。像他这样一个博览群书、很有头脑的人难道就想不出一个比较聪明的办法?老实说,我倒并不低估他的聪明才智。我想,假使他需要欺骗大臣或者其他有势力的人,他就会为此花费很多的精力和心机;可是眼前是要欺骗一个女人,显然,那就随便想出一个什么办法来都行。骗局能够成功固然很好,不成功也没有多大关系,不妨再照这样简单快当地撒一次谎,用不着费多大的心思。

午夜,那些住在我们楼上的人迎接新年,挪动椅子,发出欢呼声,这时候齐娜伊达·费多罗芙娜却在书房隔壁的房间里拉铃叫我。她因为躺了很久而变得懒洋洋,此刻正靠桌子坐着,在写一张字条。

"我得打个电报才成,"她说,微微一笑,"您赶快坐车到火车站去,请他们把这个电报发出去。"

后来我走到街上,看到字条上写着:"祝你新年好,得到新的幸福。赶快回电,我寂寞极了。度日如年。可惜电报不能带给你一千个吻和我的心。祝你快乐,我亲爱的。齐娜。"

我发了这个电报,第二天早晨把收据交给她。

九

最糟的是奥尔洛夫不加考虑就把他的骗局的秘密也让波丽雅知道了,他吩咐她把他的衬衫送到谢尔吉耶夫街去。这以后她就带着幸灾乐祸的神情,带着我不能理解的仇恨眼光瞧着齐娜伊达·费多罗芙娜,老是在她自己的房间里和前厅里暗自得意,抿着嘴轻声地笑。

"她在这儿住得太久了,应该知趣才是!"她兴高采烈地说,"她应该放明白点。……"

她已经敏感地预感到齐娜伊达·费多罗芙娜在我们这儿不会住太久了。她为了不错过时机,就见什么拿什么。香水啦,玳瑁发簪啦,手绢啦,皮鞋啦,她统统偷走。新年第二天,齐娜伊达·费多罗芙娜把我叫到她的房间里,低声告诉我说,她的一件黑色连衣裙不见了。后来她在各个房间里走来走去,脸色苍白,又惊恐又气愤,自言自语说:

"怎么会有这样的事?嗨,怎么会有这样的事?真是闻所未闻,太不像话!"

吃午饭的时候,她想给自己舀汤,可是不行,她的手发抖。她的嘴唇也发抖。她狼狈地瞧着汤和馅饼,等她的颤抖平静下去。忽然,她忍不住瞧一眼波丽雅。

"波丽雅,您可以走开,"她说,"有斯捷潘一个人在就行了。"

"不要紧,太太,我站一会儿。"波丽雅回答说。

"用不着您在这儿站着。您干脆走掉……干脆走掉!"齐娜伊达·费多罗芙娜十分激动地站起来,接着说,"您可以另找工作。您现在就走!"

"没有老爷的吩咐,我不能走。我是他雇来的。他怎么吩咐,我就怎么办。"

"我也能吩咐您!我是这儿的女主人!"齐娜伊达·费多罗芙娜脸涨得通红,说。

"也许您是女主人,不过只有老爷才能辞退我。我是他雇来的。"

"不准您在这儿多待一分钟!"齐娜伊达·费多罗芙娜叫道,用刀子敲了一下碟子,"您是贼!听见了吗?"

齐娜伊达·费多罗芙娜把食巾往桌上一丢,脸色可怜而痛苦,

59

很快地走出饭厅去了。波丽雅放声大哭，嘴里嘟嘟哝哝，也走了出去。汤和松鸡都凉了。不知什么缘故，这份由饭馆送来放在桌子上的精美菜肴在我的眼睛里显得缺斤短两，贼头贼脑，跟波丽雅一样。碟子上的两个馅饼现出极可怜的、有罪的样子。"今天我们就要给送回饭馆里去，"它们似乎在说，"可是明天又会给端到一个文官或者名伶的午饭桌上。"

"好神气的一位太太，了不起！"波丽雅的说话声从她的房间里传到我的耳朵里来，"要是我有心，这样的太太我早就当上了，可是我还知道什么叫羞耻！咱们走着瞧吧，看我们谁先走！对！"

齐娜伊达·费多罗芙娜拉铃。她坐在房间的一个角落里，从她的神情看来，好像她坐在角落里是在挨罚似的。

"有电报来吗？"

"没有，太太。"

"去问一声看门人，说不定已经有电报来。不过您别离开这所房子，"她对我的背影说，"我一个人留在家里害怕。"

后来我几乎每个钟头都得跑下楼去找看门人，问他有没有电报送来。必须承认，这是一段多么可怕的时光！齐娜伊达·费多罗芙娜为了避免看见波丽雅，索性就在自己房间里吃饭，喝茶，而且就在一张短短的月牙形长沙发上睡觉，自己动手铺床叠被。头些日子，我常出外去送电报，可是总也收不到回电，她就不再信任我，亲自出门去打电报了。我瞧着她那样子，就也焦急地盼电报快来。我希望他会想出一个作假的办法，比方说，托人从外地某火车站上打个电报来。我想，要是他沉溺于打牌，或者已经迷上了另一个女人，那么当然，格鲁津也好，库库希金也好，都会提醒他，叫他想到我们。可是我们空等了一场。我一天总要到齐娜伊达·费多罗芙娜的房间去四五次，想对她说穿真相，可是她那模样像是一头山羊，肩膀耷拉着，嘴唇颤动，我就一言不发，退出门外。同情和怜悯夺去了我的勇气。波丽雅呢,却像没事儿似的,又高兴又得意,收拾老爷的书房和寝室,翻动柜子里的东西,弄得碗盏叮当响。当她走过齐娜伊达·费多罗芙娜的房门的时候,总要哼着曲子,或者咳嗽。她看出女主人躲着她,反而觉得痛快。晚上她常常出门,去向不明,直到两三点钟才拉门铃,我就得去给她开门,听她数落我的咳嗽。随后另一处又马上响起了铃声,我就往书房隔壁的房间跑去,齐娜伊达·费多罗芙娜把头探出门外,问道:"是谁拉门铃?"她瞧着我的两只手,看有电报没有。

最后,到星期六,楼下响起了门铃声,从楼梯上传来熟悉的脚步声,她高兴得不得了,竟大哭起来。她迎着他跑过去,搂住他,吻他的胸脯和袖子,说了些谁也听不明白的话。看门人拿进皮箱来,波丽雅的快活的说话声也响了起来。这情景好像有谁回来度假似的!

"为什么你没打电报来呀?"齐娜伊达·费多罗芙娜说,快活得喘吁吁的,"为什么?我苦极了,好不容易熬过了这段时间。……啊,我的上帝!"

"这很简单!头一天我就跟枢密官到莫斯科去了,所以没接到你的电报,"奥尔洛夫说,"等我吃过饭后,亲爱的,再详详细细给你说说。现在我得睡觉,睡觉,睡觉。……我在火车上累坏了。"

看得出来他一夜没睡,大概他在打牌,喝了很多酒。齐娜伊达·费多罗芙娜服侍他上床睡下,过后,一直到傍晚,我们都踮起脚尖走路。吃午饭的时候太平无事,可是等到他们吃完饭,走进书房,喝起咖啡来,谈话就开始了。齐娜伊达·费多罗芙娜很快地小声讲着什么,她讲的是法国话,那些话像小溪一样潺潺地流着,随后传来奥尔洛夫的很响的叹息声和说话声。

"我的上帝啊!"他用法国话说,"难道您除了说使女的坏话以外,就没有别的新鲜事可讲?"

"可是,亲爱的,她老是偷我的东西,说话顶撞我。"

"可是为什么她就不偷我的东西,不说顶撞我的话呢？为什么我就从来也不去理会什么使女,什么扫院人,什么听差呢？我亲爱的,您也实在太任性,反复无常了。……我甚至怀疑您怀孕了。那回我对您提议说,辞掉她算了,可是您却要求把她留下,现在呢,您又打算叫我撵走她。既是这样,我倒也要做个固执己见的人。我要用任性来回报任性。您要她走,我就偏要她留下。这是治好您神经的唯一办法。"

"哦,算了,算了!"齐娜伊达·费多罗芙娜惊慌地说,"我们不谈这个。……明天再谈好了。现在你给我讲讲莫斯科吧。……莫斯科怎么样?"

十

第二天,一月七日,是施洗者约翰的节日。奥尔洛夫吃过早饭以后,穿上黑礼服,戴上勋章,准备到他父亲那儿去庆贺他的命名日。他得在两点钟左右出门,可是等他穿好衣服,才一点半钟。怎样利用余下的半个钟头呢？他在客厅里走来走去,朗诵一首他小时候对父母念过的贺诗。齐娜伊达·费多罗芙娜也在那儿坐着,打算到女裁缝家或者商店去一趟。她带着笑容听他念。我不知道他们的谈话是怎样开始的。不过我给奥尔洛夫送手套去的时候,他正站在齐娜伊达·费多罗芙娜面前,带着执拗、恳求的神情对她说:

"看在上帝分上,看在一切神圣的事物分上,您不要再讲那套人人都知道的话!我们这些聪明的、有思想的女人怎么会不幸而有这种才能,总是喜欢带着一本正经的样子,狂热地讲那套连中学生都早已听得厌烦的话。哎,只求您把所有这些严肃的问题统统从我们的夫妇生活里排除出去!那我就感激不尽了!"

"我们女人就不能有自己的见解。"

"我给您充分的自由,您管自保持您的自由思想,您爱引用哪个作家的话也听便,可是请您对我做出一个让步,在我面前有两件事不要提:上流社会的危害和婚姻制度的不合理。您总该明白过来才是。人们骂上流社会,总是拿它跟商人、教士、小市民、农民、各式各样的西多尔和尼基达在其中生活的那个社会相对比。这两个社会我都厌恶,不过,如果叫我凭良心在这两个社会当中选一个,我就会毫不犹豫地选择上流社会,这可不是作假或者装腔作势,因为我的全部生活趣味都跟他们一致。我们的社会又庸俗又空虚,不过我们至少会说一口流畅的法国话,会看书,就是争吵得厉害了也不会举起拳头捶彼此的肋骨,可是那些西多尔啦,尼基达啦,还有商店的老板啦,却满口粗俗的土话,什么'包管可您的心'啦,什么'现如今'啦,什么'叫你瞎了眼'啦,还有十分放肆的酒馆习气和偶像崇拜。"

"是农民和商人在养活您啊。"

"不错,可是那又怎么样?这不仅仅是对我不光彩,对他们也不光彩。他们养活我,见着我却脱帽鞠躬,可见他们缺乏智慧和尊严,只好这样做。我不想骂谁,也不想捧谁,我只想说上流社会和下层社会同样糟糕。这两种社会我在思想上、感情上都厌恶,可是我的生活趣味却跟上流社会相同。好,现在再来讲一讲婚姻的不合理,"奥尔洛夫看一眼怀表,接着说,"其实您应该明白,这并没有什么不合理,只是人们对婚姻提出了一些不明确的要求罢了。您希望从婚姻里得到什么呢?不论是合法的或者不合法的共同生活,不论是什么样的结合和同居,好的也罢,坏的也罢,实质都一样。你们这些女人只为这个实质活着,这个实质在你们就是一切。对你们来说,缺了它,你们的生活就没有意义了。你们除了这个实质以外什么也不需要,你们真也得到了它。不过,自从你们读过许多小说以后,你们不好意思要它了,于是你们便从这边跑到那边,随随便便地调换男人,而且为了证明这种胡闹是正当的,你们就谈起什么婚姻的不合理来了。既然你们不能够而且也不愿意丢开那个实质,丢开你们最主要的敌人,丢开你们的魔鬼,既然你们仍旧服服帖帖地侍奉它,那怎么可能谈出严肃的话来?不管您对我说什么,您所有的话都无非是废话,是装腔作势。我不相信您。"

我到看门人那儿去看雪橇雇来没有。等到我回来,他们已经吵起来了。正如水手常说的那样,风越刮越猛了。

"我明白,您今天想拿冷嘲热讽来吓唬我,"齐娜伊达·费多罗芙娜说,十分激动地在客厅里走来走去,"我听您讲话,觉得恶心。不论是在上帝面前,还是在人们面前,我都是纯洁的,我也没有什么可懊悔的。至于我离开我的丈夫到您这儿来,那我为这件事自豪。我凭我的人格向您起誓,我自豪!"

"哦,那太好了。"

"如果您是个诚实的正派人,那您也应当为我的行动感到骄傲才是。这件事把我和您提高,超出了成千上万的人的水平。那些人纵然也想照我这样做,却由于胆小怕事或者种种浅薄的顾虑而下不了决心。然而您不正派。您怕自由,嘲笑纯正的热情,因为您怕无知之徒怀疑您不是正人君子。您不敢把我介绍给您的朋友,您觉得再也没有比陪我一块儿上街更苦的事了。……怎么样?难道这不是实情?为什么您至今没把我介绍给您的父亲和您的表亲?为什么?不,我真受够了!"齐娜伊达·费多罗芙娜叫道,顿一下脚,"我要求我应得的权利。请您带我去见您的父亲!"

"如果您要见他,那您尽管自己去。他每天早晨十点钟到十点半钟接待客人。"

"您多么卑鄙!"齐娜伊达·费多罗芙娜说,绝望地绞着手,"即使您说这话不是出于真心,您心里并不这样想,我也要为了您的这种残忍而痛恨您。啊,您多么卑鄙!"

"我们总是兜圈子,怎么也谈不到问题的症结上去。全部症结就在于您做错了事却又不愿意承认错误。您以为我是英雄,以为我有某些不平凡的思想和理想,而事实上我是个最普通的文官,是个牌迷,压根儿就没热衷于什么思想。那个腐朽的上流社会由于空虚和庸俗而惹得您愤慨,您从中逃出来了,我呢,却正好是那个社会名副其实的后代。请您务必承认这一点,而且要平心静气地想一想:您不该生我的气,而应该生您自己的气,因为犯错误的是您,而不是我。"

"对,我承认:我是犯了错误!"

"那就太好了。我们总算谈到了正题,谢天谢地。现在,要是您高兴的话,请您再听下去。要把我提高到您的水平,我做不到,因为我太坏。要您降低到我的水平,您也做不到,因为您太高尚。那么剩下来就只有一个办法。……"

"什么办法?"齐娜伊达·费多罗芙娜很快地问道,屏住呼吸,脸色突然白得像一张纸。

"只有让逻辑来帮忙了。……"

"盖奥尔季,您为什么折磨我?"齐娜伊达·费多罗芙娜忽然改用俄国话说,声音发颤,"这是何苦?您应该了解我的痛苦呀。……"

奥尔洛夫害怕眼泪,连忙走回书房,而且不知为什么,是打算给她再添点痛苦呢,还是想起人们在同类情形下惯常的做法,总之,他随手锁上了门。她大叫一声,往他那边跑过去,她的连衣裙沙沙地响。

65

"这是什么意思?"她敲着门问道,"这……这是什么意思啊?"她又说一遍,她的声音由于气愤而变得尖细,断断续续,"啊,原来您是这样的人?那么您要知道:我恨您,看不起您!我们之间什么都完了!全完了!"

这时候响起了歇斯底里的哭声,还夹杂着哈哈大笑声。客厅里有个小东西从桌子上掉下地,打碎了。奥尔洛夫从书房里穿过另一道门溜进前厅,胆怯地回头看一下,赶快穿上大衣,戴上礼帽,走出去了。

过了半个钟头,一个钟头,她还在哭。我想起她没有父母,没有亲人,她在这儿生活在一个恨她的男人和偷她东西的波丽雅中间,——在我看来,她的生活多么凄凉啊!我自己也不知道为什么,走到客厅去看她。她衰弱无力,再加上一头美发,在我心目中宛如温柔优雅的典范。她痛苦极了,像是害了病。她躺在一张长沙发上,藏起脸,周身颤抖。

"太太,要不要去请大夫来?"我轻声问道。

"不,不必……没什么,"她说,瞧着我,眼睛上泪痕斑斑,"我有点头痛。……谢谢。"

我走出去。傍晚她写信,一封接一封,时而派我去彼卡尔斯基家,时而派我去库库希金家,时而派我去格鲁津家,最后索性随我爱到哪儿去就到哪儿去,只求能够赶快找到奥尔洛夫,把信交给他就行。每逢我拿着原信回来,她总是骂我,求我,往我手里塞钱,仿佛害了热病似的。晚上她睡不着,坐在客厅里自言自语。

第二天将近吃午饭的时候,奥尔洛夫才回来,他们和解了。

这以后,又到了星期四,奥尔洛夫对他的朋友们抱怨他那不堪忍受的沉重生活。他吸很多烟,愤愤不平地说:

"这不是生活,是活受罪。眼泪啦,哭号啦,文绉绉的谈话啦,要求原谅啦,随后又是眼泪,又是哭号,总之,现在我没有自己的家了。我苦恼不堪,也弄得她苦恼不堪。难道还要照这样再生活一两个月吗?难道真要这样?可不是,这大有可能呢!"

"那你就找她谈一谈。"彼卡尔斯基说。

"我试过,可是谈不下去。对一个独立自主和通情达理的人,那是随便什么实话都可以大胆地直说的,可是,眼前跟我打交道的却是一个缺乏意志、没有个性、不明事理的人。我受不了眼泪,眼泪一来,我就没办法招架。她一哭,我就甘愿赌咒,说我永远爱她,我自己也会哭起来。"

彼卡尔斯基不明白,沉思地搔着他那宽阔的前额,说:

"真的,你该给她另租一所房子才是。这很简单嘛!"

"她需要的是我,而不是房子。不过说这些话有什么用呢?"奥尔洛夫叹了口气,说,"我只听到无穷无尽的谈话,却看不见我这种处境有什么出路。这才叫无辜受罪!我不是菌子,却硬叫我钻进筐子里去①。我生平对英雄这种角色避之唯恐不及,素来受不了屠格涅夫的小说,不料忽然间,仿佛开我的玩笑似的,我给看成真正的英雄了。我凭人格对她担保说,我根本不是什么英雄,举出种种不容反驳的证据来证明这一点,可是她不相信我的话。为什么不相信呢?大概我这副相貌确实有点英雄的味道吧。"

"那您就去外省视察工作吧。"库库希金笑着说。

"目前也只有这个办法了。"

这次谈话以后过了一个星期,奥尔洛夫宣布说,他又奉命陪一个枢密官出差,当天傍晚带着皮箱到彼卡尔斯基家去了。

---

① 俄国有一句谚语:"你既叫作菌子,就该钻进筐子里去。"意思是:"你既然着手干一件事,就得承担责任。"

十一

一个六十岁上下的老人,穿一件长到拖地的皮大衣,戴一顶海龙皮帽,站在门口。

"盖奥尔季·伊凡内奇在家吗?"他问。

起初我以为他是放高利贷的,是格鲁津的债主,这种人有时候到奥尔洛夫家里来讨一点零星的债款。可是等到他走进前厅,解开皮大衣,我才见到我在照片上已经看熟的那两道浓眉和那两片很有特色的闭紧的嘴唇,以及他制服上挂着的两排星章。我认出他来了,他就是那个著名的政府要人,奥尔洛夫的父亲。

我回答他说,盖奥尔季·伊凡内奇不在家。老人使劲闭紧嘴唇,沉思地瞧着一旁,让我看到他那干瘦而没牙的侧面像。

"我留个字条吧,"他说,"你领我进去。"

他把套鞋留在前厅,却没脱掉沉重的长皮大衣,往书房走去。到了书房,他在书桌前面一把圈椅上坐下,拿起钢笔以前先沉思三分钟光景,而且用手遮住眼睛,像挡开阳光似的,简直跟他儿子心绪不好时的神态一模一样。他脸容忧郁,沉静,现出只有在老人和笃信宗教的人的脸上才会见到的那种温顺的神情。我站在他身后,瞧着他的秃顶和后脑勺上的一个小窝。对我来说,有一件事像白昼那么明白,那就是这个衰弱多病的老人如今落在我的手中了。是啊,整个住所里除了我和我的敌人以外,一个人也没有。只要我稍稍用一点力就能大功告成,然后我可以拿走他的怀表来掩盖我的目的,从后门溜掉,那我的收获就比我来当听差的时候所能指望的大得没法比了。我暗想,我未必会找到比这再幸运的机会了。然而我非但没有采取行动,反而十分冷淡地看一眼他的秃顶,又看一眼他的皮大衣,心平气和地思考这个人跟他的独生子的关系,想到这种享尽荣华富贵的人多半不愿意死吧。……

"你在我儿子这儿干活有多久了?"他在纸上写着很大的字,问道。

"两个多月了,大人。"

他写完字,站起来。我还有下手的时间。我催促自己,捏紧拳头,极力从我的灵魂里挤出哪怕一点点旧日的仇恨。我想起,不久以前我还是一个多么激烈、顽强、不屈不挠的敌人啊。……可是要在一块易碎的石头上擦燃火柴,却是困难的。那张苍老而忧郁的脸和那些星章的冷光在我心里只引起一些庸俗的、没有价值的、不必要的思想,例如尘世万物的短暂,死亡的迫近。……

"再见,老弟!"老人说着,戴上帽子,走出去了。

事情已经很清楚:我的内心发生了变化,我变成另一个人了。为了考察自己,我就开始回想往事,可是我立刻毛骨悚然,仿佛无意间看到一个阴暗潮湿的角落。我想起我的同志和熟人,我首先想到的是,如果现在我遇见他们当中任何一个人,我的脸会涨得多么红,我会多么慌张。现在我成了什么人?我该怎样想,该怎么办?我到哪儿去才好?我为了什么目的再活下去呢?

我什么也弄不明白,只清楚地意识到一件事,就是应该赶快收拾行李,离开此地。在老人来访以前,我的听差生活还有意义,现在却变得荒唐可笑了。眼泪滴在我打开的皮箱里,我难过得不得了,可是我多么想生活啊!我乐于在我短促的一生中拥抱和容纳人们所能经历的一切。我想谈话,想看书,想到大工厂里去抡大锤,想在兵舰上站岗,想耕田。我想望涅瓦大街,想望原野,想望海洋,总之,凡是我的幻想驰骋到的地方,我都想去。临到齐娜伊达·费多罗芙娜回来,我就跑过去给她开门,带着特别的温情给她脱掉皮大衣。这是最后一回了!

这一天,除了老人以外,还有两个人到我们这儿来过。傍晚,天色已经完全黑下来,格鲁津却出人意料地来了,是来替奥尔洛夫取文件的。他拉开书桌抽屉,拿到他需要的文件,把它们卷起来,叫我放到前厅里他的帽子旁边,他自己到齐娜伊达·费多罗芙娜那儿去了。她在客厅里一张沙发上躺着,手枕在脑后。自从奥尔洛夫出外视察以后,已经过去五六天,谁也不知道他什么时候回来,可是她不再派人出去打电报,也不再等电报了。虽然波丽雅仍旧住在我们这里,她也似乎不理会这个使女了。"随她去吧!"我在她那张缺乏热情而且十分苍白的脸上看出这样的意思。她像奥尔洛夫一样,使出犟脾气,一心想做个不幸的人。她故意跟自己,跟人间万物闹别扭,一连几天躺在沙发上,动也不动,心里只巴望着、等候着她的灾难。大概她暗想奥尔洛夫回来以后,免不了要跟她吵起来,然后他就会对她冷淡,变心,然后他们就分手。这些痛苦的想法也许反而使她感到痛快。可是,万一她忽然知道了真相,她会怎么说呢?

"我喜欢您,干亲家,"格鲁津说,向她问好,吻她的手,"您这么好!可是若尔日走掉了,"他撒谎说,"他走掉了,这个坏包!"

他叹口气,坐下来,温柔地摩挲她的手。

"亲爱的,请您允许我在您这儿坐个把钟头,"他说,"我不想回家,至于到比尔肖夫家去,又嫌太早。今天比尔肖夫家给他们的卡嘉做生日。一个挺好的小姑娘!"

我给他端来一杯茶和一瓶白兰地。他慢腾腾,而且显然很勉强地喝着茶。他把杯子还给我,胆怯地问道:

"朋友,你们这儿有什么……吃的没有?我还没吃午饭呢。"

我们这儿什么吃的也没有。我就到饭馆去,给他买来一卢布一客的便餐。

"祝您健康,亲爱的!"他对齐娜伊达·费多罗芙娜说,喝下一杯酒,"我的小女儿,也就是您那教女,问您好。可怜的孩子,她得了瘰疬病！唉,孩子呀,孩子!"他叹道,"不管您怎么说,干亲家,做父亲总是愉快的。若尔日不了解这种感情。"

他又喝了一杯。他长得消瘦,脸色苍白,胸前挂一块食巾,像是挂着一个围嘴儿。他狼吞虎咽地吃着,扬起眉毛,时而惭愧地望望齐娜伊达·费多罗芙娜,时而望望我,像是小孩子。看样子,如果我不给他端松鸡或者肉冻来,他就会哭一场似的。他吃饱以后,兴致好起来,笑着讲起比尔肖夫家一件什么事,可是他发觉这件事乏味,齐娜伊达·费多罗芙娜没有笑,就停住了。不知怎的,屋里忽然变得冷清了。吃过饭后,他们俩坐在只点着一盏灯的客厅里,没开口说话。他不愿意说谎,她想问他一件什么事,却下不了决心。照这样过了半个钟头。格鲁津看一眼钟。

"我看,我该走了。"

"不,您再坐一会儿。……我们得谈一谈。"

他们又沉默了。他在钢琴旁边坐下,按一下琴键,然后弹起来,轻声唱道:"未来的日子给我准备了什么?"不过他照例立刻站起来,摇一下头。

"干亲家,您弹点什么吧。"齐娜伊达·费多罗芙娜要求说。

"弹什么好呢?"他说,耸一下肩膀,"我全忘光了。我早就不弹琴了。"

他瞧着天花板,仿佛在回想似的,然后脸上带着美妙的神情,弹了柴可夫斯基的两个曲子,弹得那么热情,那么传神!他的脸容像往常那样,既不聪明也不愚蠢。这样一个人,我习常看见他处在最卑下、最肮脏的环境里,却能够迸发这样一种纯洁、高尚、我所达不到的感情,这在我看来简直是奇迹。齐娜伊达·费多罗芙娜脸红起来,开始兴奋地在客厅里走来走去。

"您等一等,干亲家,要是我想得起来,我还能再给您弹个曲子,"他说,"我听见人家用大提琴演奏过这个曲子。"

他起初胆怯地试着弹,后来却有了信心,就把圣-桑的《天鹅曲》弹下去。他弹完以后又弹一遍。

"挺好听吧?"他说。

激动的齐娜伊达·费多罗芙娜在他的身旁站住,问道:

"干亲家,请您像朋友那样诚恳地告诉我:您对我有什么看法?"

"怎么说好呢?"他说,扬起眉毛,"我喜欢您,只觉得您好。不过,假如您要我一般地谈谈您发生兴趣的问题,"他接着说,擦了擦胳膊肘那儿的衣袖,皱起眉头,"那么亲爱的,您要知道……自由自在,完全按自己的心意办事,不见得会永远使好人幸福。为了要使自己感到自由,同时又感到幸福,我觉得,千万不能对自己隐瞒这样一个事实:生活为了坚持它的保守性,是残忍、粗暴、无情的,那就应当以其人之道还治其人之身,也就是说,人追求自由,也应当跟生活同样地粗暴无情。我是这样想的。"

"我哪儿行!"齐娜伊达·费多罗芙娜苦笑着,说,"我已经筋疲力尽,干亲家。我是那么疲乏,连为拯救自己而动一动手指头的力气都没有了。"

"那就去进修道院吧,干亲家。"

这话他原是当作玩笑来说的,然而等他说完,齐娜伊达·费多罗芙娜的眼睛里闪现出泪光,随后他自己也眼泪汪汪了。

"好,"他说,"坐了老半天,也该走了。再见,亲爱的干亲家。求上帝赐给您健康。"

他吻她的两只手,温柔地抚摸那两只手,说是过几天一定再来。他在前厅穿上他那件好像儿童外套的大衣,在口袋里摸了很久,想赏给我几个茶钱,却一个钱也没找到。

"再见,好朋友!"他忧郁地说着,走出去了。

我永远也忘不了这个人留下的印象。齐娜伊达·费多罗芙娜仍旧心情激动,在客厅里走来走去。她不躺下来,一个劲儿地走来走去,这倒是个好机会。我想利用眼前这种情绪,跟她开诚布公地谈一下,然后立刻走掉;可是我刚把格鲁津送走,又响起了门铃声。这是库库希金来了。

"盖奥尔季·伊凡内奇在家吗?"他问,"回来没有?你说他没回来?真遗憾!既是这样,我进去吻一下女主人的手再走吧。齐娜伊达·费多罗芙娜,我可以进来吗?"他叫了一声,"我想吻一下您的手。对不起,我来得这样晚。"

他在客厅里没坐多久,只不过十分钟光景,可是我觉得他好像坐了很久,再也不走似的。我又生气又烦恼,不住地咬嘴唇,简直憎恨齐娜伊达·费多罗芙娜了。"为什么她不把他赶走?"我愤慨地想,其实她跟他周旋显然也觉得乏味。

我递给他皮大衣的时候,他为了对我表示特殊的好意,就问我,没有妻子怎么过得下去。

"不过,我想,你也不会放过机会的,"他笑着说,"你跟波丽雅必是偷偷摸摸吧。……调皮鬼!"

尽管我有生活经验,那时候我却不大了解人,很可能我常常夸大小事而完全没有注意大事。我觉得库库希金所以会对我嘻嘻地笑,向我讨好,不是无缘无故的:恐怕他指望我这个听差会跑遍人家的下房和厨房,宣扬他晚上趁奥尔洛夫不在家,常到我们这里来,跟齐娜伊达·费多罗芙娜一块儿坐到夜深吧?等到我的流言传到他那些熟人的耳朵里,他就会发窘地低下眼睛,威胁地摇他的小手指头了。我看着他那张甜蜜蜜的小脸,心里暗想:恐怕今天晚上打牌的时候,他就会装出他已经从奥尔洛夫手里把齐娜伊达·费多罗芙娜夺过去的样子,或者索性说出口吧?

今天中午老人来的时候没在我心里引起仇恨,可是此刻我却义愤填膺了。库库希金终于走了,我听着他那双皮套鞋发出的响声,一心想对着他的后影粗野地骂几句,可是我忍住了。等到楼梯上的脚步声消失,我回到前厅里,自己也不知道自己在干什么,拿起那卷格鲁津忘在这儿的文件,一口气跑下楼去。我没穿大衣,也没戴帽子,跑到大街上。天气不冷,可是大雪纷飞,风呼呼地刮着。

"先生!"我追上库库希金,叫道,"先生!"

他在路灯的柱子旁边站住,回头看我,不明白是怎么回事。

"先生!"我说,上气不接下气,"先生!"

我想不出该说什么话才好,就举起那个纸卷,朝他脸上打了两三下。他不明白这是怎么回事,甚至没有感到惊讶,我简直把他打昏了。他背靠着灯柱,抬起手来遮住脸。这时候有个军医走过,看见我在打人,但他光是大惑不解地朝我们望了望,然后继续走他的路。

我觉得难为情,就跑回房子去了。

十二

我头上沾着湿雪,喘吁吁地跑回下房,立刻脱下燕尾服,穿上便服和大衣,拿起我的皮箱走进前厅。逃走吧!可是临走以前,我赶紧坐下来,开始给奥尔洛夫写信:

"我把我的假身份证留给您,"我开头写道,"我请求您留下它做个纪念,您这虚伪的人,彼得堡的文官老爷!

"我用别人的姓名混进这所房子,扮成听差模样,观察人家的私生活,样样都看在眼里,听在耳朵里,以便日后出其不意地揭露人家的虚伪;您会说,这种行为跟做贼一个样。不错。然而我现在顾不上高尚的品德了。我伺候您吃过几十顿午饭和晚饭,在那种时候,您想说什么就说什么,想做什么就做什么,我呢,只得听着,看着,一声不响;可是现在我不打算把沉默作为纪念品赠送给您了。再者,要是您旁边没有一个人敢于不奉承您,对您说实话,那就让听差斯捷潘来给您洗一下您那张漂亮的脸吧。"

我不喜欢这样开头,可是我不想再改了。况且,改不改岂不都是一样?

那些挂着黑窗帘的大窗子、那张床、那件揉成一团丢在地板上的燕尾服、我那些湿脚印,都显得严峻而哀伤。四下里特别寂静。

大概因为我没戴帽子,没穿套鞋就跑到大街上去的缘故,我发起高烧来了。我脸上发热,两条腿酸痛。……沉甸甸的脑袋向桌面上弯下去,脑子里的种种思想都分裂为二,似乎每个思想后面都跟着一个影子。

"我有病,衰弱,精神抑郁,"我接着写道,"我不能按我本来的心意给您写好这封信。先前我有心羞辱您,出您的丑,可是现在我觉得我没有权利这样做。您和我都已经倒下,再也站不起来了,即使我的信写得振振有辞,有力量,可怕,可是它仍旧像是在敲棺材盖:再怎么敲也惊不醒死者了!任凭外人怎样努力,都不能使您那该诅咒的冷血沸腾起来,这一点您知道得比我清楚。那我何苦再写呢?可是我的头和心在燃烧,我不由得继续写下去,不知什么缘故心情很激动,仿佛这封信还能够拯救您和我似的。由于发烧,我头脑里的思想不那么连贯,我的钢笔好像糊里糊涂地在纸上发出咝咝的声响,然而我想向您提出的问题却清楚地出现在我的眼前,像火光那么亮。

"为什么我会未老先衰,会倒下,这是不难解释的。我好比《圣经》里那个大力士,扛起迦萨的城门,要送到山顶上去①;可是一直到我筋疲力尽,一直到我的青春和健康在我身上永远消失,我才发觉我的两个肩膀扛不动城门,我欺骗了自己。再者,

---

① 参阅《旧约·士师记》。大力士名叫参孙。

我经历过连绵不断而且残酷的痛苦。我挨冻受饿,得病,失去自由。至于个人幸福,无论过去和现在,我都未领略过。我没有安身的地方。我回忆往事总是十分沉痛,我的良心常常害怕这种回忆。可是您,您为什么倒下呢?究竟有什么可怕的、致命的原因妨碍您的生活像春天的花朵那样绚烂地盛开呢?为什么您刚开始生活,就赶紧从自己身上丢掉神按着自己的样式所造的形象①,变成卑怯的畜生,由于自己害怕而狂吠,并且用这种狂吠去吓唬别人呢?您怕生活,怕得像那些成天价坐在羽毛褥子上吸水烟袋的亚洲人一样。不错,您看过很多书,穿着合身的欧洲服装,不过您却多么细致地,像纯粹的亚洲人、像可汗那样精心保护自己,使自己免于挨饿、受冻、劳累,免于痛苦和不安!您的灵魂那么早就披上了长袍!在一切健康正常的人都与之奋斗的现实生活和大自然面前,您扮演了多么卑怯的角色啊!您生活得多么轻巧,舒适,温暖,方便,却又多么苦闷啊!是啊,苦闷得要命,眼前一片漆黑,如同待在单人牢房一样;可是您又极力躲避这个敌人,于是您就每天打八小时的牌。

"而您的讥诮态度呢?啊,我对这种讥诮态度了解得多么透彻!那是活泼的、自由的、勇敢的思想在寻求出路,显示威力;对懒惰闲散的头脑来说,这种思想是无法容忍的。您不要它来搅扰您的平静心境,于是您就像您那些成千上万的同辈一样,从年轻的时候起就把它禁锢起来了。您用对生活的讥诮态度(或者随便您给它起个什么名字都行)把自己武装起来,那种受到遏制和惊吓的思想就不敢越出您给它布置下的篱墙了。每逢您嘲弄那些您自以为完全熟悉的思想,您就像一个可耻地从战场上跑掉的逃兵,为了扑灭羞耻心而嘲笑战争,嘲笑勇敢。厚颜无耻压倒了痛苦。在陀

---

① 指人性,典出《旧约·创世记》。

思妥耶夫斯基的一部小说①里,有一个老人因为待他心爱的女儿不公平就用脚踩她的照片;您呢,卑鄙而且庸俗地讪笑善良的思想和真理,那是因为您已经没有力量支持它们了。不管谁诚恳而正确地指出您堕落,您都觉得害怕,您故意在您的四周布满只会迎合您弱点的人。怪不得,怪不得您这样害怕眼泪!

"顺便要提一下您对女人的态度。无耻是我们从祖先那儿连同血肉一齐继承下来的,我们受过无耻的教育,不过,要知道,我们之所以是人,就在于我们要克服身上的兽性。自从您长大成人,开始知道一切思想的时候起,您不可能不明白这个真理。您知道真理,可是您不照着做,您怕它,为了蒙蔽自己的良知而大声对自己保证:这不该怪您不对,却该怪女人本身不对,女人本来就下流,因而您才用下流的态度对待她们。您那些毫无热情的淫秽故事,您那种马嘶般的笑声,您那些数不尽的理论,例如男女关系的实质啦,对婚姻的不明确的要求啦,法国工人为女人花十个苏啦,还有,您不断地指摘女人的逻辑、虚伪、软弱等等——这一切岂不像是硬要把女人按到污泥里去,好使女人的水平显得和您对她们的态度相称?您实在是个软弱、不幸而且讨嫌的人。"

在客厅里,齐娜伊达·费多罗芙娜动手弹钢琴。她极力回想格鲁津弹过的圣-桑的曲子。我走到床跟前,躺下去,可是想起我该走了,就勉强爬起来,抬起沉甸甸的、发烧的脑袋,又向桌子那边走去。

"可是这里有一个问题,"我继续写道,"为什么我们感到这么厌倦?为什么我们原先那么热烈,大胆,高尚,有信仰,到了三十岁或者三十五岁却完全泄气了?为什么这一个害肺痨病死掉,那一个往脑门开一枪,第三个在酒和纸牌里把一切遗忘,第四个为了扑

---

① 指《被欺凌与被侮辱的》。

灭恐惧和痛苦就无耻地践踏自己纯洁美好的青春时代的形象？为什么我们一倒下去，就再也不努力爬起来，失去一件东西就不再追求另一件东西？为什么？

"一个被绑上十字架的强盗，哪怕活命的时间或许只有一个钟头，也能够重新唤起生活的乐趣和大胆的、可以实现的希望①。您前面还有漫长的岁月，我大概也不会像表面看来那样很快死掉。万一出现了什么奇迹，使得现在的一切变成一场梦，一场可怕的噩梦，等到我们醒来，变得面目一新，纯洁，强壮，由于正确而自豪，那该多好？……美妙的幻想燃烧我的心，我激动得透不出气来。我满心渴望生活，渴望我们的生活神圣，崇高，庄严，像天空一样。让我们好好生活吧！太阳一天不会升起两回，生命也不会有第二次。您紧紧抓住您下半世的生活，把它挽救过来吧。……"

别的话我没有再写。我脑子里的思想很多，然而不能把它们联系起来，形之于笔墨。我没有写完信就签上我的姓名，说明我的身份，然后走进书房。那儿漆黑一片。我摸到书桌，放下那封信。大概我在黑地里撞在一件家具上，发出了响声。

"是谁？"一个不安的声音从客厅里传过来。

这当儿桌上的座钟轻轻敲了一下，这是夜里一点钟。

十三

我在黑暗中至少摸了半分钟，才摸到房门，然后慢慢地把它推开，走进客厅，齐娜伊达·费多罗芙娜躺在一张沙发床上，用胳膊肘撑起身子，迎面瞧着我。我下不了决心把实情说出口，就慢腾腾

---

① 据基督教传说，有两个强盗与耶稣同时被钉死在十字架上，其中有一个讥笑耶稣，另一个则相信耶稣是上帝的儿子，求耶稣纪念他。见《新约·路加福音》。

地走过她面前,她两只眼睛紧盯着我。我在大厅里站了一会儿,又走过她面前。她注意地瞧着我,心里纳闷,甚至害怕。我终于站住,费力地说出口:

"他不会回来了!"

她很快地站起来,瞧着我,不明白我的意思。

"他不会回来了!"我又说一遍,心跳得厉害,"他不会回来,是因为他并没有离开彼得堡。他住在彼卡尔斯基家里。"

她明白了,也相信了我的话,这是我从她脸色突然惨白,蓦地带着恐惧和恳求的神情把两条胳膊交叉在胸前的样子看出来的。刹那间,她近来的遭际闪过她的脑海,她寻思一阵,就大彻大悟地看清了事情的全部真相。不过这时候,她想起我是个听差,是个下等人。……一个流浪汉,头发蓬乱,由于发烧或者也许由于酗酒而脸孔发红,穿一件粗俗的大衣,竟然来粗鲁地干预她的私生活,这使她感到屈辱。她对我厉声说道:

"我没有问您这些事。请走开。"

"哎,请您相信我的话吧!"我热烈地说着,向她伸出手去,"我不是听差,我跟您一样的自由!"

我道出我的姓名,说明我是什么人,为什么到这儿来当差,我讲得很快,免得她打断我的话或者走回她的房间去。这个新发现比头一个还要使她震动。她本来还抱着一线希望,以为听差在说谎,或者弄错了,或者说的是蠢话,现在经我一说穿我的身世,她就再也不存半点怀疑了。从她那对眼睛的悲哀神情,从她那忽然苍老、失去柔和色彩因而变得难看的脸色,我看出她难过得不得了,我说下去不会有什么好处,可是我仍旧热衷地讲下去:

"什么枢密官啦,视察工作啦,都是胡诌出来骗您的。一月里那次也跟现在一样,他哪儿都没去,而是住在彼卡尔斯基家里,我每天都跟他见面,参加了骗局。他讨厌您,痛恨您住在这儿,嘲笑

79

您。……要是您能听见他和他的朋友们在这儿怎样嘲笑您和您的爱情,那您在这儿就会一分钟也待不下去!您逃出这儿!逃出去吧!"

"哦,那有什么关系?"她用颤抖的声音说,举起一只手来抚摸了一下她头发,"哦,那有什么关系?让他们去说好了。"

她眼睛里含满泪水,嘴唇发抖,脸色煞白,现出怒容。她觉得奥尔洛夫浅薄的欺骗行径又可鄙又可笑。她微笑着,而我却不喜欢这种笑容。

"哦,那有什么关系?"她重复说一遍,又举起手来抚摸了一下头发,"随他去好了。他以为我会委屈得活活气死,可是我倒……觉得可笑。他不应该躲起来。"她从钢琴那儿走开,耸耸肩膀说,"真不应该。……与其躲开,跑到别人家里去住,还不如说穿了简单些。我是长着眼睛的,我自己早就看出来了……我不过在等他回来索性把事情说穿罢了。"

随后,她在桌子旁边一张圈椅上坐下,头抵着长沙发的扶手,哀哀地哭起来。客厅里大烛台上只点着一支蜡烛,她坐着的那把圈椅四周黑沉沉的,可是我看见她的头和肩膀在颤抖,她那本来梳好的头发散开来,披在脖子、脸和胳膊上。……她的哭声轻而平匀,不是歇斯底里般地叫喊,从这种普通的女人的哭声中可以听出,她受到了侮辱,她的自尊心遭到打击,她气愤,她明知无可挽回却又不甘心,因而苦闷绝望。她的哭声在我激动而痛苦的灵魂里引起了反响。我已经忘掉我的病,忘掉人间万物,在客厅里走来走去,心神不定地喃喃道:

"这算是什么样的生活呀?……啊,谁也不能照这样生活下去!不能!这是疯狂,是犯罪,这不是生活呀!"

"多么侮辱人!"她哭着说,"明明他嫌弃我,觉得我可笑……却又跟我在一起生活,对我微笑。……啊,多么侮辱人!"

她略微抬起头来,她那对泪眼隔着被泪水沾湿的头发瞧着我;然后她撩开那些妨碍她看我的头发,问道:

"他们都笑我?"

"在那些人看来,不管您也好,您的爱情也好,您读过很多的屠格涅夫作品也好,都是可笑的。假如我们两人此刻都绝望得死掉,他们也会觉得可笑。他们会编一个可笑的故事,在为您举行安魂祭的时候讲出来。不过何必去讲他们呢?"我不耐烦地说,"必须逃离这儿才是。我连一分钟也待不下去了。"

她又哭起来,我就走到钢琴前面坐下来。

"我们在等什么呢?"我无精打采地问道,"已经两点多钟了。"

"我什么也不等,"她说,"我完了。"

"为什么这样说呢?还是让我们一块儿想一想该怎么办的好。不论是您和我,都不能再在这儿待下去了。……您离开这儿打算到哪儿去?"

前厅里忽然响起门铃声。我的心发紧了。莫非奥尔洛夫回来了?库库希金到他那儿去告了我的状吧?我跟他见面该说些什么好?我走去开门。原来是波丽雅回来了。她走进来,在前厅里抖掉她斗篷上的雪,一句话也没对我说就回到她的屋里去了。等我回到客厅,齐娜伊达·费多罗芙娜正站在房间中央,脸色白得跟死人一样,睁大眼睛直视着我。

"是谁来了?"她小声问道。

"波丽雅。"我回答说。

她举起手来抚摸了一下头发,疲乏地闭上眼睛。

"我马上就走,"她说,"劳驾,把我送到彼得堡城郊去。现在几点钟了?"

"两点三刻。"

十四

过了一会儿,我们走出了这所房子。街上漆黑,没有行人。天下着湿雪,潮湿的风抽打着我们的脸。我记得那是三月初,正交解冻的时令,街上已经有好几天不见雪橇而换成马车了。后门的楼梯啦,寒冷啦,夜间的昏暗啦,那个放我们走出大门以前盘问过我们的穿皮袄的门房啦,这些东西留下的印象弄得齐娜伊达·费多罗芙娜垂头丧气,一点精神也没有了。我们坐上一辆马车,支起车篷以后,她周身发抖,急忙对我说,她多么感激我。

"我不怀疑您的好意,不过想到您为我费心,我还是过意不去……"她喃喃地说,"哦,我明白了,明白了。……今天格鲁津来,我已经觉得他在说谎,有件事瞒着我。嗯,那有什么关系?随他去吧。不过让您这样操心,我还是过意不去。"

她还感到疑惑。为了彻底消除她的怀疑,我就吩咐车夫赶车到谢尔吉耶夫街去。马车在彼卡尔斯基的门前停住,我下了马车,去拉门铃。等到看门人走出来,我为了让齐娜伊达·费多罗芙娜听见,就大声问盖奥尔季·伊凡内奇在不在家。

"在家,"他回答说,"他回来半个钟头了。大概他睡了。你有什么事?"

齐娜伊达·费多罗芙娜忍不住从马车里探出头来。

"盖奥尔季·伊凡诺维奇在这儿住很久了吗?"她问。

"两个多星期了。"

"他一直没有到外地去过?"

"没有。"看门人回答说,惊讶地看着我。

"明天一早告诉他,"我说,"就说他妹妹从华沙来找他了。再见。"

然后我们又坐上马车往前走。马车上没有车帘,大片的雪飘落在我们身上。风,特别是从涅瓦河上吹来的风,寒冷刺骨。我渐渐觉得,我们好像已经坐了很久的马车,痛苦了很久,齐娜伊达·费多罗芙娜颤抖的呼吸声我也听了很久似的。我仿佛睡着了,在半昏迷的状态中偶尔回顾一下我的古怪而杂乱的一生,不知什么缘故,想起了我小时候看过两次的情节剧《巴黎的乞丐》。当我为了摆脱这种半昏迷的状态,从车篷里探出头去,看见曙光的时候,所有那些过去的形象,所有那些模糊的思想,不知怎么一来,突然在我脑子里融合成一个鲜明坚定的思想:我和齐娜伊达·费多罗芙娜已经无可挽回地完蛋了。这是一个信念,好像寒冷的蓝天包藏着这个预言似的;可是过了一会儿,我却又想到别的事情,相信别的了。

"我现在成了什么啦?"齐娜伊达·费多罗芙娜说,她的喉咙由于天气寒冷和潮湿而变得嗄哑,"我该到哪儿去,我该怎么办呢?格鲁津说:到修道院去。啊,我倒愿意去!我愿意换掉我的衣服、我的模样、我的名字、我的思想……我愿意换掉一切,一切,永远隐遁起来。可是人家不会允许我进修道院的。我怀孕了。"

"明天我跟您一块儿出国去。"我说。

"这办不到。我丈夫不会给我护照。"

"没有护照我也可以送您去。"

马车停在一幢涂了深色油漆的两层楼木头房子前面。我去拉门铃。齐娜伊达·费多罗芙娜从我手里接过一个不大的、很轻的柳条筐,这是我们带出来的唯一的行李,她苦笑着说:

"这算是我的 珍贵物品①了。……"

可是她那么衰弱,拿不动这个珍贵物品。我们等了很久,没有

---

① 原文为法语。

人来开门。拉过第三次或者第四次门铃以后,窗子里才闪出亮光,传来脚步声、咳嗽声、低语声。最后门锁咔嗒响了一声,门口出现一个胖女人,神色惊慌,涨红了脸。她身后,离她不远的地方站着一个又小又瘦的老太婆,留着短短的白发,穿一件白色上衣,手里举着一支蜡烛。齐娜伊达·费多罗芙娜跑进前堂,搂住这个老太婆的脖子。

"尼娜,我受骗了!"她说着,放声痛哭,"我给人家粗暴而卑鄙地欺骗了!尼娜!尼娜!"

我把柳条筐交给那个女人。门关上了,可是仍旧可以听见哭声和叫声:"尼娜!"我坐上马车,吩咐车夫让马车慢慢地驶往涅瓦大街。我也得想一想我该到哪儿去过夜。

第二天将近傍晚我到齐娜伊达·费多罗芙娜那儿去。她大变了。她那张苍白的、十分消瘦的脸上已经没有泪痕,脸上的神情也两样了。我不知道究竟是因为我如今在另一种根本说不上奢华的环境里看见她,而且我们的关系也跟过去截然不同,或者,也许因为强烈的悲伤在她身上留下了烙印,总之,现在她在我心目中不像往常那么优雅和美丽了。她的身材似乎矮了一点,我在她的动作里,在她的步态上,在她的脸上都发现焦躁、冲动的意味,好像她有什么事急着要办似的,就连她的笑容也不像过去那样柔和了。此刻我穿着一身当天买来的价钱很贵的衣服。她首先瞟一眼我的衣服和我手里拿着的帽子,然后用急躁和探究的目光打量我的脸,好像要研究我的面貌似的。

"您这种变化,依我看来,仍然像是奇迹,"她说,"请原谅我这么好奇地看您。要知道,您是个不平常的人啊。"

我又对她讲起我是什么人,为什么到奥尔洛夫家里去当差,我讲得比昨天更长久,更详细。她十分注意地听着,没容我讲完就说道:

"我跟那儿已经一刀两断了。您要知道,我忍不住写了一封信。瞧,这就是回信。"

她递给我一张纸片,那上面有奥尔洛夫的字迹:"我不打算为自己辩白。不过您得承认:错的是您而不是我。祝您幸福,请您赶快忘掉尊敬您的盖·奥。

"附白:送上您的物件。"

奥尔洛夫派人送来的箱子和筐子就放在这儿客堂里,我那只寒伧的手提箱也夹在里面。

"这是说……"齐娜伊达·费多罗芙娜说,却没有讲完。

我们沉默了一阵。她接过那封信去,把它举到自己的眼睛前面,看了两分钟光景。这当儿她脸上现出高傲、轻蔑、骄矜、冷酷的神情,如同昨天我们开始说穿的时候一样。她眼睛里噙着泪水,然而不是胆怯而辛酸的泪水,却是骄傲而气愤的泪水。

"您听我说。"她说,猛地站起来,往窗口走去,不让我看见她的脸,"我已经做出决定,明天就跟您一块儿出国去。"

"那好极了。哪怕今天走也行。"

"您就收容我这个小兵吧。您看过巴尔扎克的作品吗?"她忽然转过身来问道,"您看过吗?他的长篇小说《高老头》①是这样结束的:主人公从一个山冈的顶上瞧着巴黎,威胁这个城说:'现在我们要清账了!'这以后他就开始过一种新的生活。我也是这样,等我在火车里最后一次看彼得堡的时候,我就要对它说:'现在我们要清账了!'"

说完以后,她为她这句玩笑话微微一笑,而且不知什么缘故,周身打了个冷战。

---

① 原文为法语。

十五

在威尼斯,我害了肋膜炎。大概傍晚我们从火车站坐船到保尔旅馆的路上,我着了凉。我只好从头一天起就躺在床上,而且一连躺了两个星期光景。在我病中,齐娜伊达·费多罗芙娜每天早晨都从她的房间到我这儿来,陪我一块儿喝咖啡,然后为我念法文书和俄文书,这类书我们在维也纳买了很多。这些书有的我早已看过,有的我不感兴趣,不过我的身旁响着一个可爱的、和善的声音,于是对我说来,所有这些书的内容实际上汇合成为一点:我不是孤身一个人。她常出去散步,然后走回来,穿着淡灰色的连衣裙,戴着轻便的草帽,高高兴兴,给春天的太阳晒得周身暖和,在我床边坐下,低下头凑近我的脸,讲些关于威尼斯的事,或者念那些书,于是我的心情就舒畅了。

夜里我觉得冷,胸口痛,闷得慌,可是白天我陶醉在生活里,——我再也找不到更好的说法了。射进敞开的窗口和阳台门的明亮、暖烘烘的阳光、下边的呼喊声、船桨的拍水声、铜钟的叮当声、午间火炮的隆隆声、十足的自由感觉,都在我身上造成了奇迹。我仿佛觉得两肋生出宽阔有力的翅膀,把我带到上帝才知道的什么地方去了。想到如今有另一个人的生活跟我的生活并行前进,想到我是一个年轻、美丽、富足而又脆弱孤单、受尽委屈的人的仆从、保护人、朋友,不可缺少的旅伴,这是多么美妙,有时候又是多么令人高兴!就连生病也是愉快的,因为你知道有人如同盼着节日那样盼着你痊愈。有一回我听见她在门外跟我的医生小声谈话,后来又眼泪汪汪地进来看我,这是不吉利的兆头,不过我还是受到感动,心里异常轻松。

可是后来医生容许我到阳台上走动。太阳和海上吹来的微风温存轻柔地抚摩着我的病体。我瞧着下面那些我早已熟悉的游艇带着女性那样优雅的姿态平稳庄重地漂荡着,仿佛是些活的东西,正在领略这种独特迷人的文化的种种华美。空中弥漫着海水的气味。不知什么地方有人弹着琴弦,两个人在唱歌。这多么好啊!跟那个湿雪纷飞、粗野地抽打人脸的彼得堡夜晚是多么不同!要是人笔直地望到运河对面,就可以看见海滨,看见水天相连的广大海面上,阳光洒下万点金星,明晃晃的,照得人的眼睛刺痛。我的心向往着那边,向往着亲切美好的大海,我就是在海上献出了我的青春。我一心想生活!只要能生活,别的就什么都不需要了!

过了两个星期,我已经自由,想上哪儿就可以上哪儿了。我喜欢坐在有阳光的地方,听船夫讲话,却又听不懂他们在说什么,一连几个钟头瞧着一所小房子,据说苔丝德蒙娜①在那儿住过。那是一所朴素、凄凉、带着处女模样的小房子,轻巧得像钩花织物似的,仿佛一只手就能把它托起来。我在卡诺瓦②的坟墓旁边站立很久,目不转睛地看着那头悲哀的狮子。在中世纪威尼斯共和国首领的宫殿里,我老是往墙角走去,看那张用黑色油墨画成的不幸的马里诺·法里叶罗③的肖像。我想,做个画家,诗人,剧作家,那多么好啊;如果我做不到,那么,就是沉溺于神秘主义也好啊!除了充塞着我灵魂的恬淡的平静和满足以外,只求再有一丁点儿信仰就好了。

每到傍晚我们吃牡蛎,喝葡萄酒,坐船游逛。我记得我们那条黑色的游艇停在一个地方不动,轻轻摇晃,隐约可以听见游艇下面流水汩汩地响。星光和岸上的灯光在水面上各处闪烁,颤动。离

---

① 莎士比亚的悲剧《奥赛罗》中的女主人公。
② 18世纪末19世纪初意大利雕塑家。——俄文本编者注
③ 14世纪威尼斯总督,因密谋在威尼斯建立民主共和国而被处死刑。——俄文本编者注

我们不远,有一条游艇挂满彩灯,灯光映在水里,游艇上坐着一些人,正在唱歌。吉他、提琴、曼陀林的乐声和男男女女的说话声在黑暗里飘荡,齐娜伊达·费多罗芙娜却脸色苍白地坐在我旁边,面容严肃,而且几乎可以说是严厉,她抿紧嘴唇,握紧自己的手。她在想心事,连眉毛都没动一下,也没有听我讲话。她的脸,她的姿态,她那呆呆的、什么表情也没有的目光,她那极其黯淡的、可怕的、像雪那么冰冷的回忆,配上四周的游艇、灯火、音乐,夹在歌声中的有力而热烈的呼喊声:"贾-莫!……贾-莫!……"形成多么鲜明的生活对照啊!每逢她照这样坐着,握紧双手,一动也不动,神情哀伤,我总觉得我们两人都像是旧式长篇小说里的人物,那种小说往往起《不幸的女人》、《遭遗弃的女人》之类的名字。我们两人当中,她是不幸的弃妇,我是忠实热诚的朋友,梦想家,也可以说是多余的人,失意的人,什么事也不会做,只会咳嗽和梦想,此外,也许还会牺牲自己……可是如今谁还需要我牺牲,什么事还需要我去牺牲呢?而且,我还有什么可以牺牲的呢?

傍晚闲游以后,我们每次都在她的房间里喝茶,谈天。我们不怕触到旧有的、还没有痊愈的创伤,正好相反,我常对她讲起我在奥尔洛夫家里的生活,或者公然提到我所了解而且也瞒不过我的他们那种关系,遇到这种时候,不知什么缘故,我甚至觉得挺痛快。

"有些时候我恨您,"我说,"他耍脾气,瞧不起您,说谎,事情这么明显,您却看不出来,不懂,这真叫我暗暗吃惊。您吻他的手,跪在他面前,巴结他。……"

"那时候我……吻他的手,对他跪着,是因为我爱他……"她说道,脸红了。

"难道要识破他就这么困难?好一个斯芬克司①!这个斯芬

---

① 希腊神话中人面狮身女怪,专叫过路人猜谜,猜不中就被她杀死。

克司不过是宫中的一个低级侍从罢了！我一点也不想责备您,上帝保佑,"我接着说,觉得我有点粗暴,在触到别人灵魂的时候缺乏那种十分必要的委婉和体贴的态度。以前,在跟她相识以前,我并没有发现自己有这种缺点。"可是您怎么会没看出来呢？"我又说一遍,不过声音轻多了,也不那么理直气壮了。

"您是想说您藐视我的过去,您是对的,"她十分激动地说,"您是属于特殊类型的人,像这样的人是不能用普通的尺度来衡量的。您在道德上的要求分外严格,超出常人,而且我明白您不可能宽恕人。我了解您,要是有时候我说出反驳您的话,那也不等于我对事情的看法跟您不同。我所以说旧日的废话,那纯粹是因为我还没有来得及穿破我的旧衣服,摆脱我的旧偏见罢了。我自己也痛恨和藐视我的过去,藐视奥尔洛夫和我的爱情。……那算是什么爱情？现在看来简直可笑,"她说着,走到窗前,看下面的运河,"那种爱情只能蒙蔽良心,弄得人糊里糊涂。生活的意义只有一个,那就是斗争。用鞋后跟踩着可恶的蛇头,咔嚓一声把它踩碎！意义就在这儿。只有这么一个意义,别无其他意义了。"

我对她讲起我过去的冗长历史,叙述我那些确实惊人的经历。不过,关于我内心所起的变化,我却一个字也没提。她每次都十分注意地听我讲,听到有趣的地方就搓手,仿佛暗自懊恼她还没有机会经历到这样的惊险、恐惧、快乐似的。可是忽然间,她沉思不语,想起自己的心事来了。我从她的脸上看出来,她没有听我讲下去。

我关上朝着运河的窗子,问她要不要生壁炉。

"不,别生了。我不冷,"她说,淡淡一笑,"我只觉得浑身没有力气罢了。您要知道,我觉得近来我变得聪明多了。我现在有些不平常的、独特的想法。比方说,我一想到过去,想到我那时候的生活……想到一般的人,这一切就在我的心里汇合成一个东西,那就是我继母的形象。她是一个粗暴无耻的女人,没有心肝,假仁假义,淫荡,并且有吗啡瘾。我父亲软弱,没有骨气,由于贪财而娶了我的母亲,弄得她害上了痨病,可是对第二个妻子,我的继母,却爱得热烈,爱得发疯。……我受够了罪!哎,说这些有什么意思呢!喏,我是说,一切都汇合成一个形象。……我心里真是恼火:为什么我的继母死掉了?我现在倒真想见到她呢!……"

"为什么?"

"哦,我也不知道……"她说,笑起来,妩媚地摇一下头,"晚安。祝您身体好起来。等您恢复了健康,我们就着手做我们的工作。……现在该开始了。"

等到我告辞,握住门把手,她却问道:

"您认为怎么样?波丽雅还住在他那儿吗?"

"有可能。"

我回到我的房间去了。我们照这样生活了一个月。有一天中午,天色阴沉,我们两人站在我房间里的窗前,沉默地瞧着从海上移过来的乌云,瞧着颜色发青的运河,料到马上就会来一场大雨。等到又细又密的雨丝像纱布那样遮住海滨,我们两人忽然觉得烦闷乏味。当天我们就动身到佛罗伦萨去了。

十六

事情发生在尼斯,那已经是秋天了。有一天早晨,我走到她的房间去,她坐在一把圈椅上,一条腿搭在另一条腿上,伛着腰,容貌消瘦,用手蒙住脸,正在伤心地痛哭,她那没梳好的长发一直披到膝头上。我刚刚看过美妙动人的海景,正想把我的印象讲给她听,这时候那些印象忽然离开我,我的心痛苦得缩紧了。

"您怎么了?"我问。她的一只手从脸上移开,对我挥一挥,要我走出去。"咦,您怎么了?"我又说一遍,在我们相识的这段时期,我头一次吻了她的手。

"不,不,没什么,"她很快地说,"哎,没什么,没什么。……您走吧。您看,我还没梳洗好呢。"

我十分紧张地走出去。很久以来,我的心境一直平静,无忧无虑,如今却让同情心搅乱了。我一心想扑到她的脚边去,求她别独自哀哭,把她的痛苦分一部分给我。海水平稳的哗哗声在我耳朵里响着,像是不吉利的预言,我看出日后还会有眼泪、悲愁、损失。她为什么哭,为什么呢?我问自己,想起她的脸和痛苦的目光。我想起她怀着孕。她极力掩盖她怀孕,既要瞒住外人,又要瞒住自己。在家里,她穿肥大的罩衫,或者胸前有很多皱褶的上衣。她到外面去走动,总是把腰身勒得很紧,有两次我跟她一块儿散步,她竟晕倒了。她对我从不谈起她怀孕,有一回我略微提到她不妨去找一位大夫看看,她却涨红了脸,一句话也没说。

后来我又到她房间去看她,她已经穿好衣服,梳过头了。

"得了,得了!"我看见她又要哭出来,就说,"我们最好到海边去走走,谈谈天吧。"

"我不能谈话。对不起,按我现在的心情,我只想一个人待着。符拉季米尔·伊凡诺维奇,下一次您来找我,请您预先敲一下房门。"

"预先"这两个字听起来有点特别,不像女人的口气。我走出去。那该诅咒的彼得堡时期的心境回来了,所有我的梦想都像炎阳下的树叶那样萎缩、收拢了。我感到自己又孤孤单单,我们之间的亲密关系不存在了。我跟她的关系无异于蜘蛛网跟棕榈树的关系,蜘蛛网偶尔挂到树上,经风一吹,它就扯碎、飘走了。我在奏着音乐的小公园里散步,后来走进娱乐场,瞧着那些穿得花花绿绿、周身发出浓香的女人,她们每人都瞟我一眼,好像想说:"你孤孤单单,那好极了……"后来我走到露台上,久久地瞧着海洋。远处水天相连的地方,一条船也没有,左边海岸上,淡紫色的雾霭笼罩着山峦、花园、塔楼、房屋。太阳照着这一切,然而这些东西都显得陌生,冷漠,一团糟。……

十七

她每天早晨仍旧到我的房间里来喝咖啡,可是我们不再在一块儿吃饭了。照她的说法,她不想吃饭,只喝点咖啡,喝点茶,吃点零食,例如橙子和夹心糖果,就够了。

我们傍晚也不再闲聊了。我也不知道怎么会弄成这样的。自从我撞见她流泪的那天起,她对待我就有点冷淡,有时候爱理不理,甚至带点讥诮的态度,不知什么缘故竟称呼我"我的先生"了。那些她以前觉得可怕、惊人、富有英雄气概的事,那些曾使她羡慕和兴奋的事,现在却一点也不能感动她,她听我讲完以后照例伸个懒腰,说:

"是啊,波尔塔瓦近郊发生过战役①,我的先生,发生过的。"

有时候我甚至一连几天都碰不到她。我往往胆怯地、负疚地敲她的房门,却得不到回答,我再敲一次,还是沉默。……我只能站在门外听动静。后来有一个女仆走过我的身旁,冷冷地说:"太太出去了。"②后来我就在旅馆的过道上来回地走着,走着。……那儿可以看到一些英国人、胸部丰满的太太、穿燕尾服的侍役……我久久地瞧着铺满整个过道的长条地毯,突然想起我在这个女人的生活里扮演着一个古怪的、大概虚伪的角色,而我已经没有力量

---

① 俄国诗人莫尔恰诺夫(1809—1881)所作的一首诗的第一行,这首诗经人编成歌曲,在当时极为流行。这句诗在此用来讥诮,含有"好汉不提当年勇"的意思。

② 原文为法语。

改变这种角色了。我就跑回我的房间,扑在我的床上,想了又想,可是什么也没想出来,只有一件事我是清楚的:我要生活,她的脸色越难看,越干巴巴、越冷冰冰,我就越想亲近她,越强烈而痛苦地感到我们之间的密切关系。随她去叫"我的先生",随她去用那种随便的、轻慢的口吻讲话,她要怎么样都随她,可就是千万别丢开我,我的宝贝。我现在就怕孤单。

然后我又走到过道里,心神不定地听着。……我没吃午饭,也没留意傍晚是怎样来临的。最后到十点多钟,那熟悉的脚步声才响起来,楼梯的拐角上出现了齐娜伊达·费多罗芙娜。

"您是在散步吗?"她走过我的身旁,问道,"您还是到外面去走一走的好。……晚安!"

"难道我们今天不再见面了?"

"看来时候已经晚了。不过,也随您。"

"告诉我,您到哪儿去了?"我跟着她走进她的房间,问道。

"哪儿吗?到蒙特卡洛①去了,"她从衣袋里取出十枚金币说,"瞧,我的先生。我赢了。我玩轮盘赌来着。"

"哎,您不会去赌钱的。"

"为什么不会?明天我还要去呢。"

我想象她怎样带着难看的病容,由于怀孕而用力勒紧腰身,站在赌桌旁边,夹在妓女和那些见着黄金如同苍蝇见着蜜糖一样的昏聩的老太婆中间。我想起,不知什么缘故,她是瞒着我到蒙特卡洛去的。……

"我不相信您的话,"有一天我说,"您不会到那儿去的。"

"不必担心。我不会输很多钱。"

"问题不在输钱上,"我烦恼地说,"难道您在那儿赌钱,就没

---

① 欧洲一个著名的赌城,在摩纳哥。

有想到黄金的亮光、所有那些老老少少的女人、赌场的庄家、那种排场,统统是对工人的劳动,对辛苦的血汗的卑鄙可恶的嘲弄吗?"

"要是不赌钱的话,那在这儿有什么事可干呢?"她问,"至于工人的劳动啦,辛苦的血汗啦,这些漂亮话您不妨留到别的时候再讲。不过现在,既然您讲开了头,那就请您容许我继续谈下去。请您容许我直截了当地提出一个问题:我在这儿有什么事可干,我该干什么呢?"

"该干什么?"我耸耸肩膀,说,"这个问题一下子是答不出来的。"

"我请求您凭良心回答我,符拉季米尔·伊凡内奇,"她说,面有愠色,"既然我决心对您提出这个问题,那就不是为了听您说些陈词滥调。我问您,"她接着说,用手心拍着桌面,仿佛在打拍子似的,"我在这儿应该干些什么?不仅是在这儿,在尼斯,而是在任何地方。"

我没说话,从窗口望着海洋。我的心跳得厉害。

"符拉季米尔·伊凡内奇,"她轻声说,上气不接下气,说话很费力,"符拉季米尔·伊凡内奇,如果您自己不相信那个事业,如果您不再想干那个事业,那为什么……为什么您把我从彼得堡拉出来?为什么您对我做出诺言?为什么您在我的心里挑起疯魔般的希望?您的信念已经改变,您变成另一个人了,谁也不会因此来责难您,信念不是永远能够由我们自己做主的,可是……可是,符拉季米尔·伊凡内奇,看在上帝分上,告诉我,您为什么要作假?"她走到我跟前,轻声说下去,"这些月以来我一直诉说我的梦想,讲了许多昏话,热衷于我的计划,按照新的方式改造我的生活,可是为什么您不把真情告诉我,却沉默不语,或者讲些故事来鼓励我,装出支持我的样儿?为什么?这样做有什么必要呢?"

"要我承认自己的信念崩溃,那是困难的,"我说,转过身来,可是眼睛没有瞧她,"是的,我没有信念,厌倦,灰心了。……要说实话是困难的,困难得很,我就沉默了。求上帝不要让别人经历我经历过的事才好。"

我觉得马上要哭出来了,就停住嘴。

"符拉季米尔·伊凡内奇,"她说,抓住我的两只手,"您经历过很多事,受过很多苦,您知道的比我多。请您认真地想一下,告诉我:我该怎么办?请您教导我。如果您自己已经没有力量往前走,也没有力量带着别人一块儿走,那么请您至少向我指出,我该到哪儿去。您会同意,我毕竟是个有思想有感情的活人。处在糊里糊涂的局面里……扮演一种荒唐的角色……在我是痛苦的。我不想责备您,也不想怪罪您,而只是要求您。"

茶端来了。

"嗯,怎么样?"齐娜伊达·费多罗芙娜递给我一杯茶,问道,"您要对我说些什么呢?"

"亮光可不止从这个窗子里望到的那么一点点,"我回答说,"除了我以外,还有别的人呢,齐娜伊达·费多罗芙娜。"

"那就请您对我指点一下他们在哪儿,"她急忙说,"我要求您的也就是这一点。"

"我还有话要说,"我接着说,"为思想服务可以不止通过一种途径。如果一个人犯了错误,对某种思想丧失了信心,那他可以另找一种。思想的世界是广阔无垠的。"

"思想的世界!"她拖长声音说,讥诮地瞧着我的脸,"那我们还是不谈的好。……谈这些有什么用?……"

她脸红了。

"思想的世界!"她又说一遍,把食巾往旁边一丢,脸上现出愤慨和厌弃的神情,"我明白,所有您那些美妙的思想都归结到不可避免而且不可缺少的一点:我得做您的情妇。您所需要的无非就是这一点。光有思想而不做最正直而且最有思想的人的情妇,那就等于不了解思想。必须从这儿开始……那就是说,从做情妇开始,别的也就迎刃而解了。"

"您发脾气了,齐娜伊达·费多罗芙娜。"我说。

"不,我是诚恳的!"她喘吁吁地嚷道,"我是诚恳的。"

"也许您是诚恳的,不过您错了,我听着您的话,心里很难过。"

"我错了!"她讥笑道,"这话谁都可以说,就是您不能说,我的先生。就让您觉得我不体恤人,我残忍吧,我也顾不上这许多了。我只问您:您爱我吧?您不爱我?"

我耸了耸肩膀。

"是啊,您耸肩膀了!"她继续讥诮地说下去,"先前您生病的时候,我听见您在昏迷中说了些胡话,后来又老是那种含情脉脉的目光,那种唉声叹气的腔调!那种关于亲密无间、精神相通的宏论。……不过主要的是,为什么您一直不诚恳呢?为什么您瞒住事情的真相,说些言不由衷的话?要是您从一开头就说明白究竟是什么样的思想促使您把我从彼得堡拉出来,那我就知道该怎么办了。那我就会按我的心意服毒自尽,也就不会有现在这一出无聊的滑稽戏了。……唉,谈这些有什么用!"她对我摆一摆手,坐下去。

"听您的口气,似乎您怀疑我有什么卑劣的打算。"我说,生气了。

"哎,得了吧。谈这些有什么用。我倒不是怀疑您的打算,而是怀疑您压根儿就没有什么打算。要是您有打算,我就会知道了。除了思想和爱情以外,您什么也没有。现在是思想和爱情,将来呢,我做您的情妇。在生活里也好,在小说里也好,都是这一套。……是啊,您常骂他,"她说,用手心往桌上一拍,"可是,人倒不得不同意他的话。难怪他藐视所有这些思想。"

"他不是藐视这些思想,而是怕它们,"我叫道,"他是胆小鬼,虚伪的家伙。"

"哼,算了吧!他是胆小鬼,虚伪的家伙,欺骗了我,那么您呢?原谅我直说:您是什么人呢?他骗了我,把我丢在彼得堡,听任我自生自灭;而您呢,骗了我,把我丢在这儿。不过他骗人至少还没拉扯上什么思想,而您……"

"看在上帝分上,您怎么能说这种话呢?"我说,吓坏了,绞着手,急忙走到她跟前,"不,齐娜伊达·费多罗芙娜,不,这是愤世嫉俗,您不能这样绝望。您听我说,"我接着说,灵机一动,抓住一个突然在我脑子里模糊地闪现的思想,我好像觉得这个思想还能拯救我们两个人,"您听我说。我这一辈子经历过许多事,多得现在回想起来就会头昏;可是现在我已经凭我的头脑,凭我的苦恼的心灵深深地体会到,人类的使命只在于无私地热爱他人,此外没有别的使命了。这就是我们该走的路,这就是我们的使命!这就是我的信念!"

紧接着我想讲仁慈,讲宽恕一切,可是我的声调忽然显得不诚恳,我心慌了。

"我要生活!"我诚恳地说,"生活,生活!我要和平,要安静;我要温暖,要这个海,要您在我身边。啊,我多么希望在您的心里也激起这种对生活的热烈渴望啊!刚才您说到爱情,可是在我,只要挨近您,听到您的说话声,看到您脸上的表情,就心满意足了。……"

她脸红了,为了阻止我说话而急忙说:

"您热爱生活,可是我痛恨生活。可见我们的道路不同。"

她给自己斟好一杯茶,可是没有碰它,却走进卧室,躺了下来。

"我看我们还是不谈这些的好,"她从卧室里对我说,"对我来说,什么都完了,我什么也不需要。……何必再谈呢!"

"不,不是什么都完了!"

"唉,算了吧!……我明白!我厌烦了。……够了。"

我站了一会儿,从这个墙角走到那个墙角,然后走出房间,到了过道上。夜深的时候我走到她的房门口去听,清楚地听见她在哭泣。

第二天早晨,一个仆役给我送衣服来的当儿含笑通知我说,十三号房间里的太太临盆了。我匆忙穿上衣服,吓得心慌意乱,赶紧到齐娜伊达·费多罗芙娜那儿去了。她的房间里有一个医生,一个助产士,一个从哈尔科夫来的、上了年纪的俄国女人,名叫达丽雅·米海洛芙娜。这儿有乙醚的气味。我刚跨进门槛,就听见从她躺着的房间里发出来的轻微而凄凉的呻吟声。这声音仿佛是一阵风从俄国刮到我这儿来的,我想起了奥尔洛夫、他的讥诮神情、波丽雅、涅瓦河、大片的飞雪,然后是没有车帘的马车、那天早晨我在寒冷的天空中看到的预兆和绝望的喊叫声:"尼娜!尼娜!"

"您进来看看她吧。"那位太太说。

我走到齐娜伊达·费多罗芙娜的床边,觉得自己仿佛就是孩子的父亲。她躺在那儿闭着眼睛,脸容消瘦苍白,戴一顶镶花边的白色睡帽。我记得她脸上有两种表情,一种是冷漠,衰弱,另一种是稚气,孤苦无依,这后一种表情是那顶白色睡帽赋予她的。她没听见我走进来,或者也许听见了,却不理我。我站在那儿瞧着她,等着。

可是后来她痛得脸容大变,睁开眼睛,瞧着天花板,仿佛在思忖她出了什么事似的。……她脸上现出嫌恶的神情。

"真讨厌。"她小声说。

"齐娜伊达·费多罗芙娜。"我轻轻叫她的名字。

她冷漠而衰弱地看我一眼,就闭上眼睛。我站了一会儿,就走出去了。

夜里达丽雅·米海洛芙娜通知我说,一个女孩出世了,可是产妇情况危险。随后过道里不断有人跑过,声音嘈杂。达丽雅·米海洛芙娜又来找我,现出绝望的脸色,绞着手,说:

"哎,这真可怕!大夫怀疑她服了毒!唉,俄国人在这儿的行动多么糟糕!"

第二天中午,齐娜伊达·费多罗芙娜去世了。

十八

两年过去了。情况改变,我又来到彼得堡,可以在这儿住下,已经不再东躲西藏了。我不再担心自己会感伤,或者显得感伤,我全身心都沉浸在齐娜伊达·费多罗芙娜的女儿索尼雅在我心里激起的那种父爱之中,或者确切些说,沉浸在偶像崇拜的感情里了。我亲自喂她吃东西,给她洗澡,安排她睡下,我的眼睛整夜不离开她。每逢我觉得她好像快要从奶妈手中掉下地的时候,我总是尖声叫起来。随着光阴的流逝,我对平凡的日常生活的渴望越来越强烈,越来越恼人;可是那些海阔天空的梦想都在索尼雅身旁停住,仿佛我在她身上终于找到了我恰好需要的东西似的。我发疯般地爱这个小姑娘。我在她身上看到我的生命的延续。我不是出于想象,而是切身感觉到,并且几乎相信:我日后丢掉我这个瘦长、皮包骨、生着一把大胡子的躯壳的时候,我就会在这对淡蓝色的小眼睛里,在这些光滑的淡黄色头发里,在这两只那么亲热地摸着我的脸、搂住我的脖子的、胖胖的粉红色小手里继续生存下去。

索尼雅的命运使我担心。她的父亲是奥尔洛夫,在出生证上她的姓却是克拉斯诺甫斯卡雅,唯一知道她的存在而且对此感兴趣的人就是我;不过我自知生命已快结束,必须认真地为她打算一下才好。

我到彼得堡的第二天就去找奥尔洛夫。给我开门的是一个胖老头,留着红褐色的络腮胡子,没有唇髭,看来是个日耳曼人。波丽雅正在打扫客厅,没有认出我来,可是奥尔洛夫倒一眼就认出我来了。

"啊,造反的先生!"他说,笑起来,好奇地打量我,"哪阵风把您吹来了?"

他一点也没变样,仍旧是那张保养得很好、令人不快的脸,仍旧是那么一副讥诮的神情。桌子上也像以前那样放着一本新书,书里夹着一把象牙柄的小刀。显然,我来以前他在看书。他请我坐下,递给我一支雪茄烟,带着只有受过良好教育的人才会有的殷勤神情遮掩我的脸和我的瘦身材在他心里引起的不愉快感觉,随随便便地说到我一点也没变,尽管我留着一把大胡子,也还是很容易认出来。我们谈起天气,谈起巴黎。为了快一点摆脱那个压在他和我的心头而又不得不谈的苦恼问题,他就问道:

"齐娜伊达·费多罗芙娜去世了?"

"是的,她去世了。"我回答说。

"因为难产而死的吗?"

"是的,因为难产。大夫怀疑她的死另有原因,不过……为了使您和我都心安一些,就姑且认为她是死于难产吧。"

他出于礼貌叹一口气,沉默了,仿佛安静的天使飞过我们的头顶。

"是啊。我这儿一切照旧,没有什么特别的变化,"他发现我打量这个书房,就赶忙说,"我父亲,您知道,已经辞去官职,退休了。我还在原来的地方工作。您记得彼卡尔斯基吗?他还是老样子。格鲁津去年得白喉症去世了。……哦,库库希金还活着,常常想起您。顺便提一下,"奥尔洛夫接着说,不好意思地低下眼睛,"库库希金知道您是什么样的人以后,就到处说您袭击他,有意弄死他……他好不容易才保全了性命。"

我没有说话。

"老仆不忘旧主啊。……您太好了,"奥尔洛夫打趣说,"不过,您要喝点葡萄酒或者咖啡吗?我吩咐他们去煮。"

"不,谢谢了。我来找您是为了一件很重要的事,盖奥尔季·伊凡内奇。"

"我是不大喜欢重要的事的,不过我愿意为您效劳。请问什么事呢?"

"您要知道,"我开口了,很激动,"去世的齐娜伊达·费多罗芙娜的女儿现在跟我一块儿住在此地。……直到现在为止,我一直在带领她,可是,您看得出来,过不了多少日子,我就要从世上消失了。我希望在我临死前能够知道她有了归宿。"

奥尔洛夫有点脸红了,他皱起眉头,严峻地瞥了我一眼。使他感到不愉快的与其说是这件"重要的事",不如说是我那句"从世上消失"的话,那句关于死亡的话。

"是的,关于这一点应该考虑一下,"他说,用手遮住眼睛,像要挡住阳光似的,"谢谢您。您是说,是个女孩儿?"

"是的,女孩儿。一个很好的女孩儿!"

"哦,当然不是一条哈巴狗,而是一个人……当然得认真考虑一下。我准备尽力,而且……很感激您。"

他站起来,走来走去,咬着手指甲,在一幅画前面站住。

"这件事得考虑一下,"他声音低沉地说,背对着我,"今天我就到彼卡尔斯基家去,请他到克拉斯诺甫斯基那儿走一趟。我想克拉斯诺甫斯基不会推三阻四,他会同意收留这个女孩儿的。"

"可是,对不起,我不明白克拉斯诺甫斯基跟这件事有什么相

101

干。"我说,也站起来,往书房另一头的一幅画走去。

"不过我想,她总是姓他那个姓吧!"奥尔洛夫说。

"是的,也许按照法律他有责任收留这个孩子,这我不知道;不过,盖奥尔季·伊凡内奇,我来找您不是为了讨论法律问题的。"

"对,对,您说得对,"他急忙同意说,"我似乎在胡说八道了。可是您也不要激动。我们会把这件事商量得双方都满意的。一个办法不行,就换另一个!另一个不行就再换第三个,这个棘手的问题反正会得到解决。彼卡尔斯基会把事情料理妥当的。请您费神,把您的地址留在我这儿,我们一做出决定就马上通知您。您住在哪儿?"

奥尔洛夫记下我的地址,叹了口气,带着笑容说:

"上帝啊,做一个小女儿的父亲是多么麻烦的事啊![1] 不过彼卡尔斯基会把事情料理妥当的。他是一个所谓精明人。那么,您在巴黎住了很久吗?"

"两个月。"

我们沉默了一阵。奥尔洛夫显然担心我再谈起那个小姑娘,为了把我的注意力引到别的方面去,就说:

"您大概已经忘了您那封信。可是我倒一直保存着呢。我明白您那时候的心情,说老实话,我是尊重那封信的。'该诅咒的冷血'啦,'亚洲人'啦,'马嘶般的笑声'啦,这都写得动人而有特色,"他接着说,讥诮地微笑着,"基本思想也许接近真实,不过这也可以引起无穷无尽的争论。我的意思是,"他踌躇地说,"不是为思想本身争论,而是为您对问题的态度争论,为您那容易冲动的气质争论。不错,我的生活不正常,腐败,一无是处,怯懦又妨碍我

---

[1] 引自格里鲍耶陀夫的喜剧《智慧的痛苦》,个别词有改动。——俄文本编者注

开始过新的生活,在这方面您说得完全对。可是,您把这种事看得过于认真,您激动,而且弄得自己灰心绝望,这却没有道理,在这方面您就完全不对了。"

"一个活人看见自己和周围的人都在走向灭亡,就不能不激动,不能不绝望。"

"谁说不呢!我根本不是宣传漠不关心,我只是希望对生活采取客观的态度。越是客观,犯错误的危险就越少。应当找到问题的根子,在每个现象里寻求一切原因中的原因。我们软弱,堕落,终于倒下去。我们这一代统统是神经衰弱的人和无病呻吟的人,我们一个劲儿地讨论什么厌倦啦,疲劳过度啦,然而该对这一点负责的不是您,也不是我,我们太渺小,不可能左右整整一代人的命运。必须认为这儿有一些重大的和普遍的原因,一些从生物学观点看来自有其实在意义①的原因。我们都是神经衰弱的人,精神萎靡的人,改变信念的人;不过这也许对那些在我们以后生活的许多代人是必要和有益的。没有上帝的旨意就连一根头发也不会从脑袋上掉下来,换句话说,在自然界和人类中间,什么事情都不会无缘无故发生。一切都自有根据,出乎必然。既是这样,那我们又何必特别担心,写些绝望的信呢?"

"话是不错的,"我想了一想,说,"我相信后代人会轻松点,看得清楚点。我们的经验会对他们有用。可是说真的,人们也要过眼前的生活,而不仅仅为他们着想。人只能活一次,人都想活得有劲,明智,美好。人都想扮演出色的、独立的、高尚的角色,都想把历史创造得使后代子孙没有权利说我们任何人是废物,或者比废物都不如。……我相信周围发生的一切事情的合理性和必然性;然而那种必然性跟我有什么关系呢?我为什么就应该丧失我的

---

① 原文为法语。

'我'呢?"

"唉,那有什么办法呢!"奥尔洛夫叹道,站起身来,仿佛要我明白,我们的谈话已经结束。

我拿起我的帽子。

"我们只坐了半个钟头,可是,想想看,解决了多少问题啊!"奥尔洛夫说,送我走进前厅,"那么我来把那件事办一下。……今天我就去找彼卡尔斯基。请您不必担心。"

他站住,等我穿好衣服,显然因为我马上就要走掉而暗自高兴。

"盖奥尔季·伊凡内奇,请您把我的信还给我。"我说。

"遵命。"

他走到书房去,过一会儿拿着那封信回来。我道过谢,就走了。

第二天我接到他写来的一封信。他庆贺我,说是问题已经顺利地解决。他写道,彼卡尔斯基认识一位太太,这人开着一所近似幼儿园的寄宿学校,就连很小的孩子都收养。那位太太是完全可靠的,不过在跟她接洽以前不妨去找克拉斯诺甫斯基谈一谈,这是手续上的需要。他劝我马上去找彼卡尔斯基,要是有孩子的出生证,就随身带去。这封信的结尾是"请您相信您恭顺的仆人的真诚的敬意和忠诚。……"

我看着这封信,索尼雅正坐在桌子上,注意地瞧着我,眼也不眨,仿佛知道她的命运正在被人决定似的。

大沃洛嘉和小沃洛嘉[1]

"放开我,我要自己赶车!我要坐到车夫旁边去!"索菲雅·利沃芙娜大声说,"车夫,你等一等,我要跟你一块儿坐在赶车座位上。"

她在雪橇上站着,她的丈夫符拉季米尔·尼基狄奇和她小时候的朋友符拉季米尔·米海雷奇抓住她的胳膊,免得她跌倒。那辆三套马的雪橇跑得飞快。

"我早就说不该给她喝白兰地,"符拉季米尔·尼基狄奇烦恼地小声对他的旅伴说,"你这个人啊,真是的!"

上校凭经验知道,像他的妻子索菲雅·利沃芙娜这样的女人在这种带点醉意的、疯疯癫癫的快乐过去以后,紧跟着照例就是歇斯底里的大笑,接着是痛哭。他担心过一会儿他们回到家里以后,他没法睡觉,而不得不忙着张罗压布和药水。

"吁!"索菲雅·利沃芙娜叫道,"我要赶车。"

她心里真是快活和得意。自从举行婚礼那天起,最近两个月来,总有一个想法煎熬着她,她觉得她嫁给亚吉奇上校是因为贪图富贵,而且像人们常说的那样,因为赌气[2];可是今天在城郊那家

---

[1] 沃洛嘉是符拉季米尔的小名。
[2] 原文为法语。

105

饭店里,她终于相信自己热烈地爱着他。尽管他已经五十四岁,却身材匀称,头脑机敏,动作灵活,擅长说俏皮话,给茨冈姑娘们伴唱。真的,如今老头倒比青年可爱一千倍,仿佛老人和青年掉换了位置似的。尽管上校比她父亲还要大两岁,而她只有二十三岁,然而凭良心说,论精力和朝气,他却比她不知超出多少,那么,年纪大又有什么关系呢?

"啊,我亲爱的!"她暗想,"了不起的人!"

在那家饭店里,她还相信,她那旧日的感情已经连影子也没有了。对她小时候的朋友符拉季米尔·米海雷奇,或者简称沃洛嘉,她昨天还爱得发疯,爱得要命,现在却完全淡漠了。今天整个傍晚,她觉得他无精打采,带着睡意,不招人喜欢,一无可取。他在饭店里照例厚着脸皮避免付账,这一回他的这种态度使她暗暗生气,好容易才忍住没对他说:"要是您没钱,就该坐在家里才对。"每次都是由上校一个人付钱。

也许由于她眼前不断地闪过树木、电线杆和雪堆吧,总之,各式各样的思想涌上了她的心头。她想起饭店的账单是一百二十卢布,另外还付给茨冈人一百卢布。明天,只要她乐意,她可以随便挥霍上千的卢布,可是两个月以前,在她结婚以前,她自己连三个卢布都没有,随便买一点小东西都得向她父亲要钱。生活的变化是多么大呀!

她的思路千头万绪,她想起当初她十岁的时候,她现在的丈夫亚吉奇上校追求过她的姑母,全家人都说他把她害苦了,事实上,她姑母走出房来吃饭的时候确实常常脸上带着泪痕,而且老是坐上马车不知到什么地方去。大家讲起她来总是说:这个可怜的人休想得到安宁了。那时候他很漂亮,大受女人们的垂青;因此全城的人都知道他,大家说他似乎每天都要分头到那些爱慕他的女人的家里去一趟,就跟医生去给病人看病一样。现在呢,尽管他头发白了,脸上起了皱纹,戴了眼镜,可是他那张瘦脸,特别是从侧面看过去,有时候还是显得挺漂亮的。

索菲雅·利沃芙娜的父亲是个军医官,从前跟亚吉奇在同一个部队里共过事。沃洛嘉的父亲也是军医官,从前也跟亚吉奇上校和她父亲在同一个部队里共过事。沃洛嘉虽然常常闹出很复杂、很烦心的恋爱纠纷,可是学业优良,他在大学毕业的时候,成绩极好,现在选定外国文学作为他的专业,据说正在写论文。他住在他那做军医的父亲的营房里,虽然三十岁了,自己却没有钱。索菲雅·利沃芙娜小时候和他同住在一栋房子里,虽然两家各有自己的一套住宅。他常来找她一块儿游玩,一块儿学跳舞,一块儿学说法国话;可是等到他长大,变成一个身材匀称、十分漂亮的青年,她见着他就怕羞了,后来暗自发疯样地爱上他,直到最近嫁给亚吉奇为止。他也很受女人们的垂青,差不多从十四岁起,他就善于博得她们的欢心,那些为他而对丈夫不忠实的太太,总是借口沃洛嘉年纪还小而为自己辩白。不久以前有人讲起他,说他做大学生的时候,住在大学附近的公寓房间里,每次有人去找他,敲他的房门,就会听见门里面响起他的脚步声,然后是低声的道歉:"对不起,我不是一个人在屋里。"①亚吉奇很欣赏他,夸奖他前途无量,就像杰尔查文②对待普希金一样,显然,亚吉奇喜欢他。他们两人往往一连几个钟头沉默地打台球或者玩"辟开"③。如果亚吉奇坐上三套马的马车到什么地方去,总是把沃洛嘉带在身边,沃洛嘉也把他的论文的秘密只讲给亚吉奇一个人听。当初上校比较年轻的时候,他们常常处于情敌的地位,可是彼此从来也不争风吃醋。在他们

---

① 原文为法语。
② 杰尔查文(1743—1816),俄罗斯诗人。1815年1月8日,年轻的普希金在皇村学校参加考试时,当众朗诵他的诗篇,受到杰尔查文的赞赏。
③ 一种纸牌戏。

常常同去的社交场所,大家总是管亚吉奇叫作大沃洛嘉,管他的朋友叫作小沃洛嘉。

在雪橇上,除了大沃洛嘉、小沃洛嘉和索菲雅·利沃芙娜以外,还有一个女人,就是玛尔迦莉达·亚历山德罗芙娜,大家称呼她莉达。她是亚吉奇太太的表姐,一个三十岁开外的姑娘,脸色十分苍白,眉毛漆黑,戴着夹鼻眼镜,不停地吸纸烟,哪怕在天气严寒的时候也一样。她的胸前和膝盖上老是有烟灰。她说话带着鼻音,拖长每个字的字音,性情冷僻,随便喝多少蜜酒和白兰地总也不会醉,时常懒洋洋而又乏味地讲些含意暧昧的掌故。她在家里从早到晚翻看厚本的杂志,弄得杂志上撒满烟灰,或者吃冰冻的苹果。

"索尼雅①,别发疯了,"她用唱歌般的声调说,"真的,这简直是愚蠢。"

在临近城门的地方,那三套马的雪橇跑得慢了点,房屋和行人不断闪过去。索菲雅·利沃芙娜平静下来,偎紧她的丈夫,专心想心事。小沃洛嘉坐在她对面。这时候,除了轻松快活的思想以外,又添上些阴郁的思想。她暗想,坐在对面的这个人知道她爱他,他当然相信她是因为赌气嫁给上校的说法。她一次也没有向他表白过爱情,而且不希望他知道,总是隐瞒着她自己的感情,可是从他的脸色看得出他十分了解她,这就伤了她的自尊心。不过在她的处境里最使她痛心的是,自从举行婚礼以后,这个小沃洛嘉倒忽然开始对她献起殷勤来,而这是以前从来也没有过的。他往往一连几个钟头默默地陪她坐着,或者谈些闲话,此刻在雪橇里他没有跟她谈话,却微微地踩着她的脚,握握她的手。显然,他一心巴望她出嫁。他分明看不起她,她就像那种不规矩的坏女人那样在他心

---

① 索尼雅和下文的索涅琪卡均为索菲雅的爱称。

里只能引起某种性质的兴趣。当那种得意的感情和对丈夫的爱情跟屈辱的感情和受伤的自尊心在她心里混在一起的时候,她就不禁生出逞强的心,只想坐到赶车座位上去,嚷一阵,吹一阵口哨。……

在他们的马车经过一个女修道院的当儿,院里那口一千普特①重的大钟敲响了。莉达在胸前画十字。

"我们的奥丽雅在这个修道院里。"索菲雅·利沃芙娜说,也在胸前画十字,身子哆嗦了一下。

"为什么她进了修道院?"上校问道。

"因为赌气,"莉达生气地回答说,显然暗指索菲雅·利沃芙娜和亚吉奇的婚姻,"现在这种因为赌气挺时行。它正向全世界挑战。她原是个爱说爱笑、极爱卖弄风情的女人,只喜欢舞会和舞伴,可是忽然间,她走了!弄得人人都吃一惊!"

"这不是实情,"小沃洛嘉放下皮大衣的衣领,露出他那张漂亮的脸,说,"这跟因为赌气不相干,不瞒您说,这完全是由于遭了灾祸。她哥哥德米特利被流放去服苦役,如今下落不明。她母亲伤心而死。"

他又竖起他的衣领。

"奥丽雅做得好,"他声音低沉地接着说,"她处在养女的地位,况且又跟索菲雅·利沃芙娜那样的好人住在一起,这一点也得考虑到才是!"

索菲雅·利沃芙娜从他的声调里听出轻蔑的口气,就想说几句话顶撞他,可是她没说出口。她又生出那种逞强的心情。她站起来,用含泪的声调叫道:

"我要去做晨祷!车夫,往回走!我要去见见奥丽雅!"

---

① 俄国重量单位。1普特等于16.38公斤。

雪橇往回驶去。修道院的钟声低沉,索菲雅·利沃芙娜感到这声音使人联想到奥丽雅和她的生活。别的教堂也在敲钟。等到车夫勒住那三匹马,索菲雅·利沃芙娜就跳下雪橇,独自一个人,也不要人陪伴,很快地往大门走去。

"劳驾,快一点!"她丈夫对她叫道,"时候已经不早了!"

她走进乌黑的大门口,然后顺着一条从大门通到大教堂的林荫路走去,积雪在她脚底下沙沙地响,钟声就在她的上空轰鸣,仿佛使她的全身震颤。她来到教堂门口,走下三层台阶,然后穿过一道门廊,两旁都是圣徒的画像,弥漫着刺柏和神香的气味。随后又是一道门,有一个穿黑衣服的人给她开门,对她深深地鞠躬。……教堂里,晨祷还没开始。有一个修女在圣像壁旁边走动,点燃高烛台上的蜡烛,另一个修女点燃枝形烛台上的蜡烛。这儿那儿,圆柱附近和侧祭坛附近,有些黑色人影站着不动。"大概,他们现在这样站着,一直不离开,要到明天早晨才走吧。"索菲雅·利沃芙娜暗想。她觉得这儿又黑又冷,枯燥乏味,比墓园里还要乏味。她带着烦闷的感觉瞧着那些一动不动、呆若木鸡的人影,忽然她的心收紧了。不知怎的,她认出一个身量不高、肩膀窄小、头戴黑色三角头巾的修女就是奥丽雅,其实奥丽雅进修道院的时候长得挺胖,身量也似乎高一些。索菲雅·利沃芙娜不知什么缘故,心里十分激动,犹豫不决地走到那个见习修女跟前,从她肩膀上望过去,看清了她的脸,果然她就是奥丽雅。

"奥丽雅!"她说,举起两只手轻轻一拍,兴奋得说不出话来,"奥丽雅!"

那个修女立刻认出她来,惊讶地扬起眉毛。她那张刚洗过的、干净而苍白的脸高兴得放光,就连她那三角头巾下露出的白色包头布也似乎高兴得放光了。

"瞧,主赐的奇迹。"她说着,也举起她那两只干瘦的白手拍了一下。

索菲雅·利沃芙娜紧紧地抱住她,吻她,同时又担心别冒出酒气来。

"刚才我们路过这儿,想起了你。"她说,喘不过气来,好像刚才很快地跑过一段路似的,"你的脸色多么苍白啊,上帝!我……我见着你高兴极了。哦,怎么样?怎么样?你觉得寂寞吗?"

索菲雅·利沃芙娜往四下里看一眼别的修女们,接着低声说:"我们那儿发生了好多变化。……你知道,我嫁给亚吉奇,符拉季米尔·尼基狄奇了。你一定记得他。……我跟他在一块儿,很幸福。"

"好,感谢上帝。你父亲身体好吗?"

"好。他常想起你。你,奥丽雅,到了假日务必来看我们。听见了吗?"

"我会去的,"奥丽雅说,微微一笑,"我明天就去。"

索菲雅·利沃芙娜自己也不知道为什么,哭起来了。她不出声地哭了一会儿,然后擦干眼睛说:

"莉达没有见到你,会觉得十分惋惜。她跟我们一块儿出来的。沃洛嘉也在。他们就在大门口。要是你能跟他们见面,他们会多么高兴啊!我们去找他们吧,反正祈祷还没开始。"

"那我们就去吧。"奥丽雅同意说。

她在胸前画了三次十字,然后跟索菲雅·利沃芙娜一块儿往门口走去。

"那么,索涅琪卡,你说你挺幸福?"她走出大门的时候问道。

"很幸福。"

"好,感谢上帝。"

大沃洛嘉和小沃洛嘉看见这个修女走出来,就跳下雪橇,恭恭敬敬向她问好。他们看见她那苍白的脸和黑色的修女服显然都感动了;而且,她还记得他们,出来向他们问候,两人心里暗暗高兴。索菲雅·利沃芙娜怕她冻着,就拿过一条车毯披在她身上,同时用她皮大衣的一块前襟把她裹住。方才的眼泪使她的心头轻松了一些,灵魂变得纯净了。她暗自欣喜,这个热闹的、不安宁的、实际上不纯洁的夜晚竟然出人意外,这样纯洁而温柔地结束了。为了要奥丽雅在她身边多留一会儿,她提议说:

"让她坐上雪橇兜一阵吧!奥丽雅,你坐上去,我们一会儿就回来。"

两个男人预料修女会拒绝,圣徒是不坐三套马的雪橇兜风的;可是使他们吃惊的是,她居然同意,坐上雪橇了。这辆三套马的雪橇往城门那边跑去,大家都默不作声,只是极力让她坐得舒服点,暖和点,每个人都暗想她从前是什么样子,现在又是什么样子。现在她的脸缺乏热情,很少表情,冷淡而苍白,而且透明,好像她的血管里流着的是水而不是血。不过两三年前,她却长得丰满,脸颊绯红,常常谈论那些追求她的男人,为一丁点儿小事而扬声大笑。……

在城门附近,雪橇掉转头往回跑,过了大约十分钟,在修道院门前停住,奥丽雅走下雪橇。钟楼上,钟声响得更急了。

"求主保佑你们。"奥丽雅说,照修女那样深深一鞠躬。

"那么你一定要来,奥丽雅。"

"我会去的,会去的。"

她很快地走了,不久就消失在乌黑的大门里。这以后,雪橇往回跑,不知什么缘故,大家心里都感到十分愁闷。人人都沉默不语。索菲雅·利沃芙娜觉得浑身发软,心情沮丧。她觉得刚才逼着修女坐上雪橇,夹在一伙喝过酒的人当中,乘着三套马的雪橇兜风,未免荒唐,鲁莽,而且几乎可以说是不敬。她的酒意过去了,欺骗自己的愿望就也随之而消失,她已经清楚地感到她不爱她的丈夫,而且也不可能爱他,这件事简直是胡闹,愚蠢。她嫁给他是由于贪图富贵,因为他,按她中学里的女同学的说法,"阔绰得不得了";又由于她生怕自己像莉达似的做老处女;还由于她厌烦她那做军医的父亲,而且想气气小沃洛嘉。要是她出嫁前能够预料到生活会这样沉重,可怕,讨厌,那么,就是拿全世界的财富都送给她,她也不会同意结婚。然而现在已经无法挽回。只好听天由命了。

他们回到家里。索菲雅·利沃芙娜在暖和而柔软的床上躺下,盖好被子,于是想起那道幽暗的门廊、那种神香的气味、那些圆柱旁边的人影。她想到在她睡着以后,那些人将会始终站着不动,就不由得害怕。晨祷的时间很长,然后是念经,然后是弥撒,祈祷。……

"可是要知道,上帝是有的,一定是有的,而我总会死的,那就是说,我早晚得考虑灵魂,考虑永恒的生活,像奥丽雅一样。奥丽雅现在得救了,她给自己解决了所有的问题。……可是万一没有上帝呢?那她的一生就白白糟蹋了。可是怎么会是白白糟蹋呢?为什么就是白白糟蹋呢?"

过了一会儿又有些思想萦回在她的脑际:

"上帝是有的,死亡一定会来临,应当想到灵魂才对。如果奥丽雅此刻知道她马上会死掉,她也不会害怕。她准备好了。主要的是她已经为自己解决了人生的问题。上帝是有的……是啊……可是除了进修道院以外,难道就没有别的出路了?要知道,进修道院无非是放弃生活,毁掉生活罢了。……"

索菲雅·利沃芙娜有点害怕。她把脑袋埋在枕头底下。

"不应当想这些,"她小声说,"不应当。……"

亚吉奇在隔壁房间里的地毯上走来走去,他的马刺轻轻地响着,他在想心事。索菲雅·利沃芙娜猛地想到这个人只在一点上使她感到亲切和可爱:他的名字也叫符拉季米尔。她从床上坐起来,柔声叫道:

"沃洛嘉!"

"什么事?"她丈夫应声说。

"没什么。"

她又躺下去。钟声响起来,也许就是修道院里的钟声吧。她又不由得想起那道门廊和那些乌黑的人影。那些关于上帝和不可避免的死亡的想法在她头脑里盘旋,她就用被子蒙住头,免得听见钟声。她暗想,在衰老和不可避免的死亡来临以前,还有很长很长一段生活要过,她得每天忍受这个她所不爱的、此刻走进寝室里来睡觉的男子的亲近,她得扑灭她心里对另一个年轻迷人,而且在她看来不平凡的男子的无望的爱情。她看一眼丈夫,想对他道一声晚安,可是没有说出口,却忽然哭起来。她恼恨自己。

"得,音乐开始了!"亚吉奇说,把"乐"字说得很重。

她哭了很久,一直到早晨九点多钟才平静下来。她停了哭,全身不再发抖,可是头痛欲裂。亚吉奇匆匆地赶着去做晚弥撒,在隔壁房间里抱怨帮他穿衣服的勤务兵。他到卧室里来取东西,马刺发出轻微的响声,后来又进来一趟,这一回已经戴上带穗的肩章和勋章了。他两条腿由于害风湿病而有点瘸。不知什么缘故,索菲雅·利沃芙娜觉得他的模样和步法像一头猛兽。

她听见亚吉奇在打电话。

"费心,请您接瓦西里耶夫营房!"他说,过一会儿他又说:"瓦西里耶夫营房吗?劳驾,请萨里莫维奇医生接电话⋯⋯"又过了一会儿:"是哪一位啊?是你吗,沃洛嘉?很高兴。亲爱的,请你父亲马上到我们家里来一趟,因为我的妻子昨天回来以后,觉得很不舒服。你是说他不在家?哦。⋯⋯谢谢。太好啦⋯⋯非常感谢。……谢谢①。"

亚吉奇第三次走进寝室来,弯下腰凑近他妻子,在她胸前画个十字,伸出手去让她吻(凡是爱他的女人都吻他的手,他已经养成习惯了),说他吃午饭的时候回来。他说完就走了。

十一点多钟,使女通报说,符拉季米尔·米海雷奇来了。索菲雅·利沃芙娜又疲乏又头痛,身子摇摇晃晃,很快地穿上她那件用毛皮镶边、又新又漂亮的淡紫色家常便服,赶紧把头发好歹梳理一下。她觉得她的灵魂里生出一种无法形容的温柔感情,高兴得周身发抖,生怕他会走掉。她只巴望看他一眼。

小沃洛嘉这次来访,装束整齐,穿着燕尾服,打着白领结。索菲雅·利沃芙娜走进客厅里,他吻她的手,为她身体不爽而真诚地表示难过。后来他们坐下来,他就称赞她那件便服。

"昨天跟奥丽雅见过面以后,我心里很乱,"她说,"起初我感到害怕,而现在却羡慕她了。她好比牢不可破的山岩,谁都休想搬得动它。可是,沃洛嘉,难道她就没有别的出路了?难道活生生地埋葬自己才算是解决了人生问题?要知道,那是死而不是生啊。"

一提起奥丽雅,小沃洛嘉的脸上就现出感动的神情。

"您,沃洛嘉,是个聪明人,"索菲雅·利沃芙娜说,"请您指点我,好让我也能像她那样行事。当然,我不是个信徒,不会进修道院,不过我还是可以做些性质相似的事。我生活得不轻松啊,"她沉默一阵以后,接着说,"您指点我吧。……告诉我一种可以使我信服的办法。您哪怕只说一句话也好。"

"一句话?好吧:砰的一声响!"

"沃洛嘉,为什么您看不起我?"她痛心地问道,"您跟我讲起话来,原谅我这样说,总是用一种纨袴子弟的特别口气,不像是对

---

① 原文为法语。

115

朋友,对正派的女人讲话。您很有成就,您喜欢科学,可是为什么您从来也不对我谈科学呢?为什么?我不配吗?"

小沃洛嘉烦恼地皱起眉头,说:

"为什么您忽然需要起科学来了?也许您还需要宪法吧?或者需要鲟鱼肉烧辣根?"

"哦,好吧,我是个一无可取、渺小庸俗、品行不端、浅薄愚蠢的女人。……我干过许许多多错事,我心理变态,道德败坏,我活该受到轻视。可是话得说回来,您,沃洛嘉,年纪比我大十岁,我的丈夫比我大三十岁。我是在你们眼前长大的,要是你们乐意,你们就可以随意把我培养成任什么样的人,哪怕培养成天使也未尝办不到。可是你们……"她的嗓音颤抖了,"这么可怕地对待我。亚吉奇年纪老了却跟我结婚,您呢……"

"哎,得了,得了,"沃洛嘉说,坐近一点,吻她的双手,"让叔本华①去谈哲学,去证明他要证明的事吧,我们呢,还是来吻这两只小手的好。"

"您看不起我,但愿您能知道我为这种态度多么难过才好!"她迟疑地说,事先就知道他不会相信她的话,"但愿您知道我多么希望变个样子,开始过一种新的生活!我一想到这里就十分兴奋,"她说,果然兴奋得流下泪来,"我想做一个诚实纯洁的好人,不作假,有生活目标。"

"行了,行了,行了,劳驾,别装腔作势了!我不喜欢这样!"沃洛嘉说,脸上现出不痛快的神情,"说真的,这简直像是演戏了。我们还是做普通人的好。"

她怕他生气走掉,就赶紧辩白,而且做出勉强的笑容来向他讨好,又讲起奥丽雅,讲到她一心想解决她的人生问题,开始做一个

---

① 叔本华(1788—1860),德国唯心主义哲学家,唯意志论者。

堂堂正正的人。

"砰的……一声……响……"他低声唱起来,"砰的……一声……响……"

猛然间,他搂住她的腰。她自己也不知道自己在做什么,把两只手放在他的肩膀上,一时间痴迷地,仿佛在雾里似的,瞧着他那张聪明而讥诮的脸、额头、眼睛、漂亮的胡子。……

"你自己早就知道我爱你,"她对他承认道,痛苦地脸红了,甚至感到她的嘴唇由于羞耻而抽搐起来,"我爱你。可是你为什么折磨我呢?"

她闭上眼睛,热烈地吻他的嘴唇,吻了大约有一分钟之久。虽然她知道这不正派,连他都会指责她,而且可能有使女走进来,不过她无论如何也没法结束这一吻。……

"啊,你在怎样折磨我呀!"她又说一遍。

过了半个钟头,他得到他所需要的一切以后,在饭厅里坐下来吃东西。她跪在他面前,贪婪地瞧着他的脸。他就对她说,她活像一条小狗,等着人家丢给它一小块火腿吃。后来他叫她坐在他的膝头上,拿她当小娃娃似的摇来摇去,嘴里唱着:

"砰的……一声……响!"

临到他准备告辞,她就用热烈的口气问他:

"什么时候?今天吗?在什么地方?"

她伸出两只手凑到他的嘴边,好像要用手去抓住他的答话似的。

"今天恐怕不方便了,"他沉吟一下说,"明天也许行。"

他们就分手了。午饭前,索菲雅·利沃芙娜坐上雪橇到修道院里去找奥丽雅,可是到了那边,人家告诉她说奥丽雅外出为死人念赞美诗去了。她从修道院里出来,又坐上雪橇去找她父亲,也没在他家里碰到他,然后她就换一辆雪橇,毫无目的地串大街,走小

117

巷,照这样坐车一直游逛到傍晚。不知什么缘故,她老是想起她那脸上带着泪痕、坐立不安的姑母。

到晚上,他们又坐上三套马的雪橇,到城郊饭店里去听茨冈人唱歌。当他们再次路过修道院的时候,索菲雅·利沃芙娜想起奥丽雅,不由得心惊肉跳,因为她思忖,对她这个圈子里的姑娘和女人来说,除了坐着三套马的车子不停地逛荡,说谎,或者索性进修道院去扑灭生机以外,就没有别的出路了。……第二天索菲雅·利沃芙娜去赴幽会,然后又孤身一人坐在街头的雪橇上跑遍全城,心里想着她的姑母。

过了一个星期,小沃洛嘉把她丢开了。这以后生活又照原样进行,仍旧那么没趣味,无聊,有时候甚至痛苦。上校和小沃洛嘉打很久的台球和"辟开",莉达懒洋洋地、乏味地讲那些掌故,索菲雅·利沃芙娜老是坐着街头的雪橇游逛,或者要求她丈夫带她坐着三套马的雪橇去兜风。

她几乎每天都到修道院去,惹得奥丽雅厌烦了。她对奥丽雅诉说自己难以忍受的痛苦,哭哭啼啼,同时又感到她一走进修道院,就随身带进一种不洁、可怜、陈腐的东西。奥丽雅呢,老是用背书的腔调不动感情地对她说:这些都没关系,一切都会过去,上帝会宽恕她的。

一八九四年

黑　修　士

一

硕士安德烈·瓦西里伊奇·柯甫陵十分疲劳,神经出了毛病。他没有去找医生看病,不过有一次跟一个做医生的朋友喝酒,顺带谈起这件事,那个朋友就劝他到乡间去消磨一个春天和一个夏天。恰好达尼雅·彼索茨卡雅写来一封长信,邀他到包利索甫卡去做客。他就决定,真的非旅行一趟不可了。

起初,那是四月间,他到自己的家乡柯甫陵卡,在那儿独自一人住了三个星期,然后,等到道路好走了,就坐上马车动身到他旧日的监护人和教养人,俄国著名的园艺学家彼索茨基家里去。从柯甫陵卡到彼索茨基一家人的住地包利索甫卡,算起来不过七十俄里的路程,在春天柔软的大道上,坐着一辆有弹簧的安稳马车赶路真是一种极大的享受。

彼索茨基家的房子很大,有圆柱,有雕狮,墙上的灰泥已经剥落,门口站着一个穿燕尾服的听差。古老的花园阴森严峻,是按英国格式布置的,从正房一直伸展到河边,几乎有整整一俄里长,花园的尽头是一道急转直下的陡峭的土坡,坡上生着松树,露出树根,像是毛茸茸的爪子。坡下的河水阴冷地闪闪发光,鹬鸟飞来飞去,发出悲凉的鸣声。在这种地方,人总会生出一种恨不得坐下来,写一篇叙事诗的情绪。可是在这所房子附近,在院子里,在那个连同苗场一共占地三十俄亩的果园里,一切都欣欣向荣,哪怕遇上坏天气也充满生趣。像这样好看的蔷薇、百合、茶花,像这样五颜六色的郁金香,从亮晃晃的白色到煤烟般的黑色,总之,像彼索茨基家里这样丰富的花卉,柯甫陵在别的地方从来也没见识过。春天还刚刚开始,真正艳丽的花坛还藏在温室里,可是林荫路两旁和这儿那儿的花坛上盛开着的花朵,已经足以使人在花园里散步,特别是一清早每个花瓣上都闪着露珠的时候,感到走进了柔和的彩色王国。

花园里专供观赏的那一部分,彼索茨基本人轻蔑地称之为不足挂齿的那一部分,当初在柯甫陵小时候却给他留下了仙境般的印象。在这儿,巧妙别致的花样,奇形怪状的精心设计可谓应有尽有,简直是对大自然的嘲弄!这儿有用果树编成的篱形支架,有的梨树像是金字塔形的杨树,有些橡树和椴树生成圆球的形状,还有苹果树形成的遮阳伞,李树编成的拱门、花字、枝形烛台,乃至"一八六二"这几个字——这个数字标志着彼索茨基最初研究园艺学的年份。这儿还可以看到美丽匀称的小树,树干像棕榈树那样又挺直又结实,只有仔细观察才可以认出那些小树其实是醋栗或者茶藨子。可是花园里最使人高兴而且给它添了生气的,却是人们那种经常不断的活动。从清早到傍晚,那些树木和灌木旁边,林荫道旁和花坛上面,总有许多人像蚂蚁似的忙忙碌碌,有的推着独轮车,有的挥着锄头,有的提着喷壶。……

柯甫陵晚上九点多钟来到彼索茨基家。他正好碰上达尼雅和她的父亲叶果尔·谢敏内奇心神不安的时候。布满繁星的晴朗天空和气温表都预告明天凌晨有霜冻,不料花匠伊凡·卡尔雷奇进城去了,眼前没有一个指靠的人。吃晚饭的当儿,他们一味谈明天的朝寒,而且做出决定:达尼雅不上床睡觉,十二点多钟到花园里去走一趟,检查一切安排妥当没有,叶果尔·谢敏内奇呢,三点钟起床,或者甚至更早一点。

柯甫陵陪着达尼雅坐了一个夜晚,午夜以后又跟她一块儿往花园里走去。天气寒冷。院子里已经有浓重的焦味儿。他们的大果园名叫"商务园",每年给叶果尔·谢敏内奇带来几千卢布的纯利,此刻那儿地面上铺开一层乌黑而刺鼻的浓烟,它包住树木,以便从霜冻里挽救那几千卢布。这儿的树木排成跳棋的格局,每一行都笔直而整齐,俨然成了一队队士兵。这儿显出严格而带书卷气的整齐,再加上所有的树木一般高,树冠和树干完全是一个样子,这就使得画面单调,甚至乏味了。柯甫陵和达尼雅走过一排排的树木。由畜粪、麦秸和各种垃圾烧起来的篝火正在阴燃。有时候他们遇见一些工人在烟子里漫游,像阴影一般。只有樱桃树、李树和几种苹果树在开花,可是整个园子沉浸在浓烟里,柯甫陵一直走到苗场附近,才能畅快地呼吸一下。

"还在我小时候,我一闻到这种烟子就会打喷嚏,"他耸耸肩膀说,"可是直到现在,我都不明白这种烟子怎么能挡住霜冻。"

"在没有云的时候,烟就代替云……"达尼雅回答说。

"要云干什么用?"

"遇到多云的阴天,就不会有朝寒了。"

"原来这样!"

她那宽阔、十分严肃、冻得冰凉的脸,她那两道细而黑的眉毛,她那竖起的、使她的头不能自由活动的大衣领子,她那又瘦又苗条的身材以及由于怕沾露水而撩起的衣裙,——看到这一切,他不由得动了感情。

"主啊,她已经长大了!"他说,"上一次,五年以前,我离开此地的时候,您还完全是个孩子呢。那时候您挺瘦,腿细长,不戴头巾,穿着短短的连衣裙,我就开玩笑,说您像一只鹭鸟。……光阴起了多大的作用啊!"

"是啊,五年了!"达尼雅叹了口气,说,"从那时候起过了多少时间啊。您凭良心说,安德留沙①,"她活泼地讲起来,瞧着他的脸,"您跟我们生疏了吧?不过,我又何必问呢?您是男人,过着自己的有趣的生活,您成了有名望的人物。……疏远是很自然的!可是不管怎样,安德留沙,我希望您把我们看作自家人。我们有权利这样希望。"

"我是把你们看作自家人的,达尼雅。"

"是真心话?"

"对,是真心话。"

"您今天看见我们家里有那么多您的照片,感到吃惊。不过您要知道,我父亲十分喜爱您。有时候,我觉得他爱您胜过爱我。他为您而骄傲。您是学者,是个不平凡的人,您为自己创造了光辉的前程。他相信,您所以有这样的成就是因为他培养了您。我没有拦阻他这样想。随他去吧。"

天色渐渐破晓,这是特别容易看出来的:一缕缕烟子和一个个树顶在空中清楚地现出轮廓来了。夜莺在歌唱,田野里传来鹌鹑的叫声。

"可是现在应该去睡觉了,"达尼雅说,"而且天气很冷。"她挽住他的胳膊,"多谢您到我家来,安德留沙。我们的熟人都挺乏味,而且连这样的熟人也没几个。我们只有园子,园子,园子,别的什么都没有。什么主干啦,支干啦,"她说着,笑起来,"阿波尔特苹果啦,莱因特苹果啦,波罗文卡苹果啦,芽接啦,枝接啦。……我们整个生命都用在园子里了,我甚至连做梦也只看到苹果和梨。当然,这样很好,有益处,不过有时候人也希望换换花样。我记得

---

① 安德烈的爱称。

当初您到我们家来度假,或者只是来玩一趟,不知怎么,房子里就变得有生气多了,明亮多了,仿佛把烛架上和家具上的套子都摘掉了似的。那时候我还是个小姑娘,不过我已经懂事了。"

她讲了很久,很动感情。不知什么缘故,他突然产生一个念头:今年夏天说不定他会爱上这个娇小、孱弱、谈锋很健的人,会迷上她,热恋她。处在他们两人的地位,这种事是十分可能而且自然的!这个想法打动他的心,使他发笑,他低下头去凑近那张可爱的、忧虑的脸,轻声唱道:

奥涅金,我不打算隐瞒,
我疯狂地爱着塔吉雅娜。……①

等到他们走回家里,叶果尔·谢敏内奇已经起床了。柯甫陵不想睡觉,就跟老人闲谈,跟他一块儿回到园子去。叶果尔·谢敏内奇身量高,肩膀宽,肚子很大,害着气喘病;然而他走路总是那么快,叫人很难跟得上。他带着极其操心的神情,老是匆匆忙忙要赶到什么地方去,从他脸上的神情看来,好像他哪怕只迟误一分钟,一切就都会完蛋似的!

"瞧,老弟,有这么件事……"他站住,喘一口气,开口说,"你看,大地的表面上有霜冻,可是你把温度计绑在木棒上,把它举到离地两俄丈②高的地方,那儿却挺温暖。……这是为什么?"

"说真的,我不知道。"柯甫陵说,笑起来。

"嗯……什么都知道是不可能的,当然。……不管人有多么聪明,脑子里总不能把什么都装进去。你大概仍旧在搞哲学吧?"

"对。我讲的课是心理学,总的说来,我在研究哲学。"

"你不嫌枯燥吗?"

---

① 引自普希金的诗体小说《叶甫盖尼·奥涅金》。
② 俄国旧长度单位,1俄丈等于2.134米。

"正好相反,我把全部兴趣都放在这上面了。"

"好,求上帝保佑你……"叶果尔·谢敏内奇说,一面沉思,一面摩挲他那花白的络腮胡子,"求上帝保佑你。……我很为你高兴……高兴,老弟。……"

可是突然,他仔细地听一下,然后做出可怕的脸相,往一旁跑去,不久就消失在树林的烟雾里了。

"是谁把马拴在苹果树上的?"传来他那绝望的、撕裂人心的叫声,"是哪个混蛋和无赖胆敢把马拴在苹果树上?我的上帝,我的上帝呀!他们把什么都糟蹋了,把什么都毁掉了,把什么都弄得一塌糊涂,乱七八糟!这个园子完了,这个园子毁了!我的上帝啊!"

后来他回到柯甫陵身边,脸色又疲乏又委屈。

"哎,你拿这些该死的家伙有什么办法?"他两手一摊,带着哭音说,"夜里斯捷普卡运粪,把马拴在苹果树上了!他呀,这混蛋,把缰绳缠在树上,缠得要多紧就有多紧,弄得树皮竟有三处磨破了。居然有这样的事!我对他讲话,他却呆站在那儿,一个劲儿地眨巴眼睛!哪怕绞死他都嫌便宜了他!"

他平静下来,搂住柯甫陵,吻他的脸。

"好,求上帝保佑你……求上帝保佑你……"他喃喃地说,"你来了,我高兴得很。说不出的高兴。……谢谢你。"

然后他仍旧迈着很快的步子,带着操心的脸相,巡查整个园子,领着这个旧日受他培养的人观看所有的花房、温室、室内种植场以及两个被他称为"我们这个世纪的奇迹"的养蜂场。

他们走啊走的,太阳却已经升起来,光芒四射,照亮了园子。天气暖和了。柯甫陵预感到这一天会晴朗,欢畅,漫长,他记起现在还刚值五月初,前面还有整个夏季,也是这样晴朗,欢畅,漫长,于是他的胸中突然产生他童年时代在园子里跑来跑去的时候体验过的那种欢欣而清新的感觉。他自己就也拥抱老人,温情脉脉地吻他。两个深深感动的人走回正房,开始用古老的瓷杯喝茶,加上鲜奶油,吃着滋养人的奶油鸡蛋面包,这些小事又使得柯甫陵记起他的儿童时代和青年时代。美好的现在同在他心头重现的过去的印象掺混在一起。他的心被这些东西挤得满登登的,可是他很痛快。

他等着达尼雅醒来,然后跟她一块儿喝咖啡,散步,后来就回到自己的房间,坐下来工作。他专心看书,写笔记,有的时候抬起眼睛来,朝敞开的窗子外面,或者朝桌子上花瓶里还挂着露珠的鲜花瞧一眼,就又埋下头去看书,觉得他每一根小血管都由于愉快而在颤抖和跳动似的。

二

在乡间,他继续过城里那种神经紧张的、不安宁的生活。他看很多书,写很多字,学习意大利文,每逢散步,总是愉快地暗想,不久就又可以坐下来工作了。他睡得很少,使得大家不由得吃惊。如果他白天偶尔睡半个小时,晚上就会通宵失眠,而且,即使一夜没睡,事后也仿佛没有那么回事似的,反而觉得精力旺盛,兴高采烈。

他说很多话,喝很多葡萄酒,吸很多贵重的雪茄烟。住在邻近的小姐们常常到彼索茨基家来,几乎每天来,跟达尼雅一块儿弹钢琴和唱歌。有的时候,邻家的一个青年男子也到这儿来,他善于拉小提琴。柯甫陵贪婪地听音乐和歌唱,后来就累了,这种疲乏在身体上表现出来:他的眼睛闭上,脑袋歪向一边了。

有一天傍晚,喝过茶后,他坐在露台上看书。这时候,在客厅里,达尼雅唱女高音,另一位小姐唱女低音,青年男子拉小提琴,三个人正在练习勃拉加的著名的小夜曲①。柯甫陵听着歌词,那是俄文歌词,他却无论如何也听不懂歌词的意思。最后他放下书,专心听,才听懂了:原来有个姑娘凭着病态的想象,一天晚上在花园里听到某种神秘的声音,它非常美妙,奇特,使人只能认为这是神圣的和声,总之,我们凡人听不懂,因此它飞回天上去了。柯甫陵的眼睛开始合上。他站起身来,疲乏地在客厅里走来走去,后来又到大厅里走动。等到歌声停止,他便挽住达尼雅的胳膊,跟她一块儿走到露台上。

"今天从一清早起,我就一直在想一个传说,"他说,"我不记得这个传说是我在哪本书上看到的呢,还是听来的,总之这个传说有点离奇,荒诞不经。一开头,这个传说含糊不清。一千年前,有个穿着黑衣的修士在叙利亚或者阿拉伯的荒漠上行走。……渔民们在离这个修士走动的荒漠几英里②远的地方看见另一个黑修士在湖面上慢慢地走动。第二个修士是幻影。现在请您忘掉光学上的一切定律,这个传说似乎不承认那些定律。请您听下去。这个幻影化出另一个幻影,随后又化出一个幻影,因此黑修士的形象从这个大气层传到那个大气层,没完没了。人们时而在非洲,时而在西班牙,时而在印度,时而在北极看见他。……最后他走出地球的大气层,如今正在整个宇宙漫游,一直没有遇到一种可能使他消失的环境。说不定如今可以在火星上或者在南十字星座的一个星星上看见他。不过,我亲爱的,这个传说的要点在于,从那个修士在荒漠上走动以后,过上整整一千年,幻影又会落到地球的大气层来,人们又会看见他。这一千年似乎已经满期了。……按那个传

---

① 指《瓦拉几亚传说》,系葡萄牙作曲家勃拉加(1843—1924)所作。据米哈依尔·契诃夫在《在契诃夫周围》中回忆说,契诃夫认为"这首歌有点神秘,充满优美的浪漫主义色彩"。——俄文本编者注

② 1英里等于1.609公里。

说的意思,我们很快就会看到这个黑修士。"

"奇怪的幻影。"达尼雅说,她不喜欢这个传说。

"不过,最奇怪的是,"柯甫陵说,笑起来,"我再也想不起来这个传说是怎样来到我脑子里的。是我在哪本书上看到的?是听人说的?或者,也许是我梦见了这个黑修士?我对上帝起誓:我记不得了。可是这个传说却盘踞在我的脑子里。我今天想了它一整天了。"

他让达尼雅回到她的客人那儿去,然后独自走出正房,陷入沉思,在一个花坛旁边走来走去。太阳已经落下去。花刚刚浇过水,冒出湿润而刺鼻的香气。正房里那些人又唱起歌来。远远听去,小提琴的声音仿佛是人的歌声。柯甫陵紧张地思索着,竭力回忆他是在什么地方听到或者读到这个传说的。他一面想,一面从容不迫地往花园走去,不知不觉地来到岸坡上。

他沿着陡峭的岸坡上一条夹在裸露的树根中间的小径向下走去。他走到水边,惊动了那儿的鹬鸟,吓飞了两只鸭子。在那些阴沉的松树上,这儿那儿还闪着落日的残晖,然而河面上已经是一片苍茫的暮色。柯甫陵顺着一道小桥走到河对岸。在他面前展现一片广阔的田野,上面长满还没开花的嫩黑麦。远处不见人家,也没有一个人影。如果顺着小径走去,仿佛就会走到一个没人知道的、神秘的地方,一个太阳正在朝那儿落下去、晚霞正在辉煌地燃烧的地方。

"这儿多么宽广,自由,安静啊!"柯甫陵顺着小径走去,心里想,"似乎整个世界都在看着我,躲在那边等我去了解。……"

可是这时候,黑麦地里掀起一个个的波浪,清新的晚风温柔地吹拂他那没戴帽子的脑袋。过了一分钟又来一阵风,不过这次风势猛得多,黑麦开始沙沙地响,他身后传来松林低沉的抱怨声。柯甫陵惊讶地站住。地平线上仿佛起了一阵旋风或者龙卷风,从地面到天空竖起一根又高又黑的立柱。它的轮廓不清楚,不过头一眼就可以看清它不是在原地站定,而是非常迅速地移动着,正好往这边,直朝着柯甫陵这边移来。它离得越近,反而变得越小,越清楚。柯甫陵赶紧往旁边黑麦地里闪避,好让它过去,差一点他就来不及了。……

一个修士,穿着黑衣服,满头白发,两道黑眉毛,胳膊交叉在胸前,飞也似的闪过去了。……他的光脚没碰到地面。他已经飞出两三俄丈远,却回过头来看柯甫陵一眼,对他点头,向他亲切而又狡猾地微微一笑。可是那张瘦脸多么苍白,苍白得可怕!他又渐渐变得越来越大,飞过河去,不出声地撞在黏土岸坡和松树上,钻进去,像烟子般消失了。

"嘿,瞧……"柯甫陵嘟哝说,"可见,那传说是真的。"

他没有费力去弄清楚这种古怪的现象究竟是怎么回事,光是暗自庆幸,他竟然这么近、这么清楚地看见了这个修士,不仅看见他的黑衣服,而且看见他的脸和眼睛,他愉快而又激动地走回正房去了。

花园里和果园里,人们平静地走来走去,房子里的人正在玩乐,这样看来,只有他一个人瞧见了修士。他本来很想把这件事告诉达尼雅和叶果尔·谢敏内奇,然而他转念一想,他们一定会把他的话当作梦呓,这会使他们害怕,那还是不提为好。他放声大笑,唱歌,跳玛祖卡舞,心里高兴。所有的人,包括客人和达尼雅,都发现他今天的脸容有点特别,神采焕发,充满灵感,很招人喜欢。

三

晚饭后,客人们走了,他就走回自己的房间,在一张长沙发上躺下来:准备想一想那个修士。可是过了一会儿,达尼雅走进来了。

"喏,安德留沙,您看看我父亲的论文吧,"她递给他一叠小册子和校样,说,"出色的论文。他写得好极了。"

"得了吧,说什么'好极了'!"叶果尔·谢敏内奇跟着她走进来,勉强笑着说。他觉得不好意思了。"劳驾,你别听她的,别看这些东西!不过呢,要是你想睡觉,那不妨读一读,这倒是挺好的安眠药呢。"

"依我看来,这是些精彩的论文,"达尼雅深信不疑地说,"您看一看吧,安德留沙,而且劝爸爸多写点。他满可以写一本园艺学大全哩。"

叶果尔·谢敏内奇不自然地笑起来,涨红了脸,开始讲些凡是受窘的著作家照例会说的话。最后,他让步了。

"既是这样,那你就先看果谢的论文和这些俄国文章吧,"他喃喃地说,伸出发抖的手,翻动那些小册子,"要不然你会看不懂的。在看我的反驳以前,先得知道我反驳的是什么意见。不过,这都是胡说八道……乏味得很。而且,现在好像也该睡觉了。"

达尼雅走了出去。叶果尔·谢敏内奇挨着柯甫陵在长沙发上坐下,深深叹一口气。

"是啊,孩子……"他沉吟了一会儿,说,"事情就是这样,我亲爱的硕士。你瞧,我写论文,参加展览,接受奖章。……人家说,彼索茨基的苹果有人的脑袋那么大,又说彼索茨基靠果园挣下一份家业。一句话,柯楚别依又有钱又有名[①]。可是请问:这一切究竟是为了什么?这确实是一个好园子,模范的园子。……这简直不是园子,而是一个重要的、具有全国性意义的机构,因为这个园子可以说是向俄国农业和俄国工业的新纪元跨出了一步。可这为的

[①] 普希金的《波尔塔瓦》中的诗句。——俄文本编者注

是什么？它的目标是什么？"

"事业本身自会说明的。"

"我说的不是这个意思。我是想问：我死后这个园子会怎么样？你眼前看见的这个园子的面貌，缺了我，就连一个月也维持不了。成功的秘诀不在于园子大，工人多，而在于我爱这个事业，你明白吗？也许比爱我自己还要深得多。你看我，什么事都亲自动手做。我从早干到晚。我亲自嫁接，亲自剪枝，亲自栽种，样样工作都是我亲自干。有人来帮我，我就嫉妒，而且气愤，甚至说出粗鲁的话来。关键在于爱，那就是说，在于主人的一双敏锐的眼睛，在于主人的两只手，在于主人的那种感觉：不论到哪儿做客，只要坐上个把钟头，就会心神不定，浑身不自在，生怕园子里会出事。可是我一死，谁来照管它呢？谁来工作？花匠？工人？是吗？我干脆对你说吧，亲爱的朋友：我们事业的头号敌人不是兔子，不是五月金龟子，也不是霜冻，而是不相干的外人。"

"那么达尼雅呢？"柯甫陵笑着问道，"她总不可能比兔子还有害。她爱这个事业，也了解它。"

"不错，她爱它，了解它。如果我死后，由她掌管这个园子，做主人，那当然再好也没有了。不过，求主别让这种事发生才好，要是她出嫁了呢？"叶果尔·谢敏内奇小声说着，惊恐地瞧着柯甫陵。"问题就在这儿！她嫁了人，生儿养女，就没有工夫顾到这个园子了。我最担心的就是她跟一个小伙子结了婚，而那个人贪心，把园子租给女商人，那么不出一年，就全完蛋了！在我们的事业里，女人总是上帝降下的大祸害！"

叶果尔·谢敏内奇叹口气，沉默一会儿。

"也许这是利己主义吧，不过我要说老实话，我可不希望达尼雅出嫁。我担心！现在有位大少爷，常带着小提琴到我们这儿来，吱吱哇哇地拉一阵。我知道达尼雅不会嫁给他，知道得很清楚，可是我一见到他,还是受不了!总之,老弟,我实在是个大怪人。这我承认。"

叶果尔·谢敏内奇站起来,激动得在房间里走来走去。看得出来,他有很重要的话要说,却又下不了决心。

"我十分喜欢你,我要开诚布公地跟你谈谈,"他说,终于下定决心,把两只手插进衣袋,"我总是老老实实地对待某些微妙的问题,把我想的照直说出来,所谓秘而不宣的思想我是受不了的。我要照直说出来:只有把女儿嫁给你,我才放心。你是有才学的人,心肠好,不会让我心爱的事业白白毁掉。主要的原因是我像爱儿子那样爱你……而且为你骄傲。要是你和达尼雅情投意合,那才好,我会很高兴,甚至感到幸福。这些话我照诚实的人那样,没有装腔作势,照直说出口了。"

柯甫陵笑起来。叶果尔·谢敏内奇推开门,要走出去,却在门口站住了。

"要是你和达尼雅生下儿子,我就把他培养成园艺家,"他沉吟一下,说,"不过,这都是空想。……晚安。"

剩下柯甫陵一个人,他就躺得舒服点,拿起那些论文。一篇论文的题目是《论间作》,另一篇是《略谈某君关于新果园中翻掘土地的意见》,再一篇是《再论休眠幼芽之芽接》,其他各篇也全是这一类内容。然而,那口气多么烦躁不安,多么神经质,几乎是病态的冲动!例如有一篇文章,题目根本不是论战性的,内容也极平淡,讲的是俄国安东诺夫卡苹果。可是叶果尔·谢敏内奇的文章一开头就说:"请听另一方申诉"[1],结尾是:"此于智者何待多言"[2],在这两句名言中间夹着各式各样的恶毒字眼,滔滔不绝地痛骂那些"貌似博学的无知之徒,我们那些从讲台高处观察自然

---

[1][2] 原文为拉丁语。

的园艺大师先生们",或者痛骂果谢先生,"他之成名是由外行和一知半解之徒造成的",接着还不恰当地添了一句生硬而不诚恳的慨叹,说是可惜如今不能用树条抽打那些偷盗水果、折断树枝的农民了。

"这是美好、可爱、有益的事业,可是就连在这项事业里,人们也会意气用事,吵架,"柯甫陵暗想,"大概各处,在各个领域里,有思想的人都具有神经质和高度敏感的特点。恐怕一定是这样的。"

他想起达尼雅,她很喜欢叶果尔·谢敏内奇的论文。她身量不高,脸色苍白,身材挺瘦,连锁骨都露出来了。她那两只聪明的黑眼睛睁得大大的,老是凝望着什么地方,似乎在寻找什么东西,她的步子跟她父亲一样,细碎而匆忙。她谈锋很健,喜欢争论,而且每说一句话,甚至不重要的话,脸上总是带着丰富的表情,同时,做着生动的手势。大概她是个高度神经质的人。

柯甫陵接着看那些论文,然而一点也看不懂,就丢下了。刚才他跳玛祖卡舞、听音乐时那种愉快的兴奋心情现在又抓紧他,在他脑子里引出许许多多思想。他站起来,开始在房间里走来走去,想着黑修士。他猛地想到,如果这个古怪而神秘的修士只有他一个人看见,那就说明,他有病,而且已经发展到生出幻觉的地步。这个想法把他吓坏了,然而不久就过去了。

"不过说真的,我挺好,没有干什么有害于人的事,可见我的幻觉也没有什么坏处。"他暗想,又觉得心头舒畅了。

他在长沙发上坐下,两只手抱住头,克制着那种充满他全身心的、不可理解的欢乐,然后又走来走去,最后坐下来工作。可是他在书上读到的思想已经不能使他感到满足了。他渴望一种巨大的、辽阔的、惊人的境界。将近早晨,他脱掉衣服,勉强在床上躺下:应该睡觉了!

等到叶果尔·谢敏内奇走向园子的脚步声响起来,柯甫陵就摇摇铃,盼咐听差拿酒来。他津津有味地喝了几杯拉斐特①,然后拉过被子来蒙上头,他的知觉渐渐模糊,他睡着了。

四

叶果尔·谢敏内奇和达尼雅常常拌嘴,互相讲些不中听的话。

有一天早晨,他们又为一件什么事争吵起来。达尼雅哭了,跑回自己的房间。她没有出来吃午饭,也没有出来喝茶。起初,叶果尔·谢敏内奇威风凛凛,神气十足地走来走去,仿佛想叫人知道,对他来说,维护公正和秩序高于一切;可是不久他就端不住架子,泄气了。他伤心地在花园里走来走去,不住地叹气:"哎,我的上帝,我的上帝啊!"午饭时候,他一口东西也没吃。最后他被良心折磨着,感到愧悔,就敲那关紧的房门,胆怯地唤道:

"达尼雅!达尼雅!"

门里响起一个衰弱的、哭累的,同时又坚决的声音,回答他的呼唤道:

"别理我,我求求您。"

主人们的苦恼影响整所房子里的人,甚至还影响在园子里干活的人。柯甫陵埋头做他有趣的工作,可是最后连他也觉得烦闷,不自在了。为了设法消除普遍的恶劣心情,他决定出头调停。快到傍晚的时候,他就去敲达尼雅的房门。她把他让进自己的房间。

"哎呀,多么丢人啊!"他吃惊地瞧着达尼雅那张带着泪痕、有好几处发红、神情悲伤的脸,打趣地说,"难道有这么严重吗?哎呀—呀!"

---

① 法国拉斐特地方产的一种红葡萄酒。

"您要是知道他怎样折磨我就好了！"她说着,热泪从她的大眼睛里涌出来,"他尽自折磨我！"她接着说,绞着手,"我没对他说什么……没说什么……我只是说,不必留用……多余的工人,如果……如果以后需要的话,雇些短工也就行了。要知道……要知道,工人们已经有整整一个星期没有活干了。……我……我只说了这么几句,他就哇啦哇啦地嚷起来,对我说了许多……十分气人的、使人深感屈辱的话。这是为什么？"

"得了,得了,"柯甫陵说,理着她的头发,"你们吵了一阵,你哭了一阵,也就够了。不能老是气呼呼的,这不好……况且他又无限地疼爱你。"

"他……他毁了我的一生,"达尼雅啜泣着说下去,"我光是听到伤人的话和……气人的话。他认为我在他家里是多余的人。可不是！他说得对。明天我就离开这儿,去当个电报员。……就这么办。……"

"算了,算了,算了。……别哭了,达尼雅。别哭了,亲爱的。……你们俩都是急脾气,容易激动,两个人都有错。走吧,我来给你们讲和。"

柯甫陵讲得又亲热又有理,可是她继续哭泣,抽动肩膀,双手握拳,仿佛她真的遭到什么灾难似的。她的痛苦不算大,她却难过得这么厉害,他就越发怜惜她了。只要有那么一丁点儿小事,就足以使得这个人一整天感到不幸,而且也许一辈子都会感到不幸！柯甫陵一面安慰达尼雅,一面暗想：在这个世界上,除了这个姑娘和她的父亲以外,就是白天打着灯笼,也找不到有谁会像爱自家人和亲人那样爱他。要不是有这两个人,那么他这个在幼年就失去父母的人,也许一直到死都不会体验到什么叫作真诚的温存,什么叫作纯朴的、不经思考的、只有对骨肉至亲才会产生的热爱。他感到这个哭泣着、浑身发颤的姑娘的神经如同铁适应磁石一样,恰好适应他那有点病态的、过分紧张的神经。他从来也没能爱上一个健康结实、脸颊绯红的女人,而苍白、孱弱、不幸的达尼雅倒正中他的意。

他欣喜地摩挲她的头发和肩膀,握紧她的双手,擦掉她的眼泪。……最后,她总算不再哭了。她又久久地抱怨她的父亲,抱怨她在这所房子里的沉重而难于忍受的生活,要求柯甫陵替她设身处地考虑一下,后来,她渐渐露出笑脸,叹着气说,上帝给了她这么坏的脾气,最后她扬声大笑,骂自己是个傻瓜,就跑出房外去了。

过了一会儿,柯甫陵走进花园,看见叶果尔·谢敏内奇和达尼雅并排在林荫路上散步,就像根本没发生过什么事似的。他们俩正在吃加盐的黑面包,因为两个人都饿了。

五

柯甫陵想到自己十分成功地做了一次和事佬,暗暗觉得满意,信步走进花园。他坐在一条长凳上沉思,后来听见马车的辘辘声和女人的笑声,这是客人们来了。黄昏的阴影在园子里铺开,小提琴的声音和唱歌的声音隐约传来,这使他想起了那个黑修士。现在,这个在光学上不合理的东西在什么地方,在哪个国家,或者在什么行星上飞翔呢?

他刚刚回想那个传说,在想象中描绘他在黑麦田里见过的那个黑色幽灵,不料从正对面一棵松树后面,无声无息,不带一丁点响声地走出来一个中等身材的人,满头白发,没戴帽子,一身黑衣服,光着脚,像是个乞丐。在他那苍白得像死人一般的脸上,两道黑眉毛特别显眼。这个乞丐或者香客,不出声地走到长凳这边来,客气地点点头,坐下来,柯甫陵认出他就是黑修士。两个人互相看了一会儿,柯甫陵感到惊愕,修士却显得亲切,而且跟上次一样带

137

点狡猾的样子,现出胸有成竹的神情。

"你是个幻影,"柯甫陵说,"那你为什么到这儿来,坐着不动呢?这跟那个传说不相符。"

"那也没关系,"修士沉吟一下,用低抑的声音回答说,掉转脸来对着柯甫陵,"传说、幻影、我,都是你的兴奋的想象的产物。我是个幽灵。"

"那么你并不存在?"柯甫陵问。

"你爱怎么想就怎么想吧,"修士说,淡淡一笑,"我生存在你的想象里,而你的想象是大自然的一部分,可见我也生存在大自然里。"

"你有一张十分苍老、聪明、极富于表情的脸,仿佛你真的活了一千多年,"柯甫陵说,"我想不到自己的想象竟能创造出这样的容貌。不过你为什么这么着迷地瞧着我?你喜欢我吗?"

"是的。有少数人被公正地称为上帝的选民,你就是其中的一个。你为永恒的真理服务。你的思想,愿望,你的惊人的学识,你的全部生活,都带着神的、天堂的烙印,因为你把它们献给合理而美好的事业,也就是说,献给永恒的事业。"

"你先前说到'永恒的真理'。……可是,如果没有永生,人类能够理解而且需要永恒的真理吗?"

"永生是有的。"修士说。

"你相信人类永存不朽?"

"是的,当然。伟大而灿烂的未来正在等待你们人类。人世间像你这样的人越多,这个未来就实现得越快。缺了你们这种为最高原则服务、自觉而且自由地生活着的人,人类就会变得渺不足道。人类按自然法则去发展,那就还得等待很久才能结束它俗世的历史。你们却能够提前几千年把人类引导到永恒的真理的王国中去,你们崇高的功绩也就在这里。你们体现了上帝赐给人类的幸福。"

"那么永生的目的是什么呢?"柯甫陵问。

"如同一切生活的目的一样,是快乐。真正的快乐在于知识,永生为知识提供了取之不尽的无数源泉。《圣经》上有一句话,说的就是这个意思:'在我父的家里,有许多住处'①。"

"但愿你能知道,听你讲话是多么愉快!"柯甫陵满意地搓着手,说。

"我很高兴。"

"可是我知道,你一走,我就会为你是否实际存在的问题感到烦恼。你是幻影,幻觉。这样看来,我恐怕神经有病,不正常?"

"就算是这样吧。这有什么可慌张的? 你有病,这是因为你工作过度,疲乏了。这就是说,你为思想而牺牲了健康;而且,你为思想而献出生命的时候也不远了。还有比这更好的吗? 这正是一切由上帝赐予才能的高尚人物所追求的目标。"

"要是我知道我神经有病,那我还能相信自己吗?"

"你怎么知道,为全人类所信仰的那些天才就没有见过幻影? 现在科学家都说,天才和疯狂是沾亲的。我的朋友,只有那些平庸的芸芸众生才是健康、正常的。凡是想到令人神经紧张的时代、过度的疲劳、退化等等就焦急不安的人,只能是那些认为生活目标就在现世的人,也就是芸芸众生。"

"罗马人说过:健全的精神寓于健全的身体。②"

"罗马人或者希腊人所说的不一定都对。情绪的高扬、心情

---

① 见《新约·约翰福音》,第14章:耶稣说:"在我父的家里,有许多住处;若是没有,我就早已告诉你们了;我去原是为你们预备地方去。……我在那里,叫你们也在那里。……我就是道路,真理,生命;若不借着我,没有人能到父那里去。"

② 原文为拉丁语。

的激越、如醉如痴的状态等,所有这些把先知、诗人、为思想而蒙难的人同普通人区别开来的特点,都是与人的兽性的一面不相容,也就是与人的生理上的健康不相容的。我再说一遍:如果你希望健康和正常,那就去做凡夫俗子吧。"

"奇怪,你在重述我自己常常想到的话,"柯甫陵说,"你好像窥探到、偷听到我隐秘的思想似的。可是,不要老是谈我吧。你所说的永恒的真理是什么意思?"

修士没有回答。柯甫陵凝神看着他,却瞧不清他的脸:他的脸变得模模糊糊。随后修士的脑袋和手消失了,他的身体同长凳和苍茫的暮色混在一起,随后他完全不见了。

"幻觉结束了!"柯甫陵说,笑起来,"可惜啊。"

他高兴而幸福,走回正房去。黑修士对他所说的那几句话不仅使他的自尊心得到满足,而且使他的整个灵魂,他的全身心都感到舒畅。做一个选民,为永恒的真理服务,站在那些提前几千年使人类进入上帝之国的人们中间,也就是站在使人类避免几千年斗争、犯罪、痛苦的人们中间,为思想献出一切,包括青春、精力、健康等,为公众的幸福不惜一死,这是多么崇高、多么幸福的命运啊!他的记忆里闪过他纯净清白而又充满辛劳的过去,他想起他自己学过,如今用来教导别人的学问,断定修士的话不算夸大。

达尼雅来到花园里,向他迎面走过来。她换了一身衣服。

"您在这儿?"她说,"我们在找您,找了很久。……可是您怎么了?"她惊讶地说,瞧着他那得意扬扬、容光焕发的脸,瞧着他那对含满泪水的眼睛,"您多么奇怪呀,安德留沙。"

"我心满意足了,达尼雅,"柯甫陵说,把手放在她的肩膀上,"我还不止是满意,我感到幸福!达尼雅,亲爱的达尼雅,您是个非常惹人喜爱的人。亲爱的达尼雅,我高兴极了,高兴极了!"

他热烈地吻她的双手,接着说:

"我刚才经历了一段光明美妙、人间少有的时光。可是我不能原原本本讲给您听,因为您会把我叫作疯子,或者不信我的话。我们来谈谈您吧。亲爱的、好心的达尼雅!我爱您,依恋您,这是自然而然形成的。跟您接近,每天跟您见十次面,成了我灵魂的需要。我不知道日后我走了,回到我家里,没有了您,我怎么过得下去。"

"得了吧!"达尼雅说着,笑了起来,"您过两天就会把我们忘掉的。我们是小人物,而您是大人物。"

"不,我们要认真地谈一谈!"他说,"我要带您一块儿走,达尼雅。行吗?您肯跟我一块儿走吗?您愿意属于我吗?"

"得了吧!"达尼雅说,想再笑一笑,可是笑不出来,脸上却现出一块块红晕。

她呼吸急促起来,越走越快,然而不是往正房走,却是往花园深处走去。

"我没想过这种事……没想过!"她说,仿佛绝望似的绞着手。

柯甫陵跟在她身后,仍旧带着容光焕发、得意扬扬的神情说:

"我需要一种能够把我整个儿抓住的爱情,这种爱情只有您,达尼雅,才能够给我。我幸福!我幸福啊!"

她怔住了,弯下腰,缩起身子,仿佛一下子老了十岁,他呢,觉得她美丽,大声说出他的痴迷:

"她多么漂亮啊!"

六

叶果尔·谢敏内奇从柯甫陵口中得知,不但恋爱已经成功,甚至就要举行婚礼,便从这个墙角走到那个墙角,走了很久,极力要遮盖他的兴奋。他的手开始发抖,脖子发粗,脸孔涨得通红。他盼咐人把那辆赛马用的车子准备好,然后坐上车不知上哪儿去了。达尼雅看见他用鞭子抽马,把帽子使劲往下拉,几乎遮住耳朵,就明白他的心境,关在自己房间里哭了一整天。

温室里的桃子和李子已经熟了。把这种娇嫩精巧的货物打包,运到莫斯科去,这需要费很多的精神、劳力和心血。由于这年夏天十分炎热干燥,每一棵树都要浇水,这又得花去不少的时间和劳力。出现了许多毛毛虫,工人们干脆用手指头把它们捻死,连叶果尔·谢敏内奇和达尼雅也照这样做,弄得柯甫陵直恶心。尽管这样忙,他们还得接受水果和树木的秋季订货,写很多信。正在这紧张万分、似乎谁也没有一刻空闲的当儿,偏偏碰上农忙时节有一大半工人从果园里给弄到田里去干农活了。叶果尔·谢敏内奇被太阳晒得很黑,累得筋疲力尽,净发脾气,骑着马时而跑进果园里,时而跑到田野上,嚷着说,他已经忙得浑身散了架,要朝脑门子放一枪了。

此外,还得忙着准备嫁妆,彼索茨基一家人对这件事看得很重。剪刀的铿锵声、缝纫机的嗒嗒声、熨斗里的煤烟、女裁缝(一个性情急躁而爱生气的女人)的任性,弄得家里所有的人都头昏脑涨。而且,仿佛故意捣乱似的,每天都有客人来,那就得陪他们玩乐,供他吃喝,甚至留他们过夜。然而,所有这些苦事都不知不觉过去了,像在雾里一样。达尼雅虽然从十四岁起,不知什么缘故,就相信柯甫陵一定会跟她结婚,现在却又觉得爱情和幸福仿佛突如其来地抓住了她。她惊讶,困惑,不相信自己。……有的时候,她心头忽然涌起那么巨大的欢乐,她恨不得飞到云端,对上帝祷告;有的时候,她忽然想起八月间就得离开这个亲人的家,撇下她父亲一个人没人照料;再不然,上帝才知道为什么,她忽然想到自己浅薄、渺小,配不上柯甫陵这样的大人物,于是她便回到自己的房间,锁紧门,哀哀地一连哭上几个钟头。遇到有客人在座,她会忽然觉得柯甫陵异常漂亮,所有的女人都爱他,嫉妒她,她的灵魂就充满快乐和骄傲,仿佛她征服了全世界似的。可是只要他对某位小姐客气地笑一笑,她就嫉妒得周身发抖,走回自己的房间,又痛哭一场。这些新的感觉完全控制了她,她心不在焉地帮着父亲干活,心里却没有去想桃子、毛毛虫、工人们,也没有想到,光阴过得有多么快。

叶果尔·谢敏内奇也几乎一样。他从早做到晚,老是忙着赶到什么地方去,常发脾气,冒火,然而这一切都像是在半睡半醒的着魔状态中发生的。他身子里似乎有两个人:一个是真的叶果尔·谢敏内奇,听到花匠伊凡·卡尔雷奇对他报告说出了什么麻烦,就生起气来,绝望地抱住头;另一个是假的,仿佛半醉半醒,往往谈着正事,忽然半中腰打住,碰一碰花匠的肩膀,嘟哝起来:

"不管你怎么说,血统总是有很大关系的。他母亲是个极好、极高尚、极聪明的女人。瞧着她那张善良、开朗、纯洁、像天使般的脸,就是一种享受。她擅长绘画,写诗,说五种外国话,唱歌。……这个可怜的女人得肺痨病死了,祝她升天堂。"

假的叶果尔·谢敏内奇叹口气,沉吟一下,接着说:

"当初他年纪还小,在我家里长大的时候,他那张脸也像天使一样,开朗而善良。他的目光也好,他的动作也好,他的谈吐也好,都像他的母亲那样温柔文雅。至于他的头脑,他那种聪明才智素来使得我们暗暗吃惊。当然,他不是平白无故当上硕士的!不是平白无故的!你等着瞧吧,伊凡·卡尔雷奇,十年以后你再看他是什么样儿!那时候他会升得更高,你伸出手去都摸不着了!"

可是这当儿,真的叶果尔·谢敏内奇醒过来了,做出可怕的脸色,抱住头,嚷道:

"真要命！全给糟蹋了，全给弄坏了，一团糟！这个园子完蛋了！这个园子完蛋了！"

可是柯甫陵跟先前一样专心致志地工作，没留意到这种杂乱的情况。爱情使他对工作更加入迷了。每次他跟达尼雅相会以后，他总是幸福而得意地走回自己的房间，怀着刚才吻达尼雅并且对她表白爱情的那种热情拿过书本或者他的手稿来。黑修士所说的那些关于上帝的选民和永恒的真理的话，关于人类的灿烂的未来的话，给他的工作增添了特殊的、不平凡的意义，使得他的灵魂充满自豪感，意识到自身的崇高。每个星期总有一两次，他在花园里或者在正房里遇见那个黑修士，跟他谈很久的话，不过这没有使他害怕，反而使他高兴，因为他已经坚定地相信，这类幻影只会访问那些出类拔萃、为思想而工作的上帝的选民。

有一回，修士在吃午饭的时候出现，坐在饭厅里的窗子边。柯甫陵暗自高兴，就很巧妙地对叶果尔·谢敏内奇和达尼雅谈一些可能使修士感兴趣的话。那个穿黑衣的来客听着，亲切地点点头。叶果尔·谢敏内奇和达尼雅也听着，快活地微笑，没料到柯甫陵不是在跟他们谈话，而是在跟他的幻影说话。

不知不觉到了圣母升天节①的斋期，随后不久，就举行了婚礼。依照叶果尔·谢敏内奇的固执的愿望，婚礼办得"十分体面"，那就是说，毫无意义的酒宴足足延续了两天两夜。食品和酒类用掉三千卢布，可是由于那雇来的、不高明的乐队，由于吵吵闹闹的敬酒和听差的奔跑，由于喧哗和拥挤，大家都没有仔细品尝贵重的葡萄酒以及从莫斯科定购来的冷荤菜的美味。

---

① 基督教节日，在8月15日。

七

有一回，在一个漫长的冬夜，柯甫陵躺在床上，看一本法国小说。可怜的达尼雅在城里住不惯，每到傍晚就头痛，这时候早已睡着，偶尔在梦乡中说出几句不连贯的话。

时钟敲了三下。柯甫陵吹熄蜡烛，躺了下去。他闭着眼睛躺了很久，可是睡不着。他觉得卧室里很热，而且达尼雅在说梦话。到四点半钟，他又点亮蜡烛，这时候，他看见黑修士坐在床旁边一张圈椅上。

"你好，"修士说，他沉默了一会儿，问道，"现在你在想什么？"

"想名望，"柯甫陵回答说，"在我刚才读的一本法国小说里描写一个人，是个年轻的学者，他做了些蠢事，因为渴求名望而憔悴。这种渴求在我是不可理解的。"

"因为你聪明。你对名望很冷淡，就跟对待你不感兴趣的玩具一样。"

"对，这是实话。"

"名望吸引不了你。人家把你的名字刻在墓碑上，可是时间却会抹掉你的名字以及字上的金粉；像这样的事又有什么使人觉得荣耀、有趣、有益的地方呢？再者，你们人数太多，人类薄弱的记忆力不可能保存你们的姓名，这倒是件幸事。"

"当然，"柯甫陵同意说，"而且何必记住它们呢？不过我们谈点别的吧。例如，谈谈幸福。幸福是什么呢？"

时钟敲了五下，柯甫陵却坐在床沿上，两只脚耷拉到地毯上，对修士说：

"古时候有个幸福的人，后来却被他的幸福吓坏了，他的幸福太大了。他为了求天神大发慈悲，就把他心爱的戒指献给天神，作为祭品。你知道吗,我也像波利克拉特斯①那样,开始为我的幸福感到有点不安了。我觉得奇怪:我一天到晚光是感到快乐,它充满我的整个灵魂,压倒其他一切感觉。我没有体会到什么叫作忧郁、悲伤或者烦闷。现在我睡不着觉,我害了失眠症,可是我却不觉得烦闷无聊。说真的,我开始觉得纳闷了。"

"这是为什么呢?"修士惊讶地说,"难道快乐是超自然的感觉?难道它不应当是人的正常状态?一个人在智力上和道德上发展的水平越高,他越自由,那么,生活给他提供的乐趣就越大。苏格拉底、第奥根尼、马可·奥勒留②都感到快乐,而不是感到悲哀。而且《使徒行传》里说:要经常快活。你快活,就幸福了。"

"可是万一天神生气了呢?"柯甫陵打趣地说,笑起来,"要是他们使我失去安乐的环境,逼得我受冻挨饿,那可就不是滋味了。"

这当儿,达尼雅醒了过来,带着惊讶和恐惧的神情瞧着她的丈夫。他正对着圈椅说话,比手势,发笑。他的眼睛炯炯发光,笑声有点古怪。

"安德留沙,你在跟谁说话呀?"她问,抓住他向修士伸过去的手,"安德留沙!跟谁呀?"

"啊?跟谁?"柯甫陵说,慌了,"喏,跟他。……他就在那儿坐着。"他指着黑修士说。

"这儿没有人……没有人啊!安德留沙,你病了!"

达尼雅抱住她的丈夫,偎紧他,仿佛要保护他,不让幻影危害他似的。她伸手蒙住他的眼睛。

---

① 波利克拉特斯,公元前6世纪萨摩斯岛上的僭主。
② 马可·奥勒留(121—180),罗马皇帝,斯多葛派最后一个大哲学家。

"你病了!"她说,哭起来,周身发抖,"原谅我,亲爱的,我早就看出你有点精神恍惚。……你的神经出了毛病,安德留沙。……"

她的颤抖也感染了他。他再看一眼那把圈椅,圈椅上已经没有人了。他忽然觉得胳膊和腿发软,害怕了,着手穿衣服。

"这没什么,达尼雅,没什么……"他喃喃地说,身子发抖,"我真的有点不舒服……现在不能不承认这一点。"

"我早就看出来了……爸爸也看出来了,"她说,极力要止住哭泣,"你常常自言自语,而且笑得有点古怪……你睡不着觉。啊,我的上帝,我的上帝啊,拯救我们吧!"她惊慌地说,"可是你别害怕,安德留沙,别害怕,看在上帝分上,别害怕。……"

她也开始穿衣服。直到现在,柯甫陵看着她,才明白他的情况有多么危险,也才明白黑修士以及跟黑修士谈话是怎么回事。现在他才明白他疯了。

两个人,自己也不知道为什么,都穿上衣服,走进客厅。她在前面走,他在后面跟。在他们家里做客的叶果尔·谢敏内奇被哭声惊醒,穿着长袍,手里举着蜡烛,站在客厅里。

"你别害怕,安德留沙,"达尼雅说,像得了热病似的浑身发抖,"别害怕。……爸爸,这会过去的……会过去的。……"

柯甫陵激动得说不出话来。他原想用开玩笑的口气对他的岳父说:"您给我道喜吧,我好像疯了。"可是他只动了动嘴唇,现出一脸的苦笑。

早晨九点钟,他们给他穿上外衣和皮大衣,系上围巾,用马车把他送到医生那儿去。他开始治病。

八

夏天又来了,医生嘱咐他们下乡。柯甫陵已经复原,不再看见黑修士,现在只需加强体力就行了。在乡下,他住在岳父家里,喝很多牛奶,每天只工作两小时,不喝酒,不吸烟。

伊里亚节①前夕,家里举行彻夜祈祷。教堂执事把手提香炉拿给司祭,于是在古老而宽敞的大厅里,使人顿时感到有一种类似墓园的气氛。柯甫陵觉得乏味。他就走进园子。他没留意那些艳丽的花朵,只顾在园子里散步。他在一条长凳上坐了一会儿,然后到花园里去散步。他来到河边,走下坡,然后在那儿站住,望着河水出神。那些阴郁的松树以及它们的毛茸茸的树根去年曾看到过他,那时候,他是那么年轻、快乐、朝气蓬勃,如今呢,那些松树不再低声细语,站在那儿一动也不动,默默无言,仿佛认不出他来了。确实,他把头发剪短,漂亮的长发没有了,步子无精打采,他的脸跟去年夏天相比,胖得多,也白得多了。

他走过小桥,来到对岸。那儿,去年生长黑麦的地方,现在放着一排排收割下来的燕麦。太阳已经落下去,天边燃着宽阔的红霞,预告明天要起风。四下里静悄悄的。柯甫陵朝着去年黑修士初次出现的方向注视,站了大约二十分钟,一直到晚霞开始暗淡下来为止。

等到他无精打采,闷闷不乐地走回正房,晚祷已经结束了。叶果尔·谢敏内奇和达尼雅坐在露台的台阶上喝茶。他们正在谈什么事,可是一看见柯甫陵,就突然住口了。他从他们的脸色断定,他们谈的就是他。

---

① 俄国东正教的节日,在8月1日。

"你好像该喝牛奶了。"达尼雅对她丈夫说。

"不,还没到时候……"他回答,在最下面一级台阶上坐下,"你自己喝吧。我不想喝。"

达尼雅不安地跟她父亲面面相觑,用负疚的声调说:

"你自己也看得出牛奶对你有益。"

"是啊,很有益!"柯甫陵冷笑着说,"我要向你们报喜:从上星期五到现在,我的体重又增加了一磅①。"他伸手抱紧头,愁闷地说,"你们何苦给我治病,何苦呢?服溴化剂②啦,洗热水澡啦,接受大家监督啦,吃一口东西、走一步路都要大惊小怪啦,这一切到头来会弄得我变成个白痴。当初我发疯,得了自大狂,可是那一阵子,我倒高高兴兴,朝气蓬勃,甚至感到幸福,我有风趣,有才气。现在呢,我清醒了,稳重了,可是另一方面,我也就跟所有的人一样,庸庸碌碌,活着都没有意思了。……啊,你们对待我多么残忍!我看见幻影,可是这碍了谁的事?我要问:这碍了谁的事?"

"上帝才知道你在说什么!"叶果尔·谢敏内奇叹口气说,"这种话听着都乏味。"

"那您就别听。"

现在,有别人在场,特别是叶果尔·谢敏内奇在场,柯甫陵总是容易生气。他回答叶果尔·谢敏内奇的话老是干巴巴、冷冰冰,甚至粗鲁,而且带着讥诮和仇恨的神情瞧着他的岳父;这当儿,叶果尔·谢敏内奇就心里发慌,负疚地嗽喉咙,虽然他并没感到自己有什么错处。达尼雅不明白,他们之间亲密和睦的关系为什么会发生急剧的变化,就偎依到她父亲身边,愁闷地瞧他的眼睛。她想把事情弄明白,却又弄不明白,只是清楚地看到他们的关系一天天

---

① 指俄磅,1 俄磅等于 409.5 克。
② 一种镇静剂。

坏下去,近来她父亲苍老多了,而她的丈夫则变得爱发脾气,使性子,喜欢挑剔,不招人喜欢。她再也不能欢笑和唱歌,吃饭的时候什么也吃不下,夜里睡不着觉,料着会出什么可怕的事,心中十分焦虑,有一次竟处于昏迷状态,从吃午饭的时候起一直躺到傍晚。做晚祷的时候,她觉得她父亲好像在哭,如今他们三人坐在露台上,她就极力按捺自己不去想它。

"释迦、穆罕默德、莎士比亚是多么幸运啊,他们那些好心的亲戚和医生就不去医治他们那种心醉神迷、充满灵感的精神状态!"柯甫陵说,"要是穆罕默德为了医治神经而服用溴化钾,每天只工作两小时,喝牛奶;那么这个了不起的人死后就会什么也没留下,跟他的狗一样。医生和好心的亲戚们归根到底只能使人类变傻,把庸人看作天才,使文明趋于毁灭。要是你们知道,"柯甫陵懊恼地说,"我多么感激你们就好了!"

他憋着一肚子气,怕说出多余的话,就赶快站起来,走进房里去了。房子里静悄悄的。从敞开的窗口飘来园子里烟草和球根牵牛的香气。在大而暗的大厅里的地板上和钢琴上印着月光的绿色斑点。柯甫陵不由得想起去年的欢乐,那时候也有球根牵牛的香气,月光也照进窗子里来。为了恢复去年的心境,他就赶快走到自己的书房里,点上一支烟味很凶的雪茄,吩咐听差拿葡萄酒来。然而雪茄在他嘴里留下一种讨厌的苦味,葡萄酒也没有去年那种香气了。他已经不习惯吸烟喝酒了!一支雪茄和两口葡萄酒弄得他头昏脑涨,心跳起来,他就不得不服用一点溴化钾。

达尼雅在上床睡觉以前对他说:

"我父亲疼爱你。你却不知什么缘故生他的气,弄得他伤心极了。你看,他不是在一天天老下去,而是在一个钟头一个钟头老下去。我求求你,安德留沙,看在上帝分上,看在你死去的父亲分上,为了让我安心,你就待他亲热一点吧!"

"我办不到,也不想办到。"

"这是为什么呢?"达尼雅问,开始周身发抖,"你给我解释一下:为什么?"

"因为我看他不顺眼,就是这么的,"柯甫陵耸耸肩膀,满不在乎地说,"可是我们不要谈他吧,他是你的父亲。"

"我不明白,不明白!"达尼雅说,两手按住鬓角,呆呆地瞧着一个地方出神,"一种不能理解的、可怕的事在我们家里发生了。你变了,不像你原来那样了。……你是个聪明的、不平凡的人,却为一些小事发脾气,吵吵嚷嚷。……一点点小事就会使你激动起来,有的时候简直叫人奇怪,不能相信:莫非这人就是你?得了,得了,别生气,别生气,"她为自己的话害怕,就接着说,吻他的手,"你聪明,善良,高尚。你会公平地对待我父亲。他多么善良啊!"

"他不是善良,而是和气罢了。像你父亲那样的滑稽老伯伯,长着一张胖胖的、和和气气的脸,十分好客而又有点古怪,从前在小说里,在轻松喜剧里,在生活里,倒是使我感动过,逗得我发笑,可是现在我讨厌他们了。这些人是彻头彻尾的利己主义者。我最讨厌的是他们那种脑满肠肥的模样以及那种酒足饭饱后纯粹公牛式或者公猪式的乐观精神。"

达尼雅在床上坐下,一头倒在枕头上。

"这真是要命,"她说,从她的声调可以听出她苦恼极了,说话很吃力,"自从冬天开了头,不曾有过一分钟的安宁。……这太可怕了,我的上帝!我苦极了。……"

"是啊,当然,我是希律,而你和你爸爸是埃及的婴儿。① 当

---

① 按《新约·马太福音》的说法,暴君希律为了除灭刚诞生的耶稣而差人将伯利恒城里并四境所有的男孩,凡两岁以内的都杀尽了。

然了!"

达尼雅觉得他的脸变得难看,不招人喜欢了。仇恨和讥诮的神情跟他不相称。再者,她先前就看出他的脸上缺了点什么,仿佛从他剪短头发的时候起他的脸容也变了。她想说几句使他伤心的话,可是她立刻发觉自己有怀恨的情绪,就暗暗害怕,走出寝室去了。

九

柯甫陵接受了单独讲课的职务。头一次讲课预定在十二月二日举行,大学的走廊上已经贴出有关这件事的布告。可是到了约定的日子,他却打电报给大学校长,说他因病不能去讲课了。

他害了咯血症。他常常吐血痰,而且一个月有两三次大吐血,在那种时候他非常衰弱,陷入昏睡的状态。这种病没有使他特别害怕,因为他知道他已故的母亲得过同样的病,带着这种病活了十年,甚至还不止十年,医生保证说这种病没有什么危险,叮嘱他,只要不激动,过正规的生活,少说话就行了。

一月间,他的讲课由于同一个原因又没有举行,二月间再开讲已经太迟。只好推延到下一年去。

这时候他已经不是跟达尼雅,而是跟另一个女人生活在一起了,这个女人比他大两岁,把他当作孩子似的照料他。他心境平和而宁静,愿意听她摆布。瓦尔瓦拉·尼古拉耶芙娜(这是他女朋友的名字)打算带他到克里米亚①去,他答应了,虽然预感到这次旅行不会有什么好结果。

他们傍晚到达塞瓦斯托波尔,在旅馆里歇脚,想休息一下,明

---

① 俄国南方的一个疗养地。

152

天动身到雅尔塔去。他们两人都感到旅途劳顿。瓦尔瓦拉·尼古拉耶芙娜喝了茶,就躺下来,很快睡着了。可是柯甫陵没有睡。先前在家里,在动身到火车站去的一个钟头以前,他接到达尼雅写来的一封信,不敢拆开来看,现在这封信放在他的衣袋里,他一想到这封信就感到不痛快,心里乱糟糟的。如今,在他的灵魂深处,他真诚地认为,他跟达尼雅结婚是做了一件错事,想到终于跟她分手便感到满意。这个女人最后竟然变成一具活尸,在她身上,除了两只凝神望着的、聪明的大眼睛,似乎全都失去了生机,他一想起她,心里就生出怜悯和恼恨自己的感情。信封上的笔迹使他想起两年前他不公平,残忍,由于心灵空虚、烦闷、孤独、对生活不满而拿那些一点错处也没有的人出气。他还想起有一回他把他的论文和他在病中所写的文章统统撕得粉碎,丢出窗外,那些纸片迎风飞舞,粘到树上和花上。他在每一行文字中都看到古怪的、任什么根据也没有的自负,轻浮的寻衅口吻,出言不逊,夸大狂;这些文章使他觉得,他好像在读对他的恶习的描写。然而等到最后一个笔记本撕碎,飞出窗外,不知什么缘故,他忽然觉得烦恼而伤心,就走到他妻子那儿,对她说了许多不中听的话。我的上帝,他把她折磨得好苦!有一回,他有意惹得她难过,就对她说,她父亲在他们的恋爱中扮演了不大体面的角色,因为他要求柯甫陵跟她结婚。偏巧叶果尔·谢敏内奇听见了这句话,就跑进房来,气得一句话也说不出口,只是站在一个地方打转,而且不知怎的,发出古怪的、像牛叫样的声音,仿佛他的舌头没有了。达尼雅瞧着她父亲,发出一声撕裂人心的喊叫,接着就晕倒了。这真不像话。

他瞧着熟悉的笔迹,那些事就纷纷来到他的心头。柯甫陵走到阳台上;天气暖和,没有风,空气中有海水的气味。美妙的海湾映着月光和灯火,现出一种很难确定名称的颜色。那是由蓝色和绿色合成的一种又娇嫩又柔和的颜色,有些地方,海水的颜色像蓝

153

矾，有些地方似乎月光化成浓液，代替海水，充塞了海湾。总之，多么调和的色彩，多么和平、恬静、高尚的气氛啊！

阳台下面那层楼里，窗子大概开着，因为清楚地传来女人的说话声和笑声。看来，那儿正在开晚会。

柯甫陵竭力控制自己，拆开信，走进自己的房间，开始读信：

"我父亲刚刚去世。我把这件事的责任归于你，因为是你把他害死的。我们的园子正在毁掉，已经由外人来经管，那就是说，我那可怜的父亲十分担心的事情果真发生了。我把这件事的责任也归于你。我用我的全部灵魂痛恨你，巴望你快点死掉。啊，我多么痛苦！一种难忍难熬的痛苦燃烧着我的灵魂。……你该遭到诅咒才是。我把你当作不平凡的人，当作天才，才爱上你，而你却原来是个疯子。……"

柯甫陵读不下去，他撕碎信，把它丢掉了。一种类似恐怖的不安情绪抓紧他的心。瓦尔瓦拉·尼古拉耶芙娜已经在屏风后面熟睡，他可以听见她的呼吸声。楼下传来女人的说话声和欢笑声，可是他有一种感觉，仿佛整个旅馆里，除了他以外，再也没有一个活人了。由于不幸的、悲痛万分的达尼雅在信里诅咒他，巴望他死掉，他就心惊肉跳，时不时地朝门口瞧一眼，好像生怕两年前在他的生活和他的亲人的生活里产生过巨大破坏作用的那种不可知的力量，又闯进房里来，抓住他不放。

他凭经验知道，每逢他的神经不大对头的时候，最好的治疗办法就是工作。必须在桌子边坐下，逼着自己无论如何把精神集中在一个什么思想上。于是，他就从他那红色的皮包里取出一个笔记本，那上面草拟了一个不大的编纂工作的提纲，他原想把这项工作留到他在克里米亚闲得无聊的时候再做的。他在桌子边坐下，开始研究这份提纲，觉得他那平和、宁静、淡漠的心境又回来了。这个上面写着提纲的笔记本甚至使他想到人世的空虚。他心想，生活给予人们的无非是它所能给的一点点渺不足道的、十分普通的幸福，然而却向人们勒索了那么多。例如，为了在四十岁以前能在大学里讲课，做一名普通的教授，用呆板、乏味、沉闷的语言讲述一些普通的而且是别人的思想，一句话，为了取得一个平常的学者的地位，他，柯甫陵，就得钻研十五年，日以继夜地工作，害上严重的精神病，经历一次不顺心的婚姻，做出各式各样他不乐意去回想的诸多蠢事和不公平的事。现在柯甫陵才清楚地意识到，他是个平平常常的人，而且心甘情愿地认命了，因为依他看来，每个人都应当满足于他本来所处的地位。

这份提纲完全使他安静下来，可是撕碎的信纸在地板上呈现出白的颜色，妨碍他集中注意力。他从桌旁站起来，拾起那封信的碎片，丢到窗外，可是海上吹来一股清风，碎纸片就纷纷落在窗台上了。他又被那种类似恐怖的不安情绪抓住，觉得整个旅馆里除他以外好像连一个活人也没有似的。……他走出去，站在阳台上。海湾像是活了，张大许多淡蓝色、深蓝色、碧绿色、火红色的眼睛瞧着他，召唤他。确实，天气又热又闷，倒真不妨去洗个澡呢。

忽然，阳台下面那层楼里，有人开始拉小提琴，两个女人的柔和声调唱起来。那是一首他熟悉的歌。楼下所唱的那首抒情歌曲讲到一个姑娘带着病态的幻想，夜间在花园里听到一些神秘的声音，就断定那是天神的和声，我们凡人是听不懂的。……柯甫陵屏住呼吸，他的心忧郁地收紧，胸膛里激荡着一种他早已忘却的美妙甜蜜的欢乐。

海湾的对岸，出现了一根又黑又高的柱子，像是一股旋风或者龙卷风。它飞快地越过海湾往旅馆这边移动，变得越来越小，越来越黑，柯甫陵几乎来不及给它让开路。……那个满头白发，没戴帽子，长着两道黑眉毛，光着脚的修士两条胳膊交叉在胸前，飞过他身旁，在房间中央站住。

"为什么你不信我的话?"他带着责备的口气问道,亲切地瞧着柯甫陵,"如果那时候你相信我说的话,相信你是个天才,那么,这两年你就不会过得这么可悲,这么乏味了。"

柯甫陵已经相信自己是上帝的选民,是天才。他清楚地想起以前他跟黑修士所谈的那些话。他想说话,可是血从喉咙里直往上涌,流到胸口上。他不知道怎么办才好,只是伸出手摩挲胸脯,于是他的袖口也浸透了血。他想叫一声在屏风后面睡熟的瓦尔瓦拉·尼古拉耶芙娜,就使一把劲,呼唤道:

"达尼雅!"

他倒在地板上了。他用胳膊撑起身子,又呼唤道:

"达尼雅!"

他呼唤达尼雅,呼唤那个有着沾满露水的艳丽花朵的大园子,呼唤那个花园和露出毛茸茸的树根的松树、黑麦田,呼唤他那了不起的学问,他的青春、勇气、欢乐,呼唤那原先十分美好的生活。他看见地板上,在他的脸旁边,有一大摊血,他衰弱极了,再也说不出一句话来;然而有一种说不出的、无穷无尽的幸福充塞了他的全身心。阳台下面,有人在拉小夜曲。黑修士对他小声说,他是天才,他死,只是因为他那衰弱的人的肉体已经失去平衡,不能再充当天才的外壳了。

等到瓦尔瓦拉·尼古拉耶芙娜睡醒,从屏风后面走出来,柯甫陵却已经死了,他的脸上还保留着幸福的笑容。

女人的王国

一 前　　夜

　　这儿有一大叠钞票。这是森林中那个别墅的总管汇来的。他在信上写道：他汇去一千五百卢布，这笔钱是他在法院二审中胜诉，依照判决，从某某人那里取得的。安娜·阿基莫芙娜不喜欢而且害怕像"依照判决取得"和"胜诉"这类字眼。她知道没有司法制度不行，可是不知什么缘故，每逢常常跟人家打官司的工厂经理纳扎雷奇或者别墅总管替她打赢一场官司，她总是心惊肉跳，好像问心有愧似的。现在她也心惊胆战，觉得不自在，一心想把这一千五放到远处去，免得看见它。

　　她烦恼地暗想：她今年二十六岁，那些跟她同年龄的女人如今正操持家务，做得累了，就香甜地睡一觉，到明天早晨醒来，心情愉快，像过节似的。她们有许多人早已结婚，有子女了。只有她一个人，不知什么缘故，却得像老太婆似的，坐着看这些信，在信上加批语，写回信，然后整个傍晚什么事也不做，一直熬到午夜，光是等着困倦了好去睡觉；而明天呢，一整天会有许多人来拜节，向她请托种种事情；到后天，工厂里一定会出事，例如某人挨了打，或者某人酗酒死了，她就会由于某种缘故感到良心痛苦；等到节期过完，纳扎雷奇会因为工人旷工而开除二十来个人，那二十来个人就会脱下帽子,一起来到她家门口,站着不走,她却不好意思出去见他们,临了,他们像狗似的让人赶走。于是所有的熟人都会背着她纷纷议论,给她写匿名信,说她是大财主,剥削者,说她吞吃别人的生命,吸工人的血。

桌上靠边的地方放着一叠信,她已经看过,放在一边了。那都是告帮的信。写信的人中有挨饿的,有酗酒的,有家里人口众多、负担很重的,有患病的,有受屈辱的,有怀才不遇的。……安娜·阿基莫芙娜已经在每封信上加了批语,有的给三个卢布,有的给五个,这些信今天就要送到账房去,明天账房会分发救济金,或者用那些职员的话来说,就是"喂野兽"。

此外还有四百七十个卢布要零星散发出去,那是一笔存款的利息,这笔存款是由去世的阿基木·伊凡内奇立下遗嘱专供周济穷苦人用的。明天将会挤得不像样子。从大门口到账房门口会排上一长行陌生人,他们面目狰狞,衣服褴褛,挨冻受饿,已经喝醉酒,用沙哑的声音把恩人安娜·阿基莫芙娜和她的父母歌颂一番。后面的人挤前面的人,前面的人就用难听的话叫骂。账房里的职员被喧哗声、相骂声和哭诉声吵得心烦,就跳出来,照准什么人的脸打一个嘴巴,招得大家直乐。她自己的人,那些工人,却在节日前除了工资以外什么也得不到,这时候已经把工资花得一个子儿也不剩,站在院子里瞧着发笑,有的看得眼热,有的冷嘲热讽。

"商人,特别是商人的女眷,往往喜欢叫花子胜过喜欢自己的工人,"安娜·阿基莫芙娜暗想,"事情永远是这样的。"

她的眼光落在那叠钞票上。明天把这些不需用的、讨厌的钱分发给工人倒挺好,可是白白给工人钱也不行,如果这样做,他们下一次会再来要。况且工厂里总共有一千八百多名工人,他们的妻子和儿女还没算在内,那么这一千五顶得了什么事?要不,就这么办:从这些写信来告帮的人们当中,挑出一个不幸的、对美好的生活早已失去希望的人来,把这一千五送给他。这笔钱会像晴天霹雳似的把那个可怜人惊得目瞪口呆,说不定他会生平第一次感到幸福。安娜·阿基莫芙娜觉得这个想法倒也新奇有趣,使她着迷。她就从那叠信里随意抽出一封,看了一遍。有一个姓恰里科夫的十二等文官早已失业,害着病,住在古兴家的房子里,他的妻子得了痨病,有五个年纪很小的女儿。安娜·阿基莫芙娜对恰里科夫住着的那所古兴家的四层楼房子是很熟悉的。啊,那是一所难看的、朽坏的、于健康有害的房子!

"我就把这笔钱送给恰里科夫好了,"她决定,"我不打算派人送去,还是我自己走一趟,免得多费口舌。对,"她想着,把那一千五放进衣袋里,"我去看一看,也许可以给那些小姑娘想点办法呢。"

她高兴起来,就拉了拉铃,吩咐套车。

等到她坐上雪橇,已经傍晚六点多钟了。各幢厂房的窗子里灯光明亮,因此这个大院子显得很黑。大门旁边,院子深处,靠近仓库和工人宿舍的地方,都点了电灯。

这些幽暗阴沉的厂房、仓库、工人所住的宿舍,安娜·阿基莫芙娜都不喜欢,看着害怕。那幢主要的厂房,她在父亲去世以后只去过一次。那些架着铁梁的高天花板,那许多转得很快的大轮子,传送带,杠杆,那种尖厉刺耳的嘶嘶声,钢板的磕碰声,斗车的吱吱嘎嘎声,蒸气粗嘎的声响,那些苍白的或者通红的,再不就是扑满煤灰而乌黑的脸膛,那些汗湿的衬衫,那些由钢、铜、火焰放出的亮光,那种油脂和煤炭的气味,那种时而火热、时而冷飕飕的风,在她心上留下了地狱般的印象。她觉得那些轮子、杠杆、炽热而嘶嘶响的汽缸似乎极力要从它们的羁绊里挣脱出来,打死那些工人;而工人们呢,带着操劳的脸色,听不见彼此所说的话,跑来跑去,在机器旁边忙忙碌碌,仿佛极力要阻止它们可怕的活动似的。他们把一个什么东西指给安娜·阿基莫芙娜看,恭恭敬敬地对她解说一番。她记得在锻铁车间里,人们从火炉里拉出一块烧红的铁来,有一个头上扎着小皮带的老人和另一个身穿蓝色工作服、胸前挂着表链、带着气愤的脸容、多半是个工头的年轻人抡起锤子砸那块铁,砸得金黄色的火花往四下里飞溅,过一会儿,她面前就哗啷一响,摊开一大块铁板。老人笔直地站在那儿,面带笑容,年轻人用衣袖擦着汗湿的脸,对她解说着什么。她还记得在另一个车间里有个独眼的老人在锯一块铁,铁屑纷纷撒下来;有一个头发棕红色的工人戴着黑色眼镜,穿着满是窟窿的衬衫,在旋床旁边干活,用一块钢制造什么东西,那旋床在轰响、尖叫、呼啸,闹得安娜·阿基莫芙娜直恶心,好像有个什么东西正在钻她的耳朵。她瞧着,听着,什么也不懂,好意地微笑着,觉得难为情。你靠这个企业吃饭,从它那儿拿到几十万卢布,可是你却不了解它,也会喜欢它,这是多么奇怪啊!

至于工人宿舍,她一次也没去过。听说那边潮湿,有臭虫,人们生活放荡,乱七八糟。事情很奇怪:为了整顿宿舍,每年花掉成千的卢布,可是工人的状况,如果相信匿名信上的话,却一年比一年糟。……

"父亲在世时,事情倒还有点条理,"安娜·阿基莫芙娜坐着雪橇走出院子,心里暗想,"因为他自己做过工人,知道该怎么办。我却什么也不懂,光干些蠢事。"

她又感到烦闷,不再因为出门而高兴了。她想到那个幸运者将眼见一千五百个卢布像从天而降般地落在他手里,她就不再觉得新奇有趣了。家里那个价值百万的企业正在逐渐瓦解、垮台,宿舍里的工人生活得连囚犯都不如,而自己却坐着雪橇去找什么恰里科夫,这实在是在做蠢事,欺骗自己的良心。附近那些布厂和纸厂的工人们成群地沿着大道走着,或者在大道附近穿过田野,往城里有灯火的地方走去。寒冷的空气里响起笑声和畅快的谈话声。安娜·阿基莫芙娜打量着那些女人和小孩,忽然想去过一过他们那种简单、粗陋、艰难的生活。她清楚地想起很久以前,人们还管她叫阿纽特卡①,她还是个小姑娘,跟她母亲躺在一个被窝里的时候,住在隔壁房间里的洗衣女工在洗衣服,从附近那些人家,隔着薄薄的板壁,传来哄笑声、叫骂声、孩子的啼哭声、手风琴声、旋床和缝纫机的嗡嗡声。她的父亲阿基木·伊凡内奇差不多什么手艺都会,一点也不在乎这种拥挤和吵闹,只顾在火炉旁边焊接什么东西,或者画什么草图,刨什么东西。她恨不得按从前跟她母亲住在一起的时候每天所做的那样,洗衣服、烫衣服,跑商店、跑酒铺才好。她应该做工人,不应该做老板!她那幢吊着枝形灯架和挂着画片的大房子,她那个穿着燕尾服、留着像丝绒般柔软的唇髭的听差米宪卡,尊严的瓦尔瓦鲁希卡,善于逢迎的阿加芙尤希卡,那些几乎每天来向她要钱而且不知什么缘故总是使她心中惭愧的青年男女,还有那些文官、医生,那些用她的钱办慈善事业、当面恭维她、背地里却因为她出身低微而看不起她的太太们——对她来说,所有这一切是多么乏味,多么格格不入啊!

这时候雪橇驶过铁路的道口和城门。随后是房屋和菜园轮流出现,最后,雪橇来到一条宽阔的街道上,著名的古兴家的房子就在那儿。平时这条街上安安静静,而现在正是节日的前夕,因而热闹得很。小饭铺和酒馆里人声嘈杂。如果这时候有一个不是住在本地区而是住在市中心的人坐车路过这条街道,他所看到的就全是些肮脏的人、喝醉的人、骂街的人,然而安娜·阿基莫芙娜从小就住在这一带,因此眼下在人群中不断地认出她去世的父亲,她母亲,她伯父。她的父亲是个性子温和、随随便便的人,有点喜欢幻

---

① 安娜的昵称。

想,无忧无虑,满不在乎,他既不喜爱钱财,也不喜爱荣誉,更不喜欢权势。他常说,做工的人没有工夫考虑过节,到教堂去。要不是因为妻子,他大概永世也不会斋戒,到了斋期照样吃荤食。可是她的伯父伊凡·伊凡内奇正好相反,他性格执拗,对待一切与宗教、政治和道德有关的事,他总是十分古板,不留情面,非但督促他自己,而且督促他所有的职员和熟人。走进他的房间而不在胸前画十字,那可万万使不得!如今安娜·阿基莫芙娜所住的那个富丽堂皇的住宅,他平日总是关门上锁,只有在大节期,来了重要的客人,才开门,他本人呢,住在账房里,占一个小小的房间,里面摆满了圣像。他热衷于旧教派,经常在自己家里招待旧教派的主教和神甫,其实他是按照东方正教的仪式受洗,举行婚礼,埋葬妻子的。他的弟弟阿基木是他唯一的继承人,可是他不喜欢这个弟弟,因为弟弟为人随随便便,他把这种随随便便叫作头脑简单,傻里傻气。他还嫌他弟弟对宗教太冷淡。他亏待这个弟弟,把他当作工人,每月发给他十六个卢布。阿基木对哥哥尊称"您",遇到请求宽恕的节日就带着全家人跪在他面前。不过伊凡·伊凡内奇在去世前三年跟弟弟亲近起来,原谅了他,而且吩咐人给阿纽特卡请来一个女家庭教师。

古兴那所房子的门道又黑又深,臭烘烘的,贴着墙壁可以听见男人的咳嗽声。安娜·阿基莫芙娜在街上下了雪橇,走进院子,向人打听第四十六号住所文官恰里科夫家该怎样走。人家就指引她走向右边最远的一扇门,从那儿登上三层楼。院子里也好,最远的那道门边也好,甚至在楼梯上,都有一种跟门道里同样难闻的气味。在安娜·阿基莫芙娜的童年时代,她父亲只是个普通工人,她就住在这样的房子里,后来环境改变了,她还是以慈善家的身份常来走走。狭窄、肮脏的石头楼梯,高高的梯级,把每层楼隔开的梯台,吊在楼道上的油污的挂灯,空气中弥漫着的臭气,楼梯口房门边放着的洗衣盆、瓦罐、破旧衣服——这一切她早已十分熟悉了。……有一扇房门开着,可以看见房内有些戴着软帽的犹太裁缝正坐在台子上缝衣服。安娜·阿基莫芙娜在楼梯上遇见许多人,然而她根本没想过这些人可能得罪她。工人和农民,没喝酒的也罢,喝醉酒的也罢,她都不怕,就像她不怕她那些有知识的熟人一样。

第四十六号住所里没有前堂,推门进去就是厨房。工厂工人和手工工匠们的住处照例有油漆、焦油、皮革、煤烟之类的气味,这要看主人干的是哪一行手艺。落魄的贵族和文官的住处却可以凭一种酸溜溜的恶劣气味分辨出来。此刻,安娜·阿基莫芙娜刚刚跨进门槛,这种难闻的气味就向她扑来。在墙角上的一张桌子旁边,坐着一个穿黑色上衣的男人,背对着房门,这大概就是恰里科夫本人。他身旁有五个姑娘。年纪最大的是个宽脸盘的瘦姑娘,头发里插一把梳子,看样子十五岁上下。年纪最小的是个小胖子,头发长得跟刺猬一样,至多不过三岁。这六个人正在吃饭。炉子旁边站着一个矮小、很瘦、脸色发黄的女人,穿着裙子和白上衣,手里拿着一根炉叉子。她怀着孕。

"我没料到你这么不听话,丽左琪卡,"男人用责备的口气说,"哎,哎,真不害臊!看样子你是要爸爸揍你一顿,是吗?"

瘦女人看见门口出现一个不认得的女人,打了个冷战,放下炉叉子。

"瓦西里·尼基狄奇!"她过了一会儿才用低沉的声音叫起来,好像不相信自己的眼睛似的。

男人回头一看,从椅子上一跃而起。这是一个骨瘦如柴、肩膀很窄的人,两鬓凹陷,胸部扁平。他的眼睛又小又深,眼睛周围有着黑眼圈,鼻子挺长,像鸟嘴,微微向右歪,嘴巴很大。他的胡子分成两半,唇髭剃掉了,因此他那模样与其说像个文官,不如说像个穿号衣的跟班。

"恰里科夫先生住在这儿吗?"安娜·阿基莫芙娜问。

"对,小姐,"恰里科夫严厉地回答说,可是立刻认出她是安娜·阿基莫芙娜,就叫了起来,"格拉戈列娃小姐! 安娜·阿基莫芙娜!"他忽然喘不上气来,把两只手一拍,仿佛吓坏了似的,"恩人啊!"

他呻吟一声,往她那边跑过去,嘴里呜呜地叫,像个瘫痪病人似的。他胡子上沾着白菜,嘴里冒出酒气,把脑门子贴在她的皮手笼上,仿佛失去了知觉。

"请您伸出您的手! 您的神圣的手!"他气喘吁吁地说,"一场梦! 一场美梦啊! 孩子们,快叫醒我!"

他回转身来对着桌子,挥着拳头,用带哭声的嗓音说:

"上帝听见我们的呼声了! 我们的救星,我们的天使来了! 我们得救啦! 孩子们,跪下来! 跪下来!"

恰里科娃太太和几个姑娘,除了最小的一个以外,不知什么缘故,赶紧收拾桌子。

"您信上说,您的妻子病得很重。"安娜·阿基莫芙娜说,觉得羞愧,心里厌烦了。

"我不给他一千五。"她暗想。

"这就是她,我的妻子!"恰里科夫用尖细的女人声调说,仿佛眼泪涌进了他的脑袋,"这就是她,不幸的女人! 一只脚已经跨进了棺材! 可是我们,小姐,并不抱怨。与其这么活着,还不如死了的好。死吧,不幸的女人!"

"他何必装腔作势?"安娜·阿基莫芙娜气恼地想,"一眼就看得出来,他惯于跟商人打交道。"

"请您像对待普通人那样跟我说话,"她说,"我不喜欢看滑稽戏。"

"是,小姐。五个孤苦伶仃的孩子在葬礼的烛光下守着母亲的棺材,这居然是滑稽戏!唉!"恰里科夫转过脸去,伤心地说。

"别说了!"他妻子小声说着,拉拉他的衣袖,"我们这儿没有收拾干净,小姐,"她对安娜·阿基莫芙娜说,"请原谅。……您明白,家里人口多,住得很挤,不过一家人过得和和气气的。"

"我不给他一千五了。"安娜·阿基莫芙娜又想。

为了赶快躲开这些人,躲开这种酸溜溜的气味,她已经拿出钱夹,决定取出二十五个卢布,不再多给,可是她想到她为这一点点钱走这么远的路,打搅这些人,忽然觉得害臊了。

"如果您给我纸张和墨水,我就马上给一位跟我很熟的大夫写封信,要他到您这儿来一趟,"她说,脸红了,"那位大夫很好。我要给您留点钱支付医药费。"

恰里科娃太太连忙跑过去擦桌子。

"这儿不干净!你怎么了?"恰里科夫小声说,气冲冲地瞧着她,"领她到房客的屋里去!请,小姐,我斗胆要求您到我们房客的屋里去!"他对安娜·阿基莫芙娜说,"那边干净。"

"奥西普·伊里奇不准外人走进他的房间!"有一个姑娘厉声说道。

可是他们已经领着安娜·阿基莫芙娜从厨房里穿过狭窄的过道房间,在两张床中间走过去。从床上的布置可以看出,有一张床上直着睡两个人,另一张床上横着睡三个人。前面那个住着房客的房间果然干干净净。那儿有一张整洁的床,上面铺着一块红色的毛毯,枕头上蒙着白套子,床上甚至有一个放表的盒子。桌上铺一块麻布的桌布,上面放着一个乳白色的墨水瓶、一支钢笔、一些纸张、几张镶在镜框里的照片,摆得很妥帖。另一张干活用的桌子上整整齐齐地放着修表用的工具和一些拆开的怀表。墙上挂着小锤子、钳子、小钻子、凿子、镊子等,还挂着三只挂钟,滴滴答答响。

有一只挂钟很大,钟摆挺粗,小饭铺里常挂这样的钟。

安娜·阿基莫芙娜动手写信的时候,看见她面前的桌子上放着一张她父亲的照片和一张她自己的照片。这使她暗暗吃惊。

"你们这儿住着个什么人?"她问。

"房客彼梅诺夫,小姐。他就在您的厂里做工。"

"是吗?我还以为他是个钟表匠呢。"

"他是下班以后业余修理钟表的。他喜欢干这种活,小姐。"

大家沉默了一阵,人只听得见钟表的滴答声和钢笔在纸上写字的沙沙声,后来恰里科夫叹了一口气,带着愤懑的心情讥诮地说:

"人家说的是实话:光有贵族出身和文官官品是做不成皮大衣的。帽子上倒是有帽徽,贵族的头衔也不缺,可是却没有吃的。依我看来,如果出身低贱的人肯帮助穷人,他就比一个陷入贫困而又染上恶习的恰里科夫高贵得多。"

他为了讨好安娜·阿基莫芙娜就又说了几句糟蹋自己的贵族身份的话。事情很清楚:他压低自己是因为他认为他比她高。这当儿她已经写完信,封上信口。这封信会被他们丢掉,钱也不会用在医药上,这一点她是知道的,可是她仍旧在桌上放了二十五个卢布,后来想一想,又加上两张红钞票①。恰里科娃太太那只又瘦又黄、像鸡爪子似的手在她的眼前闪现了一下,一把抓住了那些钱。

"承您开恩,给了这些医药费,"恰里科夫用发抖的声音说,"可是请您把援助的手也伸给我……和我的孩子们吧,"他补充说,呜咽起来,"这些不幸的孩子啊!我倒不替自己担心,却替女儿们担心!我害怕淫荡的多头蛇②!"

---

① 10卢布的纸币。
② 希腊神话中的九头巨蛇,九头中的一头被砍下来还会再生。

安娜·阿基莫芙娜极力要打开钱夹,可是钱夹的开关坏了,她心慌意乱,脸红了。她害臊,因为人们站在她面前,瞧着她的手,等着,大概心底里在嘲笑她吧。这时候,不知什么人走进厨房,顿着脚,抖掉鞋上的雪。

"房客来了。"恰里科娃太太说。

安娜·阿基莫芙娜越发慌了。她不愿意让工厂里的人碰见她处在这种可笑的局面里;可是房客却仿佛故意捣乱似的,走进房里来了,就在这当儿,她终于拧坏开关,递给恰里科夫几张钞票,而恰里科夫像瘫痪病人那样发出呜呜的声音,撮着嘴唇寻找一个可以吻她的地方。她认出这个房客就是先前在锻铁车间里当她的面把一块铁板弄得轰轰响而且对她做了说明的那个工人。此刻他分明直接从工厂里来,他的脸被烟子熏得发黑,在半边脸上,靠近鼻子的地方,沾着黑烟。他的手完全是黑的,他那没系腰带的工作服由于满是油污而发亮。他是个三十岁上下的男人,中等身材,头发乌黑,肩膀很宽,显然十分强壮。安娜·阿基莫芙娜第一眼就看出他是个每月工钱不会少于三十五个卢布、十分严厉、喜欢喊叫、常打工人耳光的工头,这可以从他的站相,从他看见自己房间里有女人而突然不知不觉做出来的那种姿势看出来,特别因为他的裤腿不塞在靴筒里,胸前缝着衣袋,他那把尖胡子剪得挺漂亮。她那去世的父亲阿基木·伊凡内奇虽是厂主的弟弟,可还是怕像房客这样的工头,总是讨好他们。

"对不起,您不在,我们擅自到这儿来了。"安娜·阿基莫芙娜说。

工人惊奇地瞧着她,发窘地微笑,没有说话。

"您,小姐,大点声说话……"恰里科夫轻声说,"彼梅诺夫先生每天傍晚从工厂里回来,耳朵总是发聋。"

可是安娜·阿基莫芙娜想到在这儿已经没有事可做,不由得暗自高兴,就点一下头,赶快走出去了。彼梅诺夫走出来送她。

"您在我们这儿工作很久了吗?"她大声问道,没有转过头去看他。

"从九岁一直到现在。您伯父在世的时候,我就已经进厂干活了。"

"嘿,年数不少!我伯父和我父亲认得所有的职工,我却几乎一个也不认得。我以前见过您,可是不知道您姓彼梅诺夫。"

安娜·阿基莫芙娜有心在他面前为自己辩解,就装出一副姿态,要他知道刚才她给钱不是认真给,而是闹着玩的。

"哎,真是穷啊!"她叹道,"平日也好,节日也好,我们总在做善事,可是没有什么成效。我觉得接济恰里科夫这样的人是徒劳无益的。"

"当然,是没有益处,"彼梅诺夫同意,"不管您给多少,他统统拿去喝酒了事。现在,夫妇俩就要你争我夺,打一夜的架了。"他补充道,笑了起来。

"是的,必须承认,我们的慈善事业是毫无益处,无聊可笑的。可是话说回来,您会同意,揣着手坐着也不行,总得干点什么才是。比方说,应该拿恰里科夫夫妇怎么办呢?"

她回转身来对着彼梅诺夫,站住,等他回答。他也站住,慢慢地耸了耸肩膀,没有说话。他分明知道该拿恰里科夫夫妇怎么办,可是那种办法太粗暴,不人道,他甚至不敢说出口。对他来说,恰里科夫夫妇是如此乏味,如此卑微,以致过了一会儿他就把他们给忘掉了。他瞧着安娜·阿基莫芙娜的眼睛,愉快地微笑着,从他的表情看来,他像是正在做着好梦似的。直到现在,站在他的身边,安娜·阿基莫芙娜才从他的脸相,特别是从他的眼神看出来,他是多么疲劳,多么困倦。

"是啊,那一千五倒应该给他!"她暗想,可是不知什么缘故,她觉得这个想法不妥当,会侮辱彼梅诺夫。

"您大概已经工作得周身酸痛了,可是您还送我出来,"她一面走下楼梯一面说,"您回家去吧。"

可是他没听清楚。到了街上,他跑到前面去,撩开雪橇上的车毯,扶着安娜·阿基莫芙娜坐上雪橇,说:

"祝您过节万事如意!"

二 早　晨

"教堂里早就敲过钟了!真糟糕,等您赶去,人早都走散了!快起来吧!"

"两匹马跑呀,跑呀……"安娜·阿基莫芙娜说着,醒过来了。她的使女,红头发的玛霞,手里举着蜡烛,站在她面前。"什么事?你有什么事?"

"弥撒已经做完了!"玛霞说,急坏了,"我这是第三次来叫您!要按我的意思,您就是睡到傍晚也不碍事,可是要知道,是您自己吩咐我来叫醒您的啊!"

安娜·阿基莫芙娜用胳膊肘撑起身子,往窗外看一眼。外面还一片漆黑,只有窗框的底边粘着雪而发白。传来低沉的钟声,然而这不是本教区在打钟,而是远处什么地方传来的钟声。小桌上的座钟指明现在是六点零三分。

"好,玛霞。……过三分钟就起来……"安娜·阿基莫芙娜用恳求的声调说,拉过被子蒙上头。

她想象门廊上的雪、雪橇、乌黑的天空、教堂里的人群、刺柏的气味,不由得心里害怕,可是她仍旧决定过一会儿就起来,做早弥撒去。她在床上享受温暖,跟睡意挣扎着。睡意却仿佛故意捣乱似的,偏偏在不该睡的时候显得特别香甜。在她蒙蒙眬眬地看见

169

山上一座大花园,又看见古兴的那所房子的时候,却又时时刻刻不放心,想着她得马上起床到教堂去。

然而等到她起床,天却已经大亮,时钟指着九点半了。夜里新下了一场大雪,树木披上银装,空气异常明净、清澈、柔和,因此安娜·阿基莫芙娜一看窗外,首先就想深深地呼吸一下。她洗脸的时候,早先儿童时代的感情的残余,那种过圣诞节的欢乐,突然在她胸中颤动了一下,这以后,她的心灵就变得轻松,自由,纯净,仿佛连她的心灵都洗干净,或者浸在白雪里了。玛霞穿着节日的盛装,腰部勒得很紧,走进来拜节;然后她花很长的工夫给女主人梳头,帮她穿好连衣裙。这件精致华丽的新连衣裙的气味和穿在身上的感觉,它发出的轻微的沙沙声和新洒的香水的气味,使得安娜·阿基莫芙娜兴奋起来。

"今天是圣诞节,"她快活地对玛霞说,"现在我们要算命了。"

"去年我算过命,说是我要嫁给一个老头子。算了三次都是这样。"

"得了吧,上帝是仁慈的。"

"不过那又有什么关系,安娜·阿基莫芙娜?我是这样想的,像这样上不着天,下不着地,还不如索性嫁给老头子好,"玛霞悲伤地说,叹一口气,"我已经二十一岁,这可不是闹着玩的。"

在这所房子里,人人都知道红头发的玛霞爱上了听差米宪卡,这种深沉热烈而又无望的爱情已经持续三年了。

"得了,别说废话,"安娜·阿基莫芙娜安慰道,"我都快要三十岁了,可是我仍旧准备嫁个青年人。"

女主人换衣服的时候,米宪卡穿一件新燕尾服和一双漆皮鞋,在大厅里和客厅里走来走去,等着她出来,好给她拜节。他走路素来有点特别,脚步又软又轻,谁要是在这当儿瞧着他的腿和胳膊,瞧着他低下的头,也许会以为他不是在简单地走路,而是学着跳卡德里尔舞的第一段舞步呢。尽管他留着精致的、像丝绒般柔软的唇髭,外貌漂亮,甚至带点滑头的味道,可是他为人稳重,小心,笃信宗教,像老人一样。他祈祷上帝的时候老是叩头,喜欢在自己的房间里摇动香炉,散出香气。他对有钱有势的人总是恭恭敬敬,十分崇拜,可是见了穷人和各种告帮的人,他却以他那纯粹听差的灵魂蔑视他们。他那浆硬的衬衫里还有一件法兰绒内衣,那是他冬夏常穿,对他的健康十分宝贵的。他的耳朵里塞着棉花。

等到安娜·阿基莫芙娜同玛霞穿过大厅,他就低下头,略微歪着脑袋,用他那好听的、蜜糖样的声调说:

"我荣幸地庆贺您,安娜·阿基莫芙娜,愉快地度过基督诞生的极隆重的节日。"

安娜·阿基莫芙娜赏给他五个卢布,可怜的玛霞简直呆住了。他那节日的装束、他的姿态、他的声调、他所说的话,都优美文雅得使她吃惊。她跟着她的小姐往前走去,可是她已经什么都不能想,什么都看不见,光是微笑着,时而笑得快乐,时而笑得辛酸。

这所房子的上面一层叫作上房,或者迎客的正屋,下面一层由姑母达契雅娜·伊凡诺芙娜掌管,叫作生意房,老人房,或者干脆叫女人房。楼上照例招待贵族和受过教育的客人,楼下招待普通的客人和姑母自己的朋友。漂亮而丰满的安娜·阿基莫芙娜走下楼去,她身体健康,依旧年轻、鲜艳,感到自己身上穿的那件华丽的连衣裙似乎光芒四射。她在楼下遭到了责难,大家怪她这样一个受过教育的人却忘了上帝,睡过了头,错过了弥撒,而且没有下楼来开斋;同时大家又把手一拍,诚恳地说,她非凡漂亮,与众不同。她相信这些话,笑起来,吻她们,给她们钱,有的一个卢布,有的三个卢布,有的五个卢布,要看各人的身份而定。她喜欢楼下。不管你往哪儿看,那些神龛啦,圣像啦,长明灯啦,教士的肖像啦,都有修道院的味道。厨房里刀子叮当响,所有的房间里已经弥漫着一股荤菜的很香的气味。涂过油漆的黄色地板发亮,从房门口到挂圣像的墙角铺着带鲜蓝色花条的窄地毯,像是一条小径。刺目的阳光直射进窗里来。

饭厅里坐着几个陌生的老太婆。瓦尔瓦鲁希卡的房间里也有几个老太婆,另外有个聋哑的少女,老是为了什么事害臊,嘴里嘟哝着:"卜勒,卜勒……"有两个精瘦的小姑娘是为了过节而从孤儿院里被领出来的,她们走到安娜·阿基莫芙娜跟前想吻她的手,可是被她那件华丽的连衣裙吓呆,在她面前站住不动了。她发现有个小姑娘眼睛有点斜视,想到这个小姑娘会遭到年轻小伙子们的轻慢,永远也嫁不出去,于是她那轻松欢快的心情起了变化,她的心突然痛苦地缩紧了。厨娘阿加芙尤希卡的房间里,在茶炊旁边坐着五个身材魁伟的乡下人,穿着新衬衫。他们不是工厂里的工人,而是厨娘的亲戚。这些乡下人看见安娜·阿基莫芙娜,就从座位上跳起来,为了顾到礼貌而停止咀嚼,可是嘴里都装满了东西。厨师斯捷潘从厨房出来,走进这个房间,头上戴着白色厨师帽,手里拿着切菜刀,给她拜节来了;穿着毡靴的扫院人也走进来给她拜节。运水的工人胡子上挂着小冰柱,站在外面往里看,却不敢走进来。

安娜·阿基莫芙娜走遍所有的房间,身后跟着她的全班人马:姑母、瓦尔瓦鲁希卡、尼康德罗芙娜、女缝工玛尔法·彼得罗芙娜、楼下的玛霞。瓦尔瓦鲁希卡又瘦又单薄,身量却高,高过这所房子里的一切人。她穿一身黑色衣服,冒出柏树和咖啡的气味,在每个房间里见到圣像都要在胸前画十字,弯下腰深深地鞠躬。人们一看见她,不知什么缘故,总会想起,她已经为自己缝制好白色的寿衣,而且在她放寿衣的箱子里还藏着她的彩票。

"你,阿纽特卡,看在过节的分上发发慈悲吧!"她说着,打开通往厨房的门,"饶了他吧,求主拯救他!去他的吧!"

车夫潘捷列跪在厨房中央,他还在十一月就因为酗酒而被辞退了。他是个好心肠的人,可是一喝醉就发酒疯,怎么也睡不着觉,老是在厂房里走来走去,在那儿用威胁的口气说:"我什么事儿都知道!"现在,从他肥厚下垂的嘴唇、浮肿的脸,从他充血的眼睛,可以看出,从十一月起直到眼前这个节期,他一直在喝酒,没有中断过。

"饶了我吧,安娜·阿基莫芙娜!"他用嘶哑的声音说,脑门子砰的一声撞在地板上,露出他那牛样的后脑壳。

"你是由姑母辞退的,那你向她去讨饶吧。"

"姑母怎么了?"她的姑母走进厨房,喘吁吁地说。她很胖,胸脯上满可以放下一个茶炊和一个放茶杯的托盘。"姑母又怎么样?你才是这儿的女主人,该由你管。要按我的意思,他们这些混蛋,死绝了才好。得了,起来吧,猪猡!"她忍不住对潘捷列嚷道,"躲开我远远的!这是最后一次饶了你,要是再出什么事,你就别求人怜恤!"

然后她们走到饭厅去喝咖啡。可是她们刚刚围着桌子坐好,楼下的玛霞就一口气跑进来,大惊小怪地说:"歌手来了!"说完,她又跑出去了。随后就传来擤鼻子的声音,低沉的咳嗽声,嘈杂的脚步声,仿佛大厅旁边的前厅里,有人牵着钉了马掌的马走进来了。有半分钟光景,一切归于沉寂。……猛然间,那些歌手放声歌唱,声音那么响,吓得大家打了个哆嗦。他们歌唱的时候,养老院的神甫来了,他还带来一个助祭和一个诵经士。神甫一面披上长巾,一面慢腾腾地说,夜里教堂打钟做晨祷的当儿,天下雪了,可是并不冷,将近天明时,却冷起来了,求主保佑,如今大概有零下二十度了。

"不过有许多人认定,冬天比夏天有益于人的健康。"助祭说,可是立刻做出严肃的脸相,随着教士唱起来,"你的诞生啊,基督,

173

我们的主……"

不久,工人医院里的神甫带着一个诵经士来了,随后村社里的护士,孤儿院的儿童也来了,歌唱声几乎不断地响着。他们唱完,吃了东西,就走了。

工厂里的职工来拜节,约莫有二十个人。他们都是厂里的一流人物,例如机械师和他们的助手、翻砂工匠、会计等。大家都打扮得很体面,穿着新的黑礼服。这些人都精明强干,仿佛是精选出来的,他们知道自己的价值,也就是说,他们知道今天如果丢掉工作,明天别的工厂就会高高兴兴地把他们请去。他们显然喜欢姑母,因为他们在她面前都自由自在,甚至吸烟。当这群人一起去喝酒、吃凉菜的时候,会计甚至搂住她宽阔的腰。他们所以这样随便,部分地也许是因为瓦尔瓦鲁希卡虽然在那几个老人活着的时候掌握过大权,监督过职工的品行,如今在这所房子里却一点威风也没有了;也许还因为他们许多人都记得从前姑母达契雅娜·伊凡诺芙娜被哥哥们严加管束,穿戴得如同普通的村妇,跟阿加芙尤希卡一样,那时候安娜·阿基莫芙娜总是在厂房附近的院子里跑来跑去,大家都叫她阿纽特卡。

那些职工吃菜,谈话,瞧着安娜·阿基莫芙娜暗暗纳闷:她长得多么快,出落得多么好看啊!可是这个文雅的、由女家庭教师和学校教师教育出来的姑娘对他们来说却已经变得生疏,不可理解,他们不由自主地与她的姑母比较亲近;而姑母呢,对他们用"你"称呼,不住地劝他们喝酒吃菜,跟他们碰杯,已经喝下两杯花楸露酒。安娜·阿基莫芙娜老是担心他们认为她骄傲,把她看作暴发户,看作装成孔雀的乌鸦。此刻这些职工正围拢来吃凉菜,她就没有走出饭厅而跟他们攀谈起来。她看到昨天才认识的彼梅诺夫,问道:

"您的房间里为什么有那么多的钟表?"

"我干修理钟表的活儿,"他回答说,"我干这活儿是在下班以后,或者在假日,或者睡不着觉的时候。"

"那么,要是我的表坏了,我可以拿给您修理吗?"安娜·阿基莫芙娜笑着问。

"怎么不可以呢?我愿意效劳。"彼梅诺夫说。她呢,自己也不知道为什么,从腰带上解下她那个漂亮的怀表来,交给他,他脸上现出感动的神情,默默地瞧了一会儿,把表还给她。"怎么不可以呢?我愿意效劳,"他又说一遍,"现在我已经不修理怀表了。我的视力差,大夫不准我干细活。不过为了您,我可以破例。"

"大夫们总是胡扯。"会计说。大家都笑起来。"你别信他们的话,"他听到笑声而得意起来,就接着说,"去年大斋期间有一个轮齿从鼓轮上蹦出来,正打在老人卡尔梅科夫脑袋上,打得脑浆都看得见,大夫说他就要死了,可是他到现在还活着,而且在干活,只是经过这场祸事以后,说话有点结结巴巴了。"

"大夫固然爱胡说,但倒也不总是胡说,"姑母叹了口气,"彼得·安德烈伊奇瞎了眼睛,这个可怜的人现在已经去世了。喏,他跟你一样,整天价在工厂里守着很热的炉子干活,眼睛就瞎了。眼睛可不喜欢热。不过,哎,何必谈这些呢?"她振作起来,说,"咱们来喝酒!我祝你们过节好,我的好朋友。我从没跟谁一块儿喝过酒,可是现在却跟你们喝起来了,我这有罪的女人。求上帝保佑吧!"

安娜·阿基莫芙娜觉得,自从昨天晚上相会以后,彼梅诺夫看不起慈善家的她,却好像被女人的她迷住了。她望着他,发现他举止很可爱,穿得也体面。不错,他的礼服的衣袖短了点,腰身似乎高了点,裤子也不时髦,不宽大;不过另一方面,他的领结却打得大方,飘洒,而且领带的颜色也不像别人的那么鲜艳。看来他是一个性子随和的人,因为凡是姑母放在他碟子里的菜,他统统顺从地吃下去了。她想起昨天他多么黑,多么困倦;不知什么缘故,这回忆使她深深感动。

那些职工临走的时候,安娜·阿基莫芙娜向彼梅诺夫伸出手去,想对他说,不必拘束,常来坐坐,可是她又说不出口,不知怎么,她的舌头不听使唤了。她怕别人认为她喜欢彼梅诺夫,就也对他的同事们伸出手去。

后来,由她主办的那个学校的学生们来了。他们全都剪短头发,穿着一色的灰色上衣。教师是个高身量的青年人,还没留唇髭,脸上有一些红斑点,神情显然很激动。他让学生们排好队伍,那些男孩就齐声唱起来,可是嗓音很尖,不悦耳。工厂经理纳扎雷奇是个头顶光秃、目光锐利的旧教派信徒,素来跟教师们处不好,对眼前这个忙忙乱乱地挥着手的教师尤其看不起,而且憎恨,他自己也不知道这是为什么。他对待这个教师又傲慢又粗鲁,克扣他的薪金,干涉他的教课,为了干脆挤走他,便在圣诞节前的两个星期派他妻子的一个远亲到学校去做看守人,这人是个爱喝酒的农民,不听教师的话,当着学生的面顶撞他。

这些事安娜·阿基莫芙娜都知道,可是她无能为力,因为她自己就怕纳扎雷奇。眼下她很想至少对这个教师表示一点好感,对他说一句她很满意他的话,可是唱完歌以后,他显得十分慌张,为一件什么事道歉,姑母呢,对他用"你"称呼,毫不拘礼地拉着他走到饭桌那边去,这时候她就觉得心里烦闷,不自在,吩咐人拿些糖果、点心给孩子们,然后独自走回楼上房间去了。

"这些节日的规矩,实际上,有许多残忍的地方。"过了一会儿,她瞧着窗外的孩子们,仿佛自言自语地说。这时候,他们正成群地从房子里出来,往大门口走去,一路上冻得身子瑟缩着,穿上皮袄和大衣。"在节日,人都想休息一下,跟亲人一块儿待在家里,而这些可怜的孩子、这位教师和那些职工却不知什么缘故,必得冒着严寒走来走去,然后拜节,表示自己的敬意,弄得自己心慌意乱。……"

这当儿米宪卡正好站在大厅门口,听见这话,就说:

"这种规矩不是由我们开的头,也不会由我们结束。当然,我是个没受过教育的人,安娜·阿基莫芙娜,不过我是这样理解的:穷人应该永远尊敬阔人。俗语说得好:上帝给坏蛋打上了记号。监狱里也罢,夜店里也罢,小酒店里也罢,总是只有穷人。正派人呢,您看得明白,永远都是阔人。关于阔人有这么一句俗话:深渊召唤深渊。"

"您,米宪卡,老是说些乏味而难懂的话。"安娜·阿基莫芙娜说,走到大厅另一头去了。

时钟刚刚敲过十一点。这个大房间的寂静使得她不住地打哈欠,只有楼下偶尔传来的歌声才打破这种寂静。这儿的铜器,照片簿,墙上那些画着海洋和大船、草场和牛群、莱茵河风光的图片,都已经一点也不新奇,她的眼光只在上面滑过而没有注意它们。过节的心情变成了厌烦无聊。安娜·阿基莫芙娜仍旧觉得自己漂亮,善良,与众不同,可是她已经觉得这对谁都不需要,她觉得就连自己身上那件贵重的连衣裙也不知道是为了谁,为了什么缘故穿的。跟节日里经常出现的情况一样,她开始寂寞得难受,有一种赶也赶不掉的想法折磨着她,她觉得她的美丽、健康、富足纯粹是骗局,因为她在这个世界上是个多余的人,谁也不需要她,谁也不爱她。她走遍所有的房间,嘴里哼着歌,不时瞧一眼窗外。她在大厅里站住,忍不住跟米宪卡攀谈起来。

"米沙,我不知道您对自己是怎么个看法,"她说,叹一口气,"真的,连上帝都要为这件事惩罚您。"

"您说的是什么事,小姐?"

"您知道我说的是什么事。对不起,我干涉您的私事了,不过我觉得您的固执正在毁坏您自己的生活。您会同意,您现在到了该结婚的时候了,她又是个蛮好的、有出息的姑娘。比她更好的姑娘您再也找不到了。她是个美人儿,聪明、温柔、热诚。……瞧瞧她的相貌吧!……要是她出身在我们这个圈子里或者更高的阶层,人家单看她那一头漂亮的火红色头发,就会爱上她。您瞧,她那头发跟她脸上的肤色多么相称啊。哎,我的上帝,您什么也不懂,自己也不知道自己需要什么,"安娜·阿基莫芙娜伤心地说,眼泪涌上了她的眼眶,"可怜的姑娘,我多么替她难过!我知道您想娶个有钱的女人,不过我已经对您说过:我会给玛霞一笔陪嫁钱的。"

米宪卡暗地里总是把他的未来的配偶想象成又高又胖、气派庄重、笃信宗教的女人,走起路来好似一只骄傲的孔雀,而且不知什么缘故,肩膀上必得披着一条长披巾,玛霞却又瘦又娇,腰身扎得很细,走起路来脚步细碎;而主要的是她过于迷人,有时候惹得米宪卡十分喜欢,可是依他看来,这样的女人不宜于结婚,只宜于私奔。当初安娜·阿基莫芙娜答应给陪嫁钱,他曾动摇过一阵,可是有一天,一个贫穷的大学生,制服外面套一件棕色的大衣,拿着一封信来见安娜·阿基莫芙娜,却给玛霞迷住,忍不住在楼下衣帽架旁边搂住她,她轻轻地惊叫一声,米宪卡正好站在楼梯上边,看见了这件事,从那时候起,他就对玛霞抱着嫌恶的感情。穷大学生!谁知道呢,如果搂住她的是个有钱的大学生或者军官,结果就会是另一个样子了。……

"为什么您不愿意?"安娜·阿基莫芙娜问,"您另外还有什么要求呢?"

米宪卡没有开口,扬起眉毛,呆呆地瞧着一把圈椅。

"您爱着另外的女人吗?"

沉默。红头发的玛霞走进来,手里拿着一个托盘,上面放着来信和名片。她猜出他们在讲她,脸孔涨得通红,窘得快要流出眼泪来了。

"邮差来过了,"她嘟嘟哝哝说,"有个叫恰里科夫的文官来了,在楼下等着。他说您曾吩咐他今天为一件什么事来一趟。"

"多么厚颜无耻!"安娜·阿基莫芙娜说,生气了,"我什么也没有吩咐过他。您去叫他滚,就说我不在家!"

响起了门铃声。这是本教区的教士们来了,他们素来是在迎客的正屋,也就是在楼上,受到接待的。教士们走后,工厂经理纳扎雷奇和厂医前来拜访,随后米宪卡通报,国民学校的督学官光临。接见客人们的工作开始了。

每逢有一点点空闲时间,安娜·阿基莫芙娜总是在客厅里一张很深的圈椅里坐下,闭起眼睛,心里想:她感到寂寞是十分自然的,因为她没有出嫁,而且永远也不会出嫁。然而这不能怪她,这是命运的播弄。如果她能相信自己的记忆的话,那么,当初在普通工人的生活环境里,她觉得倒挺舒服,挺自在,后来命运却硬把她抛到这些大房间里来,弄得她怎么也想不出该拿自己怎么办才好,怎么也弄不明白为了什么缘故有那么多的人在她面前晃来晃去;在她看来,当前发生的种种事情都是毫无意义的,不必要的,因为这并没有给她一分钟的幸福,也不可能给她什么幸福。

"是啊,要能爱上一个什么人才好。"她伸着懒腰,心里想。单是这个想法就弄得她心里热乎乎的。"要能丢开这个工厂才好。"她思忖着,想象那些沉重的厂房、工人宿舍、学校怎样从她的心头落下去。……随后她想起她的父亲,想到如果他多活几年,他大概就会把她嫁给一个普通人,例如嫁给彼梅诺夫。他会命令她嫁给他,事情就办成了。那样倒好,工厂就会落在一个能干的人的手里了。

她想起他那卷曲的头发,浓眉大眼的侧影,带几分嘲笑的薄嘴唇,还想起他的体力,他肩膀上、胳膊上、胸脯上显示出来的惊人的体力,还想起他今天看她怀表的时候流露出来的感动神情。

"可不是!"她说,"那倒也不错。……我愿意嫁给他。"

"安娜·阿基莫芙娜!"米宪卡悄没声儿地走进客厅,叫她一声。

"您把我吓了一跳!"她周身打了个哆嗦,说,"您有什么事?"

"安娜·阿基莫芙娜!"他又说一遍,把手按在心上,扬起眉毛,"您是我的女主人和恩人,只有您才能够在婚姻方面指教我,因为您在我的心里完全跟我的亲娘一样。……可是求您吩咐一下,叫楼下的人别笑我,别挖苦我。他们简直不容我消停!"

"他们怎样挖苦您呢?"

"他们说我是玛宪卡①的米宪卡。"

"呸,简直是胡说!"安娜·阿基莫芙娜愤慨地说,"你们这些人多么愚蠢! 您多么愚蠢啊,米沙! 您惹得我厌烦透了! 我都不想看见您了!"

三　中　饭

如同去年一样,最后来访的客人是四等文官克雷林和著名的律师雷塞维奇。他们来的时候,天已经黑了。克雷林是一个六十开外的老人,生一张大嘴,花白的络腮胡子一直长到耳朵边,他的脸活像一只大山猫。他上身穿着文官制服,佩戴安娜勋章的绶带,下面穿一条白裤子。他伸出两只手,把安娜·阿基莫芙娜的手握了很久,定睛瞅着她的脸,努动嘴唇,终于用单一的声调慢条斯理

---

① 玛宪卡和玛霞都是玛丽亚的爱称。

地开口说:

"我尊敬您的伯父……和您的父亲,而且得到他们的好感。现在,您看得明白,我认为来给他们的可敬的继承人拜节是一种愉快的义务……虽然我有病,路程也很远。看见您身体很好,我十分高兴。"

律师雷塞维奇是个高身量的金发男子,相貌英俊,两鬓和胡子有点花白,以风度异常潇洒出名。他摇摇摆摆地走进来,仿佛挺勉强地鞠躬,说话常常耸肩膀,这一切都流露出懒散的风雅,好像一匹为主人所宠爱而闲得过久的马。他吃得极好,非常健康,家财豪富,有一次他打牌甚至赢来四万卢布,可是他把这件事瞒着他的朋友。他喜欢吃好菜,特别是干酪、地菇、大麻油拌萝卜末,据他说,他在巴黎吃过一种炸肥肠,而那肥肠却没洗过。他说话有条有理,从容不迫,十分流畅,只是为了故作姿态、惹人注目,才偶尔容许自己顿一顿,打个榧子,仿佛在选择字眼。所有他在法庭上必得说的那些话,他早就不再相信,或者也许还相信,可是认为毫无价值可言。那些话早已是人人皆知,陈腔滥调,平淡无奇了。……他只相信新奇而不同寻常的话。老生常谈,如果是用新奇的形式表达出来,就会引得他流泪。他有两个笔记本,上面抄满了他在形形色色的作家的书本中读到的警句,每逢他要找一个这样的警句,他总是急忙翻那两个笔记本,而且照例找不到。去世的阿基木·伊凡内奇一时高兴,为了摆排场而请他担任工厂业务方面的律师,给他定下一万二千的薪金。雷塞维奇在工厂里的全部工作只限于两三件无关紧要的诉请追偿案,这些案子他都交给他的助手去办了。

安娜·阿基莫芙娜知道他在工厂里无事可做,可是又没法辞掉他:她缺乏那种勇气,再说,也跟他混熟了。他自称是她的法律顾问,把每月一号他按时领去的薪金叫作"严峻的散文"。安娜·

阿基莫芙娜知道,在她父亲死后,她的树林卖掉做枕木用的那笔交易中,雷塞维奇捞到一万五千卢布以上的好处,跟纳扎雷奇平分了。安娜·阿基莫芙娜知道这个骗局以后,伤心地哭起来,不过后来也就淡忘了。

他拜过节,吻过她的手以后,双目上上下下打量着她,皱起眉头。

"不行啊!"他带着真诚的难过神情说,"我说过,亲爱的,不行啊!"

"您在说什么啊,维克托尔·尼古拉伊奇?"

"我说过您不能发胖。你们一家人都有这种发胖的不幸倾向。不行啊,"他又用恳求的声调说一遍,吻她的手,"您这么好看!您这么俊俏!是啊,阁下,"他对克雷林说,"我给您介绍一下:她是这世界上我认真爱过的唯一的女人。"

"这不奇怪。在您这种年纪,跟安娜·阿基莫芙娜相识而能不爱上她,那是不可能的。"

"我热烈地崇拜她!"律师十分诚恳地接着说,然而仍旧带着他平素那种懒散的风雅神态,"我爱她,不过这并不是因为我是男人而她是女人;我跟她在一块儿的时候,总觉得她属于第三种性别,而我属于第四种性别,我们一块儿飞到一个色彩缤纷的国土里,在那儿融化在光谱里了。勒孔特·德·李勒①把这种关系描写得比什么人都美妙。他有一段写得真精彩,真惊人。"

雷塞维奇就翻一个笔记本,然后又翻另一本,却没找到那段名言,只好算了。他们开始谈天气,谈歌剧,说是杜塞②快要来了。安娜·阿基莫芙娜想起雷塞维奇去年在她这儿吃过中饭,好像克

---

① 勒孔特·德·李勒(1818—1894),法国诗人,宣扬"为艺术而艺术"的帕尔纳斯派的领袖。
② 当时意大利的一个女演员。

雷林也吃过;因此在他们起身告辞的时候,她就用恳求的声调真诚地对他们说:既然他们不再去别人家拜节,那他们就应该留在她这儿吃中饭。客人们略略迟疑一下就同意了。

每逢大节日,除了做好白菜汤、乳猪、苹果烧鹅等中饭菜以外,厨房里还准备了所谓的法国式的或者高档的菜肴,以备楼上有客人要留下来吃饭。等到饭厅里响起碗碟声,雷塞维奇就现出明显的激动神情;他搓手,耸动肩膀,眯细眼睛,动情地讲起从前那两位老人请他吃过什么菜,这儿的厨师善于烧一种十分鲜美的酱汁鳕鱼块,那简直不是酱汁鱼块,而是天赐的佳肴!他预先体味着这顿美餐,已经在想象中吃起来,而且吃得津津有味了。等到安娜·阿基莫芙娜挽着他的胳膊,领他走进饭厅,他就喝下一杯白酒,把一块鲑鱼放进嘴里,他简直痛快得像猫那样呜呜地叫起来。他嚼得很响,样子很难看,鼻子里发出一种什么声音,同时眼睛变得油亮,露出贪婪的神色。

凉菜十分丰美,花色很多,其中有酸奶油拌新鲜白蘑菇,有煎牡蛎和炸虾段制成的蛋黄油调汁,其中加了很多有苦味的酸辣菜。正菜又丰盛又精致,酒是上品。米宪卡在饭桌旁边伺候他们,心里乐滋滋的。每逢他在桌上放下一道新菜,揭开明晃晃的锅盖,或者给客人斟酒,他总是现出魔法师那种庄严的神态。律师瞧着他的脸,瞧着他那像卡德里尔舞第一段舞姿那样的步法,有好几次不由得暗想:"好一个蠢货!"

吃完第三道菜后,雷塞维奇对安娜·阿基莫芙娜说:

"世纪末①的女人,我是说年纪很轻而且当然有钱的这类女人,应该独立自主,聪明,优雅,有知识,胆大,稍稍有点放荡。放荡呢,要适可而止,只能稍稍有那么一点儿;因为,您会同意,尽兴而

---

① 原文为法语。

为是要使人厌倦的。您,我亲爱的,不应当跟大家一样过呆板单调的生活,而应当兴致勃勃地享受生活,而轻微的放荡正是生活的一种调味料。您应该沉浸在花卉的醉人香气里,闻麝香的香味,吃印度大麻膏①,不过主要的是应当恋爱,恋爱,恋爱。……换了我是您,那我头一件事就是弄七个男人来,一个星期之中每天换他一个,而且给他们取好名字,一个叫星期一,一个叫星期二,一个叫星期三,等等,好让他们各人知道各人的日子。"

这一番话惹得安娜·阿基莫芙娜激动起来。她什么菜也没吃,光是喝下一杯葡萄酒。

"最后也让我来讲几句!"她说,"对我个人来说,我不理解没有家庭生活的爱情。我孤单,像天空中的月亮那么孤单,而且这月亮还亏缺了半截。不管您怎么说,我相信,我体会到,这种亏缺只有靠了平常意义上的爱情才能弥补。我认为这种爱情能确定我的责任,确定我的劳动的意义,照亮我的世界观。我要求于爱情的是我心灵的和平,我的安宁,我要远远地躲开麝香和所有那些招魂术,还有世纪末等等。……一句话,"说到这儿,她发窘了,"我要的是丈夫和孩子。"

"您想出嫁?嗯,这也未尝不可,"雷塞维奇同意说,"您需要经历一切,什么出嫁啦,吃醋啦,初次私通的甜头啦,甚至生儿养女。……不过您得赶紧生活,赶紧,亲爱的,日月如梭,光阴可是不等人呀。"

"是啊,我干脆出嫁就是!"她说,生气地瞧着他那肥胖、满足的脸,"我会按顶平常、顶世俗的方式嫁出去,我会满心幸福。您再也猜不到,我会嫁给一个普通的工人,我会嫁给一个机械工或者一个绘图员。"

---

① 一种麻醉剂,服用此剂能导致嗜毒成瘾。

"这也不坏嘛。约瑟安娜公爵小姐爱上了格温普兰①,这种事在她是可以做的,因为她是一位公爵小姐;在您呢,也是样样事都可以做,因为您是个与众不同的女人。亲爱的,如果您打算爱一个黑人或者阿拉伯人,那您就别拘束,您管自去弄一个黑人来。您别在任什么事上亏待自己。您应当跟您的愿望一样大胆。您别怠慢您的愿望。"

"难道我的话就这样难懂吗?"安娜·阿基莫芙娜诧异地问道,眼睛里闪着泪光,"您要明白,我掌管着一个巨大的企业,有两千工人,我要在上帝面前对他们负责。那些为我干活的人正在变瞎,变聋。我害怕生活,害怕!我难过,可是您却这么狠心,对我说什么黑人,而且……还发笑。"安娜·阿基莫芙娜说,用拳头捶桌子,"继续过我眼前所过的这种生活,或者嫁给一个像我这样闲散的、没有能力的人,那简直是罪过。我再也不能照这样生活下去了,"她激昂地说,"再也不能!"

"她多么漂亮啊!"雷塞维奇说,他在欣赏她,"我的上帝,她多么漂亮啊!可是您为什么生气呢,亲爱的?就算我说得不对,可您难道以为:如果您由于那种我也深深尊敬的思想而过沉闷无聊的日子,抛弃生活的乐趣,工人就会因此轻松一点吗?丝毫也不会!不,还是应该放荡一下,放荡一下!"他坚决地说,"您务必要放荡一下,非放荡一下不可!您得仔细想想,亲爱的,仔细想想!"

安娜·阿基莫芙娜终于把心里的话说出口,暗暗高兴,心情畅快了。她很满意,因为她讲得那样好,她的思想那样正直优美。她已经相信,比方说,如果彼梅诺夫爱上她,她就会高高兴兴地嫁给他。

---

① 法国作家雨果所著的小说《笑面人》中的两个人物,女的是一位美丽的公爵小姐,男的却是个脸面畸形的丑角。

米宪卡开始斟香槟酒。

"您惹得我生气了,维克托尔·尼古拉伊奇,"她说,跟律师碰杯,"使我感到遗憾的是,您虽然出了主意,可是您自己却完全不了解生活。照您的看法,如果谁是机械工或者绘图员,谁就一定是乡巴佬,无知无识的粗人。其实他们是最聪明的人!不平凡的人!"

"您的父亲和伯父……我认识他们,尊敬他们,"克雷林慢条斯理地说,他坐在那儿挺直腰板,像是一尊偶像,他始终在吃菜,一刻也没停过,"他们两人都具有出色的智慧和……和高尚的精神品质。"

"得了,这种品质我们可是清楚的!"律师嘟哝说,然后要求允许他吸烟。

吃完了饭,克雷林由人领去歇息。雷塞维奇吸完一支雪茄烟,跟着安娜·阿基莫芙娜走到她的书房去,他吃得过饱,走路摇摇晃晃。那种墙上挂着照片和扇子,天花板中央经常吊着粉红色或者淡蓝色挂灯的幽静角落,他是不喜欢的,认为这是缺乏创造力的软弱性格的表现;再者,使他现在想起就感到羞愧的那些风流韵事都跟这类灯有关系。不过,安娜·阿基莫芙娜的那个四壁光秃秃、里面放着一些不起眼的家具的书房,他看了倒十分中意。他坐在土耳其式长沙发上,瞧着安娜·阿基莫芙娜,觉得又软和又舒服;她呢,照例坐在壁炉前面的地毯上,两条胳膊搂住自己的膝头,眼望着火苗,不知在想什么,这时候他觉得她身上流着农民的、旧教派信徒的血。

每一次吃过饭以后,仆人端来咖啡和蜜酒,他总是兴奋起来,给她讲文学界的各种新闻。他讲得辞藻华丽,有声有色,自己也给自己的话迷住了。她听着他讲,每一次总是暗想:为了这种享受,不但可以给他一万二,哪怕多两倍也未尝不可,而且,凡是他招她不喜欢的一切,她统统原谅他了。有的时候他对她讲一个中篇小说,甚至一个长篇小说的内容,于是两三个钟头不知不觉地过去,像几分钟一样。可是现在他却闭上眼睛,用一种郁闷的声调无精打采地开口讲话。

"我啊,亲爱的,已经很久没有读什么作品了,"在她请求他讲点什么以后,他说,"不过,有的时候读一读儒勒·凡尔纳①的东西。"

"我却希望您给我讲点什么新的东西。"

"嗯……新的,"雷塞维奇睡意蒙眬地嘟哝道,越发把身子往长沙发的角落里缩,"所有的新文学,亲爱的,对您和我来说都不适宜了。当然,这种新文学不能不是现在这种样子,不承认这种新文学就无异于不承认人间事物的自然法则,我呢,是承认这种新文学的,可是……"

雷塞维奇似乎睡着了。然而过了一会儿,他的声音又响起来:

"全部新文学好比秋天烟囱里的风,不住地呻吟和呼号:'哎呀,不幸的人!哎呀,你的生活简直可以跟监狱相比!哎呀,你的监狱里多么黑暗和潮湿呀!哎呀,你一定会灭亡,你没有指望了!'这些都挺好,不过我情愿读一种能够教导我们怎样从这种监狱里逃出来的文学作品。在当代的所有作家当中,我有时候只读莫泊桑的作品,"雷塞维奇说着,睁开眼睛,"好作家,出色的作家呀!"雷塞维奇说,身子在长沙发上活动起来,"惊人的艺术家!可怕的、了不得的、神奇的艺术家!"雷塞维奇说,从长沙发上站起来,举起右胳膊。"莫泊桑!"他热烈地说,"亲爱的,您读一读莫泊桑吧!他的一页书比人间全部财富所能给您的还要多!不管哪一行都是一个新天地。最柔和细腻的心灵活动一下子变成强烈狂暴

---

① 儒勒·凡尔纳(1828—1905),法国科学幻想和冒险小说家。

的感情,您的灵魂仿佛在四万个大气压的压榨下变成一块极小极小的东西,带点模模糊糊的粉红色,如果可以把它放在舌头上的话,我想就会尝到一种酸涩的色情味道。那些转变,那些情节,那些旋律是多么强烈啊! 您心平气和地躺在铃兰和玫瑰花丛里,忽然有一种可怕的、美妙的、无法抗拒的思想像火车头似的扑到您身上来,那滚热的蒸气笼罩您,那汽笛声震聋您的耳朵。您读一读,读一读莫泊桑吧! 亲爱的,我要求您读一读!"

雷塞维奇挥动两条胳膊,十分激动地从这个墙角走到那个墙角。

"是啊,这简直不能想象!"他说,仿佛陷于绝望似的,"就连他最差的作品也会使我入迷,陶醉! 不过我担心您会对他的作品不感兴趣。为了让它吸引您,就得细细地品尝,慢慢地从每一行字里挤出汁水来,喝下去。……得把它喝下去才成!"

他说了很长的开场白,其中夹杂着许多像恶魔般的色情、最敏感的神经网、西蒙风①、结晶等等词儿,到最后,才开始讲一个长篇小说的情节。他讲得不再像刚才那样矫揉造作,然而十分详细,背出整段的描写和对话。长篇小说里的人物把他迷住了,他为了说明他们的特征而做出种种姿势,变换脸相和嗓音,活像真正的演员。他兴奋得时而用男低音,时而用很尖的声调哈哈大笑,把两只手一拍,或者抱住头,那样子像是他的头就要炸开似的。安娜·阿基莫芙娜虽然看过这个长篇小说,可是仍旧听得入迷,觉得在律师的转述中,这篇小说似乎比原书美妙而且复杂许多倍。他引她注意小说里各种细腻的描写,强调那些精辟的句子和深刻的思想;可是她只看见生活,生活,生活和她自己,仿佛她自己就是小说里一个人物似的。她的精神振作起来,于是她自己也哈哈大笑,把两只

---

① 北非等地沙漠区的干热风,常伴着沙暴。

手一拍,心中暗想:她不能再这样生活下去了,既然可以生活得挺好,那就没有必要这么糟糕地生活下去。她想起吃饭时候她那些话语和思想,感到自豪。等到她的脑海中突然出现彼梅诺夫的影子,她就不由得暗自高兴,巴望他爱上她。

雷塞维奇讲完以后,筋疲力尽地在长沙发上坐下来。

"您多么可爱!多么漂亮啊!"过了一会儿,他用有气无力的声调开口说,仿佛得了病似的,"亲爱的,我待在您身旁就感到幸福,可是为什么我是四十二岁而不是三十岁呢?我的趣味和您的趣味已经不相合了:您应该放荡一下,我呢,却早已活过那个阶段,只巴望那种极细腻的、非物质的、像阳光般的爱情,也就是说,按您这种年纪的女人的观点看来,我已经毫无用处了。"

据他说,他喜爱屠格涅夫这个歌颂处女的爱情、纯洁、歌颂青春、歌颂忧郁的俄国风景的歌手;然而他本人喜爱处女的爱情却不是凭他在生活中的体验,而是凭别人的传说,把它看作是一种存在于现实生活之外的抽象的东西。现在他认定自己就是在用柏拉图式的、理想的爱情①爱着安娜·阿基莫芙娜,其实,他自己也不知道这种爱情是怎么回事。他觉得畅快,舒服,温暖,安娜·阿基莫芙娜显得迷人,与众不同;于是他以为由这种气氛在他心中引起的那种愉快的感觉就是人们称之为柏拉图式的爱情了。

他把他的脸颊贴在她的手上,用一种人们通常用来哄小孩的口气说:

"我亲爱的,您为什么惩罚我呀?"

"怎么惩罚?什么时候?"

"这个节日我还没收到您的节礼呢。"

这以前安娜·阿基莫芙娜一次也没听说过到节日就得送给律

---

① 柏拉图式的爱情指精神恋爱。

师一笔节礼,现在她觉得为难了:应该送给他多少呢?这是非送不可的,因为他在等节礼,虽然他用含情脉脉的眼光瞧着她。

"大概是纳扎雷奇忘了,"她说,"然而现在补救还不算迟。"

她忽然想起昨天那一千五百个卢布如今放在她卧室里梳妆台的抽屉里。她就把那笔讨厌的钱拿来,送给律师,他带着懒洋洋的风雅姿态把钱塞进上衣口袋里,于是这件事就过去了,显得挺美满,挺自然。像这样突然提起节礼,而且收下一千五,那是与律师的身份相称的。

"谢谢①。"他说着,吻她的手指头。

克雷林走进来,脸上带着睡意,显得挺舒服,然而勋章不再戴在胸前了。

他和雷塞维奇又坐了一会儿,各自喝下一杯茶,就起身告辞。安娜·阿基莫芙娜有点心慌。……她完全忘了克雷林在哪儿工作,该不该给他钱,如果该给的话,那么是应该现在给呢,还是装在信封里,派人送去。

"他在哪儿工作?"她小声问雷塞维奇。

"鬼才知道。"律师嘟哝一句,打了个哈欠。

她寻思:克雷林以前常到她伯父和她父亲家里来,而且尊敬他们,那不会是无缘无故的,大概他在用他们的钱做好事,在一个什么慈善机关里工作吧。她到分别的时候,就往他手里塞了三百个卢布,他呢,仿佛大吃一惊,睁着死鱼般的眼睛瞧了她一会儿,不过后来好像明白过来了,就说:

"可是,尊敬的安娜·阿基莫芙娜,至于收条,您最早也要到新年才能收到了。"

雷塞维奇在米宪卡给他穿皮大衣的时候已经浑身发软,懒得

---

① 原文为法语。

动弹,身子摇摇晃晃了。他走下楼去,样子十分衰弱;看来,只要他一坐上雪橇,马上就会睡熟。

"阁下,"他在楼梯上站住,懒洋洋地对克雷林说,"不知您体验过这样一种感觉没有?好像有一种肉眼看不见的力量把您往长里拉,您就给拉得越来越长,最后变成一根极细的游丝。这种变化主观上表现为一种特别的、没法跟任何东西相比的色情感觉。"

安娜站在楼上,看见他们两人各自给米宪卡一张钞票。

"不要忘了我!再见!"她对他们叫道,跑回自己的寝室去了。

她赶快脱掉那件已经惹得她讨厌的连衣裙,穿上宽大的长袍,跑下楼去。她一面跑,一面笑,还顿着脚,像个顽皮的孩子。她渴望顽皮地闹一阵。

四 傍 晚

穿着肥大的印花布罩衫的姑母、瓦尔瓦鲁希卡和另外两个老太婆,正坐在饭厅里吃晚饭。她们面前的桌子上放着一大块腌牛肉、一块火腿和各种腌小菜。那块腌牛肉很肥,看样子很好吃,冒出一股热气,升腾到天花板上。楼下是不喝葡萄酒的,可是另一方面却有很多种白酒和果子露酒。厨娘阿加芙尤希卡又白又胖,吃得饱饱的,站在门口,两条胳膊交叉着,正在跟那两个老太婆讲话。端茶和收盘子的是楼下的玛霞,一个黑发的姑娘,头发上系着大红的丝带。两个老太婆从早晨起就吃饱了,临吃晚饭的一个钟头以前还喝过茶,吃过加奶油的甜馅饼,因此现在吃得很勉强,仿佛在尽义务似的。

"哎呀,可不得了!"姑母看见安娜·阿基莫芙娜忽然跑进饭厅,挨着桌子,在她身旁一把椅子上坐下,就惊叫道,"你把我吓坏了!"

每逢安娜·阿基莫芙娜心绪好,玩玩闹闹,家里的人就都高兴,这种情况每次都使人想到老头子已经死掉,老太婆在这所房子里已经没有什么权柄,人人都可以爱怎样生活就怎样生活,用不着害怕受到严厉处罚了。只有那两个陌生老太婆斜眼看着安娜·阿基莫芙娜,现出大惑不解的神情,因为她唱起歌来了,而在饭桌旁边唱歌是罪过。

"我们的女主人,美人儿,五彩画!"阿加芙尤希卡肉麻地数落起来,"我们的珍贵的钻石!……那么多人,今天来参拜我们公主的人那么多,主啊,真了不得!又有将军,又有军官,又有老爷。……我一直瞧着窗外,数那些客人,数啊数的,到后来数不清楚,只好算了。"

"按我的看法,这些混蛋,他们还是根本不来的好!"姑母说,她忧虑地瞧着她的侄女,补了一句,"他们光是糟蹋我这可怜的孤女的光阴罢了。"

安娜·阿基莫芙娜饿了,因为她从早晨到现在,什么东西也没吃过。她们给她斟了一点很苦的露酒,她喝下去,吃了块加芥末的腌牛肉,觉得非常可口。随后楼下的玛霞端来火鸡、渍苹果和醋栗。这也好吃。只有一件事不愉快:瓷砖面的火炉不住地冒着热气,弄得空气发闷,大家的脸热得发烧。……晚饭后,仆人拿掉桌布,端来几碟薄荷蜜糖饼干、核桃、葡萄干。

"你也坐下……干吗站在那儿?"姑母对厨娘说。

阿加芙尤希卡叹了口气,在桌旁坐下。玛霞也在她面前放一个酒杯,于是,安娜·阿基莫芙娜觉得,阿加芙尤希卡的白脖子像那个火炉似的,也在冒热气。大家纷纷议论:如今出嫁变得困难了,从前男人即使不贪图美色,至少也贪图钱财,可是现在谁也弄不清楚他们需要什么。从前,只有驼背和瘸腿的姑娘才嫁不出去,现在呢,连相貌俊俏的和家里有钱的也没有人要。姑母把这种现象说成是道德败坏,说人们不敬畏上帝了;不过她忽然想起她的哥哥伊凡·伊凡内奇和瓦尔瓦鲁希卡,这两个人都过着信神的生活,

192

敬畏上帝,可是他俩仍旧私下里生下孩子,送到育婴堂去。她发觉不对头,就改换话题,讲起以前她有过一个求婚者,是个工人,她很爱他,可是她的哥哥硬逼她嫁给一个丧偶的画圣像的匠人,谢天谢地,过了两年这个人总算死了。楼下的玛霞也在桌子旁边坐下来,带着鬼鬼祟祟的神情说,这个星期每天早晨都有个来历不明的男人在院子里出现,这人留着黑唇髭,穿一件镶着羔皮领子的大衣,他一走进院子,就对着这所大房子的窗户看一阵,然后往前走,到厂房那边去了;这个男人挺不错,身材魁梧……

听了这些话,安娜·阿基莫芙娜不知什么缘故忽然想要出嫁了,这种愿望十分强烈,到了难忍难熬的地步,她觉得她情愿减少一半寿命,交出全部财产,只求她心里知道,楼上有一个人对她来说比世界上任何人都亲近,知道他热烈地爱她,依恋她。她一想到这种美妙的、不是用言语所能表达的亲密,她的心灵就波动起来,而健康和青春的本能就来诱惑她,诳骗她说,真正富有诗意的生活还没有来临,还在前面;她呢,听信了,就往椅背上一靠(这样一来她的头发就披散了),笑了起来,别人看见她笑,就也笑起来。这种无端的笑声在这个饭厅里久久不散。

仆人来通报,说"步行虫"到此地来过夜。她是个朝山拜神的女人,名叫巴霞,或者斯皮利多诺芙娜,生得又小又瘦,年纪在五十岁上下,穿一身黑衣服,头上戴着白头巾,目光锐利,鼻子尖尖的,下巴也尖,她的眼睛狡猾阴险,看起人来现出什么都能看透的神情。她的嘴唇缩成心的形状。由于她阴险和对人的敌意,在商人家庭里,人们就管她叫"步行虫"①。

她走进饭厅,对谁也不看一眼,径直往圣像走去,用女中音唱

---

① "步行虫"是一种昆虫,成虫与幼虫多为肉食性,食量大,有人称之为昆虫中间的猛虎。

起《你的圣诞节》,然后唱《今天圣母》,又唱《基督降生》,过后才回转身来,用她那锐利的目光向大家望了一下。

"过节好!"她说着,吻安娜·阿基莫芙娜的肩膀,"我费了很大的劲,费了很大的劲,才算走到你们这儿,我的恩人。"然后她吻姑母的肩膀,说,"我今天早晨就动身上你们这儿来了,可是半路上我到几个好心人家去歇了歇。'再坐一会儿,坐一会儿吧,斯皮利多诺芙娜。'我呢,糊里糊涂,没有留意天色已经黑下来了。"

由于她不吃肉食,仆人就给她端来鱼子和鲑鱼。她一面吃,一面皱起眉头打量大家,喝下三杯白酒。她吃饱了以后祷告上帝,然后在安娜·阿基莫芙娜跟前跪下。

如同去年和前年一样,她们开始玩"国王"①。所有的仆人,楼上楼下的都在内,围在房门口,看她们玩牌。安娜·阿基莫芙娜好像看见在男男女女的一群人当中有两次闪过米宪卡的身影,脸上带着宽容的微笑。头一个做国王的是"步行虫",安娜·阿基莫芙娜却当了兵,向她进贡,后来姑母做了国王,而安娜·阿基莫芙娜当农民或者"狗崽子",招得大家直乐;阿加芙尤希卡却做了王子,高兴得脸都臊红了。桌子的另一头也搞起一个牌局,打牌的有两个玛霞,有瓦尔瓦鲁希卡,还有女缝工玛尔法·彼得罗芙娜,她是特意为玩"国王"而被人叫醒的,因而脸上带着睡意,老大的不高兴。

玩牌的时候大家谈起男人,讲到如今要嫁给一个好人是多么困难,又谈起哪种人的日子好过些,老姑娘呢,还是寡妇?

"你是个漂亮、健壮的姑娘,"步行虫对安娜·阿基莫芙娜说,"可是,小姐,我怎么也弄不明白你为了谁守着不出嫁。"

"如果没有人要我,那又有什么办法呢?"

---

① 一种纸牌戏。

"也许你起誓要永远做姑娘吧?"步行虫接着说,仿佛没听见答话,"嗯,这也是好事,就做一辈子姑娘吧。……做一辈子姑娘吧,"她反复说,专心地、狡猾地瞧着自己的牌,"嗯,亲爱的,要做就做吧……是啊。……不过处女,那些圣处女,也是各不相同的,"她说,叹了口气,把国王打出去了,"嗯,各不相同,小姐!有的人确实保持贞洁,跟修女一样,规规矩矩,要是这样的人偶尔犯了罪,她呀,这个可怜的人儿,就会难过得要命,责备这样的人是罪过的。不过另外还有一种处女,成天价穿着黑衣服,而且悄悄给自己缝好了寿衣,而背地里却跟有钱的老头子勾搭。真的,我的小金丝雀儿。有的坏女人使出妖法,把老头子降伏住,我亲爱的,把老头子降伏住,弄得他晕头转向,晕头转向,等到她拿足他的钱财和彩票,她就索性使出妖法来把他弄死完事。"

对这些暗讽,瓦尔瓦鲁希卡光是叹口气,看一下圣像,算是回答。她的脸上现出基督徒的温顺神情。

"我就认识这么一个老姑娘,她是我的死对头,"步行虫接着说,得意扬扬地扫大家一眼,"她呀,这个女魔鬼,也老是叹气,瞧圣像。后来她把一个老头子降伏住了,要是你去找她,她就给你一块面包,吩咐你跪在地下,她自己唱起来:'你生了孩子,可是仍旧保持着童贞①……'到了节日,她才给你一块面包吃,至于平时,她会骂你一顿。好,现在啊,我却要拿她开心了!由着我的性儿拿她开心了,我的小钻石!"

瓦尔瓦鲁希卡又看一眼圣像,在胸前画个十字。

"是啊,谁也不要我,斯皮利多诺芙娜,"安娜·阿基莫芙娜说,想换一下话题,"这有什么办法呢?"

"这怪你自己,小姐。你老是等待那种贵族出身、受过教育

---

① 指基督教的圣母。

的,其实你该嫁给一个跟你同样身份的商人才是。"

"商人可不要!"姑母说,着急起来,"保佑吧,圣母!贵族固然会把你的钱一股脑儿花光,不过另一方面,他总还会疼你,我的小傻瓜。商人却立下很严的家规,弄得你就是在自己家里也休想安生。你有心跟他亲热一下,他却只顾剪他的息票,数他的钱。你坐下来跟他一块儿吃饭,他就数落你吃了他的面包,其实你吃的是你自己的,这乡巴佬!……你还是嫁给贵族吧。"

大家一齐讲起来,喊喊喳喳,互相打岔。姑母用一把夹核桃的钳子敲着桌子,涨红了脸,气呼呼地说:

"商人可不行!不行!你要是把个商人弄到家里来,那我就去养老院!"

"嘘……安静点!"步行虫叫道。等到大家静下来,她就眯细一只眼睛,说:"你猜怎么着,安努希卡①,我的燕子?你用不着像大家那样真正嫁人。你是个有钱的、自由自在的人,自己爱怎么样就怎么样;不过,孩子,做个老姑娘也还是显得不合适。你要知道,我可以给你找个不中用的、傻头傻脑的男人,你呢,装个样子跟他成亲,然后你就管自去找乐子,俊姑娘!嗯,你不妨塞给你丈夫五千或者一万,叫他从哪儿来的还回到哪儿去,你呢,待在家里当家做主,想爱谁就爱谁,谁也管不着你。到那时候你管自去爱你那些贵族出身、受过教育的好了。嘿,那简直不是生活,而是成仙哩!"步行虫用手指头打了个榧子,吹一声口哨,说,"你就管自去找乐子吧,俊姑娘!"

"那可是罪过啊!"姑母说。

"哼,罪过,"步行虫说,冷笑一声,"她是个受过教育的姑娘,她明白。拿刀子杀人或者用妖法降伏老头子是罪过,这没话说;可

---

① 安娜的小名。

是爱上一个风流倜傥的朋友,压根儿就说不上有罪。真的,那算得了什么呢?真是什么罪也说不上!那些话全是朝山拜神的人胡想出来,哄骗老百姓的。是啊,我也到处说什么有罪啊有罪,其实连我自己也不知道为什么有罪。"步行虫说完,喝下点果子露酒,清了清嗓子。"你管自找乐子吧,俊姑娘!"她说,这一回大概是在说她自己了。"妞儿们,我这三十年来一直念叨有罪,而且害怕,现在我才看出来我错过时机,我白活了!哎,我是个傻瓜,我是傻瓜呀!"她说,叹了口气,"娘们儿家的一生是短暂的,每一天都该爱惜才是。你,安努希卡,长得漂亮,又很有钱,可是你一到三十五岁或者四十岁,你的好日子也就到头啦。孩子,你别听那些人的话,管自过你的日子,玩玩乐乐活到四十岁,然后你祷告上帝,祈求恕罪,什么叩头啦,缝寿衣啦,反正有的是工夫。你给上帝敬上一支蜡烛,给魔鬼送去一根火钩子!你不妨两件事一块儿办!嗯,怎么样?你愿意让一个小人物沾一下你的光吗?"

"我愿意,"安娜·阿基莫芙娜说,笑起来,"我现在什么都不在乎,我情愿嫁给一个普通人。"

"哦,那才好!嘿,那你会挑中一个多么漂亮的小伙子啊!"步行虫说,眯细眼睛,摇头晃脑,"嘿!"

"我也对她说过,要是她找不到贵族,那也别嫁给商人,索性嫁给一个普通人吧,"姑母说,"至少我们家里也该有个男当家才行。好人还嫌少吗?就是嫁给我们厂里的工人也成啊。那些工人都不喝酒,挺老成嘛。……"

"可不是!"步行虫同意,"那些小伙子挺好。姑姑,你愿不愿意我来做媒,把安努希卡嫁给瓦西里·列别金斯基?"

"哦,瓦夏①的腿可是太长了,"姑母认真地说,"他瘦得很,相

---

① 瓦西里的爱称。

貌也不中看。"

房门口的人群笑起来。

"那么,嫁给彼梅诺夫吧。你愿意嫁给彼梅诺夫吗?"步行虫问安娜·阿基莫芙娜。

"好。你上彼梅诺夫那儿去提亲吧。"

"真的?"

"你去提亲吧!"安娜·阿基莫芙娜坚决地说,用拳头捶一下桌子,"我说话算数,我一准嫁!"

"真的?"

安娜·阿基莫芙娜发觉自己的脸颊发烧,大家都瞧着她,她忽然感到害羞起来,把桌上的牌搅乱,就跑出房外去了。她跑上楼梯,到了楼上,在客厅里钢琴旁边坐下。她听见楼下传来嗡嗡声,仿佛大海在喧嚣。大概她们在谈她,谈彼梅诺夫,说不定步行虫趁她不在,正在奚落瓦尔瓦鲁希卡,而且,她的话肯定说得更露骨。

整个楼上,只有大厅里点着一盏灯,微弱的灯光从房门口射进漆黑的客厅。这时候还不到十点钟。安娜·阿基莫芙娜弹一个圆舞曲,接着又弹一个,随后再弹一个,接连不断地弹下去。她瞅着钢琴后面的幽暗墙角,微微地笑,心里呼唤着它,不由得暗自想道:要不要现在就进城去找人,比方说去找雷塞维奇,对他谈谈她此刻灵魂里发生的一切?她想滔滔不绝地讲话,欢笑,胡闹,然而钢琴后面的幽暗墙角却保持阴郁的沉默。四下里,楼上所有的房间里,到处一片寂静,没有一个人。

她喜欢动人的抒情歌曲,可是她的嗓音不悦耳,没受过训练,因此她光是弹伴奏曲,虽则也唱,声音却低得勉强听得见,只发出一点儿鼻音。她小声唱着一个个抒情歌曲,那些歌所唱的大多是爱情、离别、破灭的希望。她幻想她怎样对他伸出手去,含着眼泪恳求说:"彼梅诺夫,搬掉我心头的重负吧!"到那时候,仿佛她的罪过就得到了宽恕,她的灵魂会变得轻松愉快,而自由的,也许幸福的生活也就此开始了。她忧伤地期望着,向琴键低下头去,心里热切地希望这种生活的变化马上就会发生;一想到原来的生活还要继续一段时期,就不由得感到害怕。随后她又弹琴,轻声唱歌,四下里静悄悄的。楼下不再传来嗡嗡声,大概她们都上床睡觉了。十点钟早就敲过。寂寞乏味的长夜正在逼近过来。

安娜·阿基莫芙娜走遍所有的房间,在一张长沙发上躺了一会儿,然后回到她的书房里去看今天傍晚收到的信。有十二封拜节的信和三封没有署名的匿名信。其中有一封是一个普通工人用极其潦草而且几乎认不清的笔迹写的,他抱怨工厂商店里卖给工人的素油味道发苦,有煤油的气味;在另一封信上,有人恭恭敬敬地报告,说纳扎雷奇在最近几次买铁的生意中收下某人的贿赂一千卢布;第三封信骂她残忍。

节日的兴奋正在慢慢地消失,安娜·阿基莫芙娜为了保持这种心境就又在钢琴边坐下,开始轻声弹奏一个新的圆舞曲,然后她又想起今天吃中饭的时候她的思想和话语是多么聪明、正直。她看一眼四周乌黑的窗子和挂着画片的墙壁,看一眼从大厅里射进来的微弱灯光,忽然没来由地哭起来。她想到自己这么孤单,没有一个人可以谈一谈话,商量一下事情,不由得心中气恼。她为了打起精神来,就极力想象彼梅诺夫的模样,可是这也无济于事。

时钟敲了十二点。米宪卡走进来,这时候他已经不是穿燕尾服,而是改穿上衣了。他默默地点燃两支蜡烛,然后走出去,过一会儿端着一个托盘进来,托盘上放着一杯茶。

"您笑什么?"她看出他脸上有笑意,就问道。

"方才我在楼下听见您拿彼梅诺夫说了一阵笑话……"他说着,伸手遮住他那笑着的嘴,"刚才要是叫他跟维克托尔·尼古拉耶维奇和那位将军一块儿吃饭,他会活活吓死的,"米宪卡说,笑

199

得两个肩膀颤抖起来,"恐怕他连怎样拿叉子都不会。"

这个听差的笑声、他的话语、他的上衣、他的唇髭,给安娜·阿基莫芙娜留下一种不干不净的印象。她闭上眼睛,不愿意再看见他。她不由自主地想象彼梅诺夫跟雷塞维奇和克雷林同桌吃饭的样子,她觉得他那胆怯而缺乏文化修养的模样又可怜又狼狈,惹得她厌恶。一直到这时候,她才在这一天当中头一次清楚地意识到她所想和所说的关于彼梅诺夫,关于跟普通工人结婚的话,都是废话、蠢话、胡闹。她要叫自己相信事情不是这样,要克服那种厌恶的心情,就特意回想她在吃中饭的时候说过些什么话,可是她不能冷静地思考了。她为自己的思想和行动害臊,担心这一天她也许说了什么多余的话,厌恶自己的懦弱,所有这些使得她心慌意乱。她举起蜡烛,仿佛有什么人在追她似的,赶快走下楼去,叫醒斯皮利多诺芙娜,极力对她表白她刚才是说笑话。后来她回到自己的卧室。红头发的玛霞本来坐在床边一张圈椅上打盹,这时候跳起来,动手整理床上的枕头。她脸容疲倦,带着睡意,她那漂亮的头发有半边披散下来。

"文官恰里科夫傍晚又来了,"她打着哈欠说,"可是我没敢来通报。他喝得烂醉。他说明天再来。"

"他找我干什么?"安娜·阿基莫芙娜生气地说,把梳子往地板上一丢,"我不要见他!不要见他!"

她断定她的生活里除了这个恰里科夫以外什么人也不会留下,这个人会不断地纠缠她,让她每天都想到她的生活多么没趣味,多么荒谬。要知道,她只能够干一件事,那就是接济穷人。啊,这是多么愚蠢!

她没脱掉衣服就躺下去,又是羞臊又是烦闷,呜呜地哭起来。在她看来,最恼人、最愚蠢的是,今天她那些关于彼梅诺夫的幻想都是正直、高尚、可贵的,然而同时她却感到雷塞维奇,以至克雷林,对她来说却比彼梅诺夫以及所有的工人加在一起还要亲近些。这时候她暗想,如果刚刚过去的漫长的一天可以画在一幅画上,那么,凡是恶劣庸俗的东西,例如那顿中饭、律师的话、"国王"牌戏,倒都是真实的,她那些关于彼梅诺夫的幻想和话语反而跟整个画面不协调,成了虚假的东西,成了牵强的东西。她还想到如今盼望幸福已经太迟,她已经什么都完了,要想重过当初跟她母亲同睡一条被子的那种生活,或者想出一种新的、特别的生活,已经不可能了。

红头发的玛霞跪在床前,带着凄凉和迷惘的神情瞧着她,然后她自己也哭起来,把她的脸贴到女主人的手上,至于她为什么这样伤心,那是不用细说就可以明白的。

"我和你都是傻瓜,"安娜·阿基莫芙娜说,又是哭又是笑,"我们都是傻瓜!哎,我们是什么样的傻瓜呀!"

洛希尔的提琴

　　这个城镇小得很,还不如一个乡村。住在这个小城里的几乎只有老头子,这些老头子却难得死掉,简直惹人气恼。医院里和监牢里需要的棺材也很少。一句话,生意坏透了。假如亚科甫·伊凡诺夫是省城里的棺材匠,那他一定已经有自己的房产,大家要称呼他亚科甫·玛特威伊奇①了,可是在此地这个小城里,大家却简单地叫他一声亚科甫,不知什么缘故,还送他一个外号,叫"青铜"。他生活贫苦,跟普通庄稼汉一样,住在一所不大的旧木房里。小木房总共只有一个房间,他、玛尔法、一个火炉、一张双人床、几口棺材、一个工作台、所有的生活用品,就统统挤在这个房间里了。
　　亚科甫做的棺材又好又结实。他给农民和小市民做棺材,总是按自己的身材来做,从来也没出过一次错,因为比他再高再强壮的人就连监牢里也没有,虽然他已经七十岁了。他给贵族和女人做棺材,总要先量尺寸,量的时候用一管铁尺。有人来定做儿童的棺材,他总是很不乐意应承,做的时候尺寸也不量,直截了当就动手,抱着轻视的态度,人家给他工钱的时候,他总要说:
　　"讲老实话,我不爱干这种七零八碎的活儿。"

---

　　① 对人连称本名和父名,含有尊敬意味。

除了这种手艺以外,拉提琴也给他带来一笔不大的收入。这个小城里的人们举行婚礼,通常有一个犹太乐队奏乐。这个乐队由镀锡匠莫依塞·伊里奇·沙赫凯斯掌管,一半以上的收入被他拿走。亚科甫提琴拉得很好,特别擅长拉俄罗斯的曲子,因此沙赫凯斯有时候请他参加乐队,报酬是一天五十个戈比,客人的赏钱除外。每逢"青铜"在乐队里坐下,他总是首先脸上冒汗,面孔涨得通红。这种地方很热,大蒜气味浓得叫人透不出气来。提琴尖声叫着,右耳朵旁边有低音大提琴的嘶哑声,左耳朵旁边响起长笛的哀哭声。吹长笛的是一个消瘦的、头发棕红色的犹太人,满脸现出青筋和血管,像是织成一面密网,他有着跟那位著名的富翁①同一个姓:洛希尔。这个该诅咒的犹太人甚至能够把最快活的曲子也吹得悲悲戚戚。亚科甫没有任何明显的理由对犹太人,特别是对洛希尔,渐渐形成憎恨和轻蔑的心理。他开始挑他的毛病,恶言恶语地骂他,有一次甚至打算动手打他,洛希尔生气了,恶狠狠地瞧着他说:

"要不是我尊敬您的才能,我早就把您扔出窗外去了。"

接着他就哭了。因此乐队不常约请"青铜"加入,除非遇到非常必要的时候,例如那些犹太人当中缺了一个。

亚科甫从来也没有心情舒畅过,因为他经常遭到可怕的损失。比方说,星期日和节日干活是有罪的,而星期一又是不吉利的日子,这样一年当中总有两百天光景不得不闲坐着,无所事事。这损失可真不小!如果这个小城里有人举行婚礼而不要奏乐,或者沙赫凯斯没有请他,那也是损失。警官害痨病,病了两年,亚科甫焦急地盼着他死,可是警官动身到省城去就医,不料就死在那儿了。这又是损失,至少也有十个卢布,因为那口棺材一定很贵,而且盖

---

① 指德国籍的犹太富翁洛希尔。

上锦缎。一想到种种损失,亚科甫总是心神不安,特别是在夜间。他老是把他的提琴放在床上他的身旁,遇到有什么乱七八糟的思想钻进他的脑子,他就触动琴弦,提琴就在黑暗里发出声音,他心里才觉得轻松一点。

去年五月六日玛尔法忽然病了。这个老太婆呼呼地喘气,喝很多的水,走路摇摇晃晃。可是那天早晨她仍旧亲自生炉子,甚至去取水。不过,到傍晚,她就躺下了。亚科甫拉了一整天提琴,等到天色大黑,他就拿出那本每天用来记录损失的笔记簿,反正闲着闷得慌,就动手把一年来的损失结一下账。结果,总数竟在一千卢布以上。这使他大为震动,他把算盘往地下一扔,用脚去踩。随后他拿起算盘,又噼噼啪啪地打了很久,同时紧张地、深深地叹气。他的脸涨得通红,汗水淋漓。他暗自寻思,要是把亏损的一千卢布存在银行里,那么一年的利息至少也有四十卢布。可见这四十卢布也是一笔损失。一句话,不管你往哪儿转,到处都只有损失,别的什么也没有。

"亚科甫!"玛尔法出乎意外地叫了一声,"我要死了!"

他回过头来看他的妻子。她的脸烧得绯红,神情异常开朗和喜悦。"青铜"平素看惯她那张苍白、胆怯、悲戚的脸,这时候心慌了。看样子,她好像真要死了,而且似乎在暗自高兴,她终于要永远离开这个小木房,离开这些棺材,离开亚科甫了。……她眼望着天花板,努动嘴唇,脸上的表情是幸福的,仿佛她看见了死亡,她的救星,正在跟它小声交谈似的。

天已经亮了,从窗口望出去,可以看见朝霞像火烧一样红。亚科甫瞧着老太婆,不知怎的,想起他这一辈子似乎从没跟她亲热过一次,从没疼过她,也没有一回想到给她买一块头巾,或者从人家喜宴上给她带回一点什么甜食,却光是对她叫嚷,为了损失而骂她,捏着拳头对她扑过去;固然,他从来也没有真正打过她,不过毕竟吓唬过她,每一次她都吓得发呆。是的,他不准她喝茶,因为就是不买茶叶,开销也够大的了;她只好喝白开水。他明白她的脸相现在为什么这么古怪,高兴,他心里害怕了。

熬到早晨,他到邻居那儿借来一匹马,把玛尔法送到医院去。那儿病人不多,所以他等了没有多久,约莫三个钟头。使他大为满意的是,这一回看病的不是医生,医生本人也病了,而是医士玛克辛·尼古拉伊奇,一个老头儿。城里人都说,这个老头儿虽然爱喝酒、骂人,不过医道却比医生高明。

"您老人家好!"亚科甫把老太婆领进诊疗室,说,"对不起,玛克辛·尼古拉伊奇,我们老是为一些小毛病来麻烦您。喏,您瞧,我那口子病了。也就是像大家所说的那样,生活的伴侣,请您原谅我的这种说法。……"

医士拧起白眉毛,摩挲着络腮胡子,开始打量老太婆。她坐在凳子上,驼着背,精瘦,尖尖的鼻子,张着嘴,从侧面看上去,像是一只口渴的鸟。

"嗯……是啊……"医士慢慢地说,叹了口气,"这是流行性感冒,不过也可能是热病。现在城里正在闹伤寒。好,老太婆总算活了这么一大把年纪,谢天谢地。……她多大岁数?"

"差一年就满七十了,玛克辛·尼古拉伊奇。"

"哦,老太婆总算活了这么一大把年纪。也该知足了。"

"当然,您的话说得圣明,玛克辛·尼古拉伊奇,"亚科甫说,客气地赔着笑脸,"您这些美言,我们感激在心,不过请您容许我说一句,任什么虫子都想活下去。"

"那还用说!"医士说,听他那口气倒好像老太婆的生死都操纵在他手里似的,"嗯,这么办吧,朋友,在她头上放一块浸过凉水的布,把这药粉给她一天吃两次。好,再见,再见①。"

---

① 原文为法语。

亚科甫从他脸上的表情看出,事情不妙,任什么药粉也无济于事了。这时候他才明白:玛尔法很快就要死了,不是今天就是明天。他轻轻地碰一下医士的胳膊肘,眨一下眼睛,低声说:

"玛克辛·尼古拉伊奇,该给她放血才对。"

"没有工夫,没有工夫,朋友。带着你的老太婆走吧,求上帝保佑。再见。"

"求您大发慈悲吧,"亚科甫恳求道,"您自己明白,要是她,比方说,肚子痛,或者内脏出了毛病,那才吃药粉,喝药水,可如今她是着了凉啊!一着凉,头一件事就是放血,玛克辛·尼古拉伊奇。"

可是医士已经叫下一个病人,于是一个村妇带着个孩子走进诊疗室来了。

"走吧,走吧……"他对亚科甫说,皱起眉头,"不要胡搅蛮缠。"

"既是这样,至少给她放上蚂蟥①也好!看在上帝面上,行行好吧!"

医士冒火了,叫道:

"还要跟我啰唆!笨蛋。……"

亚科甫也冒火了,脸孔涨得通红,可是一句话也没有说,搀扶着玛尔法,领她走出诊疗室。直到他们坐上大车,他才严厉而讥诮地看一眼医院,说:

"安插在这儿的全是你们这号好手!见了阔佬恐怕就肯用吸杯放血了,见了穷人却连蚂蟥也舍不得用。这些希律!"

他们回到家里,玛尔法走进家门,手扶着炉子,呆站了十几分钟。她觉得要是她躺下去,亚科甫就会讲起种种损失,骂她老是躺

---

① 这种动物吸食人畜血液,古时医学上利用它吸取脓血。

着,不想干活。可是亚科甫郁闷地瞧着她,想起明天是圣约翰节,后天是奇迹创造者圣尼古拉节,过后就是星期日,再后又是星期一,不吉利的日子。这四天是不能干活的,而玛尔法却一定会在这几天里死掉,可见今天就得动手做棺材。他拿起他那管铁尺,走到老太婆跟前,给她量尺寸。后来她就躺下了。他在胸前画了个十字,动手做棺材。

等到工作结束,"青铜"就戴上眼镜,在他的簿子上记一笔:

"为玛尔法·伊凡诺芙娜做棺木一口,计两个卢布四十个戈比。"

他叹了口气。老太婆始终沉默地躺在那儿,闭着眼睛。可是到傍晚,天黑了,她忽然叫一声老头儿。

"你记得吗,亚科甫?"她问道,快活地瞧着他,"你记得五十年前上帝赐给我们一个头发金黄的小娃娃吗?那时候我和你老是坐在河边……柳树底下……唱歌。"她说完,苦笑一下,补充一句,"那个小女儿死了。"

亚科甫极力回想,可是怎么也想不起那个小娃娃,那棵柳树。

"这是你在胡思乱想。"他说。

神甫来了,给玛尔法授了圣餐,行了临终涂油礼。后来她开始嘟嘟哝哝,吐字不清,将近早晨,她去世了。

邻家的老太婆给她擦洗干净,穿好衣服,放进棺材。为了省下给教堂诵经士一笔钱,亚科甫亲自唱赞美诗。至于坟墓,他也没有出钱,因为墓园看守人是他的干亲家。有四个农民把棺材抬到墓园,可是他们不是为了挣钱,而是出于敬意。跟在棺材后面的,是几个老太婆、叫花子、两个疯修士,路上遇到的人都虔诚地在胸前画十字。……亚科甫十分满意,因为这件事办得合乎规矩,体面,便宜,没有惹得谁不痛快。他最后一次跟玛尔法告别的当儿,用手碰了碰棺材,心里想:"这活儿干得挺不错!"

可是他从墓园往回走的时候,心里却非常难受。他有点不舒服:呼出的气发热而且急促,两条腿发软,老是想喝水。此外,种种思想钻进他的脑子里来。他又想起他这一辈子没有对玛尔法亲热过一次,疼爱过一次。他们在小木房里同住了五十二年,这五十二年很长很长,可是不知怎的,事情竟会弄到这样:在这段时间里,他一回也没想到过她,关心过她,好像她是一只猫或者一条狗似的;而她却每天都在生炉子,烧菜,烤面包,出外取水,劈柴,跟他同睡在一张床上。每逢他从婚宴上喝醉酒回来,她总是恭恭敬敬地把他的提琴挂在墙上,扶着他上床睡下,她做这些事总是一声不响,脸上现出胆怯和操心的神情。

洛希尔朝着亚科甫走来,笑吟吟的,对他点头。

"我正在找您,大叔!"他说,"莫伊塞·伊里奇问您好,叫您马上到他那儿去一趟。"

亚科甫没有心思顾到这些。他很想哭一场。

"躲开!"他说,往前走去。

"这怎么行呢?"洛希尔着急地说,跑到前头去,"莫伊塞·伊里奇要生气的!他叫您马上去!"

亚科甫瞧见犹太人气喘吁吁,不住地眨眼,脸上长着那么多棕红色的斑点,不由得心里讨厌。他那件带黑补丁的绿色上衣,他那瘦弱单薄的身子也叫人看不入眼。

"你干什么缠住我不放,大蒜头?"亚科甫吆喝道,"别这么死皮赖脸的!"

犹太人生气了,也叫嚷起来:

"可是请您小点声,要不,我就把您扔过篱墙去!"

"躲开我!"亚科甫大吼一声,捏着拳头向他扑过去,"这些癞皮狗闹得人日子都过不成!"

洛希尔吓坏了,蹲下去,两手在头顶上面晃来晃去,好像要挡住拳头,保护自己似的。随后他跳起来,使出平生的力气跑掉了。他一面跑一面蹦蹦跳跳,举起两手轻轻地拍着,谁都可以看出他那又瘦又长的背脊在颤抖。男孩们看见这情景而高兴起来,追着他跑,嚷道:"犹太佬!犹太佬!"狗也追他,汪汪地吠。有人哈哈大笑,随后打了个呼哨,那些狗就吠得更响、更欢了。……后来大概有一条狗咬了洛希尔,因为远处传来一声凄厉的绝叫。

亚科甫在牧场上溜达一阵,然后在城郊一带随意走动。男孩们喊道:"青铜来了!青铜来了!"他走到了河边。鹬鸟飞来飞去,鸣声啾啾,鸭子也嘎嘎地叫。太阳晒得很热,水面上金光闪闪,眼睛一看河水就会感到刺痛。亚科甫沿着河边一条小路走去,看见浴棚里走出一个身体丰满、脸色绯红的太太,心里就想:"嘿,好一只水獭!"离浴棚不远,有些男孩正在用肉做饵捉虾,一看到他,就带着恶意喊道:"青铜!青铜!"那儿有一棵老柳树,树顶宽阔,树干上有一个极大的洞,树梢上有一个乌鸦窝。……突然,亚科甫的记忆里活生生地浮现出一个金黄头发的小娃娃和玛尔法讲到的那棵柳树。是啊,这就是那棵柳树,碧绿,安静,忧郁。……它衰老得多了,这可怜的树!

他就在这棵柳树底下坐下来,开始回想。对岸如今是一片水淹的草地,那时候却是一片大桦树林,远处地平线上耸起的那座秃山,当初长着一片很老很老的青色松林。当初河里驶着帆船。现在一切都平坦光滑,对岸只长着一棵幼小而挺秀的小桦树,像是一位小姐。河上只有鸭子和鹅,不像过去曾经行驶过帆船的样子。鹅也似乎比从前少了。亚科甫闭上眼睛,他的脑海里就出现一大群白鹅,这一只迎着另一只飞快地游去。

他不明白事情怎么会弄到这种地步:在他的一生中,最近四五十年以来,他一次也没到这条河边来过,或者,即使来过,却没注意过它。要知道,这是一条相当大的河,并非不值一提的小河,在这条河上原可以捕鱼,再把鱼卖给商人、文官、车站小吃店的老板,然后把钱存进银行;也可以驾一条小船从这个庄园赶到那个庄园,拉一拉提琴,各种身份的人都会给他钱;还可以试一试用船运货的生意,这比做棺材强得多;最后还可以养鹅,冬天把鹅宰掉,运到莫斯科去,单是鹅毛一项恐怕每年就可以挣十个卢布。可是他白白错过时机,什么事也没做,多大的损失!哎,多大的损失啊!如果把这些事一齐干起来,又是捕鱼,又是拉提琴,又是用船运货,又是杀鹅,那会挣下多大的一笔钱!可是这种事连做梦也没有想到过,生活白白过去,没有一点好处,没有一点欢乐,完全落空了。前头已经没有什么可以指望,往后看呢,什么也没有,只有种种损失,而且是可怕的损失,简直叫人浑身发凉。为什么人们就不能好好生活,避免这些损失呢?请问,为什么人们把桦树林和松林砍掉?为什么牧场白白荒芜?为什么人们老是做些恰恰不该做的事?为什么亚科甫这一辈子老是骂人,发脾气,捏着拳头要打人,欺侮自己的妻子呢?请问,刚才有什么必要吓唬那个犹太人,侮辱他呢?为什么人们总是妨碍彼此的生活呢?要知道,这造成多大的损失!多么可怕的损失呀!要是没有憎恨和恶意,人们彼此之间就会得到很大的好处了。

傍晚和夜间,他一直恍惚看见小娃娃,柳树,鱼,宰掉的鹅,从侧面看去活像口渴的鸟儿的玛尔法,洛希尔的苍白可怜的脸。有许多脸从四面八方凑过来,低声数说损失。他翻来覆去,有四五次从床上爬起来拉提琴。

早晨他勉强起床,到医院去了。看病的仍旧是玛克辛·尼古拉伊奇,他吩咐亚科甫在头上放一块用凉水浸过的布,同时给了他一些药粉。亚科甫从他的脸色和口气看出事情不妙,任什么药粉也无济于事了。后来,他在回家去的路上,心里想:死了倒好,不必再吃东西,喝水,纳税,得罪人了;而且由于人在坟墓里不是睡一年,而是睡好几百年,一千年,那么,要是细算一下,好处就大极了。人从生活里得到的是损失,从死亡里得到的反而是好处。这种想法当然正确,然而未免使人气恼,叫人痛心:人世间为什么有这么一种古怪的章法,人只能过一次生活,而这生活却没有带来一点好处就过去了?

死掉倒也没有什么可惋惜的,可是他回到家里,一看见提琴,他的心就揪紧,他舍不得死了。这把提琴是不能由他带进坟墓去的,今后它就要变得孤零零,落到跟那片桦树林和那片松林同样的下场了。在这个世界上,一切东西,过去是白白糟蹋掉,将来也仍旧会白白糟蹋掉!亚科甫从小木房里走出来,在门外坐下,把提琴搂在怀里。他一面想他那白白糟蹋掉、充满损失的一生,一面拉那把提琴,自己也不知道自己在拉什么曲子,可是音调悲凉而动人,眼泪顺着他的脸颊流下来。他想得越深,提琴的音调也就越悲凉。

门闩响了一两声,洛希尔在门口出现了。他大着胆子走过半个院子,可是一看见亚科甫,却忽然停住脚,缩起脖子,大概害怕了。他开始用手比画,好像要用手指头表明现在是几点钟似的。

"过来吧,不要紧的,"亚科甫亲热地说,招手要他走过来,"过来吧!"

洛希尔狐疑而害怕地瞧着他,往他那边走过去,在离他一俄丈远的地方站住。

"求您发发慈悲,别打我!"他说,蹲下去,"莫伊塞·伊里奇又打发我来了。他说:你不用怕,再到亚科甫那儿去一趟,就说缺了他无论如何也不行。星期三有人办喜事。……是啊!沙波瓦洛夫老爷嫁女儿,那姑爷是个挺好的人。婚礼可阔气啦,嘿嘿!"犹太人又说,眯细一只眼睛。

"我不能去……"亚科甫说,呼呼地喘气,"我病了,老弟。"

他又拉提琴,眼泪从他眼眶里迸出来,滴在提琴上。洛希尔注

211

意地听着,侧着身子对着他,两条胳膊交叉在胸口。他脸上那种惊恐困惑的表情渐渐转为悲怆痛苦的神色。他转动眼珠,仿佛心里感到难以承受的狂喜似的,嘴里说:"啊啊啊!……"眼泪顺着他的脸颊慢慢流下来,滴在他那件绿色上衣上。

后来,亚科甫躺了一整天,心里愁闷。傍晚神甫来听取他的忏悔,问他记不记得犯过什么特别的罪。他极力运用他那很差的记性,又想起玛尔法的不幸的脸色和犹太人被狗咬后的绝叫,就声音微弱地说:

"请您把提琴送给洛希尔吧。"

"好。"神甫回答说。

如今,城里的人都问:洛希尔从哪儿弄来这么好的一把提琴?是他买来的呢,还是偷来的,或者也许是人家押给他的?他早已丢开长笛,现在专拉提琴了。他的弓子也像他从前的长笛那样发出悲凉的音调,可是每逢他极力模仿亚科甫坐在门口拉过的那个曲调,他就会拉出一种极其悲苦哀伤的调子,弄得听众纷纷落泪,最后他自己也转动眼珠,叫出"啊啊啊!……"的声音。城里人都喜欢这个新曲子,商人和文官争先恐后地请他到家里去,每次叫他把这个曲子拉十回。

大　学　生

起初天气很好,没有风。鸫鸟噪鸣,附近沼泽里有个什么活东西在发出悲凉的声音,像是往一个空瓶子里吹气。有一只山鹬飞过,向它打过去的那一枪,在春天的空气里,发出轰隆一声欢畅的音响。然而临到树林里黑下来,却大煞风景,有一股冷冽刺骨的风从东方刮来,一切声音就都停息了。水洼的浮面上铺开一层冰针,树林里变得不舒服、荒凉、阴森了。这就有了冬天的意味。

教堂诵经士的儿子,神学院的大学生伊凡·韦里科波尔斯基打完山鹬,步行回家,一直沿着水淹的草地上一条小径走着。他手指头冻僵,脸给风刮得发烧。他觉得这种突如其来的寒冷破坏了万物的秩序与和谐,就连大自然本身也似乎觉得害怕,因此傍晚的昏暗比往常来得快。四下里冷清清的,不知怎的,显得特别阴森。只有河边的寡妇菜园里有亮光,远方以及大约四俄里外的村子都沉浸在傍晚寒冷的幽暗里。大学生想起,先前他从家里出来的时候,他母亲正光着脚,坐在前堂里的地板上擦茶炊,他父亲躺在灶台上咳嗽。这天是受难节①,他家里没烧饭,他饿得难受。现在,大学生冷得缩起身子,心里暗想:不论在留里克②的时代也好,在

---

① 基督教节日,复活节前的星期五守此节。
② 据编年史记载,留里克为公元 9 世纪的诺夫哥罗德大公,其子伊戈尔为俄罗斯国家的第一个王朝留里克王朝的建立者。

伊凡雷帝①的时代也好,在彼得②的时代也好,都刮过这样的风,在那些时代也有这种严酷的贫穷和饥饿,也有这种破了窟窿的草房顶,也有愚昧、苦恼,也有这种满目荒凉、黑暗、抑郁的心情,这一切可怕的现象从前有过,现在还有,以后也会有,因此再过一千年,生活也不会变好。想到这些,他都不想回家了。

那菜园所以叫作寡妇菜园,是因为它归母女两个寡妇所有。一堆篝火烧得很旺,噼噼啪啪地响,火光照亮了周围远处的耕地。寡妇瓦西里萨是个又高又胖的老太婆,穿一件男人的短皮袄,站在一旁,瞧着火光想心事;她的女儿路凯利雅身材矮小,脸上有麻斑,样子有点蠢,她坐在地上,正在洗一口锅和几把汤勺。显然她们刚刚吃过晚饭。旁边传来男人的说话声,那是此地的工人在河边饮马。

"嘿,冬天又回来了,"大学生走到篝火跟前说,"你们好!"

瓦西里萨打了个哆嗦,不过她立刻认出他来,就客气地笑了笑。

"我刚才没认出您来,求主保佑您,"她说,"您要发财啦③。"

他们攀谈起来。瓦西里萨是个见过世面的女人,以前在一位老爷家里当乳母,后来做保姆。她谈吐文雅,脸上始终挂着温和而庄重的笑容。她的女儿路凯利雅却是个村妇,受尽丈夫的折磨,这时候光是眯细眼睛看着大学生,一句话也没说,她脸上的表情古怪,就像一个又聋又哑的人。

"当初使徒彼得恰好就在这样一个寒冷的夜晚在篝火旁边取暖,"大学生说着,把手伸到火跟前,"可见那时候天也很冷。啊,

---

① 即俄国沙皇伊凡四世(1530—1584)。
② 即俄国沙皇彼得一世(1672—1725)。
③ 俄罗斯习俗,熟人相遇,一时未能认出对方,在认出后,即用此语解嘲。

那是多么可怕的一夜啊,老大娘!非常悲惨而漫长的一夜啊①!"

他朝黑魆魆的四周望了望,使劲摇一下头,问道:

"你大概听人读过十二节福音吧?"

"听过。"瓦西里萨回答说。

"那你会记得,在进最后的晚餐时,彼得对耶稣说:'我就是同你下监,同你受死,也是甘心。'主却回答他说:'彼得,我告诉你,今日鸡还没有叫,你要三次说不认得我。'傍晚以后,耶稣在花园里愁闷得要命,就祷告,可怜的彼得心神劳顿,身体衰弱,眼皮发重,怎么也压不下他的睡意。他睡着了。后来,你听人读过,犹大就在那天晚上吻耶稣,把他出卖给折磨他的人了。他们把他绑上,带他去见大司祭,打他。彼得呢,累极了,又受着苦恼和惊恐的煎熬,而且你知道,他没有睡足,不过他预感到人世间马上要出一件惨事,就跟着走去。……他热烈地,全心全意地爱耶稣,这时候他远远看见耶稣在挨打。……"

路凯利雅放下汤勺,定睛瞧着大学生。

"他们到了大司祭那儿,"他接着说,"耶稣就开始受审,而众人因为天冷,在院子里燃起一堆火,烤火取暖。彼得跟他们一块儿站在火旁,也烤火取暖,像我现在一样。有一个女人看见他,就说:'这个人素来也是同耶稣一伙的。'那就是说,也得把他拉去受审。所有那些站在火旁的人想必怀疑而严厉地瞧着他,因为他心慌了,说:'我不认得他。'过了一会儿,又有一个人认出他是耶稣的门徒,就说:'你也是他们一党的。'可是他又否认。有人第三次对他说:'我今天看见跟他一块儿在花园里的,不就是你吗?'他又第三次否认。正说话之间,鸡就叫了,彼得远远地瞧着耶稣,想起昨天进晚餐时耶稣对他说过的话。……他回想着,醒悟过来,就走出院

---

① 指《圣经》上所载耶稣被捕的那一夜,详见《路加福音》。

子,伤心地哭泣。福音书上写着:'他就出去痛哭。'我能想出当时的情景:一个安安静静、一片漆黑的花园,在寂静中隐约传来一种低沉的啜泣声。……"

大学生叹口气,沉思起来。瓦西里萨虽然仍旧赔着笑脸,却忽然哽咽一声,大颗的泪珠接连不断地从她的脸上流下来,她用衣袖遮着脸,想挡住火光,似乎在为自己的眼泪害臊似的;而路凯利雅呆望着大学生,涨红脸,神情沉闷而紧张,像是一个隐忍着剧烈痛苦的人。

工人们从河边回来了,其中一个骑着马,已经走近,篝火的光在他身上颤抖。大学生对两个寡妇道过晚安,便往前走去。黑暗又降临了,他的手渐渐冻僵。吹来一阵刺骨的风,冬天真的回来了,使人感觉不到后天就是复活节。

这时候大学生想到瓦西里萨:既然她哭起来,可见彼得在那个可怕的夜晚所经历的一切都跟她有某种关系。……

他回过头去看。那堆孤零零的火在黑地里安静地摇闪,看不见火旁有人。大学生又想:既然瓦西里萨哭,她的女儿也难过,那么显然,刚才他所讲的一千九百年前发生过的事就跟现在,跟这两个女人,大概也跟这个荒凉的村子有关系,而且跟他自己,跟一切人都有关系。既然老太婆哭起来,那就不是因为他善于把故事讲得动人,而是因为她觉得彼得是亲切的,因为她全身心关怀彼得的灵魂里发生的事情。

他的灵魂里忽然掀起欢乐,他甚至停住脚站一会儿,好喘一口气。"过去同现在,"他暗想,"是由连绵不断、前呼后应的一长串事件联系在一起的。"他觉得他刚才似乎看见这条链子的两头:只要碰碰这一头,那一头就会颤动。

他坐着渡船过河,后来爬上山坡,瞧着他自己的村子,瞧着西方,看见一条狭长的、冷冷的紫霞在发光,这时候他暗想:真理和美过去在花园里和大司祭的院子里指导过人的生活,而且至今一直连续不断地指导着生活,看来会永远成为人类生活中以及整个人世间的主要东西。于是青春、健康、力量的感觉(他刚二十二岁),对于幸福,对于奥妙而神秘的幸福那种难于形容的甜蜜的向往,渐渐抓住他的心,于是生活依他看来,显得美妙、神奇,充满高尚的意义了。

文 学 教 师

一

木头地板上响起马蹄的嘚嘚声；他们从马房里先拉出黑马努林伯爵，然后拉出白毛大马，随后拉出它的妹妹玛依卡。它们全是名贵的骏马。老人谢列斯托夫给大马上好鞍子，对他女儿玛莎说：

"行了，玛丽亚·戈德芙鲁阿，上马！唷！"

玛莎·谢列斯托娃是一家当中顶年轻的一个。她已经十八岁了，可是她的家人积习难改，还把她看做小孩，因此大家仍旧称呼她玛尼娅①和玛纽莎②。自从城里来了个马戏团，她热中地去看马戏以后，大家又开始把她叫做玛丽亚·戈德芙鲁阿了。

"唷！"她骑到大马的背上，叫了一声。

她姐姐瓦丽娅骑上玛依卡，尼基京骑上努林伯爵，军官们骑上各自的马。这个又长又好看的马队，闪着军官们的白上装，小姐们的黑色骑马装，五颜六色，缓缓地走出院子。

尼基京瞧出来：大家上马的时候，以及后来大家骑着马走过街道的时候，不知因为什么，玛纽莎专注意他一个人。她担忧地瞧着他和努林伯爵，说：

---

①② 都是玛丽亚的小名。

"您得时时刻刻勒住马嚼子,管住它才行,谢尔盖·瓦西里奇。别让它畏缩。那是它装佯。"

要么因为大马跟努林伯爵十分要好,要么也许机会凑巧,总之,她骑着马始终挨着尼基京身旁走,跟昨天和前天一样。他呢,瞧着骑在骄傲的白马身上的她那苗条娇小的身子,瞧着她那秀丽的侧影,瞧着那顶跟她一点也不相称、使她看起来显老的高礼帽,心里又快活,又温柔,又痴迷,虽然在听她讲话,可是没大听清她在说什么,却在暗想:

"我凭我的人格担保,对上帝赌咒:我不再怕羞,我今天非跟她说穿不可了……"

那时候是傍晚六点多钟,正是洋槐和丁香的香气非常浓郁,空气和树木本身好像也因为那浓香而变凉了的时候。城中公园里的乐队已经在奏乐。马儿在大街上踩出一片清脆的蹄声,四面八方传来欢笑声、谈话声、关门声。在路上遇到的兵都向军官们敬礼,男学生向尼基京鞠躬。所有从容散步或者匆忙地赶到公园里去听音乐的人,看见这一伙人马,显然都很愉快。天气多么暖和啊!散布在天空东一朵西一朵的白云,那样子多么轻柔!白杨和洋槐的影子伸过整个宽阔的大街,笼罩在街对面的房屋的阳台和二层楼上,看上去多么温柔而舒畅!

他们骑马出城,在大道上快步奔跑起来。这儿已经没有洋槐和丁香的香气,也听不见音乐声,可是田野透出清香,嫩黑麦和小麦碧绿,金花鼠吱吱地叫,白嘴鸦呱呱地噪。不管往哪儿看,到处都是绿油油的,只不过这儿那儿现出几块瓜地,颜色发黑,左边远处在墓园那儿有一片正在凋谢的白色苹果花罢了。

他们走过屠宰场,然后走过啤酒酿造厂,追上一群赶到市郊公园去奏乐的军乐队员。

"波利扬斯基有一匹很好的马,这我不否认,"玛纽莎对尼基京说,用眼睛指了指那个骑着马跟瓦丽娅并排走着的军官,"不过那马有缺点。左腿上有块白斑,简直长的不是地方,而且请看,它的脑袋老往后仰。现在是任凭怎么样也没法叫它不仰了,它要照这样一直仰到死的那一天了。"

玛纽莎跟她父亲一样爱马着了迷。她看见别人有好马,总觉着心痛,一看出别人的马有缺点就痛快。尼基京却一点也不懂马,勒住马缰也好,勒住马嚼子也好,马快跑也好,慢跑也好,在他完全没有什么分别。他只觉得自己骑马的姿势不自然,别扭,因此那些善于骑马的军官一定比他更能使玛纽莎中意。于是他因为她喜欢那些军官而吃醋了。

他们路过郊外的公园,有人提议大家进去,喝点矿泉水。他们就进去了。这公园里只有橡树。那些橡树最近才长出叶子,因此现在从新生的树叶里望出去,仍旧看得见整个公园,和公园里的高台、小桌、秋千。所有的乌鸦窝也都看得见,样子像大帽子。这伙骑马的人和他们同来的小姐们在一张小桌旁边下了马,要矿泉水喝。有些他们认得的人,原在公园里散步,这时候走到他们跟前来。其中有穿高筒靴的军医官,有等音乐师的乐队指挥。医师大概把尼基京看做大学生了,因为他问:

"请问,您是回来过暑假吗?"

"不,我一向住在这儿,"尼基京回答说,"我是中学校的教师。"

"真的吗?"医师觉着奇怪,"这么年轻就已经做老师了?"

"怎么能说年轻?我都二十六岁了!……感谢上帝!"

"您留了胡子和唇髭,可是从您的相貌看起来,您至多不过二十二三岁。您显得多么年轻啊!"

"真是混账话!"尼基京暗想,"连这个人也拿我当小娃娃看待!"

别人讲到他年轻,特别是当着女人或者学生的面,他总是极不痛快。自从他到本城来做事以后,他一直讨厌他自己这副显得过于年轻的相貌。学生不怕他,老人叫他年轻人,女人倒高兴跟他跳舞,却不高兴听他的长篇大论。他呢,情愿付出任何代价,只求马上能老这么十岁才好。

从公园出来,他们再往前走,到谢列斯托夫的田庄去。他们在院子门外勒住马,唤出总管的老婆普拉斯科维亚,要她拿点鲜牛奶来。牛奶拿来了却没人喝。大家互相望望,笑起来,策动马,跑回去了。等到他们骑马回来,乐队已经在市郊公园里奏乐,太阳躲到墓园后面,半个天空给晚霞染成深红色了。

玛纽莎骑着马又跟尼基京并排走着。他有心告诉她说他多么热烈地爱她,可是他又怕给军官们和瓦丽娅听了去,只好不响。玛纽莎也一声不响。他体会到她为什么沉默,为什么骑着马跟他并排走,就暗暗觉着幸福,于是大地、天空、城中的灯火、啤酒酿造厂的黑轮廓,总之,一切东西在他的眼里合成了一种很美妙可爱的东西。他觉着他的努林伯爵仿佛凌空走着,想跃上深红的天空似的。

他们到了家。茶炊已经在花园里的桌子上滚沸,老人谢列斯托夫跟他的朋友,地方法院的官员们坐在桌子的一边谈心,他照例在批评什么事情。

"这是粗鄙!"他说,"粗鄙,不是别的。对了,先生!粗鄙,先生!"

自从尼基京爱上玛纽莎以后,谢列斯托夫家的东西样样都中他的意:房子、房子旁边的花园、晚茶、藤椅、老奶妈,甚至老人常爱说的那两个字"粗鄙"。他所不喜欢的只有那无数的猫和狗,还有在露台上一个大笼子里凄凉地哀叫着的埃及种鸽子。室内狗和看家狗也实在是多,他跟谢列斯托夫一家来往这么久,却只认清了其中的两只:穆希卡和索木。穆希卡是一条脱了毛的小狗,脸上却毛茸茸,恶毒而且惯坏了。它痛恨尼基京。它每一次看见他,总要偏着头,龇出牙,叫起来:"呜……汪汪汪……呜……"

然后它就趴在椅子底下。每逢他想把它从自己的椅子底下赶走,它就尖声狂吠起来,主人们就说:

"别害怕,它不咬人。它是一条好狗。"

索木是一条高大的黑狗,腿长,尾巴跟木棒那么硬。每逢人们吃饭或者喝茶,它总是一声不响地在桌子底下走动,摇着尾巴拍人们的靴子和桌腿。它是条忠厚的笨狗,可是尼基京受不了它,因为它有个习惯,总喜欢把头放在吃饭的人的膝盖上,弄得裤子沾上它的唾沫。尼基京不止一回用刀柄打它的大额头,用手指头弹它的鼻子,骂它,抱怨它,可是任凭怎么样也还是免不了让自己的裤子沾上污斑。

骑马闲游一番以后,茶啦,果酱啦,面包干啦,牛油啦,显得都很好吃了。他们默默地、津津有味地喝完第一杯茶,不过喝到第二杯,他们就吵起架来了。每次喝茶和吃午饭的时候领头吵架的总是瓦丽娅。她已经二十三岁,长得俊俏,比玛纽莎好看,素来被人认为是这一家人中顶聪明、顶有教养的一个。她的举动端庄严正,凡是在家里代替了亡母地位的大女儿都有这样的气派。她既是这家里的女主人,就觉得有权在客人面前穿着短上衣走来走去,而且直呼那些军官的姓,她把玛纽莎看做小姑娘,用女训导员的口吻跟她谈话。她老是把自己叫做老处女,这就是说,她相信自己准嫁得出去。

每一回谈话,哪怕是讲到天气,她也一定把它变成吵架。她有一种嗜好,喜欢抓住别人的语病,揭穿别人的矛盾,挑剔话里的毛病。您刚跟她谈起什么事,她就盯着您的脸,忽然插嘴说:"对不起,对不起,彼得罗夫,前天您讲的话可是刚好相反啊!"

要不然,她就冷冷地一笑,说"可是我瞧您是在鼓吹第三厅[①]

[①] "第三厅"是沙皇的最高警察机构,在一八二六年成立,目的在于镇压革命活动。"第三厅"特别残酷地迫害进步的出版物和进步的俄罗斯文学。

的原则呢。那我该给您道喜了。"

要是您说句俏皮话,或者说句双关语,您就马上可以听到她的声音:"这是老套头!"要不然:"这是耍贫嘴!"要是军官说了句俏皮话,她就做出轻蔑的脸相,说:"丘八的俏皮话!"

她把"丘"字念得很用劲,弄得穆希卡总要从椅子底下回她一声:"呜……汪汪汪……"

这回喝茶时候,吵嘴是因为尼基京讲到学校的考试而开的头。

"对不起,谢尔盖·瓦西里奇,"瓦丽娅拦住他的话,"您说什么学生觉着考试难。容我问您一声,这到底是谁的错呢?比方说,您叫八年级的学生写作文,题目是'作为心理学家的普希金'。第一,不应该出这么难的题目,第二,普希金怎么能算是心理学家呢?是啊,讲到谢德林或者比方说,陀思妥耶夫斯基,那就不同了,可是普希金却是伟大的诗人,再也不是别的。"

"谢德林是一回事,普希金又是一回事。"尼基京闷闷不乐地回答。

"我知道,你们中学校的老师是不大看得起谢德林的,不过问题不在这儿。请您告诉我,普希金在哪方面可以算得是心理学家呢?"

"难道您的意思是说他不是心理学家吗?要是您不嫌弃,我不妨给您举点例子。"

尼基京就朗诵了几段《奥涅金》①,然后又朗诵了几段《鲍利斯·戈东诺夫》②。

"我一点也看不出这里头有什么心理学,"瓦丽娅叹道,"心理学家是描写人类灵魂细微曲折的变化的那种人。您念的那些却是

---

① 普希金的诗体小说《叶甫盖尼·奥涅金》。
② 普希金的历史诗剧。

优美的诗,再也不是什么别的。"

"我知道您要的心理学是什么!"尼基京说,生气了,"您要的是别人拿把钝锯子来锯我的手指头,我呢,大叫大喊,这就是您所谓的心理学。"

"要贫嘴!不过您还是没有对我证明为什么普希金是心理学家。"

每逢尼基京因为反对一种他认为狭隘陈腐的或者这一类的见解而不得不吵架的时候,他照例从座位上猛的跳起来,两只手捧住头,哼哼唧唧,从房间这一头跑到那一头。现在也是这个样子:他跳起来,用手抱住头,哼哼唧唧,绕着桌子兜了个圈子,随后在稍稍远一点的地方坐下。

军官们来给他撑腰。波利扬斯基上尉开口,对瓦丽娅担保说,普希金真的是心理学家,为要证明这点,他还引了莱蒙托夫的两行诗。盖尔涅特中尉说,如果普希金不是心理学家,他们就不会为他在莫斯科立纪念像了。

"这是粗鄙!"这话从桌子的另一头传来,"我对总督就是这么说的:'这是粗鄙,大人。'"

"我不愿意再吵了!"尼基京叫道,"这样吵下去没完没了!够了!咳,给我滚开,这条脏狗!"他对索木喊道,索木把脑袋和爪子都放到他的膝盖上来了。

"呜……汪汪汪……"狗叫声从椅子底下传来。

"承认您自己错了吧!"瓦丽娅叫道,"承认吧!"

可是这时候有几位做客的小姐走来,吵架自然而然中止了。大家一齐走进大厅。瓦丽娅在钢琴旁边坐下来,开始弹舞曲。他们先跳华尔兹舞,然后跳波利卡舞,再后跳卡德里尔舞和 grandrond① 舞,由波

---

① 法语:"大环舞",一种古代集体舞蹈的花样。

利扬斯基上尉领着穿过各个房间,然后又跳华尔兹舞。

跳舞时候,老年人坐在大厅里抽烟,看那些青年男女。老人当中有一个是市立信用社的经理谢巴尔津,他以爱好文学和戏剧艺术出名。他创办了当地的音乐戏剧小组,亲自参加演出,不知什么缘故老是只限于演滑稽的听差,或者用唱歌的声调朗诵《女罪人》。他在本城有个外号,叫木乃伊①,因为他长得高,又很瘦,青筋暴起,而且老是做出庄严的脸相,眼睛发呆,没有光彩。他那么真诚地爱好戏剧艺术,甚至剃光上髭和胡子,这就弄得他越发像木乃伊了。

等到大环舞拆散,他迟迟疑疑,侧着点身子走到尼基京跟前,咳了一声,说:

"刚才喝茶时候你们的一番辩论,我很荣幸地全听见了。我十分赞成您的见解。我们的看法一样,因此跟您谈一谈,在我是很大的乐事。您看过莱辛②的《汉堡剧评》那本书吗?"

"没有,我没看过。"

谢巴尔津大吃一惊,不住地摆手,仿佛烫伤了他的手指头似的。他什么话也没说,从尼基京身边走开了。谢巴尔津的身材、他问的那句话、他那惊奇的神情,尼基京都觉着好笑,不过他仍旧暗想:

"这真叫人难为情。我是文学教师,可是直到今天我还没读过莱辛的书。我得读一读他的著作才成。"

晚饭以前,这班人,老老少少,全坐下来玩"命运"③。他们拿两副牌,一副发给大家,每个人得的牌一般多,一副摊在桌子上,背面朝上。

---

① 古埃及人用防腐剂保存下来的人体。
② 莱辛(1729—1781),德国批评家兼剧作家。
③ 一种牌戏名。

"谁手里有这张牌,"老人谢列斯托夫翻开第二副牌面上的一张,正正经经地开口说,"命运就派谁马上到儿童室去吻一下奶妈。"

吻奶妈的荣幸落在谢巴尔津身上了。大家就簇拥着他,把他领到儿童室去,一面笑一面鼓掌,逼他吻奶妈。这就引起了一大片嚷叫喧哗的声音……

"不够热情!"谢列斯托夫喊道,笑得流出眼泪来,"不够热情啊!"

命运派定尼基京听取所有的人的忏悔。他就坐在大厅中央的一把椅子上。有人拿来一块披巾,蒙住他的脑袋。第一个来向他忏悔的是瓦丽娅。

"我知道您的罪,"尼基京开口说,在黑暗中瞧着她那副严厉的模样,"小姐,告诉我,您每天跟波利扬斯基一块儿出去散步,到底是为什么?哼,她绝不会无缘无故跟骠骑兵在一块儿呀!"

"这是耍贫嘴。"瓦丽娅说,走开了。

然后,他在披巾里面看见两只凝眸不动的大眼睛闪闪发光,还在黑暗中隐约看到一张可爱的脸儿的轮廓,又闻到一股早已熟悉的名贵香水的气味,使得尼基京想起了玛纽莎的房间。

"玛丽亚·戈德芙鲁阿,"他说,嗓音都变了,它变得那么柔和而温存,"您犯的是什么罪呢?"

玛纽莎眯细眼睛,朝他吐了吐舌尖,然后她笑起来,走开了。过一分钟,她站在大厅中央,拍着手叫道:

"吃晚饭啦,吃晚饭啦,吃晚饭啦!"

大家就一齐拥进了饭厅。

吃晚饭的时候,瓦丽娅又吵起架来,这回是跟她父亲吵。波利扬斯基庄重地吃着,喝着红葡萄酒,对尼基京讲起有一年冬天作战的时候,他怎样通宵站在一个沼泽里,烂泥没到膝头,讲起敌人离得怎样近,大家奉命不准抽烟或讲话,那天夜里又冷又黑,刮着刺骨的寒风。尼基京听着,斜起眼睛看玛纽莎。她呢,正在一动不动地盯着他看,眼也不眨,仿佛在想什么心事,或者是想得出了神似的……这使他觉得又快活又痛苦。

"为什么她这样看着我呢?"这问题折磨着他,"这真叫人难为情。人家会瞧出来的。啊,她还多么年轻,多么天真啊!"

午夜,客人散了。尼基京刚刚走出门口,楼上一扇小窗子就砰的一声推开了,玛纽莎探出头来。

"谢尔盖·瓦西里奇!"她招呼一声。

"有什么吩咐吗?"

"是这么回事……"玛纽莎说,明明想找点话说,"是这么回事……波利扬斯基答应一两天内带着他的照相机来,给我们大家照像。我们得在这儿聚齐才行。"

"好吧。"

玛纽莎消失了,窗子砰的一声关上,那所房子里立刻有人弹起钢琴来。

"嘿,这一家人!"尼基京想着,穿过大街,"这个家里没有人唉声叹气,只有那些埃及种的鸽子除外,可是就连那些鸽子唉声叹气也只是因为它们不会用别的方法表白它们的欢乐罢了!"

不过,也并不是只有谢列斯托夫家才过得快活。尼基京还没走出两百步去,就听见另一所房子里传出钢琴声来。他再往前走不远,又看见一个农民在门口弹三弦琴。公园里,乐队奏着俄罗斯歌曲中的集成曲……

尼基京的家离谢列斯托夫家有半俄里远,那是一个公寓,共有八个房间,他按年租三百卢布赁下来,跟他的同事史地教师伊波里特·伊波里狄奇同住。那位伊波里特·伊波里狄奇还不能算是老人,长着狮子鼻和棕红色的小胡子,相貌有点粗,不文气,跟工匠一

227

样,可是神情温和。尼基京走回家的时候,他正坐在自己房间里桌子旁边改学生们画的地图。他认为学地理顶要紧顶重大的事是画地图,学历史呢,是记年表,他往往一连好几夜坐在那儿用蓝铅笔改他的男学生和女学生所画的地图,或者编年表。

"今天天气多好啊!"尼基京走进他的房间里说,"您真叫人奇怪,怎么能坐在房间里不出去呢?"

伊波里特·伊波里狄奇是个不善于言谈的人,他要么一声不响,要么只讲些人人早已知道的事。现在他就是这样回答:

"不错,非常好的天气。现在是五月,不久就要到真正的夏天了。夏天跟冬天不同。冬天得生炉子,可是夏天不生炉子也暖和。夏天晚上开着窗子还是觉着热,冬天就连装了双层窗子也还是觉得冷。"

尼基京在桌旁坐了没到一分钟,就觉着烦闷了。

"晚安!"他说,站起来,打个呵欠,"我本来想告诉您一件跟我有关系的爱情方面的事,可是您呢,就知道搞地理!人家刚跟您谈到爱情,您就会立刻问:'卡尔卡战役是在哪年?'您跟您那些大战役啦,您那些丘库奇岬①啦,统统见鬼去吧!"

"您为什么生气?"

"真烦死了!"

他想到他还没有跟玛纽莎说穿,又想到现在找不到一个可以谈一谈自己的爱情的人,就心烦起来,走进自己的书房,在一个长沙发上躺下。书房里黑暗而寂静。尼基京躺在那儿,呆望着黑暗,不知什么缘故,开始想象过两三年后他为办一件事要到彼得堡去,玛纽莎怎样到车站去送他,哭哭啼啼,到了彼得堡,他怎样接着她寄来的一封长信,恳求他快点回家。他呢,怎样写信给她……他的

---

① 在西伯利亚。

信开头照这样写:"我亲爱的小耗子!……"

"对了,就写我亲爱的小耗子!"他说,笑起来。

他觉着躺得不舒服。他就把两条胳膊垫在脑袋底下,抬起左腿来架在长沙发靠背上。他觉得舒服了。这当儿,窗口开始明显地发白,睡意蒙眬的公鸡在院子里高声啼起来。尼基京接着想他怎样从彼得堡回来,玛纽莎怎样到车站来接他,高兴得尖叫一声,扑过来搂住他的脖子。或者,更妙一点儿,他耍个花招:半夜三更偷偷回到家里,厨娘替他开门,然后他踮起脚尖走进卧室,一声不响脱掉衣服,一下子跳上床!她醒过来,乐得什么似的!

天大亮了。窗子和书房却不见了。在昨天他们骑马路过的那个啤酒酿造厂的门廊台阶上,坐着玛纽莎,喃喃地说着什么。随后她挽着尼基京的胳膊,跟他一块儿走进市郊公园。在那儿他看见橡树和像帽子一样的乌鸦窠。有一个窠摇晃起来,谢巴尔津从里面探出头,大喝一声:"您没看过莱辛的书!"

尼基京周身打一个冷战,睁开眼睛。伊波里特·伊波里狄奇站在长沙发前面,头往后仰着,正在打领带。

"起来吧,现在该到学校去了,"他说,"不应当穿着衣服睡觉。这样会弄坏你的衣服。应当脱了衣服睡在床上才对……"

照往常一样,他开始冗长而抑扬顿挫地讲着人人早已知道的事。

尼基京的第一堂课是二年级的俄语。九点钟整,他走进教室,却看见黑板上用粉笔写着两个大字——玛·谢。这两个字大概指的是玛莎·谢列斯托娃。

"他们已经闻出来了,这些坏蛋……"尼基京想,"他们怎么会知道这件事的?"

第二堂文学课是在五年级。黑板上也写着玛·谢两个字。他上完课走出教室,听见身后传来一片叫嚷声,仿佛是戏院里最高楼

座上传来的喝彩声:

"乌拉!谢列斯托娃!!"

由于和衣睡了一觉,他的脑袋不好受,身体酸懒发软。那些学生天天盼望着考试以前的停课,什么功课也做不下去,心里焦躁,由于无聊而胡闹起来。尼基京也厌烦,没理会他们的胡闹,不断地走到窗前去。他看见大街让太阳照得挺亮。房子上空是透明的蓝天和鸟雀,远远的,在苍翠的公园和许多房子的背后是广漠无垠的远方、罩在蓝色雾霭里的小树林、奔驰的火车冒出来的煤烟……

这时候有两个穿白上装的军官耍弄着小马鞭,走过街上洋槐的树荫。然后有一群犹太人,留着白胡子,戴着便帽,坐着一辆敞篷马车经过这里。一个家庭女教师带着校长的孙女出来散步……索木同另外两条狗不知跑到什么地方去……然后瓦丽娅穿一身素雅的灰衣服和红袜子,手里拿着《欧罗巴通报》,走过去。她必是到市立图书馆去了一趟……

下学还早得很呢,要到下午三点钟!课后他还不能回家,也不能到谢列斯托夫家里去,却得到沃尔夫家里去教课才行。这沃尔夫是个有钱的犹太人,改信路德派①,不把自己的孩子们送进中学校,却请中学的教师到家里来教他们,每上一回课给五个卢布……

"心里真闷啊,闷啊,闷啊!"他暗想。

到三点钟,他到沃尔夫家里去了,坐在那儿他觉着时间好像长得无穷无尽似的。五点钟他离开那儿,可是六点多钟他得回到中学校去开教师会议,拟定四年级和六年级的口试时间表!

他到暮色很深的时候才离开中学到谢列斯托夫家里去。他心跳,脸红。一个月以前,甚至一个星期以前,每逢他打定主意向她

---

① 路德派是基督教中的新教派。

230

求爱,他总是准备好一大套话,有开场白,有结束语。现在呢,他却一个字也没准备好,他的脑子里乱哄哄的,他所知道的只是今天他一定要说出自己的爱情,再拖下去是绝对不行了。

"我要邀她到花园里去,"他想,"我们先蹓跶一会儿,然后就说出自己的爱情……"

前厅里没有一个人。他走进大厅,后来又走进客厅……那儿也是一个人都没有。他听见瓦丽娅在楼上跟人吵嘴,还听见儿童室里有雇来的女裁缝的剪刀的裁剪声。

这所房子里有一个小房间,同时有三个名字:小房间、过路的房间、黑房间。那里面有一个旧的大立柜,里面装着药品、弹药、猎具。这房间里有一道窄小的木头楼梯通到楼上,楼梯上老是睡着猫。这房间有两个门,一个通到儿童室,一个通到客厅。尼基京走进这个房间,预备上楼去,忽然儿童室的门开了,又砰的一声关上了,震得楼梯和立柜发颤。玛纽莎穿着黑衣服,跑进房间里来,手里拿着一段蓝色衣料。她没看见尼基京,照直往楼梯口跑去。

"等一等……"尼基京拦住她,说,"您好,戈德芙鲁阿……容我……"

他上气不接下气,不知道该说什么好。他一只手拉住她的手,一只手抓住蓝色衣料。她呢,不知是害怕还是惊奇,睁着大眼睛瞧他。

"容我……"尼基京接着说,深怕她走掉,"我要跟您谈一件事……只是……这儿不方便。我不能,我不能够……戈德芙鲁阿,您明白不,我不能……就是这么回事……"

蓝色衣料掉在地板上,尼基京拉住玛纽莎的另一只手。她脸色煞白,努动嘴唇,然后从尼基京面前往后退,退啊退的,发现自己夹在墙壁和立柜中间的角落里了。

"凭我的人格,我向您担保……"他轻声说,"玛纽莎,凭我的人格……"

她扬起头,他就吻她的嘴唇,为了吻得久些,他用手指头捧住她的脸蛋儿。后来,不知怎么一来,他发现自己夹在墙壁和立柜中间的角落里了。她伸出胳膊搂着他的脖子,脑袋抵着他的下巴。

随后他们双双跑进花园去了。

谢列斯托夫家有一个占地四俄亩的大花园,里面有约摸二十棵老枫树和菩提树,有一棵枞树,此外全是果树:樱桃树啦,苹果树啦,梨树啦,野栗树啦,银白的橄榄树啦……花也很多。

尼基京和玛纽莎一句话也不说,顺林荫路跑着,笑着,时不时地互相问些前后不连贯的话,谁也不回答。在花园的上空,一弯新月照着;在地上淡淡的月光下,含着睡意的郁金香和鸢尾花从黑暗的青草里探身出来,仿佛请求人们也跟它们谈情说爱似的。

等到尼基京和玛纽莎回到正房里来,军官们和小姐们已经到齐,正在跳玛祖尔卡舞①。波利扬斯基又领头带着众人跳大环舞,走遍各个房间,跳完舞大家又玩"命运"。晚饭前,等到客人已经从大厅走进饭厅,只剩下玛纽莎和尼基京在一块儿,玛纽莎就紧偎在他的身边,说:

"你自己去跟爸爸和瓦丽娅谈吧。我怕羞……"

晚饭后,他去找老人谈话。谢列斯托夫听他说完,想了想,说:

"承您看得起我和我的女儿,我很感激,不过容我像朋友那样跟您谈一谈。我不是凭父辈的身份跟您讲话,却是照上流人对上流人那样跟您讲话。请您告诉我,您年纪还这么轻,何苦要结婚呢?只有乡下人才那么年轻就结婚,那当然是粗鄙,可是您是为什么呢?您这样年轻,就给自己戴上镣铐,到底有什么乐趣呢?"

"我完全不能算年轻了!"尼基京生气地说,"我已经快满二十

---

① 波兰的一种民族舞。

七岁了。"

"爸爸,兽医来了!"瓦丽娅在隔壁房间里叫道。

谈话就此中断。瓦丽娅、玛纽莎、波利扬斯基,送尼基京回家。他们走到他的家门口,瓦丽娅说:

"为什么您那个神秘的劈里拍拉·劈里拍拉奇从来不在什么地方露面?他尽可以到我们家里来玩啊。"

尼基京走进去,那位神秘的伊波里特·伊波里狄奇正坐在自己床上脱裤子。

"别躺下睡觉,亲爱的!"尼基京喘吁吁地对他说,"等一会儿,别躺下睡觉!"

伊波里特·伊波里狄奇赶紧穿好裤子,惊慌地问:

"究竟什么事?"

"我要结婚了!"

尼基京在他的同事身旁坐下,瞧着他,带着惊奇的眼神,好像觉得自己很古怪似的,说:

"您想想看,我就要结婚了!跟玛莎·谢列斯托娃结婚!今天我求婚来着。"

"哦?她好像是个挺好的姑娘。只是她年轻得很。"

"是啊,她年轻!"尼基京叹了一口气,说,现出担忧的神气耸耸肩膀,"年轻得很,年轻得很哟!"

"她在我教过的中学里念过书。我认识她。她的地理学得还好,历史不行。她上课不专心听讲。"

不知什么缘故,尼基京忽然可怜他的同事,想对他说点温存的安慰话。

"好朋友,您为什么不结婚呢?"他问,"伊波里特·伊波里狄奇,比方说,您为什么不去跟瓦丽娅结婚呢?她是个可爱的、非常好的姑娘啊!固然她很喜欢吵架,不过她那颗心……那是什么样的心啊！她刚才还问起您呢。跟她结婚吧,好朋友！嗯？"

他明明知道瓦丽娅绝不肯嫁给这么一个无味的、翘鼻子的人,可是仍旧劝他娶她。这是为什么呢？

"婚姻是终身大事,"伊波里特·伊波里狄奇想一想,说,"人得面面顾到,考虑周详才成,万不可以草率从事。慎重绝没有害处,特别是在婚姻方面,因为一结婚,就不再做单身汉,要开始过新生活了。"

他又开始讲那些人人早已知道的话。尼基京听不下去,道了晚安,回到自己房间里去了。他很快地脱掉衣服,很快地上床,为的是赶快开始想自己的幸福,想玛纽莎,想将来,微微地笑着,忽然想起自己还没读过莱辛的著作。

"我得读一读他的著作才成……"他想,"其实,话说回来,我何必读它呢？滚它的！"

而且他让自己的幸福弄得很累,马上就睡着了,脸上的微笑一直保持到第二天清早。

他在梦中听见木头地板上的嘚嘚马蹄声。他梦见从马房里先牵出黑马努林伯爵,随后牵出白毛大马,再后,牵出它的妹妹玛依卡……

二

"教堂里很拥挤,很嘈杂,有一回甚至有个人叫喊起来,替玛纽莎和我举行结婚仪式的大司祭,隔着眼镜望着人群,厉声说道：

"'不准在教堂里走来走去,不准嚷,安安静静站在那儿祷告。应该敬畏上帝才是。'

"我的男傧相是我的两个同事,玛尼娅的男傧相是波利扬斯基上尉和盖尔涅特中尉。主教的唱诗班唱得好极了。烛花的爆裂声啦,灿烂的光啦,华丽的服装啦,军官啦,无数快活满意的脸啦,玛尼娅那种特别娇弱的神情啦,总之,整个环境和婚礼的祷告词,把我感动得流下泪来,使我满腔得意。我想:近来我的生活开了多么茂盛的花,变得多么美丽而富于诗意!两年以前,我还是个大学生,我还在涅格林诺伊租住着便宜的公寓房间,没有钱,没有亲属,而且,依我当时的想法,也没有前途。现在呢,我是一个顶好的省城里的中学教师,收入牢靠,有人爱,万事如意。我暗想:都是为了我,这群人才聚在这儿,都是为了我,那三个枝形烛架才点亮,助祭才大声喊叫,唱诗班才努力唱好。不久我就可以叫一声妻子的那个年轻的人儿这么年轻,这么优雅,这么高兴,那也是为了我。我想起我们最初的相逢,想起我们城外的旅行,想起我的求爱,想起天气,整个夏天,仿佛上天故意安排好了似的,天气好得不得了。当初住在涅格林诺伊,我觉得只有在长篇和中篇小说里才可能有的那种幸福,现在我却实际经历到了,仿佛已经把它抓在手心里了似的。

"行完婚礼,大家乱糟糟地围着我和玛尼娅,表白他们的真诚的快乐,向我们道喜,祝我们幸福。有一位准将是一个将近七十岁的老头儿,只向玛纽莎一个人道喜,用尖细的苍老嗓音对她说话,声音却响得整个教堂都听得见:

"'亲爱的,我希望您婚后也仍旧跟眼前一样是一朵玫瑰花。'

"军官们、校长、所有的教师,都出于礼貌微微地笑。我也觉得我自己的脸上有一种愉快的、做作出来的笑容。史地教师,最亲爱的伊波里特·伊波里狄奇,素来讲些人人早已知道的话,这时候使劲握住我的手,亲切地说:

"'这以前您没结婚,一直单身过活。现在您结婚了,要两个人一块儿生活了。'

"我们从教堂里出来,坐车到一座两层楼的没抹灰泥的房子去,那是嫁妆的一部分,现在由我接收下来了。除了这所房子以外,玛尼娅还带给我大约两万卢布,和一片叫做美里托诺甫斯卡亚的荒地,那儿有一所给看守人住的小房子,据说还有很多鸡、鸭,没人照管,变成野鸡、野鸭了。我从教堂来到这儿,就走进我的新书房,伸个懒腰,在一个土耳其式长沙发上躺下来,摊开四肢,抽烟,我觉着软和、舒服、安乐,这是我生平从没感到过的。这当儿客人们正在欢呼'乌拉',前厅有一个不高明的乐队吹奏喜歌和种种乱七八糟的曲子。玛尼娅的姐姐瓦丽娅跑进书房里来,手里拿着一个高脚玻璃杯,脸上现出古怪的紧张表情,仿佛嘴里含满了水似的;她分明还想再往前走,可是忽然又哭又笑起来,酒杯当的一声落在地板上。我们搀着她的胳膊,领她走了。

"'谁也弄不懂!'后来她躺在后屋老奶妈的床上,含含糊糊地说,'弄不懂,弄不懂!我的上帝啊,谁也弄不懂!'

"可是人人都十分明白:她比她妹妹玛尼娅大四岁,却还没结婚。她哭,倒不是出于忌妒,却是因为她忧郁地领会到她的年华正在消逝,甚至也许已经消逝了。他们跳卡德里尔舞的时候,她带着一张沾着泪痕、擦了浓粉的脸回到大厅里来。我看见波利扬斯基上尉在她面前端着一碟冰激凌,她拿小调羹舀着吃……

"这时候已经是清早五点多钟了。我拿起我的日记本来描写我的圆满而多彩的幸福,心想我要写出足足六页来,明天好念给玛尼娅听。可是说来奇怪,我的脑子里乱七八糟,迷迷糊糊,跟在做梦一样。我只生动地想起瓦丽娅那段插曲,想写一句:'可怜的瓦丽娅!'我简直能够照这样一直坐下去,写:'可怜的瓦丽娅!'顺便提一句,树叶沙沙地响起来,天要下雨了。乌鸦呱呱地叫;我的玛尼娅刚刚睡着,不知为什么,她的脸色忧愁。"

后来,有很长一阵子尼基京没写日记。八月初,他开始忙补考和入学考试,过了圣母升天节,学校开学了。照例早上八点多钟他动身上学校去,到九点多钟就已经惦记玛尼娅和他的新家,不住地看表了。上低年级课的时候,他就叫一个学生起来念书,让别的学生随着默写。在孩子们默写的时候,他自己坐在窗台上,闭了眼睛遐想。不管瞻望将来也好,回想过去也好,在他都是同等美妙,跟神话一样。上高年级课的时候,他叫学生大声读果戈理或者普希金的散文,这使得他犯困,人啦,树啦,田野啦,马啦,在他的幻想里升起来,他就叹口气,仿佛让作者迷住似的,说:

"多么好呀!"

在中午休息时间,玛尼娅打发人给他送来早饭,上面盖着雪白的小餐巾,他就慢慢地吃着,吃吃停停,停停吃吃,好拉长享受的时间。伊波里特·伊波里狄奇的早饭照例只有白面包,他尊敬而羡慕地瞧着他,说些人人熟悉的事情,例如:

"人不吃东西就不能生存。"

放学以后,尼基京先去教家馆。最后他五点多钟回家去,觉得又快活又不安,仿佛出去了整整一年似的。他上气不接下气地跑上楼去,找到玛纽莎,搂住她,吻她,发誓说他爱她,没有她就活不下去,又着重地说他十分惦记她,还提心吊胆地问她身体可好,为什么脸色那么不快活。然后他们两个人吃午饭。饭后他在书房里一个长沙发上躺下来,抽烟,她坐在他身旁,低声讲话。

现在他的顶幸福的日子是星期日和假日,到了那种日子他就一天到晚在家里待着。在那种日子他过着纯朴的,然而非常愉快的生活,它使他联想到牧歌式的田园生活。他一刻也不停地观察他那头脑清楚、办事认真的玛尼娅怎样布置她的窠儿。他自己也想表示自己在家里不是多余的人,就做些白费力气的事情,比方说,从车房里推出双轮马车来,绕着它走一圈看一遍。玛纽莎用三头奶牛办了一个地道的牛奶场,在她那些大小地窖里收藏着许多坛牛奶和许多小罐的酸奶油,全是留着做黄油用的。有时候尼基

237

京想开玩笑,就问她要一杯牛奶喝,她吓慌了,因为这搅乱了她定下的规矩。于是他笑着搂住她,说:

"算了,算了,我是闹着玩儿的,我的宝贝儿!我是闹着玩儿的!"

要不然,他就嘲笑她的小家子气,比方说,她在食橱里找到一小块变了味的、跟石头那么硬的腊肠或者干酪,她就一本正经地说:

"让厨房里的用人拿去吃吧。"

他对她说,这么一小块东西只配放到捕鼠器上去,她就开始激昂地证明说男人根本不懂家务事,哪怕你送三普特的珍馐美味到厨房去,也不会使得仆人大吃一惊的。他就同意她的话,欢欢喜喜地搂抱她。凡是她所说的公道话,他总觉得不平凡而惊人,至于她所说的跟他的见解抵触的话,他也觉得天真而动人。

有时候他起了玄想的兴致,他就谈起抽象的问题来。她听着,好奇地瞧着他的脸。

"我跟你在一块儿,真是无限地幸福,我亲爱的,"他说,抚摸着她的手指头,或者把她的辫子拆散,再编好,"不过我不认为我这种幸福是一种偶然落到我身上来的东西,好像从天上掉下来的一样。这幸福是一种十分自然的、合情合理的、势所必然的现象。我相信人是自己的幸福的创造者,现在我得到的正是我自己创造的东西。对了,我要不假装谦虚地说:我自己创造了这幸福,我有权享受这幸福。你知道我的过去。孤苦、贫困,不幸的童年、惨淡的青春,这一切都是奋斗,这就是我铺平的、达到幸福的一条路……"

十月间,中学校遭到重大的损失,伊波里特·伊波里狄奇脑袋上生了丹毒,死了。他临死的前两天,已经神志不清,说胡话了,不过哪怕是说胡话,他也只说些人人都知道的事情。

"伏尔加河流进里海……马吃燕麦和草料……"

他出殡的那天,学校停课。在他的同事和学生抬着盖严的灵柩到墓园去的一路上,学校的唱诗班唱着《神圣的上帝》。三个司祭,两个助祭,所有男学生和中学的教职员,还有主教那个穿着讲究的长外衣的唱诗班都参加了出殡的行列。过路的行人碰见这隆重的出殡行列,就在胸前画十字,说:

"求上帝让我们大家都死得这么风光才好。"

从墓园回到家里,尼基京感动得很,从桌子抽屉里找出日记本来,写道:

"我们刚刚把伊波里特·伊波里狄奇·雷日茨基放进坟墓。

"愿你安息吧,勤劳的工作者!玛尼娅、瓦丽娅和送葬的一切女人全动了真情,哭了,也许因为她们知道这个没有趣味的、受尽折磨的人永世没被任何一个女人爱过吧。我原想在我同事的坟墓上说几句热情的话,可是有人警告我,说这样会惹得校长不高兴,因为他不喜欢这个死者。自从结婚以来,好像这还是第一天我的心头不轻松……"

后来在这一学期里,没出什么特别的事。

冬天天气暖和,下着湿雪,不算太冷,比方说,在主显节的前夜,大风整整哀号了一夜,仿佛到了秋天似的。水从房檐上滴下来,到早晨,在举行圣水仪式①的时候,警察不许任何人到河面上去,因为据说冰在膨胀,变黑了。可是尽管天气坏,尼基京生活得仍旧跟夏天一样幸福。他甚至又添了另外一种娱乐:他学会了玩"文特"②。只有两样东西偶尔使他烦躁,惹他生气,似乎妨害他的

---

① 基督教的仪式,为水祝福,在一月六日举行。
② 一种牌戏名。

幸福不能变得圆满,那就是猫和狗,这是他连同妻子的嫁奁一齐接收下来的。各房间里,特别是在早晨,总有一股动物园的气味,任凭怎么样也消不掉那股臭气。猫常跟狗打架。那凶恶的穆希卡一天要喂十次才行;它至今还是不认尼基京,老是对他唔唔地叫:

"呜……汪汪汪……"

大斋的一天晚上,他在俱乐部里打完牌,午夜走出来,回家去。天黑,下雨,道路泥泞。尼基京心里有一种不痛快的感觉,无论如何也弄不清是什么缘故。不知道那是因为他在俱乐部里打牌输了十二卢布呢,还是因为付牌账的时候有一位对手说了句尼基京当然有的是钱,这不明明是指他妻子的陪嫁钱说的吗?他并不心疼那十二卢布,对手的那句话也没有什么可气的地方,不过,那不痛快的感觉仍旧存在。他甚至不想回家去了。

"呸,真不好!"他说,在一个灯柱旁边站住。

他猛的想到他所以不心疼那十二卢布,是因为那笔钱在他是白来的。如果他是工人,那他就会明白每一个戈比的价值,就不会不在乎输赢。再者,他心想:就是他的全部幸福在他也完全是白来的,没费什么气力,实际上对他来说是奢侈品,就跟药物对健康的人来说是奢侈品一样。要是他跟绝大多数的人那样,老是为一块面包操心,为生存奋斗,要是他工作累得胸口和背脊疼痛,那么晚饭啦,温暖舒服的住所啦,家庭幸福啦,才会成为他生活中的必需品、奖赏和装饰品。照眼前这样,那一切在他却只有一种古怪的、不明确的意义罢了。

"呸,真不好!"他又说一遍,十分清楚地知道这种想法本身就已经是坏兆头。

等他走到家,玛尼娅已经睡在床上了。她呼吸平匀,满脸笑容,明明睡得很舒服。一只白猫躺在她身旁,蜷成一团,呜呜地打呼噜。尼基京点亮蜡烛,再点上一根烟,玛尼娅醒来了,一口气喝下一杯水。

"我大吃了一顿蜜饯,"她说,笑起来,"你到我家里去了吗?"她停了一停,问道。

"没有,我没去。"

尼基京已经知道波利扬斯基上尉(瓦丽娅最近在他身上寄托了很大的希望)要调到西部的一省去,他已经在城里各处辞行,所以岳丈的家里很沉闷。

"今天傍晚瓦丽娅来了一趟,"玛尼娅说,坐起来,"她没说什么,可是从她脸上看得出她多么难过,可怜的人!我看不入眼那个波利扬斯基。他胖得皮肉松软,一走路,一跳舞,他的腮帮子就哆嗦……我绝不会挑中那种人。不过,我本来总当他是个正派人。"

"就是现在我也认为他是正派人。"尼基京说。

"那他为什么待瓦丽娅那么不好?"

"怎见得不好呢?"尼基京问,开始气恼那只白猫,它正在伸懒腰,弓起背来,"据我所知道的,他并没求婚,也没应许过她什么话。"

"那他为什么常到我家里去?要是他不想跟她结婚,他就不应该去。"

尼基京吹熄蜡烛,上了床。可是他觉着不困,也不想躺着。他觉得自己的脑袋又大又空,跟粮仓一样,有些特别的新思想在里面游荡,好像是些细长的阴影。他想除了那盏圣像灯的柔光所照着的恬静的家庭幸福以外,除了他和那只猫平静甜蜜地生活着的这个小世界以外,还有另外一个世界……他就忽然生出热烈迫切的愿望,一心想到那个世界里去,在一个工厂或者什么大作坊里做工,或者去发表演说,去写文章,去出版书籍,去奔走呼号,去劳累,去受苦……他需要一样东西来抓住他的全身心,使得他忘记自己,不管个人的幸福,这种幸福的感觉是那样单调无味。他的脑子里

241

忽然活生生地升起谢巴尔津的剃光胡子的模样,吃惊地对他说:

"您居然没读过莱辛的著作!您多么落后!上帝啊,您多么堕落!"

玛尼娅又开始喝水。他瞧着她的脖子,瞧着她的丰满的肩膀和胸脯,想起当初那个准将在教堂里说过的那句话:"玫瑰花。"

"玫瑰花。"他嘟哝了一句,笑起来。

他的笑声由床底下睡意蒙眬的穆希卡的吠声接应着:

"呜……汪汪汪……"

浓重的怨恨像一个冰凉的小锤子那样捣他的心。他有意对玛尼娅说句粗鲁的话,甚至想跳起来打她。他心跳起来。

"这么一说,"他抑制着自己的愤怒问,"当初我既是到你们家里去,我就非跟你结婚不可?"

"当然。这你自己也很明白嘛。"

"妙极了。"

过了一分钟,他又说一遍:

"妙极了。"

为了让自己的心平静下来,为了少说废话,尼基京就走进自己的书房,在长沙发上躺下来,也不垫个枕头。后来他又躺在地板上的地毯上。

"简直是胡想!"他宽慰自己说,"你是教师,干的是顶高尚的职业……你何必还要什么另外的世界?真是荒唐!"

可是他立刻很有把握地对自己说:他完全算不得教师,不过是个官僚罢了,跟那教希腊语的捷克人一样庸碌无能。他素来没有当教师的志向,一点也不懂儿童教育,对它也从不发生兴趣。他不知道该怎样对待孩子才好。他不明白他所教的课的意义,甚至也许简直没教对。去世的伊波里特·伊波里狄奇明显地蠢笨,所有的同事和学生都知道他是怎样一个人,都料得出他的作为,可是他尼基京跟那捷克人一样,善于掩藏自己的蠢笨,巧妙地蒙哄大家,装出他的一切都顺顺当当的样子。这些新想法使得尼基京害怕。他丢开它们,骂它们荒唐,相信这全是因为他神经失常,将来他会笑他自己。

到第二天早晨,他果然笑自己神经过敏,骂自己是个娘们儿,可是他已经清楚地感到他的平静心境消失了,大概永远消失了。在这没抹灰泥的两层楼的小房子里,要想幸福在他已经不可能了。他发觉幻想已经破灭,一种新的、心思不宁的、自觉的生活正在开端,这跟平静心境和个人幸福却不能并存。

第二天是星期日,他在中学校的小教堂里碰见校长和同事。他觉得他们都仿佛在费尽心机周密地遮盖自己的无知和对生活的不满。他自己为了不在他们面前露出自己的心慌意乱,就赔着笑脸,讲些废话。然后他到火车站去看邮车开来,再开走。他觉着倒是剩下自己一个人,不必跟别人敷衍,还痛快些。

回到家里,他碰见瓦丽娅和他岳丈来他家里吃饭。瓦丽娅带着泪痕,抱怨头痛。谢列斯托夫吃了很多东西,说眼下的青年人全靠不住,他们当中很少人有正人君子的胸襟。

"这是粗鄙!"他说,"我要当面对他这样说:'这是粗鄙,先生。'"

尼基京赔着笑脸,帮玛尼娅招待客人,可是吃过饭,他却走进自己的书房,关上了门。

三月的太阳光辉灿烂,照进玻璃窗,在桌上洒下炎热的光。这天只不过是这月的十二日,可是马车夫已经在赶马车①,椋鸟已经在花园里喊喊喳喳地吵闹。看样子,玛纽莎马上会进来,伸出一只胳膊搂着他的脖子,告诉他说马儿或者敞篷马车已经等在门口,问

---

① 照理这时候天气还冷,雪没化,应当赶雪橇才对。

他她应该穿什么衣服才不致挨冻。春天开始了,跟去年春天一样美妙,应许了同样的欢乐……可是尼基京却在想:现在请个假,到莫斯科去,到涅林诺伊他的旧居去住下来才好。在隔壁房间,他们在喝咖啡,谈着波利扬斯基上尉。他极力不去听他们的话,在自己的日记本上写着:"我的上帝,我是在什么地方啊?我给庸俗,庸俗,团团围住了。乏味而渺小的人、一罐罐的酸奶油、一坛坛的牛奶、蟑螂、蠢女人……再也没有比庸俗更可怕、更使人屈辱、更使人愁闷的东西了。我得从这儿逃掉,我今天就得逃,要不然我就要发疯了!"

在 庄 园 里

巴威尔·伊里奇·拉谢维奇走来走去,轻轻踩着铺了小俄罗斯式长条粗毯的地板,在墙上和天花板上投下狭长的阴影。他的客人,履行法院侦讯官职务的梅耶尔,盘起一条腿坐在土耳其式长沙发上,吸烟,听着他说话。时针已经指到十一点,可以听见这个书房隔壁的房间里响起了摆饭桌的声音。

"不管您怎么说,"拉谢维奇说,"从博爱、平等之类的观点看来,牧猪人米特卡跟歌德、弗里德里希大帝①同样是人,可是如果您立足于科学的土壤,有勇气正视事实,那么您就会明白:白骨头②并不是偏见,也不是娘们儿家的胡诌。我亲爱的,白骨头自有天然的历史根据,否认这一点,依我看来,就像否认鹿有犄角一样古怪。应当正视事实!您是法律学家,除了人文科学以外别的任什么科学都没有涉猎过,您还能够用平等、博爱之类的幻想迷惑自己,我呢,是个顽固不化的达尔文主义者,对我来说,像出身、贵族身份、贵族血统之类的字眼都不是空话。"

拉谢维奇情绪激动,讲得动了感情。他的眼睛发亮,夹鼻眼镜在鼻子上架不稳了。他兴奋地耸动肩膀,眨巴眼睛,讲到"达尔文

---

① 即弗里德里希二世(1712—1786),18世纪的普鲁士国王,大肆推行侵略政策,使普鲁士的领土几乎扩大一倍。
② "白骨头"指贵族,"黑骨头"指平民。

主义者"这几个字的时候,就雄赳赳地照一照镜子,伸出两只手理顺他的白胡子。他穿一件很短的旧上衣和一条紧身裤子。他动作的敏捷、雄赳赳的气派和那件短小的上衣,都跟他有点不相称,看上去仿佛他那留着长发、气度尊严、俨然像是大主教或者德高望重的诗人的大脑袋错安在一个又高又瘦、装腔作势的青年脖子上了。每逢他大幅度叉开两条腿的当儿,他的长影子就像是一把剪刀。

一般说来他喜欢谈话,总是自以为说出了什么新颖独到的见解。在梅耶尔面前他觉得自己精神特别旺盛,思潮特别汹涌。这个侦讯官由于年轻,健康,风度优美,举止稳重,而且主要是由于待他以及他一家人的态度十分热诚而招他喜欢,使他兴致勃勃。总的来说,拉谢维奇的熟人都不喜欢他,疏远他,说他闲话太多,竟把妻子赶进了坟墓,这种议论他自己也知道,大家背地里都说他心眼恶毒,叫他癞蛤蟆。只有梅耶尔是新来的人,不抱成见,常到他家里来,而且很乐意来,甚至在一个什么地方说过这样的话:在整个县里,只有跟拉谢维奇和他的几个女儿相处,他才感到像跟亲人在一起那样温暖。拉谢维奇喜欢他,还因为他是个年轻人,能够成为他的大女儿任尼雅的好配偶。

这时候,拉谢维奇欣赏着自己的思想和声调,满意地瞧着身材胖得不算过分、头发剪得好看、举止彬彬有礼的梅耶尔,心里盘算着怎样把他的任尼雅嫁给一个好人,然后把他在田产方面急于要办的事怎样移交给他的女婿。那些事情可真麻烦呀!银行的利息已经有两期没有缴纳,各种欠缴的税款和罚金已经积累到两千多了!

"对我来说,这是不容怀疑的,"拉谢维奇接着说,越来越兴奋,"比方说,如果狮心理查①或者红胡子腓特烈②勇敢而宽宏大

---

① 即理查一世(1157—1199),12世纪的英国国王。
② 即腓特烈一世(约1125—1190),12世纪的"神圣罗马帝国"皇帝。

量,那么这些品质就会通过遗传随同脑回和脑球一齐传给他的儿子。如果这类勇敢和宽宏大量借教育和锻炼在他儿子身上保存下来,而且如果这个儿子娶了一位也宽宏大量的、勇敢的公爵小姐,那么这些品质就会传给他的孙子,依此类推,最后这些品质就成为他的氏族的特征,有机地深入所谓的血肉之中了。由于性的严格选择,由于贵族世家本能地保护自己而避开地位不相称的婚姻,由于贵族子弟不娶那些鬼才知道的人,高尚的精神品质才十分纯正地世代相传,保存下来,随着岁月的流逝,经过锻炼,变得越来越完善和高尚。人类当中有优美的东西存在,我们恰恰应当感激大自然,感激人间万物那种正确的、自然的、历史的、合理的进程,它在一连若干世纪当中极力把白骨头和黑骨头隔开。是啊,老弟!给予我们文学、科学、艺术、法学、荣誉观念和责任观念的,并不是下等人出身的暴发户,也不是厨娘的儿子。……人类为这些东西只应该感激白骨头才对。就这方面来说,从自然一历史的观点看来,一个不好的索巴克维奇①只因为是白骨头,就比一个最好的商人,哪怕是造过十五个博物馆的商人,也有益得多,高贵得多。您要怎么说都随您!如果我不跟贱民或者厨娘的儿子握手,不让他跟我同桌吃饭,那我就是在借此保存人世间最优美的东西,我就是在执行大自然母亲把我们引导到完善境界的最高指示。……"

拉谢维奇站住,用两只手梳理着胡子,他那像剪刀似的阴影就也在墙上停住了。

"您就拿我们的俄罗斯母亲来说吧,"他接着说,把两只手揣在衣袋里,时而用脚跟站住,时而踮起脚尖,"俄国最优秀的人是谁呢?您就拿我们的第一流艺术家、文学家、作曲家来说。……他们是些什么人呢?这些人,我亲爱的,都是白骨头的代表人物。普

---

① 果戈理的小说《死魂灵》中一个粗鲁、顽固的地主。

希金啦,果戈理啦,莱蒙托夫啦,屠格涅夫啦,冈察洛夫啦,托尔斯泰啦,都不是教堂诵经士的儿子嘛!"

"冈察洛夫是商人出身。"梅耶尔说。

"这又怎么样呢!例外反而肯定了常规。况且关于冈察洛夫的天才,那是大有争辩的余地的。不过我们姑且丢开这些名字,回到事实上来。比方说,我的先生,您对于这样一个雄辩的事实会怎样说呢:下等人出身的暴发户只要钻到以前不准他们去的地方,例如钻进上流社会,钻进科学界,钻进文学界,钻进地方自治局,钻进法院,那您就会发现,首先大自然本身就要站出来维护人类的最高权利,头一个向这些家伙宣战。果然,贱民刚一钻进他们不配去的地方,就会萎靡不振,身体虚弱,精神错乱,退化;您在任什么地方也不会遇见像在这些宝贝中间那么多的神经衰弱患者、心理不健全的人、痨病鬼、各式各样弱不禁风的家伙。他们像秋天的苍蝇那样纷纷死掉。要不是这种救命的退化衰败,我们的文明早就荡然无存,叫那些贱民全毁掉了。请您费神告诉我:到现在为止,这种侵犯给了我们什么呢?那些贱民带来了什么呢?"拉谢维奇说,做出神秘而惊恐的脸相,接着说,"我们的科学和文学从没降到像现在这样低的水平!当代的人,我的先生,既没有思想,也没有理想,他们的全部活动只浸透一种精神:如何才能多抢到手一点,如何才能剥掉人家最后一件衬衫。当代所有那些自命为进步和正直的人,您只要拿出一张一卢布钞票就能收买过来,现代知识分子的特点恰好就在于您跟他讲话的时候,必须严密提防您的口袋,要不然他就会把您的钱夹摸走了。"拉谢维奇眯了眯眼睛,扬声大笑。"真的,他准会摸走!"他用尖细的嗓音快活地说。"道德吗?那是什么样的道德呢?"拉谢维奇说,回过头去看一眼房门,"如今,要是一个老婆偷光丈夫的东西,逃之夭夭,那已经不会使人吃惊了。这算得了什么,小事一桩!现在,老弟,就连十二岁的小姑娘都想找情人喽。她们搞什么业余演出和文学晚会,无非是为了便于勾搭上有钱人,去做他的姘妇罢了。……做娘的出卖自己的女儿。对于那些做丈夫的,简直可以直截了当地问一声,要多少价钱才肯卖他的妻子,甚至不妨讨价还价,我亲爱的。……"

梅耶尔一直沉默着,坐在那儿不动,这时候突然从长沙发上站起来,看一眼挂钟。

"对不起,巴威尔·伊里奇,"他说,"我该回家了。"

然而巴威尔·伊里奇还没讲完话,搂住他,硬逼他在长沙发上坐下,赌咒说,他不吃晚饭就绝不准他走。梅耶尔便又坐下,听他讲话,可是带着困惑和不安的神情瞧着他,仿佛直到现在才开始听明白他说的话。他脸上现出红晕。最后,一个使女走进来,说小姐们请他们去吃晚饭,他才轻松地吐了口气,头一个走出书房去了。

在隔壁房间里,饭桌旁边坐着拉谢维奇的两个女儿,二十四岁的任尼雅和二十二岁的伊赖达,两姐妹都生着黑眼睛,肤色很白,身量一般高。任尼雅披散着头发,伊赖达把头发梳得高高的。两姐妹在吃饭以前各自喝下一杯带苦味的露酒,装得像是生平第一次,在无意中喝下的。两姐妹觉得不好意思,就咯咯地笑起来。

"别胡闹,姑娘们。"拉谢维奇说。

任尼雅和伊赖达彼此交谈说法国话,对父亲和客人说俄国话。她们抢着讲话,俄国话里夹着法国词儿,急急忙忙讲到前些年这个时候,也就是八月里,她们怎样离家到贵族女子中学去,那时多么快活。现在她们已经没有地方可去,只好住在这个庄园里,一冬一夏没有出过门。多么无聊啊!

"别胡闹,姑娘们。"拉谢维奇又说一遍。

他自己想说话。要是有他在场而别人说话,他就会生出近似嫉妒的心情。

"事情就是这样,我亲爱的……"他又开口了,亲热地瞧着侦讯官,"我们出于好心和忠厚,又怕别人怀疑我们落后,于是,请您别见怪,我们就跟各式各样乱七八糟的家伙称兄道弟,对那些暴发户和酒店老板宣传博爱和平等。不过假如我们愿意往深里想一想,我们就会明白,我们这种好心犯了多么大的罪。我们这样一做不要紧,文明可就系在一根头发丝上了。我亲爱的!我们的祖先历朝历代积下的东西很快就会让这些最新的匈奴糟践,灭绝。……"

晚饭后,大家走进客厅。任尼雅和伊赖达点亮钢琴上的蜡烛,放好乐谱。……可是她们的父亲接连不断地讲下去,不知道什么时候才会完事。她们苦恼而烦躁地瞧着自己的父亲,对这个利己主义者来说,由闲聊和炫耀才智得来的快乐,显然比女儿们的幸福更加宝贵和重要。梅耶尔是唯一常到他们家来拜访的年轻人,她们心里明白,他来是为了跟这两个可爱的女性交往,然而唠叨不休的老头子却霸占住他,不许他离开一步。

"如同以前西方的骑士击退蒙古人的进攻一样,我们趁时机还不算迟,也应该团结起来,同心协力打击我们的敌人,"拉谢维奇举起右手,用传教士的口气接着说,"让我在下等人出身的暴发户面前不要以巴威尔·伊里奇的面目出现,而要以威风凛凛、强大有力的狮心理查的面目出现,我们不要再跟他们客气,够了!让我们大家约定,只要有一个这样的下等人走近我们身旁,我们就对准他的丑脸说几句藐视的话:'滚开!你这混蛋,安分点!'对准他的丑脸骂一通!"拉谢维奇兴奋地接着说,把弯着的手指头朝前面戳去,"对准他的丑脸!对准他的丑脸骂一通!"

"这我办不到。"梅耶尔说,扭过脸去。

"那是为什么?"拉谢维奇急忙问道,预感到一场有趣而漫长的辩论就要开始了,"那是为什么?"

"因为我自己就是个小市民。"

说完这话,梅耶尔涨红了脸,连脖子都涨粗了,甚至眼睛里闪现出泪光。

"我父亲是个普通的工人,"他用粗嗓门断断续续地补充说,"可是我看不出这有什么不好。"

拉谢维奇心慌极了,张口结舌,仿佛自己在犯罪的现场被人抓获了似的。他茫然失措地瞧着梅耶尔,不知道该说什么好。任尼雅和伊赖达涨红脸,低下头去凑近乐谱,为她们莽撞的父亲害臊。在沉默中过去了一分钟。就在这尴尬的当口,空中又突然响起了说话声,那语调痛苦而紧张,弄得大家羞愧极了:

"是的,我是平民,而且为这一点感到自豪。"

然后梅耶尔起身告辞,笨手笨脚地碰撞家具,很快地走进前厅,虽然他的马车还没套好。

"今天您要摸黑赶路了,"拉谢维奇跟在他身后,喃喃地说,"现在月亮很迟才升上来。"

他们两人在黑暗中站在门廊上,等着套马车。天凉下来了。

"一颗星落下去了……"梅耶尔说,把身上的大衣裹一裹紧。

"八月里总是有许多星落下去。"

等到马车套好,拉谢维奇凝神瞧了瞧天空,叹口气说:

"这倒是一种值得弗拉马里翁①来描写一下的现象。……"

他把客人送走以后,在花园里走来走去,在黑地里做着手势,不愿意相信刚才发生了那么古怪而愚蠢的误会。他感到羞愧,生自己的气。第一,从他这方面来说,未免太不小心,太不周到,事先没弄清在跟什么人打交道就谈起该死的关于白骨头的话来。像这样的事情以前他也发生过:有一次他在火车上开口骂德国人,后来才发现所有那些跟他谈话的人都是德国人。第二,他估摸着梅耶

---

① 弗拉马里翁(1842—1925),法国天文学家,写过许多科普名著。

尔不会再到他家来了。这些出身平民的知识分子都有病态的自尊心,为人固执,爱记仇。

"这真糟糕,糟糕……"拉谢维奇喃喃地说,一面吐着唾沫,觉得又别扭又恶心,像是吃了肥皂似的,"哎,这真糟糕!"

他向朝着花园的窗子望去,看见任尼雅在客厅里钢琴旁边,披散着头发,脸色十分苍白,带着惊慌失措的样子在急速地说话。……伊赖达从这个墙角走到那个墙角,沉思不语,不过后来她也讲起话来,也讲得很快,脸色气愤。两姐妹抢着讲话。她们的话一个字也听不见,可是拉谢维奇猜得出她们讲什么。任尼雅大概抱怨她父亲唠叨个没完没了,使所有的正派人都不再上他们家的门了,今天又赶走了她们唯一的熟人,而且可能是个求婚的人,如今这个可怜的年轻人在全县都休想找到一个可以让他的灵魂得到休息的地方了。伊赖达呢,凭她绝望地举起胳膊的样子来判断,大概在议论乏味的生活,议论被断送的青春。……

拉谢维奇回到自己的房间里,在床边上坐下,开始慢腾腾地脱衣服。他心情抑郁,仍旧有那么一种感觉在煎熬他,仿佛他吃了肥皂似的。他心中有愧。他脱完衣服,瞧了一会儿他那两条青筋突起的、老人的长腿,想起县里的人给他起了癞蛤蟆的诨名,想起他每次长谈以后总是感到难为情。不知怎么,像是命中注定似的,他开始倒还讲得温和、亲热,抱着善意,把自己叫作年老的大学生,理想主义者,堂吉诃德,可是渐渐地,就不知不觉转成辱骂和诽谤了。最惊人的是,虽然二十年来他连一本书也没读过,也没去过比省城更远的地方,实际上世上发生的事他全不知道;可是他却极其诚恳地批评科学、艺术、道德。如果他坐下来写点什么,哪怕是写一封道贺的信,也会写出骂人的话来。这一切是奇怪的,因为他实际上感情丰富,爱流眼泪。莫非有个魔鬼附在他身上,不顾他的本意叫他憎恨和诽谤吗?

"这真糟糕……"他说,盖上被子,叹气,"这真糟糕!"

女儿们也没有睡。可以听见又笑又叫的声音,仿佛在追赶一个什么人似的:这是任尼雅歇斯底里症发作了。过了一会儿,伊赖达也哭起来。赤脚的使女好几次跑过过道。……

"竟出了这样的事,主啊……"拉谢维奇嘟哝道,不住地叹气,在床上翻来覆去,"这真糟糕!"

他睡着以后做噩梦。他梦见自己赤身露体,站在房间中央,身量有长颈鹿那么高,伸出手指头往前面戳去,说:

"对准他的丑脸!对准他的丑脸!对准他的丑脸骂一通!"

他吓得醒过来了。他头一件事就是想起昨天发生了一场误会,梅耶尔当然不会再来。他还想起该付银行利息,该给女儿出嫁,该有吃有喝,现在呢,只有疾病,苍老,不愉快的事,冬天很快就要来到,木柴却还没有。……

这时候已经是早晨九点多钟。拉谢维奇慢腾腾地穿衣服,喝足茶,吃下两大块涂了黄油的面包。女儿们没有出来喝茶,她们不愿意见他的面,这伤了他的心。他在书房里长沙发上躺了一会儿,然后挨着桌子坐下,着手给女儿们写信。他的手发抖,眼睛发痒。他写道,他已经老了,谁也不需要他,谁都不喜爱他了,他要求女儿们忘掉他,等他死了,就用一口普通的松木棺材埋葬他,用不着举行什么仪式,要不然,索性把他的尸体送到哈尔科夫的解剖室去。他觉得他笔下每一行字都冒出恶毒和做作的味道,可是他已经停不住笔,就一个劲儿地写下去,写下去。……

"癞蛤蟆!"隔壁房间里忽然传来叫喊声,这是大女儿的声音,愤慨的、咬牙切齿的声音,"癞蛤蟆!"

"癞蛤蟆!"小女儿跟着说,像回声一样,"癞蛤蟆!"

花匠头目的故事

某伯爵的花房里正在卖花。买主不多,只有我,我的邻居——一个地主和一个贩卖木材的年轻商人。当工人们把我们买的美丽的货物搬出去,装上板车的时候,我们就在花房门口坐下,东拉西扯起来。在四月里这种天气暖和的早晨,坐在花园里,听百鸟齐鸣,看花卉搬到露天底下晒太阳,那是非常愉快的。

那些植物由花匠米哈依尔·卡尔洛维奇亲自指挥着装上板车,他是一个令人敬重的老人,面容丰满,胡子剃光,只穿一件皮坎肩而没有穿上衣。他一直沉默着,其实他在听我们讲话,等我们说出点新奇的事情。他是个聪明的、很善良的、人人尊敬的人。不知什么缘故,大家都认为他是日耳曼人,其实他父亲是瑞典人血统,母亲则是俄国人血统,信奉东正教。他通晓俄语、瑞典语和德语,这几种语言的书他读过很多,再也没有比给他一本新书读,或者,例如,跟他谈一谈易卜生更能使他快乐的了。

他有弱点,然而是无关大体的弱点,比方说,他自称为花匠头目,其实他手下一个花匠也没有。他的神情异常尊严傲慢。他听不得反驳,喜欢人家严肃专心地听他讲话。

"我来给您介绍一下,那边那个家伙是个大坏蛋,"我的邻居指着一个工人说,那人长着黝黑的茨冈人的脸,坐在装着水桶的大车上,由此经过,"他犯抢劫罪,上个星期在城里受审,后来被释放了。他们认定他有精神病,可是您仔细瞧瞧他那副嘴脸吧,他非常健康嘛。近来在俄国,人们常常用病态和一时性起来解释一切,把坏蛋释放了;可是这种释放,这种明显的放任和姑息,却不会有好结果。这会败坏群众的道德,大家的正义感会变得麻木,因为人们看惯了作恶而不受惩罚。您要知道,关于我们这个时代,尽可以大胆引用莎士比亚的一句话:'在我们这个邪恶而堕落的时代,连美德都得向恶习讨饶。'①"

"这是实在的,这是实在的,"商人同意道,"由于法庭常常宣告无罪释放,杀人案和纵火案越来越多了。您去问问乡下人吧。"

花匠米哈依尔·卡尔洛维奇扭转身来对着我们说:

"讲到我,诸位先生,我却素来怀着欣喜的心情欢迎无罪释放的判决。每逢法庭宣告'无罪'的时候,我并不为道德担忧,也不为正义担忧,正好相反,我倒感到愉快。甚至我的良心对我说,陪审员们宣告犯人无罪释放是犯了错误,哪怕在那种时候,我也还是高兴。你们自己想一想吧,诸位先生,如果法官们和陪审员们相信人胜过相信罪证、物证、言辞,那么这种对人的信心本身岂不就比任何世俗的看法崇高吗?(相信上帝并不难。宗教裁判所②的法官们也好,比伦③也好,阿拉克切耶夫④也好,都是相信上帝的。不,您得相信人!)这种信心只有少数了解基督和感觉到基督的人才会有。"

"这是个好思想。"我说。

---

① 引自莎士比亚的悲剧《哈姆雷特》第三幕,第四场。——俄文本编者注
② 13世纪天主教会侦察和审判"异端分子"的机构,对"异端分子"以及反对封建势力的人士,包括进步思想家和自然科学家,秘密审讯,严刑拷打。
③ 比伦(1690—1772),德国反动集团首领,18世纪30年代篡夺了俄国宫廷的大权。
④ 阿拉克切耶夫(1769—1834),保罗一世和亚历山大一世时权势极大的专横残暴的宠臣。

"然而这不是新思想。我记得很久以前我甚至听到过有关这方面的一个传说。那倒是个很亲切的传说，"花匠说，微微一笑，"这传说是我故去的奶奶，我父亲的母亲，讲给我听的，她是个很好的老妇人。她是用瑞典语讲话的，用俄语讲起来就不那么好听，不那么优雅了。"

可是我们请求他讲这个故事，不要顾虑俄语的粗俗。他很高兴，就慢腾腾地点上烟斗，生气地瞧一眼工人们，开口说：

"在一个小城里，住着一位上了年纪、孤孤单单、相貌不好看的先生，姓汤姆逊或者威尔逊，嗯，反正这没什么关系。问题不在于姓什么。他的职业高尚，他给人治病。他素来性情忧郁，不喜欢交际，只有在他的职业要求他说话的时候才开口。他不到任何人家里做客，跟任何人的交情都不超出默默地点一点头。他生活俭朴，像个苦行僧。问题在于他是个学者，在那时候学者跟普通人不同。他们日日夜夜观察，读书，治病，把别的一切统统看作庸俗的事情，没有时间说废话。城里的居民十分了解这一点，就极力不去拜访和空谈，免得惹他讨厌。他们都很高兴，因为上帝终于给他们送来了善于治病的人。他们想到他们的城里住着这么一个出色的人就感到骄傲。

"'他什么都懂。'他们总是这样谈到他。

"然而这样说还不够。还得再说一句：'他什么人都爱！'这个有学问的人，胸膛里跳着一颗美妙的、天使般的心。不管怎样，对他来说，这个城里的居民毕竟是外人，不是亲人，可是他爱他们像爱自己的孩子一样，为他们不惜牺牲性命。他自己害肺痨病，咳嗽，然而每逢有人来叫他看病，他总是忘了自己的病，从不顾惜自己，不管山有多高，也要喘着气爬上去。他不顾炎热和寒冷，不在乎饥饿和口渴。他不要钱，而且说来奇怪，每逢他的病人死掉，他总是同死人的亲属一起跟在棺材后面流泪。

"不久他就成为这个城里不可缺少的人了,居民们甚至暗暗惊奇,以前没有这个人他们怎么会过下来的。他们的感激是无边无际的。大人和孩子,好人和恶人,正人君子和市井无赖,一句话,所有的人都尊敬他,知道他的价值。在这个小城和附近一带,不但没有一个人会容许自己做出一点使他不愉快的事,甚至谁都不容许自己想到这种事。他外出的时候从来也不关门窗,完全相信,忍心欺负他的贼是没有的。他常常为了尽医生的责任而不得不在大道上行走,穿过树林,翻山越岭,在那种地方有许多饥饿的流浪汉出没,可是他觉得自己完全没有危险。有一天夜间,他从病人家里回来,在树林里碰到强盗来打劫,可是他们一认出他来,就在他面前恭恭敬敬地脱下帽子,问他要不要吃点东西。他说他吃饱了,他们就给他一件暖和的斗篷,一直把他送到城里,暗自庆幸命运总算给他们一个机会,让他们可以略略报答这个慷慨的人。嗯,当然,奶奶还说,就连马、牛、狗都认得他,一遇见他就现出高兴的样子。

"这个人似乎凭自己的圣洁保住自己,不受一切恶势力的侵害,就连强盗和疯子都对他抱有好感。不料,有一天早晨,人们发觉他被人打死了。他躺在峡谷里,满身是血,头盖骨被打碎了,苍白的脸上现出惊讶的神情。是的,他看见面前出现凶手的时候,凝固在他脸上的神情并不是恐惧,而是惊讶。现在你们可以想象城里城外的居民们那种悲痛的情景。大家都灰心绝望,不相信自己的眼睛了。他们问自己:谁能够杀害这个人呢?侦查人员和法医这样说:'我们看到凶杀案的一切迹象,然而由于世界上没有一个人能够杀害我们的医生,那么这看来不是凶杀案,各种迹象的总和都仅仅是普通的巧合。必须认为,这是医生在黑暗中自己失足跌进峡谷,因伤致命的。'

"全城的人都同意这个意见。大家就把医生下葬,从此谁也不提起他的暴亡。天下居然有人卑鄙歹毒到杀害医生,这似乎是无法叫人相信的。要知道,就连歹毒也总有个限度。不是吗?

"可是突然,你们再也想象不到,事有凑巧,凶手被发现了。人们看见一个多次受审而以生活放荡出名的无业游民,在酒店里拿出一个鼻烟盒和一块怀表换酒喝,这两样东西原是医生的。大家纷纷揭发他,他慌了,胡诌出一篇明显的谎话。大家就到他家里去搜查,在他床上找到一件衬衫,袖子上有血迹,还有一把放在镀金的刀鞘里的医生用的柳叶刀。这还用得着再找另外的罪证吗?他们把这个坏蛋送进监狱。居民们十分气愤,同时又说:

"'这真叫人不能相信!不可能有这种事!当心啊,可别弄错。是啊,有的时候罪证也靠不住!'

"在法庭上,凶手抵死不肯认罪。一切证据都对他不利,要证实他有罪就像证实这块土地是黑的那么容易。可是法官们似乎神志失常了,他们把每种罪证都考虑十来次,不大信任地瞧着证人们,涨红了脸,不住地喝水。……审问从一清早就开始,直到傍晚才完结。

"'被告!'审判长对凶手说,'法庭认为你犯了杀害某某医生的罪,判你……'

"审判长原要说'死刑',可是他丢掉手里那张写着判决的文件,擦一擦冷汗,叫起来:

"'不行!如果我审问不公,那就让上帝惩罚我吧,总之我要赌咒:他没有罪!我不能设想,世界上居然有人敢于杀害我们的朋友和医生!人不能堕落得这么深!'

"'是的,这样的人是没有的。'别的法官同意道。

"'对!'人群叫道,'放了他吧!'

"凶手就此释放,完全自由了。没有一个人责备法官们审判不公。我的奶奶说,就连上帝也看在这种对人的信心上,饶恕了那个小城全体居民的罪过。上帝看到大家相信人是上帝的形象就高兴,如果大家忘记了人类的尊严,把人看得连狗都不如,上帝就伤心。就算这个宣告无罪的判决会给小城的居民带来损害,但是另一方面,你们想想看,这种对人的信心,反正不会成为死的东西,一定会对他们产生多么良好的影响。这种信心会在我们心中培养宽宏大量的感情,永远促使我们热爱和尊敬每一个人。每一个人!这才是要紧的。"

  米哈依尔·卡尔洛维奇讲完了。我的邻居有心反驳他几句,可是花匠头目做出一个手势,表示他不喜欢反驳。然后,他就离开这儿,往板车那边走去,脸上现出庄严的神情,继续去干装车的事了。

一八九五年

三　　年

一

　　天刚黑,可是这儿那儿的房子里已经点亮灯火,一轮苍白的明月开始在街道尽头营房后面升上来了。拉普捷夫坐在大门外一条长凳上,等着彼得和保罗教堂里的晚祷结束。他巴望尤丽雅·谢尔盖耶芙娜做完晚祷回家会走过这儿,那他就可以跟她谈谈,说不定还会跟她一块儿度过整个傍晚哩。

　　他已经坐了一个半钟头,在这段时间里,他的想象力描绘着莫斯科的住宅、莫斯科的朋友、听差彼得、他的写字台。他困惑地瞧着乌黑不动的树木,暗暗觉得奇怪:现在他竟然不是住在索科尔尼吉别墅里,却住在外省城市的一所房子里,每天早晨和傍晚都有人赶着大群的牲畜从这所房子前面经过,在这种时候就会扬起可怕的滚滚烟尘,吹起号角。他想起没有多久以前他还在莫斯科亲身参加过好多次漫长的谈话,大家谈到没有爱情照样可以生活,热烈的爱情无非是精神变态,归根结蒂,压根儿就没有什么爱情,只有两性肉体方面的吸引而已,等等。他记起这些,就忧郁地暗想,如果现在有人问他什么叫作爱情,他就会答不上来。

　　晚祷结束,人们纷纷出现。拉普捷夫紧张地端详那些乌黑的人影。主教已经坐着轿车走过去,教堂的钟不再敲响,钟楼上那些红色和绿色的灯火已经一个个陆续熄灭(这是每逢教堂的命名节才点亮的彩灯),人们还在不慌不忙地走出来,谈着话,在窗子底下站住。可是后来,拉普捷夫终于听见一个熟悉的嗓音,他的心猛烈地跳起来,可是尤丽雅·谢尔盖耶芙娜不是单身一个人,而是跟两位太太在一块儿,他简直绝望了。

"这真要命,要命!"他小声说着,心里为她感到懊丧,"这真要命!"

在一条小巷的拐角处,她站定下来,跟两位太太道别,同时朝拉普捷夫望了望。

"我正要去看您,"他说,"我要找您的父亲谈谈天。他在家吗?"

"大概在家,"她回答说,"这时候他到俱乐部去还嫌太早。"

小巷里,两旁都是花园,围墙旁边栽着菩提树,这时候在月光下,投下宽阔的阴影,以致围墙和大门有一边完全淹没在黑暗里。那边传来女人的低语声和抑制的笑声,有个人在轻轻弹三弦琴。空中有菩提树和干草的香气。那些看不见的女人的低语声和这种香气惹得拉普捷夫神魂飘荡,他忽然想热烈地拥抱他的同伴,不住地吻她的脸、胳膊、肩膀,哭一场,在她脚跟前跪下,讲他等了她多么久。从她身上飘来轻微得几乎闻不出来的神香气味,这使他想起当初他也信奉上帝,也做晚祷的时光,那正是他渴望富有诗意的纯洁爱情的时光。然而这个姑娘并不爱他,于是他觉得当初他所渴望的那种幸福,如今对他来说,已经永远不可能实现了。

她关切地讲起他姐姐尼娜·费多罗芙娜的健康。两个月以前他姐姐切除肿瘤,现在大家料着这病会复发。

"今天早晨我去看过她,"尤丽雅·谢尔盖耶芙娜说,"我觉得这个星期她倒不显瘦,可是显得憔悴了。"

"是啊,是啊,"拉普捷夫同意说,"病倒没有复发,不过我看得出来,她在一天天地弱下去,我眼看着她油干灯草尽。我不明白她是怎么回事。"

"主啊,要知道当初她多么健康、丰满,脸色多么红润啊!"尤丽雅·谢尔盖耶芙娜沉默一会儿以后说,"这儿的人都管她叫作莫斯科人。她多么爱扬声大笑!遇到节日,她总是打扮成普通村妇的模样,这倒对她很相称呢。"

医生谢尔盖·包利绥奇在家,他红脸膛,胖身材,穿一件长过膝头的常礼服,看上去显得腿很短。他在书房里从这个墙角走到那个墙角,两只手插在衣袋里,嘴里低声哼着:"鲁-鲁-鲁-鲁。"他那灰白的连鬓胡子乱蓬蓬的,头发也没有梳,好像他刚起床似的。在他的书房里,长沙发上放着枕头,墙角上堆着一捆捆旧文件,桌子底下躺着一条肮脏而有病的卷毛狗,这一切如同他本人一样,给人一种不整洁、乱糟糟的印象。

"拉普捷夫先生要见你。"他女儿走进书房里说。

"鲁-鲁-鲁-鲁,"他越发大声哼着,转身走进客厅,跟拉普捷夫握手,问道,"您有什么好消息吗?"

客厅里很暗。拉普捷夫没有坐下,手里拿着帽子,为打搅医生而道歉。他问,应该怎么办才能使他姐姐晚上睡得着觉,为什么她瘦得这么厉害。他想起今天早晨他来拜访的时候似乎已经对医生提出过这些问题,就心慌了。

"您说说,"他问,"我们要不要从莫斯科请一位内科专家来?您认为怎么样?"

医生叹口气,耸一耸肩膀,两只手做出一个意义不明的姿势。

显然他生气了。他是个非常容易生气、性情多疑的医生,老是觉得人家不相信他、不承认他、不大尊敬他,老是觉得人们占他的便宜,同行们对他不怀好意。他总是嘲笑自己,说像他这样的傻瓜生来就纯粹是为了让人骑在头上的。

265

尤丽雅·谢尔盖耶芙娜点亮灯。她在教堂里累了,这可以从她那苍白困倦的脸容,从她没有力气的步态上看出来。她想休息一会儿。她在长沙发上坐下,手放在膝头上想心事。拉普捷夫知道自己不漂亮,这时候他好像周身感到自己长得难看。他身量不高,精瘦,脸上发红,头发已经很稀,弄得脑袋都感到冷了。优美而纯朴的神态甚至能使粗俗而不漂亮的脸变得可爱,可是他的表情却完全缺乏这一点。他跟女人周旋,总觉得别扭,做作,说话太多。现在他差不多因此看不起他自己了。为了让尤丽雅·谢尔盖耶芙娜跟他在一块儿不致觉得气闷,他应当讲点话才好。可是讲什么呢?还讲他姐姐的病吗?

他就开始讲医学,讲些老生常谈。他称赞卫生学,说他早就有意在莫斯科开办一家夜店,说他甚至造过预算。按照他的计划,一个工人晚间来到夜店,花五六个戈比就可以吃到一份滚热的白菜汤和面包,睡到一张暖和干燥、铺好被褥的床,另外还有地方晾干衣服和靴子。

有他在场,尤丽雅·谢尔盖耶芙娜照例不开口。他呢,以一种奇怪的方式,也许是凭恋人的直觉吧,却能猜出她的思想和心意。这时候他就在推测:既然她做过晚祷以后不回到自己的房间去换衣服、喝茶,那么可见她今天傍晚还要出外到什么地方去做客。

"然而我并不急于开办夜店,"他带着气愤和烦恼接着对医生说,医生有点茫然而困惑地瞧着他,显然不明白他有什么必要谈医学和卫生学,"大概我还不会很快就动用我们那笔预算。我担心我们的夜店会落到莫斯科那些假善人和办慈善事业的太太们手里,任何创举都会断送在他们手里。"

尤丽雅·谢尔盖耶芙娜站起来,对拉普捷夫伸出一只手。

"对不起,"她说,"我得走了。请您费心问候您的姐姐。"

"鲁-鲁-鲁-鲁,"医生哼起来,"鲁-鲁-鲁-鲁。"

尤丽雅·谢尔盖耶芙娜走出去。拉普捷夫过了一会儿向医生告辞,回家去了。当一个人感到不满意,觉得自己不幸的时候,那些菩提树啦,阴影啦,云啦,总之,大自然种种自满自得、淡漠无情的景色,使他多么生厌啊!月亮已经升得很高,月亮下面的云跑得很快。"可是月亮多么平淡,多么俗气,云也多么稀薄,多么寒伧啊!"拉普捷夫想。他回忆刚才谈到医学和夜店,不由得羞愧,他战兢兢地想到明天他又会失魂落魄,又会设法见到她,找她谈话,结果再一次相信她和他不投缘。后天呢,仍旧是这一套。这是为了什么呢?这种局面什么时候才会结束,怎样才能结束呢?

回到家里,他去看他的姐姐。从外表看来,尼娜·费多罗芙娜好像还健壮,使人觉得她是个身材匀称的、有力的女人;可是她那惨白的脸色却使她活像个死人,特别是她像现在这样平躺在床上,闭着眼睛的时候。她那十岁的大女儿萨霞坐在她旁边,拿着自己的文选读本,念给她听。

"阿辽沙来了。"病人轻声自言自语说。

萨霞和她的舅舅早已有了默契:两个人轮流陪伴病人。现在萨霞就合上她的文选读本,一句话也没说,悄悄地走出房外去了。拉普捷夫从五斗橱里拿出一本历史长篇小说来,找到上次念到的那一页,坐下来大声念起来。

尼娜·费多罗芙娜是在莫斯科出生的。她和两个弟弟在皮亚特尼茨基街上自己的商人家庭里度过童年和少年时代。她的童年时代漫长而乏味,她父亲为人严厉,甚至用树条打过她两三次。她母亲长期害病,后来死了。家里的仆人肮脏,粗鄙,伪善。教士和修士常到她家里来,他们也粗鄙,伪善。他们喝酒,吃菜,粗鄙地奉承她父亲,其实他们并不喜欢他。男孩们倒还算幸运,进了学校,尼娜却一直没上过学,一辈子字写得歪歪扭扭,除了历史小说外,别的书都不读。十七年前,她二十二岁的时候,在希木吉的别墅里

267

认识她现在的丈夫,地主巴纳乌罗夫,爱上他,违背她父亲的意志私下里跟他结了婚。巴纳乌罗夫相貌漂亮,举止有点放肆,凑着圣像前面的灯点纸烟,随时吹几声口哨;在她父亲的心目中是个十足没有出息的人。后来这个女婿写信给他要陪嫁,老人就写信告诉女儿说,他要把她母亲死后留下的皮大衣、银器和各种什物,外加三万卢布寄到她乡下去,然而他不给他们祝福,也就是不承认这段婚姻。后来他又寄去两万。这两笔钱和嫁妆统统被他花光,田产卖掉,随后,巴纳乌罗夫带着一家人搬进城里,他在省政府当差。在城里,他安了另一个家,这件事每天都引起许多议论,因为他那不合法的家庭是公开存在的。

尼娜·费多罗芙娜崇拜她的丈夫。现在,她听着历史小说,暗想这许多年月她有过多少经历,经受过多少痛苦,如果有人把她的一生写下来,那会是一本很凄凉的书。由于她的肿瘤生在胸脯里,她相信她是因为爱情,因为家庭生活才得了病,妒忌和眼泪使她躺倒在床上了。

可是这时候阿历克塞·费多雷奇①合上书本,说:

"谢天谢地,念完了。明天要换一本。"

尼娜·费多罗芙娜笑起来。她素来爱笑,可是现在拉普捷夫留意到,她得这种病后有的时候似乎不大容易控制自己,只要有一点点小事,她就会发笑,甚至无缘无故笑起来。

"午饭以前你不在家的时候,尤丽雅上这儿来了,"她说,"依我看来她不大相信她的爸爸。她说:'让我爸爸给您看病好了,不过您还是应该悄悄给修道院的长老写一封信,求他为您祷告。'他们这个地方就有位长老。尤列琪卡②把她的阳伞忘在我这儿了,

---

① 阿历克塞·费多雷奇是拉普捷夫的名字和父名,上文的阿辽沙是阿历克塞的小名。
② 尤丽雅的爱称。

明天你给她送去吧，"她沉默一会儿，接着说，"哎，真要是大限到了，那么大夫也好，长老也好，都无济于事。"

"尼娜，为什么你晚上总是睡不着觉？"拉普捷夫问，想换一个话题。

"不为什么。我睡不着，就是这么的。我躺着想心事。"

"你想些什么呢，亲爱的？"

"想孩子，想你……想我自己的一生。要知道，阿辽沙，我经受过多少痛苦啊。我回想起来，回想起来……主啊，我的上帝！"她说，笑起来，"这可不是说着玩的，我生过五个孩子，死了三个。……不止一次，我正要生孩子，我的格利果利·尼古拉伊奇却在别人家里坐着，我要找个人去请助产士或者接生婆都找不到。我就到前堂或者厨房去找仆人，那儿却有些犹太人、小铺老板、放高利贷的，在等他回家来。那时候我的头都晕了。……他不爱我，就是没有说出口。现在呢，我看开了，心头也轻松了，而从前，我年轻的时候，心里可真难过，可真难过，哎，难过得要命，我的亲人！有一回，那还是我们住在乡下的时候，我在花园里碰见他跟一个女人在一块儿，我就走开了……我胡乱走着，自己也不知道怎么就走到教堂门前的台阶上了。我跪下去，说：'圣母啊！'四下里一片夜色，月光明亮。……"

她累了，喘起来，后来她歇了一会儿，拉住她弟弟的手，用衰弱而低哑的声音接着说：

"你，阿辽沙，心肠多么好。……你多么聪明。……你成了一个多么好的人啊！"

夜半，拉普捷夫向她道了晚安，出去的时候随手带走了尤丽雅·谢尔盖耶芙娜忘在这儿的那把阳伞。虽然时间已经很晚，可是有些男仆和女仆还在饭厅里喝茶。多么杂乱无章！孩子们没有睡觉，也待在饭厅里。他们小声说话，压低嗓音，没有留意灯在暗

269

下来,很快就要熄掉了。所有这些大人和孩子都给一连串不吉利的兆头搅得心神不宁,情绪郁闷:前厅里的镜子打碎了,茶炊每天都呜呜地叫,而且仿佛故意捣乱似的,就连现在也在呜呜地叫;据说尼娜·费多罗芙娜穿衣服的时候,从她的鞋里跳出一只老鼠来。所有这些兆头的可怕含义孩子们都懂得;大女儿萨霞,这个精瘦的黑发姑娘,坐在桌旁一动也不动,她脸上现出惊恐哀伤的神情,小女儿丽达才七岁,是个胖胖的金发姑娘,这时候站在她姐姐身旁,皱起眉头瞧着灯光。

拉普捷夫走下楼到自己的房间去,楼下的几个房间天花板挺低,经常弥漫着天竺葵的气味,令人感到窒闷。尼娜·费多罗芙娜的丈夫巴纳乌罗夫坐在客厅里,正在看报。拉普捷夫对他点点头,在他的对面坐下。两个人坐在那儿一句话也不说。他们常常照这样沉默地度过整个傍晚,这种沉默并不使他们感到别扭。

两个小姑娘从楼上下来道晚安。巴纳乌罗夫沉默着,不慌不忙地在她们两人胸前画好几次十字,让她们吻他的手。她们行完屈膝礼,走到拉普捷夫跟前,他也得给她们画十字,让她们吻手。这一套吻手和屈膝礼的仪式每天晚上都要重演一遍。

等到姑娘们走出去,巴纳乌罗夫就把报纸放在一旁,说:

"在我们这个受上帝保佑的城里,乏味得很!老实说,我亲爱的,"他叹口气,补充了一句,"我很高兴:您总算给自己找着一种消遣了。"

"您这话是什么意思?"拉普捷夫问道。

"刚才我看见您从医生别拉文的家里出来。我想,您总不是为了那位爸爸才去的吧。"

"当然。"拉普捷夫说,脸红了。

"嗯,当然。顺便说一句,像这位爸爸那样的老畜生,您就是白天打着火把也找不出第二个来。您简直不能想象,他是个多么卑鄙、无能、蠢笨的畜生！你们京城里的人至今还是只从抒情的一面，只从所谓的风景和苦命人安东①的一面对外省发生兴趣，可是我向您发誓，我的朋友，这儿压根儿就没有什么抒情诗，只有野蛮、卑鄙、下流，如此而已。您就拿此地那些献身于科学的人，此地那些所谓的知识分子来说吧。您想一想，此地的城里有二十八个医生，他们都给自己挣下家业，住在自己的房屋里，而当地的居民却跟从前一样，处在最无依无靠、缺医少药的状态之中。比方说，尼娜需要动一次手术，其实是平常的手术，可是为这种手术就不得不从莫斯科请一个外科医生来，这儿没有一个医生能承担这种手术。这是您再也想象不到的。他们什么也不会，什么也不懂，对什么事也不发生兴趣。比方说，您去问他们：什么叫作癌？这是什么东西？它是怎么产生的？问了也是白搭。"

巴纳乌罗夫就开始解释什么叫作癌。各种科学他都在行，不管谈到什么，他都要从科学方面加以解释。可是他解释起来有他自己独特的说法。他有他自己的血液循环理论、他的化学理论、他的天文学理论。他讲得缓慢，柔和，动听，用恳求的声调说出"您再也想象不到"这句话，眯细眼睛，懒洋洋地叹气，像皇帝那样宽大地微笑着，显然十分满意自己，根本没有想到他已经五十岁了。

"我想吃点什么，"拉普捷夫说，"要是有点盐腌的什么东西，我会吃得很痛快的。"

"哦，那有什么困难？马上就可以照办。"

过了一会儿，拉普捷夫和他的姐夫在楼上饭厅里坐下来吃晚饭。拉普捷夫喝下一杯白酒，然后开始喝葡萄酒，可是巴纳乌罗夫什么酒也不喝。他素来不喝酒，不赌博，尽管这样却仍旧花光了他

---

① 俄国作家格里戈罗维奇的中篇小说《苦命人安东》的主人公，是个遭受惨重剥削的农奴。

271

自己的和他妻子的财产,欠下许多债。要在这么短的一段时间里花掉这么多的钱财,那就不是需要有嗜好,而是需要有另外一种什么东西,需要有一种特殊的才能了。巴纳乌罗夫喜欢吃精致的菜,喜欢上等的餐具,喜欢边吃饭边听音乐,喜欢在宴席上致祝词,喜欢仆役鞠躬敬礼,他满不在乎地赏给他们酒钱,一赏就是十个卢布,甚至二十五个卢布。各种募捐和抽彩会他必定参加,遇到他熟识的女人过命名日,他总要派人送花束去。他常买茶碗、茶碗托、袖扣、领结、手杖、香水、烟嘴、烟斗、小狗、鹦鹉、日本物品、古董。他的睡衣是绸子的,床是乌木做的,镶着珠母,他的家常长袍是真正的布哈拉货,等等,在这些东西上,用他自己的话来说,每天都花掉"数不尽的钱"。

吃晚饭的时候,他老是叹气,摇头。

"是啊,在这个世界上样样事情都会了结的,"他轻声说道,眯细他的黑眼睛,"您会落入情网,受苦,然后不再爱您的女人;女人也会对您负心,因为没有一个女人不负心,您呢,就会受苦,心灰意懒,临了您自己也会干负心的事。不过,总有一天这些事都会变成回忆,您就会冷静地思考,认为这都是十足的小事。……"

拉普捷夫累了,有了几分酒意,瞧着他姐夫的漂亮的头发、剪短的黑胡子,似乎明白了女人为什么会那么喜欢这个娇生惯养、自以为是、在肉体方面颇有魅力的人了。

吃完晚饭以后,巴纳乌罗夫没有待在家里,到另一个住处去了。拉普捷夫送他出门。全城只有巴纳乌罗夫一个人戴高礼帽,每逢他在那些灰色围墙旁边,那些寒伧的有三个窗子的小屋旁边,那一丛丛杂草旁边经过,他的装束讲究而华美的外形、他的高礼帽、他的橙黄色手套总给人们留下又古怪又忧郁的印象。

拉普捷夫跟他分手以后,不慌不忙地走回自己的房间。月光明亮,地上的每一根小草都看得清,拉普捷夫觉得仿佛月光在抚摸他没戴帽子的脑袋,仿佛有人用羽毛梳他的头发似的。

"我在恋爱啊!"他大声说,突然想要跑过去,追上巴纳乌罗夫,搂住他,宽恕他,送给他许多钱,然后跑到旷野上,跑进小树林,不住地往前跑,连头也不回。

他回到家里,看见一把椅子上放着尤丽雅·谢尔盖耶芙娜忘记拿走的那把阳伞,就拿过来,贪婪地吻它。阳伞是绸子的,已经不新了,用一根旧的松紧带捆着,伞柄是用价钱便宜的、普通的白骨做的。拉普捷夫打开伞,让它罩住他的头顶,他觉得四周甚至散发出幸福的气息。

他让自己坐得舒服点,手里没有放下那把阳伞,开始给一个住在莫斯科的朋友写信。

亲爱的、宝贵的柯斯嘉①,告诉您一个新闻:我又恋爱了!我说"又",那是因为大约六年以前我曾爱上莫斯科的一个女演员,其实我甚至没有机会跟她相识;而在最近这一年半当中我跟您知道的"某女士",一个既不年轻也不漂亮的女人同居。哎,亲爱的,一般说来,我在恋爱方面是多么不走运啊!我在女人方面从没得到过成功,如果我说"又",那只是因为我有点忧郁和痛心地暗自承认我的青春完全没有爱情就逝去了,直到现在我三十四岁,才头一次真正地恋爱。不过,就算我"又"在恋爱吧。

但愿您知道她是个什么样的姑娘才好!她不能说是美人,宽脸膛,很瘦,不过另一方面,她那善良的表情多么美,笑起来多么好看啊!她一讲话,她的嗓音就像是在唱歌,跟铃铛一样清脆。她从来没有跟我长谈过,我不了解她,可是每逢我待在她身边,我总觉得她是个少有的、不平常的人,充满智慧

---

① 柯斯嘉是康斯坦丁的小名。

和高尚的抱负。她信教,您再也想象不到这一点多么感动我,提高她在我心目中的地位。关于这一点,我准备跟您无休无止地争论下去。您是对的,就算您的想法有理吧,然而她在教堂里祷告的时候,我仍旧爱她。她是外省人,不过她在莫斯科读过书,喜欢我们的莫斯科,她的装束就是按莫斯科的款式,因此我爱她,爱她,爱她。……我看见您皱起眉头,站起来,要对我发表长篇演说,谈论什么叫作爱情,哪些人可以爱,哪些人不可以爱,等等,等等。可是,亲爱的柯斯嘉,当初我没有爱什么人的时候,我自己也清楚地知道什么叫作爱情。

我的姐姐感谢您的问候。她常回忆从前怎样把柯斯嘉·柯切沃依送到中学预备班去。她至今还把您叫作"可怜的小东西",因为您从前做孤儿的情形她至今都记得。那么,可怜的孤儿,我在恋爱了。眼前这件事是个秘密,千万不要告诉那边您认识的"某女士"。这件事,我想,自然会得到妥善解决的,或者像托尔斯泰的听差①所说的那样,会顺顺当当了结的。……

拉普捷夫写完信就上床睡下。他累了,眼睛自动闭上,可是不知什么缘故,他却睡不着觉,似乎街上的嘈杂声吵得他睡不着。人们赶着成群的牛羊走过街道,吹响号角,不久,教堂里打钟,召人去做晨祷。忽而一辆板车吱吱嘎嘎地驶过去,忽而又传来一个到市场去的村妇的说话声。麻雀也不住地啾啾地叫。

二

这是个欢畅的节日早晨,十点钟,尼娜·费多罗芙娜穿一件棕

---

① 指托尔斯泰的《安娜·卡列尼娜》中的一个听差,见该书第一部,第二章。

色连衣裙,梳好头发,由人搀到客厅里来。她在客厅里走了一会儿,在敞开的窗口站住,现出爽朗而天真的笑容,人们瞧着她就会想起当地一个酗酒的画家把她的脸叫作"笑脸儿",想按照她来画一幅俄国谢肉节的画。所有的人,孩子也好,仆人也好,甚至她弟弟阿历克塞·费多雷奇和她本人也包括在内,都忽然生出信心,认为她一定会恢复健康。小姑娘们尖声笑着,追她们的舅舅,捉住他,于是家里便热闹起来了。

不断有外人来,探问她的病情,带来圣饼,说是今天几乎所有的教堂里都在为她做祷告。她在这个城里是慈善家,大家都喜爱她。她行善是异常随便的,就跟她弟弟阿历克塞·费多雷奇一样,他也是不考虑该不该给,就很随便地把钱散发出去。尼娜·费多罗芙娜常为穷学生付学费,把茶叶、白糖、果酱发给老太婆们,为穷新娘定做嫁衣。如果她手里拿到报纸,她就先找一下,有没有人发出求助的呼吁或者有关某人景况穷困的简讯。

现在她手里拿着一叠字条,各式各样的穷人,向她求助的人,就凭这些字条在杂货铺里赊购货物,昨天商人把这些字条送到她这儿来,要求她付出八十二卢布。

"瞧,他们拿走多少东西,这些没良心的!"她说,费力地辨认她在那些字条上写的难看的字迹,"这是闹着玩的吗?八十二卢布哪!我就是不给!"

"今天我来付。"拉普捷夫说。

"这是为什么,为什么?"尼娜·费多罗芙娜激动地说,"我每月从你和另一个弟弟那儿收到二百五,这就够多的了。求上帝保佑你们。"她小声补充道,为的是不让仆人听见。

"哼,我一个月却要用掉二千五呢,"他说,"我再对你说一遍,亲爱的:你同样有花钱的权利,就跟我和费多尔一样。这一点你务必要明白。父亲生下我们三个,那么每三个戈比里就有一个是属于你的。"

然而尼娜·费多罗芙娜不明白,从她的神情看来,她好像是在心里解答一道很难的算术题。她总弄不清金钱方面的事,每一次都惹得拉普捷夫不安,发窘。此外,他疑心她个人有债务,只是不好意思对他说,而且那些债务使得她痛苦。

这时候响起了脚步声和喘气声。这是医生上楼来了,他照例蓬头散发,衣冠不整。

"鲁-鲁-鲁,"他哼着,"鲁-鲁。"

拉普捷夫不想跟他见面,就走进饭厅,然后下楼,回到自己的房间去了。他心里明白,要跟这位医生亲近起来,随便到他家里坐坐,是不可能的事,跟这个巴纳乌罗夫称之为"老畜生"的人见面,是不愉快的。因此他很少跟尤丽雅·谢尔盖耶芙娜见面。这时候他暗自思忖,她父亲不在家,如果现在他给尤丽雅·谢尔盖耶芙娜送伞去,他就能见到她一个人在家,于是,他的心就快活得缩紧了。赶快,赶快!

他拿起阳伞,心情十分激动,驾着爱情的翅膀飞出去了。街上很热。医生家的大院子里生满杂草和荨麻,有二十来个男孩在玩皮球。这些男孩都是医生的房客们的孩子,他们的父亲是工人,分住在三间又旧又难看的厢房里,医生每年都打算修缮厢房,却一直拖延下来。空中响着清脆健康的说话声。院子另一边,远远的,在正房的台阶上,站着尤丽雅·谢尔盖耶芙娜,倒背着双手,在看孩子们游戏。

"您好!"拉普捷夫招呼道。

她回过头来看。通常他总是看见她神情淡漠,冷冰冰的,或者像昨天那样疲乏,可是现在她的神态却活泼,生气勃勃,跟那些玩球的男孩一样。

"您瞧,莫斯科人从来也不会玩得这么快活,"她说,迎着他走过来,"不过呢,那边可也没有这么大的院子,要跑也没有空地方。爸爸刚才到您家里去了。"她补充说,不住地回头看那些孩子。

"我知道,不过我不是来看他,而是来看您的。"拉普捷夫说,欣赏着她的青春的朝气,这种朝气他以前从没看到过,仿佛直到今天才在她身上发现似的,他觉得好像今天还是头一次看见她那挂着金项链的又细又白的脖子。"我是来看您的……"他又说一遍,"我姐姐叫我给您送阳伞来,您昨天忘记拿走了。"

她伸出手来要接阳伞,可是他把伞按在胸口上,又生出昨天晚上坐在伞下面所感到的那种甜蜜的兴奋,他热烈而没法抑制地说:

"我求您把它送给我。我留着它来纪念您……纪念我们的结交。这把伞多么好啊!"

"那您就拿去好了,"她说,脸红了,"不过这把伞说不上有什么好。"

他痴迷地瞧着她,没有开口,不知道该说什么好。

"我干吗叫您晒太阳呢?"她沉默一会儿之后说,笑起来,"到屋里去吧。"

"那我不打搅您吗?"

他们走进前厅。尤丽雅·谢尔盖耶芙娜跑上楼去,她那件带浅蓝色小花的白色连衣裙沙沙地响。

"谁也不可能打搅我,"她在楼梯上停住脚,回答说,"要知道,我从来什么事也不做。在我,每天从早到晚都是放假。"

"您讲的这些话,在我是没法理解的,"他说,往她那边走过去,"我生长在大家每天都劳动的圈子里,不论男人或者女人都没有例外。"

"可是如果没有什么事可做呢?"她问。

"必须把自己的生活安排在非劳动不可的环境里。没有劳动就不可能有纯洁快乐的生活。"

277

他又把阳伞按在胸口上,轻声讲出一些出乎自己意外的话来,连他的声调都变了:

"要是您同意做我的妻子,我情愿献出一切。我情愿献出一切。……不论什么样的代价,什么样的牺牲,我都愿意承担。"

她打了个哆嗦,又惊讶又恐惧地瞧着他。

"您在说什么,您在说什么呀!"她说,脸色变白了,"我老实跟您说,这是不可能的。请原谅。"

说完,她很快地往上面走去,她的连衣裙又沙沙地响起来,然后她关上房门。

拉普捷夫明白这是什么意思,他的心绪顿时大变,仿佛他心灵中的亮光忽然熄灭了。当他走出这所房子的时候,他体验到一个遭到白眼、不为人所喜欢、招人讨厌、也许恶劣得使人避之唯恐不及的人所感到的羞耻和屈辱。

"献出一切,"他在炎热中走回家去,想起他表白爱情的详细情形,就暗暗挖苦自己,"献出一切,完全是商人做生意的口气。谁稀罕你的一切!"

他觉得刚才他所说的那些话愚蠢得叫人恶心。为什么他撒谎说,他是在一个大家都毫无例外地劳动的圈子里长大的呢?为什么他用教训的口吻说起纯洁快乐的生活呢?这是不聪明的,没趣味的,虚伪的,而且是莫斯科式的虚伪。不过接着他渐渐产生了一种囚犯听过严峻的判决以后生出的那种冷漠心情。他已经在想:谢天谢地,现在事情总算过去,那种吉凶未卜的可怕局面没有了,再也用不着成天价巴望,心焦,老是想着一件事了。现在一切都已经明朗,他必须丢开对个人幸福的一切希望,就此没有愿望,没有希望地生活下去,不再梦想,不再期望。为了避免那种他已经不愿意忍受的烦闷无聊,他不妨去管别人的事,操心别人的幸福,然后老年就会不知不觉到来,生命走到尽头,于是他也就什么都不需要了。他已经满不在乎,什么也不指望,能够冷静地思考了,然而他脸上,特别是眼睛底下,却有一种沉重的感觉,额头像橡皮似的绷紧,眼泪马上就要流出来。他感到周身无力,上床躺下,大约过了五分钟就睡熟了。

三

拉普捷夫那么出乎意外地求婚,使得尤丽雅·谢尔盖耶芙娜心乱如麻。

她对拉普捷夫了解不多,是偶然跟他相识的。他很有钱,是莫斯科著名的"费多尔·拉普捷夫父子商行"的代表,平素总是十分严肃,看样子挺聪明,关心他姐姐的病。她觉得他似乎一点也没有注意过她,她自己也对他十分冷淡,可是忽然他在楼梯上求爱,那张可怜的、痴情的脸。……

这次求婚弄得她心慌意乱,因为这太突然,因为他说出了"妻子"这两个字,因为她不得不回绝。她已经记不得她对拉普捷夫说了些什么,不过她回绝他的时候那种急躁而不愉快的心情,至今还残留在她心中。她看不中他,他的外貌像是个店员,他自身也不招人喜欢,她除了拒绝以外不能回答别的话,然而她仍旧觉得别扭,仿佛她做得不对似的。

"我的上帝啊,他还没有走进房间,干脆就在楼梯上讲出来了,"她对着挂在她床头上方的圣像,心乱如麻地说,"他事先也没向我献过殷勤,就这么古怪地、蹊跷地讲出来了。……"

在孤身一人的处境里,她的不安每个钟头都在增长。她一个人没有力量应付这种沉重的心境。应当有个人听她讲一讲,对她说她做得对才成。然而她又找不到一个可以谈谈的人。她的母亲早已去世,至于她的父亲,她认为是个怪人,她不能跟他认真谈话。

他那种任性的脾气、过于爱抱怨的性情、意义不明的手势总是弄得她不自在。只要她一跟他谈话,他就立刻开始讲他自己。在祷告的时候,她也不能谈得十分畅快,因为她自己也不能确切地知道自己究竟要向上帝祈求什么。

茶炊端来了。尤丽雅·谢尔盖耶芙娜走进饭厅,脸色十分苍白,疲倦,带着无可奈何的样子,开始烧茶,这是她的本分,然后她给她父亲斟上一杯。谢尔盖·包利绥奇穿着他那件长过膝盖的上衣,满脸通红,头发也没梳,手揣在衣袋里,在饭厅里走动不停,然而不是从这个墙角走到那个墙角,而是胡乱地走,活像一头关在笼子里的野兽。他在桌子旁边站住,津津有味地喝下那杯茶,又走动起来,一直在想什么心事。

"拉普捷夫今天向我求婚来着。"尤丽雅·谢尔盖耶芙娜说,脸红了。

医生瞧着她,仿佛没有听懂。

"拉普捷夫?"他问,"巴纳乌罗夫太太的弟弟吗?"

他爱他的女儿。固然,他女儿早晚要出嫁,离开他,可是他极力不去想这件事。孤身一人是他所害怕的,不知什么缘故,他觉得,如果他一个人待在这所大房子里,他就会中风,可是这一点他不喜欢照直说出来。

"哦,我很高兴,"他说,耸耸肩膀,"我衷心向你道喜。这一下子你可要大大高兴了,因为你有个极好的机会可以跟我分手了。我完全了解你。在你这种年纪,跟你的老父亲这样一个疯疯癫癫的病人住在一起,一定很难受。我非常了解你。要是我早一点死,要是魔鬼抓了我去,大家倒会很痛快。我衷心向你道喜。"

"我回绝他了。"

医生顿时心头轻松了,可是他已经没有力量停住口,只得接着说下去:

"我纳闷,老早就在纳闷:为什么人家至今还没把我送进疯人院去?为什么我身上穿着这件上衣,却没穿疯子的紧身衣?我至今仍然相信真,相信善,我是个理想主义的傻瓜,这在我们这个时代岂不就是疯癫?对于我的真心实意,对于我的诚实态度,人家是怎样回报的呢?人家几乎往我的身上扔石子,骑到我脖子上来。就连我的至亲骨肉也一心要骑到我的脖子上来,叫鬼抓了我这个老笨蛋去。……"

"跟您简直没法照普通人那样谈话!"尤丽雅·谢尔盖耶芙娜说。

她猛然从桌旁站起来,回到自己的房间去了。她想起她父亲常常对她不公平,就十分气愤。然而过了一会儿她又觉得对父亲歉然,等到他动身到俱乐部去,她就送他下楼,亲自给他关门。外面天气不好,刮风。房门被风吹得发抖,前厅里四面八方都有风吹来,几乎把蜡烛吹熄。尤丽雅走遍楼上各个房间,对着所有的窗子和房门画十字。风哀号,似乎有什么人在房顶上走动。她从来还没这么烦闷过,也没觉得这么孤单过。

她问自己:她只因为这个人的外貌不中她的意就拒绝了他,这做得对吗?不错,她不喜欢他,嫁给他就无异于永远放弃自己的梦想,放弃自己关于幸福和夫妇生活的观念,可是日后她会遇见她所梦想的那种男人,爱上他吗?她已经二十一岁了。这个城里却没有一个合适的对象。她想象她所认识的所有男子,文官啦,教师啦,军官啦,其中有的已经结婚,他们的家庭生活空洞乏味得惊人;有的不招人喜欢,缺乏光彩,不聪明,不道德。拉普捷夫呢,不管怎样总还是莫斯科人,在大学毕了业,会说法国话。他住在京城里,那儿有许多聪明的、高尚的、出色的人,那儿繁华,有非常好的剧院,有音乐晚会,有头一流的女裁缝,有糖果点心店。……《圣经》上写着妻子必须爱自己的丈夫,小说里也认为爱情有重大的意义,然而这是不是言过其实呢？莫非家庭生活缺了爱情就不行？其实,大家都说爱情很快就会过去,剩下来的无非是习惯罢了,家庭生活的根本目的不在于爱情,也不在于幸福,而在于责任,例如教养儿女,操持家务,等等。再者,《圣经》所说的对丈夫的爱也许指的就是对一般人的那种爱,对他的尊敬和宽容。

夜里,尤丽雅·谢尔盖耶芙娜专心地念晚祷词,然后跪下去,两只手按在胸口上,瞧着圣像前小灯的火苗,带着感情说:

"开导我吧,保护我们的圣母！开导我吧,主！"

她生平遇到过许多老姑娘,境况贫困,地位卑微。她们沉痛地懊悔,觉得以前不该拒绝那些求婚的男子。她自己会不会也落到这种下场呢？她要不要索性去进修道院,或者去做护士？

她脱掉衣服,在床上躺下,在自己胸前画十字,又朝周围的空间画十字。突然,过道里响起尖厉凄凉的门铃声。

"哎呀,我的上帝啊！"她说,铃声闹得她周身不好受。她躺在那儿,一直在想,这种内地的生活多么缺乏变化,单调,同时又不安宁。她常常发抖,担心会出什么事,生气,或者觉得自己不对,最后她的神经紧张得不得了,甚至不敢从被子底下往外看。

过了半个钟头,门铃声又响起来,还是那么尖厉。大概女仆睡着了,没听见。尤丽雅·谢尔盖耶芙娜点上蜡烛,浑身发抖,心里恼恨女仆,动手穿衣服。等她穿好衣服,走到过道上,使女却已经在楼下关门了。

"我还当是老爷回来了,不料来的是病家。"她说。

尤丽雅·谢尔盖耶芙娜回到自己的房间。她从五屉柜里取出一副纸牌,暗自定下一个解决的办法:把纸牌洗好,然后把洗过的牌分成两叠,上下倒置,如果底下的一张是红色的牌,那意思是"行",也就是说,应当同意拉普捷夫的求婚,如果是一张黑色的牌,那意思是"不行"。结果那张牌是黑桃十。

这使她心安下来,她睡着了,可是一到早晨,又是"行"也不成,"不行"也不成。她心想:要是她有意,现在她倒可以改变她的生活了。这个想法煎熬她,她筋疲力尽,觉得自己生病了。可是十一点刚敲过,她还是穿好衣服,去探望尼娜·费多罗芙娜。她想跟拉普捷夫见面,也许现在她会觉得他好一些,或许她一向错看了他也未可知。……

她逆着风走路很困难,几乎走不动,两只手按住帽子,由于风沙大,她什么也看不见。

四

拉普捷夫走进他姐姐的房间,出乎意料地看见尤丽雅·谢尔盖耶芙娜,就又感到了一个遭到嫌弃的人的屈辱心情。他暗自推断:既然发生过昨天那件事以后她还能够这样轻松地到他姐姐这儿来,跟他见面,可见她没有把他放在眼里,或者认为他是一个极其渺小的人物。然而临到他跟她打招呼,她脸色却发白,眼睛底下沾着灰尘,悲哀而负疚地瞧着他,他心里才明白她也在受苦。

她身体不舒服。她坐了不久,只有十分钟光景,就起身告辞了。她一面走出去,一面对拉普捷夫说:

"请您送我回家吧,阿历克塞·费多雷奇。"

他们默默地在街上走着,按住帽子,他走在后面,极力给她挡住风。胡同里风势小一点,在这儿他们俩才并排走路。

"要是昨天我态度冷淡,那就请您原谅我,"她开口了,声调发颤,仿佛她要哭出来了,"真是受罪啊!我一夜没睡好。"

"我倒通宵睡得很香,"拉普捷夫说,眼睛没看她,"不过,这并不是说我心里好受。我的生活破碎了,我深深地不幸,自从您昨天拒绝我以后,我就像个中了毒的人似的走来走去。最难启齿的话昨天已经说出口了,今天我跟您在一起就不再觉得别扭,能够痛痛快快地讲话了。我爱您胜过爱我的姐姐,胜过爱我故去的母亲。……没有姐姐,没有母亲,我能够生活下去,过去也确实生活下来了,可是缺了您,生活在我就成了没有意义的事,我没法生活下去。……"

如同往常一样,这时候他猜出了她的心意。他明白她想重提昨天的事,她只为了这一点才请求他送她,此刻正带着他到她家里去。不过,她除了昨天的回绝以外,还能补充些什么呢?她想出了什么新的话呢?从种种迹象看来,从她的目光、从她的笑容看来,甚至从她跟他并排走路的时候昂起头、挺起肩膀的神态看来,他明白她依旧不爱他,他在她眼里是生疏的。那她还有什么话要说呢?

医生谢尔盖·包利绥奇在家。

"欢迎光临,见到您非常高兴,费多尔·阿历克塞伊奇,"他说,把他的本名和父名弄混了,"非常高兴,非常高兴。"

早先他没有这样客气过,拉普捷夫推断医生已经知道他求婚的事,他不喜欢这一点。现在他坐在客厅里,这个房间里寒伧而庸俗的摆设和那些不高明的画片都给他留下古怪的印象。虽然这儿有圈椅,又有带罩子的大灯,可是看上去这个客厅仍旧像是个不适于住人的地方,倒像是一个宽敞的板棚。显然,在这个房间里,只有像医生这样的人才会觉得舒服。另一个房间比这几乎大一倍,叫作大厅,那儿只有一些椅子,像跳舞厅一样。拉普捷夫坐在客厅里,跟医生谈他的姐姐,有一个疑问开始折磨他。尤丽雅·谢尔盖耶芙娜到他姐姐尼娜那儿去,后来又带着他到这儿来,莫非是为了对他说明她接受了他的求婚?啊,这多么可怕呀,不过最可怕的是他的心里竟能生出这样的疑问。他暗自想象昨天傍晚和夜里这父女两人商量了很久,也许争论了很久,然后达到一致的结论:尤丽雅拒绝一个有钱人的求婚未免做得轻率。他的耳朵里甚至响起在

这种情形下做父母的常说的一些话:

"不错,你不爱他,可是另一方面,你想想看,你可以做成多少好事啊!"

医生要出门去看病人了。拉普捷夫想跟他一块儿走,可是尤丽雅·谢尔盖耶芙娜说:

"请您再坐一会儿,我求求您。"

她非常痛苦,心情沮丧。现在她对她自己强调说:单单因为他不招她喜欢,她就拒绝这样一个正派、善良而且热爱她的人,特别是她嫁给他以后就有可能改变她的生活,改变她的忧郁、单调、闲散的生活,改变她的虚度青春岁月而前途看不见一点光明的生活,总之,在这类情形下拒绝这件婚事,简直是发疯,简直是任性和苛求,说不定连上帝都会为这件事惩罚她的。

她父亲走了。等到他的脚步声消失,她就忽然在拉普捷夫面前站住,脸色白得吓人,同时用果断的口气说:

"我昨天想了很久,阿历克塞·费多雷奇。……我接受您的求婚。"

他弯下腰去吻她的手,她用冰凉的嘴唇别扭地吻一下他的头。他感到在这个表白爱情的场面中缺乏主要的东西,那就是她的爱情,而却有许多不必要的东西。他恨不得大叫一声,跑出门外,立刻回到莫斯科去,可是她站得那么近,显得那么美丽,于是一股热情忽然从他的心里涌起,他暗想现在再考虑也已经迟了,就热烈地搂住她,紧紧地拥抱她,嘴里含糊地说着什么,称呼她"你",吻她的脖子,然后吻她的脸,吻她的头。……

她害怕这种亲热,就走到窗前去了。他俩已经懊悔不该表白爱情,两个人都慌张地问自己:

"为什么会发生这样的事?"

"要是您知道我多么不幸就好了!"她握紧双手,说。

285

"您怎么了?"他问,走到她跟前,也握紧自己的双手,"我亲爱的,看在上帝分上,告诉我:这是怎么回事?不过千万要说实话,我求求您,千万要说实话!"

"您别管了,"她说,勉强笑一笑,"我答应您,我会做一个忠实的、本分的妻子。……今天傍晚您来吧。"

后来他坐在他姐姐身旁,念一本历史小说的时候,想起了这一切,就觉得委屈,他那美好的、纯洁的、强烈的感情竟得到这样浅薄的回报,人家并不爱他,却接受了他的求婚,这大概只是因为他有钱,也就是说,人家看重他的地方正是他自己最看轻的地方。尤丽雅纯洁,信仰上帝,一次也没有想到过钱,这是可以承认的;然而她不爱他,根本不爱他,显然她另有打算,虽则那种打算没考虑得十分周详,模模糊糊,可是仍旧不失为一种打算。医生的家由于庸俗的摆设惹他讨厌,医生本人看上去像是一个卑微而肥胖的守财奴,轻歌剧《科涅维尔的钟》①里加斯巴尔之流的人物,尤丽雅这个名字听起来有些俗气。他想象他和他的尤丽雅怎样去举行婚礼,实际上彼此十分隔膜,她对他连一丁点感情也没有,仿佛是媒婆把他们撮合在一起的。现在对他来说只剩下一种跟这桩婚事一样庸俗的安慰,那就是在这种事情上他不是头一个,也不是末一个,成千上万的人都是照这样结婚的,等到两人相处久了,尤丽雅就会逐渐了解他,也许就会爱他了。

"罗密欧与朱丽叶②!"他关上书说,笑起来,"尼娜,我成了罗密欧。你可以给我道喜,我今天向尤丽雅·别拉文娜求婚了。"

尼娜·费多罗芙娜以为他在说笑话,可是后来相信了,就哭起来。她不喜欢这个消息。

---

① 法国作曲家普朗盖特(1848—1903)的三幕轻歌剧。
② 英国诗人和剧作家莎士比亚的悲剧《罗密欧与朱丽叶》中的男女主人公。

"好吧,我给你道喜,"她说,"可是为什么这样突然?"

"不,这不算突然。事情从三月起就开始了,只是你没注意罢了。……三月间,在这儿,就在你这个房间里,我跟她相识以后,我就爱上她了。"

"本来我还以为你会娶一个我们那儿的姑娘,莫斯科的姑娘呢,"尼娜·费多罗芙娜沉默了一会儿,说,"我们那个圈子里的姑娘要纯朴些。不过,主要的是,阿辽沙,你觉得幸福就行,这是最主要的。我的格利果利·尼古拉伊奇不爱我,这没法隐瞒,你看得出我们在怎样生活。当然,每个女人都可能因为你善良,因为你聪明而爱上你,可是要知道,尤列琪卡上过贵族女子中学,是个贵族,对她来说,光是聪明和善良是不够的。她年轻,你自己呢,阿辽沙,可已经不算年轻了,而且你长得也不漂亮。"

为了缓和最后这句话,她摩挲着他的脸,说:

"你不漂亮,可是你招人喜欢。"

她十分激动,连她的脸上都现出了淡淡的红晕。她兴致勃勃地谈到,由她来拿着圣像给阿历克塞祝福,不知是不是合适,她说她是大姐,应该可以替代他的母亲。她竭力劝她那沮丧的弟弟,说婚礼要办得体面,隆重,热闹,免得让人议论。

后来,他就凭未婚夫的身份到别拉文家里去,每天去三次或者四次,已经没有工夫跟萨霞换班,念历史小说了。尤丽雅在她自己的两个房间里接待他,那儿离客厅和她父亲的书房相当远,他很喜欢这两个房间。房间里的墙壁是深色的,墙角上立着放圣像的神龛,屋里有上等香水和长明灯的灯油气味。她住在这所房子最后面的房间里,她的床和梳妆台由一道围屏遮住,书橱的小门里面挂着绿色帘子,地上铺着地毯,因此她走起路来完全听不到她的脚步声。他从这些迹象断定她性格内向,喜欢过平和安静、离群索居的生活。她在家里还处在未成年的地位,她自己没有钱,出去散步的时候往往因为身边连一个戈比也没有而发窘。她父亲略微给她一点钱添制衣服和买书,一年不超过一百卢布。再者,医生本人尽管私人行医收入不少,却也几乎没有钱。每天傍晚他都在俱乐部里打牌,老是输钱。此外,他在信用社里买下一些带有债务的房屋,把它们租出去,房客们不按时付房租,可是他却相信这种房屋生意很有赚头。他把他和他女儿住的这所房子抵押出去,用那笔钱买下一片荒地,已经开始在荒地上造一所两层楼的大房子,将来准备把它抵押出去。

现在拉普捷夫像是在雾里生活,仿佛活着的不是他,而是他的化身,这人做了许多他以前下不了决心做的事。他跟医生一块儿到俱乐部去过两三次,跟他一块儿吃晚饭,主动送钱给他供造房用。他甚至去过巴纳乌罗夫的外家。有一回巴纳乌罗夫请他到外家去吃饭,他不加考虑就答应了。迎接他的是一个大约三十五岁的女人,又高又瘦,头发已经有点斑白,眉毛挺黑,看来不是俄国人。她脸上扑过粉,现出一块块的白斑。她朝他甜蜜地微笑,握起手来很用劲,弄得她那白净的腕子上的镯子叮玲叮玲响。拉普捷夫觉得她那样笑是因为她想把自己的不幸瞒住别人,也瞒住自己。他还看见两个小姑娘,一个五岁,一个三岁,长得很像萨霞。开饭的时候,仆人端来奶油汤、冷牛肉加胡萝卜、可可茶。菜都太甜,不好吃;然而另一方面,桌面上摆着金餐叉、酱油瓶、辣椒瓶、异常精致的五味瓶架、金胡椒瓶等,闪闪发光。

一直到喝完奶油汤,拉普捷夫才想起来他跑到这儿来吃午饭实际上很不妥当。那个女人很窘,一直赔着笑脸,露出牙齿。巴纳乌罗夫根据科学原理解释什么叫作钟情,它是怎样产生的。

"在这里牵涉到一种电流现象,"他用法国话对那个女人说,"每个人的皮肤里都有许多极其细微的腺,这些腺里保存着电流。假如您遇见一个人,而这个人的电流跟您的相似,您就生出爱情来了。"

拉普捷夫回到家里,他姐姐问他到哪儿去了,他觉得难于说出口,就什么话也没回答。

婚前那段时期,他觉得自己陷入尴尬的境地。他的爱情每天在增长,越来越强烈,他觉得尤丽雅富有诗情,高尚,然而相互间的爱情仍旧没有,实际上是他在买她,而她在卖自己。有的时候他思前想后,简直陷于绝望,就问自己:要不要索性跑掉?他已经一连许多夜没有睡好,老是在想他婚后到莫斯科去,怎样跟在写给朋友的信上称之为"某女士"的那个女人见面,他父亲和他哥哥这两个难以相处的人会怎样对待他的婚事,怎样对待尤丽雅。他担心他父亲一见到他们就会对尤丽雅说出一些不客气的话。近来他哥哥费多尔起了点古怪的变化。他写来长信,讲到健康的重要,讲到疾病对心理状态的影响,讲到什么叫作宗教,可是一个字也没提到莫斯科,提到商行的生意。这些信惹得拉普捷夫生气,他觉得他哥哥的性格正在往坏里变。

结婚是在九月。婚礼在彼得和保罗教堂做完日祷后举行,当天新婚夫妇动身到莫斯科去。等到拉普捷夫和他那穿着黑色连衣裙、拖着长后襟、外貌已经不像姑娘而像真正的太太的妻子跟尼娜·费多罗芙娜告别的时候,病人的整个脸变了样子,可是她那干枯的眼睛没有流出一滴眼泪。她说:

"如果我死了(但愿不要发生这样的事),请你们把我那两个小女孩接去。"

"哦,我一定照您的话做!"尤丽雅·谢尔盖耶芙娜回答说,她的嘴唇和睫毛也神经质地颤动了。

"十月间我来看你,"拉普捷夫深情地说,"你快点好起来吧,我亲爱的。"

他们在火车上占了一个包房。两个人都感到忧伤和别扭。她坐在角落里，没有脱帽子，做出打盹的样子，他躺在她对面的长沙发上，给种种思想困扰着，他想到他的父亲，想到"某女士"，想到尤丽雅会不会喜欢他在莫斯科的住宅。他瞧着这个不爱他的妻子，沮丧地暗想："为什么会发生这样的事？"

五

拉普捷夫家在莫斯科经营服饰用品的批发生意，买卖穗子、绦带、花边、针织品、纽扣等。每年进款总额达到两百万，纯收入有多少，除了老人以外谁也不知道。儿子们和店员们断定这种收入将近三十万，还说，如果老人"不乱扔钱"，也就是说不胡乱放债的话，他本来还可以多得十万，近十年来单是没有希望偿还的债款已经几乎积累到一百万。每逢大家谈到这一点，老店员就狡猾地眨眨眼睛，说出一句不是大家都能听懂的话：

"这是时代在心理上造成的后果。"

主要的贸易业务在本城的商场里一所名叫仓库的房子里进行。仓库的门外是一个院子，那儿总是半明半暗，有蒲席①的气味，拉大车的马在沥青路上踩出一片响声。仓库的门看上去很不起眼，包着一层铁皮，走进门去就是一个房间，墙壁潮得变成褐色，上面用木炭写满了字，有一扇窄窗子放进亮光来，窗上安着铁栅栏。左面是另一个房间，比较大，也比较干净，有一个铁炉子和两张桌子，然而也有一个监狱样的窗子，这儿是账房。从这儿有一道窄小的石砌楼梯通到楼上，那儿是主要的堆房。这是个相当大的房间，然而由于长年阴暗，房顶很低，货箱和货包十分拥挤，人来人往川流不息，这个房间就像楼下那两间一样给新来的人留下不顺

---

① 供包装货物用。

眼的印象。楼上的房间里和账房里一样,货架上放着成捆成包的和装在纸盒里的货物,这些货物陈列得既没有次序,也说不上美观;要不是因为这儿那儿的纸包上有些窟窿,有的露出大红线,有的露出流苏,有的露出穗子的末梢,那就不能一下子猜出这儿在做什么生意。看一下那些揉皱的纸包和纸盒,人简直不能相信这一类小玩意能卖几百万,而且这个仓库里每天都有五十个人忙着做买卖,而买主还不计算在内。

拉普捷夫到达莫斯科以后,第二天中午来到这个仓库,搬运工人们正在包装货物,把货箱敲得震天价响,弄得第一个房间里和账房里的人谁也没有听见他走进来。有一个熟识的邮差从楼上走下来,手里拿着一叠信,被敲打声吵得皱起眉头,也没有注意他。在楼上,头一个迎接他的是他的哥哥费多尔·费多雷奇,他们两个人长得像极了,别人都以为他们是孪生弟兄。这种相像经常使拉普捷夫联想到他自己的外貌,现在他看见眼前这个人身量不高,面色绯红,脑袋上头发稀疏,大腿细弱,模样那么不招人喜欢,不文雅,他就问自己:"难道我也是这个样子吗?"

"看见你,我多么高兴啊!"费多尔说,吻他的弟弟,紧紧地握一下弟弟的手,"我天天都心焦地盼着你回来,我亲爱的。你信上说你要结婚了,好奇心就开始煎熬我,而且我惦记你,弟弟。你想一想吧,我们有半年没见面了。哦,怎么样?你过得怎么样?尼娜病重吗?病得很重?"

"病得很重。"

"这也是上帝的旨意,"费多尔叹道,"哦,那么你的妻子呢?大概是个美人儿吧?我已经喜欢她了,现在她是我的小妹妹了。我们大家都会喜爱她的。"

拉普捷夫看到了父亲费多尔·斯捷潘内奇那他早就熟悉的伛偻的宽背。老人坐在柜台旁边一张凳子上,跟一个买主谈话。

"爸爸,上帝给我们送喜事来了!"费多尔叫道,"弟弟来了!"

费多尔·斯捷潘内奇个子高,体格非常结实,因此尽管他已经八十岁,满脸皱纹,可是从外貌上看,仍然是个健康强壮的人。他用男低音说话,那声音从他宽阔的胸膛里发出来,像是从大桶里发出来似的,深沉、浑厚、有力。他剃掉了胡子,留着剪短的、兵士式的唇髭,吸雪茄烟。他老是觉得热,因此他在仓库里和家里一年四季总是穿着肥大的帆布上衣。不久以前,他动过摘除白内障的手术,目力很差,已经不做买卖,光是跟人谈话,陪人喝加果酱的茶了。

拉普捷夫弯下腰去吻他的手,然后吻他的嘴。

"很久没见面了,先生,"老人说,"很久了。怎么样,要我给你的合法婚姻道喜吗?好吧,遵命,大喜大喜。"

他就努出嘴唇等他儿子来吻。拉普捷夫弯下腰去吻他。

"怎么样,你把你那位小姐也带来了吗?"老人问,他没有等到回答,就转过脸去对那个买主说,"现在我通知您,爸爸,我要跟某某姑娘结婚了。对。至于请求爸爸祝福,听取他的意见,这种章法已经没有了。现在他们自作主张。当初我结婚的时候,已经过四十岁,可是我还是在我父亲跟前跪下,请他老人家指点我。现在可不兴这一套了。"

老人见到儿子很高兴,可是又认为跟儿子亲热,露出高兴的样子是不成体统的。他的声调、他说话的口吻、"小姐"的称呼,都在拉普捷夫心里引起每次到仓库里来总要体验到的那种恶劣心绪。这儿每一件小东西都使他回想起过去他挨打、吃斋的情况,他知道就连现在学徒们也挨打,鼻子被打出血,等到这些学徒长大,他们自己也会打人。他只要在仓库里待上五分钟,就会觉得马上要有人来骂他,或者打他的鼻子了。

费多尔拍拍买主的肩膀,对弟弟说:

"喏,阿辽沙,我来给你介绍一下,这位是我们坦波夫的老乡格利果利·季莫菲伊奇。他可以给现代青年做个榜样。他已经五十多岁,却还有吃奶的孩子呢。"

伙计们笑起来,买主,一个白脸的瘦老头儿,也笑了。

"这是超过一般效能的天赋,"伙计们的头儿说,他也站在柜台里面,"既然里边有,就总会冒出来。"

伙计们的头儿是个高身量的男子,五十岁上下,留着黑胡子,戴着眼镜,耳后插着一管铅笔,他照例旁敲侧击、意义不明地表达自己的思想,同时从他那狡猾的笑容又可以看出他赋予他的话以一种特殊而微妙的意义。他喜欢用书上的句子把自己的话弄得晦涩难懂,而且总是按自己的方式理解那类句子,有许多普通的字眼经他一用,常常不符合它们原来的意义。例如"此外"这两个字。每逢他坚决地表达一种想法而不愿意别人来反驳,他总是把右手往前伸出去,说一声:

"此外!"

最惊人的是别的伙计和顾客们都能听清楚他的意思。他名叫伊凡·瓦西里伊奇·波恰特金,原籍是卡希拉。现在,他向拉普捷夫道喜而说出了这样一番话:

"从您这方面来说,这是勇敢的功劳,因为女人的心是沙米尔①。"

仓库里另一个重要人物是一个姓玛凯伊切夫的伙计,他是个丰满、壮实的金发男子,留着络腮胡子,整个头顶都秃光了。他走到拉普捷夫跟前,恭恭敬敬地向他小声道贺:

"恭喜恭喜,先生。……上帝听见了令尊的祷告,先生。感谢

---

① 沙米尔(约1798—1871),高加索山民的民族主义宗教运动的领袖,曾对俄国作战25年。

上帝,先生。"

然后别的伙计陆续走过来,庆贺他的合法婚姻。他们都装束入时,外貌十分正派,彬彬有礼。他们说话的时候,把"О"念重音,把"Г"念成拉丁语的"g",他们几乎每隔两个字就加一个"先生",因此他们的贺词说得像绕口令,例如"祝您,先生,如意,先生"这句话听起来像是有人在半空中抽了一鞭子,发出"夫希希希"的声音。

所有这些很快就弄得拉普捷夫厌烦,打算回家去了,可是走掉是不合适的。为了顾到礼貌,至少得在仓库里逗留两个钟头才行。他就离开柜台,走到一旁,开始问玛凯伊切夫今年夏天过得是否顺利,有什么新闻没有,那一个就恭恭敬敬地回答,眼睛不看着他。有个头发剪得短短的、穿着灰色工作服的学徒给拉普捷夫送来一杯茶,茶杯下面没有茶碟。过了一会儿,另一个学徒走过这儿,绊在货箱上,几乎跌一跤,威严的玛凯伊切夫就突然做出吓人的凶狠脸色,恶魔似的对他大喝一声:

"要用脚走路!"

伙计们看到少东家结了婚,终于回来了,都挺高兴,他们带着好奇心亲切地瞧着他,每个走过他身边的人都认为有责任对他恭恭敬敬地说一句好听的话。然而拉普捷夫相信这都不是出于真心,他们在奉承他,因为他们怕他。他怎么也忘不了,大约十五年前,有一个伙计得了精神病,只穿着衬里衣裤,光着脚跑到大街上,朝老板家的窗子威胁地摇拳头,喊着说他受了虐待。后来这个可怜的人病好了,大家还拿他开了很久的玩笑,告诉他说当初他想骂老板"剥削者"却骂成"剥血者"了。总之,职工们在拉普捷夫商行里生活得很糟,关于这一点整个商场早就议论纷纷。最糟的是老人费多尔·斯捷潘内奇在对待他们的态度上保持着野蛮专横的作风。比如,谁也不知道他所宠信的波恰特金和玛凯伊切夫挣多少薪金;他们一年连赏金在内各拿到三千,不会再多了,可是他装出一副样子,好像他给了他们每人七千。赏金倒是所有的伙计每年都有份,然而是在私下里拿到的,因此拿得少的人为了面子不得不说拿得多。没有一个学徒知道自己什么时候才会升为伙计,没有一个职工知道老板对自己是不是满意。没有一件事是明令禁止伙计们做的,所以他们也就不知道究竟什么事可以做,什么事不可以做。谁也没有禁止他们结婚,然而他们都不结婚,生怕结了婚会惹得老板不满意,丢掉饭碗。他们可以有朋友,也可以到朋友家里去做客,可是晚上九点钟就关大门,而且每天早晨老板总是怀疑地打量所有的职工,考察他们嘴里有没有酒气:"喂,吐一口气!"

每到节日职工们都得去做晨祷,而且在教堂里得站在老板看得见的地方才行。持斋是严格遵行的。遇上庆祝日,例如老板或者他的家属的命名日,伙计们就得签名,合送一份福列商店的甜馅饼或者一本纪念册。他们住在皮亚特尼茨基街上那所房子的楼下房间里或者侧屋里,一个房间住三四个人,吃饭时候虽然每人面前放一个盘子,可是大家凑着一个公用的大钵吃东西。如果在吃饭时候老板家里有人到他们这儿来,他们就全都站起来。

拉普捷夫体会到,在他们当中,只有受老人教育毒害很深的人才能认真把他看作恩人,其他的人都把他看作敌人和"剥血者"。现在,拉普捷夫出去半年以后回来,没有看出什么好的变化,倒是出现了一种新的、不是什么吉兆的现象。他哥哥费多尔从前文静,好深思,非常谦和,现在却现出热心办事的忙人的样子,耳朵后面插着一管铅笔,在仓库里跑来跑去,拍顾客们的肩膀,对伙计们喊叫:"朋友们!"显然他在扮演一种什么角色,这种新角色使阿历克塞认不出他来了。

老人那低沉的语声不停地响着。他闲得没事做,就教导顾客们应当怎样生活,怎样做买卖,同时老是拿自己做榜样。这种夸耀,这种以权威自居盛气凌人的口吻,拉普捷夫在十年前,十五年前,二十年前就已经听熟了。老人崇拜自己,从他的话听来,好像他让他那已故的妻子和亲人获得了幸福,给予孩子们奖励,是他的伙计们和职工们的恩人,使得所有的街坊和熟人都永远为他祷告上帝。不管他做什么事,总是正确无误,如果别人把事情办坏了,那也只是因为他们不肯跟他商量。不要他出主意,那是任什么事也办不成的。在教堂里,他总是站在大家前面,甚至在神甫们主持弥撒之际,要是他认为他们做得有不对头的地方,他也要指出,而且认为这样做会使上帝满意,因为上帝爱他。

下午将近两点钟,仓库里所有的人都忙着做生意,只有老人除外,他仍旧在叽叽咕咕地说话。拉普捷夫不便于闲着站在那儿,就从一个女工手里接过花边来,让她走掉,然后听一个买主,沃洛格达商人讲话,并且吩咐伙计张罗生意。

"T,B,A!"从四面八方传来喊叫声(在仓库里,字母是用来表示商品的价钱和号码的),"P,И,T!"

拉普捷夫临走时,只跟费多尔一个人告别。

"我明天带着我妻子一同到皮亚特尼茨基街来,"他说,"可是我预先声明,要是父亲对她哪怕只说出一句粗鲁的话,我就会立即走掉,在那儿连一分钟也不待。"

"你还是老样子,"费多尔说,叹了口气,"你结了婚也没改变脾气。弟弟,得迁就老人一点。那么,好,明天十一点钟来吧。我们会急切地等着你们。那么做完日祷就直接到这儿来吧。"

"我不去做日祷。"

"哦,那也没关系。要紧的是别过十一点再来,好赶上祈祷,然后跟我们一块儿吃早饭。替我问小妹妹好,吻她的小手。我有个预感,我会喜欢她的,"费多尔十分诚恳地补充道,"我羡慕你,弟弟!"他看着阿历克塞走下楼去,大声说。

"为什么他老是畏畏缩缩,有点害羞的样子,好像觉得自己赤身裸体似的?"拉普捷夫想,顺着尼柯尔斯克街走去,极力想了解费多尔所起的变化,"连他的谈吐中也有点新东西,什么弟弟啦,亲爱的兄弟啦,上帝赐给我们恩惠啦,让我们祷告上帝啦,好像是谢德林的犹独式加①似的。"

六

第二天是星期日,上午十一点钟,他带着妻子坐一辆由一匹马拉的轻便马车沿着皮亚特尼茨基街行驶。他生怕费多尔·斯捷潘内奇会有什么不得体的举动,因此事先就已经感到不愉快。尤丽雅·谢尔盖耶芙娜呢,在丈夫家里待了两夜之后,已经认定自己的婚姻是错误的,不幸的,如果她跟她丈夫不是住在莫斯科,而是住在另一个城里,那她就会觉得受不了这种可怕的处境。可是莫斯科吸引她,她很喜欢那些街道、房屋、教堂,如果能够坐着由名贵的骏马拉着的漂亮雪橇,整天价,从早到晚,在莫斯科兜风,随着疾速的奔驰吸进秋天的清凉空气,那她也许就不会认为自己这么不幸了。

在那座新近粉刷过的、白色的两层楼房子附近,车夫勒转马,开始往右拐弯。大家已经在这儿等着。大门旁边站着扫院人,穿一件新的长上衣,脚下一双高筒靴外加套鞋,另外还有两名警察。整个空地从街中心到大门口,然后从院子里到门廊上,都铺着新沙土。扫院人脱下帽子,警察行举手礼。在门廊附近,费多尔带着十分严肃的脸色迎接他们。

---

① 俄国作家萨尔蒂科夫-谢德林(1826—1889)的长篇小说《戈罗夫略夫一家》中的主人公,一个奸诈恶毒、假情假意的伪君子。

"跟你认识很高兴,小妹妹,"他说,吻尤丽雅的手,"欢迎光临。"

他挽着她的胳臂领她走上楼梯,然后从男男女女的人群中穿过走廊。前厅里也拥挤,有神香的气味。

"我马上带您去见我们的父亲,"费多尔在庄重的、死一般的寂静中小声说,"他是个可敬的老人,家长①。"

在宽敞的大厅里,一张准备做祈祷时用的桌子旁边,站着费多尔·斯捷潘诺维奇,分明在等他们。他身旁站着一个头戴法冠的司祭和一个助祭。老人对尤丽雅伸出手来,一句话也没说。大家都沉默着。尤丽雅有点发窘了。

司祭和助祭开始穿上法衣。手提香炉送来了,香炉里迸出火星,冒出神香和木炭的气味。蜡烛点亮了。伙计们踮着脚走进大厅里来,沿墙站成两排。四下里静悄悄的,连咳嗽的声音也没有。

"赐福吧,人间的主宰。"助祭开口了。

祈祷做得隆重而庄严,一个细节也没漏掉,还念了两首赞美诗:一首歌颂最亲爱的耶稣,另一首歌颂最神圣的圣母。歌手们只照乐谱唱,唱了很久。拉普捷夫留意到刚才他妻子怎样发窘,在司祭们念赞美诗,歌手用不同的调子一连三次唱出"求主怜悯我们"的时候,他心里紧张地等待着老人马上就会回头看一眼,发话了,例如"您就连在胸前画十字也不会"。他不由得暗自气恼:何必凑这么一群人,何必要教士们和歌手们来搞这么一套仪式呢?这也未免太商人气了。然而她却和老人一样,把头放到福音书下面,然后跪下好几次,他才明白她喜欢这一套,于是他放心了。

在祈祷的末尾,念到"许多年"的时候,司祭让老人和阿历克塞吻十字架,然而尤丽雅·谢尔盖耶芙娜走过去要吻的时候,他却

---

① 原文为拉丁语。

用手盖住十字架,做出要说话的样子。有人就向歌手们挥一下手,要他们停住唱。

"先知撒母耳,"司祭开口了,"奉上帝的旨意到伯利恒去,那城里的长老都战战兢兢地问:'你是为平安来的吗?'先知说:'为平安来的。我是给耶和华献祭,你们当自洁,来与我同吃祭肉。'①那么,上帝的奴隶尤丽雅,我们也该问你,你是为平安到这个人家来的吗?……"

尤丽雅激动得脸孔通红。司祭说完话就让她吻十字架,然后用一种完全不同的口气说:

"现在该费多尔·费多雷奇结婚了。是时候了。"

歌手们又唱起来,大家纷纷活动,声音嘈杂。老人深受感动,眼睛里含满泪水,吻了尤丽雅三次,在她脸上画十字,说:

"这是你们的家。我这个老头儿什么也不需要了。"

伙计们纷纷道喜,说话,可是歌手们唱得很响,弄得什么也听不清。然后大家吃早饭,喝香槟酒。她跟老人并排坐着,他对她说分开住不好,应当住到一块儿,住在一所房子里,分开和不和睦会弄得破产。

"我挣钱,儿女们却光是花钱,"他说,"现在你们就跟我住在一所房子里,来挣钱吧。我这个老头儿也该休息了。"

尤丽雅眼前时时刻刻闪过费多尔的身影,他长得很像她的丈夫,不过好动得多,也腼腆得多。他在她身旁走过来走过去,常常吻她的手。

"我们,小妹妹,是普通人,"他说,同时他的脸上泛起红晕,"我们生活简单,照俄国人那样,照基督徒那样过日子,小妹妹。"

拉普捷夫回到家里,想起一切都进行得很顺利,出乎他的预

---

① 见《旧约·撒母耳记(上)》,第16章,第4—5节。

料,没出什么特别的事,不由得很满意,就对他的妻子说:

"你会觉得奇怪:身材高大、肩膀很宽的父亲竟有像我和费多尔这样身材矮小、胸脯很窄的孩子。不过这也十分自然!我父亲到四十五岁才娶我的母亲,而当时我母亲刚十七岁。她在他面前总是脸色苍白,身子发抖。尼娜头一个生出来,那当儿母亲还比较健康,所以她长得比我们结实,比我们好。而我和费多尔呢,在母亲腹中以及后来出生的时候,母亲已经被经常的恐惧折磨得精力衰竭了。我记得,父亲开始教导我,或者说得简单点,开始打我的时候,我还不到五岁。他用树条抽我,揪我的耳朵,打我的脑袋。我每天早晨醒来,头一件事就是暗想我今天会不会挨打。游戏和玩耍在我和费多尔是禁止的,我们必须去做晨祷,去做早弥撒,吻神甫和修士的手,在家里念赞美诗。你是信教的,喜欢这些,可是我怕宗教,每逢我走过教堂,总会想起我的童年时代,不寒而栗。我八岁那年就给领到仓库去了。我像一个普通的学徒那样干活,这是对健康有害的,因为我在那儿几乎天天挨打。后来他们把我送到中学去,午饭前我在学校里念书,午饭后到傍晚仍旧得坐在仓库里。我照这样一直活到二十二岁,才在大学里认识亚尔采夫,他劝我离开父亲的家。这个亚尔采夫帮过我很多忙。你看怎么样,"拉普捷夫说,愉快地笑起来,"我们现在就去拜访亚尔采夫吧。这是个极其高尚的人!他会多么感动啊!"

七

十一月里一个星期六,安东·鲁宾施坦[①]在交响乐音乐会上做指挥。会场很挤,里面闷热。拉普捷夫站在一根圆柱后面,他妻

---

① 安东·鲁宾施坦(1829—1894),俄国钢琴家,作曲家,乐队指挥。

子和柯斯嘉·柯切沃依远远地坐在前面第三排或者第四排。幕间休息刚开始,那位"某女士",波丽娜·尼古拉耶芙娜·拉苏季娜,十分意外地走过他面前。他婚后常常担心会遇见她。现在她不加掩饰地公然瞅他一眼,他才想起他至今还没准备对她解释一下,或者给她写一封友好的、哪怕只有两三行的信,倒好像在躲着她似的。他觉得于心有愧,就脸红了。她急忙使劲握一下他的手,问道:

"您看见亚尔采夫没有?"

随后,她没等他回答,就迈开大步急速地往前走去,仿佛有人在她身后推她似的。

她很瘦,不漂亮,鼻子长,脸容永远疲惫不堪,她似乎费了很大的劲才使自己的眼睛睁着而不致合上。她那对黑眼睛很好看,神情聪明,善良,诚恳,可是动作笨拙而突兀。跟她谈话是不容易的,因为她不善于听人家说话,自己也不会平心静气地讲话。要爱她是挺难的。她跟拉普捷夫单独在一起的时候,往往笑上很久,双手蒙住脸,口口声声说爱情在她不是生活中主要的东西。她扭扭捏捏,像个十七岁的姑娘,跟她接吻以前必须吹熄所有的蜡烛。她已经三十岁了。她原本嫁给一个教师,可是早就不跟她的丈夫住在一起了。她靠教音乐课和参加四重奏维持生活。

在演奏《第九交响曲》的时候,她又走过他身旁,仿佛出于无意似的,可是圆柱后面站着一群男人,像一堵厚墙,不容她再往前走,她就站住了。拉普捷夫看见她身上仍旧穿着去年以至前年她穿着参加音乐会的那件丝绒短上衣。她的手套是新的,扇子也是新的,然而都是便宜货。她喜欢打扮,可又不会打扮,也舍不得在这上面花钱。她穿得不像样,不整洁,每逢她在街上迈开大步匆匆忙忙走去上课,通常容易被人错看成年轻的见习修士。

听众鼓掌,喊着再来一次①。

"今天傍晚您得陪着我,"波丽娜·尼古拉耶芙娜走到拉普捷夫跟前说,严厉地瞧着他,"我们从这儿一起出去喝茶。您听见了吗?这是我的要求。您欠着我很多情,您没有任何道义上的权利拒绝我这个最起码的要求。"

"好,我们一块儿走。"拉普捷夫同意。

交响乐结束以后,没完没了的叫幕声开始了。听众纷纷起座,非常缓慢地往外走,拉普捷夫不能跟他妻子一句话也不交代就走掉。他只好在大门旁边站住,等着。

"我渴得要命,"拉苏季娜抱怨说,"我心里烧得慌。"

"在这儿可以喝个够,"拉普捷夫说,"我们到小吃部去吧。"

"哼,我可没有钱丢给茶房。我又不是什么商人。"

他伸出手去要挽她的胳膊,她拒绝了,说了一句他已经听她说过许多次而且长得令人生厌的话,大意是她认为自己不是软弱的女性,不需要男人老爷们效劳。

她一面跟他谈话,一面打量听众,常跟她的熟人打招呼,这些人是她的格里耶高等女校的同学、音乐学院的同学、她的男学生和女学生。她急匆匆地、紧紧地握他们的手,仿佛要拉住不放似的。可是后来她像发了热病似的扭动肩膀,发抖,最后害怕地瞧着拉普捷夫,轻声说:

"您娶了个什么样的人啊?您这个疯子,您的眼睛长到哪儿去了?这么一个微不足道的傻丫头,您瞧中了她哪一点?要知道,我是看中您的智慧,看中您的心灵才爱上您的,这个瓷娃娃啊,只需要您的钱!"

"不要讲这些,波丽娜,"他用恳求的声调说,"关于我的婚姻

---

① 原文为拉丁语。

您所能对我说的一切，我已经对我自己说过很多回了。……您别给我增添痛苦了。"

尤丽雅·谢尔盖耶芙娜出来了，穿着黑色连衣裙，胸前戴着她公公在祈祷完毕后送给她的钻石大别针。她身后跟着她的随从：柯切沃依，两个熟识的医生，一个军官，一个胖胖的、身穿大学生制服、姓基希的年轻人。

"你跟柯斯嘉一块儿走吧，"拉普捷夫对他妻子说，"我随后就来。"

尤丽雅点一下头，往前走去。波丽娜·尼古拉耶芙娜用眼睛跟踪她，周身发抖，神经质地缩起身子，她的目光里充满嫌恶、憎恨和痛苦。

拉普捷夫不敢到她家里去，预感到会有不愉快的解释、刻薄的话语和眼泪，就提议到一家餐厅去喝茶。可是她说：

"不，不，到我家去。不准您对我提餐厅。"

她不喜欢上餐厅，因为她觉得那儿的空气让纸烟气味和男人的呼吸弄得有毒了。她对一切不认识的男人抱着奇怪的成见，认为他们都是好色之徒，随时都会调戏她。此外，餐厅里的音乐也闹得她头痛。

他们走出贵族俱乐部，雇了一辆马车到奥斯托任卡街上拉苏季娜所住的萨威洛甫斯基巷去。拉普捷夫一路上想着她。真的，他欠了她很多情。他是在他的朋友亚尔采夫家里跟她认识的，她教亚尔采夫音乐理论。她热烈地爱他，完全没有私心，跟他同居以后继续教课，照旧工作到精疲力竭。多亏她，他才开始理解和喜爱音乐，以前他对音乐几乎是不感兴趣的。

"我情愿拿出半个王国去换一杯茶！"她用低沉的声音说，拿暖手筒遮住嘴，免得着凉，"今天我教了五堂课，真见鬼！那些学生都是笨蛋，都是木头人，差点把我气死。我不知道这种苦役到什么时候才会完结。我累坏了。等我积攒下三百卢布,我就丢开一切,到克里米亚去。我要躺在海滩上,张大嘴吸氧气。我多么喜欢海,啊,我多么喜欢海呀!"

"您哪儿也不会去,"拉普捷夫说,"第一,您一点钱也攒不下来,第二,您舍不得花钱。对不起,我要旧话重提:难道从那些因为没有事做而在您这儿学音乐的闲人们手里接过一个个小钱来,攒起三百卢布,就比在您的朋友们那儿借钱体面些?"

"我没有朋友!"她生气地说,"我请求您不要说蠢话。我属于工人阶级,工人阶级有一项特权,那就是意识到自己不会被收买,有权利不向无聊的商人借钱,有权利看不起他们。不,谁也休想收买我!我可不是什么尤列琪卡!"

拉普捷夫没有付车钱,知道这样做会惹得她滔滔不绝地发议论,那些话他以前已经听过许多次了。她自己付了车钱。

她在一个孤身女人家里租住一个带家具的小房间,搭伙食。她那架别克尔牌大钢琴目前放在尼基特斯基大街亚尔采夫家里,她每天到那儿去弹琴。她的房间里有一把蒙着布套的圈椅,有一张铺着夏季白被子的床,有些女房东家的花,墙上挂着几张彩色画片,没有一样东西能使人联想到这儿住着的是个女人,以前是高等女校的学生。这儿既没有梳妆台,也没有书,就连写字台也没有。看得出来,她一到家就上床睡觉,早晨起来以后立刻就走出家门。

厨娘端来一个茶炊。波丽娜·尼古拉耶芙娜动手沏茶,身子仍旧在发抖,因为屋里挺冷,她开始骂那些在《第九交响曲》里演唱的歌手们。她累得闭上眼睛。她喝下一杯茶,又喝一杯,再喝一杯。

"那么,您结婚了,"她说,"不过您不必担心,我不会垂头丧气,我能把您从我的心里赶出去。只有一件事使我烦恼和痛心:您也跟别人一样无聊,您在女人身上所需要的不是智慧,不是学识,而是肉体,美丽,青春。……青春!"她用鼻音说,仿佛在模仿什么人说话似的,然后笑起来,"青春! 您要的是纯洁,纯洁,纯洁①!"她说着,哈哈大笑,把身子往椅背上一靠,"纯洁!"

等到她笑完,她的眼睛里含着泪水。

"您至少是幸福的吧?"她问。

"不。"

"她爱您吗?"

"不。"

拉普捷夫心里激动,感到自己不幸,就站起来,开始在房间里走来走去。

"不,"他又说一遍,"波丽娜,要是您想知道的话,我十分不幸。有什么办法呢? 蠢事已经做下,现在已经没法补救。对这件事只好听天由命了。她嫁给我不是出于爱情,很荒唐,也许另有打算,不过没经过仔细考虑,现在显然感到自己做错事,痛苦了。我看得出来。晚上我们睡在一起,可是白天她怕跟我单独待在一起,哪怕五分钟也不行,她总要找点消遣,找外人做伴。她跟我在一块儿觉得羞耻,觉得害怕。"

"不过她照样在您那儿拿钱吧?"

"这是蠢话,波丽娜!"拉普捷夫叫道,"她拿我的钱,是因为她拿不拿我的钱在她是完全无所谓的。她是正直的、纯洁的人。她嫁给我纯粹是因为她想脱离她的父亲,如此而已。"

"那么您相信如果您没有钱,她也会嫁给您?"拉苏季娜问。

"我对什么也没法保证,"拉普捷夫苦恼地说,"对什么也没法保证。我什么也不明白。看在上帝分上,波丽娜,我们不谈这些吧。"

---

① 原文为德语。

"您爱她吗?"

"爱得发疯。"

然后出现了沉默。她喝下第四杯茶,他呢,走来走去,心想他妻子现在大概在医生俱乐部里吃晚饭。

"可是难道自己都不知道为什么,就会爱上一个人?"拉苏季娜问,耸了耸肩膀,"不,在您身上起作用的是兽性的情欲!您陶醉了!您中了这个美丽的肉体的毒,中了这种纯洁的毒!躲开我,您肮脏!到她那儿去吧!"

她对他挥一下手,然后拿起他的帽子扔给他。他默默地穿上皮大衣,走出去,可是她追到前堂,一把抓住他胳臂上靠近肩膀的地方,号啕大哭起来。

"别哭了,波丽娜!不要再哭了!"他说,却怎么也掰不开她的手指头,"镇静点,我求求您!"

她闭上眼睛,脸色发白,她的长鼻子变成不好看的蜡黄色,像死人一般。拉普捷夫仍旧掰不开她的手指头。她昏过去了。他小心地抱住她,把她放在床上,在她身旁坐了十分钟光景,一直到她清醒过来。她的手冰凉,脉搏微弱而断断续续。

"您回家去吧,"她说,睁开眼睛,"您走吧,要不然我又要哭起来。我得管住我自己才成。"

他从她家里出来,没有到他那伙朋友在等他的医生俱乐部去,而是回家去了。一路上,他带着内疚问他自己:这个女人这样爱他,而且事实上已经是他的妻子和伴侣,为什么他没有跟她成立家庭呢?她才是唯一依恋他的人,况且让这个聪明、骄傲、工作辛劳的人得到幸福、庇护、安宁,岂不是一件有成效、值得做的事?他问自己:他配追求美和青春,追求不可能有的幸福吗?事实是,三个月来,仿佛为了惩罚他或者嘲弄他似的,他的心情一直阴暗抑郁。蜜月早已过去,他呢,说来可笑,还不知道他的妻子是个什么样的人。她常给她那些贵族女子中学的同学和她的父亲写长信,往往有五页之多,总找得出话来写,可是跟他谈起话来却只谈天气,只谈现在该吃午饭或者晚饭。她临睡前祷告很久,然后吻她的十字架和神像,他呢,瞧着她,怀恨地思忖:"瞧,她在祷告,可是她祈求什么呢?祈求什么呢?"他心里暗自侮辱她,侮辱自己,说他跟她一块儿睡觉,把她搂在怀里,只是取得他用钱买来的东西罢了,不过这想法未免可怕。如果她是个粗壮、大胆、放荡的女人,倒也罢了,可是这儿偏偏只有青春、信教、温和、天真纯洁的眼睛。……当初她做他的未婚妻的时候,她信教的虔诚使他感动,可是现在,她的见解和信念的墨守成规,依他看来,却成了屏障,使人看不见这道屏障背后的真相了。在他的家庭生活里,样样事情都使他难受。他妻子跟他并排坐在剧院里的时候,他常常看到她独自叹息或者由衷地大笑,却不愿意跟他共享她的欢乐,就不由得伤心。值得注意的是她已经跟他所有的朋友相处得很好,他们已经知道她是个什么样的人,唯独他什么也不知道,这使他郁郁不乐,默默地嫉妒。

拉普捷夫回到家里,换上家常长袍,穿上拖鞋,在他的书房里坐下来看小说。他妻子不在家。可是过了半个钟头光景,前厅响起门铃声,传来彼得跑去开门的低沉的脚步声。来人正是尤丽雅。她穿着皮大衣走进书房,脸上冻得通红。

"普烈斯尼雅街上起了大火,"她说,喘吁吁的,"好大的火啊。我想跟康斯坦丁·伊凡内奇一块儿去看看。"

"好,去吧!"

她那健康娇嫩的模样和她眼睛里孩子气的恐惧神情使拉普捷夫的心得到了宽慰。他又看了半个钟头的书,就上床睡觉。

第二天波丽娜·尼古拉耶芙娜派人到仓库里来,把两本以前从他那儿借去的书、他所有的信、他的照片统统送还他,随着那些东西还附来一封信,信上只有两个字:"完了!"

八

十月末,尼娜·费多罗芙娜已经有旧病复发的明显征象。她很快地瘦下去,脸色变了。尽管十分痛苦,她却以为自己在复原,每天早晨都穿好衣服,像健康人一样,然后一整天和衣躺在床上。临终之前,她变得很爱说话。她平躺在床上,轻声讲着什么,气力不济,不住地喘气。她是在下述情况下忽然去世的。

那是个月色清朗的夜晚,人们坐着雪橇在街上新下的雪上奔驰,嘈杂的声音从街上传到房间里来。尼娜·费多罗芙娜平躺在床上,萨霞坐在床旁边打盹,现在已经没有人来跟她换班了。

"他的父名我记不得了,"尼娜·费多罗芙娜轻声说,"他名叫伊凡,姓柯切沃依,是个穷文官。他,祝他升天堂,是个爱酒如命的家伙。他常到我们家来,我们每个月给他一磅糖,八分之一磅茶叶。嗯,当然,有时候也给他钱。是啊。……后来出了这样一件事:我们的柯切沃依大喝一通,死了,让白酒烧死了。他身后留下一个小儿子,是七岁左右的男孩。可怜的小孤儿啊。……我们把他收留下来,藏在伙计们那儿,他就照这样整整生活了一年,我爸爸不知道。后来我爸爸看见他了,却光是挥一下手,什么话也没说。等到柯斯嘉这个孤儿长到九岁,那时候我已经是个待嫁的姑娘了。我带着他走遍各个学校。我从这儿走到那儿,到处都不肯收他。他哭了。……我说:'小傻瓜,你哭什么呀?'我带他到拉兹古里亚依街的第二中学去,感谢上帝保佑,人家总算收他了。……从此这个乖孩子每天都从皮亚特尼茨基街走到拉兹古里亚依街,再从拉兹古里亚依街走回皮亚特尼茨基街。……阿辽沙给他付学费。……托上帝的福,这孩子总算用功读书,肯动脑筋,书念得挺好。……如今他在莫斯科做了律师,很有学问,成了阿辽沙的朋友了。是啊,我们当初没有看轻人,把他收留在家里,现在恐怕他在为我们祷告上帝吧。……是啊。……"

尼娜·费多罗芙娜说话声越来越轻,中间常有长久的停顿,后来她沉默一会儿,忽然坐起来了。

"我不好过……好像不对头,"她说,"求主怜悯。哎哟,我透不出气来了!"

萨霞知道母亲一定不久就会死掉,现在看见她母亲的脸忽然瘦下去,她猜想结局到了,就惊慌起来。

"妈妈,不要这样!"她说,号啕大哭起来,"不要这样!"

"快跑到厨房去,叫他们去找你父亲来。我很不好过。"

萨霞叫唤着,跑遍所有的房间,可是整个房子里连一个仆人也没有,只有丽达睡在饭厅里一口箱子上,没脱衣服,脑袋底下也没垫枕头。萨霞没添衣服,没穿套鞋,就跑到院子里,后来又跑到街上。大门外一条长凳上坐着她的奶妈,在看溜冰。从河边的溜冰场上传来军乐声。

"奶妈,我妈要死了!"萨霞大哭着说,"得去找爸爸来!……"

奶妈就走上楼,到卧室里去看病人,把一根点亮的蜡烛塞在她手里。萨霞害怕地奔忙着,央求人去找她爸爸,她自己也不知道该央求谁才好,后来她穿上大衣,戴上头巾,跑出去,来到街上。她从仆人那儿知道她父亲还有一个妻子和两个女儿,他跟她们住在巴扎尔纳亚街。她出了大门往左边跑去,一路哭泣着,见了陌生人就害怕,两只脚很快就陷在雪地里,身子冻僵了。

她碰见一辆空的出租雪橇,然而没有雇这辆车,她怕万一人家会把她拉出城去,抢劫她,把她扔在墓园里(她喝茶的时候听仆人们谈起过,确实有这样的事)。她就一直往前走,走啊走的,累得直喘气,一面号啕大哭。她来到巴扎尔纳亚街,打听巴纳乌罗夫先生住在这条街上哪所房子里。有一个不认识的女人花了很长时间指点她,看见她一点也没听明白,就拉着她的手往一所门口有台阶的平房走去。大门开着。萨霞跑过前堂,穿过一个过道,终于走到一个明亮温暖的房间里,她父亲同一个女人和两个小姑娘在屋里围着一个茶炊坐着。可是她已经一句话也说不出,只有痛哭的份儿了。巴纳乌罗夫明白了。

"大概妈妈不好了吧?"他问,"你说啊,姑娘:妈妈不好吗?"

他心慌意乱,吩咐人去雇马车。

他们回到家里,尼娜·费多罗芙娜正坐在床上,四周围着枕头,手里拿着蜡烛。她脸色发青,眼睛已经闭上。卧室里和房门口聚集着奶妈、厨娘、使女、一个姓普罗柯菲依的农民和一些不认识的普通人。奶妈正在小声吩咐什么话,人家却听不明白。房间深处,窗子跟前,站着丽达,脸色苍白,睡眼惺忪,在那儿严肃地瞧着她的母亲。

巴纳乌罗夫从尼娜·费多罗芙娜手里拿过那支蜡烛,嫌恶地皱起眉头,把它往五斗橱上一扔。

"这真可怕!"他说,他的肩膀颤了一下,"尼娜,你得躺下,"他亲切地说,"躺下吧,亲爱的。"

她看他一眼,没有认出他来。……他们扶着她平躺下去。

等到神甫和医生谢尔盖·包利绥奇来到,仆人们就十分虔诚地在胸前画十字,为她祷告。

"她真是不幸!"医生走进客厅,深思地说,"她还年轻,还没满四十岁呢。"

可以听见小姑娘们的号啕大哭声。巴纳乌罗夫脸色苍白,眼睛湿润,他走到医生跟前,用微弱疲惫的声音说:

"我亲爱的,求您帮忙,给莫斯科打一个电报吧。我简直没有一点力气了。"

医生拿过墨水瓶来,给他女儿写了这样的一封电报:"巴纳乌罗娃今晚八时去世。希转告你丈夫:贵族街上有一所原已抵押的房子出售,须付九千。十二日拍卖。良机切勿错过。"

九

拉普捷夫住在离老皮缅街不远的小德米特罗夫卡街的一条巷子里。除了临街那所大房子以外,他还租下院子里一所两层楼的侧屋,供他的朋友,律师的助手柯切沃依居住,拉普捷夫一家人都简单地把他叫作柯斯嘉,因为他们是眼看着他长大的。这所侧屋对面还有另一所侧屋,也是两层楼,其中住着一家法国人,包括夫妇俩和五个女儿。

天气冷到零下二十度。窗子上蒙着白霜。柯斯嘉早晨醒过来,带着忧虑的神色喝下十五滴不知什么药水,然后从书橱里取出两个哑铃,开始锻炼。他身量高,很瘦,留着两撇浓密的棕红色唇髭,然而他的外貌最引人注目的地方是他那两条长得出奇的腿。

彼得,一个中年的农民,穿一件上衣和一条花布裤子,裤腿掖在长筒靴里,端来一个茶炊,动手烧茶。

"今天天气很好,康斯坦丁·伊凡内奇。"他说。

"是啊,天气挺好,不过,瞧,老兄,可惜我和你生活得可并不怎么好啊。"

彼得出于礼貌叹一口气。

"两个小姑娘怎么样了?"柯切沃依问。

"神甫没有来,阿历克塞·费多雷奇亲自在给她们教课呢。"

柯斯嘉在窗子上找到一小块没有白霜的地方,拿起一个看戏用的望远镜,朝着法国人住房的窗子望去。

"看不见。"他说。

这时候阿历克塞·费多雷奇在楼下给萨霞和丽达讲宗教课。她们搬到莫斯科来已经有一个半月,跟她们的女家庭教师一起住在侧屋的楼下,本城学校里一个教师和一个神甫每星期来给她们教三次课。萨霞在读《新约》,丽达不久以前刚开始读《旧约》。上一次神甫指定丽达复习到亚伯拉罕那段故事为止。

"那么,亚当和夏娃有两个儿子,"拉普捷夫说,"好。可是他们叫什么名字?你想想看!"

丽达仍然脸色严肃,没有说话,眼睛瞧着桌子,光是努动嘴唇。年长的萨霞瞧着她的脸,很难过。

"你知道得很清楚,只是不要心慌,"拉普捷夫说,"嗯,那么亚当的儿子叫什么名字呢?"

"亚伯和卡维尔。"丽达小声说。

"该隐和亚伯。"拉普捷夫纠正道。

丽达的脸上流下一大颗眼泪,滴在书本上。萨霞也低下眼睛,涨红脸,快要哭出来了。由于怜悯,拉普捷夫说不出一句话来,泪水堵住他的喉咙。他从桌旁站起来,点上一支纸烟。这时候柯斯嘉从楼上下来,手里拿着报纸。姑娘们站起来,眼睛没看他,行了屈膝礼。

"看在上帝分上,柯斯嘉,您给他们温课吧,"拉普捷夫对他说,"我担心我自己也要哭出来了,午饭以前我还得到仓库去呢。"

"好吧。"

阿历克塞·费多雷奇走了。柯斯嘉带着很严肃的脸色,皱起眉头,在桌边坐下,把《圣经》拉到自己面前来。

"怎么样?"他问,"你们学到哪儿了?"

"她学到大洪水了。"萨霞说。

"大洪水?好吧,咱们就来研究大洪水。讲一讲大洪水吧。"柯斯嘉浏览了一下书上关于大洪水的简短描写,说,"我得对你们指出,像这儿所描写的那样的大洪水,实际上根本没有过。压根儿就没有挪亚这么一个人。在基督出世的几千年以前,地球上确实有过一场异乎寻常的大水,关于这一点,不但在希伯来人的《圣经》上提到,其他古代民族的书籍上也提到过,例如希腊人啦,迦勒底人啦,印度人啦。然而不管洪水有多么大,它也绝不能淹没整个地球。嗯,平原会成为一片汪洋,不过高山多半不会淹没。这本书你们管自去念,可是不要太相信它。"

丽达又流下了眼泪。她掉过头去,忽然放声痛哭,弄得柯斯嘉吃一惊,从座位上站起来,十分窘迫。

"我想回家去,"她说,"我要去找爸爸和奶妈。"

萨霞也哭起来。柯斯嘉走上楼去,回到自己的房间,打电话给尤丽雅・谢尔盖耶芙娜说:

"亲爱的,那两个小姑娘又哭了。一点办法也没有。"

尤丽雅・谢尔盖耶芙娜就从大房子里跑出来,只穿一件连衣裙,戴一块毛线织的头巾,冻得浑身发冷,来到这儿,开始安慰两个小姑娘。

"相信我的话,相信我,"她用恳求的声调说,时而把这个小姑娘搂在怀里,时而把那个小姑娘搂在怀里,"你们的爸爸今天来,他打电报来了。你们怜惜妈妈,我也怜惜,我的心都要碎了,可是有什么办法呢?要知道人总拗不过上帝的旨意!"

等到她们止住哭,她就给她们穿上外衣,带她们乘车出去玩。她们先走过小德米特罗夫卡,后来经过斯特拉斯特纳依,到特威尔斯卡亚。他们在伊威尔斯柯依教堂旁边停下,走进教堂,各人在神像前点上一支蜡烛,跪下祷告。在回来的路上,她们顺便到菲里波夫商店去,买了些斋期吃的带罂粟籽的小面包圈。

拉普捷夫一家人下午两点多钟吃午饭。彼得端上饭菜。这个彼得白天时而跑到邮政总局去,时而跑到仓库去,时而为柯斯嘉跑到地方法院去,还得在家里做仆人的活儿,傍晚他卷纸烟,夜里得跑着去开门,早晨四点多钟就起身生炉子,谁也不知道他什么时候睡觉。他十分喜欢开矿泉水瓶,干起这个活儿来很便当,一点响声也没有,而且一滴矿泉水也不会洒出来。

"求上帝保佑!"柯斯嘉在喝菜汤以前喝下一杯白酒,说。

起初尤丽雅·谢尔盖耶芙娜不喜欢柯斯嘉。他那男低音,他爱用的那些词儿(例如"撵出去"、"给脸上一拳"、"下流坯"、"端上茶炊来"等),他喜欢跟人碰杯的习惯,他喝酒的当儿唠唠叨叨,依她看来都很庸俗。可是她跟他接近以后,却渐渐觉得有他在场就很轻松。他对她很坦率,到了傍晚喜欢跟她低声谈话,甚至把他自己写的长篇小说拿给她看,到现在为止这些作品就是对拉普捷夫和亚尔采夫这样的朋友来说也是秘密。她读这些小说,为了不让他伤心就加以赞扬,他听了很高兴,因为他希望自己迟早会成为一个著名的作家。他在这些小说里专门描写农村和地主的庄园,其实他很少见到农村,只有到朋友们的别墅去才下乡。至于地主的庄园,他生平也只见过一次,那是在他为了办理诉讼业务到沃洛科拉姆斯克去的时候。他避免写恋爱的情节,仿佛害臊似的。他常描写风景,在这种场合喜欢使用那样的一些语句,诸如山峦的奇妙的轮廓,云彩的各种离奇的形状,或者神秘的旋律的和音等。……他的小说从来也没有在报刊上发表过,他把这解释成书报检查条件的限制。

他喜欢律师的工作,不过他还是认为他的主要事业不是律师业务而是创作这类长篇小说。他认为他有细腻的艺术家素质,艺术始终吸引着他。他自己不唱歌,也不玩什么乐器,完全缺乏对音乐的欣赏力,可是却参加一切交响乐音乐会和演奏会,举办慈善性质的音乐会,跟歌唱家们来往。……

吃午饭的时候大家谈起天来。

"真是怪事,"拉普捷夫说,"我那个哥哥费多尔又弄得我莫名其妙!他说必须查明我们的商行什么时候才满一百周年,为的是设法求得贵族的身份,而且他是用极其认真的口气说这种话的。他究竟是怎么回事?老实说,我开始有些担心了。"

于是他们就谈论费多尔,说如今装腔作势已经成了时髦。比如,费多尔虽然已经不是商人,可是极力装得像是普通的商人;每逢由老拉普捷夫做校董的那所学校里的一位教师到他这儿来领薪金,他甚至改变嗓音和步态,像上司那样对待那位教师。

吃过午饭以后,大家无事可做,都到书房去了。他们谈起颓废派,谈起《奥尔良的姑娘》①,柯斯嘉念了一大段独白,认为他学叶尔莫洛娃②学得很像。后来他们坐下来玩文特。两个小姑娘没有回到侧屋里去,两个人坐在一张圈椅上,脸色苍白,神情哀伤,听着街上的闹声:莫非是父亲来了?每到傍晚,天色黑下来,蜡烛点亮,她们总是感到苦恼。牌桌上的谈话声、彼得的脚步声、壁炉里的爆裂声,都刺激她们,她们不愿意看着火。每到傍晚,她们虽然不想哭,可是觉得害怕,心里感到压抑。她们不懂:她们的母亲死了,大家怎么能够谈笑风生呢?

"您今天从望远镜里看见了什么?"尤丽雅·谢尔盖耶芙娜问柯斯嘉。

"今天什么也没看见,昨天那个法国老头洗澡来着。"

七点钟尤丽雅·谢尔盖耶芙娜和柯斯嘉动身到小剧院去了。拉普捷夫和两个小姑娘留在家里。

"现在你们的爸爸该到了,"他看一下钟说,"多半火车误点了。"

---

① 德国作家席勒(1759—1805)在1801年所写的一个悲剧。
② 玛丽雅·尼古拉耶芙娜·叶尔莫洛娃(1853—1928),俄国女演员。

两个小姑娘坐在圈椅上,一句话也不说,互相偎紧,像是两头怕冷的小野兽,他呢,不住地在房间里走来走去,心焦地看钟。房子里挺安静。不过,将近九点钟,有人来拉门铃。彼得走去开门。

小姑娘听见熟悉的说话声,就大叫一声,哭起来,往前厅跑去。巴纳乌罗夫穿一件里外都是毛皮的讲究的皮袄,胡子和唇髭上结着霜,白花花的。

"等一等,等一等。"他嘟哝着说,萨霞和丽达又哭又笑,吻他的冰冷的手、帽子、皮大衣。这个相貌漂亮、神情慵懒、被爱情宠坏的人,不慌不忙地爱抚两个小姑娘,然后走进书房,搓着手说:

"我在你们这儿不能多耽搁,我的朋友们。明天我要到彼得堡去。他们答应把我调到另一个城里去了。"

他在德累斯顿旅馆下榻。

十

伊凡·加甫利雷奇·亚尔采夫常常到拉普捷夫家来串门。他是个健康强壮的男子,头发乌黑,脸容聪明而招人喜欢。大家都认为他漂亮,可是近来他发胖了,这就损坏了他的脸相和身材,再加上他把头发剪得很短,几乎成了光头,这也弄得他难看了。从前在大学里,由于他身材好,力气大,同学们都叫他"打手"。

他跟拉普捷夫两兄弟一块儿从大学的语文系毕业,后来他又学自然科学,得了化学硕士。他不想在大学讲课,甚至没到哪个实验室去指导实验工作,却在一个实科中学和两个女子中学教物理和博物学。他喜爱他的学生,特别是那些女学生,常说了不起的一代人目前正在成长起来。他在家里除了研究化学以外,还研究社会学和俄国历史,有时候在报纸和刊物上发表短文章,简单地署名"亚"。每逢他讲到植物学或者动物学方面的什么问题,他总像是历史学家,可是每逢他解答什么历史问题,他却又像是自然科学家了。

外号叫"永久的大学生"的基希也是拉普捷夫家的常客。他在医学系读了三年,然后转到数学系,每一学年都读两年。他的父亲是外省一个药房的老板,每月给他寄来四十卢布,他母亲瞒着他父亲私下里又添上十卢布,这笔钱足够他维持生活了,甚至足以使他置办一些奢华的东西,例如波兰海狸皮领的大衣、手套、香水、照相(他常常照相,把自己的照片分送给熟人)。他浑身干净,略微有点秃顶,耳朵旁边留着金黄色的连鬓胡子,为人谦和,老是带着愿意为别人效劳的神情。他总是为别人的事情忙碌,时而拿着捐款签名单奔走不停,时而一清早在剧院售票处旁边挨冻,为的是替他熟识的女士买戏票,时而受人委托去定购花圈或者花束。大家一谈到他就说:基希会去的,基希会办的,基希会买的。别人委托的事他大多办得不好。人们纷纷责备他,常常忘记付给他买东西的钱,然而他总是一句话也不说,遇到难堪的情况也只是叹口气就算了。他从来也没有特别高兴过,也没有特别伤心过。他讲起一件事来总是又长又乏味,他的俏皮话每一次都只是因为不可笑才惹得人发笑。比如,有一次他有意开玩笑,就对彼得说:"彼得,你可不是鲟鱼。"①这话惹得大家哄堂大笑,他自己也笑了很久,而且很满意,认为这个俏皮话说得很成功。每逢有个什么教授出殡,他总是跟拿火把的人一块儿走在前头。

亚尔采夫和基希傍晚照例来喝茶。如果主人不到剧院或者音乐会去,那么傍晚的喝茶就一直延长到吃晚饭为止。二月里的一天傍晚,客厅里进行着这样一场谈话:

"艺术作品只有在思想内容方面包含某种严肃的社会问题的

---

① 在俄语中,"彼得"和"鲟鱼"两词的末尾发音相同。

时候才是重要而且有益的,"柯斯嘉生气地瞧着亚尔采夫,说,"如果作品抗议农奴制度,或者作家反对上流社会以及它的庸俗,这样的作品就是重要而且有益的。至于有些长篇小说和中篇小说,内容尽是些哎呀和哦哟,她怎样爱他而他怎样不再爱她,我说,这样的作品就毫无意义。叫它们见鬼去吧。"

"我同意您的看法,康斯坦丁·伊凡内奇,"尤丽雅·谢尔盖耶芙娜说,"有的描写幽会,有的描写负情,有的描写分离后的重逢。难道就没有别的题材可写了?要知道,有很多害病的、不幸的、穷愁潦倒的人,他们读起这些作品来一定会厌恶。"

拉普捷夫心里不痛快,因为他妻子这样一个年轻的女人,还没满二十二岁,就这样严肃而冷酷地谈论爱情。他猜得出这是什么缘故。

"如果诗歌没有解决依您看来很重要的问题,"亚尔采夫说,"那您就该去找技术方面的、警察法方面的、财政法方面的著作,就该去读学术论文。比方说,为什么要在《罗密欧与朱丽叶》里不谈爱情而大谈教学自由或者监狱消毒问题,关于那些问题,您在专门论文和教材中都可以找到!"

"老兄,这可是走极端了!"柯斯嘉插嘴说,"我们谈的不是像莎士比亚或者歌德那样的巨人。我们谈的是成百的有才能的普通作家,他们要是丢开爱情而致力于向群众传播知识和人道思想,那就会带来大得多的益处。"

基希吐字不清,带点鼻音,讲起他不久以前读过的一篇小说的内容。他讲得很详细,不慌不忙。过了三分钟,然后五分钟,十分钟,他却还在讲下去,谁也闹不清他在讲什么。他的脸变得越来越淡漠;他的眼睛暗淡无光。

"基希,您讲得快一点吧,"尤丽雅·谢尔盖耶芙娜忍不住说,"照这样子可真磨死人了!"

"住嘴,基希!"柯斯嘉对他大叫一声。

大家笑起来,连基希自己也笑了。

费多尔来了。他脸上泛起红晕,匆匆跟大家打个招呼,就领着他弟弟走到书房去了。近来他总是躲开人多的聚会,只愿意找一个人做伴。

"让那些青年人去说说笑笑吧,我和你在这儿好好谈谈心,"他说,在一把离灯远一点的深圈椅上坐下,"老弟,我们有许久没见面了。你多少时候没有到仓库去了?大概有一个星期吧。"

"是的。我在你们那儿没有什么事情可做。而且,说实话,老人也惹得我不痛快。"

"当然,仓库里缺了我和你也没关系,不过人总得有工作才行。俗语说得好:人得脸上流着汗水吃自己的面包。上帝是喜爱劳动的。"

彼得端着一个托盘,送来一杯茶。费多尔没有加糖就喝下茶,又要了一杯。他喝很多茶,一个傍晚能够喝下十来杯。

"你要知道,弟弟,"他说,站起来,走到弟弟跟前,"你可别耍聪明啦,你得设法当选,做一名地方自治会的议员,我们呢,慢慢地,一步一步地把你弄进市参议会,然后做副市长。往后就是步步高升,你是个聪明而受过教育的人,人家就会注意你,请你到彼得堡去。如今,地方自治会和市参议会的活动家在那儿成了时髦的人物了。弟弟,瞧着吧,你还不到五十岁就会做上三等文官,肩上挂着绶带了。"

拉普捷夫什么话也没回答。他明白所有这些东西,什么三等文官啦,绶带啦,正是费多尔自己所想望的。他不知道该怎么回答才好。

两兄弟坐在那儿,沉默了。费多尔打开表盖,带着紧张的注意力瞧了很久很久,仿佛想看出时针的移动似的。拉普捷夫觉得他脸上的神情有些古怪。

仆人来叫他们吃晚饭。拉普捷夫就走到饭厅去,可是费多尔还是待在书房里。争论已经过去,亚尔采夫正在用教授讲课的口气说:

"由于气候、精力、趣味、年龄等的差别,人们之间的平等,从生理上说,是不可能的。然而文化水平高的人能够使得这种不平等变得无害,如同他们已经使得沼泽地带和熊变得无害一样。有一位学者做到这样一件事:他养的一只猫、一只老鼠、一只青鹰、一只麻雀,凑着同一个碟子吃东西,必须相信教育也会使人变成这样。生活不断地前进,我们亲眼看见文化做出了巨大的成绩。显然,总有一天,比方说,工厂工人们的现状会使人觉得如此荒谬绝伦,就像在农奴制度下拿一个姑娘换一条狗这样的事如今依我们看来是荒谬绝伦一样。"

"这是不会很快就发生的,不会很快,"柯斯嘉说,冷冷地一笑,"等到洛希尔认为他建造装满黄金的地下室是荒谬之举,那种时候是不会很快就来到的;而在这以前,工人也许已经劳累得弯腰屈背,饿得浮肿了。哼,不行啊,老兄。不是需要坐等,而是需要斗争。要是猫和老鼠凑着一个碟子吃东西,您以为猫是出于自觉吗?哪有这种事!它是给外力逼着这样做的!"

"我和费多尔都很有钱,我们的父亲是资本家,百万富翁,那就得跟我们斗争!"拉普捷夫说,用手心擦着额头,"跟我斗争,这我简直想不通!我有钱,可是到现在为止,钱给了我什么呢?这种力量给了我什么呢?我在哪方面比你们幸福?我的童年是苦役般的童年,钱并没有使我免于挨打。尼娜害病,死掉了,我的钱也没有能够帮上她的忙。如果别人不爱我,那我哪怕拿出一万万去,也不能使得人家爱我。"

"可是您能做很多好事。"基希说。

"什么好事！昨天您托我给一个学数学的人找工作。请您相信我，我跟您一样帮不上他的忙。我能给钱，可是要知道，这不是他所需要的。有一次我请求一位著名的音乐家给一个穷提琴师找个工作，他这样回答：'您不求别人而求我，就因为您不是音乐家。'我也要这样回答您：您那么有把握地来找我帮忙，也是因为您至今一次也没处在有钱人的地位。"

"何必拿著名的音乐家来作比喻呢，我不懂！"尤丽雅·谢尔盖耶芙娜说，脸红了，"这跟著名的音乐家有什么相干！"

她的脸由于憎恨而颤抖，她低下眼睛，为的是掩盖这种感情。她脸上的那种表情不只是她丈夫一个人明白，凡是在座的人也都明白。

"这跟著名的音乐家有什么相干！"她小声又说一遍，"再也没有比帮助穷人更容易的事了。"

接着是沉默。彼得端上松鸡来，可是谁也没吃，大家光吃了点生菜。拉普捷夫已经记不得自己说了些什么话，不过他明白惹人憎恨的并不是他的话，而是他打搅了这场谈话罢了。

吃过晚饭以后，他走到他的书房里去。他紧张地听着大厅里的动静，心里怦怦地直跳，等着还会有什么新的屈辱。那边，争论又开始了。后来亚尔采夫在钢琴旁边坐下来，唱了一首富于感情的抒情歌曲。他是个多才多艺的人，又能唱，又能弹，甚至还会变戏法。

"诸位先生，你们爱怎么样就怎么样，可是我不愿意待在家里了，"尤丽雅说，"得坐车到什么地方去一趟才好。"

他们决定到城外去，就打发基希到商人俱乐部去叫一辆三套马的雪橇。他们没有约拉普捷夫一块儿去，因为他通常不到城外去，还因为这时候他哥哥坐在他那儿；然而他把这理解作他们觉得跟他待在一块儿没味儿，在这一群快活的年轻人当中他完全成了多余的人。他是那么气恼和痛心,竟至差点儿哭出来。他想到他们对他这样不客气,这样轻慢他,他成了愚蠢乏味的丈夫和钱袋,他反而感到高兴;要是他的妻子就在这天夜里对他负心,跟他最好的朋友私通,然后直认不讳,用憎恨的目光瞧着他,那他倒会越发高兴。……由于她,他暗自嫉妒那些熟识的大学生、演员、歌唱家、亚尔采夫,甚至嫉妒路上遇到的行人。现在他一心巴望她真的对他不忠实,巴望他会撞见她跟别人在一起,然后他就服毒自尽,从此永远摆脱这场噩梦。费多尔在喝茶,咕嘟咕嘟地喝下去。可是后来他也要走了。

"我们的老人大概害了视神经萎缩引起的失明症,"他一面穿皮大衣,一面说,"他的眼睛不大看得清东西了。"

拉普捷夫也穿上皮大衣,走出去。他把哥哥送到斯特拉斯特纳依,然后独自雇一辆车到亚尔饭店去。

"这就叫家庭幸福!"他嘲笑他自己,"这就是爱情!"

他的牙齿直打战,他不知道这是嫉妒还是别的。在亚尔饭店,他走过那些餐桌,听大厅里一个讽刺歌手的演唱。万一他遇见家里那伙人,他却连一句话也没准备好。他事先断定,他遇见他妻子,就只会可怜而笨拙地笑一笑,大家就会明白是什么感情驱使他到这儿来的。电灯的光,响亮的音乐声,扑粉的香气,再加上那些迎面走来的太太瞧着他,使得他感到恶心。他站在雅座的门口,极力想看一看和听一听里边发生的事,觉得自己正在跟那些演唱者和那些太太们一同扮演下流而可鄙的角色。随后他坐车上斯特烈尔纳饭店去,可是在那儿也没碰见他家里的人。一直到他在回去的路上,又经过亚尔饭店,才有一辆三套马车发出很大的响声赶到他前头去,喝醉的车夫在叫喊,还可以听见亚尔采夫的笑声:"哈-哈-哈!"

拉普捷夫三点多钟回到家。尤丽雅·谢尔盖耶芙娜已经上床

了。他看见她没睡,就走到她跟前,生硬地说:

"我了解您的厌恶,您的憎恨,可是您当着外人的面应该给我留点面子,掩饰您的感情才是。"

她坐在床沿上,耷拉着两条腿。在灯光下,她的眼睛显得又大又黑。

"请您原谅。"她说。

他激动得周身发抖,再也说不出一句话来,就站在她面前,沉默了。她也发抖,坐在那儿,样子像个等着发落的罪人。

"我多么痛苦啊!"他终于说,抱住头,"我好比下了地狱,我都要发疯了!"

"难道我就轻松?"她问,声音发颤,"只有上帝才知道我的心境怎么样。"

"你做我的妻子已经有半年了,然而你的心里就连一点点爱情也没有,任何希望也没有,一线光明也没有!你为什么嫁给我呢?"拉普捷夫绝望地说下去,"为什么?是什么魔鬼把你推进我的怀抱?你指望的是什么?你需要的是什么?"

她畏惧地瞧着他,仿佛害怕他要杀死她似的。

"我中你的意吗?你爱我吗?"他继续喘吁吁地说,"不!那么是什么缘故?什么缘故?你说啊:是什么缘故?"他叫道,"哎,该死的钱!该死的钱!"

"我当着上帝发誓,不对!"她叫起来,在胸前画十字。听到那句侮辱的话,她缩起整个身子,他头一次听见她哭。"我当着上帝发誓,不对!"她又说一遍,"我没想到过钱,我不需要钱。当时我只是认为,如果我拒绝你,我就做错了。我生怕破坏你的生活和我的生活。现在我为自己的错误痛苦,痛苦得受不了!"

她伤心地哭起来,他明白她多么难过,不知道该说什么好,就在她面前的地毯上跪下。

"别哭了,别哭了,"他喃喃地说,"我侮辱你,是因为我发疯般地爱你,"他说着,忽然吻她的脚,热烈地把它抱住,"哪怕有一点点爱情也好啊!"他喃喃地说,"哎,对我说句谎话吧!说句谎话!不要说这是错误!……"

可是她仍旧哭,他感到她在隐忍他的爱抚,只把这种爱抚看作她的错误的不可避免的后果。她把他吻过的那只脚缩到身子底下,像鸟儿似的。他开始怜惜她了。

她躺下去,用被子蒙上头。他脱掉衣服,也躺下去。到早晨,他们两人都觉得发窘,不知道该说什么好。他甚至觉得,他吻过的她那只脚走路都不稳了。

午饭以前巴纳乌罗夫来辞行。尤丽雅一心想回家去,到故乡去。她心想,离开这儿,躲开家庭生活,摆脱这种困窘和老是觉得自己做错事的想法,去休息一下,也是好的。吃午饭的时候,事情决定了:她跟巴纳乌罗夫一块儿走,到她父亲那儿待上两三个星期,直到住得腻味了为止。

十一

她和巴纳乌罗夫在火车上包了一个单间,他头上戴一顶形状古怪的羊羔皮帽子。

"是啊,彼得堡没有满足我的要求,"他叹着气,慢条斯理地说,"他们对我许了不少的愿,可是一点明确的东西也没有。是啊,我亲爱的。我做过调解法官、调解法官会审法庭的常任官和审判长,最后做到省政府的顾问官,我觉得我为祖国效过力,有权利受到照顾,可是您瞧,我想调到别的城里去却怎么也达不到目的。……"

巴纳乌罗夫闭上眼睛,摇头。

"他们不赏识我,"他接着说,仿佛快要睡着了,"当然,我不是个天才的行政长官,不过我是个正派、诚实的人,在如今这个年月连这种人也是少见的。说来歉然,有时候我对女人不够忠实,可是就我对俄国政府的态度来说,我素来是很正派的。不过,这些事不提也罢,"他说,睁开眼睛,"我们来谈谈您吧。您怎么会忽然想起要到您爸爸那儿去呢?"

"没什么,我跟我的丈夫有点不和睦。"尤丽雅说,瞧着他的帽子。

"是啊,他是有点古怪。拉普捷夫一家人都古怪。您的丈夫倒还没什么,还可以,可是他哥哥费多尔却是个十足的蠢货。"

巴纳乌罗夫叹一口气,认真地问道:

"那您已经有情人了吧?"

尤丽雅惊讶地瞧着他,笑了笑。

"上帝才知道您在说什么。"

十点多钟,在一个大站上,他们两人下车去吃晚饭。等到火车再往前开,巴纳乌罗夫就脱掉大衣和帽子,跟尤丽雅并排坐下来。

"应当对您说,您很可爱,"他开口了,"请您原谅我用粗野的比喻,您使我联想到那种刚腌过的嫩黄瓜。它,可以说,还有温室的气味,可是已经含了一点盐分,有点茴香的气味了。您正渐渐地出落成一个漂亮的女人,一个娇美优雅的女人。要是我们这次旅行发生在五年以前,"他说,叹口气,"那我就会认为我有愉快的义务加入崇拜您的男子的行列,可是现在呢,唉,我是个残废人了。"

他忧郁地、同时又宽厚地微微一笑,搂住她的腰。

"您疯了!"她说,涨红了脸,十分害怕,手脚都凉了,"松手,格利果利·尼古拉伊奇!"

"您怕什么,宝贝儿?"他温柔地问道,"这有什么可怕的?您只是对这种事没有习惯罢了。"

如果女人抗拒，那么在他看来，这总是意味着他给她留下了印象，中了她的意。他搂住尤丽雅的腰，使劲吻一下她的脸，然后吻她的嘴，充分相信这给了她很大的乐趣。尤丽雅压下恐惧和困窘，定住神，笑起来。他又吻她一次，然后戴上他那顶滑稽的帽子，说：

"这个残废人所能给您的，只限于此了。有一个土耳其的巴夏①，是个心地好的老头子，收到某人送给他的或者由他继承下来的一大群妻妾。他那些年轻美丽的妻子排成一长列站在他面前，他就在她们面前走过去，依次吻每一个人，同时说：'现在我能够给你们的，只限于此了。'我也要这样说。"

所有这些，依她看来，都显得荒唐而出奇，引起她的兴致来了。她想胡闹一下。她就哼着歌，站到长沙发上去，从行李架上取出一盒糖果，扔给他一块巧克力糖，叫道：

"接住！"

他就接住。她发出响亮的笑声，又扔给他一块，然后再扔一块，他都接住，放进嘴里，用恳求的眼光瞧着她。她觉得他的脸，他的五官，他的神情，流露出很多女人气和孩子气。她喘吁吁地在长沙发上坐下，仍旧笑着瞧他，他就伸出两个手指头碰一碰她的脸，仿佛气恼地说：

"坏丫头！"

"拿过去，"她把那盒糖递给他，说，"我不喜欢吃甜的。"

他把糖果统统吃光，一块也没剩下，然后把空盒子锁在手提箱里。他喜欢带画的盒子。

"可是闹得也够了，"他说，"我这个残废人该睡觉了。"

他从行李袋里取出他的布哈拉长袍和枕头，躺下来，盖上那件长袍。

---

① 土耳其高级军事和行政长官的称号。

"晚安,亲爱的!"他轻声说,叹了口气,仿佛周身酸痛似的。

很快就响起了鼾声。她一点都没感到拘束,也躺下去,很快就睡着了。

第二天早上她到了她出生的城市,从火车站坐上车回家去,觉得街上荒凉无人,雪是灰色的,房屋很小,好像有人把它们压扁了似的。迎面走来一个行列:人们抬着一口开着盖子的棺材,里面装着一个死人;送殡的人们打着神幡。

"据说,遇见死人会交好运。"她想。

先前尼娜·费多罗芙娜住过的那所房子,现在窗子上贴上了白条子。

她的雪橇驶进她家的院子,她的心好像停止了跳动。她拉了下门铃。一个不相识的使女来给她开门,她长得挺胖,带着睡意,穿一件暖和的棉上衣。尤丽雅走上楼梯,想起当初拉普捷夫就是在这儿对她表达爱情的,可是现在这道楼梯没有擦洗,满是脚印。楼上有些穿着皮袄的病人在阴冷的过道里等着看病。不知什么缘故,她的心怦怦地跳起来,她激动得几乎走不动了。

医生越发胖了,脸红得跟红砖一样,头发蓬乱,正在喝茶。他看见女儿,十分高兴,甚至流下了眼泪。她想到自己成了这个老人生活中唯一的乐趣,很是感动,就紧紧地拥抱他,说她要在他这儿住很久,直到复活节。她回到自己的房间里,换好衣服,来到饭厅跟他一块儿喝茶。他正从这个墙角走到那个墙角,手揣在衣袋里,嘴里哼着"鲁-鲁-鲁",这就意味着,他对什么事感到不满意。

"你在莫斯科过得挺快活,"他说,"我为你很高兴。……我这个老头子什么也不需要了。我不久就要死掉,让你们大家都自由。也真奇怪,我的臭皮囊这么结实,我还活着! 实在让人吃惊!"

他说他是一头结实耐劳的老驴,人人骑在他身上。给尼娜·费多罗芙娜医病啦,照料她的孩子啦,给她下葬啦,都硬推给他办;

327

而那个花花公子巴纳乌罗夫却什么都不愿意管,甚至还向他借了一百卢布,至今没有还。

"带我到莫斯科去,把我送进疯人院吧!"医生说,"我是疯子,我是天真的娃娃,因为我仍旧相信真理和正义!"

然后他就指摘她的丈夫目光短浅,那么便宜的房子也不买。这时候尤丽雅才感到她并不是这个老人生活里唯一的乐趣。后来他给病人看病,又到外面去出诊,她就一个人在各个房间里走来走去,不知道该干什么,该想些什么。她已经对她的故乡和故居感到生疏,她现在既不想上街,也不想去看熟人,想起旧日的女朋友,想起少女时代的生活,并不感到忧郁,也不为过去惆怅。

傍晚她穿得比较漂亮点,去做彻夜祈祷。可是教堂里只有一些普通人,她那件华丽的皮大衣和她的帽子并没给人留下什么印象。她觉得不论那教堂,还是她自己,都起了某种变化。从前,在彻夜祈祷中大家念赞美诗,歌手们唱赞美歌,例如唱《我张开我的嘴》的时候,她总是觉得高兴。她喜欢在人群中慢慢地走到站在教堂中央的神甫身边,然后感到自己的额头涂上了圣油,现在呢,她却一心巴望祈祷结束。随后,她从教堂里出来,已经担心乞丐来向她要钱,站定下来,在衣袋里摸零钱是乏味的,再者她的衣袋里已经没有铜钱,只有卢布了。

她早早上床躺下,很晚才睡着。她老是梦见一些相片,梦见今天早晨见过的那个出殡行列,那个装着死人而没有盖上盖子的棺材抬进院子里来了,停在房门口,人们用一大块布把它兜起,摇晃很久,然后使足力气把它撞在房门上。尤丽雅醒了,害怕地跳下床。果然有人在敲楼下的房门,门铃的铁丝在墙上擦得沙沙响,然而门铃声却听不见。

医生咳嗽起来。后来,她听见使女走下楼去,然后又回来。

"小姐!"她敲着房门说,"小姐!"

"什么事？"尤丽雅问。

"您的电报！"

尤丽雅拿着蜡烛去给她开门。使女身后站着医生，穿着内衣，披着大衣，也拿着蜡烛。

"我们的门铃坏了，"他说，带着睡意打哈欠，"早就该修理了。"

尤丽雅拆开电报，看到："我们为您的健康干杯。亚尔采夫，柯切沃依。"

"哎，这些胡闹的家伙！"她说，哈哈大笑起来。她心里变得轻松快活了。

她回到自己的房间，悄悄地洗脸，穿衣服，然后收拾她的东西，收拾了很久，直到天明。中午她动身到莫斯科去了。

十二

在复活节周①，拉普捷夫夫妇到绘画学校去看画展。他们按照莫斯科的风气带着一家人都去了，包括那两个小姑娘、女家庭教师和柯斯嘉。

拉普捷夫知道一切著名画家的姓名，一次画展也不肯错过。夏天在别墅里，他有时画彩色风景画，他觉得自己很有鉴赏力，如果肯下功夫，那他说不定会成为一个好画家。在国外，他有时到古董店去，带着内行的神情细看古画，发表意见，然后买下一幅什么作品。古董商要多少价钱，他就给多少，事后那张买回来放在盒子里的画就丢在马车棚里，最后谁也不知道它到哪儿去了。或者他走进一家版画店，久久地、聚精会神地细看那些画儿和古铜器，发

---

① 基督教复活节后的一周。

表各种评论,忽然买下一幅带框的民间木版画或者一盒极糟的画片。他家里的画全是大幅的,可是并不好,即使是好画也挂得不像样。他不止一次花大价钱买下一些作品,事后才知道那都是些拙劣的赝品。值得注意的是,一般说来,他在生活中是胆小的,在画展上却显得非常大胆,自信。这是什么缘故?

尤丽雅·谢尔盖耶芙娜学她丈夫那样,用眼睛凑着空拳头或者用望远镜看画,心里暗自惊奇画上的人怎么会像活人,树木怎么会像真的一样。可是她不了解画,她觉得画展上有许多画是一模一样的,觉得艺术的全部目的就在于让画上的人和东西当别人凑着空拳头瞧着的时候,活像真人和真东西。

"这是希什金①的树林,"她丈夫对她解释道,"他老是画这一类的景物。……喏,你注意地看:雪从来也没有过这样的淡紫色。……而且这个男孩的左胳膊比右胳膊短。"

后来大家都累了,拉普捷夫去找柯斯嘉,好一块儿回家去。尤丽雅站在一幅不大的风景画面前,冷淡地瞧着它。前景是一条小河,河上搭着小木桥,河对面有一条小径,消失在深色的杂草丛中,四下里是一片旷野。远处右边有一小片树林,树林旁边生着篝火,大概是夜间牧马人在看守马匹。远方是一抹晚霞。

尤丽雅想象她自己穿过小桥,然后走上那条小径,越走越远,四下里静悄悄的,带着睡意的长脚秧鸡不住地叫唤,远处的火光摇曳不定。不知什么缘故,她忽然觉得,顺着那块红色天空铺开的云、那丛树林、那片旷野,她早就见过,而且见过许多次。她感到孤单,一心想顺着那条小径往前走,走啊走;那边,燃着晚霞的地方,和平安宁,透出一种超脱人间的、永恒的意味。

"这画得多么好啊!"她说,心里奇怪,她忽然懂得这幅画了,

---

① 希什金(1832—1898),俄国风景画家,主要画森林景色。

"你瞧,阿辽沙!你看出那儿多么安静吗?"

她极力解释为什么那么喜欢这幅风景画,可是她丈夫也好,柯斯嘉也好,都不明白她的意思。她一直瞧着风景画,现出忧郁的笑容,别人却不认为这张画有什么特别的地方,这使她心里发急。后来她又在大厅里走一遍,仔细看那些画,想理解它们,不再认为画展上的许多画是一样的了。她回到家里,这才第一次注意地看大厅里那幅挂在钢琴上方的大画,她对这幅画生出反感,就说:

"何必买这样的画!"

这以后,金黄色的飞檐、威尼斯的镶花镜子、类似挂在钢琴上方的那种画,以及她丈夫和柯斯嘉关于艺术的议论,总是在她心里引起乏味和烦恼的感觉,有时候甚至会引起憎恨的心情。

生活过得很平常,一天又一天过去,没有发生什么特别的事情。演戏的季节已经结束,暖和的季节来临。天气一直非常好。有一天早晨,拉普捷夫到地方法院去听柯斯嘉发言,他受法庭的委派为某人进行辩护。他们离家迟了,来到法庭的时候,那儿已经开始审讯证人。有一个预备役列兵被控犯破门盗窃罪。有许多洗衣女工做证人,她们供称,被告常到洗衣房女老板的家里去,在举荣圣架节①前夕,夜色已经很深,他到洗衣房去借钱,想买点酒喝,以解宿醉,可是谁也没有借给他。于是他走了,可是,过了一个钟头又回来,带来了啤酒和薄荷的蜜糖饼给姑娘们吃。他们就喝酒,唱歌,几乎一直闹到天明。临到早晨,她们才发现阁楼的门锁被人撬开,洗好的衣物当中有三件男人的衬衫、一条女人的裙子、两条被单不见了。柯斯嘉讥讽地质问每个女证人:在举荣圣架节前夕她喝了被告带来的啤酒没有?显然,他认为那些东西是洗衣女工们自己偷去的。他发言时一点也不慌张,只是气呼呼地瞧着陪审

---

① 东正教12大节之一,在俄旧历9月14日。

员们。

他解释什么叫作破门盗窃,什么叫作普通盗窃。他讲得十分详细而又令人信服,显出非凡的才能,能够把一件大家早已明白的事用严肃的口吻讲上很久。他那些话的用意究竟何在,是很难弄明白的。陪审员从他的长篇发言中只能得出这样的结论:"那是破门,然而没有盗窃,因为衣服是那些洗衣女工自己卖掉换酒喝的;如果是盗窃,那不是破门盗窃。"可是他讲得显然正合需要,因为他的发言感动了陪审员和听众,使他们十分满意。等到法庭上宣判被告无罪,尤丽雅就向柯斯嘉点头,然后紧紧地握他的手。

五月里,拉普捷夫夫妇搬到索科尔尼吉的别墅里去住。这时候尤丽雅已经怀孕了。

十三

一年多过去了。在索科尔尼吉,离亚罗斯拉夫铁路的路基不远,尤丽雅和亚尔采夫坐在一块草地上,柯切沃依躺在旁边一点,双手垫在脑袋底下,眼望着天空。这三个人本来在散步,现在已经累了,等着六点钟那班别墅专车开来,好回家去喝茶。

"做母亲的往往在自己的孩子身上看出他有与众不同的地方,大自然就是这样安排的,"尤丽雅说,"做母亲的往往一连几个钟头站在小床旁边,瞧她的孩子生着什么样的小耳朵、小眼睛、小鼻子,瞧得入了迷。要是有个外人吻她的孩子,那么她,这个可怜的女人,就会认为这一定给他很大的快乐。做母亲的讲起话来别的不谈,专谈她的孩子。我知道母亲们这种弱点,就管束自己;不过,说真的,我那个奥丽雅可真是与众不同呢。她吃奶的时候看着我,那对眼睛多么灵活!她笑得多么好看啊!她刚满八个月,可是老实说,像那样聪明的眼睛我就是在三岁的孩子身上也没见过。"

"顺便问一句,"亚尔采夫问道,"您说说:您在丈夫和孩子当中比较爱哪一个?"

尤丽雅耸耸肩膀。

"我不知道,"她说,"我从来没有强烈地爱过我丈夫,实际上奥丽雅是我最爱的人了。您知道,我并不是出于爱情嫁给阿历克塞的。从前我愚蠢,痛苦,老是认为我毁了他的生活和我自己的生活,现在我才明白,压根儿就不需要什么爱情,那都是胡说。"

"然而,如果不是爱情的话,那么是什么感情使您跟您的丈夫联系在一起的呢?为什么您跟他一块儿生活呢?"

"我不知道。……哦,大概是习惯吧。我尊敬他,他出外久了,我就惦记他,然而这不是爱情。他是个聪明正直的人,这对我的幸福来说就已经足够了。他很善良,朴实。……"

"阿辽沙聪明,阿辽沙善良,"柯斯嘉说,懒洋洋地抬起头来,"可是,我亲爱的,为了要了解他聪明,善良,招人喜欢,却得跟他相处很久。……而且他的善良或者他的聪明究竟有什么用处呢?您要多少钱,他就给您多少,这他是能够做到的,可是在那种需要运用坚强性格、反击蛮横无礼的人和无赖的时候,他就心慌意乱,泄气了。像您的可爱的阿历克塞那样的人,都是极好的人,可是在斗争方面,他们完全不中用。而且,总的来说,他们无论干什么事都不中用。"

最后,一列火车出现了。烟囱里冒出绯红的蒸气,飘到小树林上面。最后一节车厢上的两扇窗子忽然迎着阳光闪了一下,亮得耀眼。

"该喝茶了!"尤丽雅·谢尔盖耶芙娜说,站起来。

她近来发胖,走起路来已经是太太们那种有点懒散的样子了。

"不过没有爱情毕竟是不好的,"亚尔采夫跟在她身后,说,

"我们光是一股劲儿谈爱情,读描写爱情的书,然而我们自己却不大能够爱人,说真的,这可不好。"

"这都无所谓,伊凡·加甫利雷奇,"尤丽雅说,"幸福不在于爱情。"

他们在小花园里喝茶,那儿的木犀草、紫罗兰、菝草花正在盛开,早熟的唐菖蒲已经开花了。亚尔采夫和柯切沃依从尤丽雅·谢尔盖耶芙娜的脸容看出她正在经历一个内心宁静、平稳的幸福时期,她除了已经有的以外,什么都不需要了,于是他们自己的心里也就变得平静舒畅了。不管是谁说了什么话,那些话都显得很合时宜,颇有道理。那些松树也很美丽,松脂发出以前从未有过的那种奇妙的香味,鲜奶油也十分可口,萨霞呢,真是个聪明的好姑娘。……

喝完茶以后,亚尔采夫唱抒情歌曲,同时弹钢琴为自己伴奏。尤丽雅和柯切沃依默默地坐在那儿听,只有尤丽雅偶尔站起来,悄悄走出去看一下她的孩子和丽达,丽达已经有两天躺在床上发烧,什么东西也没吃。

"'我的朋友,我的温柔的朋友啊……'"亚尔采夫唱道。"不,诸位先生,就是把我杀了,我也不懂,"他说,摇一下头,"我不懂您为什么反对爱情!要不是我一昼夜有十五个钟头忙于工作,那我一定就去谈恋爱。"

晚饭摆在凉台上。那儿暖和,安静,可是尤丽雅戴着围巾,抱怨天气潮湿。等到天黑下来,不知什么缘故,她觉得身体不舒服,老是打冷战,一再请求客人们多坐一会儿。她请他们喝葡萄酒,吃过晚饭后又吩咐拿白兰地来,免得他们走掉。她不愿意一个人守着那些孩子和仆人。

"我们这些住在别墅里的女人正筹备在这儿给孩子们演出一场戏,"她说,"我们样样齐全,剧场啦,演员啦,都有了,所缺的只是剧本。人家给我们寄来大约二十个不同的剧本,可是一个也不合用。喏,您喜欢戏剧,又熟悉历史,"她对亚尔采夫说,"您就给我们写一个历史剧吧。"

"行,这可以办到。"

客人们喝完所有的白兰地,准备走了。这时候已经十点多钟,按别墅的生活方式来说,要算是很晚了。

"多么黑啊,伸手不见五指!"尤丽雅把他们送到大门外,说,"诸位先生,我不知道你们怎么走到家。不过,天好冷啊!"

她把围巾裹紧点,回转身往门廊走去。

"我的阿历克塞多半在什么地方打牌呢!"她叫道,"晚安!"

从明亮的房间里走出来以后,就什么东西也看不见了。亚尔采夫和柯斯嘉像瞎子似的摸索着,好不容易走到铁道的路基那儿,穿过铁路往前走去。

"连个鬼影儿也看不见,"柯斯嘉用男低音说,停住步,瞧一下天空,"那些星星,那些星星啊,就像新的十五戈比硬币!加甫利雷奇!"

"啊?"亚尔采夫在什么地方应声说。

"我说:什么都看不见了。您在哪儿啊?"

亚尔采夫吹着口哨,走到他跟前,挽住他的胳膊。

"喂,住在别墅里的人啊!"柯斯嘉忽然扯开嗓门大叫起来,"抓住社会党人啦!"

他一有醉意,总是很不安分,哇哇地叫,找警察和马车夫的碴儿,唱歌,狂笑。

"大自然啊,见鬼去吧!"他叫起来。

"得了,得了,"亚尔采夫制止他说,"不要这样。我求求您。"

不久两个朋友就习惯了黑暗,看得出高高的松树和电报线杆子的轮廓了。偶尔,从莫斯科车站那边传来汽笛声,电报线悲凉地

335

嗡嗡响。小树林本身却没有发出一点声音,在这种沉寂里人感到有一种骄傲的、强大的、神秘的意味。此刻在夜间望去,松树顶仿佛快碰到天空了。两个朋友找到他们常走的那条林间通道,顺着它走去。那儿一片漆黑,只因为上边有一长条天空,点缀着繁星,脚底下是经人踩结实的土地,他们才知道他们是在一条林荫道上走路。他们俩默默地并排走着,觉得前面仿佛有人迎面走过来似的。他们的醉意消失了。亚尔采夫忽然想到眼前这个小树林里也许有莫斯科的沙皇、大贵族、大主教的灵魂在飞翔,他想把这想法告诉柯斯嘉,可是话到口边又忍住了。

他们走到城门口,天空已经微微发亮。亚尔采夫和柯切沃依仍旧沉默着,沿马路走去,经过一些便宜的别墅、小饭铺、木料的堆栈。在树枝连成的拱顶下,好闻的潮气夹着菩提树的香气,浸透他们的全身。然后前面铺开宽阔的长街,街上没有一个人影,没有一点灯火。……他们走到红湖,天已经大亮了。

"莫斯科是一个还要遭受很多痛苦的城市。"亚尔采夫瞧着阿历克塞修道院,说。

"您怎么会忽然有这个想法?"

"这是无意中想到的。我爱莫斯科。"

亚尔采夫和柯斯嘉两人都生在莫斯科,热爱这个城市,不知什么缘故,对别的城市总是抱有反感。他们相信莫斯科是杰出的城市,俄罗斯是杰出的国家。到了克里米亚,到了高加索,到了国外,他们总觉得乏味,不舒服,不方便。他们认为莫斯科阴沉的天气最令人愉快,最有益于健康。有些日子冷雨抽打窗子,暮色提早降临,房屋和教堂的墙壁现出可悲的深棕色,人们上街不知道该穿什么好,这样的日子也使他们感到愉快和兴奋。

最后他们在车站附近雇到一辆街头马车。

"真的,写一个历史剧倒不错,"亚尔采夫说,"不过,您知道,不要写利亚普诺夫①和戈东诺夫②的时代,而要写雅罗斯拉夫③或者摩诺马赫④的时代。……我痛恨一切俄国历史剧,只有皮缅⑤的独白除外。只要你跟历史文献资料打交道,哪怕是读一本俄国历史教科书,你也会觉得在俄国,人人都有异乎寻常的才气,有本领,有趣味,可是我在剧院里看历史剧的时候,我却开始觉得俄国生活平庸,不健康,没有特色。"

在德米特罗夫卡附近,两个朋友分手了。亚尔采夫坐车回尼基特斯基街他的寓所。他在车上打瞌睡,摇摇晃晃,老是想着剧本。忽然,他仿佛听见一片可怕的嘈杂声、叮当声、喊叫声,那话语却听不懂,像是加尔梅克人的语言;有个什么村子整个被火焰包住,附近有一片披着白霜的树林,映着火光,现出柔和的粉红色,站在远处也可以看清楚,每棵小云杉都能辨别出来,有些骑马的和步行的野蛮人在村子里跑来跑去,他们的马和他们本人都像天空中的晚霞那样红彤彤的。

"这是波洛韦茨人⑥……"亚尔采夫暗想。

其中有一个面目狰狞的老人,脸上沾满血迹,周身被火烧伤,把一个年轻的姑娘捆在他的马鞍上,那姑娘生着苍白的、俄罗斯人的脸。老人疯狂地叫嚷着,那个姑娘看样子忧郁而伶俐。……亚尔采夫摇一下头,醒过来了。

"'我的朋友,我的温柔的朋友啊……'"他唱起来。

他付过车钱,然后走上楼梯,往自己的房间走去;可是他仍旧没有完全清醒过来,仿佛看见火焰蔓延到树木上,树林噼啪地响,

---

① 利亚普诺夫,17世纪初叶俄国舒伊斯基沙皇时代一个有势力的军人。
② 即波利斯·戈东诺夫,16世纪俄国沙皇。
③ 雅罗斯拉夫,1019年至1054年的基辅大公。
④ 摩诺马赫,1113年至1125年的基辅大公。
⑤ 皮缅,普希金所著悲剧《波利斯·戈东诺夫》中的人物,一位编年史家。
⑥ 11世纪到13世纪在南俄草原游牧的突厥语系民族。

冒起浓烟,一头庞大的野猪吓得发了疯,在村子里跑来跑去。……那个捆在马鞍上的姑娘一直呆望着。

他回到自己的房间里,天色已经大亮。钢琴上一本摊开的乐谱旁边,有两支蜡烛快燃尽了。长沙发上躺着拉苏季娜,穿一件黑色连衣裙,系一条宽腰带,手里拿着一张报纸,睡得很香。大概她弹过很久的钢琴,等亚尔采夫回来,却没有等到,就睡着了。

"哎,她累坏了!"他想。

他就小心地从她手里抽出报纸,给她盖上毛毯,吹熄蜡烛,走到他的卧室去了。他躺下,想着历史剧,在他的脑子里那个旋律仍旧没有消散:"我的朋友,我温柔的朋友啊……"

过了两天,拉普捷夫坐车到他这儿来,闲聊了一会儿,说是丽达害了白喉症,传染给尤丽雅·谢尔盖耶芙娜和她的孩子了。再过五天,传来消息,说是丽达和尤丽雅都已经痊愈,孩子却死了,又说拉普捷夫夫妇从索科尔尼吉的别墅回到城里去了。

十四

拉普捷夫已经觉得,长久待在家里不愉快。他的妻子常到侧屋里去,说是她得给两个小姑娘教课,可是他知道她到那儿去不是教课,而是在柯斯嘉屋里痛哭。这是孩子死后第九天了,随后是第二十天,再后来是第四十天,可是他仍旧得上阿历克塞墓园去做安魂祭祷,然后整整一昼夜苦恼不堪,光是想着那个不幸的孩子,为安慰妻子而说出各种陈词滥调。他已经很少去仓库,而只从事慈善工作,为自己想出各种操心和奔走的事,遇到为一点点小事出去奔走一整天,就暗自高兴。近来他打算到国外去一趟,了解一下那儿夜店的经营情况,这个想法现在很吸引他。

那是秋季里的一天。尤丽雅刚走,到侧屋里去哭了,拉普捷夫却躺在书房里的长沙发上,盘算着该到什么地方去。正好这时候,彼得通报说拉苏季娜来了。拉普捷夫十分高兴,跳下长沙发,去迎接这个意外的客人,他旧日的、如今几乎已经开始淡忘的女朋友。自从那天傍晚他跟她最后一次见面以来,她一点也没改变,仍旧是老样子。

"波丽娜!"他说,向她伸出两只手,"像是多少个冬天,多少年没见面了!要是您知道我见到您多么高兴就好了!欢迎欢迎!"

拉苏季娜打了个招呼,使劲握一下他的手,没有脱掉大衣和帽子,走进他的书房,坐下来。

"我上您这儿来坐一会儿就走,"她说,"我没有工夫说废话。请您坐下,听我说。您见到我是高兴还是不高兴,这在我完全无所谓,因为男士们对我的仁慈的关怀我素来不放在心上。我来看您,只是因为我今天已经去过五个地方,到处碰钉子,而这又是一件不能拖延的事。您听我说,"她继续说,瞧着他的眼睛,"有五个我熟识的大学生,都是些见识有限、头脑糊涂的人,然而无疑很穷,付不出学费,现在要被开除了。您的财富使您有责任马上到大学去,替他们付学费。"

"遵命,波丽娜。"

"这就是他们的姓名,"拉苏季娜把一张字条递给拉普捷夫,说,"请您马上去一趟,至于家庭幸福,您放到以后去享受也不迟。"

这时候,通到客厅的那道房门外边响起沙沙的声音:大概是一条狗在搔痒。拉苏季娜涨红了脸,迅速站起身来。

"您的杜尔西内娅①在偷听我们讲话!"她说,"真可恶!"

拉普捷夫为尤丽雅抱屈。

---

① 西班牙作家塞万提斯(1547—1616)的长篇小说《堂吉诃德》中吉诃德的情人。

"她不在这儿,她在侧屋里,"他说,"请您不要这样说她。我们的孩子死了,如今她正伤心得要命。"

"您尽可以安慰她,"拉苏季娜说,冷笑一下,又坐下来,"她将来还可以生下整整十个呢。生孩子还用得着什么聪明才智?"

拉普捷夫想起这句话或者类似的话以前他早已听过许多次了,于是他的心头便涌现出往昔那自由的独身生活的诗意境界。那时候他觉得自己年轻,要干什么就干什么,那时候还没有对他妻子的爱,也没有关于孩子的回忆。

"那我们就一块儿去吧。"他说,伸个懒腰。

他们来到大学,拉苏季娜留在门外等着。拉普捷夫走进办公室,过一会儿他回来,交给拉苏季娜五张收据。

"您现在到哪儿去?"他问。

"到亚尔采夫那儿去。"

"那我跟您一块儿去。"

"可是要知道,您会妨碍他工作的。"

"不会的,我向您担保!"他说,带着恳求的神情瞧着她。

她戴一顶镶着绉纱、像服丧似的黑帽子,穿一件很短的、衣袋鼓起来的旧大衣。她的鼻子似乎比以前更长了,尽管天气严寒,她脸上却一点血色也没有。对拉普捷夫来说,跟着她走,顺从她,听她抱怨,是很愉快的。他一面走一面想着她:这个女人一定有十分充沛的内心力量,虽然她长得不好看,脾气不随和,心神不定,穿得不像样,头发老是没梳整齐,模样儿总有点古怪,可是她仍旧迷人。

他们来到亚尔采夫的寓所,从后门走进去,穿过厨房,在厨房里遇见厨娘,一个长着白色鬈发的干净利落的老太婆。她很窘,现出甜滋滋的笑容,弄得她那张小脸像个甜馅饼似的,她说:

"请进。"

亚尔采夫不在家。拉苏季娜就在钢琴旁坐下,吩咐拉普捷夫不要打搅她,然后开始弹一个又乏味又繁难的练习曲。他没有跟她说话,分散她的注意力,光是坐在一旁翻看一份《欧洲通报》。她弹了两个钟头(这是她每天的工作),到厨房里吃一点东西,就出去教课了。拉普捷夫看完一本小说的续篇,然后坐了很久,不看书,也不觉得无聊,想到回家去吃午饭已经迟了,反而很满意。

"哈-哈-哈!"传来亚尔采夫的笑声,随后他本人走进房间,健康,活泼,脸上红扑扑的,穿一件崭新的燕尾服,衣服上钉着发亮的纽扣,"哈-哈-哈!"

两个朋友一块儿吃午饭。饭后,拉普捷夫在一张长沙发上躺下来,亚尔采夫坐在旁边,点起一支雪茄烟。黄昏来到了。

"我大概开始衰老了,"拉普捷夫说,"自从我姐姐尼娜去世以后,不知什么缘故,我开始常常想到死。"

他们就谈死亡,谈灵魂不灭,而且谈到,真要是死而复活,然后飞到火星上,永远闲散而幸福,主要的是不按地球上的方式而按一种特别的方式思考,那倒挺好。

"可是谁也不想死,"亚尔采夫轻声说,"任什么哲学都不能使我甘心死掉。我纯粹把死看作毁灭。谁都想活着。"

"您爱生活吗,加甫利雷奇?"

"是的,我爱生活。"

"可我在这方面却怎么也弄不懂自己。我要么心绪阴郁,要么心情冷淡。我胆怯,不相信自己,我的良心畏畏缩缩。我怎么也不能适应生活,做生活的主人。有的人说蠢话,或者耍滑头,可是生活得倒颇有乐趣;我呢,有时自觉地做好事,却只感到心神不安或者十分冷淡。加甫利雷奇,我把这一切的原因归之于我是奴隶,我是农奴的孙子。在我们这班贱民闯出一条真正的道路以前,会有很多人在半路上就丧命的!"

"这话说得挺好,好朋友,"亚尔采夫说,叹口气,"这反而再一次证明俄罗斯的生活多么丰富多彩。啊,多么丰富呀!您要知道,日子一天天过去,我越来越相信我们正生活在最伟大的胜利的前夜,我一心想活到那个时候,亲身参与那个胜利。信不信由您,依我看来,卓越的一代人目前正在成长。每逢我给孩子们上课,特别是给女孩子们上课,我总是感到快乐。了不起的孩子呀!"

亚尔采夫走到钢琴那儿,按响一个琴键。

"我是化学家,按化学方式思索,将来也以化学家身份死掉,"他接着说,"可是我贪心,生怕来不及生活得心满意足就死掉。单是研究化学,我还嫌不够,我又搞俄罗斯历史、艺术史、教育学、音乐。……今年夏天有一次您的妻子要我写历史剧,现在我就想写,一个劲儿地写,我似乎能够接连坐上三天三夜,不站起来,一直不断地写。各种人物的形象弄得我疲惫不堪,我的头脑挤满了各种人物和思想,我觉得我的脑子里仿佛有脉搏在跳动。我根本不是要我自己变成什么特殊的人物,创造出伟大的作品,我只不过是要生活,要幻想,要希望,到处都有我的份。……人生,好朋友,是短暂的,应当生活得好一些才是。"

这次友好的谈话直到午夜才结束,这以后拉普捷夫几乎天天到亚尔采夫家里去。亚尔采夫吸引他。他照例在黄昏以前到他家里,躺下来,耐心地等他回来,一点也不觉得寂寞。亚尔采夫呢,下班回来,吃过饭就坐下来工作;可是拉普捷夫向他提出一个什么问题,谈话就开始,亚尔采夫顾不上工作了。两个朋友到午夜才分手,彼此十分满意。

然而这种情形没有维持多久。有一天拉普捷夫到亚尔采夫家,却在那儿只碰见拉苏季娜一个人,她正坐在钢琴那儿弹她的练习曲。她冷冷地瞧着他,差不多带着敌意。她没有跟他握手,问道:

"劳驾,请问这种情形什么时候才能结束?"

"什么情形?"拉普捷夫不懂,问道。

"您天天到这儿来,妨碍亚尔采夫工作。亚尔采夫可不是什么商人,而是学者,他生活中的每一分钟都是宝贵的。应当明白这一点,至少也该识趣嘛!"

"如果您认为我在妨碍他,"拉普捷夫感到难为情,温和地说,"那我以后不来就是了。"

"那好极了。您就走吧,要不然,他也许马上就会回来,在这儿碰上您。"

拉苏季娜讲这些话的口气和她那对冷漠的眼睛弄得他心慌极了。她对他已经没有任何感情,只希望他赶快走掉,这跟往昔的爱情多么不同!他没有跟她握手就走了,他以为她会叫他一声,招呼他回去,可是练琴的声音又响起来。他慢腾腾地走下楼去,明白他对她来说已经是不相干的人了。

大约过了三天,亚尔采夫来找他,为的是跟他一块儿消磨一个傍晚。

"我有个消息告诉您,"他说,笑起来,"波丽娜·尼古拉耶芙娜搬到我家里来住了,"他有点窘,接着低声说,"嗯,当然,我们并没有相爱,不过我想这……这也没什么关系。我很高兴,因为我给了她一个安身的地方,给了她安宁,而且万一她病了,她也可以不工作。她呢,却认为她跟我同居以后,我的生活就会变得有条有理,在她的影响下我会成为一个伟大的科学家。她是这么想的。就随她去想吧。南方人有一句俗话:傻瓜靠幻想发财。哈-哈-哈!"

拉普捷夫没有开口。亚尔采夫在书房里走来走去,看那些以前他已经看过许多次的画片,叹口气说:

"是的,我的朋友。我比您大三岁,再想要真正的爱情已经嫌迟了。实际上,像波丽娜·尼古拉耶芙娜这样的女人,对我来说,已经是求之不得了。当然,我会跟她一块儿平平安安生活到老年。

343

不过,鬼才知道是怎么回事,我仍旧有点遗憾,仍旧巴望着什么,老是觉得我仿佛躺在达格斯坦的山谷中①,梦见了舞会似的。一句话,人永远不会满足于已经拥有的东西。"

他走到客厅里,若无其事地唱着抒情歌曲。拉普捷夫坐在他的书房里,闭上眼睛,极力要弄明白为什么拉苏季娜要跟亚尔采夫同居。后来他想到天下并没有什么牢固经久的依恋,为此难过了很久。他恼恨波丽娜·尼古拉耶芙娜跟亚尔采夫同居,也恼恨他自己,因为他对他妻子的感情已经跟先前完全不一样了。

十五

拉普捷夫坐在一把圈椅上看书,身子微微摇晃着。尤丽雅也在书房里看书。他们觉得没有什么话可谈,两个人从早晨起就沉默着。间或他的目光从书上边越过去,移到她的身上,他暗想:出于热烈的爱情而结婚和根本没有爱情而结婚,不是一样吗?当初他吃醋、激动、痛苦的那段时期,如今在他心目中已经十分遥远了。他已经到国外去过一趟,目前旅行归来,正在休息,打算一到春天再上英国走一趟,他是很喜欢英国的。

尤丽雅·谢尔盖耶芙娜已经习惯于她的悲伤,不再到侧屋里去哭了。这年冬天她不再逛商店,不再到剧院里和音乐会上去,待在家里了。她不喜欢大房间,总是要么待在她丈夫的书房里,要么待在她自己的房间里,她的房间里有一个随着嫁妆带来的神龛,墙上挂着那张在画展上使她十分喜爱的风景画。她几乎没有为自己花过钱,她现在跟从前在她父亲家里的时候一样很少花钱。

冬天不愉快地过去了。莫斯科到处都在打牌,可是如果不打

---

① 参阅莱蒙托夫的诗《梦》。

344

牌而想出其他的消遣,例如唱歌、朗诵、绘画,结果更乏味。在莫斯科,有才气的人很少,在所有的晚会上,参加表演的老是那么一些歌手和朗诵者,因此艺术的享受本身渐渐使人腻烦,对许多人来说,变成单调乏味的社交义务了。

此外,拉普捷夫家里没有一天不出点不痛快的事。老人费多尔·斯捷潘内奇目力很差,已经不到仓库去,眼科医生说他不久就要失明了。不知什么缘故,费多尔也不再到仓库去,一直坐在家里,写什么东西。巴纳乌罗夫已经调到另一个城里,升为四等文官,现在住在德累斯顿旅馆里,几乎每天到拉普捷夫家里来要钱。基希终于离开了大学,等拉普捷夫给他找工作,成天价坐在他们家里,讲又长又乏味的故事。所有这些都惹人生气,使人厌倦,弄得日常生活很不愉快。

彼得走进书房来,通报说,有一位不认识的太太来了。他送来的名片上写着:"约塞菲娜·姚西佛芙娜·米兰。"

尤丽雅·谢尔盖耶芙娜懒洋洋地站起来,走出去,腿微微有点瘸,因为她的腿坐麻了。门口出现一位太太,身材消瘦,脸色十分苍白,生着两道黑眉毛,穿一身黑衣服。她把两只手在胸前抱紧,哀求地说:

"拉普捷夫先生,救救我的孩子!"

她的手镯的叮当声和她那扑粉过多的脸,对拉普捷夫来说是熟悉的。他认出这位太太就是他在结婚以前有一次十分不恰当地在她家里吃过饭的那个女人。她就是巴纳乌罗夫的第二个妻子。

"救救我的孩子吧!"她又说一遍,她的脸颤抖起来,忽然变得苍老、可怜了,她的眼睛也红了,"只有您才能救我们,我用所剩的最后一点钱坐上火车到莫斯科来找您!我的孩子都要饿死了!"

她做出仿佛要跪下似的动作。拉普捷夫吓坏了,一把抓住她臂弯上边那段胳膊。

"请坐,请坐……"他喃喃地说,扶着她坐下,"我求求您,请坐。"

"我们现在没有钱买面包了,"她说,"格利果利·尼古拉伊奇动身到新地方去上任了,可是不肯带着我和孩子们一块儿去。至于您,慷慨的人,汇给我们的钱,他都拿去自己花了。我们怎么办呢?怎么办呢?我那些可怜的、不幸的孩子啊!"

"您放心,我求求您。我会吩咐账房把钱汇到您的名下。"

她放声痛哭,然后安静下来。他看出她扑过厚粉的脸被泪水冲出一条条小沟,还看出她生着唇髭。

"您无限地慷慨,拉普捷夫先生。不过,请您做我们的天使,做我们的仁慈的菲亚①,劝格利果利·尼古拉伊奇不要丢下我,带着我一块儿去。要知道我爱他,发疯般地爱他,他是我的欢乐。"

拉普捷夫给她一百个卢布,答应跟巴纳乌罗夫谈谈,送她到前厅,一直担心她会痛哭起来或者跪下去。

她走以后,基希来了。然后柯斯嘉带着照相机来了,近来他迷上了照相,每天都要给这一家子人照几次相,这种新的工作给他带来许多烦恼,他甚至瘦了。

喝晚茶以前,费多尔来了。他在书房的墙角边坐下来,翻开一本书,老是瞧着那一页,分明看不下去。后来他喝很久的茶,他的脸发红。有他在座,拉普捷夫就觉得心头沉重,连费多尔的沉默也使他不愉快。

"你可以庆贺俄国添了一个新的政论家,"费多尔说,"可是,不开玩笑,弟弟,我好容易写出一篇小文章,所谓的试笔,带给你看

---

① 西欧神话中的仙女,给人们带来幸福。

看。你读一遍,亲爱的,谈谈你的意见。只是要说心里话。"

他从衣袋里拿出一个笔记本,递给他弟弟。这篇文章的题目是《俄罗斯的灵魂》,写得枯燥无味,文笔没有光彩,通常那些没有才能而虚荣心很重的人才会写出这种东西来。文章的主要思想是这样的:有知识的人有权利不相信超自然的东西,然而他应该把他这种不相信掩盖起来,免得产生诱惑,动摇人们的信仰。没有信仰就没有理想主义,而理想主义注定要拯救欧洲,向人类指出真正的道路。

"不过你没写出欧洲在哪一方面应该加以拯救。"拉普捷夫说。

"这是不说也明白的。"

"一点儿也不明白,"拉普捷夫说,激动地走来走去,"你为什么要写这篇东西,我就不明白。不过,这是你的事。"

"我想出版一本小册子。"

"那是你的事。"

他们沉默了一会儿。费多尔叹口气,说:

"我和你的想法这么不同,这真是使人万分遗憾。唉,阿辽沙,阿辽沙,我亲爱的兄弟!我和你都是信奉正教的、心胸开阔的俄罗斯人,所有那些德国人和犹太人的渺小思想能配得上我们吗?要知道,我和你不是什么下贱货,而是一个有名望的商人家族的代表。"

"什么有名望的家族?"拉普捷夫按捺着性子说,"有名望的家族!地主老爷打我们的爷爷,每个小官都打他耳光。爷爷打我们的父亲,父亲又打我和你。这个有名望的家族给了我们什么?我们继承下来的是什么样的神经,什么样的血液?差不多有三年了,你一直像教堂诵经士似的发议论,说各式各样的废话,现在又写出这么一篇文章。要知道,这篇文章是奴才的梦话!那么我呢,那么我呢?你看看我。……既不坚定,也没有胆量,更缺乏强有力的意志。我每走一步路都害怕,仿佛有人要打我似的。我在那些智力上和道德上都不知比我低多少倍的废物、蠢材、畜生面前总是胆怯。我怕那些扫院人、看门人、警察、宪兵。我什么人都怕,因为我是由一个受尽欺压的母亲生下来的,我从小就挨打,受惊吓!……要是我和你没有孩子,那就做了好事。啊,求上帝保佑,但愿这个有名望的商人家族到我们这一代就完结!"

尤丽雅·谢尔盖耶芙娜走进书房来,在桌子旁边坐下。

"你们在这儿争论什么?"她说,"我不妨碍你们吧?"

"不妨碍,小妹妹,"费多尔回答说,"我们在进行一场原则性的谈话。喏,你说这个家族没出息,"他转过脸去对他弟弟说,"可是这个家族创造了价值百万的事业。这总不能一笔抹杀吧!"

"了不起,价值百万的事业!一个没有特殊聪明才智和没有能力的人偶然变成一个生意人,后来成了阔佬,成天价做生意,既没有什么计划,也没有什么目的,甚至没有贪财的欲望。他机械地做他的生意,钱自动来了,并不是他去找来的。他一辈子守着这个生意,喜爱它,只是因为他可以支使伙计们,耍弄买主罢了。他参加教堂的管理工作,是因为可以在那儿支使歌手们,压制他们。他当学校的董事,是因为他喜欢感到教师是他的部下,他可以在他们面前摆威风。商人喜欢的不是做生意,而是作威作福,你们的仓库也不是一个商业机构,而是个监狱!是啊,你们这样的生意就需要那些失去个性、备受压迫的伙计,你们自己训练出这样的人来,逼得他们从小为了混口饭吃而对你们跪着,你们教他们从小就养成习惯,认为你们是他们的恩人。是啊,你那个仓库里大概不要大学生吧!"

"大学生不适宜做我们这种生意。"

"这是假话!"拉普捷夫叫道,"说谎!"

"对不起,我觉得你好像在往你喝水的井里吐唾沫,"费多尔说,站起来,"我们的事业在你是可憎的,然而你却使用它的收入。"

"啊哈,这就说到点子上来了!"拉普捷夫说,笑起来,气冲冲地看着他的哥哥,"对了,如果我不属于你们这个有名望的家族,如果我有哪怕一丁点儿的毅力和胆量,那我早就丢开这些收入,出外谋生去了。可是你们在你们那个仓库里把我折磨得从小就失去了个性!我成了你们的人!"

费多尔看一下钟,开始匆忙地告辞。他吻一下尤丽雅的手,走出去,可是没有往前厅走,却走进客厅,然后走到卧室里去了。

"我忘了这些房间的位置,"他十分慌张地说,"这是一所古怪的房子。古怪的房子,不是吗?"

他穿皮大衣的时候,仿佛吓呆了,脸上现出痛苦的神情。拉普捷夫不再感到愤怒,他吓坏了,觉得对不起费多尔。他对哥哥的亲切、热诚的爱,近三年来似乎已经在他的心头消失,此刻却又在他的胸中复苏,他非常希望表达一下这种爱戴。

"你,费佳①,明天到我们这儿来吃午饭吧,"他说,抚摸一下他的肩膀,"你来吗?"

"好,好。可是给我点水喝吧。"

拉普捷夫就亲自跑到饭厅,在食器柜里随手拿出一个杯子(那是一只高脚啤酒杯),斟满了水,端给他的哥哥。费多尔开始大口地喝水,可是忽然咬住那个杯子,只听得咔嚓一声,然后响起了痛哭声。水洒在皮大衣上,洒在上衣上。拉普捷夫以前从没见过痛哭的男人,心里又慌又怕,站在那儿不知该怎么办才好。他茫

---

① 费多尔的爱称。

然失措地瞧着尤丽雅和一个使女给费多尔脱掉皮大衣,扶着他走回房间,他自己也跟着她们走去,心里感到愧悔。

尤丽雅扶着费多尔躺下去,在他面前跪下。

"不要紧的,"她安慰道,"这是您的神经……"

"亲爱的,我心里好难受啊!"他说,"我觉得不幸,不幸……可是我一直瞒着外人,瞒着外人!"

他搂住她的脖子,凑着她的耳朵小声说:

"我天天晚上看见我的姐姐尼娜。她来了,在我床旁边一张圈椅上坐下。……"

过了一个钟头,他又在前厅穿皮大衣,这时候他已经面带笑容,见着使女有点不好意思了。拉普捷夫坐车送他到皮亚特尼茨基街去。

"明天你到我们这儿来吃午饭,"他在路上扶着他的胳膊说,"到复活节我们一块儿到国外去。你务必要换换空气,要不然你就完全垮了。"

"对,对。我要到国外去,要去。……我们把小妹妹也带去。"

拉普捷夫回到家里,发现他妻子十分激动。费多尔出的事使她震动,她怎么也安不下心来。她没有哭,可是脸色十分苍白,在床上翻来覆去,用冰凉的手指头抓紧被子,抓紧枕头,抓紧她丈夫的手。她的眼睛睁得很大,露出惊恐的样子。

"你别离开我,别离开我,"她对她丈夫说,"告诉我,阿辽沙,为什么我不再向上帝祷告了?我的信仰到哪儿去了?唉,为什么你们总是在我面前讲宗教呢?你们,你和你的朋友们把我的心搅乱了。我已经不再祷告了。"

他在她额头上放一块浸过凉水的布,焐暖她的手,给她喝茶,她呢,害怕地偎紧他。……

将近天亮,她感到疲乏,睡着了。拉普捷夫坐在一旁,握住她的手。因此他没有睡成。这以后一整天,他都觉得十分疲乏,脑筋迟钝,什么也不能想,懒洋洋地在各处房间里走来走去。

十六

医生说费多尔得了精神病。拉普捷夫不知道皮亚特尼茨基街那边的情形怎么样;至于那个阴暗的仓库,老人和费多尔已经不去,给他留下的是墓穴的印象。每逢他妻子对他说,他有必要每天到仓库和皮亚特尼茨基街去一趟,他总是要么沉默,要么生气地讲到他的童年时代,讲到他由于他的过去而不能原谅他的父亲,讲到他痛恨皮亚特尼茨基街和仓库,等等。

有一个星期日早晨,尤丽雅亲自坐车到皮亚特尼茨基街去。她看到老人费多尔·斯捷潘内奇就在以前她初到的时候做过祈祷的那个大厅里。他身上穿着他那件帆布上衣,没有打领结,脚上套一双便鞋,坐在一把圈椅上不动,眨巴着他的瞎眼睛。

"是我,您的儿媳妇,"她走到他跟前说,"我来看看您。"

他激动得喘不过气来。她被他的不幸、他的孤独所感动,吻他的手。他就摸索她的脸和头,仿佛终于相信这人是她似的,于是就在她胸前画了个十字。

"谢谢,谢谢,"他说,"现在我的眼睛坏了,什么也看不见了。……我还能略微看见窗户,还有灯火,可是人和东西都看不清。是啊,我瞎了,费多尔病了,现在那边的生意没有主人的眼睛照管,不行了。要是那边出了什么不合规矩的事,也没人追究。那些人要给惯坏了。费多尔怎么会生病的呢?他是感冒了还是怎么的?瞧,我就从来也没病过,从来也没看过病。我一个大夫也不认识。"

老人照例夸起口来。这当儿女仆匆匆忙忙地在大厅里摆桌子,准备开饭,放上凉菜和酒瓶。酒瓶有十来个,其中有一个形状像埃菲尔塔①。仆人端来满满一盘热馅饼,冒出煮熟的大米和鱼的香味。

"我请我的贵客吃饭。"老人说。

她挽着他的胳膊,把他领到饭桌那儿,给他斟上一杯白酒。

"我明天还要来看您,"她说,"而且把您的外孙女萨霞和丽达也带来。她们会怜惜您,跟您亲热的。"

"不必了,别带她们来。她们是私生子。"

"怎么会是私生子呢?要知道,她们的父母是正式结过婚的。"

"没有得到我的许可。我没有给他们祝福过,我不想见她们。随她们去吧。"

"您这话说得奇怪,费多尔·斯捷潘内奇。"尤丽雅说,叹一口气。

"《福音书》上说,子女得尊敬和畏惧他们的父母。"

"没有的事。《福音书》上说,我们甚至得宽恕我们的敌人。"

"做我们这行生意可不能宽恕人。要是宽恕一切人,那么不出三年就倾家荡产了。"

"可是,宽恕别人,对别人,甚至对有过错的人,说几句亲热和气的话,那比生意更重要,比财富更重要!"

尤丽雅想让老人的心软下来,想唤起他的怜悯之情,使他心里感到懊悔,然而他却光是居高临下地听她讲那些话,如同大人听孩子讲话一样。

"费多尔·斯捷潘内奇,"尤丽雅坚决地说,"您已经老了,不久上帝就要把您召去。上帝不会问您买卖做得怎么样,您的生意兴隆不兴隆,而会问您待人是不是仁慈,您对待那些比您弱的人,

---

① 巴黎的著名铁塔,在1889年建成。

比方说,对待仆人们,对待伙计们,是不是很严厉?"

"我素来是我的职工们的恩人,他们应当永远为我祷告上帝。"老人有把握地说,可是他受到尤丽雅的诚恳口气的感动,想要使她快活,就说,"好吧,明天把我的外孙女带来吧。我要吩咐买点小礼物送给她们。"

老人穿得不整洁,胸前和膝头上有雪茄烟灰,显然没有人给他擦皮靴,刷衣服。馅饼里的大米没有熟透,桌布有肥皂的气味,女仆的脚步声很响。老人也好,皮亚特尼茨基街上的这整所房子也好,都有一种被人抛弃的景象。尤丽雅感到了这一点,不由得为自己,为她的丈夫羞愧。

"明天我一定来看您。"她说。

她走遍各个房间,吩咐人打扫老人的卧室,把他房间里神像前的灯点起来。费多尔坐在自己的房间里,眼睛望着一本翻开的书,实际上却没有读。尤丽雅跟他谈了一阵,也吩咐人来收拾他的房间,然后走下楼,到伙计们那儿去。在伙计们吃饭的那个房间里,立着一根没有油漆过的木柱,撑住天花板,免得它塌下来。这儿的天花板低矮,墙上糊着便宜的壁纸,有煤气味和厨房的气味。碰巧这天是假日,所以伙计们都在家,坐在各自的床上,等着开饭。尤丽雅走进来,他们就都跳下地,胆怯地回答她问的话,阴沉地瞧着她,像是一群犯人。

"主啊,你们这个住处多么糟啊!"她说,把两只手举起轻轻一拍,"你们在这儿住得不挤吗?"

"虽然挤,可是不受气①,"玛凯伊切夫说,"我们对你们十分满意,总是为你们祷告仁慈的上帝。"

---

① 这是俄国的一句谚语,意思是:这里虽然挤,但大家和睦相处,所以没有什么不舒服。

"这是生活和个人自尊心相符合。"波恰特金说。

玛凯伊切夫看出尤丽雅不明白波恰特金的意思,就赶紧解释说:

"我们是小人物,生活应当符合我们的身份。"

她察看学徒们的住处和厨房,跟管家妇见面,结果十分不满意。

她回到家里,对她的丈夫说:

"我们应该赶快搬到皮亚特尼茨基街去,在那边住下来。你每天也该到仓库去。"

然后他们两人在书房里并排坐下,沉默不语。他心头沉重,既不打算到皮亚特尼茨基街去,也不打算到仓库去,不过他猜出他妻子在想什么,他没有力量反驳她。他抚摩她的脸,说道:

"我有这么一种感觉,仿佛我们的生活已经完结,从现在起我们要开始过一种灰色的半生半死的生活了。先前我听说我哥哥费多尔病得没有希望了,我哭起来,我们是一块儿度过我们的童年和青年的,从前我满腔热情地爱他,现在却来了灾难,我觉得失去他也就是跟我的过去一刀两断了。现在呢,你说我们得搬到皮亚特尼茨基街去,搬到那个监牢里去,我就觉得我的前途也就此断送了。"

他站起来,走到窗子跟前。

"不管怎样也得跟幸福的想头告别了,"他瞧着街上说,"幸福是没有的。我从来也没得到过幸福,多半压根儿就不存在什么幸福。不过,我这辈子也幸福过一次,就是那天夜里我打着你的伞坐着的时候。你还记得有一天你把你的伞忘在我姐姐尼娜家里吗?"他回转身对着他的妻子,问道,"那时候我爱上了你,我记得我通宵打着那把伞坐在那儿,感到非常幸福。"

书房里那些书柜旁边放着一个红木镶青铜的五斗橱,是拉普捷夫用来保存各种用不着的东西的,其中就有那把伞。他把它拿出来,递给他的妻子。

"就是这把伞。"

尤丽雅对这把伞看了一会儿,认出来了,忧郁地笑了笑。

"我想起来了,"她说,"那次你对我表白爱情的时候,手里就拿着这把伞。"她看出他要走了,就说,"要是可能的话,请你早点回来。你不在,我闷得慌。"

然后她回到自己的房间里,久久地瞧着那把伞。

十七

仓库里虽然生意复杂,交易额很大,却没有会计人员,从账房办事员掌管的那个簿子上是什么也看不明白的。每天都有德国的和英国的经纪人到仓库来,伙计们常同他们谈政治和宗教,有一个酗酒的贵族也常来,这是个带着病容、模样可怜的人,他在账房里翻译外国信件,伙计们叫他矮子,给他加盐的茶喝。总的说来,整个商号依拉普捷夫看来好比是一个大怪物。

他每天到仓库去,极力想建立新的秩序。他禁止鞭打学徒,愚弄顾客,每逢看到伙计们开心地哈哈笑着,把不合用的陈货冒充最时髦的新货卖给外省人,他总要发脾气。如今他在仓库里是主要人物了,可是他仍旧不知道他的财产有多少,生意经营得是否好,老伙计们拿多少薪金,等等。波恰特金和玛凯伊切夫认为他年轻,没有经验,有许多事都瞒住他,每天傍晚跟瞎眼的老人鬼鬼祟祟地小声谈着什么。

六月初的一天,拉普捷夫和波恰特金走进布勃诺甫斯基饭馆吃早饭,顺便谈一下生意上的事。波恰特金早就在拉普捷夫家的商号里工作,刚八岁就到他们这儿来学徒。他是老板的心腹,得到充分的信任。他走出仓库以前,总把现金柜里所有的进款统统拿出来,塞进他的衣袋,却一点也不会引起怀疑。他在仓库里和家里都是头号人物,在教堂里也是一样,代替老人履行管理的责任。由于他对待手下的伙计和学徒十分凶狠,大家就送他一个外号,叫玛留达·斯库拉托夫①。

他们走进饭馆以后,他就对跑堂的点一下头,说:

"老弟,给我们拿半个怪物和二十四个纠纷来。"

过了一会儿,跑堂的端着一个托盘,送来半瓶白酒和几碟各种各样的凉菜。

"听我说,伙计,"波恰特金对他说,"给我们来一份诽谤和中伤的大师,外加土豆泥。"

跑堂的不懂,心慌了,想说话,可是波恰特金严厉地瞧着他,说:

"此外!"

跑堂的紧张地思索着,然后去找同事们商量,最后总算猜出来了,端来一份牛舌头。他们各自喝下两杯酒,吃了点菜,拉普捷夫就问:

"告诉我,伊凡·瓦西里奇,近几年我们的生意不行了,是真的吗?"

"一点也不然。"

"请您老老实实告诉我,以前我们的收入有多少,现在有多少,我们的产业有多大。要知道,摸着黑走路是不行的。不久以前我们仓库里开了一份账单,可是,对不起,我不相信这本账;您认为有一些事必须瞒着我,只对我父亲说实话。您从早年起就习惯于

---

① 伊凡四世(雷帝)特辖区军团领导人之一,对于伊凡四世的统治起过很大的作用。

耍手段,现在不耍都不行了。可是这有什么必要呢?所以,我请求您,坦白地说出来。我们的生意到底处于什么样的景况?"

"那全得看信用的涨落而定。"波恰特金想了一会儿,回答说。

"您所说的信用的涨落是指什么?"

波恰特金就开始解释,可是拉普捷夫一点也听不懂,就打发人去找玛凯伊切夫来。这个人立时就来了,祈祷一下,吃了点凉菜,然后就用他那庄重、低沉的男中音首先讲到伙计们应当昼夜为他们的恩人祷告。

"很好,只是要请您不要把我看作你们的恩人。"拉普捷夫说。

"每个人都得记住自己是什么人,明白自己的身份。由于上帝的仁慈,您做了我们的父亲和恩人,我们是您的奴隶。"

"我简直听厌这些话了!"拉普捷夫生气地说,"劳驾,现在请您做一回我的恩人,说说我们的生意处于什么样的状况。请您不要把我当作小孩子,要不然我明天就叫仓库关门。我父亲瞎了,我哥哥进了疯人院,我的外甥女还小,我痛恨这个行业,巴不得一走了事,可是没有人来接替我,这您自己也知道。看在上帝分上,丢开那些耍手段的把戏吧!"

他们就到仓库去算账;傍晚,他们又回到他家去算,同时老人亲自来帮忙。老人把他经商的秘诀传授给他的儿子,从他说话的口气听来,仿佛他不是做买卖,而是施魔法似的。结果,他们算出他们的收入每年增加将近一成,拉普捷夫家的财产,单以现金和有价证券计算,就有六百万卢布之多。

晚上十二点多钟算完账后,拉普捷夫走到空气清爽的户外,觉得自己仍旧处在那些数字的魔力的支配下。夜晚宁静,月光皎洁,天气闷热,莫斯科河南岸区那些房屋的白墙,那些沉重的、紧闭的街门,那种寂静,那些黑影,给人留下的总印象像是一座堡垒,只缺荷枪的卫兵了。拉普捷夫走进小花园,在围墙旁边一条长凳上坐下,那道围墙把这边和隔壁人家的院子隔开,围墙那一边也是个小花园。稠李正在开花。拉普捷夫回忆这棵稠李在他小时候就这样弯曲多节,这样高大,从那时候起一点也没有变样。花园和院子的每一个角落都使他想起遥远的过去。在他小时候,就跟现在一样,透过稀疏的树木可以看见浸在月光里的整个院子,那些阴影也神秘而严峻,院子里也躺着一条黑狗,伙计们的窗子也敞开着。所有这些回忆都是黯淡无欢的。

从围墙那一边,别人家的院子里,传来轻微的脚步声。

"我亲爱的,我的宝贝……"靠近围墙有一个男人在低语,拉普捷夫甚至听见呼吸声。

那儿有人在接吻。拉普捷夫相信,百万家财以及他不感兴趣的行业将会断送他的生活,把他彻底变成奴隶。他想象他怎样渐渐习惯于他的地位,渐渐成为这家商号的头脑,于是开始麻木,衰老,心情恶劣,精神委顿,弄得四周的人十分愁闷,最后像一般的庸人那样死掉。那么,到底是什么东西阻碍他抛弃那几百万家财,抛弃那个行业,离开这个他从小就憎恨的小花园和院子呢?

围墙那一边的低语声和接吻声使他激动。他走到院中央,解开衬衫胸前的纽扣,瞧着月亮,觉得自己似乎马上会吩咐人打开小花园的便门,走出去,从此再也不回来。对自由的预感使他的心甜蜜地收紧,他快活地笑着,暗自想象那会是一种多么美妙而富于诗意的、也许甚至神圣的生活。……

可是他一直站在那儿没有走,他就问自己:"到底是什么东西把我留在这儿呢?"他气恼自己,也气恼那条黑狗,它躺在石板上,却不到旷野上去,到树林里去,在那边它会无拘无束,十分快活的。不论是他,还是那条狗,显然都受同一种东西的阻挠而没有离开这个院子,那就是他们习惯于不自由,习惯于奴隶的状态了。……

第二天中午他坐车到他妻子那儿去,为了免得沉闷,他约亚尔采夫一块儿去。尤丽雅·谢尔盖耶芙娜住在布托沃村一个别墅里,他已经有五天没去了。火车到了站,两个朋友就坐上一辆马车,一路上亚尔采夫不停地唱歌,赞叹好天气。别墅坐落在离火车站不远的一个大花园里。离大门二十步远,正是林荫大道开头的地方,尤丽雅·谢尔盖耶芙娜坐在一棵树顶宽阔的老杨树下面,正在等她的客人。她身穿单薄而雅致、镶着花边的淡黄色连衣裙,手里拿着那把熟悉的旧伞。亚尔采夫跟她打了个招呼,就往别墅走去,那边传来萨霞和丽达的说话声。拉普捷夫却在她身旁坐下,想跟她谈一谈那边的生意。

"你为什么这样久没有来?"她问,没有松开他的手,"我整天坐在这儿等你来。你不在,我就闷得慌!"

她站起来,伸手抚摩一下他的头发,好奇地瞧他的脸、他的肩膀、他的帽子。

"你知道,我爱你,"她说,脸红了,"你对我来说是宝贵的。现在你来了,我看见你,就幸福得什么似的。哦,我们来谈一谈。你跟我讲点什么吧。"

她对他诉说她的爱情,他呢,却觉得仿佛他跟她结婚已经有十年了似的,眼下他一心想吃早饭。她搂住他的脖子,她那件连衣裙的绸子使他的脸感到发痒。他呢,轻轻推开她的胳膊,站起来,什么话也没说,往别墅走去。两个小姑娘迎着他跑过来。

"她们长得好高!"他暗想,"这三年起了多么大的变化。……不过我也许还得再活十三年,三十年呢。……不知道将来还会有什么事等着我们!不过活下去总会看见的。"

他拥抱萨霞和丽达,她俩就搂住他的脖子。他说:

"外公问你们好……费佳舅舅快要死了,柯斯嘉舅舅从美国写信回来,叫我向你们问好。他看腻了展览会,不久就要回来了。阿辽沙舅舅呢,肚子饿了。"

然后他在露台上坐下来,看见他的妻子沿着林荫道往别墅这边慢慢地走来。她在想什么心事,脸上现出迷人的忧郁神情,眼睛里闪着泪光。她已经不是原先那个清瘦、脆弱、脸色苍白的姑娘,而是一个成熟、漂亮、健壮的妇人了。拉普捷夫还发觉亚尔采夫痴迷地瞧着她,她那种新的、娇美的神情反映在他的脸上,他那张脸也显得忧郁而痴迷了。看样子,好像他是生平第一次看见她似的。临到他们在露台上吃早饭,亚尔采夫不知怎的又高兴又腼腆地微笑,一直瞧着尤丽雅,瞧着她那美丽的脖子。拉普捷夫不由自主地瞧着他们,心里暗想,也许还得再活十三年,三十年呢。……那段时期会经历到什么事呢?将来有些什么事等着我们呢?

他暗想:

"活下去总会看见的。"

太　　太

"我请求过您不要收拾我的桌子,"尼古拉·叶甫格拉菲奇说,"您收拾过后,就什么东西都休想找得着。那张电报在哪儿呢?您把它扔到哪儿去了?麻烦您找一找。电报是从喀山打来的,写着昨天的日子。"

使女脸色苍白,长得很瘦,带着淡漠的脸容,在桌子底下字纸篓里找到几张电报,默默地把它们递给医生,可是那些都是本城的电报,由病人打来的。随后他们到会客室去找,又到奥尔迦·德米特利耶芙娜的房间里去找。

这时候已经是夜里十二点多钟了。尼古拉·叶甫格拉菲奇知道他妻子一时不会回家,至少要到早晨五点钟左右才回来。他不相信她,每逢她很久不回来,他总是睡不着,苦恼,同时看不起他的妻子,看不起她的床,看不起那面镜子,看不起她那精美的糖果盒,看不起每天总有人送给她并且弄得整个房子里弥漫着花店的浓香的那些铃兰和风信子。在这样的夜晚,他总是变得小气,任性,吹毛求疵,现在他就十分需要昨天他弟弟打来的电报,其实这个电报除了庆贺节日以外,没有什么特别的内容。

在他妻子的房间里,他在桌子上一个信笺盒下面找到一份电报,匆匆看了一眼。电报是由一个署名米谢尔①的人从蒙特卡洛

---

① 原文为法文。

打给他的岳母,要她转给奥尔迦·德米特利耶芙娜的。……那电文医生一个字也看不懂,因为用的是外国文字,大概是英文吧。

"这个米谢尔是谁?为什么从蒙特卡洛打电报来?为什么打给我的岳母?"

他在七年来的婚姻生活当中已经习惯于怀疑,猜测,抓住罪证。他不止一次地想到,由于这种家庭里的训练,他现在可以做一名出色的暗探了。他走到书房里,开始思考,立刻想起一年半以前他跟妻子一块儿到彼得堡,跟现在担任交通局工程师的中学同学一块儿在久勃饭店里吃早饭,这位工程师给他和他妻子介绍一个二十二三岁的年轻人,名字叫米哈依尔·伊凡内奇,姓很短,而且有点怪:利斯①。过了两个月,医生在他妻子的照片簿上看见这个年轻人的照片,照片上有法文的题词:"纪念现在,希望将来。"后来他有两次在他岳母家里见到他本人。……这正好发生在那样一段时期:他妻子开始常常出门,要到早晨四五点钟才回到家里,老是要求他替她办理出国护照,可是他回绝她,于是他们家便整日里发生很厉害的口角,弄得他见到仆人都觉得难为情。

半年前医生的同事诊断他得了肺病,劝他丢开一切,到克里米亚去。奥尔迦·德米特利耶芙娜听到这个消息,装出很惊恐的样子。她开始跟丈夫亲热,反复说明克里米亚又冷又乏味,最好到尼斯②去,又说她要一块儿去,在那儿照料他,看护他,爱抚他。……

现在他才明白他妻子为什么单单想到尼斯去,原来她的米谢尔就住在蒙特卡洛。

他拿过英俄字典来,翻译电文里的词,揣测那些词的含义,渐渐凑成这样的句子:"为我亲爱的情人的健康干杯,一千次吻她的

---

① "利斯"的俄文原文为 рис,是"大米"的意思。
② 法国滨海的一个疗养地。

小脚。急盼来临。"他暗自想象,假如他同意跟他妻子一块儿到尼斯去,他就会扮演一种多么滑稽而可怜的角色。他气得差点哭出来,十分激动地在各个房间里走来走去。他的自尊心,他的平民的反感,在他心里翻腾起来。他憎恶得握紧拳头,皱起眉头,问他自己:他,一个乡村教士的儿子,一个受过宗教学校教育的学生,一个直心肠的、粗鲁的、以外科医生为业的人,怎么会甘愿当这个软弱的、无聊的、出卖灵魂的、下流的人的奴隶,那么丢脸地受这个人的辖制?

"小脚!"他揉皱那张电报,嘟哝说,"小脚!"

自从他爱上她,向她求婚,随后跟她共同生活七年以来,在他的回忆里留下的就只有一头香喷喷的长发,一团柔软的花边,一双确实很小很美的脚。直到现在,他的手上和脸上似乎还保留着从旧日的拥抱中留下的丝绸和花边的感觉,别的就什么也没有了。要是不算上发癔症、尖叫、责难、威胁、老脸皮的和负心的谎话,那就真的再也没有什么别的了。……他记起从前在乡下他父亲的家里,往往会有一只鸟无意中从院子里飞进屋里来,开始猛烈地撞击玻璃,打翻各种物件,如今这个女人也是从一个他完全陌生的圈子里飞进他的生活,把他的生活搅得乱七八糟。他一生中最好的岁月像在地狱里那样度过,幸福的希望破灭了,受到了嘲弄,他的健康丧失了,他的各个房间里满是庸俗的、妓院般的摆设。他每年挣一万卢布,却无论如何也抽不出哪怕十个卢布来汇给他的身为教士妻子的母亲,而且已经欠下一万五千卢布的债务,立了借据。看来,即使他家里住上一伙强盗,他的生活也不致像目前这样,因为有了这个女人而变得这么令人绝望,这么不可救药地残破。

他咳嗽起来,不住地喘气。应该躺到床上去,暖和一下才对,可是他做不到,仍旧在各个房间里走来走去,或者挨着桌子坐下,

拿起一管铅笔烦躁地在纸上画着,信手写道:

"试笔。……小脚。……"

将近五点钟,他浑身衰弱,把一切罪责都加在自己一个人身上了。这时候他觉得,假如奥尔迦·德米特利耶芙娜嫁给另外一个人,而那个人能够对她产生良好的影响,那么,谁知道呢,说不定最后她会成为一个善良、诚实的女人;而他呢,却摸不透别人的心理,不懂得女人的心,况且他又不招人喜欢,粗鲁。……

"我的寿命已经不长了,"他想,"我是个死人了,不应该妨碍活人。现在,实际上,再坚持我的某些权利,未免古怪而愚蠢。我索性跟她说穿,让她到她心爱的人那儿去好了。……我跟她离婚吧,由我来承担罪名就是。"

奥尔迦·德米特利耶芙娜终于回来了,照她原来的打扮,穿着白斗篷,戴着帽子,穿着套鞋,走进他的书房里来,往圈椅上一坐。

"那个讨厌的胖孩子,"她说,呼呼地喘气,哭出来了,"简直不老实,真可恶,"她说,跺一下脚,"我受不了,受不了,受不了!"

"什么事啊?"尼古拉·叶甫格拉菲奇问,朝她走去。

"刚才大学生阿扎尔别科夫送我回家,把我的手提包弄丢了,手提包里有十五个卢布呢。这钱是我在我妈那儿拿的。"

她哭得挺伤心,像个小姑娘一样,不但她的手绢,就连她的手套也给泪水沾湿了。

"那有什么办法呢!"医生叹道,"丢了就丢了,别去管它了。你安静一下,我有话要跟你说。"

"我又不是财主,能够这么不在乎钱。他说他会还我钱,可是我不相信,他穷。……"

她的丈夫请求她安静下来,听他讲话,可是她不住地说那个大学生,说她丢掉的那十五个卢布。

"哎,明天我给你二十五个卢布就是,只求你别再说了,劳驾!"他生气地说。

"我得换掉衣服啊!"她哭着说,"要是我穿着皮大衣,我就不能严肃地讲话!你也真是古怪!"

他帮她脱掉皮大衣和套鞋,同时闻到白葡萄酒的气味,她吃牡蛎的时候总爱喝这种酒(尽管她生得娇小,却吃得很多,喝得也不少)。她到她的房间去了,过不多久就走回来,已经换好衣服,扑了粉,眼睛上带着泪痕,坐下来,整个身子裹在她那件单薄的、镶着花边的、宽大的长外衣里。在一大堆粉红色的波纹当中,她丈夫只看得见她蓬松的头发和穿着拖鞋的小脚。

"你想谈什么呢?"她问,在圈椅上摇晃着身子。

"喏,我无意中看到了这个……"医生把电报递给她,说。

她看完电报,耸了耸肩膀。

"这有什么呢?"她说,身子摇晃得更厉害了,"这是普通的新年贺电,没有别的意思。这里面没有什么秘密。"

"你料着我看不懂英文。不错,我不懂英文,可是我有字典。这是利斯打来的电报,他为他的情人的健康干杯,吻你一千次。可是,不谈这些,不谈这些吧……"医生匆匆地接着说,"我根本不打算责备你,或者吵一架。吵架也好,责备也好,都闹得够了,现在也该结束了。……我想对你说的是这个:你现在自由了,你想怎么生活就可以怎么生活了。"

他们沉默了一会儿。她轻声哭起来。

"我让你此后不必再作假和说谎了,"尼古拉·叶甫格拉菲奇接着说,"要是你爱这个年轻人,你管自去爱,要是你想到国外去找他,你也管自去找。你年轻,健康,我呢,已经成了残废人,活不长了。一句话……你明白我的意思。"

他心情激动,讲不下去了。奥尔迦·德米特利耶芙娜哭着,用一种自己怜惜自己的口气承认她爱利斯,常跟他一块儿坐车出城,

365

去兜风,常到他的旅馆房间去,她目前也确实很想到国外去。

"你看,我什么也没有隐瞒,"她叹了一口气,说,"我的整个灵魂都敞开了。我再一次要求你,请你宽宏大量,给我办个护照!"

"我再说一遍:你现在自由了。"

她换了个位子,坐得离他近一点,好看清他脸上的神情。她不信他的话,现在想弄明白他暗藏在心里的想法。她从没相信过任何人,不管别人的意图多么高尚,她总是怀疑其中含着什么卑鄙恶劣的动机和利己主义的目的。她用探索的目光端详着他的脸,他觉得她的眼睛似乎像猫眼睛那样闪着绿色的亮光。

"那我什么时候才能拿到护照呢?"她轻声问道。

他忽然想说一声"办不到",可是他忍住了,说:

"随你规定好了。"

"我只去一个月。"

"你到利斯那儿去,可以从此不回来。我会跟你离婚,而且由我承担罪名,那么利斯就能跟你结婚了。"

"可是我根本不打算离婚!"奥尔迦·德米特利耶芙娜很快地说,做出惊讶的脸容,"我并没有要求跟你离婚!给我护照,别的什么也不要。"

"可是你为什么不打算离婚呢?"医生问,开始生气了,"你是个奇怪的女人。你多么奇怪啊!要是你真正迷恋他,而他也爱你,那么,在你们这种情况下,最好就结婚。难道你还要在结婚和私通中间有所选择吗?"

"我明白您的意思,"她说,从他面前走开,她的脸现出恶狠狠的报复神情,"我非常了解您。您讨厌我了,您纯粹是想甩掉我,才硬要我离婚。多谢多谢,我可不是您想象的那种傻瓜。离婚我可不干,我不离开您,不离开,不离开!第一,我不愿意失掉我的社会地位,"她很快地说下去,仿佛生怕人家不容她多说似的,"第二,我已经二十七岁,利斯却只有二十三岁;过上一年他就会嫌弃我,丢开我。第三,不瞒您说,我也不敢担保我这种迷恋能够维持很久。……就是这么回事!我决不离开您。"

"那我就把你从家里赶出去!"尼古拉·叶甫格拉菲奇顿着脚,叫道,"我把你赶出去,下流的贱女人!"

"那就走着瞧吧!"她说,走出去了。

外面,天已经大亮,可是医生一直坐在桌子边,拿着铅笔在纸上划来划去,信手写道:

"先生。……小脚。……"

要不然,他就走来走去,在会客室里那张七年以前,他们婚后不久拍的照片前面站住,看上很久。那是一张全家合照,有他的岳父、岳母和他的妻子奥尔迦·德米特利耶芙娜,那时候她二十岁,还有他自己,当时是个年轻、幸福的丈夫。他的岳父胡子刮光,身体肥胖,是个害水肿病的三等文官,狡猾,贪财。他的岳母是个胖女人,脸孔显得又小又凶,像是黄鼠狼,她发疯般地爱自己的女儿,处处帮她的忙,哪怕她女儿要勒死人,这个母亲也不会说她一句话,反而会撩起自己的衣裾来把女儿遮住。奥尔迦·德米特利耶芙娜的脸也是又小又凶,然而她的凶相比她母亲更露骨,更明显,她已经不是黄鼠狼,而是大得多的猛兽!尼古拉·叶甫格拉菲奇呢,在这张照片上却显得是个老实人,一个善良、质朴的青年。在他的脸上绽开宗教学校学生的温和笑容。命运无意间把他推到那群豺狼中去,他却天真地相信,她会给他诗情,给他幸福,以及从前他在大学里唱着"不恋爱就无异于断送青春"那首歌的时候所梦想的一切。……

他又大惑不解地问自己:他,一个乡村教士的儿子,一个受过宗教学校教育的学生,一个质朴的、粗鲁的、直心眼的人,怎么会那么软弱无力地落在这个渺小的、虚伪的、庸俗的、浅薄的、在天性方面跟他迥然不同的人的手里?

十点多钟,他穿上外衣,要到医院去了,这时候使女走进书房来。

"您有什么事?"他问。

"太太起床了,她请求您把昨天您答应给她的二十五个卢布拿给她。"

挂在脖子上的安娜

一

婚礼以后,就连清淡的凉菜也没有;新婚夫妇各自喝下一杯酒,就换上衣服,坐马车到火车站去了。他们没有举行欢乐的结婚舞会和晚餐,没有安排音乐和跳舞,却到二百俄里以外参拜圣地去了。许多人都赞成这个办法,说莫杰斯特·阿列克谢伊奇已经身居要职,而且年纪也不算轻,热闹的婚礼或许不大相宜了。再者,一个五十二岁的官吏跟一个刚满十八岁的姑娘结婚,音乐就叫人听着乏味了。大家还说:莫杰斯特·阿列克谢伊奇是一个循规蹈矩的人,其所以想出到修道院去旅行一趟,是特意要让年轻的妻子知道:就连在婚姻中,他也把宗教和道德放在第一位。

人们纷纷到车站去给这对新婚夫妇送行。一群亲戚和同事站在那儿,手里端着酒杯,专等火车一开就嚷"乌拉",新娘的父亲彼得·列昂契奇戴一顶高礼帽,穿着教员制服,已经喝醉,脸色很苍白,不住地端着酒杯向窗子那边伸过头去,恳求地说:

"阿纽达①!阿尼娅②,阿尼娅!有一句话要跟你说!"

阿尼娅在窗口弯下腰来凑近他,他就凑着她的耳朵小声说话,

---

①② 安娜的爱称。

用一股酒臭气熏着她,用呼出来的气吹着她的耳朵,结果她什么也听不明白。他在她脸上、胸上、手上画十字,同时他的呼吸发颤,眼泪在他眼睛里发亮。阿尼娅的兄弟,那两个中学生,彼佳和安德留沙,在他背后拉他的制服,用忸怩的口气悄悄说:

"爸爸,够了……爸爸,别说了……"

火车开了,阿尼娅看见她父亲跟着车厢跑了几步,脚步踉跄,他的酒也洒了,他的脸容多么可怜、善良、惭愧啊。

"乌——拉!"他嚷道。

现在只剩下这对新婚夫妇在一起了。莫杰斯特·阿列克谢伊奇瞧一下车室,把东西放到架子上去,在年轻的妻子对面坐下来,微微笑着。他是个中等身材的官吏,相当丰满,挺胖,保养得很好,留着长长的络腮胡子,却没留上髭。他那剃得光光、轮廓鲜明的圆下巴看上去像是脚后跟。他脸上最有特色的一点是没有唇髭,只有光秃秃的、新近剃光的一块肉,那块肉渐渐过渡到像果冻一样颤抖的肥脸蛋上去。他风度尊严,动作从容,态度温和。

"现在我不由得想起一件事情来了,"他微笑着说,"五年前柯索罗托夫接受二等圣安娜勋章,去向大人道谢的时候,大人说过这样的话:'那么您现在有三个安娜了:一个挂在您的纽扣眼上,两个挂在您的脖子上。'这得说明一下。当时柯索罗托夫的太太,一个爱吵架的轻佻女人,刚刚回到他家里来,她的名字就叫做安娜。我希望等我接受二等安娜勋章的时候,大人不会有理由对我说这种话。"

他那双小眼睛微笑着。她也微笑,可是一想到这个人随时会用他那粘湿的厚嘴唇吻她,而且她没有权利拒绝,就觉着心慌。他那胖身子只要微微一动,就会吓她一跳;她觉得又可怕又恶心。他站起来,不慌不忙地从脖子上取下勋章,脱掉上衣和坎肩,穿上长袍。

"这样就舒服一点了。"他在阿尼娅身边坐下来说。

她想起参加婚礼的时候多么痛苦,那时候她觉着不管司祭也好,来宾也好,总之,教堂里所有的人都忧愁地瞧着她,暗自问着:这么一个可爱的漂亮姑娘为什么,究竟为什么嫁给这么一个没有趣味、上了岁数的人呢?只不过那天早晨,她还因为一切布置得很好而高兴,可是后来在举行婚礼的时候,现在坐在火车车厢里的时候,她却觉着做错了事,上了当,荒唐可笑了。现在她跟一个阔人结婚了,可是她仍旧没有钱,她的结婚礼服是赊账缝制的。今天她父亲和弟弟来给她送行,她从他们的脸容看得出他们身边连一个小钱也没有。今天他们有晚饭吃吗?明天呢?不知什么缘故她觉着眼下她不在家,她父亲和那两个男孩坐在家里正在挨饿,而且跟母亲下葬后第一天傍晚那样感到凄凉。

"啊,我是多么不幸!"她想,"为什么我那么不幸啊?"

莫杰斯特·阿列克谢伊奇是个庄重的、不惯于跟女人打交道的人,他挺别扭地搂一搂她的腰,拍一拍她的肩膀。她却想着钱,想着母亲,想着母亲的死。她母亲去世以后,她父亲彼得·列昂契奇,一个中学里的图画和习字教员,喝上了酒,紧接着家里就穷了。男孩们没有皮靴和雨鞋穿,她父亲给拉到调解法官那儿去,有一个法警跑来把家具列了清单……多么丢脸啊!阿尼娅只得照料喝醉的父亲,给弟弟补袜子,上市场。遇到有人称赞她年轻漂亮,风度优雅,她就觉着全世界都在瞧她的便宜的帽子和靴子上用墨水染过的窟窿。每到夜里她就哭,心里充满不安的、摆脱不掉的思想,老是担心她父亲很快就会因为他的嗜好而被学校辞退,那他会受不了,于是也跟母亲一样死掉。可是后来他们所认识的一些太太们出头张罗起来,开始替阿尼娅找一个好男人。不久她们就找到了这个莫杰斯特·阿列克谢伊奇,既不年轻,也不好看,可是有钱。他在银行里大约有十万存款,还有一个租赁出去的祖传的田庄。

371

这个人规规矩矩,很得上司的赏识。人家对阿尼娅说,要他请求大人写封信给中学校长,甚至给督学,以免彼得·列昂契奇被辞掉,那在他是很容易办到的……

她正在回想这些事,却忽然听见音乐声飘进窗口来,掺杂着嗡嗡的说话声。原来火车在一个小车站上停住了。月台后面的人群里,有一个手风琴和一个吱嘎吱嘎响的便宜提琴正在奏得热闹,军乐队的声音从高高的桦树和白杨后面,从浸沉在月光中的别墅那边传来。别墅里一定在开跳舞晚会。别墅的住客和城里人遇到好天气,总要到这儿来透一透新鲜空气,如今他们正在月台上走来走去。这当中有一个人是所有的消夏别墅的房东,富翁,他是一个又高又胖的黑发男子,姓阿尔狄诺夫。他生着暴眼睛,脸长得像亚美尼亚人,穿一身古怪的衣服。他上身穿一件衬衫,胸前没系扣子,脚上穿一双带马刺的高统靴,一件黑斗篷从肩膀上耷拉下来,拖在地上像长后襟一样。两条猎狗跟在他身后,用尖鼻子嗅着地面。

眼泪仍旧在阿尼娅的眼睛里闪亮,可是她现在不再回想她母亲,不再想到钱,不再想到她的婚事了。她跟她认得的中学生和军官们握手,欢畅地微笑着,很快地说:

"你们好!生活得怎么样?"

她走出去,站在两个车厢中间的小平台上,让月光照着她,好让大家都看见她穿着漂亮的新衣服,戴着帽子。

"为什么我们的火车停在这儿不走?"她问。

"这儿是个让车站,"别人回答她说,"他们在等邮车开来。"

她看见阿尔狄诺夫在看她,就卖弄风情地眯细眼睛,大声讲法国话。于是,因为她自己的声音那么好听,因为她听见了音乐,因为月亮映在水池上,又因为阿尔狄诺夫,那出名的风流男子和幸运的宠儿,那么热切而好奇地瞧着她,还因为大家的兴致都很好,她忽然觉着快活起来。等到火车开动,她所认识的军官们向她行军

372

礼告别,她索性哼起树林后面军乐队轰轰响着送来的波利卡舞曲了。她一面走回车室,一面觉得方才在那小车站上好像已经得到保证:不管怎样,她将来一定会幸福的。

这对新婚夫妇在修道院里盘桓了两天,然后回到城里。他们住在公家的房子里。每逢莫杰斯特·阿列克谢伊奇出去办公,阿尼娅就弹钢琴,或者郁闷得哭一阵,再不然就在一个躺椅上躺下来,看小说,或者翻时装杂志。吃饭时候,莫杰斯特·阿列克谢伊奇吃得很多,谈政治,谈任命、调职、褒奖,还谈到人必须辛苦工作,说是家庭生活不是取乐,而是尽责,说一个个的戈比都当心着用,卢布自然就会来了,又说他把宗教和道德看得比世界上任何东西都要紧。他手里捏紧一把餐刀像拿着一把剑似的,说:

"各人都应当有各人的责任!"

阿尼娅听着他讲话,心里害怕,吃不下去,通常总是饿着肚子从桌旁站起来。饭后她丈夫睡午觉,鼾声很响,她就出门回到自己家去。她父亲和弟弟带着一种特别的神情瞧她,仿佛刚才在她进门以前,他们正在骂她不该为钱嫁给一个她并不爱的枯燥无味的男子似的。她的沙沙响的衣服、她的镯子、她周身上下那种太太气派,使他们觉得拘束,侮辱了他们。他们在她面前有点窘,不知道该跟她谈什么好,不过他们还是跟从前那样爱她,吃饭时候她不在座还会觉着不惯。她坐下来跟他们一块儿喝白菜汤,喝粥,吃那种有蜡烛气味的羊油煎出来的土豆。彼得·列昂契奇用发抖的手拿起小酒瓶斟满他的酒杯,带着贪馋的神情,带着憎恶的神情匆匆喝干,然后喝第二杯,第三杯……彼佳和安德留沙,那两个生着大眼睛的、又白又瘦的男孩,夺过小酒瓶来,着急地说:

"喝不得了,爸爸……够了,爸爸……"

阿尼娅也不安,央求他别再喝了。他却忽然冒火了,用拳头捶桌子。

"我不准人家管我!"他嚷着,"顽皮的男孩!淘气的姑娘!我要把你们统统赶出去!"

不过他的声音流露出软弱和忠厚,谁也不怕他。饭后他总是仔细地打扮自己。他脸色苍白,下巴上因为刮胡子不小心而留下一个口子。他伸长了瘦脖子,在镜子前面足足站半个钟头,加意修饰,一会儿梳头,一会儿捋黑唇髭,周身洒上香水,把领带打成花结,然后他戴上手套和高礼帽,出门教家馆去了。如果那是放假的日子,他就待在家里绘画或者弹小风琴,那个琴就呼呼响,咕咕叫起来。他极力弹出匀称和谐的声音,边弹边唱,要不然就向男孩们发脾气:

"可恶的东西!坏蛋!你们把这乐器弄坏了!"

每到傍晚,阿尼娅的丈夫就跟那些同住在公家房子里的同事们打牌。在打牌的时候,那些官员的太太也聚到一起来,她们都是些丑陋的、装束粗俗的、跟厨娘一样粗鲁的女人。于是种种诽谤的话就在这房子里传开了,那些话跟这些官太太本身一样的丑恶和粗俗。有时候莫杰斯特·阿列克谢伊奇带着阿尼娅到剧院去。在休息时间,他从不放她离开身边一步,挽着她的胳臂走过走廊和休息室。每逢他跟什么人打过招呼以后,就立刻小声对阿尼娅说:"他是五等文官,……大人接见过他,……"或者"这人家道殷实……有房产……"他们走过小吃部的时候,阿尼娅很想吃点甜食,她喜欢吃巧克力糖和苹果糕,可是她没有钱,又不好意思问丈夫要。他呢,拿起一个梨,用手指头揉搓一阵,犹疑不定地问:

"多少钱一个?"

"二十五个戈比!"

"好家伙!"他回答,把那只梨放回原位。不过不买东西就走出小吃部又不像话,他就要了瓶矿泉水,自己把一瓶全喝光,眼泪都涌到他眼睛里来了。在这种时候,阿尼娅总是恨他。

或者他忽然涨得满脸通红,很快地对她说:

"向那位老太太鞠躬!"

"可是我不认识她。"

"没关系。她是税务局长的太太!我说,你倒是鞠躬啊!"他固执地埋怨道,"你的脑袋又不会掉下来。"

阿尼娅就鞠躬,她的脑袋也果然没有掉下来,可是这使她难过。她丈夫要她做什么她就做,同时她又恼恨自己,因为他把她当作最傻的傻瓜那样欺骗她。她原是只为了钱才跟他结婚的,不料现在她比婚前更缺钱。早先,她父亲至少有时候还给她一枚二十戈比银币,可是现在她连一个小钱也没有。偷偷拿钱,或者跟他要钱,她都办不到。她怕她丈夫,她在他面前发抖。她觉着她灵魂里仿佛早就存着对这个人的怕惧似的。从前她小时候总是觉得中学校长永远是世界上顶威严可怕的一种力量,好比乌云似地压下来,或者像火车头似地开过来,要把她压死似的。另一个同样的力量是大人,这是全家常常谈起,而且不知因为什么缘故大家都害怕的一个人。此外还有十个别的力量,不过少可怕一点,其中有一个中学教师,他上髭刮得光光的,严厉,无情。现在,最后来了莫杰斯特·阿列克谢伊奇这个循规蹈矩的人,他连相貌都长得像校长。在阿尼娅的想象中所有这些力量合成一个力量,活像一只可怕的大白熊,威逼着像她父亲那样的弱者和罪人。她不敢说顶撞的话,勉强陪着笑脸,每逢受到粗鲁的爱抚,被那种使她心惊胆战的搂抱所玷污的时候,还要装出快乐的神情。

彼得·列昂契奇只有一回大着胆子向他借五十卢布,好让他还一笔很讨厌的债,可是那是多么受罪啊!

"好吧,我给您这笔钱,"莫杰斯特·阿列克谢伊奇想了一想说,"可是我警告您,往后您要是不戒酒,我就再也不帮您忙了。一个在政府机关里做事的人养成这样的嗜好是可耻的!我不能不向您提起一件人人都知道的事实:许多有才干的人都是被这种嗜好毁掉的,然而他们一戒掉酒,也许能逐渐成为头面人物。"

随后是很长的句子:"按照……""由于这种情形的结局……""只因为上述的种种"。可怜的彼得·列昂契奇受了侮辱而十分难堪,反倒更想喝酒了。

男孩们总是穿着破靴子和破裤子来看望阿尼娅,他们也得听取他的教训。

"各人都应当有各人的责任!"莫杰斯特·阿列克谢伊奇对他们说。

他不给他们钱。可是他送给阿尼娅镯子、戒指、胸针,说是这些东西留到急难的日子自有用处。他常常打开她锁着的五屉柜,查看一下那些东西还在不在。

二

这当儿冬天来了。还在圣诞节以前很久,当地报纸就发布消息,说一年一度的冬季舞会"定于"十二月二十九日在贵族俱乐部举行。每天傍晚打完牌以后,莫杰斯特·阿列克谢伊奇总是很兴奋,跟那些官太太们交头接耳,担心地打量阿尼娅,随后在房间里从这头走到那头,走上很久,想心事。最后,一天晚上,夜深了,他在阿尼娅面前站定,说:

"你应当做一件跳舞衣服。听明白没有?只是请你跟玛丽亚·格里戈里耶夫娜和娜塔利娅·库兹明尼希娜商量一下。"

他给了她一百卢布。她收下钱,可是她在定做跳舞衣服的时候并没有找谁商量,只跟父亲提了一下。她极力揣摸她母亲会穿什么样的衣服参加舞会。她那故去的母亲素来打扮得最时髦,老是为阿尼娅忙碌,把她打扮得漂漂亮亮跟洋娃娃一样,教她说法国话,教她把马祖尔卡舞跳得极好(她在婚前做过五年家庭女教师)。阿尼娅跟母亲一样会用旧衣服改成新装,用汽油洗手套,租赁 bijoux① 穿戴起来。她也跟母亲一样善于眯细眼睛,娇声娇气地说话,做出妩媚的姿势,遇到必要时候装得兴高采烈,或者做出哀伤的、叫人琢磨不透的神情。她从父亲那儿继承了黑色的头发和眼睛、神经质、经常打扮得很漂亮的习惯。

在动身去参加舞会的半个钟头以前,莫杰斯特·阿列克谢伊奇没穿礼服走进她的房间,为了在她的穿衣镜面前把勋章挂在自己脖子上,他一见她的美丽和那身新作的轻飘衣服的灿烂夺目,不由得着了迷,得意地摩挲着他的络腮胡子说:

"原来我的太太能够变成这个样子……原来你能够变成这个样子啊!阿纽达!"他接着说下去,却忽然换了庄严的口气,"我已经使得你幸福了,那么今天你也可以办点事来使我幸福一下。我请求你想法跟大人的太太拉拢一下!看在上帝的份上,求你办一办!有她出力,我就能谋到高级陈报官的位子!"

他们坐车去参加舞会。他们到了贵族俱乐部,门口有看门人守着。他们走进前厅,那儿有衣帽架、皮大衣,仆役川流不息,袒胸露背的太太们用扇子遮挡着穿堂风。空气里有煤气灯和士兵的气味。阿尼娅挽着丈夫的胳臂走上楼去,耳朵听着音乐声,眼睛看着大镜子里她全身给许多灯光照着的影子,心头不由得涌上来一股欢乐,就跟那回在月夜下在小车站上一样感到了幸福的预兆。她带着自信的心情骄傲地走着,她第一回觉着自己不是姑娘,而是成年的女人,她不自觉地摹仿故去的母亲的步态和气派。这还是她生平第一回觉着自己阔绰和自由。就连丈夫在身旁,她也不觉着难为情,因为她跨进俱乐部门口的时候,已经本能地猜到:老丈夫

---

① 法语:贵重的首饰。

在身旁不但一点也不会使她减色,反而会给她添上一种男人十分喜欢的、搔得人心痒的神秘意味。大厅里乐队已经在奏乐,跳舞开始了。阿尼娅经历过公家房子里的那段生活以后,目前遇到这种亮光、彩色、音乐、闹声,就向大厅里扫了一眼,暗自想道:"啊,多么好啊!"她立刻在人群里认出了她所有的熟人,所有以前在晚会上或者游园会上见过的人,所有的军官、教师、律师、文官、地主、大官、阿尔狄诺夫和那些上流社会的太太们。这些太太有的浓装艳抹,有的露出一大块肩膀和胸脯,有的漂亮,有的难看,她们已经在慈善市场的小木房和售货亭里占好位子,开始卖东西,替穷人募捐了。有一个身材魁伟、戴着肩章的军官(她还是当初做中学生的时候在旧基辅街跟他认识的,可是现在想不起他的姓名了)好像从地底下钻出来一样,请她跳华尔兹舞。她就离开丈夫,翩翩起舞,马上觉得自己好像在大风暴中坐着一条小帆船随波起伏,丈夫已经远远地留在岸上了似的……她热烈而痴迷地跳华尔兹舞,然后跳波利卡舞,再后跳卡德里尔舞,从这个舞伴手上飞到另一个舞伴手上,给音乐声和嘈杂声闹得迷迷糊糊,讲起话来俄国话里夹几句法国话,发出娇滴滴的声调,不住嘁嘁地笑,脑子里既没有想她丈夫,也没有想别的人,别的事。她引得男子纷纷艳羡,这是明明白白的,而且也不可能不这样。她兴奋得透不出气,颤巍巍地抓紧扇子,觉着口渴。她父亲彼得·列昂契奇穿一件有汽油味的、揉皱的礼服,走到她面前,递给她一小碟红色冰激凌。

"今天傍晚你真迷人,"他快活地瞧着她说,"我从没像今天这么懊悔过,你不该急急忙忙地结婚……何必结婚呢?我知道你是为我们的缘故才结婚的,可是……"他用发抖的手拿出一卷钞票来,说:"今天我收到了教家馆的薪水,可以还清我欠你丈夫的那笔钱了。"

她把小碟递到他手里,立刻就有人扑过来,一转眼间就把她带到远处去了。她从舞伴的肩膀上望出去,一眼看见她父亲搂住一位太太,在镶木地板上滑着走,带她在大厅里回旋。

"他在没有喝醉的时候多么可爱啊!"她想。

她跟原先那个魁伟的军官跳马祖尔卡舞;他庄严而笨重,像一具穿着军服的兽尸,一面走动一面微微扭动肩膀和胸脯,微微顿着脚,仿佛他非常不想跳舞。她呢,在他四周轻盈地跳来跳去,用她的美貌和裸露的脖子打动他的心。她的眼睛兴奋地燃烧着,她的动作充满热情。他却变得越来越冷淡,像皇帝发了慈悲似地向她伸出手去。

"好哇,好哇!……"旁观的人们说。

可是魁伟的军官也渐渐的来劲了。他活泼起来,兴奋起来,已经给她的妩媚迷住,满腔热火,轻盈而年轻地跳动着,她呢,光是扭动肩膀,调皮地瞧着他,仿佛她已经是皇后,而他是奴隶似的。这当儿她觉着整个大厅里的人都在瞧他们,每个人都呆住了,而且嫉妒他们。魁伟的军官还没来得及为这场舞蹈向她道谢,忽然人群让出一条路来,男人们有点古怪地挺直身子,垂下两只手贴在裤缝上……原来,燕尾服上挂着两颗星章的大人向她走过来了。是的,大人确实向她走过来了,因为他的眼睛直勾勾地瞧着她,脸上现出甜蜜的笑容,同时像在咀嚼什么东西似的舔着自己的嘴唇,他每逢看见漂亮女人总要这样。

"真高兴,真高兴……"他开口了,"我要下命令罚您的丈夫坐禁闭室,因为他把这样一宗宝贝一直藏到现在,瞒住我们。我是受我妻子的委托来找您的,"他接着说,向她伸出胳膊,"您得帮帮我们的忙……嗯,对了……应当照美国人的办法那样……发给您一份美人奖金才对……嗯,对了……美国人……我的妻子等得您心焦了。"

他带她走到小木房那儿,给她引见一个上了岁数的太太,那太

379

太的脸下半部分大得不成比例,因此看上去倒好像她嘴里含着一块大石头似的。

"帮帮我们的忙吧,"她带点鼻音娇声娇气地说,"所有的美人儿都在为我们的慈善市场工作,只有您一个人不知什么缘故却在玩乐。为什么您不肯帮帮我们的忙呢?"

她走了,阿尼娅就接替她的位子,守着茶杯和银茶炊。她这儿的生意马上就兴隆起来。阿尼娅卖一杯茶至少收一个卢布,硬逼那个魁伟的军官喝了三杯。富翁阿尔狄诺夫生着一双暴眼睛,害着气喘病,也走过来了。他不像夏天阿尼娅在火车站看见的那样穿一身古怪的衣服,而是跟大家一样穿着燕尾服了。他两眼盯紧阿尼娅,喝下一杯香槟酒,付了一百卢布,然后喝点茶,又给了一百,始终没开口说话,因为他害气喘病而透不过气来……阿尼娅招来买主,收下他们的钱,她已经深深相信:她的笑容和眼光一定能给这些人很大的快乐。她这才明白:她生下来是专为过这种热闹、灿烂、有音乐和舞蹈,获得许多崇拜者的欢笑生活。她许久以来对于那种威逼着她、要把她活活压死的力量的恐惧依她看来显得可笑了,现在她谁也不怕,只是惋惜母亲已经去世,要是如今在场,一定会为她的成功跟她一块儿高兴呢。

彼得·列昂契奇脸色已经发白,不过两条腿还算站得稳,他走到小木房这儿来,要一小杯白兰地喝。阿尼娅脸红了,料着他会说出什么不得体的话(她已经因为自己有一个这样穷酸、这样平凡的爸爸而觉着难为情了),可是他喝干那杯酒,从他那卷钞票里抽出十卢布来往外一丢,一句话也没说就尊严地走了。过了一会儿,她看见他跟一个舞伴参加大圆舞①,这时候脚步已经不稳,嘴里不断地嚷着什么,弄得他的舞伴十分狼狈。阿尼娅想起三年前他在

---

① 一种法国的舞蹈。

舞会上也这样脚步踉跄,吵吵嚷嚷,结果被派出所长押回家来睡觉,第二天校长威吓他说要革掉他的差使。这种回忆来得多么不是时候啊!

等到小木房里的茶炊熄灭,疲乏的女慈善家们把自己的进款交给那位嘴里含着石头的上了岁数的太太,阿尔狄诺夫就伸出胳膊来挽住阿尼娅,走到大厅里去,那儿已经为全体参加慈善市场的人们开好了晚饭。吃晚饭的只不过二十来个人,可是很热闹。大人提议干杯:"在这堂皇的餐厅里,应当为今天市场的服务对象,那些廉价食堂的兴隆而干杯。"陆军准将提议"为那种就连大炮也要屈服的力量干杯",大家就纷纷举起酒杯跟太太们碰杯。真是快活极了,快活极了!

临到阿尼娅由人送回家去,天已经大亮,厨娘们上市场去了。她高高兴兴,带着醉意,脑子里满是新印象,累得要命,就脱掉衣服,往床上一躺,立刻睡着了……

当天下午一点多钟,女仆来叫醒她,通报说阿尔狄诺夫先生来拜访了。她赶快穿好衣服,走进客厅。阿尔狄诺夫走后不久,大人就来了,为她参加慈善市场工作而向她道谢。他带着甜蜜蜜的笑容瞧她,像是在咀嚼什么东西似的舔着嘴唇,吻她的小手,请求她准许他以后再来拜访,然后告辞走了。她呢,站在客厅中央,又吃惊又迷惑,不相信她的生活这么快就起了变化,惊人的变化。这当儿她丈夫莫杰斯特·阿列克谢伊奇走进来了……现在他站在她面前也现出那种巴结的、谄笑的、奴才般的低声下气神情了,这样的神情在他遇见权贵和名人的时候她常在他脸上看见。她又是快活,又是气愤,又是轻蔑,而且相信自己无论说什么话也没关系,就咬清每个字的字音说:

"滚开,蠢货!"

从这时候起,阿尼娅再也没有一个空闲的日子了,因为她时而参加野餐,时而出去游玩,时而演出。她每天都要到夜半以后才回家,在客厅地板上睡一觉,过后却又动人地告诉大家说她怎样在花丛底下睡觉。她需要很多的钱,不过她不再怕莫杰斯特·阿列克谢伊奇了,花他的钱就跟花自己的一样。她不央求他,也不硬逼他,光是派人给他送帐单或者条子去。"交来人二百卢布,"或者"即付一百卢布。"

到复活节,莫杰斯特·阿列克谢伊奇领到了二等安娜勋章。他去道谢的时候,大人放下报纸,在圈椅上坐得更靠后一点。

"那么现在您有三个安娜了,"他说,看着自己的白手和粉红色的指甲,"一个挂在您的纽扣眼上,两个挂在您的脖子上。"

莫杰斯特·阿列克谢伊奇出于谨慎举起两个手指头来放在嘴唇上,免得笑声太响。他说:

"现在我只巴望小符拉吉米尔出世了。我斗胆请求大人做教父。"

他指的是四等符拉吉米尔勋章。他已经在揣想将来他怎样到处去讲自己这句妙语双关的话了。这句话来得又机智又大胆,妙极了。他本来还想说点同样妙的话,可是大人又埋下头去看报,光是对他点一点头……

阿尼娅老是坐上三匹马拉着的车子到处奔走,她跟阿尔狄诺夫一块儿出去打猎,或是演独幕剧,或是出去吃晚饭,越来越不大去找自己家里的人。现在他们吃饭没有她来作伴了。彼得·列昂契奇酒瘾比以前更大,钱却没有,小风琴早已卖掉抵了债。现在男孩们不放他一个人上街去,总是跟着他,深怕他跌倒。每逢他们在旧基辅街上遇见阿尼娅坐着由一匹马驾辕、一匹马拉套的双马马车出来兜风,同时阿尔狄诺夫代替车夫坐在车夫座上的时候,彼得·列昂契奇就脱下高礼帽,想对她嚷一声,可是彼佳和安德留沙揪住他的胳膊,恳求地说:

"不要这样,爸爸……别说了,爸爸!……"

白　额　头

　　一只饥饿的母狼站起来,要出去打食。她的狼崽子,一共三头,都睡熟了,偎在一起,互相取暖。她舔了舔他们,就走了。

　　这时候已经是春天三月间,然而夜里树木总是冻裂,像在十二月间一样,舌头一吐出来就会冻得生疼。母狼身体弱,神经过敏,听到一丁点响声就会吓一跳,老是想着她不在家,会不会有什么东西来欺负她那些狼崽子。人的脚印和马的蹄痕的气味,树桩,堆成垛的木柴,落上畜粪的、黑暗的大道,都使她害怕。她觉得好像黑暗中树木后面站着人,树林外边什么地方有狗在吠。

　　她已经不年轻,嗅觉差了,因此往往错把狐狸的脚印当作狗的脚印,有的时候甚至受到嗅觉的欺骗而迷路,这在她年轻的时候是从来也没有过的。由于身体弱,她不再像从前那样追逐牛犊和大羊,见到大马带着小马也远远地绕过去。她只吃尸肉,很少有机会吃到新鲜的肉,只有春天碰到母兔,才捉几只兔崽子尝尝,或者钻进农民的畜圈,那儿有羊羔可吃。

　　离她的洞穴大约四俄里远,在一条驿道旁边,有一所过冬用的小屋。看守人伊格纳特住在这儿,他是个七十岁的老人,老是咳嗽,自言自语。通常,他晚上睡觉,白天拿着一管单筒猎枪在树林里溜达,见着兔子就打呼哨。他以前大概做过机械工人,因为每次他在站定以前总要喊一声:"站住,火车头!"而在往前走以前,先喊一声:"开足马力!"他有一条大黑狗,不知是什么品种,名叫阿拉普卡。每逢它在前边跑得太远,他就对它喊一声:"开倒车!"偶尔他唱歌,在这种时候,他的身子摇晃得很厉害,常常跌跤(母狼总以为这是被风吹倒的),他就叫起来:"出轨啦!"

母狼想起夏天和秋天在小屋附近有一头公羊和两头小母羊吃草。不久以前母狼跑过那儿,听见畜圈里好像有羊叫声。现在她一面往小屋走去,一面盘算着,这时候已经是三月,照季节来判断,圈里一定有羊羔了。她饿得难受,暗想她会多么贪馋地吞食那些羊羔啊。这样一想,她的牙齿就磕碰作响,眼睛在黑暗里闪亮,像两个火星似的。

伊格纳特的小木房子、他的堆房、畜圈、水井,都被高高的雪堆围住。那儿很安静。阿拉普卡大概睡在堆房里。

母狼顺着雪堆爬上畜圈,开始用爪子和嘴扒开草顶。草腐烂了,松散了,因此母狼差点掉下去。忽然,一股热气、一股畜粪和羊奶的气味直扑到她的脸上来。下面有一只羊羔觉得冷,娇弱地咩咩叫起来。母狼就从窟窿里跳下去,她的前爪和胸脯落在一个柔软温暖的东西上,大概是一只公羊,这时候圈里有个什么东西突然尖声叫起来,后来成了一连串尖细的吠叫声。那些羊急忙退到墙边去,母狼害怕了,随口衔住一个什么东西,蹿了出去。……

她使足了劲往前跑,这时候阿拉普卡已经发觉有狼来了,就发疯般地汪汪叫,受惊的母鸡也在小屋里咯咯地叫。伊格纳特走到门廊上,喊道:

"开足马力!拉汽笛!"

他照火车头那样呜呜地叫,然后又嚷着:"咯-咯-咯-咯!"……所有这些声音引起了树林的回声。

等到这一切逐渐静下来,母狼才略略放了心,开始发觉她用牙齿衔着在雪地上拖了一段路的俘虏比通常这个季节的羊羔要重一些,而且也好像硬一些。它的气味也两样,声音也有点古怪。……母狼就停住脚,把这东西放在雪地上,好休息一下,再开始吃它,可是她忽然嫌恶地跳开了。原来那不是一头羊羔,而是一条黑毛小狗,脑袋大,腿细长,属于大品种,他的整个额头像阿拉普卡一样呈白色。按他的神态来判断,他是一条不懂事的狗,一条普通的看家狗。他舔舔他那受伤的背脊,仿佛根本没出什么事似的挥动尾巴,朝着母狼叫起来。母狼学狗的样噂了一声,就躲开他,跑掉了。他呢,却跟着她跑。她回过头看,磨了磨牙,他就站住,心里纳闷,后来大概断定她是在逗着他玩,就把嘴朝着小屋那个方向,发出一串清脆快活的吠声,仿佛邀他母亲阿拉普卡来跟他和那母狼一块儿玩似的。

天已经亮了。母狼回到她那茂密的白杨树林,这时候每棵小白杨都可以看得清楚,琴鸡已经醒过来,美丽的雄鸡受到小狗莽撞的跳跃和吠叫的惊扰,常常飞起来。

"为什么他跟着我跑?"母狼气恼地想,"大概他想要我吃他吧。"

她跟狼崽子住在一个不深的洞里。三年前,在一次剧烈的暴风雨中,有一棵高大的老松树给连根拔起来,因而形成了这个洞。现在洞底上铺着旧树叶和苔藓,还放着些骨头和牛角,是给狼崽子玩的。他们已经醒过来,三个长得十分相像的小东西并排站在洞边上,瞧着回来的母亲摇尾巴。小狗远远看见他们就站住,瞧了他们好半天。他发现他们也在注意地瞧他,就生气地对他们吠叫,如同见了生人一样。

天大亮了,太阳已经升起来,四下里的雪发亮,可是小狗仍旧远远地站着,汪汪叫。狼崽子吃母亲的奶,用爪子推母亲的瘦肚子,这时候母亲啃着一根又白又干的马骨头。她饿得难受,给狗叫声吵得头痛,一心想扑到那个不速之客的身上去,把它撕得粉碎。

最后小狗累了,嗓子也叫哑了。他看见人家不怕他,甚至不理睬他,就变得胆小,时而蹲着,时而跳着,走到狼崽子跟前去。如今在白昼的亮光下,就容易把他看清楚了。……他的白额头挺大,额头上鼓起一个疱,只有很笨的狗才会生这种东西。他的眼睛很小,浅蓝色,没有光彩,他的整个脸现出一副蠢相。他走到狼崽子跟前,伸出他的大爪子,把他的头放在他的爪子上,开始叫道:

"尼亚,尼亚……呜-呜-呜!……"

狼崽子一点也听不懂,摇起尾巴来。于是小狗伸出爪子,照准一个狼崽子的大头打了一下。那个狼崽子也用爪子打他的头。小狗侧过身子去对着他,斜起眼睛瞧他,摇着尾巴,然后忽然从原地跳开,在雪地的冰层上跑了几圈。那些狼崽子就追他,他呢,仰面朝天倒下去,四条腿在空中乱蹬,他们三个就一齐扑到他身上去,高兴得尖叫,开始咬他,然而不是使劲咬,而是闹着玩。乌鸦们待在高大的松树上,低下头来看他们扭打,十分不安。他们吵吵闹闹,倒高兴得很。太阳晒得有点热,已经有春意了。雄鸡屡次飞过那棵被暴风雨掀倒的松树,在阳光下看上去像是绿松石做的。

通常,母狼总要教儿女学打食,让他们玩弄俘虏。这时候母狼看见狼崽子在雪地上追那条小狗,跟他相打,就暗想:

"让他们去学吧。"

那些狼崽子玩够了,就走进洞里去睡觉。小狗饿得叫了一阵,然后也在阳光下摊开四肢,睡了。他们一觉醒来,又玩了起来。

这一整天和整个傍晚,母狼都在回想昨天晚上圈里的羊羔怎样咩咩地叫,羊奶的气味多么香。她馋得不住地磨牙,不断地用力啃那根老骨头,把这根骨头当作羊羔。那些狼崽子在吃奶,小狗肚子饿,就在四周跑来跑去,闻地上的雪。

"我就把他吃了吧……"母狼决定。

她走到他跟前去,他呢,舔她的脸,哀声吠叫着,还以为她要跟他玩呢。在过去的岁月里,她吃过一些狗,可是这条小狗有浓重的狗骚气,她身体弱,受不住这种味儿了。她觉得厌恶,就走开了。……

将近夜晚,天凉了。小狗闷得慌,回家去了。

等到狼崽子睡熟,母狼就又出去打食。如同昨天晚上一样,她听到一点响声就心惊肉跳。那些树桩、木柴,那些漆黑的、孤零零地立在那儿、远看像活人似的一株株桧树,惹得她害怕。她跑到大路旁边去,在冰层上走。忽然,大路前面远远的地方,闪现一个乌黑的东西。……她用力看,用力听,前头确实有个什么东西在走动,甚至可以听见匀称的脚步声。莫非是一只獾?她屏住呼吸,小心地一直顺着路边走,追上那块黑斑点,回过头来一看,才认出来。原来那条白额头的小狗正在不慌不忙,一步一步走回那个小屋去。

"但愿他不再碍我的事才好。"母狼暗想,很快跑到前头去了。

不过那个小屋已经近了。她又顺着雪堆爬到畜圈上。昨天的窟窿已经用麦秸补好,圈顶上新架了两根梁木。母狼赶紧用腿和嘴活动起来,不住地回头看,怕那条小狗走来;可是热气和畜粪的气味刚刚扑到她的脸上来,她身后就响起了快活而嘹亮的吠叫声。这是小狗回来了。他跳到圈顶上来找母狼,然后掉进那个窟窿里,认出了那些羊,觉得自己到了家,四下里挺暖和,就叫得越发响了。……阿拉普卡在堆房里醒过来,闻出狼的气味,就叫起来,母鸡也咯咯地叫。等到伊格纳特拿着他那管单筒枪来到门外,吓慌的母狼已经跑得离小屋很远了。

"嗯-咦!"伊格纳特打着呼哨,"嗯-咦!全速前进,追啊!"

他扳动枪机,枪没打响。他再扳动枪机,又没打响。他第三次扳动枪机,就有一大团火光飞出枪筒,发出震耳欲聋的砰砰两响。枪托猛烈回击他的肩膀。他一只手拿着枪,另一只手拿着斧子,去看看这闹声究竟是怎么回事。……

387

过一会儿他回到小屋里来了。

"出了什么事？"这天晚上有个香客在他这儿过夜,被闹声惊醒,用沙哑的声音问道。

"没什么……"伊格纳特回答说,"一件无聊的事。我们的白额头常常跟羊在一个地方睡觉,图暖和。只是他不懂得从正门进出,总是打算钻圈顶。昨天晚上,这个坏蛋就扒开圈顶出去玩了,到现在才回来,于是又把圈顶拆穿了。"

"笨狗。"

"是啊,脑子里断了一根弦嘛。这种笨东西我讨厌透了！"伊格纳特说,叹口气,爬上炉台,"得了,上帝的人啊,起床还早,加足马力睡觉吧。……"

早晨他把白额头叫来,使劲揪他的耳朵,然后用一根长棍打他,不住地说：

"走正门！走正门！走正门！"

凶　　杀

一

在普罗贡纳亚火车站上，人们在做晚祷。一群火车站的职工、他们的妻子儿女，还有在沿铁路线一带工作的砍柴人和锯木工人，站在衬着金黄色底子、画得光彩夺目的大神像前面，大家都不出声，被灯火的光亮和外面风雪的吼叫声镇住了。这天虽然已经是报喜节①的前夜，可是没来由地刮起一场大风雪。主持晚祷的是韦杰尼亚皮诺村的老神甫，唱歌的是诵经士和玛特威·捷烈霍夫。

玛特威的脸快活得放光，他一面唱，一面伸出脖子，仿佛要飞起来似的。他用男高音唱，也用男高音念赞美诗，念得好听而又动人。唱《天使长的声音》的时候，他像指挥一样挥着手臂，极力配合诵经士的沉闷苍老的低音，用男高音唱出异常复杂的调子。从他的脸上可以看出他感到极大的喜悦。

可是后来晚祷结束，人们静悄悄地走散，房间里又黑下来，空荡荡了，紧跟着是一片寂静，这样的寂静是只有在孤零零地坐落在旷野上或者树林里的火车站上，当风声怒吼，此外什么也听不见，人只感到四周一片空洞，只感到慢慢消逝着的生活中种种苦恼的

---

① 基督教节日，在俄国旧历3月25日，据说天使于此日告知圣母，耶稣将诞生。

时候才会有的。

玛特威住在他堂兄的小饭铺里,离火车站不远。可是他不想回家。他在铁道食堂的柜台边坐下,对食堂掌柜低声说:

"我们那个瓷砖厂里有我们自己的唱诗班。我得对您说明一下,虽然我们是普通的工匠,可是我们唱得跟真正的歌手一样,好极了。人家常邀我们到城里去,每逢那儿的副主教约安在三圣教堂里主持弥撒,主教的歌手们就在右边唱诗班席位上唱,我们呢,在左边唱。不过城里人总抱怨我们唱得时间太长,他们说工厂里那些人拖得太久。这话是不错的,我们六点多钟开始唱安德烈祷词和赞美歌,到十一点以后才结束,所以回到工厂往往已经十二点多钟了。那可真痛快啊!"玛特威叹道,"简直痛快极了,谢尔盖·尼卡诺雷奇!可是这儿,在家乡,却什么乐趣也没有。最近的一个教堂也在五俄里开外,照我这么弱的身子,要到那儿去就走不动,再说,那儿又没有歌手。至于我们家里,那可是一点安静也没有,成天价吵嚷,骂街,肮脏得很,大家用一个碗吃东西,跟乡下佬一样,白菜汤里有蟑螂。……上帝没有赐给我好身体,要不然我早就走了,谢尔盖·尼卡诺雷奇。"

玛特威·捷烈霍夫还没有老,四十五岁光景,可是他脸上带着病容,起了皱纹,他那把稀得透光的胡子已经完全发白,这就使他显得老了许多岁。他讲起话来声音微弱,谨慎小心,一咳嗽就抓住胸脯,在这种时候,他就像多疑的人那样,目光变得惊恐不安。他从来也没明确地说过他害的是什么病,却喜欢冗长地叙述,有一回他在工厂里抬起一口重木箱,因为用力过度而受了内伤,就此得了一种绞痛症,逼得他辞掉瓷砖厂里的工作,回到家乡来了。至于这种绞痛究竟是什么病,他就说不清楚了。

"老实说,我不喜欢我的哥哥,"他接着说,给自己斟上一杯茶,"他比我年纪大,说他的坏话是罪过,我是敬畏上帝的,可是我忍不住了。他是个傲慢而严厉的人,爱骂人,折磨自己的亲戚和工人,从来也不到教堂里去忏悔。上个星期日我和和气气地央告他:'哥哥,我们到巴霍莫沃村去做弥撒吧!'他却说:'我不去。'他又说:'那儿的神甫是个赌鬼。'今天呢,他也没到这儿来,据他说,因为韦杰尼亚皮诺的神甫吸烟,喝酒。他不喜欢神甫们!他自己做弥撒,做祈祷,做晚祷,他妹妹给他当诵经士。他说:我们向主祷告吧!她就用尖细的声音,像只雌火鸡似的叫道:求主怜恤!……这简直是罪过。我每天都对他说:'明白过来吧,哥哥!忏悔吧,哥哥!'可是他不理。"

食堂掌柜谢尔盖·尼卡诺雷奇斟上五杯茶,拿盘子托着,送往妇女候车室去。他刚走进去,就传来了喊叫声:

"你这是怎么送茶呀,猪猡!你连送茶都不会!"

这是站长的声音。接着响起了胆怯的嘟哝声,然后又是气愤和尖厉的喊叫声:

"滚出去!"

食堂掌柜十分狼狈地走了回来。

"想当初,我伺候过伯爵和公爵,连他们都感到满意,"他轻声说,"而现在,您瞧,我连送茶也不会了。……他当着神甫和太太们的面骂人!"

食堂掌柜谢尔盖·尼卡诺雷奇从前很有钱,在一个头等火车站上开办过食堂,那是在一个省城,有两条铁路交叉的火车站上。那时候,他穿着燕尾服,戴着金表。可是他的生意不好,他把所有的钱都用在豪华的餐具和茶具上了,他雇用的人又盗窃他的钱财,于是他渐渐支持不住,搬到另一个不大热闹的火车站上去了。在那儿,他妻子离开了他,带走了所有的银器,他就搬到第三个更差的火车站上,在那儿已经不供应热菜了。后来他又搬到第四个车站。他一再换地方,越降越低,终于落到普罗贡纳亚车站上,在这儿只卖茶和便宜的白酒,凉菜只有一些煮硬的鸡蛋和一些有焦油气味的硬腊肠,连他自己都讥诮地把这种腊肠叫作只配乐队里的乐师吃的东西。他头顶全秃光,浅蓝色眼睛暴出来,络腮胡子又密又软,他常对着一面小镜子用梳子梳理。对往事的回忆经常折磨他,他怎么也看不惯那种乐师才吃的腊肠、站长的粗暴、爱讨价还价的农民,依他看来,在食堂里讨价还价就跟在药房里讨价还价一样不像话。他为自己的贫穷和屈辱羞愧,这种羞愧现在成为他生活的主要内容了。

"今年春天来得迟,"玛特威听着外面的风声说,"那更好。我就不喜欢春天。春天道路十分泥泞,谢尔盖·尼卡诺雷奇。书上写着什么春天啦,鸟唱歌啦,太阳升上来啦,这有什么意思?鸟就是鸟,别的什么也不是。我呢,喜欢跟好人交往,听人家讲话,自己也谈谈宗教什么的,或者在唱诗班里唱个好听的曲子,至于那些什么夜莺和花朵,去它们的吧!"

他又开始讲瓷砖厂,讲唱诗班,可是受了侮辱的谢尔盖·尼卡诺雷奇怎么也安静不下来,不住地耸肩膀,嘴里念念叨叨。玛特威就告辞,回家去了。

严寒已经过去,房顶上的冰雪已经在融化;可是天正下着大片的雪,雪片在空中很快地旋转,一团团白色的云雾沿着铁路的路基互相追逐。月亮高高地藏在云层后面,铁路两旁的橡树林在月亮的微光里发出严峻的、久久不断的飒飒声。大风摇撼着树木,那些树木的样子多么可怕呀!玛特威在铁道旁边的大道上走着,把脸和手藏在衣服里,风吹打着他的后背。忽然,出现了一匹不大的马,周身是雪,一辆雪橇摩擦着大道上光秃的石板,一个包着头的农民也周身发白,手里挥着鞭子。玛特威回过头去看一眼,可是雪橇也好,农民也好,都不见了,仿佛刚才他看到的全是幻影。他自己也不知道为什么,忽然害怕了,就加紧脚步往前走去。

前面是铁道的道口和看守人住着的一间黑暗的小屋。道口的拦木竖起着。一团团白雪飞舞着,像巫婆在举行狂欢会似的,在道口附近堆积成山。这儿有一条古老的、当初很宽的大路穿过铁道,这条路至今还叫作驿道。右边,离道口不远,捷烈霍夫小饭铺就立在大路旁边,它原是一家驿店。在夜里,那儿老是闪着一点小小的灯光。

玛特威回到家里,这时候,所有的房间以至前堂里都有浓重的神香气味。他哥哥亚科甫·伊凡内奇还在继续做晚祷。做晚祷的祈祷室里,面对门口的墙角上,立着一个神龛,里面有着古老的、披着涂金衣饰的祖先传下来的神像,左右两旁的墙上装饰着一些用旧的和新的笔法画成的神像,装在神龛里或者挂在那儿。一张桌子上铺着垂到地面的桌布,桌上放着一个报喜节的神像,还有柏木的十字架和香炉,点着几支白蜡烛。桌子旁边有一个读经台。玛特威路过祈祷室,站住,往门里看一眼。这时候亚科甫·伊凡内奇正在读经台边念经,他妹妹阿格拉雅跟他一块儿祷告,她是个又高又瘦的老太婆,身穿蓝色的连衣裙,头上扎一块白头巾。亚科甫·伊凡内奇的女儿达淑特卡也在这儿,她是个十八岁的姑娘,长得不好看,满脸雀斑,照例光着脚,穿着傍晚给牲畜饮水时候才穿的连衣裙。

"光荣归于你,你赐给我们光明!"亚科甫·伊凡内奇唱歌般地念着,深深地鞠躬。

阿格拉雅一只手托着下巴,用又尖又细的嗓音拖着长声唱起来。在天花板上面也响起一种不清楚的声音,仿佛在威胁谁,或者预告什么不祥的事似的。很久以前,楼上曾起过一次火,以后就没有人住在那儿。窗子钉上木条,地板上放着一些长方的木料,中间夹杂着空酒瓶。现在风在那儿呼呼作响,好像有个什么人在跑,脚底下绊着那些木料似的。

楼下有一半地方供小饭铺用,另一半住着捷烈霍夫一家人,所以每逢饭铺里有过路的人喝醉了酒吵闹,另外的房间里就可以听见所有的话,一个字也不漏。玛特威住在紧挨着厨房的一个房间里,那儿有一个大炉子,当初开驿店的时候,每天用这炉子烤面包。达淑特卡没有自己的房间,就住在这个房间的火炉后面。那儿到了晚上,总有一只蟋蟀唧唧地叫,有些老鼠跑来跑去。

玛特威点上蜡烛,看一本从车站的宪兵那儿拿来的书。他坐下看书的时候,祷告已经结束,大家都躺下睡了。达淑特卡也躺下了。她立刻打起鼾来,可是不久就醒了,打着哈欠说:

"你,玛特威叔叔,不要没事点蜡烛。"

"这是我的蜡烛,"玛特威回答说,"这是我用自己的钱买来的。"

达淑特卡稍稍翻了翻身,又睡着了。玛特威又坐了很久,他不想睡觉。他看完最后一页,就从箱子里拿出一管铅笔,在书上写道:"我,玛特威·捷烈霍夫,读毕此书,认为此书乃我所读诸书中最嘉(佳)之一本,为此谨向该真(珍)贵之书之主人铁路局宪兵下士库兹玛·尼古拉·菇科夫顺致谢义(意)。"他认为在别人的书上写这类题词是在尽礼貌上的责任。

二

报喜节那天,等邮车开过去以后,玛特威就在食堂里坐下,喝着加柠檬的茶,开口讲话。

食堂掌柜和宪兵菇科夫听他讲话。

"我得告诉你们,"玛特威叙述道,"我从年幼的时候起就坚信宗教了。我刚十二岁就在教堂里念《使徒行传》,我的父母得到很大的安慰。每年夏天我都跟已经去世的母亲去朝拜圣地。人家的孩子往往唱歌或者捉虾,我却跟母亲一块儿赶路。长辈们夸奖我,我自己也为这种安分守己感到愉快。后来我母亲把我送进工厂,我做完工就在那儿的唱诗班里唱男高音,再快活也没有了。当然,我既不喝酒,也不抽烟,更不近女色;可是大家知道,这样的生活方式是人类的敌人①所不喜欢的,他,这个该死的东西,打算毁掉我,就把我的头脑弄得迷迷糊糊,如同现在我的堂兄一样。先是我起过誓,每到星期一就不吃荤腥,别的日子也不吃肉。随着日子一天天地过去,我想出了种种古怪的花样。大斋的头一个星期,到星期六为止,神甫规定吃干粮,不过做工的人和身子弱的人哪怕喝茶也可以;我呢,直到星期日为止,连一点儿面包也没有进过口,然后,整个大斋期间我不许自己吃一丁点牛油,逢星期三和星期五压根儿就不吃东西。就是在小斋期间也是这样。在彼得节前的斋戒期②,我们厂的工人往往吃鲈鱼汤,可是我躲开他们,在一旁啃面包干。当然,各人的力量是不同的,不过关于我自己,我可以这样说:持斋的日子我并不觉得难受,甚至越认真就越好受。大斋期间,只有起初几天想吃东西,后来也就习惯了,越来越感到轻松,熬到一个星期干脆就没事了,只是腿有点发麻,仿佛不是在走路,而是在腾云驾雾似的。此外,我又为赎罪而受种种的苦:半夜里起床叩头,把很重的石头从一个地方搬到另一个地方,光着脚在雪地上走路,甚至戴上了镣铐。后来,经过一段时期以后,有一次我到一个神甫那儿去忏悔,忽然心头产生了这样的想法:这个神甫一定结了婚,在斋日吃荤,吸烟,那他怎么能听取我的忏悔呢?如果他犯的罪比我还多,那他有什么权力宽恕我的罪呢?我连葵花子油都不吃,而他恐怕鲟鱼也吃吧。我就到另一个神甫那儿去,而这个神

---

① 指魔鬼。
② 彼得节是基督教节日,斋期在俄国旧历6月底。

甫呢,偏偏长得满身是肉,穿着绸法衣,走起路来窸窸窣窣地响,像个女人似的,而且他身上也有烟草的气味。我就到修道院去斋戒祈祷,在那儿我的心也不踏实,老觉得那些修士不守清规。这以后我就再也找不到合我心意的祈祷仪式了,有的地方仪式举行得太快,有的地方赞美诗唱得不对头,有的地方诵经士吐字不清,瓮声瓮气。……求主饶恕我这个罪人吧,我站在教堂里,我的心却往往气得发抖。这还怎么能祷告呢?我觉得教堂里的人在胸前画十字的样子不对劲,也不好好听讲道。不管瞧见谁,我都觉得他酗酒,在斋日吃荤,吸烟,好色,只有我才照着十诫生活。狡猾的魔鬼没有睡觉,它越干越欢。我不再在唱诗班里唱歌,而且根本不到教堂去了,我是这样理解我自己的:我是遵守教规的人,而教堂却不完善,不适合我去,也就是说,我像堕落的天使那样自命不凡,狂妄得不得了。这以后,我就忙于布置自己的教堂。我在离城很远靠近墓园的地方一个耳聋的女市民家里租下一个小房间,把它布置成祈祷室,就像我哥哥所做的那样,只是我那儿还有一些烛台和一个真正的手提香炉。我在这个祈祷室里奉行神圣的阿索斯山的教规,也就是说每天做晨祷一定要从午夜开始,在特别隆重的十二个大节日的前夕,晚祷要做十个钟头,有的时候甚至十二个钟头。修士们读赞美诗和念经的时候,按照教规是可以坐着的,可是我有心比修士们更虔诚些,往往一直站到底。我念经和唱歌声音总是拖得很长,眼睛里含着泪水,长吁短叹,举起双手。我做完祷告,不去睡觉,马上就做工,而且做工的时候仍旧不住地祷告。这样一来,全城都传开了:玛特威是个圣徒,玛特威治好许多病人和疯子。当然,我什么人也没治好过;可是大家知道,一有异端邪说出现,女人们总要着魔,简直像苍蝇见了蜜。各式各样的女人和老处女都到我这儿来了,对我叩头,吻我的手,嚷着说我是圣徒,等等,有个女人甚至看见我的头上有光轮。祈祷室渐渐挤不下人,我就租了一个大一点的房间。我们闹得乌烟瘴气。魔鬼完全把我抓住,用它那可恶的蹄子挡住我的眼睛,弄得我看不到亮光。我们都像是发了狂。我念经,那些女人和老处女唱歌,就这样念啊唱啊,很久不吃东西,也不喝水,一连站上一天一夜,或者还要长久些。忽然,她们开始发抖,好像害了热病,随后一个女人大叫一声,另一个也叫起来。真是可怕!我也浑身发抖,好比煎锅上的犹太人,自己也不知道是什么缘故,随后我们的腿跳动起来。真的,怪极了:你本心不想动,可是腿不住地跳,胳膊前后摆动。接着,大家就喊啊,叫啊,不住地跳啊,这个追逐那个,跑来跑去,直到跌倒为止。就这样,在发疯般的迷了心窍的状态中,我搞出淫乱的事来了。"

宪兵笑起来,可是发现别人都没有笑,就变得严肃了,说:

"这是莫罗勘教派①的做法。我在书上读到过,高加索的人们都是这样。"

"可是我总算没有给雷劈死,"玛特威面对神像,在胸前画了个十字,微微动了动嘴唇,接着说,"大概我去世的母亲在那个世界里为我祈祷来着。后来,全城的人都敬重我,把我看作圣徒,就连上流人家的老爷和太太也悄悄地到我这儿来寻求安慰;可是有一天,我到我们工厂老板奥西普·瓦尔拉梅奇家里去请求宽恕(那天是请求宽恕的节日),他就关上房门,扣上门扣,只剩下我们两人,脸对着脸。他开始教训我。我得对你们说明一下,奥西普·瓦尔拉梅奇没有受过教育,然而是个很有头脑的人,大家都尊敬他,怕他,因为他过着严格的、合乎神意的生活,干活勤快。他当过本城的头儿,在教堂里当过二十来年的主事,做过许多好事。他给整条新莫斯科街铺上碎石子,粉刷过大教堂,把圆柱漆得像是用孔

---

① 产生于18世纪60年代从罗斯正教会分离出来的一个教派,主张取消教会和祭司,反对举行仪式,提倡"自我修道",在家祈祷。

雀石做的。就这样,他关上门,开口说话了:'我老早就想找你谈一谈,你这没出息的家伙。……你以为你是圣徒吗?'他说,'不,你不是什么圣徒,而是叛教者,邪教徒,坏蛋!……'他说了又说。……我没法向你们讲清他都说了些什么,反正说得头头是道,合情合理,跟写在书本上的一样,而且说得十分动人。他说了大约两个钟头。他那些话说到我心里去,我的眼睛睁开了。我听啊听的,哭了起来! 他说:'你得做个平常的人,像大家那样吃喝、穿衣服、祷告才是,那些超出常情的行为,都是魔鬼作祟。你的镣铐,'他说,'是魔鬼给你戴上的,你那种持斋是魔鬼出的主意,你那个祈祷室是魔鬼让你布置的。这全是骄傲在作怪。'第二天是大斋的第一个星期一,上帝叫我害了病。我受了内伤,他们就把我送到医院去。我难过极了,不住地痛哭,发抖。我以为自己就要从医院直奔地狱,我差点死掉。我在病床上苦恼地躺了半年,出院以后头一件事就是正正经经去忏悔,领圣餐,重新做人。奥西普·瓦尔拉梅奇准我辞工回家,开导我说:'要记住,玛特威,凡是超出常情的事,都是魔鬼让你干的。'现在呢,我跟大家一样吃喝,跟大家一样祷告了。……要是现在一个神甫身上有烟味或者酒味,我就不敢责难他了,因为神甫毕竟也是平常人啊。只要人家一说城里或者乡下出了一个圣徒,一连几个星期不吃东西,自己定出种种教规,我就明白这是谁干出来的。这就是我一生的历史,诸位先生。现在我也像奥西普·瓦尔拉梅奇一样老是开导我的哥哥和妹妹,责备他们,可是结果我的话成了旷野里的呼声,落空了。上帝没有赐给我这种本领。"

玛特威的这一番话显然没有给人留下什么印象。谢尔盖·尼卡诺雷奇什么话也没有说,动手收拾柜台上的凉菜,宪兵讲起玛特威的哥哥亚科甫·伊凡内奇多么有钱。

"他手里至少有三万。"他说。

宪兵茹科夫长着棕红的头发，满脸是肉（他走路的时候，两颊总是不住地颤动），身体健康，保养得很好。每逢上司不在场，他照例懒散地坐着，一条腿搭在另一条腿上。他讲起话来老是摇晃身子，嘴里满不在乎地吹着口哨，在这种时候他的脸上就有一种自得其乐的满足神情，仿佛刚刚吃饱饭似的。他有钱，一向带着行家的神情谈到钱。他干捐客的行当，谁要卖田产、马匹，或者旧马车，谁就去找他。

"是啊，恐怕总有三万，"谢尔盖·尼卡诺雷奇同意道，"您祖父有很大的家业，"他对玛特威说，"大得很！他死后都传给您父亲和您伯父了。您父亲是在年轻的时候去世的，他死后您伯父就把钱都拿了去，后来就传给亚科甫·伊凡内奇了。您跟您母亲一块儿去朝拜圣地的时候，后来您在工厂里唱男高音的时候，人家趁您不在可没有闲着呀。"

"在您的名下应该有一万五，"宪兵说，摇晃着身子，"所以你们那个小饭铺是你们俩共有的，钱也是共有的。是啊。换了我，我早就去打官司了。我一定到法院里去告状，等到案子开审，我就一拳头把他那张丑脸打出血来。……"

大家都不喜欢亚科甫·伊凡内奇，因为不管什么人，只要他信仰宗教的方式跟大家不一样，那就甚至会惹得对宗教不感兴趣的人也觉得不愉快。宪兵不喜欢他，还因为他也卖马匹和旧马车。

"您不愿意跟您的哥哥打官司，是因为您自己就有很多钱，"食堂掌柜对玛特威说，羡慕地瞧着他，"一个人有了钱就好，而我呢，多半却要在眼下这种情况下死掉。……"

玛特威开始声明他根本就没有钱，可是谢尔盖·尼卡诺雷奇不再听他讲话了。对往事的回忆，每天遭到的耻辱的回忆，一齐涌上他的心头。他的秃顶冒出汗来，脸孔涨得通红，眼睛开始眨巴起来。

"该死的生活!"他烦恼地说,把一根腊肠往地板上一摔。

三

据说驿店是远在亚历山大一世①的时代由一个寡妇开设的,她带着她的儿子住在此地。她的姓名是阿芙多嘉·捷烈霍娃。当初,凡是乘驿车路过此地的人,特别是在月光皎洁的夜间,看见这个搭着顶棚的黑院子和经常关紧的大门,就会生出烦闷和没来由的不安感觉,仿佛这个院子里住着魔法师或者强盗似的。每一次驿车驶过以后,赶车的总要回过头去看一眼,催着马快走。人们不乐意在这儿过夜,因为女东家一向不和气,而且敲过路人的竹杠。哪怕在夏天,院子里也泥泞不堪;有几只大肥猪躺在这儿的泥泞里。那些由女东家贩卖的马不拴起来,就这样走来走去,那些马由于烦闷无聊,常常跑出院子,像发了疯似的在大道上奔驰,吓坏了朝拜圣地的女人。那时候,这一带很热闹,往往有长串的货车经过,发生过各种事故,例如三十年前有几个赶车工人一时性起,打起架来,打死一个过路的商人,至今离这个院子半俄里路远的地方还立着一个歪斜的十字架。带铃铛的三套马驿车和老爷们沉重的轿式马车常从这里路过,一群群牛羊经过这里,就大声叫着,扬起滚滚的烟尘。

等到铁路修通,这地方起初不过是个小站,称作会让站罢了,后来,过了十年才修起现在这个普罗贡纳亚车站。旧驿道上的活动差不多停止了,只有当地的地主和农民才坐着车子走那条路,春秋两季工人们也成群地走那条路。驿店变成了小饭铺,上面的一层楼烧坏了,房顶的铁皮锈得发黄,天棚渐渐塌下来,可是院子里

---

① 俄国沙皇,在位时期是自1801年起到1825年止。

仍旧有些惹人讨厌的粉红色大肥猪在泥地里打滚。如同从前一样,偶尔院子里跑出来一些马,翘起尾巴,发疯般地在大道上飞奔。饭铺里卖茶叶、干草、燕麦、面粉,也卖白酒和啤酒,既供堂饮,也可外卖。酒是提心吊胆地卖出去的,因为他们从没领到过执照。

一般说来捷烈霍夫一家人素来以笃信宗教闻名,甚至因此得了个外号,叫拜神人家。可是,也许因为他们像熊似的离群索居,躲开人们,用自己的头脑领悟一切;因此他们喜好幻想,喜好在宗教信仰方面变动不定,几乎每一代都按特别的方式信仰宗教。开设驿店的祖母阿芙多嘉是旧教派信徒,而她的一个儿子和两个孙子(玛特威的父亲和亚科甫的父亲)却出入东正教的教堂,在家里招待教士们,在新神像面前就跟在旧神像面前一样虔诚地膜拜。她的儿子到老年不吃肉,硬叫自己忍受不开口讲话的考验,认为一切谈话都是犯罪。她的孙子另有特点,他们不是简单地理解《圣经》,而是经常在那里面寻找隐藏的含义,硬说每个神圣的字眼都包含着一点什么奥秘。阿芙多嘉的曾孙玛特威从小就被种种幻想缠住,差点给毁了。她的另一个曾孙亚科甫·伊凡内奇是个东正教徒,可是自从他妻子死后,他就突然不再到教堂去,而在家里祈祷了。他的妹妹阿格拉雅学他的样,也走入歧途,她不但自己不到教堂去,而且也不准达淑特卡去。有人还说,阿格拉雅在年轻的时候常到韦杰尼亚皮诺村去找鞭身派①教徒,至今暗中还是鞭身派,因此她戴白色头巾。

亚科甫·伊凡内奇比玛特威大十岁。他是个很漂亮的老人,高身量,蓄着一大把几乎齐腰的白胡子,两道浓眉给他的脸添上一种严厉的以至凶恶的神情。他穿一件上等呢料做的长外衣或者一

---

① 旧俄的一种神秘论的教派,认为人能同"圣灵"直接交往,不需要神职人员作中介。

件用罗曼诺夫羊①皮缝制的黑色短袄,总是极力装束得干净而体面。哪怕在干燥的天气,他也穿着雨鞋。他不到教堂去,是因为依他看来,教堂没有准确地执行规章,因为教士在不合规定的时间喝酒,吸烟。他每天在家里跟阿格拉雅一块儿念经,唱诗。在韦杰尼亚皮诺村,人们在晨祷的时候根本不念赞美诗,而且即使在大节日也不做晚祷;可是他在家里总是把每天该念的东西统统念完,念得不慌不忙,连一行也不放过,碰到空闲的时候则大声念圣徒传记。在日常生活中,他严格遵守教规,例如,在大斋期间,如果按照教规,"为了守夜"可以在某天饮酒,那么他即使不想喝酒,也必定喝一点。

他念经,唱歌,摇炉散香,持斋,不是为了求得上帝的某种恩惠,而是为了保持生活秩序。人活着不能没有信仰,而信仰必须一年年,一天天,按一定的秩序正确地表现出来,好让人每天早晨和傍晚向上帝述说适合于此日此时说的话,表达恰当、适时的思想。人必须生活,因而他们的祷告必须使上帝满意,他们每天所念所唱的只能是那些让上帝满意的东西,也就是教规所规定的东西,例如《约翰福音》第一章只能在复活节那天念,从复活节起到耶稣升天节②不能唱《这最适宜》,等等。亚科甫·伊凡内奇在祈祷的时候由于体会到这种秩序和它的重要性而感到很大的满足。每逢他迫不得已,必须破坏这种秩序,例如进城办货或者到银行去,他的良心就会痛苦,他就会感到难过。

他的堂弟玛特威出人意外地从工厂回来,在小饭铺里像在家里一样住下以后,一开头就把这种秩序给破坏了。他不肯一块儿祈祷,不按时吃饭喝茶,起床很迟,星期三和星期五喝牛奶,理由似

---

① 19世纪在俄国雅罗斯拉夫尔省培育出的一种羊,用这种羊皮做成的皮袄质轻而保暖。

② 基督教纪念耶稣"升天"的节日,教会规定复活节后第40日为此节。

乎是身子弱。几乎每天一到祈祷的时候,他就走到祈祷室去,叫道:"明白过来吧,哥哥!忏悔吧,哥哥!"亚科甫·伊凡内奇听到这话就冒火,阿格拉雅也忍不住骂起来。要不然,在晚上,玛特威悄悄地溜进祈祷室,低声说:"哥哥,你们的祈祷不会使上帝满意的。因为经上说:先去同弟兄和好,然后来献礼物①。你呢,放钱生利,做酒生意。忏悔吧!"

亚科甫把玛特威的话只看作那些无聊的懒汉惯用的遁词,他们说什么要爱别人,要跟弟兄和睦相处等等,无非是为了借此可以不祷告,不持斋,不念圣书罢了。他们轻蔑地谈到发财和利润,也只是因为他们不爱劳动罢了。要知道,做个穷人,不积钱,不省钱,倒比做阔人轻松得多哩。

可是他仍旧心烦,再也不能像往常那样祈祷了。他刚走进祈祷室,翻开书本,就开始担心他弟弟会一下子走进来,碍他的事。果然,玛特威不久就来了,用发颤的声调说:"明白过来吧,哥哥!忏悔吧,哥哥!"亚科甫的妹妹骂他,亚科甫也发脾气,大声嚷道:"从我家里滚出去!"那一个却回答他说:"这房子是我们共有的。"

亚科甫重新开始念经,唱歌,可是他再也定不下心来,不知不觉地忽然对着书本沉思默想起来。虽然他认为他弟弟的话毫无道理,可是不知什么缘故,近来连他也想到富人很难进入天国,想起前年他很合算地买过一匹偷来的马,想起他的妻子还在世的时候,有一天,有个酒徒在他的饭铺里喝了酒就死掉了。……

现在他夜里总是睡不好,很惊醒,听见玛特威也没睡着,不住地叹气,想念他那瓷砖厂。夜里亚科甫不住地翻身,常常想起那匹偷来的马,想起那个酒徒,想起福音书上关于骆驼的那句话②。

---

① 见《圣经·马太福音》第 5 章第 24 节。
② 见《圣经·马太福音》第 19 章第 24 节:"骆驼穿过针的眼比财主进神的国还容易呢!"

看来,他那耽于幻想的毛病又开始了。好像故意捣乱似的,尽管这时候已经是三月末,可是天天都下雪,树林像冬天那样飒飒响,使得人没法相信春天总有一天会来到。这种天气弄得人心里烦闷,想吵架,相互憎恨。到晚上,风在天花板上边呜呜地响,似乎空着的楼上住着什么人,这当儿,各种幻想就渐渐在他的头脑里涌现,他的脑袋发热,就毫无睡意了。

四

受难周[①]星期一的早晨,玛特威在自己的房间里听见达淑特卡对阿格拉雅说:

"玛特威叔叔有一天说过,用不着持斋。"

玛特威想起前一天晚上跟达淑特卡讲过的一番话,忽然生气了。

"姑娘,别胡说!"他用呻吟的声调说,像害了病似的,"不持斋是不行的,连我们的主也持过四十天的斋呢。我只对你说过:坏人就是持斋也没有什么好处。"

"你去听信那些工人的话好了,他们才会教你干好事呢,"阿格拉雅一面擦地板,一面讥诮地说(她平日照例要擦地板,在这种时候她总要对大家发脾气),"谁都知道工厂里持斋是怎么回事。你去问问他,问问你叔叔,他那个'宝贝儿'是怎么回事,他怎么跟她,跟那条毒蛇,一块儿在持斋的日子大喝牛奶。他只顾开导别人,倒把那条毒蛇给忘了。你去问问他:他把他的钱送给谁了,送给谁了?"

有一件事,像个不干净的创伤似的,玛特威总是小心地瞒住大

[①] 基督教节日,复活节前的一周。

家,那就是在他生活中那段时期,在一些老太婆和少女跟他一起在祈祷中蹦蹦跳跳,跑来跑去的时候,他跟一个女市民发生了关系,她给他生下一个孩子。他动身回家的时候,把他在工厂里积下的钱统统给了那个女人,他的路费还是在房东那儿拿的,如今他身边一共只有几个卢布用来买茶叶和蜡烛。那个"宝贝儿"后来通知他说孩子死了,在信上问他该怎样处置那笔钱。这封信是由一个工人从火车站带回来的,被阿格拉雅截住,看过,这以后她就天天用那个"宝贝儿"来责难他。

"这是闹着玩的吗,九百卢布呐!"阿格拉雅接着说,"把九百卢布一股脑儿送给一条不相干的毒蛇,送给一头工厂里的母马,你真该死啊!"她说,压不住胸中的怒火,尖着嗓子叫道,"你不说话?我恨不得把你撕得粉碎才好,可恶的东西!九百卢布就那么白扔了,像一个小铜钱似的!你原该存起来,记在达淑特卡的名下才是,她究竟是自己人,不是外人嘛,要不然就拿到别列夫那儿去送给玛丽雅那些不幸的孤儿也好。你那条毒蛇怎么会没有死掉,巴不得叫她遭三次诅咒才好,女鬼,叫她永远看不见阳光才好!"

亚科甫·伊凡内奇叫她一声,这时候该开始祈祷了。她就洗干净手,戴上白色头巾,走进祈祷室去找她所爱的哥哥,这当儿她已经变得文静安分了。每逢她跟玛特威讲话,或者在饭铺里给农民们端茶,她总是个消瘦干瘪、目光尖利、凶狠的老太婆,可是一到祈祷室里,她的脸就变得纯洁温顺,不知怎的,她整个模样好像显得年轻了,她装腔作势地行屈膝礼,甚至把嘴唇努成心的形状。

亚科甫·伊凡内奇开始小声念经,音调悲凉,他在大斋期间总是这样念的。他念一会儿,停下来,感受一下整所房子里的宁静气氛,随后又念下去,感到心满意足。他交叉着双手,做出祈求的样子,转动眼珠、摇晃脑袋,长吁短叹。可是忽然传来了说话声。宪兵和谢尔盖·尼卡诺雷奇到玛特威这儿做客来了。家里有外人,亚科甫·伊凡内奇念经和唱歌就觉得拘束。现在他听见说话声，就把念经的音调放低，放慢。在祈祷室里可以听见食堂掌柜说：

"谢波沃村那个鞑靼人准备把他的店出盘，要价一千五。可以现在给他五百，余下的立字据。那么，玛特威·瓦西里奇，请您放心，借给我五百卢布吧。我出一个月两分的利息。"

"我哪儿有钱！"玛特威惊愕地说，"我哪儿有钱啊！"

"一个月两分的利息，这在您等于是天赐的一样，"宪兵解释道，"您那些钱闲放着，无非是叫蛀虫吃掉，再也不会有什么别的结果。"

后来客人们走了，紧跟着是寂静。可是亚科甫·伊凡内奇刚刚开始重新念经和唱歌，房门外面却传来了说话声：

"哥哥，让我用一匹马，我要到韦杰尼亚皮诺村去一趟！"

说话的人是玛特威。亚科甫的心情就又不平静了。

"您用哪匹马？"他想一想，问道，"工人要用那匹枣红马去运猪，我呢，做完祈祷以后要用那匹小马到舒捷依基诺村走一趟。"

"哥哥，为什么您能用马，我就不行？"玛特威生气地问道。

"因为我不是去闲逛，而是去办正事。"

"我们的家产是我们共有的，那么，马也是我们共有的，您应当明白这一点，哥哥。"

紧跟着是沉默。亚科甫没有祷告，等着玛特威从房门那儿走开。

"哥哥，"玛特威说，"我是个病人，我不要这份家业，去它的吧，您拿去就是；不过您至少也该给我一小部分，供我养病用。您给了我，我就搬走了。"

亚科甫没有开口。他很想跟玛特威分居，然而他没法给玛特威钱，因为所有的钱都用在生意上了。再者，捷烈霍夫这个家族历来还没有过兄弟分家的例子。分家无异于破产。

亚科甫沉默着,一直在等玛特威走掉,并且一直望着他的妹妹,生怕她插嘴,又像上午那样相骂起来。最后玛特威总算走了,他就继续念经,可是已经没有兴致了。他老是叩头,因此脑袋发沉,眼睛发黑,听着自己那种平稳悲凉的声调也觉得乏味。他夜间这样灰心丧气,他总是解释作睡不着觉的缘故,可是在白天,这种灰心丧气却使他害怕,他开始觉得好像有些魔鬼骑在他的脑袋和肩膀上。

他好歹做完祈祷,心里不满意,一肚子气,坐上雪橇到舒捷依基诺村去了。去年秋天,有些挖土工人在普罗贡纳亚车站附近挖一条划分地界的深沟,在小饭铺里吃喝,花掉十八个卢布,现在必须到舒捷依基诺村去找他们的包工头,向他要这笔钱。由于天气转暖,又下过一场暴风雪,道路受到破坏,颜色发黑,坑坑洼洼,有的地方塌了下去。两边的雪层已经下陷,比路面都低,因此他像是沿着一条狭窄的路堤赶路,迎面有雪橇过来就很难让路。天空从早晨起阴云密布,刮着潮湿的风。……

迎面有一长串雪橇来了,那是村妇们在运砖。亚科甫不得不离开大道,他的马就走进齐它肚子深的雪地里。他这辆雪橇往右边倾斜,他怕自己跌下去,就往左边歪,照这样一直坐到那一长串雪橇慢慢驶过去为止。他在风声中听见那些雪橇吱吱嘎嘎地响,那些瘦马呼呼地吐气,听见村妇们在说他:"拜神的人来了。"有一个女人怜惜地瞧着他的马,很快地说:

"看样子,这雪在叶果里节①前化不了。这些马苦死了!"

亚科甫坐得不舒服,歪着身子,被风吹得眯细眼睛,眼前不住地晃过那些马和红砖。也许因为他坐得不舒服,腰酸,他忽然心烦起来,觉得现在坐车去办的那件事显得不重要了,心里想明天派个

---

① 纪念殉教徒叶果里的节日,在俄历4月23日。

工人到舒捷依基诺去一趟算了。不知什么缘故,就像昨天那个无眠的夜晚那样,他又想起那句关于骆驼的话,随后各种往事涌进他的头脑,他时而想起卖那匹偷来的马的农民,时而想起那个酒徒,时而想起那些拿着茶炊到他这儿来押钱的村妇。当然,每个商人都想极力多赚些钱,可是亚科甫却因为自己是生意人而感到厌倦,巴不得到一个什么地方去远远地躲开这种行当才好,他想到今天他还得做晚祷就觉得气闷。风直吹到他脸上来,飕飕响地灌进他的衣领,仿佛他这些想法都是风从白皑皑的辽阔田野上带来,低声讲给他听的。……亚科甫眼望着这片从小就熟悉的田野,回想当初他年纪还轻,种种幻想涌上他的心头,他的信仰发生动摇的时候,也有过这样不安的心情和这一类想法。

他孤零零地待在田野上觉得害怕,就拨转马头,悄悄地跟着那一长串雪橇驶去,那些村妇就笑起来,说:

"拜神的人往回走了。"

这天持斋,家里没有做菜,也没有烧茶炊,因此白昼显得很长。亚科甫·伊凡内奇早就把马牵到马棚里,派人把面粉送到火车站去,有两次开始念赞美诗,可是这时候离傍晚还很远。阿格拉雅已经擦完所有的地板,闲着没有事做,就收拾她那口箱子,箱盖的里面贴满酒瓶上的商标纸。玛特威饿着肚子,神情忧郁,坐在那儿看书,要不然就走到荷兰式壁炉跟前,久久地打量那些使他联想到工厂的瓷砖。达淑特卡在睡觉,后来醒了,就牵着牲口去饮水。她从井里打水,井绳断了,水桶就掉进水里。雇工去找钓竿,好把水桶钩上来,达淑特卡光着两只像鹅掌那么红的脚,跟着他在泥泞的雪地上走,嘴里念叨着:"那儿可远了!"她的意思是想说水井太深,钓竿够不着水桶,可是雇工没有听懂她的话,而且显然讨厌她,因为他忽然回转身来,骂她一句难听的话。这时候亚科甫·伊凡内奇正巧走到院子里来,听见达淑特卡像放连珠炮似的回了一长串不堪入耳的骂人话,像这种话她只能是在小饭铺里从喝醉酒的农民那儿学来的。

"你说什么,不要脸的丫头?"他对她叫了一声,甚至吓坏了,"你说的是什么话?"

她茫然瞧着她的父亲,呆住了,不明白为什么不能说这种话。他想教训她一顿,可是他觉得她是那么粗野,那么愚昧;她在他家里生活了这许多年,直到现在他才第一次想到她没有任何信仰。而且,这种在树林里、在雪地里、跟喝醉酒的农民在一起、骂声不绝的生活,依他看来跟这个姑娘一样粗野和愚昧,于是他没有教训她,光是挥一下手,就走回房间去了。

这时候宪兵和谢尔盖·尼卡诺雷奇又来找玛特威。亚科甫·伊凡内奇想起这些人也没有任何信仰,而这并没有使他们感到不安。他开始觉得这种生活古怪,荒唐,黑暗,跟狗的生活一样。他没有戴帽子,在院子里走来走去,然后走出大门,来到大路上,捏紧拳头向前走去。这时候天下着鹅毛大雪,他的胡子迎风飘动,他不住地摇晃脑袋,因为有个什么东西压着他的头和肩膀,好像有些魔鬼骑在那上面似的。他觉得走路的不是他,而是一头野兽,一头巨大而狰狞的野兽,如果他大喊起来,他的声音就会像是吼叫,响遍整个旷野和树林,吓坏所有的人。……

五

他回到家里,宪兵已经不在,不过食堂掌柜还坐在玛特威的房间里,打着算盘计算什么。这个人从前就常到小饭铺里来,几乎天天都来。从前他来找亚科甫·伊凡内奇,最近他来找玛特威了。他不住地打算盘,同时脸色紧张,满头大汗,他要么借钱,要么摩挲着络腮胡子,讲起从前他在第一流火车站上怎样给军官们调制克吕尚酒①,在隆重的宴会上亲自给客人们舀鲟鱼汤。在这个世界上,除了食堂以外他对任什么东西也不感兴趣,他只会谈吃食、餐具、酒。有一回,他给一个正在喂婴儿吃奶的年轻女人端茶去,想对她说一句好听的话,就开口道:

"母亲的胸脯是娃娃的食堂。"

他在玛特威的房间里打着算盘,开口借钱,说他再也不能在普罗贡纳亚车站生活下去了。他反反复复说了好几次,听他那声调仿佛要哭一场似的:

"可是我到哪儿去啊?请问,我现在能到哪儿去啊?"

后来玛特威走到厨房,拿起一个大概昨天藏起来的煮熟的土豆,开始剥皮。四下里静悄悄的,亚科甫·伊凡内奇以为食堂掌柜已经走了。这时候已经过了做晚祷的时候。于是他叫来阿格拉雅,心想家里没有外人,就无拘无束地大声唱起来。他唱歌,念经,可是心里却说着另外的话:"主啊,饶恕我!主啊,拯救我!"他接连叩头,中间也不歇一歇,仿佛要弄得自己疲乏似的。他不住地摇头,弄得阿格拉雅吃惊地瞧着他。他生怕玛特威走进来,而且断定他会走进来,就对他生出反感,无论是祷告还是不断地叩头都没法克制这种反感。

玛特威悄悄推开门,走进祈祷室里来了。

"罪过,什么样的罪过啊!"他叹了口气,责备说,"忏悔吧!醒悟过来吧,哥哥!"

亚科甫·伊凡内奇捏紧拳头,不看他,免得动手打他,然后赶快从祈祷室里走出去。他跟昨天在大路上一样,感到自己像一头巨大而狰狞的野兽。他穿过前堂,走进一个灰色而肮脏的、弥漫着雾气和烟子的房间,通常农民们就是在那儿喝茶的。他在那儿从

---

① 一种将白葡萄酒和朗姆酒或白兰地酒混合并添加新鲜水果、糖调制而成的。

这个墙角到那个墙角来回走了很久,下脚很重,弄得架子上的碗盏叮当响,桌子摇摇晃晃。他已经明白,他不满意自己的信仰,不能再像以前那样祷告了。必须忏悔,必须清醒过来,明白过来,换一个样子生活和祷告才行。可是该怎样祷告呢?也许这一切都只是魔鬼在作怪,根本就不必要?……该怎么办呢?怎样做才对呢?谁能教导他?多么孤立啊!他停住脚,抱住头,开始思索,可是玛特威就在近处,这妨碍他平心静气地考虑问题。他就赶快走回房间去。

玛特威坐在厨房里,面前放着一个装土豆的碗,他正在吃土豆。在旁边,靠近火炉的地方,阿格拉雅和达淑特卡面对面坐着缠线。在火炉和玛特威坐在那儿吃土豆的桌子中间,搁着一块熨衣板,上面放着一个凉熨斗。

"好姐姐,"玛特威央求说,"让我吃点油吧!"

"这种日子谁能吃油?"阿格拉雅问道。

"我不是修士,而是俗人,好姐姐。我身子弱,漫说是油,就是牛奶,我也可以吃的。"

"是啊,在你们那个工厂里,什么都行。"

阿格拉雅从架子上取下一瓶葵花子油,气冲冲地砰的一声放在玛特威面前,幸灾乐祸地微笑着,想到他是一个大罪人,显然很满意。

"我跟你说,你不能吃油!"亚科甫叫道。

阿格拉雅和达淑特卡打了个哆嗦。玛特威仿佛没听见似的,往碗里倒了油,接着吃土豆。

"我跟你说,你不能吃油!"亚科甫脸孔涨得通红,叫得更响了,他忽然抓住那个碗,把它举过头顶,用尽气力往下一砸,弄得碎片飞了起来。"不准你说话!"他用狂暴的声音说,其实玛特威根本就没开口。"不准你说!"他又说一遍,用拳头搥桌子。

玛特威脸发白,站起来。

"哥哥!"他说,继续嚼着土豆,"哥哥,清醒过来吧!"

"马上从我家里滚出去!"亚科甫叫道,他厌恶玛特威那张布满皱纹的脸、他的说话声、他胡子上的碎屑、他嘴里嚼着的东西,"滚出去,我跟你说!"

"哥哥,您平平火气吧!魔鬼的骄傲把您的心窍迷住了!"

"闭嘴!"亚科甫顿着脚说,"出去,魔鬼!"

"老实告诉您,"玛特威接着大声说,也开始生气了,"您是叛教者,邪教徒。该死的魔鬼迷住了您的眼睛,叫您看不见真正的光明。您的祷告不会使上帝高兴的。趁现在还不迟,您忏悔吧!罪人可是不得好死的!忏悔吧,哥哥!"

亚科甫抓住他的肩膀,把他从桌子旁边拉开。玛特威脸色越发苍白,他吓坏了,心慌意乱,喃喃地说:"怎么回事?怎么回事?"他挣扎着,极力想挣脱亚科甫的手,无意间抓住他脖子边的衬衫,把衣领撕破了。阿格拉雅以为他要打亚科甫,就大叫一声,拿起那个装油的瓶,使尽气力照准她所痛恨的弟弟的头顶砸下去。玛特威身子摇摇晃晃,他的脸一刹那间变得平静而淡漠。亚科甫呼呼地喘气,心情激动,听见那个砸在头上的油瓶像活东西似的咔嚓一响,不由得心里高兴。他扶住玛特威,不让他倒下去,有好几次(这他记得很清楚)对阿格拉雅指指那个熨斗。直到血从他手上流下来,达淑特卡放声痛哭,直到那块熨衣板砰的一声掉下地,玛特威沉重地倒在那块板上,亚科甫才不再感到愤恨,明白发生了什么事。

"叫他咽了气才好,工厂里的畜生!"阿格拉雅厌恶地说,没有放开手里的熨斗,那块溅上血的白头巾从她的肩膀滑下地,她的白头发披散开来,"他活该!"

一切都可怕。达淑特卡坐在炉子旁边的地板上,手里拿着线,呜呜地哭着,不住地躬身弯腰,每一次弯腰喉咙里就发出"唉,唉"的声音。可是对亚科甫说来,再也没有一样东西比那个泡在血里的熟土豆更可怕,他不敢伸出脚去踩它。另外还有一件可怕的事像噩梦似的压着他,显得极其危险,而且起初他无论如何也明白不过来。那就是门口站着食堂掌柜谢尔盖·尼卡诺雷奇,手里拿着算盘,脸色十分苍白,害怕地瞧着厨房里发生的事。直到他扭转身,快步走进前堂,从那儿走出门外,亚科甫才明白他是谁,就跟踪追出去。

他一面走一面用雪擦干净手,心里寻思着。他一下子想起他家里的雇工已经请假回家,到村子里去过夜,早就走了。昨天他家里杀过一头猪,雪地上和雪橇上有大块的血污,就连井架的一边也溅上了血;因此,如果现在亚科甫一家人身上都有血迹,也不会引起别人的怀疑。遮盖这个凶杀案是痛苦的,然而不久宪兵就会从火车站走来,吹着口哨,现出讥诮的笑容;农民们也会到这儿来,捆紧亚科甫和阿格拉雅的手,得意扬扬地把他们押到乡公所,从那儿再押往城里,一路上大家会对他们指指点点,高兴地说:"把拜神人家押走了!"——这一切,亚科甫觉得比任何事都使他痛苦,他一心想好歹把时间拖延一下,免得现在就经历这种耻辱,留到将来再说。

"我可以借给您一千卢布……"他追上谢尔盖·尼卡诺雷奇,说,"要是您把这件事张扬出去,那不会得到什么好处……反正人死了不会复活。"他说,几乎跟不上食堂掌柜的脚步,食堂掌柜头也不回,极力加紧脚步往前走。亚科甫接着说:"我可以给您一千五。……"

他停住脚,因为喘不过气来了,而谢尔盖·尼卡诺雷奇仍旧很快地往前走,大概怕他们把他也杀死。一直到走过铁道的道口,走完从道口到火车站的那条马路的一半,他才匆匆回头看一眼,脚步

413

放慢了。火车站上,铁路线上,已经点起红色和绿色灯火。风停了,可是鹅毛大雪还在下,大路又变白了。不过,等到谢尔盖·尼卡诺雷奇快要走到火车站了,他却停住脚,沉思一会儿,坚决地转身往回走。这时候天黑下来了。

"请您给我一千五,亚科甫·伊凡内奇,"他小声说,周身发抖,"我同意。"

六

亚科甫·伊凡内奇的钱存在本城的银行里,投资在再抵押放款上。他在家里留下的钱不多,只供必要的周转用。他走进厨房,摸到装火柴的白铁盒。火柴上的硫黄燃烧起来,借着蓝色的光,他一眼看清了玛特威,死者照旧躺在桌旁的地板上,可是身上已经盖好一块白被单,只露出他的靴子。一只蟋蟀在唧唧地叫。阿格拉雅和达淑特卡不在房间里,她俩正坐在茶室里柜台旁边默默地缠线。亚科甫·伊凡内奇拿着一盏小灯走回自己的房间,从床底下拉出一口小箱子,其中装着日常开支用的钱。这一回,箱子里一共有四百二十一个卢布的小钞票和三十五个银卢布。钞票冒出不好闻的浓重气味。亚科甫·伊凡内奇把钱装在帽子里,进入院子,然后走出大门外。他一面走一面往两边张望,可是食堂掌柜不在。

"喂!"亚科甫叫一声。

从道口的拦木那儿走出一个乌黑的人影,迟疑不决地往他这边走过来。

"为什么您四处乱走?"亚科甫认出食堂掌柜,恼火地说,"给您:这儿差不多有五百卢布。……家里没有多的了。"

"好……多谢多谢,"谢尔盖·尼卡诺雷奇贪婪地抓住钱,塞进衣袋,喃喃地说,他周身发抖,尽管天黑,这却是一眼就看得出来的,"您,亚科甫·伊凡内奇,管自放心。……我何苦去张扬呢?我跟这件事不相干,我来过一趟,后来就走了。俗话说得好,啥也不知道,啥也没瞧见……"他说,接着叹口气,补充一句,"这该死的生活啊!"

他们默默无言地站了一会儿,谁也不看谁。

"您为了点小事,上帝才知道是怎么搞的……"食堂掌柜说,身子发抖,"我本来坐在那儿,算我的账,忽然听见吵闹声。……我往房门里一看,您正为了斋期用的油……如今他在哪儿?"

"躺在厨房里。"

"您得把他搬到别处去。……还有什么可等的?"

亚科甫默默地把他送到火车站,然后走回家里,套上马,准备把玛特威送到里玛罗沃去。他决定把他送往里玛罗沃树林,丢在大路上,然后对大家说,玛特威到韦杰尼亚皮诺村去了,没有回来,于是大家就会认为他是在路上被人杀害的。他知道这骗不了谁,可是活动一下,做点事,忙忙碌碌,总不像坐在这儿干等着那么难受。他把达淑特卡叫来,跟她一块儿把玛特威运走。阿格拉雅留下来收拾厨房。

亚科甫和达淑特卡回来的时候,道口的拦木放下来了,他们只好停住。一长列货车由两个火车头拉着,开过来,沉重地吐气,从炉膛里喷出一股股紫红色的火焰。前面的火车头在道口那儿看见火车站,就发出刺耳的尖叫声。

"拉汽笛了……"达淑特卡说。

最后,这列火车开了过去,看守人不慌不忙地把拦木升起来。

"是你吗,亚科甫·伊凡内奇?"他说,"我没认出来,那你要发财了。"

后来,他们回到家里,该睡觉了,阿格拉雅和达淑特卡就在茶室里地板上并排躺下,亚科甫躺在柜台上。他们睡下以前,没有向

415

上帝祷告,也没有点亮神像前面的灯。三个人都睡不着,一直熬到天明,可是一句话也没说,通宵觉得上面那个空楼里似乎有人在走动。

过了两天,从城里来了区警察局局长和一个侦查官,先在玛特威的房间里,后来在整个小饭铺里搜查一遍。他们先审问亚科甫,亚科甫供述,玛特威在星期一傍晚到韦杰尼亚皮诺村去受圣餐,在路上大概被那些眼前在铁路线上做工的锯木工人打死了。侦查官问他:为什么玛特威躺在大路上,而他的帽子却留在家里,难道他会不戴帽子到韦杰尼亚皮诺村去?为什么他的头给人砸破,他脸上和胸前满是乌黑的血迹;而大路上,他身旁的雪地上,却连一滴血也没有?亚科甫心慌意乱,茫然失措,回答说:

"不知道,老爷。"

亚科甫非常害怕的一件事终于发生了:宪兵来了。本村的警察在祈祷室里不住地吸烟,阿格拉雅对他破口大骂,而且把区警察局局长也骂一顿。后来,亚科甫和阿格拉雅从院子里被押出去,农民们挤在大门口,说:"拜神的人给押走了!"大家似乎挺高兴。

在审讯中,宪兵直截了当地指出:亚科甫和阿格拉雅杀害玛特威为的是不把家产分给他;玛特威自己有钱,如果没有搜到这笔钱,那显然是被他们吞没了。达淑特卡也受到审问。她说玛特威叔叔和阿格拉雅姑姑为了钱天天相骂,几乎打起来,叔叔有钱,因为他甚至送过他的一个什么"宝贝儿"九百卢布。

达淑特卡独自留在小饭铺里。现在再也没有人来喝茶或者喝酒了。她时而收拾房间,时而喝蜂蜜,吃小面包圈。可是过了几天,道口看守人受审,他说星期一深夜看见亚科甫和达淑特卡一道从里玛罗沃来。达淑特卡就也被捕,押进城去,下了狱。不久又从阿格拉雅的供词里弄明白,行凶的时候谢尔盖·尼卡诺雷奇也在场;于是,他的家被搜查一遍,在一个不平常的地方,在火炉底下的一双毡靴里,找到了那笔钱,都是些一卢布的小票子,共三百张。他起誓说这些钱是他做生意赚来的,又说他有一年多没到小饭铺里去了,可是证人们供称,他穷,近来非常缺钱,每天都到小饭铺去向玛特威借钱。宪兵说,发生命案的那天,他自己就跟食堂掌柜到小饭铺里去过两次,帮他去借钱。大家连带想起来,谢尔盖·尼卡诺雷奇星期一傍晚没有在车站接一列客货混合列车,不知到什么地方去了。于是他也被捕,给押进城去了。

过了十一个月,法院开庭公审。

亚科甫·伊凡内奇老多了,也瘦多了,讲起话来声音很低,跟病人一样。他觉得自己衰弱,可怜,比别人低一头,看来,由于他在监狱里一刻不停地感到良心的痛苦,受到幻想的折磨,他的灵魂也像肉体那样苍老、憔悴了。当问题涉及他平日不去教堂的时候,审判长问他:

"您是分裂派①教徒吗?"

"不知道,老爷。"他回答说。

他已经没有任何信仰,什么也不知道,什么也不理解,现在,他觉得往日的信仰可憎,不合理,愚蠢了。阿格拉雅一点也没有驯顺,仍旧痛骂故去的玛特威,把所有的不幸都归咎于他。谢尔盖·尼卡诺雷奇脸上,原来长络腮胡子的地方如今长起一把大胡子。他在法庭上出汗,脸红,由于身上穿着灰色囚衣并且跟普通的农民同坐在一条长凳上而觉得难为情。他笨拙地为自己辩护,为了要证明他有整整一年没到小饭铺去而跟每个证人吵架,旁听的人都笑他。达淑特卡在监狱里发胖了。在法庭上她听不懂法官问她的话,光是说玛特威叔叔被打死的时候,她害怕得很,不过后来也就

---

① 分裂派,即旧礼仪派,从俄罗斯正教中分裂出来的教派,不接受17世纪教会的改革,反对并敌视官方的俄罗斯正教会。

没有什么了。

四个人都被判定犯了图财害命罪。亚科甫·伊凡内奇被判处服苦役二十年,阿格拉雅十三年半,谢尔盖·尼卡诺雷奇十年,达淑特卡六年。

七

一天,夜色很深了,一条外国轮船在萨哈林岛①杜艾锚地停下来,需要上煤。人们请求船长等到天亮再上,可是他一个钟头也不愿意等,说如果夜里天气变坏,他就要冒不上煤就把船开走的风险。在鞑靼海峡,天气能在半个钟头里大变,遇到那种时候,库页岛的海岸就变得很危险。天已经在变了,海上已经掀起了大浪。

督军监狱是库页岛最丑陋、最阴森的一座监狱,这时候,有一伙犯人从这座监狱里出来,给押到煤矿场上去。他们得把煤装上驳船,再由汽艇用曳索把驳船拖到离海岸半俄里以外停泊的轮船旁边,然后动手卸煤——这是一种劳苦的工作,因为驳船不住地撞着轮船,犯人由于晕船而几乎站不稳。苦役犯刚从床上让人叫起来,昏昏沉沉,顺着海岸走去,在黑地里跌跌撞撞,镣铐哗啷哗啷地响。左边隐约可以看见一道又高又陡的岸坡,样子非常阴森。右边是浓重的、伸手不见五指的黑暗,海洋就在这团黑暗中呻吟,发出悠长而单调的声音:"啊——啊——啊——啊——",只有在狱吏点燃烟斗,一瞬间照亮持枪的押解兵和两三个最靠近的、脸容粗鲁的犯人的时候,或者狱吏拿着提灯走近水边的时候,才可以看清前边海浪白花花的峰尖。

亚科甫·伊凡内奇就在这批犯人中间,他因为胡子长而在苦

---

① 即库页岛,在西伯利亚东边,是俄国苦役犯服刑的地方。

役犯当中得了个外号,叫"笤帚"。他的本名和父名早已没有人叫了,大家简单地叫他亚什卡。他在这儿的境况很糟,因为他到这个服苦役的地方住了三个月以后,感到一种强烈的、无法克制的欲望,一心要回家乡去,他经不住这种诱惑,逃跑了,可是很快就给人捉住,被判终身苦役,并且挨了四十鞭子。后来他又有两次挨打,因为他失掉了公家发下的囚衣,其实两次都是被人偷去的。他思念家乡是从他被押到敖德萨去的路上,囚犯列车半夜在普罗贡纳亚火车站停下的时候开始的。那当儿,他用脸贴着窗子,极力要看见他的故居,可是在黑暗中什么也没有看见。

他找不到一个人可以谈谈他的家乡。他的妹妹阿格拉雅被发配到西伯利亚去服苦役刑了,如今她在哪儿,不得而知。达淑特卡住在库页岛上,可是被指定跟一个移民流刑犯一起住在遥远的村落里,他得不到她的任何消息。只有一次,有个移民流刑犯关进督军监狱来,对亚科甫讲起达淑特卡已经有三个孩子了。谢尔盖·尼卡诺雷奇在此地一个文官家里做仆人,住得不远,就在杜艾,可是亚科甫·伊凡内奇并不指望跟他见面,因为他认为跟平民身份的苦役犯相识是丢脸的。

这批人来到煤场,分布在码头上。据说用不着装煤了,因为天气越来越坏,轮船像要准备驶走了。这时候可以看见三处灯光。其中一处在移动,那是一艘驶向轮船的汽艇,此刻,它似乎在往回驶,来通知他们要不要干活。由于秋天的寒意和海水的潮气,亚科甫·伊凡内奇身子发抖,就把他那件很短的破皮袄裹一裹紧,凝神朝他家乡的那个方向望,眼睛也不眨一下。自从他跟那些从四面八方被驱逐到这儿来的人——俄罗斯人、乌克兰人、鞑靼人、格鲁吉亚人、中国人、芬兰人、茨冈人、犹太人等,同住在一个监狱里,自从他倾听他们的谈话,看到他们的苦难以后,他又开始皈依上帝,觉得自己终于认清真正的信仰了,而这个信仰,正是他一家人,从奶奶阿芙多嘉起,就十分渴望,寻求很久,却没有找到的。他已经什么都知道了,他明白上帝在哪儿,应该怎样侍奉他,只有一件事不明白,那就是为什么人们的命运这样不同,为什么这个信仰别人毫不费力就从上帝那儿连同生命一齐得来了,而他却要付出这样高昂的代价,弄得他只要想到,直到他死为止,这种种恐怖和苦难显然一刻也不会间断,他的胳膊和腿就像醉汉那样索索地抖起来。他紧张地凝望着黑暗,觉得好像透过几千俄里的黑暗看见了他的家乡,看见他出生的省,他的普罗贡纳亚县,看见那儿的黑暗、野蛮、残酷,以及那些不再跟他往来的人麻木的、严峻的、兽性的冷漠。他的目光由于泪水而模糊了,可是他仍旧瞧着远方,那儿微微闪着轮船上苍白的灯光。他思念家乡,把心都想痛了,他一心想生活,想回到家乡去,在那儿谈谈他的新信仰,一心想把人们从灭亡中救出来,哪怕只救出一个也好,一心想没有痛苦地生活下去,哪怕只活一天也好。

汽艇到了,狱吏大声宣布说:用不着装煤了。

"向后转!"他下命令,"立正!"

人们听见轮船起锚了。刺骨的大风刮起来,陡岸的顶上有些树木吱嘎吱嘎地响。大概要起风暴了。

阿莉阿德娜

一条轮船从敖德萨开到塞瓦斯托波尔去,甲板上有一位相当漂亮的先生,留一把小小的圆胡子,走到我跟前借火点烟,说:

"请您注意坐在操舵室旁边的那些日耳曼人。日耳曼人或者英国人碰到一块儿,总是谈羊毛的行情,谈庄稼的收成,谈自己的私事;可是我们俄国人碰到一块儿,不知什么缘故,总是只谈女人和高尚的题目。不过主要的是谈女人。"

这位先生的脸我已经熟悉了。昨天,我们乘同一班火车从国外回来。在沃洛奇斯克,海关检查行李的时候,我看见他跟他的旅伴,一位太太,站在一块儿,面前放着一大堆装满女人衣服的皮箱和提篮。海关要他为一件女人的旧绸衣付税,把他搞得很窘,垂头丧气;而他的旅伴则提出抗议,威胁说要告到某人那儿去。后来在去敖德萨的路上,我看见他时而拿着馅饼,时而拿着橙子,送到妇女车厢去。

天气有点潮湿,船微微摇晃,女人们都回到自己船舱去了。那位留着小圆胡子的先生挨着我坐下,接着说:

"是啊,俄国人碰到一块儿,总是只谈高尚的题目和女人。我们学识那么高深,我们那么了不起,所以我们发表的意见一概是真理,我们所讨论的只能是高级的问题。俄国的演员不会嬉皮笑脸,在轻松喜剧里他演得深沉。我们也是这样,即便谈的是小事,也必得用高深的观点谈。这是缺乏勇气、真诚、质朴的缘故。我们之所以常常谈女人,我觉得,是因为我们不满意。我们用过于理想的眼光看待女人,我们提出的要求远远超出了现实所能给予的,我们得到的根本不是我们所希望得到的,结果就心怀不满,希望破灭,内心痛苦。谁要是为什么事痛苦,谁就老是谈这件事。我照这样讲下去,您不觉得厌烦吗?"

"不,一点也不厌烦。"

"既是这样,那就容我介绍自己,"我的同伴说,微微欠起身子,"我叫伊凡·伊里奇·沙莫兴,好歹算是个莫斯科的地主。……您呢,我是知道得很清楚的。"

他坐下来,亲切诚恳地瞧着我的脸,接着说:

"像玛克斯·诺尔道①那样的二流哲学家会把这种经常议论女人的谈话解释作色情狂,或者解释作我们是农奴主,等等。我呢,对这种事的看法却不一样。我要再说一遍:我们不满意,是因为我们是理想主义者。我们希望生养我们以及我们子女的人比我们高尚,比世上的一切都高明。我们年轻的时候,美化和崇拜我们钟情的人,在我们心目中,爱情和幸福是同义词。在我们俄国,没有爱情的婚姻是被人看不起的,肉欲是可笑的,而且惹人憎恶,凡是把女人写得美丽、富于诗意、崇高的长篇小说和中篇小说总是获得最大的成功。如果俄国人从来就欣赏拉斐尔②的圣母像,或者热衷于妇女解放,那么我向您担保,这里头没有什么弄虚作假的地方。然而糟糕的是:我们刚跟一个女人结婚或者同居,过不到两三年,就会感到失望,上当。我们就另外跟别的女人同居,结果呢,又是失望,又是悲愤,最后终于相信女人都虚伪,浅薄,爱虚荣,不公

---

① 玛克斯·诺尔道(1849—1924),玛克斯·齐德费尔德的笔名,德国政论家,文学家和医学博士,认为一切都处在退化的过程中。——俄文本编者注
② 拉斐尔(1483—1520),意大利文艺复兴盛期画家。

正,没有头脑,残忍。一句话,她们非但不比我们高尚,甚至不知比我们低劣多少。于是我们这些不满意、受了骗的人没有别的办法,只好发牢骚,讲那些弄得我们大上其当的事情。"

沙莫兴讲话的时候,我看出,俄国的语言和俄国的环境给予他很大的乐趣。这大概是因为他在国外的时候十分思念祖国。他称赞俄国人,认为他们有难能可贵的理想主义,不过他并没有说外国人的坏话,这倒使人对他发生好感。我还看出他心里不平静,与其说想谈女人,不如说想谈他自己,我免不了要听到一个类似忏悔的长故事了。

果然,等我们要来一瓶葡萄酒,各自喝下一杯以后,他就开口了:

"我记得在韦利特曼①的一个中篇小说里有一个人物说:'原来事情是这样的啊!'另一个人就回答他说:'这不是事情本身,只是事情的引子罢了。'同样,直到现在我所讲的那些话也只是个引子,实际上我要跟您讲的是我最近的恋爱故事。对不起,我还要问一句:您听着不觉得厌烦吗?"

我说不厌烦,他就接着说:

"事情发生在莫斯科省北部一个县里。我应当告诉您,那儿的风景美极了。我们的庄园坐落在一条湍急的河流的高岸上,恰好处在所谓急流地段,那儿河水昼夜不停地哗哗响。您不妨想象一下:一个古老的大花园,一些悦目的花圃,一个养蜂场,一个菜园,下面是一条河,岸边是枝叶繁茂的柳林,每逢柳枝上披着大颗露珠,它的颜色就有点发暗,仿佛变成灰色了。河对岸是一片草场,过了草场是一个高冈,那上面长着一片可怕的黑松林。树林里的松乳菇多得数不清,树林深处生活着一些驼鹿。即使我死掉,装

---

① 韦利特曼(1800—1870),俄国作家,他的观点接近斯拉夫派。

在棺材里,我好像也会梦见那些阳光耀眼的清晨,或者那些美妙的春季傍晚,在那种时候,夜莺和长脚秧鸡在花园里和花园外啼鸣,村子里传来手风琴的声音,家里有人在弹钢琴,河水哗哗响,一句话,像这样的音乐声弄得人又想哭,又想大声唱歌。我们耕地不多,然而草场弥补了这个缺陷,草场同树林每年能给我们带来将近两千的进款。我是父亲的独生子,我们两个都是俭朴的人,这笔钱再加上我父亲的养老金,完全够我们用的了。我在大学毕业以后,头三年是在乡下度过的。我管理产业,老是巴望着当选,参加地方自治局的工作,不过主要的是我热烈地爱上一个异常美丽而迷人的姑娘。她是我的邻居,地主柯特洛维奇的妹妹。这是个破落的地主家庭,庄园里有凤梨,有出色的桃树,有避雷针,院子中央有喷泉,可是身上却一个小钱也没有。柯特洛维奇什么事也不做,而且也不会做。他那样儿软绵绵的,仿佛是由焖萝卜做的。他用顺势疗法①给农民看病,热衷于招魂术②。不过,他这个人倒是文质彬彬,温和,不愚蠢的;然而我对这类跟鬼魂交谈而且用催眠术医治村妇的先生并无好感。第一,凡是智力弱的人,他们的概念总是混乱的,跟他们谈话非常困难;第二,他们照例不爱什么人,不跟女人共同生活,这种神秘性对敏感的人产生不愉快的印象。他的外貌我也不喜欢。他长得又高又胖,皮肤白,脑袋小,眼睛又小又亮,手指头白而肥。他不是跟您握手,而是揉搓您的手。他老是赔礼道歉。他要一样东西对人说一声'对不起',给人什么东西,也要说一声'对不起'。讲到他的妹妹,那却是个完全不同的人。我得告诉您,我童年和少年时跟柯特洛维奇一家人不认识,因为当初我父亲在某地做教授,我们在内地住了很久,临到我跟他们相识,这个

---

① 18世纪末德国医师哈涅曼创立的一种医疗学派,用极微量能使健康身体得某种病的药医治该病。
② 一种迷信活动:把死人的灵魂招来,与活人通信息。

姑娘已经二十二岁，早已在贵族女子中学毕业，在莫斯科她那有钱的姑母家里住过两三年，她姑母带着她走进社交场所。我跟她相识，头一次跟她谈话的时候，首先使我暗暗吃惊的是她那少见的、美丽的名字——阿莉阿德娜。这个名字跟她多么相配！她是个头发金黄色的姑娘，长得很瘦，身材十分苗条，灵活，匀称，姿态非常优美，五官秀气，极其高雅。她的眼睛也炯炯有光，不过她哥哥的目光缺乏热情，却又甜得腻人，像水果糖似的；她的目光则闪着美丽而骄傲的青春光芒。从我们相识的头一天起，她就把我征服了，而且也不能不是这样。最初的印象是那么强烈，直到现在我还忘不了当时的情景，我仍旧认为：大自然在创造这个姑娘的时候先有一种宽广而惊人的构思。阿莉阿德娜的嗓音，她的步态、帽子，以至她在河边钓鲍鱼而在沙滩上留下的脚印，都引起我欢乐的心情和对生活的热望。我根据她美丽的相貌和美丽的体态判断她的精神素质。阿莉阿德娜的每句话，每个笑容，都叫我赞叹，招我喜欢，使我推测她有高尚的灵魂。她亲切，健谈，快活，对人直爽，对上帝怀有诗意的信仰，对于死亡的想法也带有诗意。她的精神品质具有丰富的色彩，就连她的缺点都因而添上特殊的、可爱的性质。比方说，她要一匹新马而又没有钱买——那又有什么了不得的？可以拿个什么东西去卖掉或者当掉，如果管家起誓说没有什么东西可卖或者可当，那么，不妨把侧屋的铁皮房顶拆下来，卖给工厂，要不然就在农忙季节把干活的马赶到市集上去，三钱不当两钱地卖掉。这些没法遏制的愿望有时候弄得整个庄园里的人毫无办法，然而她把这类愿望表达得那么优雅，到头来大家只好原谅她，容让她，仿佛她是个女神或者恺撒的妻子似的。我的爱情是动人的，不久大家就看出来了，我的父亲也好，邻居们也好，农民们也好，全知道了。大家都同情我。有的时候我请工人们喝酒，他们总是对我鞠躬，说：

"'求主保佑您娶上柯特洛维奇家的小姐。'

"阿莉阿德娜本人也知道我爱她。她常常骑着马或者坐着一辆轻便的双轮马车到我们家里来,有的时候成天价跟我和我父亲待在一块儿。她跟我的老人处得很好,他甚至教她骑自行车,这是他所喜爱的娱乐。我记得有一天傍晚,他们准备骑车出去,我就把她扶上车,这时候她的模样那么好看,我觉得我的手一碰到她就发烫,我兴奋得浑身发颤。等到他们两个,老人和她,姿态优美地并排骑着车顺着大路走去,管家正巧骑着一头黑马迎面而来,那头马就急忙让路,我觉得它所以让路,是因为它也被她的美丽震惊了。我的热爱,我的崇拜,感动了阿莉阿德娜,使得她心软下来,她热切地巴望自己也像我这么入迷,也用爱情回报我。要知道,这是那么富于诗意啊!

"然而要像我这样真正爱一个人,她是办不到的,因为她冷漠,已经十足地学坏了。她身子里有个魔鬼,它昼夜不停地小声对她说:她迷人,她千娇百媚。她究竟为了什么目的生到这个世界上来,究竟为了什么目的被赋予生命,她并不明确地知道,不过每逢她想到未来,却总是把自己想象成一个大富大贵的人,常常幻想舞会,幻想坐车兜风,幻想仆人穿着号衣,幻想豪华的客厅,幻想自己主持的沙龙,幻想一大帮伯爵、公爵、公使、著名的画家和演员,幻想这些人都爱慕她,赞叹她的美丽和打扮。……这种对于权势和个人成功的渴望,这种老是朝着同一个方向进行的思想活动往往使人变得冷心肠,阿莉阿德娜不管是对我也好,对风景也好,对音乐也好,一概是冷淡的。可是岁月如流,使者却始终没有出现,阿莉阿德娜仍旧住在她那热衷于招魂术的哥哥家里,景况越来越坏,她已经没有钱添置衣服和帽子,只好千方百计掩盖她的贫穷了。

"说来也真不走运,当初她在莫斯科住在姑母家里的时候,曾有一个玛克土耶夫公爵向她求过婚,这是个家财豪富然而毫不中用的人。她一口回绝了。可是现在,她的心有时却受到悔恨的煎熬:当时何必回绝呢。如同我们的农民带着憎恶的心情吹掉克瓦斯①面上浮着的蟑螂,可是仍旧把克瓦斯喝下去一样,她一想起那个公爵也不由得憎恶地皱起眉头,可是仍旧对我说:

"'不管您怎么说吧,爵位含有无法形容的东西,迷人的东西。……'

"她梦想爵位,梦想荣华富贵,然而同时又不愿意放过我。不管人怎样盼望使者,可是人的心毕竟不是石头,往往会惋惜自己的青春。阿莉阿德娜极力要恋爱,做出爱我的样子,甚至发誓说她确实爱我。然而我是一个神经质的、敏感的人;我被人爱着的时候,哪怕隔得很远,没有保证和发誓,我也觉得出来。我立刻觉得有一股冷气向我吹来,当她对我诉说爱情的时候,我总觉得像是听一只金属做的夜莺在唱歌。阿莉阿德娜自己也感到感情不足,心里烦恼,我不止一次地看见她在哭。可是,有一回,您再也想象不到,她忽然使劲搂住我,吻我。这是一天傍晚在河边发生的。我从她的眼睛看出她并不爱我,她搂住我纯粹出于好奇,想考验自己一下,看这会有什么结果。我心里害怕。我拉住她的手,绝望地说:

"'这种缺乏爱情的亲热使得我痛苦!'

"'您真是个……怪人!'她烦恼地说,走开了。

"很可能,过上两三年,我就跟她结婚,这件事就此了结了,可是命运偏偏用另一种方式来处理我们的恋情。事情是这样的:在我们中间出现了一个新的人物。阿莉阿德娜的哥哥有个大学同学米哈依尔·伊凡内奇·鲁勃科夫到他们家来做客。这是个可爱的人,车夫和听差谈到他总是说:'有趣儿的老爷!'他中等身材,清瘦,秃顶,脸容像个和善的有钱人,并不漂亮,然而仪表优雅,面色

---

① 俄国的一种清凉饮料。

苍白,硬唇髭修剪得整整齐齐,脖子上的皮肤像是鹅皮,布满小疙瘩,鼓出一个大喉结。他戴一副夹鼻眼镜,眼镜上拴一根很宽的黑带子,说话的时候吐字不清,例如把'吃'说成'知'。他老是兴致很高,什么事情在他看来都可笑,他在二十岁那年异常荒唐地结了婚,在莫斯科少女街附近得到两所作为他妻子陪嫁的房子。他就着手修缮,添造浴室。后来他彻底破产了,如今他的妻子和四个孩子住在东方旅馆里受穷,而他得供养他们,这在他看来是可笑的。他三十六岁,他妻子已经四十二岁,这也可笑。他母亲自以为是个贵族,是个妄自尊大、十分傲慢的人,看不起他的妻子,独自一人跟一大群狗和猫住在一起,他每月得单独给她七十五个卢布。他自己是个生活讲究的人,喜欢在斯拉维扬斯克市场①吃早饭,在隐庐饭店②吃中饭。他需要很多的钱,可是他叔叔每年只给他两千,这不够用,他就成天价在莫斯科奔波,正如通常所说的那样,跑得上气不接下气,找一个能够借到钱的地方——这也可笑。他到柯特洛维奇家来,用他的话来说,是为了离开家庭生活,到大自然的怀抱里来休息一下。每逢吃中饭,吃晚饭,散步,他总是对我们讲他的妻子,讲他的母亲,讲债主们,讲法院里的民事执行吏,讪笑他们。他也讪笑自己,一再声明他多亏有这种借钱的本事才交到许多可爱的朋友。他笑个没完,我们就跟着笑。有他在场,我们连消磨时间的方法也不一样了。我比较爱好安静的、所谓田园的乐趣,喜欢钓鱼、傍晚的散步、采菌;可是鲁勃科夫偏爱野餐、焰火、带着猎狗打猎。他往往一个星期里发起三次野餐,阿莉阿德娜就带着严肃而热心的脸色开出单子,写上牡蛎啦,香槟啦,糖果啦,打发我到莫斯科去买,至于我有没有钱,她当然不问。到野餐的时候,大家干杯,欢笑,他又兴致勃勃地讲他的妻子多么苍老,他母亲养着

---

①② 莫斯科的两家著名的饭店。

多么肥的狗,他的债主都是些多么可爱的人。……

"鲁勃科夫喜爱大自然,然而他把它看作一种早已熟悉的东西,同时实际上把它看得不知比自己低下多少,而且大自然之所以被创造出来也只是供他取乐而已。他往往在一片美景面前站住,说:'在这儿喝一阵茶倒不错!'有一回他看见阿莉阿德娜在远处打着伞走过,就朝她把头一扬,说:

"'她瘦,这倒中我的意。我不喜欢胖女人。'

"这话惹得我讨厌。我请求他在我面前不要这样谈论女人。他惊讶地瞧着我,说:

"'我喜欢瘦的而不喜欢胖的,这有什么不对呢?'

"我一句话也没回答他。后来,有一天,他心绪很好,微微带点醉意,说:

"'我发觉阿莉阿德娜·格里戈里耶芙娜喜欢您。我暗暗吃惊,您怎么还不把她弄上手呢。'

"这些话弄得我心里不自在。我一面发窘,一面对他说出我对爱情和女人的看法。

"'我不懂,'他说,叹一口气,'依我看来,女人就是女人,男人就是男人。就算阿莉阿德娜·格里戈里耶芙娜像您所说的那样富有诗意,那样高尚吧,然而这不等于说她有可能超脱于自然规律之外。您自己也看得出来,她已经到了需要丈夫或者情人的年龄。我尊敬女人不下于您,可是我认为,那种人所共知的关系并不排除诗意。诗意是一回事,情人又是一回事。这跟农业经营一样:大自然的美丽是一回事,树林和耕地上的收入又是一回事。'

"我和阿莉阿德娜钓鲍鱼的时候,鲁勃科夫就躺在那儿的沙滩上,拿我开玩笑,或者开导我应该怎样生活。

"'我觉得奇怪,先生,您怎么能活着而不搞点风流韵事!'他说,'您年轻,漂亮,招人喜欢。一句话,您是个非常好的男人,可是您生活得跟修士一样。唉,这些二十八岁的老头子啊!我比您差不多大十岁,可是我们两个人当中谁年轻些?阿莉阿德娜·格里戈里耶芙娜,谁?'

"'当然是您。'阿莉阿德娜回答他说。

"每逢他讨厌我们沉默不语,只注意浮子,他总是走开,回家去了,她就生气地瞧着我,说:

"'真的,您算不得男子汉,而是一团稀泥,求主原谅我这么说。男子汉应当入迷,发疯,犯错误,受苦!女人会原谅您的莽撞和无礼,可是女人永远也不会原谅您这种顾虑重重、瞻前顾后的德行。'

"她真的生气了,接着说:

"'为了得到成功,就得坚决而大胆。鲁勃科夫不如您漂亮,可是比您有趣味,而且总能获得女人的欢心,因为他不像您,他是个男子汉。……'

"在她的语调中甚至流露出冷酷无情的味道。有一天,吃晚饭的时候,她不是对着我讲话,而是泛泛地谈起:如果她是男人,她就不会待在乡下发霉,而会出外旅行,到冬天就住在国外,比方说,住在意大利。啊,意大利!这时候我父亲不自觉地往火里泼了油。他冗长地讲起意大利,讲到那儿多么好,风景多么秀丽,博物馆多么出色!阿莉阿德娜的心里忽然燃起到意大利去的愿望。她甚至用拳头捶着桌子,眼睛炯炯有光:非去不可!

"这以后他们每天都要谈起到意大利去游历多么好,啊,意大利!噢,意大利!每天都这样。每逢阿莉阿德娜回过头来看我,我总会从她冷冷的固执神情中看出,她已经在幻想里征服了意大利以及它的一切沙龙、外国的显贵、游客,要拦阻她已经不可能了。我劝她略为等一下,把这次旅行推迟一两年,可是她厌烦地皱起眉头,说:

"'您像老太婆那样瞻前顾后。'

"鲁勃科夫赞成旅行。他说这花钱很少,而且他也乐于到意大利去,在那儿可以避开家庭生活,休息一下。我呢,很抱歉,我的举动像中学生那么幼稚。倒不是出于嫉妒心,而是由于预感到有一种可怕的、不平常的事要发生,我老是尽我的力量不让他们俩待在一块儿。他们就捉弄我,比方说,我一走进房间,他们就装出刚接过吻的样子,等等。

"可是后来,有一天早晨,她那白白胖胖、热衷于招魂术的哥哥到我家里来了,表示想跟我单独谈一谈。他是个缺乏毅力的人,尽管受过教育,彬彬有礼;可是如果有一封别人的信放在他面前的桌子上,他就无论如何也忍不住,一定要拆开来看一看。现在,他在谈话当中就承认无意中看到鲁勃科夫写给阿莉阿德娜的一封信。

"'从这封信里我才知道她不久就要出国去了。亲爱的朋友,我十分焦急!求您看在上帝分上给我解释一下吧,我一点也不懂!'

"他说这话的时候,呼呼地喘气,吐出来的气直喷到我脸上,有一股炖牛肉的味道。

"'对不起,我把这封信的秘密泄露给您了,'他接着说,'不过您是阿莉阿德娜的朋友,她尊重您!或许您已经知道一些情况也未可知。她想出国,可是跟谁一块儿去呢?鲁勃科夫先生也打算跟她一块儿去。对不起,从鲁勃科夫先生那方面来说,这简直奇怪得很。他是结过婚的人,有儿女,可是又谈情说爱,在信上对阿莉阿德娜称呼"你"。对不起,这简直奇怪!'

"我心里发凉,手脚麻木,觉得胸膛里一阵刺痛,好像胸口嵌进一块三角形的石子。柯特洛维奇筋疲力尽地往圈椅上一坐,两条胳膊耷拉下来,像是两根鞭子。

"'我有什么办法呢?'我问。

"'开导她,说服她呀。……您想想看,跟她相比,鲁勃科夫算是个什么人物?莫非他配得上她?啊,上帝,这是多么可怕,多么可怕呀!'他抱住头,接着说,'原先有过那么出色的人物追求她,玛克土耶夫公爵啦,还有……还有别人。公爵十分爱她,就在上个星期三,他那去世的祖父伊拉里昂还毫不含糊地肯定说,阿莉阿德娜会做他的妻子。十分肯定!他祖父伊拉里昂已经死了,然而他是个聪明绝顶的人。我们每天都把他的灵魂招来。'

"在这次谈话以后,我通宵未睡,打算开枪自杀。早晨我一连写了五封信,都撕碎了,随后我到粮棚里去哭。后来我在我父亲那儿拿到钱,没有告辞就动身到高加索去了。

"当然,女人就是女人,男人就是男人,可是难道在我们这个时代,这种事如同在洪水灭世①以前那样简单吗?难道我,一个被赋予复杂的精神结构的文明人,还应该把我对女人的热烈爱慕仅仅用女人的肉体形态和我不同来加以解释吗?啊,要是那样的话,那是多么可怕啊!我倒认为,跟自然作斗争的人类的天才也跟肉体的爱斗争,把它看作敌人一样,即使没有战胜它,总也给它包上了一层同胞之情和爱情的网。至少对我来说,这已经不单纯是兽性的生理机能,如同狗或者蛤蟆那样,而是真正的爱情了,每一次的拥抱都充满纯洁的真挚的热情和对女人的尊敬。确实,对兽性本能的憎恶,若干世纪以来已经在几百代人当中养成,由我连同血肉继承下来,构成我身心的一部分。如果我赋予爱情以诗意,那么这在我们这个时代岂不是自然的,必要的,就跟我的耳郭不会动,我的身上不长毛一样吗?我认为大部分文明人都是这样想的,因

---

① 基督教《圣经》中关于上帝降洪水消灭世界活物的故事。据《创世记》载,上帝见当时人世罪恶弥漫,决心用洪水毁灭地上一切走兽、昆虫、飞鸟和人;唯命"义人"挪亚造方舟率全家避人。

为在当前这个时代,爱情之中缺乏精神的和诗意的成分是被人看作返祖现象而加以蔑视的,据说这是退化的征象,许多种精神病的症状。不错,我们在赋予爱情以诗意的时候,往往错以为我们心爱的人身上有一些他们往往没有的优点,这就成为我们不断犯错误和不断痛苦的源泉。不过依我看来,这样也好,就让它这样吧,与其用女人就是女人和男人就是男人的想法来安慰自己,还不如受苦的好。

"在梯弗里斯,我接到我父亲写来的一封信。他写道,阿莉阿德娜·格里戈里耶芙娜已经在某月某日动身出国,打算在那儿度过整个冬天。过了一个月,我回到家里。那已经是秋天。每个星期阿莉阿德娜都给我的父亲写信来,用的是喷香的信纸。那些信十分有趣,是用漂亮的文学语言写成的。我有这样一种看法:每个女人都能成为作家。阿莉阿德娜很详细地叙述她跟她的姑母没有吵翻而且向她要到一千卢布路费是多么不容易,她在莫斯科花了多长的时间寻找她的一个远亲,一位老太太,劝老太太陪她一起出国。过分的详细,就大有捏造的味道。当然,我心里明白,她压根儿就没有什么女旅伴。过不多久,我也接到了她的信,也是带有香味,笔调文雅。她写道,她惦记我,惦记我的美丽聪明而又充满热爱的眼睛,好意地责备我,说我在毁灭我的青春,说我本来可以像她那样生活在天堂里,棕榈树下,呼吸橙树的香气,却偏偏要在乡下发霉。她在信上写了这样的下款:'被您抛弃的阿莉阿德娜。'后来,过了两天,又来一封信,还是那一套,下款是'被您忘却的'。我脑袋发晕了。我热烈地爱她,每天晚上梦见她,她却说什么'被您抛弃的'、'被您忘却的',这是为什么?这是什么意思?此外,再加上乡间的寂寞、漫长的傍晚、那些关于鲁勃科夫的纠缠不清的想法。……这种不确定的局面折磨我,害得我昼夜不安,弄得人没法忍受。我忍不住,出国去了。

"阿莉阿德娜叫我到阿巴齐亚去。我是在一个晴朗温暖的白昼到达那儿的,恰巧刚下过一场雨,雨滴还挂在树上,留在阿莉阿德娜和鲁勃科夫居住的、样子颇像营房的大厢房①上。他们不在家。我到当地的公园去,在林荫道上溜达了一会儿,然后坐下来。有一位奥地利的将军走过我面前,手抄在背后,裤子上也缝着红镶条,跟我们的将军一样。一辆里面睡着婴儿的小车推了过去,车轮压着潮湿的沙地,发出吱吱的声响。又有一个害黄疸病的龙钟老人走过,接着是一群英国人,一个天主教教士,然后又是那位奥地利的将军。刚从阜姆来的军乐师们拿着发亮的喇叭,慢腾腾地向亭子走去。他们奏起乐来。您以前去过阿巴齐亚吗?那是一个斯拉夫人的肮脏的小城,只有一条街,冒出臭气,雨后不穿雨鞋就没法走路。关于这个人间天堂的情况我已经在信上读过很多,而且每一次都受到感动,因此后来每逢我卷起裤腿,小心地穿过那条狭窄的街道,由于闷得慌而向一个老太婆买几个不新鲜的梨,那个老太婆认出我是俄国人,就胡乱学着说几个俄国词,每逢我茫然问我自己,到底上哪儿去好,我在这儿有什么事可做,每逢我遇见俄国人像我这样受骗上当,——每逢这种时候,我总是感到烦恼和害臊。这儿有安静的海湾,海面上行驶着轮船和张着五颜六色布帆的木船,从此地可以看见阜姆和遥远的海岛被一层淡紫色的迷雾笼罩。要不是因为海湾的风景被一些建筑式样荒谬而庸俗的旅馆以及它们的厢房遮住(在这条绿色的海岸上已经由贪财的商人盖满了这种房屋),以致您在这个天堂里放眼望去,大部分地方除了窗子、露台、点缀着白色小桌和仆役的黑色礼服的小平台以外,什么也看不见——要不是这样,这个地方倒可以说是美景如画了。此地有一个公园,像这样的公园如今您在国外各疗养地都能找到。

---

① 原文为法语。

那片乌黑的、不动的、不出声的棕榈树,林荫道上黄澄澄的沙土,碧绿的长凳,轰鸣的军号的亮光,将军裤子上的红镶条,所有这些,不出十分钟就弄得人厌烦了。可是您为了某种缘故却不得不在这里住上十天,十个星期!每逢我无可奈何地游历这类疗养地,我就越来越相信这些吃饱喝足、家财豪富的人生活得多么不舒服和贫乏,他们的想象力是多么软弱无力,他们的趣味和愿望是多么庸俗。比他们幸福许多倍的却是另外一些老老少少的游客,他们没有钱在旅馆里住宿,能住在哪儿就住在哪儿,在高山顶上欣赏海景,在绿草地上躺着休息,光着两只脚走路,在近处观赏树林和乡村,观察当地的风俗,倾听当地的歌曲,爱上当地的女人。……

"我在公园里坐着,天黑下来了。我的阿莉阿德娜在暮色里出现了,风度优雅,穿得漂亮,像是一个公主。鲁勃科夫跟在她身后,穿一身肥大的新衣服,大概是在维也纳买的。

"'您生什么气呢?'他正在说,'我做了什么得罪您的事?'

"她看见我,高兴得叫起来,要不是因为在公园里,她一定会搂住我的脖子了。她笑着,使劲地握我的手。我也笑,而且激动得几乎流下泪来。她开始问话:乡下怎么样,我父亲好不好,我看见她哥哥没有,等等。她要求我看着她的眼睛,问我记不记得那些鲍鱼、我们的小口角、野餐。……

"'实际上,那些事是多么有意思啊,'她叹道,'不过我们在这儿过得也不乏味。我们交了许多朋友,我亲爱的,我的好人!明天我给您介绍本地的一个俄国家庭。只是,请您另外买一顶帽子才好,'她说,打量着我,皱起眉头,'阿巴齐亚可不是什么乡村,'她说,'在这儿得体面①。'

"后来我们走进一家饭馆。阿莉阿德娜老是笑,胡闹,叫我

---

① 原文为法语。

'亲爱的'、'好人'、'聪明人',仿佛她虽然亲眼看见我跟她在一块儿,却没法相信似的。我们照这样一直坐到十一点钟,分手的时候很满意这顿晚饭,彼此也很满意。第二天阿莉阿德娜把我介绍给一个俄国家庭:'这是一位名教授的儿子,我们是邻居,两家的庄园靠得很近。'她跟这家人只谈庄园和收成,同时老是要提到我。她想装成一个很阔绰的女地主,说真的,在这方面她装得倒也挺像。她举止得体,俨然是真正的贵族,不过话说回来,她祖上本来就是贵族。

"'可是我的舅母真要命!'她忽然说,瞧着我微笑,'我跟她拌了几句嘴,她就动身到美兰去了。真要命!'

"后来我跟她在公园里散步,我问她:

"'您刚才说的是哪一个舅母?哪儿来的这么一个舅母啊?'

"'这是临时应急的一句谎话,'她说,笑起来,'总不能让他们知道我没有一个女伴啊。'她沉默了一会儿,然后偎偎着我,说,'亲人,亲爱的,跟鲁勃科夫交个朋友吧!他非常不幸啊!他的母亲和妻子简直不像样儿。'

"她对鲁勃科夫称呼'您'。她去睡觉,对他也如同对我一样,说一声:'明天见。'他们两人分住在楼上和楼下,这就给了我希望,也许什么事也没有,他们之间根本没有什么暧昧关系吧。于是我跟他见面,心里就自在多了。有一天他向我借三百个卢布,我十分乐意地借给他了。

"我们每天玩乐,光是玩乐。我们时而在公园里散步,时而吃饭,时而喝酒。我们每天都跟那一家俄国人谈天。我渐渐习惯了这儿的生活:要是我走进公园,我就一定会遇见那个生黄疸病的老人、那个天主教教士和那位奥地利将军。那位将军随身带一叠小小的纸牌,只要有空地方,他就坐下来用纸牌占卦,急躁地耸动肩膀。音乐老是那一套。在家乡,每逢我在工作日跟伙伴们一块儿出去野餐或者钓鱼,我见到农民总是觉得难为情;同样,在这儿我见到仆役们、车夫们、路上遇到的工人们也觉得难为情。我老是觉得他们好像在瞧着我,暗想:'为什么你什么事也不做呢?'这种惭愧,我是每天从早到晚都感觉到的。这些日子过得古怪,不愉快,单调。也许只有在鲁勃科夫向我借一百或者五十个盾①的时候,生活才算有点变化,因为鲁勃科夫一有钱就活泼起来,如同有吗啡瘾的人打了吗啡针一样,开始大声嘲笑他的妻子,嘲笑他自己,或者嘲笑那些债主了。

"不过后来,天多雨,冷起来了。我们就动身到意大利去。我给我父亲打了个电报,要他看在上帝分上给我汇八百卢布到罗马。我们在威尼斯、波伦亚、佛罗伦萨②等地都逗留了一阵,在每个城里总是住在昂贵的旅馆里,在那种地方,不论点电灯,使唤仆役,生火,早餐吃面包,不在公共餐厅吃饭,都是要另外付钱的。我们吃得非常多。早晨,仆役给我们送来咖啡套餐③。一点钟吃午饭:肉、鱼、某种鸡蛋饼、干酪、水果、葡萄酒。六点钟进正餐,八道菜,每道菜都要等很久,这中间我们喝啤酒和葡萄酒。九点钟喝茶。将近午夜,阿莉阿德娜宣布她饿了,就要火腿和溏心鸡蛋。我们也陪着她吃。在各餐饭之间,我们抽空跑到博物馆去,或者去看画展,不过我们老是担心,怕误了午饭或者正餐。我站在那些画面前闷闷不乐,很想回家去躺一会儿。我累了,老是找椅子,假意学着别人的样说:'多么美啊!什么样的气氛!'我们像吃饱的蟒蛇那样只注意那些光彩夺目的东西。商店的橱窗把我们吸引住了,我们看中那些假的钻石别针,买下一大堆不必要的无聊东西。

"在罗马也是这样。那儿在下雨,刮冷风。吃完油腻的午饭

---

① 欧洲某些国家(荷兰、德国、奥地利)旧时金币(后改为银币)的名称。
② 这些城都在意大利。
③ 原文为法语,包括牛奶咖啡、面包和黄油。

以后,我们坐上车去参观圣彼得大教堂。由于我们吃得过饱,也许还由于天气坏,总之它没有给我们留下什么印象,我们互相责难对艺术太冷淡,几乎吵起来。

"我父亲的钱汇来了。我就去取钱,我记得那是在早晨。鲁勃科夫跟我一块儿去。

"'既然有过去,现在就不可能圆满而幸福了,'他说,'我的过去给我留下沉重的负担。不过呢,有了钱就没有多大关系,要不然可就糟了。……信不信由您,我身边只剩下八个法郎,'他放低声音,继续说,'可是我得给我的妻子汇一百去,给我的母亲也得汇这么多。再者,在这儿也得生活啊。阿莉阿德娜像个小孩子似的,不愿意设身处地替别人想一想,大把地花钱,就跟公爵夫人一样。昨天她何必买那个表呢?而且,您说说看,我们何必继续扮演这种道貌岸然的角色?要知道,她和我为了把我们的关系瞒住仆人和熟人,每天就得多花十个到十五个法郎,因为我得另住一个房间啊。这是何苦来呢?'

"那块尖石头回到我的胸膛里来了。疑团已经不存在,我一下子全明白了。我周身发凉,顿时做出决定:不要看见他们两人,躲开他们,马上动身回家去。……

"'跟女人发生关系是容易的,'鲁勃科夫接着说,'只要脱光她的衣服就行了,可是事后这成了多么大的累赘,多么无聊啊!'

"我取到钱,正在点数的时候,他说:

"'要是您不借给我一千法郎,那我就非完蛋不可。您这笔钱成了我唯一的生路了。'

"我给他钱,他立刻活跃起来,开始嘲笑他的叔叔,说他是个怪人,总是不能把自己的住址瞒过他的妻子。我回到旅馆里,收拾行李,付了旅馆费。剩下来要做的只有向阿莉阿德娜告别了。

"我就去敲她的房门。

"'进来①!'

"早晨,她的房间里凌乱得很;桌子上放着茶具,还有一个没吃完的小白面包和一个鸡蛋壳。香水的气味浓得叫人透不过气来。床上的被子还没有收拾,一眼就看得出来床上睡过两个人。阿莉阿德娜本人刚起床不久,现在穿一件法兰绒的短衫,头发也没有梳。

"我问过好,然后默默地坐了一会儿,这时候她极力把自己的头发理顺。我浑身发抖,问道:

"'为什么……为什么您写信要我到国外来?'

"她分明猜出我在想什么。她就拉着我的手,说:

"'我希望您到这儿来。您是这么纯洁!'

"我开始为我的激动和我的颤抖害臊。我担心自己会哭出声来!我再也没说一句话,就走出去了,过一个钟头我已经坐在火车上。一路上,不知为什么,我一直想象着阿莉阿德娜怀了孕,她惹得我讨厌。我在火车上和车站上瞧见的一切女人,依我看来,不知什么缘故,都像是怀了孕,显出一副丑态,同样惹得我讨厌。我所处的地位活像是一个贪婪而热衷的财迷突然发现他的全部金币都是假的。很久以来,我的幻想在爱情的温暖中珍藏着一些纯洁、优雅的形象,如今那些形象以及我的计划、我的希望、我的回忆以及我对爱情和女人的看法都在嘲笑我,朝着我吐舌头。'阿莉阿德娜,'我心惊肉跳地问自己,'这样一个年轻、非常美丽、有学识的姑娘,参政员的女儿,居然跟那样一个毫无趣味的庸俗的家伙结合?''可是为什么她不能爱鲁勃科夫呢?'我回答自己说,'他在哪方面比我差?''哎,她要爱谁都由她,可是何必说谎呢?''为什么她必得对我说实话?'我就照这样想来想去,想得头都发昏了。火

---

① 原文为法语。

车上很冷。我坐的是头等客车,可是那儿的每张长沙发上要坐三个人,车窗不是双层的,外面的车门直通包房。我觉得自己仿佛上了足枷似的动弹不得,被人抛弃,孤苦伶仃,两条腿完全冻僵;可是同时,我又屡次回想今天她穿着那件法兰绒罩衫,披散着头发是多么迷人,于是一种强烈的嫉妒突然涌上我的心头,我由于内心的痛苦而跳起来,弄得我身旁的乘客瞧着我,露出惊讶的,甚至害怕的神情。

"我回到家乡正赶上大雪封路,天气严寒,气温零下二十度。我喜欢冬天,因为在家乡遇到这个季节,即使酷寒冻得树木迸裂,我却感到特别温暖。在严寒而晴朗的白昼,穿上皮袄和毡靴到花园或者院子里去干点什么活儿,或者在我那炉火很旺的房间里读书,或者在我父亲书房里的壁炉前面坐一阵,或者到我家的乡村浴室里去洗个澡,那真是愉快呀。……不过,哎,要是家里没有母亲,没有姐妹,没有孩子,冬天的傍晚就有点可怕,显得分外长,分外沉寂。四周越是温暖,越是舒服,人就越是强烈地感到这种缺陷。我从国外回来的那年冬天,每天傍晚都长得不得了,我十分寂寞,甚至寂寞得看不了书。白天还可以各处走一走,一会儿在花园里扫扫雪,一会儿喂一下鸡和小牛,可是一到傍晚,就闷死人了。

"从前我不喜欢客人,可是现在倒巴望他们来了,因为我知道客人一定会谈起阿莉阿德娜。招魂专家柯特洛维奇常来谈他的妹妹,有时候把他的朋友玛克土耶夫公爵带来,这个人爱阿莉阿德娜不下于我。在阿莉阿德娜的房间里坐一坐,按两下她的钢琴的琴键,看一看她的乐谱,这在公爵已经成了生活的需要,不这样就活不下去。他祖父伊拉里昂的阴魂仍旧在预言:她迟早会做他的妻子。公爵在我们家里照例坐很久,往往吃罢午饭一直坐到午夜才走,老是沉默不语,闷声不响地喝掉两三瓶啤酒,只是偶尔发出几声断断续续的、悲哀的傻笑,以此表示他也在参加谈话。临到要回

家,他总是把我拉到一旁,低声说:

"'您最后一次是在什么时候看见阿莉阿德娜·格里戈里耶芙娜的?她身体好吗?我想她在那边不会觉得烦闷吧?'

"春天来了。到了出外打丘鹬,然后种春麦和三叶草①的时候。人尽管心情忧郁,然而毕竟感到春意,不管有什么失意的事,都不打算耿耿于怀了。我一面在田里干活,听云雀鸣叫,一面问我自己:我难道不能干脆丢开个人幸福的问题,娶一个普通的农村姑娘?正在农忙的时节,我忽然接到一封贴着意大利邮票的信。于是三叶草啦,蜂房啦,小牛啦,农村姑娘啦,都像轻烟那样消散了。这一回阿莉阿德娜写道:她感到深深的不幸,无限的不幸。她责备我不向她伸出援助的手,却站在美德的高峰上冷眼旁观,在危急的关头丢下她。这些话都是用挺大的潦草笔迹写成的,有涂改的地方和墨斑,看得出她写得匆忙,心里难过。她在信尾恳求我到她那儿去拯救她。

"我又像是一条起了锚的船,被水冲走了。阿莉阿德娜住在罗马。夜色很深时我才到达她的住处,她一看见我就哭起来,搂住我的脖子。这个冬天她一点也没有变,仍旧那么年轻、漂亮。我们一块儿吃晚饭,后来坐着马车逛罗马城,直到天亮才回来,一路上她不停地对我讲她的生活情况,我问她鲁勃科夫在哪儿。

"'别在我面前提起那个畜生!'她叫道,'我讨厌他,他可恶!'

"'不过您好像爱过他。'我说。

"'没有的事!最初,他倒是显得与众不同,惹人怜爱,如此而已。他老脸皮,用突击的手法占有女人,而这是迷人的。可是我们不要谈他了。这是我一生中可悲的一页啊。他到俄国取钱去了,活该!我对他说过,不准他再回来。'

---

① 一种饲料。

441

"她不再住在旅馆里,另租了私人的一套住处,一共有两个房间。这两个房间按她的兴趣布置得华丽,但乏味。鲁勃科夫走后,她已经向她的熟人借了将近五千法郎。我这一来,在她确实算是得救了。我原打算带她回乡,可是没有办到。她思念故乡,不过她想起她经历过的贫穷、拮据的境况,想起她哥哥家里生锈的铁皮房顶,她就憎恶、战栗。每逢我向她建议回家去,她便使劲握紧我的手,说:

"'不,不!我在那儿会闷死的!'

"随后,我的爱情就进入最后一个阶段,最后一个时期。

"'您像先前那样做我的情人,稍稍爱我一点吧,'阿莉阿德娜低下头来凑近我,说,'您阴沉、谨慎、怕感情冲动,老是考虑后果,这却是乏味的。哎,我求求您,我央告您,亲热一点吧!……我的纯洁的人,我的神圣的人,我的可爱的人,我多么爱您啊!'

"我就做了她的情人。我至少有一个月像疯子似的,高兴得忘乎所以。怀里抱着一个年轻美丽的肉体,心醉神迷,每次从睡乡中醒来都感到她的温暖,想起她,我的阿莉阿德娜,就在身边,啊,这可不容易习惯啊!可是我终于习惯下来,渐渐认识到我的新地位了。首先我体会阿莉阿德娜跟先前一样不爱我。然而她一心想认真地爱我,害怕孤独,主要的是我年轻、健康、强壮,她像一切冷酷的人那样,性欲却很强烈,我们俩装出我们是出于热烈的爱才结合在一起的。后来我又了解到另外的一些事情。

"我们在罗马,在那不勒斯,在佛罗伦萨住过一阵,后来到了巴黎,可是我们觉得那儿天冷,就回到意大利去。我们到处都自称是夫妇,是阔绰的地主,人家都乐于跟我们结交,阿莉阿德娜获得很大的成功。由于她学习绘画,大家就叫她画家。您猜怎么着,虽然她一丁点儿才能也没有,这个衔头倒也跟她相称。每天,她睡到两三点钟才起床。她在床上喝咖啡,吃早饭。到吃午饭的时候,她喝汤、吃龙虾、鱼、肉、芦笋、野味，后来临到睡觉，我总得把烤牛肉什么的送到她床上，她呢，带着苦恼、忧虑的神情吃完。午夜醒来，她还得吃苹果和橙子。

"这个女人主要的，所谓基本的品性就是惊人的不老实。她经常不断地玩花样，显然没有任何必要，似乎是出于本能，出于那种使得麻雀吱吱叫和蟑螂摆动触须的冲动。她对我，对仆役，对旅馆的看门人，对商店的售货员，对熟人，一概要耍花样。她每次跟人谈话或者相逢的时候，总免不了装腔作势，扭扭捏捏。只要有个男人走进我们的房间，不管是侍役也好，男爵也好，她的眼神、表情、嗓音顿时改变，而且连她身体的外形都变了。要是那时候您哪怕只见过她一次，您也会说在整个意大利再也不会有比我们更体面、更阔绰的人了。画家和音乐家她一个也不放过，总要对他胡说一通，恭维他的杰出的才能。

"'您是个天才嘛！'她用娇滴滴的腔调谄媚地说，'我简直怕您哟。我想，您肯定一眼就能把人看穿。'

"她搞这一套无非是为了博得欢心，取得成功，显得迷人！她每天早晨醒来，只有一个想法：'博得人家的欢心！'这就是她的生活目标和意义。假如我对她说某条街上某所房子里住着一个不喜欢她的人，那就会使她十分难受。她每天都得迷住男人，征服男人，弄得男人神魂颠倒才成。由于我被她的魔力所降伏，在她的魔力面前变得十分渺小，这使她感到了骑士比武得胜才会感到的那种快乐。她把我征服还嫌不够，每到晚上她还要像雌老虎似的摊开四肢，赤身露体（她老是嫌热），看鲁勃科夫写给她的那些信。他恳求她回俄国去，要不然，他赌咒说，他就要偷人家的钱，或者害死一个什么人，好弄到一笔钱，来找她。她恨他，然而他那些热烈的、低声下气的信使她兴奋。她对自己的魔力有异乎寻常的看法。她觉得，要是在什么地方，在一个人数众多的大会上，人们能够看

443

见她的肉体多么美,她的肤色多么好看,她就会征服整个意大利,征服全世界。这些关于肉体,关于肤色的话使我感到受了侮辱。她看出了这一点,每逢她冒火,要故意气我,就说出种种下流的话来挖苦我,甚至有一回在一位太太的别墅里,她勃然大怒,竟对我说:

"'要是您再不住口,老是讲这些大道理来惹得我心烦,我就立刻脱掉衣服,光着身子在这些花里躺下去!'

"看着她睡觉,或者吃饭,或者极力给她的眼神添上天真烂漫的表情,我常常暗想:上帝为什么赐给她这种不平常的美丽、优雅、智慧呀?难道只是为了让她躺在床上睡懒觉,吃东西,说谎话,没完没了地说谎话吗?再者,她真有智慧吗?她怕三支蜡烛,怕十三这个数目,怕别人用毒眼看她,怕做噩梦;讲起自由恋爱和一般的自由就像朝圣的老太婆那样唠叨;硬说包列斯拉甫·玛尔凯维奇①比屠格涅夫高明。不过她狡猾透顶,十分机灵,善于在社交场合装成一个很有修养的、进步的人。

"哪怕在心绪畅快的时候她也会随便辱骂仆人或者掐死昆虫;她喜欢看斗牛,喜欢看有关凶杀案的新闻,看到被告无罪开释总是生气。

"要过我和阿莉阿德娜的那种生活,需要很多钱才行。我那可怜的父亲把他的养老金,他的全部小小的收入,统统汇给我,还尽力替我借钱。有一次他回答我说:'我没有了'②,我就给他打一个急电,要求他把田产抵押出去。不久以后我又要求他把田产做第二次抵押,以便筹款。这前后两个请求,他都毫无怨言地照办了,把全部款项统统汇给我,连一个小钱也没留下。可是阿莉阿德

---

① 19世纪70年代至80年代俄国的一个反动作家。
② 原文为拉丁语。

娜轻视生活实际,这些事全不在她的心上。我为了满足她那些疯狂的欲望而花掉成千的法郎,于是我像一棵老树那样发出呻吟声,她呢,却满不在乎地唱着《再会,美丽的那不勒斯》①。我渐渐对她冷下来,开始为我们的结合害臊。我原是不喜欢女人怀孕和生育的,然而现在有的时候却巴望有个孩子,有个孩子至少也可以成为过我们这种生活表面上的理由啊。为了不至于使自己彻底厌恶自己,我就开始游览博物馆,看画展,读书,吃得很少,不再喝酒。照这样从早到晚约束自己以后,我心里才算轻松一点。

"阿莉阿德娜也对我厌倦了。顺便说一句,她所征服的那些人都是平常人,使者和沙龙依旧没有出现,钱也不够,这就伤了她的心,使得她痛哭,最后她对我声明,她好像不反对回俄国了。喏,现在我们就在旅途上。她在动身以前最后几个月里,频繁地跟她的哥哥通信,她心里分明有秘密的打算,不过究竟是什么打算,那只有上帝知道。我已经懒得去揣摩她的鬼心思了。不过我们现在不是回乡下去,而是到雅尔塔,然后从雅尔塔去高加索。现在她只肯住在疗养地,可是但愿您知道我对这些疗养地痛恨到什么程度,在那种地方我觉得多么气闷,害臊。我现在一心想回乡下去!我现在一心想工作,用脸上的汗水挣来我的粮食,弥补我的过错。现在我觉得精力旺盛,似乎只要使出我的力量,不出五年就能赎回我家的田产。可是现在,您明白,遇到麻烦了。这儿不是在国外,而是在祖国俄罗斯,必须考虑正式结婚才行。当然,相互的吸引力已经过去,旧日的爱情连影子也没有了,然而不管怎样,我还是得跟她结婚。"

越讲越兴奋的沙莫兴同我一块儿走向下面的舱房继续谈论着

---

① 原文为意大利语。

女人。时间很晚了。恰好他和我住在同一个舱房里。

"现在只有在农村,女人才不落后于男人,"沙莫兴说,"在那边,女人跟男人一样思索,感觉,同样热心地为了文化而同大自然斗争。至于城里那些有钱、有知识的女人,却早已落后,返回原始状态,一半是人,一半是野兽了。由于这种女人的存在,人类的天才所争取到的很多东西已经丧失。女人渐渐消灭,由原始的雌性动物占据了她们的位子。知识妇女的这种落后形成严重的危机,威胁着文化。女人在退化运动中极力拉着男人跟她们走,妨碍男人前进。这是毫无疑义的。"

我问道:怎么能一概而论呢?怎么能根据阿莉阿德娜一个人来论断所有的女人呢?我认为,妇女对教育和两性平等的追求就是对于正义的追求,单是这种追求本身就否定了有关退化运动的说法。然而沙莫兴几乎不听我说话,不相信地微微笑着。这人已经成为妇女的热烈而坚定的憎恨者,要叫他放弃信念是办不到的。

"哎,算了吧!"他打岔说,"既然女人不把我看作人,看作跟她平等的人,却看作雄性的动物,而且她一生操心的仅仅是博得我的欢心,也就是占有我,那么这还谈得到什么充分公民权呢?哎,您可别相信她们,她们是非常非常狡猾的!我们男人为她们的自由操心,可是她们根本不需要这种自由,只不过装出需要的样子罢了。狡猾极了,狡猾得可怕哟!"

我已经觉得争论乏味,想睡觉了。我就翻一个身,脸对着墙。

"是啊,"我半睡半醒地听到他在说话,"是啊。这一切都要归咎于我们的教育,老兄。在城市里,对妇女的全部教育和培养实质上在于把妇女造就成为半人半兽,也就是教她们博得男人的欢心,能够征服男人。是啊,"沙莫兴叹道,"必须让女孩跟男孩一块儿受教育,学习,让他们永远在一起才对。应当把妇女教育得能够像男人那样认识到自己的错误;要不然,按她们自己的看法,她们永远是对的。要让女孩从小就明白男人首先不是爱人,也不是求婚者,而是在各方面跟她们一样的人。要教会她们按照逻辑思考,进行概括,不要一味对她们说她们的脑子比男人的轻,因而可以不关心科学和艺术,总之,不关心文化工作。鞋匠或者油漆匠的小学徒的脑子也比成年男人的脑子小,可是他参加共同的生存斗争,干活,受苦。还应当抛弃那种在生理方面,在怀孕和生育方面寻找借口的习气,因为第一,女人不是每个月都生孩子,第二,不是所有的女人都生孩子,第三,正常的农村妇女在分娩的前一天在田里干活也不会出什么乱子。其次,在日常生活中应当做到最充分的平等。如果男人给女人端椅子,或者替她们拾起掉在地下的手绢,那就让女人也照这样回报男人。要是一个好人家的姑娘帮我穿大衣,或者给我端上一杯水,我是丝毫也不会反对的。……"

下面的话我一点也没有听见,因为我睡着了。第二天早晨我们快要到达塞瓦斯托波尔的时候,天气潮湿,令人不快。船身不住地摇晃。沙莫兴跟我一块儿坐在甲板室里。他不知在想些什么,一句话也不说。那些竖起大衣领子的男人和脸色苍白、带着睡意的太太们听到通知喝茶的铃声,就陆续走下甲板。有一个年轻而十分漂亮的太太,也就是在沃洛奇斯克对海关官员发脾气的那位太太,在沙莫兴面前站住,带着任性的、像撒娇的孩子那样的神情对他说:

"让①,你的小鸟儿晕船了!"

后来,我住在雅尔塔,看见这位漂亮的太太骑着一匹溜蹄马奔驰,后面有两个军官几乎跟不上她。有一天早上,我还看见她坐在堤岸上,戴着弗利季亚帽②,系着一条小围裙,用颜料画一幅习作,

---

① 法国的人名,相当于俄国的伊凡。
② 锥形高帽,尖顶向前倾折,通常为红色,被认为自由的象征,法国大革命时雅各宾党人曾戴这样的帽子。

离她不远处站着一大群人在欣赏她。经人介绍,我跟她相识了。她紧紧地握住我的手,带着痴迷的神情瞧着我,用甜蜜的、歌唱似的声音向我道谢,说是我的作品给了她很大的快乐。

"别相信她的话,"沙莫兴悄悄地对我说,"您的作品她一篇也没看过。"

有一天黄昏前我在堤岸上溜达,遇见沙莫兴。他抱着几个很大的纸包,那里面是凉菜和水果。

"玛克土耶夫公爵来了!"他高兴地说,"昨天他跟她那迷信招魂术的哥哥一块儿来的。现在我才明白当初她跟她哥哥通信说了些什么!主啊,"他眼望着天空,把那些纸包按在他的胸膛上,接着说,"要是她跟公爵配成一对,那我可就自由啦,我就可以回乡下去找我的父亲了!"

说完,他往前跑去。

"我开始相信那些魂灵了!"他回过头来,对我喊道,"伊拉里昂爷爷的魂灵似乎预告的是真事!啊,但愿如此!"

这次相逢以后第二天,我从雅尔塔动身走了,至于沙莫兴的爱情故事是怎样结束的,我就不得而知了。

带阁楼的房子

画家的故事

一

这是六七年前的事了,当时我在某省某县,住在地主别洛库罗夫的庄园上。他是个青年人,起床很早,平时穿着腰部带褶的长外衣,每到傍晚就喝啤酒,老是对我抱怨说,他从没得到过任何人的同情。他在花园中一所小房里住着,我却住在地主的老宅子一个有圆柱的大厅里,那儿除了我用来睡觉的一张宽阔的长沙发和我用来摆纸牌卦①的一张方桌以外,别的家具一无所有。那儿的一个亚摩司式的旧火炉里,哪怕在没风的天气,也老是发出轻微的嗡嗡声,而在暴风雨的时候,整个房子就都颤摇,仿佛要咔嚓一声倒下来,土崩瓦解似的,特别是夜里,所有十个大窗子突然被闪电照亮,那才有点吓人呢。

我命中注定了经常闲散,简直什么事也不做。我一连几个钟头从我的窗子里望出去,瞧着天空,瞧着飞鸟,瞧着林荫道,或者把邮递员给我送来的信件报纸之类统统读完,或者睡觉。有的时候我走出房外,到一个什么地方去散步,直到暮色很深才回来。

---

① 摆纸牌猜卦。

有一次我走回家来，无意中闯进一个我不熟识的庄园里去了。太阳已经在落下去，黄昏的阴影在开花的黑麦地里铺开来。有两行老云杉立在那儿，栽得很密，生得很高，好比两堵连绵不断的墙，夹出一条幽暗而美丽的林荫道。我轻巧地越过一道栅栏，顺着那条林荫道走去，地上盖着云杉的针叶，有一俄寸厚，走起来滑脚。那儿安静而阴暗，只有树梢高处有的地方颤抖着明亮的金光，蜘蛛网上闪着虹彩。空中有一股针叶的气味，浓得叫人透不出气来。后来我拐一个弯，走上一条两旁是椴树的长林荫道。这儿也荒凉而古老，去年的树叶悲伤地在我的脚下沙沙响。树木之间的昏光里隐藏着阴影。右边古老的果园中有一只金莺用微弱的嗓音不起劲地歌唱，它一定也老了。可是后来椴树林也到了尽头，我走过一所有露台而且带阁楼的白房子。出乎意外，我的眼前豁然开朗，出现了一个地主的庭院，一个宽阔的池塘，边上有个浴棚，栽着一丛碧绿的柳树。对岸有一个村子，矗立着一座高而窄小的钟楼，楼顶上的十字架映着夕阳，像在燃烧。一时间，我感到一种亲切而又很熟悉的东西的魅力，倒好像以前我小的时候见过这些景物似的。

一个石砌的白色大门口由院子里通到野外，大门古老而坚固，上面雕着狮子，门口站着两个姑娘。其中年纪大一点的那个，生得苗条，苍白，很美，头上的栗色密发蓬蓬松松，长着一张倔强的小嘴，神态严峻，看也不看我。另一个还十分年轻，不过十七八岁，也苗条而苍白，生一张大嘴和一双大眼睛，看见我路过就惊奇地瞧着我，说了句英国话，神情忸怩。我觉得那两张可爱的脸以前也好像早就认识似的。我一面走回家去，一面觉得仿佛做了一场美梦。

这以后不久，有一天中午，我和别洛库罗夫正在我们的房子附近散步，忽然出乎意外，有一辆安着弹簧的四轮马车沙沙响地滚过草地，走进院子里来，车上坐着的就是那两个姑娘当中的一个。她是年纪大一点儿的那个。她是带着认捐单来替遭了火灾的人募捐的。她眼睛没有看着我们,严肃而详尽地向我们说明西亚诺沃村有多少所房子烧毁,有多少男女村民和儿童无家可归,救灾委员会初步打算采取什么步骤,而她现在就是那个委员会的一个成员。她要我们写下认捐的款项以后,收起认捐单,立刻开始告辞。

"您完全忘了我们,彼得·彼得罗维奇,"她对别洛库罗夫说,向他伸出手去以便握手,"您来吧,如果某某先生(她说出我的姓)愿意看一看他的才能的崇拜者在怎样生活而光临寒舍,我的母亲和我是会很高兴的。"

我鞠躬。

她走后,彼得·彼得罗维奇讲起来。这个姑娘,依他的说法,是上流人家出身,名叫莉季娅·沃尔恰尼诺娃,她同母亲和妹妹所住的庄园,如同池塘对岸的村子一样,都叫谢尔科夫卡。她父亲从前在莫斯科地位显赫,做到三品文官,后来去世。尽管广有家财,沃尔恰尼诺娃一家人却不论冬夏总是住在乡下,从不离开。莉季娅在她们的谢尔科夫卡村一个由地方自治局开办的学校里做一名教师,每个月领二十五个卢布的薪金。她自己的用项全靠这笔钱开支,由于自食其力而感到自豪。

"是个很有趣的家庭,"别洛库罗夫说,"也许,过一天我们到她们家里去一趟吧。她们见到您会很高兴。"

有一个假日,我们吃过中饭以后,想起沃尔恰尼诺娃一家人,就动身到谢尔科夫卡去。她们,母亲和两个女儿,都在家。母亲叶卡捷琳娜·帕夫洛夫娜以前大约很美,现在却未老先衰,害着哮喘病,神态忧郁,精神恍惚,极力跟我谈绘画。她从女儿那儿知道我也许会到谢尔科夫卡来,就连忙回想她在莫斯科的画展上见过我的两三张风景画,现在就问我在那些画里打算表现什么。莉季娅,或者按她在家里的称呼,莉达,大半在跟别洛库罗夫说话,很少跟我谈天。她神情严肃,不带笑容地问他为什么不到地方自治局去工作,为什么地方自治局的会议一次也没有参加过。

"这不好,彼得·彼得罗维奇,"她责备道,"这不好。该害臊才是。"

"说得对,莉达,说得对,"母亲同意道,"这不好。"

"我们全县都由巴拉京把持在手心里,"莉达转过身来对着我,继续说,"他自己做地方自治局执行处主席,把县里所有的职位都分给他那些侄子和女婿,想干什么就干什么。必须斗争才行。青年人应当组成强有力的一派,可是您看,我们的青年人是什么样子。该害臊才是,彼得·彼得罗维奇!"

妹妹叶尼娅在他们议论地方自治局的时候,没有开口。她从不参加严肃的谈话,家里的人还没有把她看成大人,由于她小而叫她米修司,因为她小时候就是把她的家庭女教师叫做Mucc①的。她一直带着好奇心瞧我,临到我翻看照片簿,她就解释说:"这是舅舅……这是教父。"而且伸出小小的手指头指点照片。这时候她就像小孩子那样把肩膀挨着我,我就近看见了她那柔弱而没有发育起来的胸脯、消瘦的肩膀、发辫、由腰带勒紧的苗条身材。

我们玩槌球,打lown-tennis②,在花园里散步,然后在晚饭席上坐很久。在立着圆柱而且又大又空的厅里住过以后,来到这个不大而又舒适的房子里,看见墙上不贴粗俗的彩色画片,听见大家对仆人一律称呼"您",我感到颇为自在。由于有莉达和米修司在场,在我的心目中一切都显得年轻而纯洁,一切都带着正派的意味。晚饭席上,莉达又对别洛库罗夫谈起地方自治局,谈起巴拉京,谈起学校图书室。她是个活跃、真诚、有信念的姑娘,听她讲话是有趣的,只是她讲得太多,声音太响,也许这是因为她在学校里

---

① 英语:小姐的译音。
② 英语:网球(原文如此)。

讲课讲惯了吧。可是我的彼得·彼得罗维奇从大学时代起就养成习惯，喜欢把一切谈话都变成争论，而且讲起话来枯燥无味，疲沓冗长，明明要显出他自己是个聪明进步的人。他比划手势，而他的袖子却带翻了佐料碟，弄得桌布上湿了一大摊，不过除了我以外，好像谁也没看见似的。

我们回家的路上，黑暗而清静。

"良好的教养不是表现在自己不把佐料碟碰翻在桌布上，而是表现在别人做出了这样的事，自己只做不看见。"别洛库罗夫说，叹了口气，"是啊，这是很好的、有知识的一家人。我已经跟上流人隔绝了，唉，完全隔绝了！而这全是因为工作，工作啊！"

他讲起人要是做一个模范的农业经营者，就非辛苦工作不可。我却心里暗想：他是个多么沉闷懒散的人！他一严肃地谈到什么事，就紧张地拖长"啊"的尾音，工作起来也像说话那样慢吞吞，老是迟误，错过时机。我对他的办事才干是不大相信的，因为我托过他把信带到邮局去寄，他却一连几个星期揣在口袋里忘了寄。

"最痛心的，"他跟我并排走着，嘟哝说，"最痛心的是辛辛苦苦地工作却得不到任何人的同情。一点同情也得不到！"

二

我从此常到沃尔恰尼诺娃家里去，照例我在露台的下面一层台阶上坐着。我被不满意自己的心情煎熬着，为我的生活惋惜，它过去得那么快，那么没有趣味。我老是在想：我的心变得那么沉重，要能把它从胸膛里挖出去才好。同时露台上有人在说话，或者可以听见连衣裙的窸窣声，或者有人在翻书页。不久我就习惯了这儿的生活：白天莉达总是给病人看病，分发书籍，常常不戴帽子，打着阳伞到村子里去，傍晚就大声谈论地方自治局，谈论学校。这

个苗条美丽、神态永远严峻、小嘴轮廓优美的姑娘开口谈正事的时候,总是干巴巴地对我说:

"您对这种事是不感兴趣的。"

她对我没有好感。她所以不喜欢我,是因为我是风景画家,不在我的图画里画人民的困苦,而且依她看来,我对她所坚定地相信的工作是漠不关心的。我不由得想起从前我在贝加尔湖①畔遇到过一个布略特族的姑娘,穿着中国蓝布的衬衫和裤子,骑着马,我问她能不能把她的烟袋卖给我。我们谈话的时候,她轻蔑地瞧着我的欧洲人的脸容和帽子,不一会儿就懒得跟我讲话,吆喝着马,疾驰而去。莉达恰好也是这样把我看做外路人而蔑视我。外表上她一点也不露出厌恶我的样子,不过这一点我是能感觉到的,于是我坐在露台的下面一层台阶上,生出一肚子闷气,就说,自己不是医生而给农民治病,无异于欺骗农民,再者自己有两千俄亩土地而要做慈善家,那是很容易的。

至于她的妹妹米修司,却丝毫也没有什么操劳的事,跟我一样十足悠闲地打发她的生活。她早晨起床以后,立刻拿过一本书来,在露台上一把很深的圈椅上坐下,两只小小的脚几乎挨不到地,开始看书,要不然就拿着书躲到椴树的林荫道上去,再不然索性走出大门以外,到旷野去。她成天价读书,贪婪地看着书本,只因为她的目光有的时候变得疲乏而呆板,而且她的脸色极其苍白,别人才能猜出这种阅读使得她的脑筋多么劳累。每逢我到这儿来,她见到我就微微涨红脸,活泼起来,睁着她的大眼睛,讲起家里发生的事,例如仆人的房间里煤烟起了火,或者工人在池塘里捉到一条大鱼。平日她照例穿着淡色的衬衫和蓝色的裙子。我们一起散步,

---

① 在西伯利亚的东部,中国境外的西北部(顺便提到,一八九〇年契诃夫赴库页岛时路过此地)。

摘些樱桃做果酱用,或者划船。每逢她跳起来够樱桃,或者划动船桨,她的瘦弱的胳膊就从肥大的衣袖里露出来。或者我在画一个速写稿,她就站在一旁,看得出了神。

七月末一个星期日,早晨九点钟光景,我来到沃尔恰尼诺娃家里。我在花园里蹓跶,离正房相当远,寻找白蘑,今年夏天这种菌生得多极了。然后我在白蘑旁边做上记号,准备以后跟叶尼娅一块儿来采。空中刮着暖和的风。我看见叶尼娅和她的母亲都穿着假日的浅色连衣裙,从教堂走回家来,叶尼娅拉住帽子,怕风吹掉。后来我听见她们在露台上喝茶。

对我这个一无牵挂而且为我的经常闲散寻找理由的人来说,夏天,在我们庄园里,这类假日的早晨总是格外迷人的。每逢碧绿的花园还沾着露水,在阳光下闪闪发光,显得那么幸福,每逢房子附近弥漫着木樨草和夹竹桃的香气,青年人刚从教堂里回来,在花园里喝茶,每逢大家都装束得那么可爱,高高兴兴,每逢你知道所有这些健康、饱暖、美丽的人在这漫长的一整天里什么事也不会做,你就不由得希望整个生活都能这样才好。现在我就是这样想着,在花园里走来走去,准备照这样没有工作、没有目标地走它一整天,走它整整一个夏季。

叶尼娅提着一个篮子走来。她脸上带着那么一种神情,仿佛知道或者预感到会在园子里找到我似的。我们采菌,谈话,每逢她问我什么话,她就走到前边去,看一看我的脸。

"昨天我们村子里发生了奇迹,"她说,"瘸腿的女人佩拉格娅病了整整一年,任什么医师和药物都无济于事,可是昨天来了一个老太婆,嘴里念了一阵,病就好了。"

"这算不了什么,"我说,"不应当光是在病人和老太婆身上寻找奇迹。难道健康就不是奇迹?还有生活本身呢?凡是不能理解的东西,那就是奇迹。"

"您对不能理解的东西就不害怕?"

"不。我见着我不理解的现象,总是勇敢地迎上前去,不对它屈服。我比它们高。人应当感到自己高于狮子、老虎、繁星,高于自然界的万物,甚至高于不可理解的以及似乎是奇迹的东西,否则他就算不得人,而是见着什么都怕的老鼠。"

叶尼娅认为我既是艺术家,就知道很多的东西,而且能够准确地猜出我不知道的东西。她希望我把她领到永恒和美的领域里去,领到我必定十分熟悉的、高一等的世界里去。她跟我谈上帝,谈永恒的生活,谈奇迹的东西。我不承认在我死后我和我的想象力会永久消灭,就回答说:"是的,人是不朽的","是的,永恒的生活在等待我们"。她听着,相信了,也不要求我提出证据来。

我们往正房走去,她忽然停住脚,说:

"我们的莉达是个了不起的人。不是这样吗?我热烈地爱她,随时能为她牺牲我的性命。不过您说说看,"叶尼娅伸手摸了摸我的衣袖说,"您说说看,为什么您总是跟她争论?为什么您生气呢?"

"因为她说得不对。"

叶尼娅不以为然地摇头,眼泪涌上了她的眼眶。

"这是多么不可理解啊!"她说。

这时候莉达不知刚从哪儿回来,站在门廊那儿,手里拿着马鞭子,苗条,美丽,照着阳光,在对一个工人交代什么话。她匆匆忙忙,大声说话,给两三个病人看过病,后来带着办事的操心脸色走遍各处房间,时而打开这个立柜,时而打开那个立柜,不久又走上阁楼去。大家找了她很久,叫她吃午饭,可是直到我们吃完菜汤,她才来吃。所有这些琐碎的细节不知什么缘故我至今都记得,而且很喜爱,就连那一整天,虽然没发生什么特别的事,我也记得很清楚。饭后叶尼娅靠在一把深圈椅里看书,我在露台的底下一层台阶上坐着。我们没有讲话。整个天空乌云四合,下起稀疏的细雨。天热,风早已止住,仿佛这一天永远不会结束似的。叶卡捷琳娜·帕夫洛夫娜走到露台上我们这边来,带着睡意,摇着扇子。

"啊,妈妈,"叶尼娅说,吻她的手,"白天睡觉对你身体是有害的。"

她们相亲相爱。一个人走进花园里,另一个人就站在露台上,瞧着树林,叫道:"喂,叶尼娅!"或者:"妈妈,你在哪儿呀?"她们两个人老是一块儿祷告,有共同的信仰,即使不讲话,也彼此了解得很清楚。她们对外人的态度也相同。叶卡捷琳娜·帕夫洛夫娜不久也跟我处熟,相好了,只要我有两三天没去,就打发人来问我身体好不好。她也像米修司那样热心地瞧我的画稿,也那么不嫌烦琐,一老一实地告诉我发生了一些什么事,常常向我透露她的家庭秘密。

她对大女儿是极其尊崇的。莉达从来也不撒娇,只讲严肃的事。她过着她的独特的生活,在母亲和妹妹的心目中是一个神圣而略微带点神秘的人,犹如水兵看待老是坐在舰长室里的海军上将一样。

"我们的莉达是个了不起的人,"母亲说,"不是吗?"

这时候细雨飘飞,我们谈起了莉达。

"她是个了不起的人,"母亲说,然后像阴谋家那样压低了嗓子,战兢兢地回头看一眼,补充说,"这样的人是白天打着灯笼也找不到的,不过呢,您知道,我却也渐渐有点担心了。学校啦,药房啦,书本啦,这些都挺好,可是何必走极端呢?要知道,她已经二十三岁出头,现在总应该认真想一想自己了。老是这么为书本和药品忙碌,却没有看见生活在过去……应该出嫁了。"

叶尼娅由于专心看书而面色苍白,头发蓬乱,微微抬起头来,仿佛自言自语似的,瞧着母亲说:

"妈妈,一切都是天意!"

她又埋下头去看书。

457

别洛库罗夫来了,穿着腰部带褶的长外衣和绣花衬衫。我们玩槌球,打网球,后来天黑了,我们在晚饭席上坐很久,莉达又讲起学校,讲起把全县把持在手里的巴拉京。这天傍晚我从沃尔恰尼诺娃家里出来,带走了长而又长和闲散无事的这一天的种种印象,忧郁地感到人世间的一切事情不管多么长久,总是要完结的。叶尼娅把我们送到大门口,也许因为这一天从早到晚我都是跟她在一起度过的,我觉得我缺了她似乎感到寂寞无聊,觉得这个可爱的家庭对我来说是亲近的,于是在这整个夏季当中我头一次起意要认真画我的画了。

"您说说看,为什么您生活得这么枯燥无味,毫无光彩?"我跟别洛库罗夫一块儿走回家去,对他说,"我的生活乏味,沉闷,单调,那是因为我是个画家,我是个怪人,我从年轻的时候起嫉妒、不满意自己、不相信自己的工作之类的心情就把我折磨得好苦,我素来贫穷,我是个流浪汉。可是您呢,您是个健康正常的人,是地主,是主人,那您为什么生活得这么没有趣味,从生活里取得的这么少呢?比方说,您为什么至今没爱上莉达或者叶尼娅呢?"

"您忘了我爱着另外一个女人。"别洛库罗夫回答说。

他指的是他的女伴柳博芙·伊万诺夫娜,跟他同住在那所小房里。我每天看见那个极其丰满而近乎肥胖的女人神态尊严,近似一只养得过肥的母鹅,在花园里散步,穿着俄国式的衣服,戴着项链,老是打着阳伞,仆人不时去叫她吃饭或者喝茶。三年前她租下一间厢房做别墅用,就此在别洛库罗夫家里住下,看样子要永远住下去了。她比他年纪大十岁,把他管束得很严,每次他走出家门,都要先征得她的许可。她常用男人的嗓音痛哭,在那样的时候我就打发人去对她说,如果她不止住哭,我就从宅子里搬走,她才不哭了。

等我们走到家里,别洛库罗夫就在长沙发上坐下,皱起眉头思索着。我开始在大厅里走来走去,感到一阵淡淡的激动,就像在恋爱似的。我有心谈一谈沃尔恰尼诺娃一家人。

"莉达只能爱像她那样热中于医院和学校的地方自治工作者,"我说,"啊,为了那样的姑娘,不但可以做地方自治工作者,甚至不妨像神话所说的那样穿破铁鞋呢。还有米修司呢?这个米修司多么可爱啊!"

别洛库罗夫开始讲一种时代病:悲观主义,说得很长,拖着长音念"啊"字。他讲得振振有辞,从他的声调听起来倒好像我在跟他争论似的。你看见一个人坐在那儿,不住说话,不知道他什么时候才会走掉,那你心中郁闷透了,哪怕几百俄里方圆的荒凉单调而又干枯的草原也不致引起这样的郁闷。

"问题不在于悲观主义,也不在于乐观主义,"我气愤地说,"而在于一百个人当中倒有九十九个没脑筋。"

别洛库罗夫认为这话指的是他,生了气,走掉了。

三

"公爵在马洛泽莫沃村做客,问你好,"莉达不知从哪儿回来,脱着手套,对母亲说,"他讲了许多有趣的事……他答应在全省会议上重提在马洛泽莫沃村开设医疗所的问题,不过他说:希望不大。"然后她转过身来对我说:"对不起,我总是忘记您对这种事不会发生兴趣。"

我感到气愤。

"为什么不会发生兴趣呢?"我问,耸起肩膀,"这只不过是您不愿意知道我的意见罢了,不过我向您保证,我对这个问题是很感兴趣的。"

"是吗?"

"是的。依我的看法,在马洛泽莫沃村设立医疗所是完全不需要的。"

我的气愤感染了她。她瞧着我,眯细眼睛,问道:

"那么什么才需要?风景画吗?"

"连风景画也不需要。什么都不需要。"

她脱完手套,打开刚才邮递员送来的报纸。过一分钟,她分明按捺住她的怒火,轻声说:

"上个星期安娜因为难产而死掉了,可是如果附近有个诊疗所,她就会活下来。连风景画家先生们,我觉得,在这方面也得有某种信念才对。"

"我在这方面有很明确的信念,我向您担保,"我回答说,她却用报纸遮住她的脸,仿佛不愿意听似的,"照我看来,医疗所啦,学校啦,读书室啦,药房啦,在现在条件下是只为奴役服务的。人民已经被一条巨大的锁链拴住,您不是砍断这条锁链,反而添上些新的环节,这就是我的信念。"

她抬起眼睛来瞧着我,冷冷地一笑。我极力抓住我的主要思想,继续说道:

"重要的不是安娜死于难产,而是所有那些安娜、玛芙拉、佩拉格娅从一大早到天黑弯着腰操劳,由于力不胜任的劳动而生病,一生一世为挨饿和生病的孩子发抖,一生一世害怕死亡和疾病,一生一世医病,很早就憔悴,很早就苍老,在污秽和恶臭当中死掉。她们的孩子长大了,重演那套旧故事,这种情形已经有好几百年,千千万万的人只为有一口饭吃而生活得比牲畜都不如,经常担惊害怕。他们的处境的全部惨痛就在于他们没有工夫想到他们的灵魂,没有工夫想到他们的形象和样式①。饥饿、寒冷、牲畜般的恐

---

① 指上帝或人的尊严,典出《旧约·创世记》:"神说,我们要照着我们的形象,按着我们的样式造人。"

惧、繁重的劳动,像雪崩那样压下来,把他们通往精神活动的条条道路全部堵死,而精神活动才是人和牲畜的区别所在,才是唯一使人值得生活下去的东西。您用医院和学校去帮助他们,可是您用这些东西并没有解除他们的桎梏,反而加深了他们的奴役状态,因为您给他们的生活里带来了新的迷信,给他们增添了需求的项目,更不要说他们为了买发泡膏和书本就得付钱给地方自治局,因而就得更加弯着腰劳动了。"

"我不想跟您争论,"莉达放下报纸说,"这种话我已经听见过了。我只想对您说一句:人不能揣起手坐着不动。不错,我们没有拯救人类,而且也许在许多方面还犯了错误,不过我们是在做我们所能做的事,那我们就是对的。有文化的人最崇高神圣的任务就在于为人们服务,我们就是在尽我们的能力服务。您不满意,可是话说回来,一个人做事不能叫人人都满意。"

"说得对,莉达,说得对。"母亲说。

有莉达在座,她总是胆怯,一面讲话,一面不安地瞧着她,深怕自己说出什么多余的或者不得当的话来。她从不反驳她的话,总是同意;说得对,莉达,说得对。

"教农民识字,给他们看思想冬烘和文笔粗俗的书本,为他们开设医疗所,那是既不能消除蒙昧,也不能减少死亡率的,就像您窗子里的光照不亮广大的花园一样,"我说,"您没有给他们任何好处。您干预这些人的生活的结果,无非是创造了新的需求,新的劳动理由而已。"

"哎呀,我的上帝,可是要知道,人总得做事才行!"莉达懊恼地说,从她的口气里可以听出她认为我的见解无聊,而且鄙视它。

"必须把人从繁重的体力劳动里解放出来,"我说,"必须松掉他们的枷锁,给他们喘息的时间,让他们不致一辈子守在炉灶和洗衣盆旁边,守在田野上,也有时间考虑灵魂,考虑上帝,可以广泛地发挥他们的精神能力。每个人的使命就在于精神活动,在于探讨真理和生活意义。等到您使得粗笨的、牲畜般的劳动在他们成为不必要,使得他们感到自由,那您就会看出那些书本和药房是什么样的嘲弄了。人一旦认识到自己的真正使命,那么能够满足他的就只有宗教、科学、艺术,而不是那些无聊的东西。"

"解除劳动!"莉达冷笑道,"难道这是可能的吗?"

"可能。您自己分担一份他们的劳动就行。如果我们大家,城市和乡村的居民们,无一例外,全体同意:凡是人类用来满足生理需要而耗费的劳动由大家平均承担,那我们每个人也许一天只要工作两三个钟头就够了。请您设想一下,我们大家,富人和穷人,每天只工作三个钟头,我们其余的时间一概是空闲的。您再设想一下,为了少依赖体力,少辛苦,我们发明机器来代替劳动,而且极力把我们的需求的项目减少到最低限度。我们锻炼我们自己,锻炼我们的孩子,让他们不怕饥饿、寒冷,让我们不致像安娜、玛芙拉、佩拉格娅那样经常为她们的健康发抖。请您设想一下,我们不医病,不开药房、烟厂、酿酒厂,那么最后我们会剩下多少空闲的时间!我们大家就共同把这种闲暇献给科学和艺术。如同有的时候整个村社的农民一齐出动去修路一样,我们大家也齐心合力去探求真理和生活的意义,那么,我相信,真理会很快为人们所发现,人类就会摆脱对于死亡的那种经常痛苦不堪的恐惧,甚至会摆脱死亡本身。"

"不过,您自相矛盾,"莉达说,"您说科学,科学,可是您又反对识字。"

"我反对的是在只有酒店的招牌可看和偶尔有几本看不懂的书可读的情况下教人识字。这样的识字从留里克①时代起就延续

---

① 留里克,俄罗斯的建国者,八六二至八七九年在位。

下来，果戈理的彼得鲁希加①早就会读书，可是乡村呢，留里克时代是什么样子，现在也还是什么样子。需要的不是识字，而是广泛发挥精神能力和自由。需要的不是小学，而是大学。"

"您也反对医学。"

"是的。医学只有在以疾病作为自然现象加以研究而不是为了医病的时候才是需要的。真要是谈医治，那么要医治的也不应当是病，而是病因。消除了主要的病因，体力劳动，那就不会有病。我不承认治病的科学，"我激动地继续说，"科学和艺术，如果是真正的科学和艺术，那就不是致力于暂时的目标，不是致力于局部的目标，而是致力于永恒而普遍的目标。它们寻求真理和生活意义，探索上帝和灵魂。如果把它们同当代的贫困和怨恨结合在一起，同药房和图书室结合在一起，那它们反而会使生活复杂，加重生活负担。我们有许多医师、药剂师、律师，识字的人也多起来，然而生物学家、数学家、哲学家、诗人却完全没有。人的全部智慧、全部精神力量都用在满足暂时的、转眼就过去的需要上了……科学家、作家、画家都在紧张地工作，由于他们的努力，生活的舒适在一天天地增长，肉体方面的需求在加多，可是真理却还远得很，人像以前一样仍旧是最残暴卑劣的野兽，整个局势趋向于人类大多数退化，永远失去一切生活能力。在这样的条件下，画家的生活是没有意义的，他越有才能，他的地位就越古怪，越不可理解，因为仔细一看，原来他工作是供残暴卑劣的野兽消遣，维护现行社会制度的。我现在不想工作，将来也无意工作……什么都不需要，叫这个世界掉到地狱里去才好！"

"米修司，你出去。"莉达对妹妹说，显然认为我的话对那样年轻的姑娘有害。

---

① 俄国作家果戈理的长篇小说《死魂灵》中主人公乞乞科夫的仆人。

叶尼娅凄凉地看一看姐姐和母亲，走出去了。

"凡是打算为自己的漠不关心辩解的人，总是说这一类的漂亮话，"莉达说，"否定医院和学校，比治病和教书容易得多。"

"说得对，莉达，说得对。"母亲同意道。

"您口口声声说您不工作了，"莉达继续说，"显然，您对您的工作估价很高。那我们就不要再争吵，我们永远也谈不拢，因为您方才那么鄙夷地评价过的图书室和药房，即使设备极不完善，我也认为高于世界上的一切风景画。"说完，她立刻转过脸去对着她的母亲，用完全不同的口气说："公爵自从到我们这儿来过以后，瘦得多，模样大变了。他们要把他送到维琪①去。"

她对她母亲谈公爵，是为了不跟我说话。她脸色通红，为了掩盖她的激动，她像近视眼那样，弯下腰去凑近桌子，做出看报的样子。我再坐下去，就会惹人不愉快。我就告辞，回家去了。

四

外面很安静，池塘对面的村子已经睡熟，一点灯火也看不见，只有池塘的水面上映着繁星的淡光而微微发亮。在雕着狮子的大门旁边，叶尼娅站着不动，她在等我，为的是送我一程。

"村子里大家都睡了，"我对她说，极力在黑地里看清她的脸，见到一对悲伤的黑眼睛瞧着我，"酒店老板和偷马贼都安然地睡了，而我们这些上流人却互相生气，争吵不休。"

那是八月间一个忧郁的夜晚，其所以忧郁，是因为已经有秋意了。月亮正在从紫红的云里钻出来，略微照亮道路以及两旁乌黑的冬麦田。常有星星坠落下来。叶尼娅跟我并排在道路上走着，

---

① 法国城名，那儿有矿泉，是疗养地。

她极力不看天空,免得看见陨落的星星,不知什么缘故那些星使她害怕。

"我觉得您说得对,"她说,由于夜间的潮气而冷得发抖,"如果人们能够共同献身于精神活动,他们不久就会了解一切。"

"当然。我们是高级生物,如果我们真正认清人类天才的全部力量,只为高尚的目标生活,我们就会变成跟天神一样。可是这种事永远不会发生,人类会退化,天才连影踪也剩不下。"

等到大门已经看不见,叶尼娅就停住脚,匆匆握一下我的手。

"晚安,"她颤抖着说,她身上只穿着一件衬衫,冷得缩起脖子,"您明天来吧。"

我想到只剩下我一个人生闷气,对自己和别人都不满意,就害怕起来,也极力不去看那些陨落的星星。

"您再陪我一会儿吧,"我说,"我求求您。"

我爱叶尼娅。我所以爱她,大概是因为她总是接我和送我,因为她温柔热情地瞧着我。她的苍白的脸、她的细脖子、她的瘦胳膊、她的娇弱、她的闲散、她的书,都是多么美丽动人!智慧吗?我不能断定她有不同寻常的智慧,不过我欣赏她眼界开阔,这也许是因为她的想法跟严峻美丽而不喜欢我的莉达不同。叶尼娅爱我是因为我是画家,我的才能征服了她的心。我满心想只为她一个人绘画,我把她幻想成我小小的皇后,跟我一块儿去占领那些树木、田野、迷雾、彩霞,占领那美妙迷人的大自然,而在那里我一直感到孤独得心灰意懒,感到我是个多余的人。

"您再留一会儿吧,"我要求说,"我求求您了。"

我脱掉我身上的大衣,披在她的受冻的肩膀上。她怕穿着男人的大衣显得可笑而难看,就笑起来,把它扔在地下。这时候我就抱住她,不住地吻她的脸、肩膀、手。

"明天见!"她轻声说,小心地、仿佛深怕侵犯夜晚的宁静似

465

的,拥抱我,"我们一家人之间是不隐瞒彼此的秘密的,我得马上去告诉妈妈和姐姐……这真可怕!妈妈倒没什么,妈妈喜欢您,可是莉达呀!"

她往大门口跑去。

"再见!"她叫道。

然后有两分钟光景我听见她在奔跑。我不想回家去,再者也没有必要急着回家。我犹豫不定地站了一会儿,慢吞吞地退回去,想再看一看她住的那所房子,那所可爱的、纯朴的、古老的房子。阁楼上的窗子像眼睛似的瞧着我,显得什么事情都了解似的。我走过露台,到了网球场旁边,在老榆树底下摸着黑在一张长凳上坐下,从那儿瞧着那所房子。米修司就住在阁楼里,那儿的窗子射出明亮的光,后来变成柔和的绿色,那是因为灯上加了一个罩子。人影在移动……我满腔的温情,心里平静,满意自己。我满意的是我还能够入迷,能够爱人,同时我又觉得不自在,因为我想到这时候,离我几步远,在那所房子的一个房间里住着莉达,她不喜欢我,也许还痛恨我。我坐在那儿,一直等着,不知道叶尼娅会不会出来。我倾听着,觉得阁楼里好像有人在谈话似的。

将近一个钟头过去了。绿色的光熄灭,人影看不见了。月亮高高地停在房子上空,照亮沉睡的花园和小径。房子前面的花坛里,大丽花和玫瑰花可以看得很清楚,似乎都是一种颜色。天气很冷了。我就走出花园,在路上拾起我的大衣,不慌不忙地走回家去。

第二天午饭后,我来到沃尔恰尼诺娃家里。通到花园里去的玻璃门敞开着。我在露台上坐了一会儿,等着叶尼娅随时会从花坛后面走到网球场上来,或者在一条林荫道上出现,或者她的说话声从房间里传出来。后来我走进客厅,又走进饭厅。一个人影也没有。我从饭厅里出来,走过一条长过道,来到前厅,然后又退回去。这儿,在过道上,有几个门口,其中的一个门里响起莉达的说话声。

"上帝……送给……乌鸦……"她大声说,拖着长音,大概在教人默写,"上帝送给乌鸦……一小块……干酪……是谁呀?"她听见我的脚步声,忽然叫道。

"是我。"

"哦!对不起,我现在不能出来见您,我在教达霞功课。"

"叶卡捷琳娜·帕夫洛夫娜在花园里吗?"

"不在,今天早晨她同妹妹动身到平扎省我的姨母家里去了。而且她们今年冬天大概要出国……"她沉吟一下,补充道,"上帝送给乌鸦……一小块干酪……写完了吗?"

我走到前厅,什么也没想,站住,从那儿眺望池塘,眺望村子,莉达的声音传到我的耳朵里来:

"一小块干酪……上帝送给乌鸦一小块干酪……"

我顺着第一回到这儿来的路走出庄园去,只是顺序相反:先从院子里走进花园,经过正房,然后顺着椴树的林荫道走去……在那儿,一个小男孩追上我,交给我一封短信。"我已经把一切都告诉姐姐了,她要求我跟您分手,"我读那封信,"我不能违拗她而伤她的心。求上帝赐给您幸福,您原谅我吧。但愿您知道我和妈妈哭得多么悲伤!"

后来是那条云杉的幽暗的林荫道、坍倒的栅栏……田野上,那时候黑麦开花,秧鸡鸣叫,现在却只有些母牛和腿上套着绊绳的马在徘徊。高坡上有些地方生出绿油油的冬麦。日常的清醒心情来到我的心头,我不由得为我在沃尔恰尼诺娃家里讲过的那些话害臊,跟以前一样感到生活乏味。我回到家里,收拾行李,当天傍晚就动身到彼得堡去了。

此后我再也没有见过沃尔恰尼诺娃一家人。不久以前有一次

467

我动身到克里米亚去,在火车上遇见别洛库罗夫。他还是像先前那样穿着腰部带褶的长外衣和绣花衬衫,等到我问起他身体可好,他就回答说:托福托福。我们谈起来。他已经卖掉他原有的庄园,另外买了一处小一点的,写在柳博芙·伊万诺夫娜的名下。关于沃尔恰尼诺娃一家人,他讲得不多。莉达,依他说来,仍然住在谢尔科夫卡,在学校里教儿童读书。她逐步在她的四周聚合了一群同情她的人,组成一个强有力的派别,在最近一次地方自治局的选举中"击败了"一直把全县把持在手心里的巴拉京。关于叶尼娅,别洛库罗夫只告诉我说,她没在家里住着,不知到哪儿去了。

　　我已经在开始忘掉那所带阁楼的房子,只有偶尔在绘画或者读书的时候,忽然无缘无故,想起那窗子里的绿色灯光,或者想起那天晚上我这个堕入情网的人走回家去,冷得搓着手,我的脚步在野地里踩出来的响声。更加少有的是某些时候,孤独煎熬着我,我满心凄凉,就不由得模模糊糊地想起往事,于是不知什么缘故,我渐渐地开始觉得她也在想我,等我,我们会见面的……

　　米修司,你在哪儿啊?

题　　解

《恐惧》

我的朋友的故事

最初发表在一八九二年十二月二十五日《新时报》第六〇四五号上。

一八九三年,该小说经作者略加修改后收入作者的小说集《第六病室》。

后来,该小说由作者稍作修改后收入作者自编的文集第六卷。

一八九三年三月间,"媒介"出版社要求作者允许将该小说转载在它拟出版的一个作品集内,一八九三年三月二十八日,契诃夫写信答复当时"媒介"出版社的领导人戈尔布诺夫-波沙多夫说:"……我认为,《恐惧》不适于让'媒介'转载。"

《匿名氏故事》

最初发表在一八九三年二月和三月《俄罗斯思想》杂志第二期和第三期上。

该小说经修改后收入作者自编的文集第六卷。作者修改时,将该小说大加删削,并作了大量文字上的润色。例如,该小说第十一章在"我早就不弹琴了"之后,作者删掉了下列一段文字:"他勉强坐下,想了想,动手弹贝多芬的《幻想曲》。他弹得多好啊!我听着,先是想哭,不知什么缘故,记起那次决定我命运的老人的来访,后来觉得,我的生活还不像我想的那么糟,从今天起我可以重新开始过我的生活。肺痨病并不碍事,这种病是可以在开罗或者马德拉群岛治好的。在这个世界上,使人能够过到快乐、丰富、高尚的生活的东西,多得很!我浮想联翩,然而使我大为苦恼的是,格鲁津很快就弹得走了调,乱弹起来了。

"'干亲家!'齐娜伊达·费多罗芙娜伤心地说。

"'全都忘光了!'格鲁津叹道。

"他眼望着天花板,左想右想,然后带着热情,美妙地弹奏柴可夫斯基的两个曲子,一个是《船夫曲》,一个似乎是《雪花莲》。"

又如,第八章在"雇来的雪橇早已在大门口等着了"之后,原文是这样:"叶菲木和达尼罗是奥尔洛夫所宠爱的听差,得过他的不少赏钱,被他纵容坏了,此刻做出一副样子,仿佛他们和他们的马,纯粹是为了他一个人才存在的。两个人都肥胖,贪心,对待我又轻视又粗暴。看门人告诉我说,他俩每逢没事干的时候,就带上波丽雅傍晚坐马车出去兜风,因此她做了他们的情妇,把她从主人那儿偷来的物品卖给他们。像奥尔洛夫这样的人连想也没有想到过,他们的钱以至他们的生活,是使半个彼得堡腐败、发霉的很好的培养基。"

又如,该小说第十三章在"您离开这儿打算到哪儿去"之后,删去了下列一段:

"我走到她跟前,带着哭音温柔地继续说道:'您要相信我,我求求您。在彼得堡您连一个亲人也没有,不过另一方面,却有一个忠心耿耿的仆人。您总该允许我这样称呼自己吧?我请求您,不要回到这伙人身边来!这儿的空气恶劣,腐败!这班庸俗的绅士只有在他们最想谈情说爱、兴致勃勃的时候才需要您(这话是他自己说的),在这儿,只有您打扮得漂漂亮亮,说俏皮话,弄虚作假,巧妙地欺骗丈夫的时候才需要您;至于热情,纯洁,明豁的智慧,真诚的见解等,这是屠格涅夫的老一套,不高明的小说里的把戏,都是乏味而且妨碍生活的。先前,您到奥尔洛夫这儿来,以为您在履行您的义务,其实,从头一天起他们就嘲笑您,给您喝倒彩。您凭着纯情女子的朴实心思,自以为您是个具有高尚理想的人,实际上人家却认为您是个十分可笑、惹人厌烦的情妇,无论用什么办法也甩不掉。他倒成了您的牺牲品。全彼得堡都知道,因为您搬来,害得他这个可怜虫连自己的房子都没有了。他到处发牢骚,极力大声地发笑,因为他难为情,难为情得很,因为他那么愚蠢地上了钩,没料到会闹出笑话来,也就是没料到您会搬到他这儿来。跟这种人一起生活,爱他们,跟他们搞在一起,无异于扮演一个屈辱的可怜角色。躲开他们,离他们远远的!'我怀着很久不曾有过的奋激心情热烈地继续说道,而且深深相信我说的话,和我想说的话,'您得离开这班可鄙的、跟您格格不入的人,到另一群人当中去。在那儿您才会找到配得上您的位置。……'"

该小说的构思是在八十年代末产生的。一八九三年五月二十二日,契诃夫写信给他的朋友古烈维奇说,《匿名氏故事》他是"在一八八七至一八八八年开始写作的,当时并不打算将它发表,后来就丢开不写了。……"一八九一年,契诃夫又回到这个作品上来。

一八九一年九月三十日,契诃夫写信给阿尔包娃,有关她要求契诃夫再为《北方通报》杂志写稿一事答复说:"……我几乎已经给您准备好一个篇幅不大的中篇小说;草稿已经写完,然而还没有修改,也没有誊清。至多再过一两个星期,工作就可以干完。它的题名是《我的病人的故事》。可是我心里充满着非常严重的疑虑:书报检查官能放过它吗?要知道,《北方通报》是必须送书报检查官审查的刊物;虽然我的小说实际上并没有宣传有害的学说,可是书报检查官可能不喜欢其中的那些人物。这个故事是以一个过去的社会主义者的名义叙述的,小说中的头号男主人公是内务副大臣的儿子。在我的笔下,那个社会主义者也好,副大臣的儿子也好,都是温和的人,在小说里都没搞政治;然而我仍旧担心,或者至少认为向公众发表这篇小说为时尚早。我会把小说寄给您,请您读一遍,然后决定该怎么办。"这种疑虑越来越增强。同年十月二十二日,契诃夫写信给阿尔包娃说:"上封信里我曾跟您谈起过的那个中篇小说,眼下我丢在一边了。现在已经毫无疑问,这篇小说是书报检查官断然通不过的,那么把它寄给您只能是白费时间,使您非要从我这儿拿到供杂志一月号发表的小说这一打算落空。苏沃陵不久以前到莫斯科来过,我为他朗诵了这个中篇小说的前二十行,然后讲了一下故事的梗概,他说:'这篇小说我是不敢拿去发表的。'嘿,我真有点张皇失措了,而且做出这样的决定:暂时把这个中篇小说保留下来,而且为您另写一篇。"

一八九二年秋天,契诃夫将该小说写完,寄给《俄罗斯思想》杂志。然而编辑部担心这篇小说会招来书报检查机关的不满,结果它在《第六病室》发表以后才决定发表。

一八九二年十月二十五日,杂志主编拉符罗夫写信告诉契诃夫说:"我充分相信,《我的病人的故事》明年会毫无困难地刊登出来,至于现在,书报检查官由于我们的杂志上登载了一系列批评文章和政论文章,正对我们虎视眈眈,用毒蛇的眼睛盯住我们,我担心会闹出什么麻烦事来。"然而,该小说却顺利地通过了书报检查这一关。

契诃夫不满意小说的题名《我的病人的故事》。拉符罗夫函询该小说究竟用什么题名,一八九三年二月九日契诃夫回答说:"《我的病人的故事》断然不合用,因为它有医院的味道。《听差》也不合用:它不符合小说的内容,而且粗俗。那么想个什么题名好呢?(1)在彼得堡。(2)我的熟人的故事。第一个题名显得乏味,第二个又好像太长。干脆叫《熟人的故事》也可以。不过,让我们再提几个标题:(3)在八十年代。这个题名太大。(4)无题。(5)无题的小说。(6)《匿名氏故事》。最后这个题名似乎比较合适。您中意吗？如果您中意,那就这样办吧。"

看来,契诃夫读该小说校样的时候,将原文大加缩减。一八九二年十二月三十日,契诃夫写给批评家戈尔采夫的信上说:"我给它狠狠地剃了个头。"

契诃夫的朋友安德烈耶夫斯基开始读《匿名氏故事》的校样时,对作者的删节表示惋惜。他在一八九三年一月五日写给契诃夫的信上说:"我担心,您作了许多不必要的修改。我认为,您的许多删节是不妥当的。看来,您心情不佳,所以修改不好。您最好只字不改,保留原样,而且把余下的校样今天统统寄来。"

契诃夫对该小说的结尾不满意。他在一八九三年二月二十四日写给苏沃陵的信上说:"小说的结尾没有使您满意,因为我是匆匆结束的。应该要写得长一点,然而写得长一点也是危险的,因为小说中的人物太少,如果在两三个印张的篇幅上老是只有这两个人物出现,那么读起来就会乏味,而且那两个人物的形象反而会显得模糊。"同年三月四日,契诃夫在写给苏沃陵的下一封信中说:"我不知道,关于我的小说的结尾您会说些什么。这个结尾似乎并不牵强,情节也进展得顺畅而合理。我写得太急,糟就糟在这儿。大约,在匆忙中难免会出现败笔,而这直到后来用斧子也砍不掉的时候才会发现。当时我打算用我的名义写个短小的尾声,解释一下匿名氏的手稿怎样会落到我的手里。这个尾声我写好了,可是要放到出书的时候再用,也就是放到这个中篇小说出版单行本的时候再用。"

契诃夫担心书报检查官作梗是有根据的。他的中篇小说的题材在当时十分引人注目。小说中的主人公被人们理解为俄国民意

473

党的活动家，只是他背弃了原有的信仰。

和契诃夫通信的朋友们高度评价他这个新作品。由于这篇小说描写一个人拒绝用暴力反抗恶的办法，而且在小说第十七章中写到他号召要"无私地热爱他人"，俄国文学家戈尔布诺夫-波沙多夫在一八九三年三月间写给契诃夫的信上说："……我读到小说的结尾，除了眼睛里含满泪水以外，心灵里还涌上一种欣喜的感情，为我们文学而欣喜的感情。"

一八九三年四月二十六日，俄国作家列斯科夫写信给戈尔采夫说："契诃夫的小说写得好极了。"俄国文学家玛科维茨基在一九〇七年三月三十日的日记里提到，列夫·托尔斯泰也赞赏《匿名氏故事》。

无论是保守派的批评家，还是自由派批评家，都异口同声地指出契诃夫真实地描绘了高级官吏和彼得堡生活的特点。例如，批评家尤日内依在一八九三年四月八日《公民报》上写道："彼卡尔斯基这个人缺乏心肝，然而他，毫无疑问，是个所谓活生生的人，取自生活，有血有肉，同时，在他身上巧妙地集中了纯彼得堡气质的人所具有的种种典型特征；因此，'彼卡尔斯基'虽是专有名词，现在却可以放胆地当普通名词用了。"又如，批评家伊凡诺夫在一八九三年三月二十五日《俄罗斯新闻》上写道："奥尔洛夫和他的朋友们这一类彼得堡官吏是当代鄙俗习气和道德堕落的又生动又鲜明的典型。"

可是匿名氏的形象却遭到尖锐的批评。契诃夫跟往常一样，不肯直接表明他对所描写的人物的态度，因而引起批评家的不满。有些人（主要是自由派报刊的批评家）实际上并不反对描写旧日的英雄，另一方面却认为作者对他的人物的态度含糊不清，而且认为那个恐怖主义者-民粹派分子的世界观的转变缺乏使人信服的理由：他们弄不明白契诃夫对那个过去的革命者究竟采取谴责还是辩护的态度。还有些人(基本上是反动报刊的撰稿人)并不掩盖他们对俄国民意党人的愤恨,因而为了契诃夫对解放思想的同情态度而气恼。

俄国反动批评家责难契诃夫的世界观模糊不清,同时又抨击小说中的社会激情。俄国批评家尼古拉耶夫说明契诃夫描写了"虚无主义"的两种形态——一种是日常生活中的(奥尔洛夫和他周围的人),另一种是原则上的(匿名氏);同时他表示遗憾,认为小说里没有指责社会主义者男主人公的过去的活动。批评家不同意把男主人公的精神危机描写成个人的毁灭。尼古拉耶夫正是在男主人公背叛原有的理想这方面看出了人的"复活"的基础(请参看一八九三年三月四日和二十五日《莫斯科新闻》)。关于契诃夫对"可悲的时代"的代表的描写,批评家尤日内依也持否定态度(请参看一八九三年四月二日《公民报》)。

《大沃洛嘉和小沃洛嘉》

最初发表在一八九三年十二月二十八日《俄罗斯新闻》第三五七号上。

一八九四年,该小说由作者略加修改后,收入他的小说集《中篇和短篇小说》。

后来,该小说由作者重加修改和删节后,收入他自编的文集第八卷。

一八九四年三月二十七日,契诃夫在写给列格拉的信上表露了对《俄罗斯新闻》编辑部的愤慨,说它"为了胆怯和贞洁把这篇小说大大删削了一番"。

在该小说发表的当天,契诃夫写信给文学家戈尔采夫说:"哎呀,发表在《俄罗斯新闻》上的我那篇小说,让人家那么起劲地剃了个头,结果连头发带脑袋一齐剃掉了。那种贞洁纯粹是幼稚的,而且那种胆怯也是惊人的。他们删掉了好几行,不管怎么说,反正他们砍掉了中段,咬下了尾部,因而我的小说黯然失色,叫人看着简直恶心。"

《黑修士》

最初发表在一八九四年《艺术家》杂志第一期上(该期杂志一月五日由书报检查机关通过)。

一八九四年,该小说由契诃夫收入他的小说集《中篇和短篇小说》,只改动了一个词,将"消瘦"改为"瘦脸"。

后来,契诃夫将该小说收入他自编的文集第八卷。

一八九三年七月二十八日,契诃夫告诉苏沃陵说,他写完一个"篇幅不大的中篇小说"。苏沃陵提议由他的《新时报》发表这篇小说,可是契诃夫在八月十八日的信上拒绝了。作者称他的中篇小说为"医学作品",描写一个"患夸大狂的青年人"(请参看一八九三年十二月十八日契诃夫写给苏沃陵的信和一八九四年一月十五日契诃夫写给俄国作家缅希科夫的信)。

大概由于苏沃陵说,作者在《黑修士》里反映了他自己的精神状态,契诃夫在一八九四年一月二十五日写回信说:"……如果作者描写心理病态的人,这并不意味着他自己就害着这个病。《黑修士》是我在冷静地思考、摒除任何忧郁思想的情况下写作的。无非是兴致来了,想描写夸大狂而已。至于那个从旷野另一头飞来的修士,是我在梦中见到的。我第二天早晨醒来后,把这个修士讲给米沙①听了。"

托尔斯泰的信徒鲁萨诺夫在一八九五年二月十四日写给契诃夫的信上谈到一八九四年四月二日托尔斯泰对这篇小说的看法时

---

① 指契诃夫的小弟米哈依尔·巴甫洛维奇。

写道:"列夫·尼古拉耶维奇(即托尔斯泰)生动地,带着一种特别的柔情说到《黑修士》:'它真迷人!嘿,它多么迷人啊!'"

批评界基本上把《黑修士》看作一个兼任医生的作家所写的"精神病学作品"(例如一八九四年二月十七日《新闻与交易所报》上刊登的批评家斯卡比切夫斯基的评论就是这样的)。批评家们指出作者在这篇小说里的思想立场含糊不清。《黑修士》中的男主人公柯甫陵引起各种不同的评价。批评家尼古拉耶夫称他为"当代的波普里欣"。《俄罗斯新闻》的批评家却指出契诃夫打算揭示男主人公的崇高志向和当时现实的矛盾。这位批评家在把读者的注意力引向小说的艺术技巧方面以后,评论契诃夫说:

"他写过成群有着小小的痛苦、在个人的感觉中苦苦折腾、经常想到自己的渺小和贫乏的小人物;而在这群人当中他几乎没有塑造过一个具有深刻的思想感情、志在造福社会、积极肯干的所谓正面典型。在中篇小说《决斗》中,契诃夫试图通过动物家创造这种典型,可是这次尝试却大大地失败了。现在,我们眼前很生动地出现了一个有智慧、有感情、渴望造福社会的人;但是这个人却疯了。"(请参看一八九四年一月二十四日《俄罗斯新闻》)

俄国作家谢苗诺夫在回忆录中谈到:有一次俄国文学家戈尔布诺夫-波沙多夫和契诃夫谈话,契诃夫表示,批评家没看懂他的小说。

苏联批评家们对《黑修士》的思想意义也有各种不同的解释。

《女人的王国》

最初发表在一八九四年一月《俄罗斯思想》第一期上,有副标题《故事》。

一八九四年,该小说由契诃夫略加修改,并删去副标题后,收入他的小说集《中篇和短篇小说》。

一八九六年该小说由出版商瑟京另出单行本。

后来,该小说由契诃夫作了些微改动后,收入他自编的文集第八卷。

一八九三年十一月二十五日,契诃夫在写给苏沃陵的信上说,这篇小说是在一八九三年十一月写完的。

一八九四年二月五日,俄国作家戈尔布诺夫-波沙多夫写信告诉契诃夫说:"我津津有味地把它(指《黑修士》)读完了,读得很有兴味,然而它不像《女人的王国》那样招我喜欢(我不是指整个构思而言,它在这方面是很好的)。《女人的王国》写得很精彩,其中所有的人物都栩栩如生地站在我眼前,使我产生悲哀和严峻的思虑。"

戈尔布诺夫-波沙多夫特别强调这篇小说的社会倾向性。他公正地断言,契诃夫成功地表现了"工人的世界是受压制的力量的世界,他们都在远处,虽然没在舞台上出现,却又时时刻刻让人感到他们的存在"。

一八九五年一月十七日的《新时报》上,载有批评家安德烈耶夫斯基的评论文章,讲到契诃夫对生活现象的广泛了解:"你们在《女人的王国》里会遇见一大群典型人物,如同在列宾的绘画《宗教行列》中一样。这儿有从鲜为人知的莫斯科生活角落里取来的有趣的风俗画,这儿也有社会问题,有信仰,有假仁假义,有对生活的渴望,还有对真理的渴求。"

这位批评家认为,毫无疑义,作者成功地描绘了商人中间的新女性形象,表现了形象的丰富多彩。

有的批评家表示惋惜,认为契诃夫没有更充分地把他的故事展开,例如批评家布烈宁在一八九五年一月二十七日的《新时报》上写道:《女人的王国》类似"大部头的长篇小说的开端",可是"恰好在读者期待这个有趣的开端往前发展的时候,这个长篇小说"

却被作者中断了。

有一部分批评家对律师雷塞维奇的形象表示不满,认为作者把他故意漫画化了(请参看一八九四年一月二十四日《俄罗斯新闻》上的评论文章)。

俄国作家布宁把《女人的王国》列为契诃夫的最佳作品之一。

《洛希尔的提琴》

最初发表在一八九四年二月六日的《俄罗斯新闻》上。

一八九四年,该小说由契诃夫略加修改后,收入他的小说集《中篇和短篇小说》。

后来,该小说由作者再加修改后,收入他自编的文集第八卷。

《大学生》

最初发表在一八九四年四月十六日的《俄罗斯新闻》上,原来的题名是《在黄昏》。

一八九四年,该小说由作者改换题名,并加修改(增添几句话)后,收入契诃夫的小说集《中篇和短篇小说》。

后来,该小说由作者收入他自编的文集第八卷。

契诃夫在修改小说的过程中一般都是删节原作,像这篇小说那样非但不删节,反而增补的情况是不多见的。

契诃夫的朋友们在回忆录中证明,契诃夫喜爱这篇小说,认为它写得最出色。例如,俄国作家布宁在回忆录中说,契诃夫的这个作品曾受到不公正的评价,契诃夫知道后反驳道:"我哪里是'悲观主义者'呢?要知道,在我的作品中我最喜爱的一个短篇就是《大学生》。"又如,有人询问作家的弟弟伊凡·契诃夫:契诃夫在自己的作品中间最看重的是哪一篇,后者回答说:"是《大学生》,他认为写得最出色。"

《文学教师》

这篇小说的第一章发表在一八八九年十一月二十八日的《新时报》上,原题名是《庸人》,并写明献给为他哥哥尼古拉·巴甫洛维奇诊病的医生奥包连斯基。第二章发表在一八九四年七月十日的《俄罗斯新闻》上,题名是《文学教师》,有副标题《故事》。

一八九四年,契诃夫将该两章合成一篇小说,题名《文学教师》,取消副标题和献词,并略加修改后,收入契诃夫的小说集《中篇和短篇小说》。

后来,该小说由作者略加修改后,收入他自编的文集第八卷。

《庸人》是在一八八九年十一月上半月写成的。契诃夫在一八八九年十一月一日写信给苏沃陵说:"您的撰稿人安·契诃夫正开始生产发表在'星期六专栏'中的作品。……小说开端写得还可以。我将寄上这篇小说,算是一篇小品。这是从内地豚鼠生活当中取来的一个微不足道的插曲。请原谅我任性胡闹。……顺便说说,这篇小说有一段可笑的故事。我原打算在小说结尾让我那些人物彻底完蛋,可是魔鬼来捣乱,叫我对我们家的人朗诵这篇小说,结果大家纷纷哀求道:饶了他们!饶了他们吧!我就宽恕了我那些人物,因而小说变得这么疲沓无力了。"后来,在小说第二章内,契诃夫写他的人物"恍然大悟",感到了对庸俗生活的恐惧。

一八八九年十一月二十九日俄国作家普列谢耶夫在写给契诃夫的信上谈起《庸人》时说:"这是极其迷人的生活小图景,妙处全表现在细节上,小小的线条上,或者'发亮的光点'上,就像画家说的那样。所有的人物都是活生生的人,随时都能遇到,看见,了解。"

《在庄园里》

最初发表在一八九四年八月二十八日《俄罗斯新闻》上,原有副标题《故事》。

一八九四年,该小说由作者取消副标题,删节内容,并作文字上的修改后,收入契诃夫的小说集《中篇和短篇小说》。

后来,该小说由作者略加修改后,收入他自编的文集第八卷。

在原稿中,契诃夫把拉谢维奇描写成一个喜爱闲扯的人,为他的口才沾沾自喜,在作者修改后,他的发言就带着明显的反动色彩了。例如,一八九四年的版本中删掉了拉谢维奇的思考。在"……大概在议论乏味的生活,议论被断送的青春"后,原稿本来还有一段:"两个姑娘美丽动人。拉谢维奇很想去找她们,对她们说,他连想也没有想到要侮辱可怜的梅耶尔。难道他能预料到,这场谈话会结束得这样出人意外地荒唐吗?要知道,虽然梅耶尔出身于小市民,可是他是乐于把任尼雅嫁给梅耶尔的,连他本人娶的也是平民知识分子的女儿;如果他刚才讲起白骨头,那也只是因为他觉得他的思想新奇别致,而且因为他还想给那位梅耶尔凑趣,博得他的好感。现在他会多么乐意把侦讯官追回来,另外进行一次长篇谈话,然而所谈的是出身于平民的知识分子、朝气蓬勃的新生力量等。那时候,他就会把人们过分称赞的白骨头嘲笑一通!"

《花匠头目的故事》

最初发表在一八九四年十二月二十五日的《俄罗斯新闻》上。

一九〇一年,该小说由作者略加修改后,收入《季霍米罗夫文学和教育活动三十五周年纪念刊》。

后来,该小说由作者略加删节并修改后,收入他自编的文集第十一卷(在他死后一九〇六年出版)。

契诃夫为他自编的文集整理该小说的时候,显然用的是报上的原文,因为他没有考虑到一九〇一年的修改。

一八九四年十二月二十五日,俄国文学家戈尔布诺夫-波沙多夫在写给契诃夫的信上说:"我刚才读完您的小说《花匠头目的故事》,为它所表达的美好思想感到高兴。这最有价值。如果我们的作家多写点这样的作品,主要的是照这样思索和感觉,那么生活在这个世界上的人就会感到温暖多了。我希望您务必允许我们将这篇小说印成供民众阅读的单行本。……如果承您好心允诺,并且把几个民众完全不理解的词改成比较简单的词,那就太好了。可是,如果您没有工夫做这件事,那么请您允许我们来做,我们会把打算修改的地方寄给您,供您审查。"一八九四年十二月三十一日,契诃夫回信表示同意说:"我把《花匠头目的故事》交给您全权处理。依我看来,它不适合印行民众版,把一些字改成另一些字也不能使原文变得容易理解。请您随校样把修改计划寄来,我会按照您的愿望办理。顺便提到,《俄罗斯新闻》由于胆小如鼠,在花匠讲话的开端删掉了下面一段:'相信上帝并不难。宗教裁判所的法官们也好,比伦也好,阿拉克切耶夫也好,都是相信上帝的。不,您得相信人!'"然而,这篇小说没有由"媒介"出版社印行。

虽然从以上的信中可以看出,契诃夫指责报纸编辑部删削这篇小说,可是他在这篇小说重新发表时并没有恢复那几句话。

《三年》

最初发表在一八九五年《俄罗斯思想》杂志一月号和二月号上,原有副标题《故事》。

后来,该小说由作者取消副标题,并大加修改后收入他自编的文集第八卷。

契诃夫将该小说收入文集时,做了大量文字上的修改,删节了许多生活细节和对小说中人物的性格描写。作者对拉普捷夫的性格描写、拉普捷夫和他朋友的谈话、拉普捷夫跟尤丽雅的关系,都作了特别重大的修改。

例如,第四章在"……免得让人议论"后,删掉如下的文字:"她十分忧虑,现在可怜的尤丽雅没有母亲可怎么办。总得有人为嫁妆操心,把婚礼铺排得很体面,可是现在,那个怪物(他这样称呼医生)却什么也不懂。

"临近黄昏,风停了,天气转好了。拉普捷夫跟尤丽雅走到市立公园去。他挽着她的胳膊散步,对她讲他小时候的情景,讲大学的情景,总之,讲莫斯科的生活,她非常注意地听着。走到幽暗的林荫道上,他忍不住,便热烈地抱住她,吻她的嘴唇,她呢,吻他的脸。他倒希望她在他脸上的一吻和她那种认真的关切换成微微一笑。使他尴尬的是,她已经准备扮演'忠实'的妻子(与其说妻子,还不如说配偶)的角色;他呢,甚至在拥抱她,感到沉迷的时候,也没法忘记她不爱他。"

又如,第一章在"他跟女人周旋,总觉得别扭,做作,说话太多"后,原文还有如下一段:"现在他几乎看不起自己的软弱无力,准备幸灾乐祸地责备自己:尽管他实际上家财豪富,却没法买到美、灵巧、才华,哪怕仿造的也买不到。"

又如,第九章在"……我开始有些担心了"之后,原有关于知识分子中间"赶时髦"的趋向的谈话:"他们长时间地谈论费多尔,还谈到现在俄国知识分子中间有一种风气,喜欢装得热衷于神秘主义、蒙昧主义、粗野的作风、智力的贫乏,有许多人甚至改变嗓音和步态,只为了显得粗鲁和怪僻。比方说,费多尔虽然已经不是商人,却总是装得像是普通的商人,每逢由老拉普捷夫任校董的那所学校的一位教师到他这儿来领薪金,他对他们总是摆出上司的架子。

"'真正的迷信总是在作假的人身旁找到立足点,'拉普捷夫说,'要是谁的脑筋病态地倾向于各种荒唐事,那就在劫难逃,毫无办法了。我发觉,那班老爷把一切难于理解的、不清楚的、模糊的、没得到证明的东西统统搅在一起,结果造成了奇怪的一锅粥。如果我们这种人当中有谁热衷于招魂术或者催眠术,谁就一定是顺势疗法派医生,形而上学者,象征主义者,相信有关三支蜡烛和数目字十三的说法,为中国主义而痛骂文明,其实他对中国主义简直一点概念也没有,因为他从未到过中国,只知道本国的那一套。当然,这样的智力是不能叫人满意的,人对自己隐隐感到不满,老是生气,冒火,一肚子的对抗精神,纯粹为了壮自己的声势而准备振振有词地说,俄国人的理想就在于愚昧无知,在于鞭笞,在于贫穷。……'"

又如,在第十二章开端,拉普捷夫作为艺术"行家"的性格描写被大大地删节了。在杂志的原文中作者描写了他的男主人公在画展上表现的自以为是的态度,并且指出形成这种态度的原因。在文集中,契诃夫却让读者自己去猜测这种自以为是的态度的起因了。在"如果肯下功夫,那他说不定会成为一个好画家"之后,原文是这样的:"可是有些时候,他怀有一种特殊的心情,每逢这种时候,他总是毫不怀疑地认为,绘画和雕刻对他根本不起作用,他对它们简直一窍不通。在国外,有的时候,他到古董店去,带着内行的神情细看古董,发表意见。古董商老是注意地听着,表示同意,显然,古董商在表面上投其所好,心底里却看不起他;拉普捷夫也感觉到这一点,可是他生性执拗,偏要买下一件东西,古董商要多少价钱,他就给多少,事后那件买回来的古玩塞在匣子里,丢在马车棚内,最后谁也不知道它到哪儿去了。或者,他走进版画商店,久久地、注意地观看绘画、古铜器、小饰物,发表各种意见,突然买下一幅民间木版画或者一套乱七八糟的画片,于是暴露了他的无知。他家里摆设的都是大张的画,然而是下乘之作,至于佳作,则挂得不像样子。他不止一次地花大价钱买下一些作品,事后却发现都是些粗劣的赝品。这样的例子是很多的。另一方面,能说明他具有敏锐的鉴别力和美好的情趣的事实,他却一个也想不起来。值得注意的是,他在俱乐部里,在剧院里,在自己的仓库里总是胆子很小,一到画展上,就胆子放大,自以为是了。他想到他能买下这些画儿,就不由得产生自以为是的心理,每逢他发觉自己犯这种毛病,就觉得不自在。有的时候,当他站在一幅画跟前大声发表他的见解的时候,在他的心灵深处,大概是他的良心吧,就会对他悄悄地说:这是任性胡闹的商人的血在他身上沸腾,又说,他那么大胆地批评画家,和他哥哥费多尔斥责有过错的店员或者教师并没有多大的区别。"

一八九四年九月二十二日,契诃夫写信告诉他的妹妹玛丽雅·契诃娃说,他正在写一篇"取材于莫斯科生活的小说",供《俄罗斯思想》杂志刊用。一八九四年十月六日,契诃夫在写给俄国文学家戈尔采夫的信上说,他认为这篇小说的写作"需要细心和耐性"。

一八九四年十月四日,契诃夫在给俄国女作家沙芙罗娃的信上提到他对这个新作品的评价,他写道:"原来的构思是这样,可是写出来却成了另一种样子,相当疲沓,不像我原来打算的那样柔顺如丝绸,却毛糙如细麻布了。……总写老一套使得我腻味了,我想写魔鬼,写火山般的可怕女人,写魔法师,可是,唉!人们却要我写些规规矩矩的中篇小说和短篇小说,取材于普通人及其配偶的生活。"

契诃夫于一八九四年十二月十一日或十二日写给戈尔采夫的信上提议,要他给这个中篇小说加一个副标题:《家庭生活场景》或者《故事》。戈尔采夫选择了《故事》。

书报检查机关曾禁止这个中篇小说发表。一八九五年一月十九日,契诃夫在写给苏沃陵的信上说:"《俄罗斯思想》杂志一月号曾被扣留,后来才网开一面。书报检查官在我的小说上删掉几行有关宗教的文字。要知道,《俄罗斯思想》总是事先把文章送到书报检查机关接受审查的。这就打消了自由写作的一切兴致,人一面写,一面老是觉得喉咙里堵着块骨头。"

在契诃夫的札记簿和零散的记事页上保存着有关小说《三年》的许多笔记。其中有一部分作者没有利用。

《三年》在报刊上引起许多评论,其中很大一部分是尖锐的。契诃夫描写了在俄国城市商人中间发生的财富积累的过程,这在俄国文学中是新现象。在这个题材的发展中,契诃夫的这个作品出现在高尔基描写俄国资本主义的作品之前。

俄国批评家们欢迎契诃夫试图创造当代生活习俗的画面,然而不理解他对生活观察的深度。资产阶级批评家们不能够,也不愿意承认这种严峻的画面是典型现象。他们责备作者,认为小说的构思模糊不清,还责备小说中的人物刻画得不够细致。

俄国批评家斯卡比切夫斯基对这个中篇小说作出积极的评论,他特别注意阿历克塞·拉普捷夫这个形象。这位批评家在他那篇载于一八九五年四月二十日《新闻和交易所报》上的文章中认为,对"莫斯科河南岸市区的汉姆雷特"的描写是契诃夫巨大的创作成就,他写道:"拉普捷夫是在我们的生活中随处都可以遇见的活生生的、可以触摸到的典型。他是黑暗王国的直接遗产,是它的合乎逻辑的后果。他极力要求我们以最广泛的形式加以概括,不难证明,我们每个人身上除了奥勃洛莫夫习气以外还有拉普捷夫习气,我们都是这样或者那样的拉普捷夫!"

随着契诃夫的新作品《第六病室》、《匿名氏故事》、《女人的王国》、《三年》陆续问世,在俄国批评界就契诃夫作为新文学代表的问题发生了争论。俄国批评家布烈宁从八十年代末起一直对契诃夫的才华给予尖刻的评论,他在一八九五年一月二十七日的《新时报》上声称,契诃夫的才能及不上斯列普左夫,契诃夫断然写不出像斯列普左夫的《女学生》这样的作品。然而,大多数批评家尽管极力想贬低契诃夫作品的社会激情,可是都承认这位作家是当代文学最出色的代表。例如,安德烈耶夫斯基在一八九五年一月十七日的《新时报》上肯定地说,大家都把契诃夫"看作是我们那些大作家的公认的皇太子"。

《太太》

最初发表在一八九五年俄罗斯语文爱好者协会在莫斯科出版的文集《开端》上,原有副标题《故事》。

该小说经作者略加修改,并取消副题后,收入他自编的文集第八卷。

一八九四年十月间,俄罗斯语文爱好者协会主席斯托罗任科向契诃夫提出请求,约他为文集《开端》写一个短篇小说。一八九五年二月三日,契诃夫写信告诉斯托罗任科说:"现寄上文集需要的短篇小说,时间延误,深以为歉。……如果我想出一个比较合适的新题名,那我也许会在校样上更改。"但是,究竟是契诃夫更改了题名呢,还是从一开头,小说便取名为《太太》,现在已经无法查清了。

作家的小弟米哈依尔·契诃夫在他的回忆录《在契诃夫周围》一书中写道:"顺便提一提,他那短篇小说《太太》的题材是我从雅罗斯拉夫尔带给他的,在那儿我的一个熟人悄悄地把他生活中的秘密告诉了我……"米哈依尔·契诃夫在一九二三年出版于莫斯科的《安东·契诃夫和他的题材》一书中也谈到过这一点:"他的短篇小说《太太》的题材是我从外省带给他的。这篇小说几乎详尽地描绘了雅罗斯拉夫尔原先的财政厅长萨布林不幸的家庭生活。……这个题材用不着再扩展,因为这个短篇小说几乎是已故的萨布林的传记。"

一八九五年四月二十七日,俄国剧作家聂米罗维奇-丹钦科在写给契诃夫的信上说,《太太》获得了成功。

俄国作家谢苗诺夫在《与契诃夫的会见》一文中写道,托尔斯泰对这篇小说十分欣赏。托尔斯泰认为《太太》是契诃夫的优秀小说之一(请参看本文集第二卷中《假面》的题解)。

该小说发表后各报刊几乎未加评论。俄国批评家尼古拉耶夫在一八九五年四月二十七日的《莫斯科新闻》上发表了一篇评论,该评论对小说《太太》只限于作出肯定的,然而非常肤浅的评价。

《挂在脖子上的安娜》

最初发表在一八九五年十月二十二日的《俄罗斯新闻》上,原有副标题《故事》。

该小说经作者大加修改并取消副标题后,收入他自编的文集第九卷。

该小说收入文集前,契诃夫把它分为两章,取消了副标题,作了许多重要的增补和修改。修改的目的基本上是为了加深人物的性格描写。契诃夫在修改中使得莫杰斯特·阿历克塞伊奇、大人、舞会上的军官们的讽刺性形象更为鲜明。例如,对莫杰斯特·阿历克塞伊奇的性格描写增添了新的字句,现用仿宋体字标出:"他是个中等身材的官吏,长得相当丰满,挺胖,保养得很好,留着长长的络腮胡子,却没留上髭。……他脸上最有特色的一点,是没有唇髭,只有光秃秃的、新近剃光的一块地方,那块地方渐渐过渡到像果冻一样颤抖的肥脸颊。……"又如:"……莫杰斯特·阿历克塞伊奇……说,每个戈比都节省着用,卢布自然就会来了,又说他把宗教和道德看得比世界上任什么东西都重要。……"又如:"……

她丈夫睡午觉,鼾声很响……"又如:"他给阿尼雅买戒指、镯子、胸针,说是这些东西到了急难的日子自有用处。他常常打开她锁着的五屉柜,查看一下那些东西还在不在。……"又如:"……他庄严而笨重,像一具穿着军服的兽尸,一面走动,一面微微扭动肩膀和胸部……"又如:"……现在他站在她面前,也现出巴结的、谄笑的、奴才般的低声下气神情了,这样的神情在他遇见权贵和名人的时候她常在他脸上看到。"

关于大人,在载于报纸的原文中有这样的描写:"……忽然人群在她面前让出一条路来,男人们有点古怪地挺直身子,垂下双手。……原来,大人向她走过来了,胸前挂着两颗星章,眼睛直勾勾地瞧着她,现出微笑",后来在文集中改为:"……忽然人群让出一条路来,男人们有点古怪地挺直身子,垂下两只手贴在裤缝上。……原来,燕尾服上挂着两颗星章的大人向她走过来了。是的,大人确实向她走过来了,因为他的眼睛直勾勾地瞧着她,脸上现出甜蜜的笑容,好像在咀嚼什么东西似的,他每逢看见漂亮女人总要这样。"

该小说在收入文集时比较鲜明地突出安尼雅的卖弄风情。例如,在原稿"她发现阿尔狄诺夫在看她"之后,新添了一句话:"就卖弄风情地眯细眼睛"。又如,原文"她就索性哼起从树林后面的军乐队那边传来的圆舞曲了",后来改为"她就索性哼起从树林后面的军乐队那边传来的波尔卡舞曲了"。一般说来,圆舞曲比较平稳,常带有忧郁的味道,然而波尔卡舞曲却是欢快的、热情奔放的,——这是阿尼雅这个形象如何发展的关键。

小说女主人公阿尼雅婚后同她家人的关系生疏了,这在修改后的小说中有更多的描写。例如,原文"她父亲和弟弟带着一种特别的神情瞧她,仿佛刚才在她进门以前,他们正谈到她为了钱而结婚,嫁给一个她所不爱的人。她的窸窣作响的衣服、她的镯子、她周身上下那种太太气派，使他们觉得拘束，不过他们还是跟从前那样爱她……"后来改成："她父亲和弟弟带着一种特别的神情瞧她，仿佛刚才在她进门以前，他们正在指摘她不该为钱嫁给一个她并不爱的枯燥无味的男子似的。她的窸窣响的衣服、她的镯子、她周身上下那种气派，使他们觉得拘束，侮辱了他们。他们在她面前有点窘，不知道该跟她谈什么好，不过他们还是像从前那样爱她……"在修改后的小说中，有关阿尼雅在舞会上对待她父亲的态度也有新的描写，增添的字句用仿宋体字标出："阿尼雅脸红了，料着他会说出什么不得体的话（她已经因为自己有一个这样穷酸、这样平凡的爸爸而觉着难为情了）；可是他喝干那杯酒……尊严地走了。……"

关于阿尼雅参加舞会的情况，修改稿中添了如下一段："他们坐车去参加舞会。他们到了贵族俱乐部，门口有看门人守着。他们走进前厅，那儿有衣帽架、皮大衣、仆役往来穿梭，袒胸露背的太太们用扇子遮挡着穿堂风。空气里有煤气灯和士兵的气味。"

一八九五年十月中旬，该小说在梅里霍沃写成，寄给《俄罗斯新闻》主编和发行人索包列夫斯基。一八九五年十月十五日契诃夫写信通知索包列夫斯基说："兹寄上短篇小说一篇。……我想读它的校样。……请费心把校样寄来……我星期四傍晚读完，星期五早晨就寄还。"同年十月十八日，契诃夫收到该小说的校样和索包列夫斯基写给他的信："现寄上校样……我没有发现其中有什么可能要求作者进行重大修改的地方。这篇小说写得好极了！"

该小说在一八九五年十月二十六日《莫斯科新闻》上发表后不久，俄国批评家尼古拉耶夫写了一篇文章，极力想证明《挂在脖子上的安娜》是契诃夫写得较差的作品之一。尼古拉耶夫从"纯艺术"的反动理论立场出发，在对契诃夫的创作作出总的评价时，试图贬低契诃夫作为批判现实主义大作家的意义。

《白额头》

最初发表在一八九五年十一月《儿童读物》杂志上,原有副标题《故事》,并有安德烈耶夫所作的插图。

一八九九年,该小说转载在集子《俄国作家关于生活和大自然的故事。瓦西里耶夫为孩子们编》。

一八九九年,该小说由克柳金在莫斯科另出单行本。

后来,该小说经契诃夫略加修改并取消副标题后,收入他自编的文集第三卷。

根据《儿童读物》杂志主编季霍米罗夫一八九五年四月十七日写给契诃夫的信可以看出,《白额头》的作者是在一八九五年四月中旬交稿的,可是直到同年十一月才在杂志上发表。

克柳金是莫斯科的书商和小出版商。他请求契诃夫准许他把小说《白额头》收在瓦西里耶夫为孩子们所编的集子里,另外他未经作者许可还出版了该小说的单行本。一八九九年一月十八日,契诃夫写信给大哥亚历山大·巴甫洛维奇,谈到克柳金擅自行动时说:"请你告诉克柳金,当初我准许他把《白额头》收进集子,然而没有允许他印成小册子。"

契诃夫的大哥亚历山大·巴甫洛维奇在一九一一年发表于《田地》杂志第二十六期上的回忆录中说:"我弟弟的院子里有三条黑毛的看家狗……其中有一条是中等个头,名叫'白额头'。我弟弟把它写在他的短篇小说《白额头》里,使它名垂千古了。"

一九〇〇年一月二十一日,契诃夫把他的两个短篇小说《白额头》和《卡希坦卡》寄给他的朋友罗索利莫,供他收入儿童丛书之用,并且附去一封信,阐明他的儿童文学观点:"在我的作品中间明显地适合孩子们读的,有两个有关狗的生活的故事,我把它们挂号寄给您。此外我没有别的这一类作品了。总之，我不会写供孩子们阅读的作品，我为他们每十年写一篇。至于所谓的儿童文学，我是不喜欢，也不承认的。给孩子们阅读的只应当是那些也适合成人看的作品。安徒生的小说、《战舰巴拉达号》①、果戈理的作品，孩子们爱读，成人也一样。不必专为孩子们写东西，而应当善于从那些给成人阅读的作品中挑选，也就是从真正的文艺作品中挑选。善于挑选药，善于确定剂量，比起只因为病人是孩子而特意为他想出一种特殊的药来，要合理得多，直截了当得多。请您原谅这种医疗上的比喻。"

在该小说于一八九九年收入儿童故事集子后，报刊上（一八九九年二月二十二日《信使报》）出现一篇有关《白额头》的短评，作者署名伊·比。该文对小说作出积极评价，欢迎它登载在廉价出版物中。

《凶杀》

最初发表在一八九五年十一月的《俄罗斯思想》杂志第十一期上，原有副标题《故事》。

后来，该小说经作者取消副题，并加以修改和删节后，收入他自编的文集第八卷。

契诃夫为文集修改该小说时，将它大加删节。以下举出几处比较重大的删削。例如，在"要知道，做个穷人，不积钱，不省钱，倒比做阔人轻松得多哩"之后，在原稿中还有以下的字句："如果听从他们的话，开始向过路的人索价很低，弄得生意赔了本，那就不成其为生意，而是胡来和愚蠢。至于玛特威的想法，认为人应当生活得平平常常，像大家一样，他就完全不理解了"。又如，在"叫

---

① 俄国作家冈察洛夫的长篇小说。

她永远看不到阳光才好"后面,删掉了如下一段:"阿格拉雅看不起玛特威,为了他在宗教信仰方面的轻率态度和他那腐化的生活。可是她爱亲哥哥亚科甫,怕他。每逢她辱骂而且贬低玛特威,她就产生这样的心情,就像是借此保护亚科甫和他的信仰似的。她能够嚷叫很久,喊得声嘶力竭。要反驳她,或者提高声音盖过她,都是办不到的。哪怕大家都走出院外,只留下她一人在家,她也仍然会嚷叫不停"。又如,在"他交叉着双手,做出祈求的样子,转动眼珠,摇晃脑袋,长吁短叹"后面,删掉如下一句:"甚至他整个身子好像都感到他的行动的井然有序和重要性"。又如,在"……听着自己那种平稳悲凉的声调也觉得乏味"后面,原稿还有如下几句:"光是他自己念经,阿格拉雅唱歌,长明灯发光,他已经嫌不够了,另外还需要点什么,至于究竟需要什么,他也不知道。"在"……对他生出反感,无论是祷告还是不断地叩头都没法克制这种反感"后面,原先还有下面几句话:"他现在样样事情都只怪玛特威不对;可是他觉得,弟弟并没讲出什么话来搅扰他,只是妨碍他祈祷,破坏他的崇拜心理,因而使得他的祈祷不合上帝的心意了。"

早在一八九五年三月,契诃夫就答应向《俄罗斯思想》杂志提供一个短篇小说,可是直到十月初才把小说写成。这篇小说的构思是由作者的库页岛之行的印象引发的,酝酿很久。契诃夫在一八九二年至一八九五年所写的许多札记,可以证明这一点。

契诃夫的小弟米哈伊尔·巴甫洛维奇在一九二三年于莫斯科出版的回忆录《安东·契诃夫和他的题材》一书中写到,他曾经从乌格利奇给安东·契诃夫带来用在这篇小说里的若干细节,例如玛特威在他读过的书上的题词是根据米哈伊尔·巴甫洛维奇在乌格利奇从大仲马的《三剑客》一书中抄来的读者题词写成的;又如,玛特威说奥西普·瓦尔拉梅奇"当过本城的头儿,在教堂里当过二十来年的主事,做过许多好事。他给整条新莫斯科街铺上碎石子,粉饰过大教堂,把圆柱漆得像是用孔雀石做的",——这是乌格利奇市长的原话。

一八九五年十二月十七日,契诃夫的朋友埃特尔在写给戈尔采夫的信上称赞道:"《凶杀》是个多么出色的作品啊,从各方面看都是如此!我读了它非常高兴,因为很明显,像写《三年》那种枯燥无味、缺乏'表达力'、含混不清的作品的阶段如今对他来说已经过去了,眼下他又成了一个强大的、真诚的、深刻的、头脑非凡的才子!"

俄国作家布宁在他的《回忆录》中说:"《凶杀》是一篇非同寻常的优异小说。"

这篇小说发表以后,在报刊上发表了一些评论文章,大多立论浅薄,近似复述作品的内容。评论家波尔塔夫斯基在一八九五年十二月十五日的《交易所新闻》上对这篇小说加以彻底否定。一个未署名的批评家在一八九五年十二月三日的《文学评论》上指出这篇小说的题材具有心理学方面的重要意义,然而又说契诃夫没有把小说写好,"在读者当中留下不满的感觉"。批评家极力缩小和贬低这篇小说的真实内容,试图把它仅仅归结为小说人物的宗教感受,认为宗教就是"人民生活"的"基础"。批评家尼古拉耶夫在一八九五年十一月二十三日的《莫斯科新闻》上,斯科平斯基在一八九五年十一月二十五日的《俄罗斯语言》上,扎列特内依在一八九五年十二月的《俄罗斯座谈会》上都是这样评价的。一八九五年十一月三十日,斯卡比切夫斯基在《新闻和交易所报》上著文指出这篇小说具有重大的认识意义。他强调说:"契诃夫的小说《凶杀》之所以好,是因为它使您了解的俄罗斯现实不是表面上的漂亮现象,不是在涅瓦大街和库茨涅兹桥,不是大学讲坛上,不是画家的工作室和知识分子的沙龙里那种冠冕堂皇的现象",而是俄罗斯的最深之处,由惊人的野蛮和愚昧肆虐的所在。

《阿莉阿德娜》

最初发表在一八九五年十二月《俄罗斯思想》第十二期上,原有副标题《故事》。

该小说由契诃夫取消副标题,做了大量删节和修改后,收入契诃夫自编的文集第九卷。

在苏联中央国家文学艺术档案馆里,至今还保存着该小说经过作者改正的手稿,原是供杂志排版用的。然而作者在小说校样上又作了修改,因此杂志本文与小说手稿大有出入。

该小说收入文集时,作者的修改工作主要是删节。契诃夫极力删削妨碍小说基本思想发展的文字。例如,在杂志本文中,"……看到被告无罪开释总是生气"后面,原先有下面一段话:"如果你们委派女人担任法官和陪审员,那么无罪开释就根本不可能。由于我们交游很广,我有机会遇见很多俄罗斯的和外国的女人。我没有事可干,就观察她们,研究她们,最后相信她们都跟我的阿莉阿德娜一模一样。在她们的每一瞥中,每个姿态上,每句话里,每个蝴蝶结和额发里,我都感到狡猾,智力的贫乏,淫荡,残酷。在欧洲,有多少男人凭他们的文化修养使我感到欣慰和钦佩;同时,也就有多少女人由于她们鲜明的保守思想,由于她们的落后,由于她们显然要想退回到黑暗状态中去的愿望,使我感到受了侮辱。我觉得她们是我势不两立的仇敌,我感到愤慨。有的时候,我觉得,如果从战神玛斯的手里掉下一块大石头,把所有的女性统统埋在他脚底下,那倒会是无比公正的行动呢。"

契诃夫删去了许多评价性质的议论,凡是明显的表露主观性的文字,即使着墨很少,也必删去。例如,在"此地有一个公园,像这样的公园如今您在国外各疗养地都能找到"后面,原有如下的一段话:"这个公园不乏热带的和温室的植物,既不美丽,也没有香气,硬邦邦的,只是这儿那儿孤零零地立着几株凄凉的老悬铃木或山毛榉,这些老树远在此地还没有造出这种拙劣而荒唐的营房的时候起就已经种下了。"又如,"他们的趣味和愿望是多么庸俗"后面,原有如下的一段话:"确实,再也没有人,在愿望和自由选择的权力方面比这些长着鹰钩鼻的银行家、公爵、公爵夫人、男爵以及我们那些俄国的阔佬们更为眼界狭小了,他们像小学生那样乖乖地在沙地上散步,他们能饱览、欣赏自然景物,从中得到享受;不过他们的欣赏口味却跟那些以前做过茶房、偷过主子的财物、如今开着旅馆的老板一模一样。"

契诃夫除了删削原文以外,还进行了一系列的增补,这种增补在小说结尾处特别多。例如,在原文"……她们的脑子比男人的轻,因而可以不关心科学和艺术"后面,添了一大段话,从"……总之,不关心文化工作。鞋匠或者油漆匠的小学徒……"起,到"……正常的农村妇女在分娩的前一天还在田里干活,也不会出什么乱子……"止。

该小说本来是应《艺术家》杂志的约请而写的。可是一八九五年三月十三日俄国文学家拉甫罗夫在写给契诃夫的信上告诉他说,《艺术家》"垮台了",已经把它的权力移交《俄罗斯思想》,请求契诃夫把他为《艺术家》所写的小说寄去。同年三月十七日,契诃夫回信说:"我为《艺术家》所写的小说,《俄罗斯思想》是不适合发表的。到复活节后的一周,我会把它连同那篇我应许过的小故事一起寄出。"同年四月九日,契诃夫把《阿莉阿德娜》寄给拉甫罗夫,同时附去一封信:"现在我把小说寄上。……我认为,它不适合《俄罗斯思想》刊登。请您务必读一遍,也请维克托·亚历山德罗维奇①读一遍。要是你们同意我的意见,那就请把小说退还

---

① 指戈尔采夫。

给我,假如你们不同意我的意见,那就请发表,但请在我不久即将寄出的小说①刊登之后发表。"《俄罗斯思想》杂志编辑部读了《阿莉阿德娜》。拉甫罗夫在一九〇四年六月二十二日《俄罗斯新闻报》上发表的回忆录中写到大家不同意作者的意见。一八九五年四月十二日,拉甫罗夫通知契诃夫说:"你的小说我们读过了。当然,我们乐意发表它。我们为此非常感谢。"《阿莉阿德娜》在《俄罗斯思想》杂志第十二期上才刊出,在契诃夫的《凶杀》于十月交稿之后。

该小说受到著名的资产阶级自由主义批评家和文学史家巴丘什科夫的高度评价。一九〇二年,为了庆祝彼得堡女子高等学校创办二十五周年,拟出版文集一本,同年七月五日,巴丘什科夫写信给契诃夫,请求后者允许他引用小说《阿莉阿德娜》中的几句话作为该文集卷首的题词:"……妇女对教育和两性平等的追求就是对于正义的追求。"同年六月九日,契诃夫给他写回信说:"《阿莉阿德娜》中的那几行文字,请您管自引用。这除了使我感到十分愉快以外,再也没有什么别的想法了。……"

俄国文艺界著名人士梅耶荷德一八九六年初在给他的朋友蒙特的信上表达了他对小说《阿莉阿德娜》的欣赏,他写道:"这是一篇具有思想性的作品,写得妙极了。"(请参看一九二九年莫斯科科学院出版社出版的《梅耶荷德》第一卷中的沃尔科夫的文章)

但该小说也受到很肤浅的批评。批评家尼古拉耶夫在一八九五年十二月二十八日的《莫斯科新闻》上发表文章,不但认为该小说写得不成功,而且认为其中有模仿的性质,有"庸俗趣味"和荒诞的内容。

一八九七年,随着契诃夫的小说《农民》的发表,报刊上出现

---

① 指《凶杀》。

了几篇评论契诃夫创作的文章,其中顺便评价契诃夫写于《农民》之前的作品,包括小说《阿莉阿德娜》。不过这些评论实质上跟尼古拉耶夫的说法毫无区别。

俄国反动批评家布烈宁在一八九七年四月十一日的《新时报》上写道,契诃夫在《阿莉阿德娜》中似乎"企图描绘当代的生活潮流……颓废派的男女主人公,可是这一点……他却没写成功。这些'阿莉阿德娜'和'海鸥'都有伪造的毛病。……"

一八九七年五月一日,俄国批评家斯克利巴也在《新闻和交易所报》上发表文章,评论契诃夫和他的作品,其中包括《阿莉阿德娜》,他的言论更为尖刻和粗暴。

《带阁楼的房子》

画家的故事

最初发表在一八九六年四月《俄罗斯思想》杂志第四期上。

该小说由契诃夫略加修改后,收入他自编的文集第九卷。

一八九五年十一月二十六日,契诃夫在他的住地梅里霍沃写信给俄国女作家沙芙罗娃,告诉她说:"眼下我正在写一篇短短的小说:《我的未婚妻》。"

契诃夫在一八九五年十二月二十九日写信给苏沃陵,讲到他写《带阁楼的房子》时所处的生活条件,说:"我在写一个篇幅不大的小说,却怎么也没法把它写完,因为客人们碍事。从十二月二十三日起人们就纷纷拥到我家里来,我呢,一心巴望独处;可是只剩下我独自一人的时候,我又会发火,对度过的时光感到厌恶。眼下我成天价吃东西和聊天,吃东西和聊天。"

该小说在一八九六年二月底或三月的上半月写完,寄交杂志,这可以从一八九六年三月十七日契诃夫写给戈尔采夫的信上看出来。

一八九五年夏天,契诃夫在马列耶夫卡的拉甫罗夫家做客时,谈过很多有关俄罗斯农民处境的话。后来,拉甫罗夫在发表于一九一〇年二月二十六日《突厥斯坦新闻》上的一篇文章中回忆道:"关于契诃夫在这方面的观点,他已经写在《带阁楼的房子》中风景画家的激烈言辞里了。"

契诃夫的小弟米哈伊尔·巴甫洛维奇在回忆录《安东·契诃夫和他的题材》中讲到故事发生的地点是在卡卢加州的包吉莫沃村,一八九一年契诃夫在那儿消夏,还讲到小说中人物的原型是贝里姆-科洛索夫斯基和他的妻子阿涅玛伊斯,在《带阁楼的房子》里成了别洛库罗夫和柳包芙·伊凡诺夫娜。

俄国作家安德烈耶夫于一八九六年四月二十四日写信给契诃夫说:"前不久拜读了……您最近写的小说。那里面有着细腻的和富于诗情的魅力,有屠格涅夫那样的特点,我很想对作者表示感激之情,因为他这些作品给予我很大的享受。据说,有许多女读者为您的'莉季雅'抱屈,因为她为民众的劳动似乎没有得到您的好评。可是我认为,大多数读者会正确地了解她,他们既能评价画家虽然闲散,但也不无成就,也能评价女教师的有益活动。"

然而当时的报刊忽视契诃夫小说的社会意义,错误地解释小说的内容。不仅如此,俄国批评家斯克利巴还在一八九六年五月九日的《新闻和交易所报》上著文说,在契诃夫的大名前"卑躬屈节"的现象快要"终止"了。许多批评家对契诃夫偏爱毫无作为、然而善于独立思考的画家,认为画家比"小事"论的信奉者莉季雅还好一些的看法不以为然。在这方面,俄国批评家波尔塔夫斯基在一八九六年四月二十五日的《交易所新闻报》上发表的文章以及俄国批评家斯卡比切夫斯基在一八九七年一月四日的《新语言报》上发表的文章具有代表性。

一八九六年四月二十九日,俄国评论家伊格纳托夫在《俄罗斯新闻》上发表文章,文中对该小说的主要人物表示反感,全然不理解这个形象,至于画家针对现行社会制度的尖刻的批评意见,批评家认为是"似是而非的"。

作为"小事"论的信奉者的柯恩在一八九六年九月六日的《东方评论》上发表文章,文中表示惋惜,说契诃夫似乎"对小说中双方的观点都不表示同情",因此"这篇小说的整个意义似乎完全消失了"。